等等灵魂

长篇小说卷

李佩甫文集

SELECTED WORKS OF LI PEIFU

河南文艺出版社
郑州

图书在版编目（CIP）数据

等等灵魂/李佩甫著. —郑州:河南文艺出版社,2020.8
（李佩甫文集.长篇小说卷）
ISBN 978-7-5559-0906-4

Ⅰ.①等… Ⅱ.①李… Ⅲ.①长篇小说–中国–当代
Ⅳ.①I247.5

中国版本图书馆 CIP 数据核字（2020）第 100418 号

总 策 划　陈　杰　李　勇
选题策划　陈　静
责任编辑　张　娟
责任校对　梁　晓
装帧设计　Ｍ 书籍/设计/工坊
　　　　　　刘运来工作室
内文设计　吴　月
责任印制　陈少强

出版发行　河南文艺出版社
本社地址　郑州市郑东新区祥盛街 27 号 C 座 5 楼
邮政编码　450018
承印单位　河南瑞之光印刷股份有限公司
经销单位　新华书店
纸张规格　700 毫米×1000 毫米　1/16
本册字数　448 000
总 字 数　4914 000
总 印 张　369.5
版　　次　2020 年 8 月第 1 版
印　　次　2020 年 8 月第 1 次印刷
定　　价　1580.00 元（全 15 册）

李佩甫,生于 1953 年 10 月,河南许昌人。现为中国作家协会全委会委员,河南省作家协会名誉主席。

主要作品有长篇小说《河洛图》《平原客》《生命册》《等等灵魂》《羊的门》《城的灯》《李氏家族》等,中短篇小说《学习微笑》《无边无际的早晨》等,散文集《写给北中原的情书》,电视剧《颍河故事》等,以及《李佩甫文集》15 卷。

作品曾获茅盾文学奖、庄重文文学奖、人民文学优秀长篇小说奖、全国"五个一工程"奖、"中国好书"等多种文学奖项。部分作品被翻译到美国、英国、法国、俄罗斯、日本、韩国等国家。

印第安人说：别走太快，等一等灵魂。

——题记

目 录

○　●

○　●

○　●

引　子 ....

在很多年里，朋友们曾送我一个绰号：夜游神。

我已经在这座城市里居住了二十六年了。几乎每天晚上，吃过饭，把碗一推，会有两个字，瓜子一样地、迫不及待地从我嘴里蹦出来：走走。——说得高级点，是散步。

城市是藏人的好地方。出大门三十米，我就获得了一种自由。是陌生的自由。没有身份，没有背景的自由。在灯光下穿行，在人脸中穿行，躲着车辆，躲着摩托，谁也不认识我，我也不认识谁，多么自由！城市的街灯像一条条河流。我从这条河穿过那条河，从这个街巷偏过那个拐口，有时顺向，有时逆向，嗅着各种味道，像一条狗。有谁知道，一个人的夜晚就是这样度过的。也许有人会以为我在思考什么，其实我什么也没思考，只是走。

走，成了一种惯性。从南到北，从东到西，有时，我会绕半个城，一直走到郊外，走到国道边上，看一串串珠样的灯从眼前流过，大半个夜，就这么走过去了。我曾经踩着香蕉皮滑倒在地，曾经被斜拉的电线挂破脸，却从未被人"挂"住。沿着一条条街走，一夜夜地走，所见到的几乎全是生脸。也不是没有见过熟脸，很少，一个两个的，像灯里的刺。

　　也有走乏的时候。开初，走累了，就折回来。后来越走越远，纯粹是漂。夜幕下，独独的，漂一魂。下雪天也是如此，夜静时，走在雪里，可以闻到灯光的薄荷味。疲了，乏了，就找个咖啡馆、茶馆什么的坐一坐，静在那里。

　　终于有一天，我被一个人"挂"住了。这是个女人，安静，在一个咖啡馆里靠窗坐着。有时候，她会抽出一支摩尔烟，很优雅地点上，纤指翘着，不吸，燃一氛围。我贴街走，一次两次，过去了。后来见她常坐在那个位置上，头稍稍偏一点，托腮，像幅静物画。那寂寞从眼里漫散着，似见似不见的，于是我就走进去了。

　　在这座城市里，知道这个咖啡馆的人很多。所以，我不想说这个咖啡馆的名字。记得，先是隔着五个座，后来是三个座，也许是因了一种陌生的薄荷味，就认识了。于是就有了这个故事。同时，我必须说明，千万不要对号入座，这只是一个故事。

　　我清楚地记得，认识以后，她说的第一句话是：

　　那一年，桃花满天……

第一章 ·······································

一

　　任秋风是一个习惯看表的人。

　　下了火车，当他踏上这座城市的时候，他先是下意识地看了一下表：十点三十三分。他摇摇头，笑了。十点三十三分是他作为军人的时间，这个时间比地球转动的时间快了三分钟。在部队十二年间，他就是靠这有意拨快的三分钟，从一个士兵干到副团职的。现在，他重新回到了这个城市，他转业了。

　　回来了，他很愿意服从城市的时间。于是，他站在出站口，第一个动作就是放下提包，校了一下表，把时间重新拨回来。可是，当他走起来的时候，他的心理时间依旧，每一步都"踏、踏"有声，走着走着就快了。操，他"拨"不回来了。

　　一出站，就有人围上来，像是一窝乱蜂，闹嚷嚷地说：住店吗？便宜。他一句话就把她们给击退了。他说：我到家了。

　　对城市，他已经有些陌生了。虽然也回来探亲，但如今的城市，是一天一个样。怎么说呢，人是一天天旧，市面却是一日日新。城市的规模越来越大，楼越来越高，人越来越杂——可他还是闻到了黄河的气味。在这座城市里，黄河是一粒粒的，是含在风里的，沙。

是啊，到家了，终于到家了。站在门口，掏钥匙的时候，几乎是习惯性的，任秋风又看了一下表——结果，时间成了一颗子弹，给了他重重的一击！

一九九〇年三月十二日晚十一点十一分，那疼是随着钥匙的"吱扭"声射进去的，一颗带着毒气和恶意的子弹正扎在他胸口处。黑暗中，那道从被窝里泻出来的白光，几乎瞎了他的眼！在部队的时候，他曾有过一个赫赫有名的绰号：任旋风。获得过全团的八项第一！可突然间他想吐，坐了三天两夜的火车，吃过十九袋方便面之后，一股从床上飘过来的腥臊使他忍不住想吐（那已不是青草的气味！女人身上有一股很纯的青草气息），翻江倒海地吐！吐过之后，他一下子平静了。那矗立着的静，本是可以杀人的。可接下去，犹如醍醐灌顶，他脑海里突然跳出了一句话，这句话是他最为敬重的一位老首长说过的。

那是标准的军人口吻。他说：继续吧——继续进行。

屋子里一阵忙乱。

当他走出门的时候，一瞬间，他就后悔了。他问自己，操，你的拳头呢？是呀，他的拳头都快攥出血了！可是，仅仅是一句话，就把他给"吊"起来了。一个矜持的人，不经意间，说出了那么一句高贵的话，还能回头吗？——罢了。其实，他最想说的，是三个炸字：狗男女！站在院子里，他一拳打在了墙上，很疼！

抬起头来，他突然发现：城市的灯光是一份一份的；窗户是一份一份的。可他的那一份，没有了。

虽说是三月了，这心一凉，满街的灯就寒了。为了这一天，没有人知道他付出了多大的代价！在部队，他已干到了副团职，他是做过将军梦的呀！可是，为了她，他还是转了。本来是想带给她一个惊喜的，本来是想兑现一份男人的承诺。当兵十二年，结婚九年，她不是一天天在盼他转业吗？在电话里她哭了多少次？然而，真到了转业的时候，他居然无家可归。

当然，他的父母还在，虽然离休了，也都是老资格的国家干部，有着四室一厅的住房。可是，这种时候，他不能回去。回去怎么说？

很久没丈量过城市了。曾记得，从农业路往北，原来还是一片麦田，现在到处都是楼。街宽了，路在延伸，远处的霓虹灯跳荡着一闪一闪的迷离。数过了三条街的路灯之后，他才发现，灯才是城市的灵魂。灯很好，灯光把来来往往的行人照出了一种模模糊糊的温情，一种不明身份的亲切。当你与行人擦身而过的时候，它映出的是人的轮廓，却掩饰了尴尬的心情。是啊，如果没有灯，城就是死的，是被钢筋水泥固化了的、一格一格的囚房。可那是囚房吗？如果是的话，这会儿，他是多么渴望有一间属于自己的囚房啊！

正走着，突然又有个人悄没声地凑过来，小声说："先生，住店吗？"

任秋风心里一热，默默地说："兄弟呀，我到家了。"

可是，那人袖着手，却一跛一跛地靠过来，又做了一个很奇怪的动作："——可以打炮。打炮吗？"

他几乎是下意识地脱口说："步兵。打什么炮？"

那人怔了一下，脖子一缩，扭头就跑，像兔子一样，倏尔就不见了。他却仍旧愣愣地站着，嘴里嘟嘟囔囔地说："——莫名其妙。"在部队那些年，虽然也上过军校，可他不懂，真不懂。

现在，他回家了，终于回家了。可是，在回家的路上，他把家丢了。

站在十字路口的时候，他突然觉得有一种疲劳从心的底部漫出来，那乏，像潮水一样很快地漫遍全身，他已经三天两夜没有睡觉了。可是，该往哪里去呢？

二

三个字，仅用了三个字，就把她给灭了。

一刹那间，她成了一个贼，是心里"贼"。

在世间所有的道理中，给予永远是高高在上的；而索取是卑下的。何况是"偷"？在东方文字里，"给"的上边是"人"，那叫"上人"："要"的下边是"女"，那叫"下女"——而且有跪的意味。这两个字从来就不在一个层面上。尤其是感情上的偷窃，那就更甚一层，女，是下贱；男，叫堕落。无论社会怎么开放，在意识里，在血脉中，文化的等级已经确立。

此时，苗青青心里的尴尬和屈辱是无法言说的。她就像是一下子掉进了唾沫做成的监狱——她的囚房就是那张床！就凭那三个字，一下子把她钉在了耻辱柱上！

还说什么？还有什么可说？穿衣吧，各自穿衣，默默地，木然地。

现在，苗青青和邹志刚已各自穿好了衣服，各自默默地在沙发上坐着，仿佛是在等待着那个人的判决。

两个自称有品位的人，就像是把戏演砸了的"洪常青"和"江姐"，惶惶地、僵僵地坐着，也居然坐出了一种"凛然"。这"凛然"是硬撑出来的，是相互的，也可以说是互为对方而表演。其实，他们心里都有些怕。可这怕，却又是说不出口的。情感那么高尚，怎么能轻易亵渎哪？然而，在心的底部，却有两个字像钳子一样紧紧地夹着他们，夹得两个人透不过气来：军婚！

按法律规定，苗青青是军人家属，就凭这两个字，如果任秋风告他们的话，就可以判刑！那么，只要判了刑，无论刑期长短，他们身上那点"品位"就不再是品位了。

苗青青和邹志刚是在一次会议上认识的。那会是财贸口的，而苗青青是晚报文化版的记者，并不分管财贸。说来也巧，那天，跑财贸的小徐突然病了，苗青青就被总编临时抓了差。就这样，一来二去的，两人就认识了。往深里说，还是因为后来那次看相。

有那么一瞬间，两人几乎同时抬起头来，看了看墙上的挂钟：一点了。

就这么闷坐着，邹志刚有一个很细微的动作被苗青青的眼风扫到了。那是他的腿，他的腿下意识地打了个颤儿，是尿颤。他赶快往里缩了缩，并得更紧些。苗青青心里说，他想尿。那硬夹着的，是尿。于是，苗青青淡淡地说："你，走吧。"

邹志刚迟疑了一下，说："那你？"

苗青青突然有些烦躁，说："走吧，别管我。我知道我是什么东西！"

邹志刚一怔，说："你，啥意思？"

苗青青说："没意思。没啥意思。——你走吧。"

邹志刚的确想走。这个时候，走，尴尬；不走也尴尬。其实，他真要走了，在两人之间悬着的那点"凛然"，那点可怜巴巴的矜持，就可以放下来了。至于以后，天大的事，只要假以时日，也没有过不去的。可是，所有的开始，都由那点"品位"垫底，那就还得撑着。不撑怎么办？不能太掉份儿了。

邹志刚还是站起来了。他故作轻松地在屋子里走了一个来回，说："青青，我说过的话，是不会变的。事已至此，他想怎样就怎样吧。"

苗青青的目光柔和了些，说："你不怕……"

邹志刚避开了那个"怕"字，说："我，我当然还是希望和平解决。无论他要什么，我都会答应。青青，你要记住，我是爱你的，我不承认这是不道德的。你没看看，什么年代了？"

苗青青看了他一眼，说："那好，你现在把他叫进来，你给他说。"

邹志刚说："我说？"

苗青青说:"对,你说。"

邹志刚说:"这,不合适吧?"

苗青青说:"你是男人吧?"

邹志刚说:"是。"

苗青青笑了,那笑像在火上烤过,很燥。而后,她厉声说:"偷就是偷,偷了就是偷了。我倒情愿他上来揍我一顿!哪怕把我打死呢,我也认了。这叫什么?这叫蔑视,是世上最大的蔑视!这等于是把唾沫吐在咱们的脸上了!你懂不懂?!"

邹志刚不吭了,他无话可说。是的,那四个字,就是一把刀子!

苗青青明白了,到了关键时刻,"品位"是不能当饭吃的。这男人的西装穿得那么板正,领带系得那么优雅,可是,一旦遇上事,他就成了人家说的银样镴枪头!苗青青厉声说:"走吧。你!"

墙上的挂钟"当"的一声,已是深夜两点了。

三

夜,成了一张遮羞的布。

——很难堪地,两人在一盏路灯下相遇了。

正是凌晨时分,男人站在大街拐角的一盏路灯下,手里是两个沉甸甸的大提包。苗青青一下子受不了了,她眼里的泪"哗"地涌了出来。她轻轻地说:"回家吧。"

任秋风看了她一眼,只一眼。而后,他抬起头来,望着远处,摇摇头,自嘲说:"家?哪儿还有家?——是啊,我是想回家的。可走着走着,家走丢了。"——说完,他提着包,大步朝前走去。

苗青青快步跟上去，哀求说："还是，先回家吧。"

任秋风没有回头，一边走一边说："你知道这条路上，有多少灯吗？七十六盏。你知道前面那栋楼上有多少窗户吗？十六层，一百七十二个。"

苗青青跟随在后边，低声说："我错了。是我错了。千错万错，都是我的错。回家吧，你怎么——都行。"

任秋风鼻子里哼了一声，说："错了？"

苗青青眼里的泪吧嗒、吧嗒往下掉着，说："对不起。对不起了。"

任秋风一边走一边说："错了？很好。我不这样认为。也许是我错了。"

苗青青知道，男人是一座火山。面上越冷，内里越热，那是翻腾的岩浆。她甚至期望他吼两声，他要是吼她两声，说不定就原谅她了。

苗青青突然蹿到了男人的前边，挡住了他的路，说："打吧。你打我，随便你怎么样都行！"

男人像山一样立在那里，脸上有了些变化，说："你这是干什么？"

苗青青两眼一闭，说："打吧。"

任秋风不动，而后，他叹一声，说："在车上，我吃了十九袋方便面。看来，什么都有吃腻的时候。要不，我也不会吐。"

苗青青怔怔地望着他，流着泪说："我不企求你的原谅。回去睡一觉吧，回去睡上一觉，然后，无论你想怎样，都行。"

任秋风拍了一下肩，说："看见了吗？——军人的脊梁就是床。"

苗青青痛切地感到，他是说，床，脏了。苗青青小声说："我不会让你难堪的。我，都换过了。"

任秋风眉头皱了一下，什么也没有说。

苗青青不知该怎么办了。事已做下了，她只好拉下脸求他："你……难道说，要我给你跪下吗？"

任秋风说："我没这意思。在大街上，你千万别这样。你是个有品位、有身份的人。"

苗青青说：“你骂吧。可你，结婚九年，回来了七次，和你在一起的时间，一共是八十六天零九小时。”

任秋风身子一转，说：“那人，走了？”

苗青青很难堪地说：“走了。”

任秋风摇了摇头，说：“溜得倒快——兔子。”

苗青青说：“别说了。别再说了。”

任秋风说：“好好，我不说。”

苗青青艰难地问：“那你，究竟想怎样？”

任秋风说：“告诉你，此生，我只当一次俘虏。我再也不会当俘虏了。——你，回去吧。”

这时候，一辆公共汽车从远处开了过来。车灯亮得晃人的眼，任秋风快步走上前去，跳上了那辆公共汽车。

夜色像雾一样，车上，只有他一个人。任秋风坐在一个角落里，默默地望着慢慢苏醒的城市，任车轮在清晨的大街上碾过。他的头晕腾腾的，就像是锥子扎着一样疼！那火苗一阵一阵地在他心里烧着，都快要把他烧成岩浆了。一个回家的人，把“家”给弄丢了，他窝囊啊！有许多日子，他想着、盼着、熬着，就等着回家这一天呢，可他等来的却是兜头一盆脏水，是最不堪的一幕！不能想，要这样想下去，不是去杀人，就是把自己逼疯！他大口地吐着气，把心里压着的那股火焰吐出来。而后，就是头疼欲裂，他的头一下一下在椅靠上碰着，碰着，就像劈柴似的，一分一分地把那疼在牙上分解掉。就那么碰着、磕着，渐渐地，在车的晃动中，疲乏袭上来，有了点朦朦胧胧的睡意。然而，就在他刚要睡着时，售票员拍拍他说：哎，哎，到站了，到终点站了。他抬起头，看了看说：我交钱，你再把我拉回去吧。那售票员看看他，诧异地说：你怎么跑车上睡觉来呢？

他心里说，我要想想。

四

一个月后，在一家百货商场里，苗青青竟意外地碰上了任秋风。

自从家里发生了那件事后，她已经好久不做饭了。只是随便上街买些方便面、八宝粥之类的半成品，临时凑合一顿。男人好不容易回来一次，却出了那样的丑事，这让她六神无主，百口莫辩，十分的狼狈。一月来，她每天都是在自怨自责中度过的，已熬煎得明显地憔悴了。

这天，她下了班，回家也没意思。她想顺便在商场里逛逛，捎带买点什么。可是，她突然发现男人在一个柜台前站着。男人穿一身发白的旧军装，身上挎着一个洗得发白的旧挎包，居然在买糖。她知道，过去，男人是从不吃糖的。可她分明听见他说：糖，买斤糖。那服务员说：你要哪一种？他伸手指了一下，说：那种吧。就那种，芝麻的。服务员把电子秤的盘子拿下来，给他扒拉了些糖，刚放在秤上，他却说：不要了，我不要这一种，换一种，我要那种。服务员看了他一眼，把秤里的糖倒回去，又换了一种，再一次放在秤上。不料，任秋风竟说：再换一种吧，我不要这种了，要酒心的。立时，那服务员气了，"咚！"一声，把秤盘撂进了糖柜，气呼呼地说：啥人。不卖了！——接下去，更让人吃惊的是，任秋风居然二话不说，扭头走了。

苗青青很惊讶地望着男人的背影，心说，他怎么了？难道犯了神经病？于是，她悄悄地跟在他后边，也上了二楼。

在琳琅满目的货架前走了一圈之后，他又在一个卖钟表的柜台前站住了。他指着柜台里的一只表问：这只多少钱？服务员说：哪只？他说就这只。服务员把表拿出来，放在柜台上，说这款一百二。他说，那只呢？服务员又拿出了一只，说这只是夜光的，二百六。他却又一指说，那一块呢？我看看那边那红针的。服务员问：你是要电子表？他说不要电子表。东边那种。这时，服务员一下子就不高兴了，气嘟嘟地从里边拿出一只，没好气地放在了柜台上，说你究竟要哪只？这只是进口的，一千四！任秋风说：你怎么这样？服务员说：啥样？你说我啥样？我又不是卖样的！你到底买不买？不买走人。啥东西！任秋风说：你怎么骂人呢？服务员说：我就骂你了。告我去吧！——不料，任秋风竟"吞儿"一声笑了。他摇了摇头，而后又是扭身就走。

在三楼的服装柜台前，任秋风又开始试服装了。他先试了一套西装，站在镜前看了看，说：这件瘦了。而后又换上了一件，说：这件，这件胖了。穿上第三件的时候，他往左转转，又往右扭扭，说：这件还行，就是颜色不对。往下，他一连试了六件。试前五件的时候，那服务员都一声不吭，只是脸色不那么好看了，紫了。试到第六件，服务员直直地看着他，什么也不说，就那么看着他，眼里有火！任秋风却仍然面不改色地说：对不起，我不要了。那服务员身子一转，冲到了他面前：你这样试，那样试，一件一件都试个遍，为啥不要？你调戏人呢?！

这时候，苗青青实在是受不了了，她跑上前去说："要。这件衣服我要了，多少钱？"

可是，任秋风看都不看她一眼，见她来了，一句话也不说，转身就走。苗青青见他走了，一边连声说"对不起。对不起啊"，一边疾步下楼，追任秋风去了。在匆忙中，苗青青听见身后有一声喘着粗气的骂：呸，流氓！

当苗青青气喘吁吁地追到商场门口的时候，火一下子蹿上来，她说："你脑子有病吧？你是不是疯了?！"

任秋风却冷冷地说："怎么了？这商场我不能进吗？"

苗青青脱口说："你，你究竟想干什么?！你怎么知道他是这个商场的老总？"

任秋风愣了片刻，慢慢说："谁？你是说，那兔子?！明白了。"接着，他突然笑了，一字一顿说，"看来，是冤家路窄呀。"

苗青青顿时恼羞成怒，气急败坏地说："你都跑到这里来了，还装什么大尾巴狼?!"

任秋风针锋相对，说："你要这么说，我真得见见他了。"说着，转身又朝商场走去。

苗青青一把拽住他，说："错是我一个人的。要杀要剐随你便！你这是干什么?!"这时候，看热闹的人围上来了，苗青青没好气地朝围观的人嚷嚷说："看什么看?!"可话一出口，她又觉得太掉份儿，又赶快把手松了。

不料，任秋风却说："你放心，我不会动他一指头。我找他，取取经。"

苗青青听他竟说出"取经"的话来，一时更加恼怒，恨恨地说："你……无耻！"

可任秋风根本不理。他扭身快步走回去，在商场的大堂里拉着一个年轻人问了几句，而后快步朝楼上走去。上到二楼的时候，他停住步子，只觉得胸口有点疼，嘴里喃喃地说："妈的，汤姆弹，还近距离射击。"而后，他一步一步地走上了五楼。

站在五楼那个挂有"总经理"牌子的办公室门前，任秋风下意识地伸手敲门，手伸到了门上，却又缩了回来，迟疑了片刻，一把把门推开了。

邹志刚在一个很大的办公桌后面坐着。开始，他甚至有些惊诧：你这个人，怎么回事？不敲门就进来了?! 可霎时间，他就明白了，这就是那、个、人。这是那、个、人！他见过他的照片。于是邹志刚眼里有了一丝慌乱。可他还是挺住了，装模作样地咳嗽了一声，问："你，有什么事吗？"

任秋风目不转睛地望着他，有很长时间，他什么也不说。渐渐，邹志刚有些坐不住了，他探了探身子，说："你，你想干什么？"

不料，任秋风却在他面前的沙发上稳稳地坐下来了。他掏出烟来，点上，吸着，而后说："你是总经理？"

邹志刚说："我，我是。"

　　任秋风说："行，你还行。我先后考察了本市十三个中型以上的商场，总体来看，你这里的服务态度，还算好的。"

　　这句话，把邹志刚说得目瞪口呆！他不知道他究竟是什么意思，也不知道他到底想干什么，就越加慌乱。他直起身来，朝外望了望，盼着能有个人来。可也怪，这会儿偏偏没人来。

　　任秋风吸着烟，不紧不慢地说："看了你的商场，我有信心了。——顺便问一句，你是怎么认识青青的？"

　　邹志刚不想谈这事，可他不得不说。就结结巴巴地说："在、在一、一次会议上。其、其实……"

　　任秋风说："会上认识的，是吧？那会，开得好。很好。以后你多开。"

　　邹志刚脸苦得像个茄子，像被人捆了手脚的小偷，一副孙子样。

　　任秋风说："我再问你一句，你知道什么叫军人吗？"

　　邹志刚头上冒汗了，一粒一粒的，像是陡然长出来的水痘。

　　任秋风低声喝道："你把会开到床上，好！——不过，你难受的日子很快就要到了。"

　　邹志刚如坐针毡！他很想摆脱这尴尬的局面，很想居高临下地说一点什么，可又不知该怎么说。于是，就再次直了直身子，硬着头皮说："事已至此，你，你，说个价？"

　　任秋风说："不愧是干商业的。让我想想……"

　　邹志刚似乎从话里听出了点希望，赶忙说："感情上的事，是吧？这个这个，都是男人，可以商量。你说吧。"

　　任秋风站起身来，一字一顿地说："生意人，我告诉你，在这个世界上，有些东西，是不能卖的！你记住我的话吧，你难受的日子就要到了。"

　　出了商场大门，任秋风看见苗青青像受惊的兔儿一样，仍在商场门口立着。于是，他大步走到苗青青跟前，淡淡地说："人，我见了，也不是太差。知道我为什么要见他吗？"他指了指远处，"告诉你，我转业了。对面那座楼，就是我的前沿阵地。"

苗青青身不由己地跟着转过身来，看了一眼，她恍然记得，那是家快要倒闭的商场。

<h1 style="text-align:center">五</h1>

应该说，是一个人硬把任秋风拽进商界的，这个人叫齐康民。

在民间，有很多这样的思想家：他们是从一个极端而又纯粹的时代走过来的。在那个年代里，他们可把玩的东西太少了，因此，偷书以至于读禁书，成了他们人生的一大乐趣。后来，慢慢地，他们在书里读出了思考的方法，也在书里读出了很多疑问。于是，他们就有了"指点江山"的嗜好。在思想的小抽屉里，自然储存着很多的人生抱负。可那抱负不是用来实施的，而是用来评说的。齐康民就是他们中的一个。

齐康民是商学院的一名教师，职称是副教授，课上得最好，却不讨人喜欢。因为他很狂，号称天下第一书虫。书虫就书虫吧，还要天下第一?！大学里有那么多老师，他怎么就第一了？于是仍然是副教授。他讲课有个特点，一讲到激动处，必说他早年偷书的经历，必说那句"当年我和任秋风一块儿偷书的时候，偷到的第一本书是陈望道的《修辞学发凡》"。讲着讲着就忘了下课时间了，每次都要学生提醒：齐老师，到下课时间了。他这才从"课"里走出来，说：到了吗？那，下课吧。

齐教授不仅有理论，也有实践。他是商学院教师中第一个下海经商的人。有那么一段，人们每每见他手里提着一个装教案的破书兜，出现在各个机关、单位的门前，见人就问："要钢材吗？要铝锭吗？"就这样，卖了一年的钢材，跑烂了三双鞋，因喝酒进了五次医院，结果连一根针都没卖出去。他经商一年，不但没赚什么钱，还连连受骗，把自己存折上多年积蓄的五万块钱也全搭进去了。于是作罢。他自嘲说，看来，我只有卖"嘴"了。不过，在理论上，他是从不服输的。

这天，当任秋风出现在教室门外的时候，齐康民像是有感应似的，他突然朝窗外看了一眼，说：有朋自远方来，不亦说乎？各位同学，我告诉你们，门外站的那个人，就是当年"文革"中和我一起偷书的小子！——现在，下课。

于是，同学们叽叽喳喳的，一起朝外看去，他们看到的竟是一个提着两个大提包的军人。接着，不知谁带的头，教室的女同学竟然齐声喊道：任秋风，偷书贼！

这一声，把任秋风的脸都喊红了，他莫名其妙地站在那里，一时显得十分尴尬。等齐康民走到他跟前，任秋风说："你这家伙，咋回事？"

齐康民摇着头说："没事没事，学生们闹着玩呢。这些学生，现在的学生啊！走，走。"

齐康民就住在商学院的家属院里。几年没见，进了门，任秋风发现，齐康民的家几乎不像个家，那简直就是个巨大的、混乱不堪的书橱！床上、地上、桌上、椅上全是书，一摞一摞的书，书都把人淹了！在书堆里，竟然还有两幅用宣纸写的手书：一幅为"大象无形"，一幅是"大音希声"。可如此气象的条幅，也就那么随随便便地挂在靠墙的一堆书上，上面有两个茶杯镇着。

待坐下后，两人相互看着，静静地看着。片刻，齐康民突兀地说："这么说，鸟儿飞了？"

秋风皱了一下眉头，说："你怎么知道？"

齐康民吟道："孔雀东南飞，十里一徘徊。这么说，我得祝贺你了。"

任秋风皱了皱眉，很想骂娘，却说："祝贺我什么？"

齐康民哈哈一笑，说："一九四九，解放了。"

任秋风说："这么说，你也——解放了？"

齐康民大咧咧地说："我，早就解放了。去年，她一南逃广州，敝人就解放了。"而后他指指胸口，问，"这地方，疼吗？"

任秋风说："疼。汤姆弹，近距离射击。"

齐康民说："只要没趴下，就是一条好汉。不过，你知道这是为什么？"

任秋风说："你还有理论？"

齐康民说："我们这个民族，是活精神的。十年改革，当人们吃饱饭之后，社会从单一走向多元，精神问题就上升为一个很重要的问题。这是一种周期性的社会病。我认为，不久的将来，中国会出现精神疾病的高发期，将出现群体的婚姻大裂变。你我，不过是早走了一步。"

任秋风说："鸟理论。"

齐康民说："不，齐氏理论。"

任秋风苦笑了一下，没有再说什么。

往下，齐康民说："转业了？"

任秋风说："转业了。"

齐康民说："工作安排了吗？"

任秋风说："有点眉目，不过，还没有最后定。"

齐康民立时两眼放光，说："那我得跟你好好参谋参谋。在中国，三四十年代的时候，前线在战场上，那是出将军的时代；五六十年代，前线在麦场上，中国出了陈永贵、董加耕、邢燕子；六七十年代，前线在广场上，那是大字报的年代；八十年代，前线在考场上，那是文凭的年代。现在是九十年代了。九十年代，甚至是下个世纪，你知道中国的前线在哪里？——据敝人的分析，在商场上！"

任秋风有点苦涩地笑了笑，说："康民，你在信上说，你老婆被一外商拐走了。你如此仇恨商人，不至于要我去搞什么商场吧？"

齐康民严肃地说："正有此意。我在给你的信上不是说了吗，在商品时代，人要想不被商品驾驭，就必须去驾驭商品。"

任秋风沉思了片刻，说："你觉得，我是这块料吗？"

齐康民说："你是。"

任秋风很果断地说："那好，你从学校里出来，咱们一起干。"

可齐康民却摇了摇头，说："老弟，你是，我不是。我是二线人物，我是一张嘴，从来就不是一线人物。你听我说……"

当齐康民又要长篇大论发挥时，任秋风说："康民，我三天三夜都没合眼了。"

齐康民说："那你睡，你好好睡一觉。等你起来咱们再聊，聊他三天三夜。"

可就在这时，有人敲门了。齐康民开门一看，门口站着三个姑娘。这三个姑娘都是他的学生。齐康民马上回头给任秋风介绍说："秋风，你来你来，我给你介绍一下，这是我的学生，她们马上就毕业了。这个，叫上官云霓；这个叫江雪；这个叫陶小桃。她们都是我老齐最好的学生！"

可是，当他把三个女学生领进屋时，任秋风竟站在那里，打起了呼噜！齐康民对学生们说："看，这个人睡了。他三天三夜没合眼，站着就睡了。"

三个女学生十分惊异地望着他，小声说："还有站着睡的？"

齐康民说："一个能站着睡的人，你们想吧。"

六

又一个月，任秋风拿着调令报到了。

他去的单位是一家濒临破产的商场。商场的情况不好，他是知道的。可他没想到，上班第一天，就遇上了麻烦。

那天，他上班还不到十分钟，屁股下的那把椅子还没坐热呢，法院的人就上门了。法院来了两个戴大盖帽的人，法警。其中一个拿出一张盖有大印的传票，在任秋风面前晃了晃，"你姓甄？"

任秋风说："我不姓甄。"

那人说："你是总经理吧？"

任秋风说："我是。"

那人犯疑，说："总经理明明是一个姓甄的，你不姓甄姓什么？"

任秋风说："对不起，我姓任。"

那人说："不管你姓啥，你是这家商场的法定代表人吧？"

任秋风说："是，我是法定代表人。不过，我刚到。"

那人说："只要你是法定代表人，那就对了。跟我走吧！有人把你告了。"

任秋风站起身，疑惑地说："不会吧！我才刚刚上任。告我什么？"

那人把传票往他面前的桌上一放，说："我是法警。奉命执法——你签字吧！签过字，你跟我走一趟，到那儿就知道了。"

任秋风笑着说："我刚上任，不用戴手铐吧？"

那人也笑了："不用。"

就这样，在上班的第一天，任秋风就被两名法警带到法院去了。警车就停在商场门口，警灯一闪一闪地亮着，在众目睽睽之下，任秋风被法警带走了。

警车开走后，三个姑娘一下子愣了。作为商学院的应届毕业生，上官云霓、江雪和陶小桃是在导师的极力推荐下，才决定来这个商场实习的。可是，在来商场实习的第一天，就碰上了总经理被人带走了的事件。你说这个寸！

本来，在她们导师齐康民的嘴里，任秋风几乎算是个"神人"，他把他夸成了一朵花。可就在这第一天里，她们看到的却是他被推上警车的狼狈相！见识了这一幕之后，三个姑娘有些踌躇了。她们不知道该不该取消她们的实习，也许她们应该到对面那家商场去？她们三人站在商场台阶上，叽叽喳喳地议论着。上官云霓说：咱还去吗？江雪说：这个人不是挺……陶小桃说：要不，算了？这个时候，她们三人同时都萌生了退意。往下，上官说：老师不会错吧？小雪说：老师会错。陶小桃说：就是不来了，咱也要说一声吧？上官说：对，咱得有个交代。江雪说：不过，这人看上去，硬硬的。上官说：你是崇拜他吧？江雪说：去。净瞎说。陶小桃说：真的呀？说说，你最崇拜谁？江雪反击说：我知道，老师给你写过一幅字——桃之夭夭。陶小桃一下子脸就红了，说：根本不是那么回事。那是我让他讲一个词，他随手写的。上官说：好了，好了，别闹了。这样吧，既然来了，咱们就待一天看看，晚上再决定。

不料，六个小时后，任秋风却又被放回来了。那是因为前任总经理的一笔烂账，有人把商场告了。本来，作为法定代表人，虽然刚刚上任，他也是要负责任的。可是，到了下午三点的时候，法院经济庭的庭长接了一个电话，此后就让他回来了。

任秋风心里很别扭。说实话，他是在齐康民的再三鼓动下，才走上经商这条路的。作为一名转业干部，组织部门找他谈话的时候，本来有两个去向：一个是到一个区的工商分局当副局长；一个是到这个快要倒闭的商场当总经理。这本是可以选择的，可齐康民一张铁嘴，呱呱一夜，呱呱一夜，两人在一起竟一连谈了三天三夜！后来，越说越激动，于是任秋风就有了立足中原，打造商业帝国的念头。可上任第一天，就被人这么折腾，任秋风着实窝火！正当任秋风窝火时，紧接着，在他回到办公室，屁股还没坐热呢，就又有人闯进来了——三个！

三个姑娘咚咚咚地跑上楼来，推开门，上官带头，冲冲地说："你是任秋风吧？"

任秋风说："对，我就是任秋风。"

上官说："我们来，是要告诉你一声，我们不在这儿实习了。"

任秋风看了三个姑娘一眼，说："坐，坐下说。"

上官说："不坐了吧。我们来，是告诉你一声，我们要走了。"

陶小桃说："其实，我们也没有别的意思。"

任秋风说："我知道。你们是商学院的吧？我认识你们的齐老师。"

上官说："是。我们是商学院的。正因为是齐老师让我们来的，所以要告诉你一声。"

任秋风说："你们要走我不拦你们。这样，你们既然上来了，就喘口气，坐一分钟。"

三个姑娘互相看了看，上官说："那好，就坐一分钟吧。""一分钟"三个字，她说得很硬。

任秋风给三个姑娘倒上水，不紧不慢地说："是啊，像这样的商场，不光你们不愿意待，我也不愿意。"这时，陶小桃忙解释说："不是不愿意。这里的顾客还没售货员多，让我们怎么实习？"任秋风接着说："那是，那是。如果换一家商场，我是说，一流的、中国最好的商场，你们愿不愿意？"

三个姑娘愣住了。中国最好的商场？哪儿有？！

任秋风说："你们知道脚下的这个地方吗？三千年前，这里是商国的重镇。三百年前，这里也曾'商旅往返，船乘不绝'。到了二十世纪初，这里又成了贯穿京广、陇海的交通枢纽。这个地方，自古就是兵家必争之地，更是商家必争之地，是可以做一番大事业的呀！"

三个姑娘互相看了看，谁也没有吭声。

接着，任秋风又说："《清明上河图》看过吗？我想，你们一定看过。宋代的那种繁华，应该是中原最鼎盛时期的繁华了。不过，你们所看到的，还只是当年汴梁郊外的一角，还不是京城最繁华的地方。想不想重振一下中原雄风？！"

没等姑娘们有所表示，任秋风从立柜里拿出了一张立体效果图，就那么往地上一铺，说："看看吧，看看符不符合你们的要求？"

三个姑娘勾头往下看去，一个个眼都看直了！这是什么地方？大门口立着两个斜披绶带的盛装的迎宾小姐，往里是开放的、花园式的大厅，宽敞明丽的中厅，芭蕉棕榈、奇石瀑布、碧树绿草；开放式的电梯在舒缓地上上下下，每个电梯口都有斜披绶带的礼仪小姐迎送顾客；那步行梯也是开放式的，优美的造型像是一组女人的纤纤玉手，又像是伸向天空的银白色梦幻，那梦一般的纤手螺旋而上；在步行梯旁，二楼一处突出的部位，竟还设有一个琴台，琴台上坐着一位身着唐代礼裙的优雅女士，正在一把古色古香的古琴旁弹奏着；那商场一层一层的，都有不同的设计，那设计更是让人眼花缭乱！

姑娘们"呀、呀"地叫了几声，问："这，这是哪里呀？太漂亮了！"

任秋风说："就在你们脚下。"

三个姑娘默默地望着他，谁也不说话。

任秋风接着说："这是我先后请教了包括你们老师在内，三十多位专家后，让设计院的朋友帮忙设计的，我们一块儿熬了七个晚上。不客气说，我是想打造一个一流的商场。一流的商场，离不开鲜活的、一流的商业理念。当然，这只是第一步，还有第二步、第三步。说实话，我需要你们的帮助。"接下去，他的声音很轻地说："帮帮我！"

慢慢地，慢慢地，三个姑娘全站起来了。她们什么也不说，谁也不说。她们想，这人，有点意思。

○　●

第二章　· ·

一

那条河在城的北边。

这不是一般的河，它叫黄河，一条被人称作母亲的河。

河滩极大，平坦着，展展地伸向天际，就像是横躺着的一个又老又丑的女人。河滩的边缘处，是一丛一丛的野草和杂树棵子，长得野气，散乱，蓬茂，有鸟儿叫出来，一啾一啾；再往里，是一眼望不到边的、漫漫的河坡，在河滩的中部，是一旋一旋的软沙地，沙中荡一黄流，像汤。

这里，就是任秋风烫血的地方。

六岁那年，任秋风第一次看黄河，是父母带他来的。那年水大，河面宽宽的，水流湍湍，不时有涌动着的泥浆翻出来，像鱼的脊。浆翻着泥浪，一波一波推，看似缓，近了才觉得急，发出轰轰的响声！

继而，河面上出现了一道奇观，一轮巨大的红日滚滚而来，它贴着那水面，仿佛是跌落在了母亲的怀里。不，它是一个巨大的火球，一荡一荡地，顽皮地弹着、跳着，居然被黄河吞进去了！就在那一刻，河面上出现了万道金光，整个河面一片火红，就像是陡然间拉起的一道悬挂在天地之间的、流着釉彩的金红色帷幕！

这时候，他听见父亲说：这是一条捆不住的龙。它是自己走到地面上来的。它身下压着九个朝代的都城。

那时候，父亲的话，他似懂非懂。可是，那天宽地阔、博大雄浑、如歌如画的景象，就像是一把烙铁，烫在了他的心上。

十六岁那年，当兵走的前一天，他又一次来到了黄河边上。这一次，他是和齐康民一块儿骑车来的。那时候他们已经读了一些书，知道了关于这条河的一些历史。

在史书上，这条河的历史是泛滥史，是无穷无尽的——灾难。或许，纵是一个"母亲"，也不甘于平庸，它的泛滥史，就是挣扎史。是呀，没有人见过它年轻的样子，人们从文字上看到的，是它一次次地泛滥。现在它混浊了，苍老了，仿佛也平和了，但它已成了一条地上悬河，依然阔大、雄浑，衔日抱月。于是，人们仍然怕它，怕它突如其来的——咆哮。

那是冬天，当他们来到河滩上的时候，又一次讶然了。

眼前是满目的灰黄，赤裸裸的灰黄，一眼望不到边的灰黄。河里几乎没有水了，那一摊一摊的沙全都静着，乏着，干了的枯草在风中无声地沉寂，一切都像是死了一样。只有一只雁儿在高空中飞，单单地，独独地飞，飞出了一种默然的悲壮。沉默中的黄河比咆哮的黄河更为壮观，它一览无余地陈在大地上，就像是一本悬挂于天地之间的、摊开了的黄页大书。

也许，这时候的黄河，才更像一个母亲，一个年老色衰的母亲。一年一年，它的话说尽了吗？就是这样一条河，静了的河，没有水的河，很突兀地，呜的一声，自东而西，平地升起了一道一道烟尘，那烟尘柱一样地旋转着，发出狼一样的嚎叫声！随着那呜呜的声响，天一下子黄了，漫天的黄尘扑面而来，就像是那横躺着的母亲陡然间直起身来，舞动在天地之间！

倏尔又静下来了，那静坦坦荡荡，延至久远。以平坦的无语，以广阔的无语，以横陈的无语，却奉献着一种交响乐般的深情！就像是黄钟大吕奏响前的那一刻；就像是千军万马已经列队。这一时刻，连风，都在发抖！这就是黄河的沉默。那天，他们二人在黄河边上待了很久，谈了历史，谈了各自的志向。一直待到月亮升上来的时候。

齐康民说："你感觉到了吗？"

任秋风郑重地点了点头。

齐康民说："那一粒粒的沙子，就是历史……"

是啊，在这座城市的东面，是昔日的古战场。三国时，历史上以少胜多的著名战例——官渡之战，就是在这里发生的。那也是一个让人血热的地方。夕阳西下，在暮霭中，极目远望，荡荡平原，云气翻卷，岚野四合，似有战马的嘶鸣声。那一仗打得好惨烈！曹操以两万兵对袁绍十万精兵，烧粮草断后路出奇兵，杀得袁绍丢盔弃甲，望风而逃。

中原，一向是兵家必争之地，得中原者得天下，这是古人说的。那么，当年曹公勒马官渡时，他是不是在仰天大笑？或许，面对血流成河、尸横遍野的惨烈，他仅是拈断了几根胡须？是啊，胜利者是不受谴责的。君不见，所有的文字记载，不都在扬他的名吗？

西边，有中岳嵩山，万千沟壑，奇峰迭出，亦是少林禅宗兴旺之地。寺院内那口可食千人的大锅，足可以说明当年的兴盛了，那么，最初，那位达摩禅师从古印度跋山涉水而来，在一石洞里面壁十年，他究竟悟到了什么？

一个人，积十年之功，能在石壁上留下影儿。他要诉说的，他要磨砺的，仅仅是"意志"吗？一个"悟"字，就是十年。在一天天的默想中，如此小的一个洞穴，怎能承载那久远绵长的思绪？莫非洞外那訇訇作响的风声，就是他飞扬的佛语？时间，既然能洗出一个佛，那么，它还能洗出什么？

南边，有商代遗址。那虽然只是一段古老的残墙断垣，却留有一代一代古人的遗迹——房基、地窖、水井、壕沟；石器、蚌器、陶器、铜器、玉器——每一个残片都像是在诉说什么。那萋萋荒草里，藏有多少故事？晚至三百年前，还曾留下八个字："商旅往返、船乘不绝"。那是何等的繁华！

记得，那年在黄河边上，在朦胧的月光下，他们谈了很多。可是，只有一句话，是任秋风不能忘怀的。那是个激越的年代，齐康民侃侃而谈，到了最后，他说："十年，二十年，三十年后，我们会是什么样子?!"正是这一句设问，惊爆了两颗年轻的心。

任秋风心里明白，他的心胸，就是在黄河边上一次次撑大的。每次来，总是让他血热。

转业之后，在踏入商海之前，他又一次站在黄河边上。转眼近二十年过去了，他仍然还记着齐康民的发问。是啊，他已过了而立之年。他期望能干一番事业，打出一方天地。所以，他要来这里把血重新烫一遍！

当然，在下决心之前，他首先要斩断的，是一段羁绊。那让他蒙羞的一刻，撕心裂肺，刻骨铭心，太伤自尊了。此时此刻，他已毫不留情地把那个女人——苗青青，从他的记忆中删除了。一个男人，当他面临选择时，果决，是必需的。这就像是"王佐断臂"，疼，也只一刹那！

二

在这段日子里，苗青青几乎整夜失眠。

有两个男人不断地出现在她的眼前——一个是任秋风，一个是邹志刚。

对于女人来说，对男人的印象主要是凭感觉的。有时候甚至是凭气味的。还有的时候，也许是一句无关紧要的话，就把一个女人给打动了。

几乎没有人会相信，一次"看相"就能把一个女人征服。可事实的确是这样的。那次"看相"是在一辆行驶着的旅行大巴上，当时晚报记者苗青青就坐在这辆车上。那时，她还不认识邹志刚，只是受总编的派遣临时替人参加一个带有旅游性质的商贸会。路上，一车人嘻嘻哈哈地闹着，说一些不关痛痒的俏皮话。由于会议带旅游性质，旅行社派了一个看样子有十八九岁的姑娘做全程陪同。这姑娘个儿不高，脸白白红红，长相甜甜的，特别讨人喜欢。于是，车上的男人一个个都争着给她"看相"，说些七七八八的话，逗她。她也不当真，听了也就听了，笑笑。就在这时，坐在后边，一直很矜持的邹志刚突然说话了。他说："小王，把手伸出来，我给你看看。"开初，小王也像对待别的男人一样，伸出来就伸出来，也不说什么。可邹志刚很严肃地说："我看，和别人看不一样。我看，可是要实话实说的。我说了，对就是对，不对就是不对。要是有一句说错了，你就别再让我看了。"小王见邹志刚很认真，一时也认真起来。邹志刚端起她的手，看着说："你是有男朋友的，对不对？"小王点点头。邹志刚说："你听好了，我不是指一般的男朋友，我是指跟你发生过性、关、系的朋友，对还是不对？"这一刻，一车人都愣住了，全都傻傻地望着小王。一时，小王的眼瞪得大大的，怔了很久，她的脸慢慢就红了，可这个头，她还是点了，点得很郑重。这么一下，把整整一车人都震了！众人哗然。有好事者围上来，一个个说："大师啊，这次出来不虚此行，碰上大师了！说说，往下说！"可邹志刚却并不张扬，声音反而低了些，他问："小王，你干导游几年了？"小王说："才一年多。"邹志刚说："这个活儿，你不能常干。干上一段，你就别再干了。"小王问："为啥？"邹志刚往前边看了一眼，小声说："你看前边那个姑娘。那姑娘一脸苦相，一生劳碌命，是养男人的。而你不一样，你是要男人来养的。干导游这一行，我是知道的：如果不骗人，你就挣不到钱。要是骗人，时间一长，心性就坏了。你想，一个女孩，一旦坏了心性，还有男人喜欢吗？"当他说完这句话的时候，不但小王对他佩服得五体投地，连苗青青都禁不住心里一动。而后，就像是有感应似的，苗青青和邹志刚几乎是同时扭过头，相互看了一眼，就一眼。再后，在一个人少的场合，苗青青主动走上前去，对邹志刚说："你会看手相？也给我看看。"邹志刚说："我给你交个底，其实，我不会看相。"苗青青说："那你，怎么说得那么准？"邹志刚悄悄对她说："看他们在那儿胡吹，我也就凑个数。说实话，关于说她有男朋友，我是从眉毛上看出来的。眉毛就像花蕊一样，是人的生理器官，也可以说是性器官。年轻女孩，只要跟人发生过性关系，她的生理就会发生变化，眉毛也跟着必然会发生变化。老实说，这个秘密是我从一本书上看到的。至于其他，凭的就是阅历和经验了。"两人之间，有了这一份坦诚，那心不由得就更近了些。当天夜里，住在宾馆里的这一男一女，一个住 317，一个住 215，竟然都没有锁门！究竟在等什么，谁也说不清楚。只是，半夜的时候，苗青青房间里的电话响了一次，她没有接。后来，邹志刚房间里的电话也响了一次，他也没有接。很熬煎的。一直拖到了会议的最后一天，当邹志刚来苗青青房间里送名片时，两人就像是决堤的洪水，一下子抱住了。而后，一发而不可收。

现在想来，两人之间的了解并不算多。可是，心为什么会动呢？是因了那一份博学和儒雅，或是一针见血的"眉毛说"？或是那交了底的坦诚？这又是说不清的。也许，心本就是有缺口的，这时候刚好碰上了一个"楔子"，那"楔子"就赶巧埋进去了。

是啊，结婚九年了。九年来，男人一共回来了七次。男人像阳光一样，九年来统共照耀她了七次，这是第八次。不知怎的，苗青青心里有一种不好的预感，她突然想起了一部电影，那部电影的名字叫《第八个是铜像》。

还记得在车站接男人的情景。大年三十的晚上，已过了午夜了，爆竹声声，站台上的人越来越少了，她等的那趟车还没有到。就在这时，广播响了，说 189 临时晚点。于是，她跑到出站口的栅栏处，问：同志，189 晚到什么时间？那人说：说不清。也许一点，也许两点，也许三点……她哭了。她就那么一直等到三点，等到站台上就剩她一个人。男人没有回来。

如果说，让她理解男人的话，应该说男人是事业型的。男人很优秀。她知道男人优秀，如果男人不优秀，当初她也不会嫁给他。可是，在日常生活中，"优秀"是不能当饭吃的。每到晚上，当她下班的时候，独自一人走在熙熙攘攘的大街上，那孤独就像水一样漫上来。特别是在报社值夜班，签了版已是下半夜了。大街上，灯冷人稀，走着走着，就有了"梧桐更兼细雨"之感！回到家就更是"冷冷清清凄凄惨惨戚戚"了！那枕头是抱着睡的。有时候睡着睡着，就有泪下来了，悄悄地、无声地，无限惆怅地，就去吃"安定"。慢慢，天长日久，这心里就生出了一咬一咬的小虫，小虫一点一点地蚕食着那孤守的意念。男人，你就只怪我吗？

这天，值完夜班，苗青青在床上浑浑噩噩地躺了一天。到傍晚的时候，她突然听见有人敲门。苗青青先是心里一紧，是不是……而后听那敲门声很急，这才披衣起床，拉开门一看，却是一送信的小伙子。邮递员说："苗大姐，签收吧。"苗青青懒懒地问："什么呀？"邮递员大咧咧地说："签吧，大件。"等苗青青签了字，邮递员从门外搬进来一个大木箱子，那木箱是用旧弹药箱做的。苗青青诧异地问："这么大，啥东西？"邮递员经常给她送信，很熟，就用羡慕的口气说："你都不知道，我怎么会知道？这是从外地寄来的。"接着，邮递员很热情地说："苗大姐，要不我帮你打开？"苗青青心里一酸，淡淡地说："你打开吧。"小伙子风风火火地找了把钳子，三下两下，就把那大木箱子打开了。打开一看，里边放的是男人的军用被褥，还有几套军装和一些平时积存下来的零零碎碎东西，放在最上边的，有两件东西让苗青青格外吃惊。最先看到的是精心制作的一个铜雕，那铜雕是一排机枪弹壳做的，钳、铣、磨、刨、镀，几乎所有的机械工序都用上了，做出来的竟是一个极为传神的飞翔中的仙鹤的造型。更叫人心动的是，这仙鹤上还贴着一张纸，纸上写有五个字：报告，回家了！在铜雕下面，还放着一本装订好的报纸剪贴本。那邮递员看着那仙鹤形的铜雕，挠挠头说："噢，是告诉你，你爱人要回来了。"当苗青青从铜雕下拿起了那个装订得像书一样的报纸剪贴本，一页页翻开时，只见那里边全是她发表的文章。男人心细，男人把她写的"狗屁文章"一篇一篇（哪怕是几十个字的）全收集了。看到这些，苗青青一下子受不了了！

邮递员临出门的时候，还摇摇头说："这人，回家了，还报告？"

三

一个丢了家的男人，办公室就是家了。

离了家之后，任秋风首先要对付的，是吃饭问题。他的苦处，是不知道该吃什么。现在，吃饭已经成了他最大的一个负担。

最初，也新鲜过几天，早上跑出去，在路边的小摊上喝碗豆浆吃根油条，热乎乎的，很好嘛。中午，找一小馆，吃碗炸酱面、烩面、凉拌面，也行。晚上就不好办了，很想喝碗稀饭、吃点馒头小咸菜什么的，却不好找，走一条街，再走一条街，还不一定能找得到。这样，总吃街头上的饭，时间一长就不行了，有时候上火，有时拉肚子。一到吃饭的时候就愁，上哪儿吃去？吃点啥呢？

那天一大早，就有值夜的敲他的门，敲得咚咚响！他赶忙开了门，说你慌什么？值夜的说，老总，不好了。来一爷，把"令卡"捣了！他犯迷糊，问：爷？哪来的爷？！值夜的说，管电的爷。——细问了，才明白，是商场欠人家一年零七个月的电费，电业局的人把电给掐了！

他有点躁。电，不就是商场的命吗？你把电掐了，我还做什么生意？！这样想着，突然，他记起来，有一个战友姓徐，比他早回来两年，好像是分在了电业局。于是，他赶忙拿起电话，转了两转，到底把这老徐找到了。老徐离开部队时，也是副团，这会儿已是电业局的副局长了。这老徐倒是个爽快人，一说是任秋风，兜头就是三个字："先吃饭！"

吃饭就吃饭，这有什么？他不正找饭辙呢。可任秋风一去就知道了，这不是一般意义上的吃饭，是一次战友的大聚会。是联络，是织网。到了之后他才明白，在这座城市里，居然还有一个"吃饭会"！而电业局的老徐，就是所谓的"吃饭会"的会长。这一次，他一下子召集了十二个战友，现在都是各行各业的中层干部，按老徐的说法，都是人物。

任秋风第一次参加"吃饭会"，是在老徐的管辖范围之内，这个地方叫"江南鱼"。饭定在一个豪华包间里，等人到齐了，一阵寒暄后，老徐拿起桌上的筷子，往一个茶杯上一放，说："上令！现在上令了。"而后他说，"咱吃饭会的规矩，老任不懂，大家给他演示一遍，往下他就明白了。"任秋风悄悄问了坐在身旁的一个战友，说，啥规矩？战友笑着说，一开始，每人讲一个荤笑话，讲不出来的罚酒一杯。活跃气氛的。老徐说，废话少说，开始开始。于是，坐在他旁边的一个战友开始讲了，他说，"我刚听了一个，是说三国的。说是当年曹操与蒋干见面时，蒋干出于礼貌，问候说，操，你妈好吗？曹操听了很不舒服。这叫什么？操你妈?! 第二天，曹操跟蒋干又见面了，这次曹操先打招呼，说：干你全家好吗？"众人听了，一笑。老徐说，好，过了。第二个战友接着说，"我说一个。一光棍，好不容易娶一老婆。当夜，行房时，光棍说，一杆枪两颗弹，二十七年未参战。老婆听罢很不服气，腿一蹬说：一座庙两扇门，三十一年没进人！"众人又笑。第三个人说，"我讲一个新的，刚刚听说的。说是有一老板，裤子的前拉链开了。女秘书善意提醒他：您车库门开了。老板不解，说：看见我宝马了吗？女秘书说：没有。只有两个破轮胎。"众人各自看看自己的"车库门"，还笑。第四个捋了捋袖子说，"我讲一个'支边'的。在一少数民族地区，有一天办公室主任报告说，书记，不好了。——牛巴马日死了！这位支边的书记很严肃地批评说，怎么搞的？为什么把它们拴在一块儿?! 后来才明白，牛巴马日，是一干部。"众人又笑。第五个说，"一男人去医院看病，拿着一位女医生开的处方，在医院里转了半天，居然没找到地方。他又回来找女医生问：13超在哪儿？女医生笑了，说：不是13超，是 B 超。男人大怒：你的 B 分得也太开了！"哄，众人笑得前仰后合！就这么一路讲下来，轮到任秋风的时候，他皱了皱眉，说："这个，我不行。"众人又笑。任秋风不知道他们笑什么。这时有人解释说，在酒桌上，女的不能说"随意"，男的不能说"不行"。在地方上，"不行"就是"那个"不行的意思。老任不以为意，说喝酒我真不行。这时候，"吃饭会"的会长说话了。老徐说，老任，这可是给你接风的。你不喝谁喝？鸡巴，看你愁得，不就是个电吗？明天就给你日上！喝！于是，任秋风很勉强地喝了一杯。接下去，出于礼貌，任秋风说，这样，明天，我回请大家。可没等他把话说完，众人又笑了，笑得任秋风愣愣的。会长说："老任，操，还轮不到你呢，你回来得最晚，排第十三位！明天是老孙。"这天晚上，酒一直喝到了深夜两点，一个个喝得东倒西歪的。

此后，几乎天天有饭局，今天是"火锅大世界"，明天是"大上海"，后天是"海鲜城"，大后天是"鲍鱼翅"……就这么一路喝下去。每次聚会，任秋风都坚持说他不会喝酒，他们也不过分勉强他。可是，就这么吃着吃着，任秋风实在是受不了了！说是不喝酒，可到了那里，七劝八劝的，怎么也得喝几杯。还要行令，还要讲荤段子，一日日这么陪着，他很不舒服。况且，他吃海鲜过敏。每吃一次海鲜，他身上会起一片红疙瘩，痒得钻心，比死还难受！好多天都过不来。再说了，一到酒桌上，说的都是些荤荤素素的笑话，相互间吹吹拍拍，这也不是他的风格，很不习惯。于是，"吃饭会"开到了第七次，任秋风不堪重负，忍无可忍，他对老徐说，"会长，我能不能提个建议？"老徐在电业局，霸道惯了，乜他一眼："我令都上了，你酒也不喝，有啥资格提建议？难道想造反不成？我告你说，我这会长，可是喝出来的。你问问在座的各位，我是一平、一竖、再加楼上楼，整整八两半！你要夺我这会长，就得加一倍！"

任秋风说："是吗？"

一时，众人也跟着起哄：老任，夺了他！

于是，任秋风站起来说："把酒倒上！"其实，任秋风也不是不能喝酒，他只是把握着自己，一般不喝。就这样，在众目睽睽之下，有人拿过两瓶酒，一下子倒了四茶杯，满满当当的。任秋风二话不说，端起一杯酒，先是咕咕咚咚地喝下，而后又端起一杯，又是咕咕咚咚喝下了，还亮了底！喝得众人愣愣的。

喝下第二杯后，任秋风的脸红成了一块布！这时，老徐害怕了，他怕真喝出事来，就按住任秋风的手说："好你狗日的，我让，我让了！你别喝了。"

任秋风说："我现在有资格说话了吧？战友聚会，本是好事。咱们转业到地方，大家相互关照，也在情理之中。可就这么一天天喝下去，会喝坏身体的。所以，叫我说，吃饭会从今天起解散。对不起了，大家要想聚，赶到逢年过节的时候，可以再聚。"说完，他给各位敬了一个礼，扭头就走。

出了门，他心里还很清楚，就是腿不当家。

回到商场后，任秋风叫人买了两箱方便面，再也不出去吃饭了。

四

苗青青在大街上徘徊了很久。

已是傍晚了，她包里的 BP 机（无线寻呼机）像虫儿一样叫着，她已经看过了，上边写着：九点在上岛咖啡见面。九点在上岛咖啡见面。九点务必在上岛咖啡厅见面！那人一次一次地呼她。可她没有回。

应该说，邹志刚对她不错。自从有了他，灯泡坏了，是他给找人换的；水管坏了，是他给找人修的；家里的大小事，只要给他打个电话，他都会帮忙。他还经常给她送花，请她吃饭。有了一个近在眼前的男人，那日子的滋润是可以体会得到的。虽然，这一份是"偷"来的，让人忐忑，却又是很富有刺激性的。记得一次夜半，两人看电影回来，挎着手在街上走，可走着走着，各自的手就慢慢缩回去了，还是怕熟人看见！

是啊，两个男人，都是她此时此刻无法面对的。她神思恍惚地走着，有两次都差点撞上行人，从黄河路到大石桥，而后折身往南，走上了二七路。当她路过九九美容美发厅时，不知怎的，看里边灯火一片，富丽堂皇，她竟信步走了进去。一个服务员迎上来，说："小姐，你头发多好。做个离子烫吧?"她问："什么? 什么烫?"服务员说："离子烫。做出来可好了。"她知道，离子烫是最贵的。她虽有些迟疑，嘴里却说："行。你老板在吗?"可那服务员却着意强调说："这个离子烫，本是一千二的，我们现在只要八百。"她的话音刚落，只见从温州来的女老板九九从里边走出来，九九满脸堆笑说："阿惠，你胡说什么? 这是晚报有名大记者苗姐! 人家什么没见过? ——苗姐，对不起了，阿惠刚来，不认得你。你去吧，苗姐的活儿，我亲自做。"听她这么说，苗青青也就不能不做了。

当苗青青从九九美发厅出来的时候，她已知道她要去哪里了。

是的，事既然出来了，总是要面对的，她必须面对。

所以，当她鼓足勇气，来到男人办公室的时候，她的心情竟好了许多。当她推开门的时候，见男人背对着她，正在一张图纸前站着，男人真是魁梧啊! 男人办公室的四面墙上全是装修的示意图，站在那里，男人就像是指挥千军万马的将军一样。可她也注意到了，男人的办公室里放一折叠床，床上是他的铺盖。看来，男人是要在这里安营扎寨了。

苗青青是有备而来的。当男人回过身，看见她的时候，竟有些惊讶。是的，她换了发型，特意做了个离子烫。而且，她身上穿的那件鸭蛋青的风衣，极自然地衬出了她那修长典雅的身材。里边穿的那件黑色的开司米毛衣，把饱饱的胸一下子就衬托出来了。还有那带有装饰意味的长丝巾，打着一个很新潮的结儿，就这丝巾的扎法和搭配，把一个女人的韵致照亮了。那就像美发厅的九九说的那样，阿姐，"万人迷"呀!

可是，那讶然是片刻的。望着她，任秋风的第一句话是中性的，有点突兀。

他说："你眼光很好。"

苗青青以为他指的是她的服饰，就提了心气，用半撒娇的口气说："眼光？——你以为呢！"

任秋风点了一下头，用词含蓄地说："嗯，你是很有、眼光。"

苗青青一下子就明白了，这是双关语。那话里，是含着讥讽的。女人哪，千万别让男人抓到什么！

往下，任秋风的口风变了，他冷冷地说："有事吗？"

苗青青说："听说，你被人抓走了。我来，看看你。"

任秋风"哼"了一声，没有再说什么。

苗青青说："你去了六个小时，就被放回来了。知道这是为什么吗？"

任秋风摇了摇头，不屑地说："纯属胡闹。"

苗青青说："胡闹？你以为是胡闹？可人家是有证据的。告诉你吧，是我一个姐儿们给我透的消息。我给法院打了电话，人家才答应放你的。"

任秋风淡淡地、不以为意地说："是吗？那，谢了。"

苗青青觉得机会来了，撒了一个娇，嗔道："怎么谢？"

任秋风望着她，很久不说一句话。而后，他的眉头动了一下，背过身去，终于说："——离婚吧。"

苗青青虽说是有精神准备的，却还是觉得陡了些。她眼里慢慢起了一层雾，很艰难地说："就这么、谢我？"

任秋风默默地说："我这是为你好。你不是已经这个……离了吧。"

苗青青含着泪说："你，还是不原谅？"

任秋风沉默。

苗青青喃喃地说："我是有错。我知道我对不起你。能不能……"

任秋风仍是一声不吭。

苗青青站在那里，心里的怨气像黑雾一样慢慢涌上来，她一字一顿地说："那，我也、谢谢、你吧。谢谢你的、铜雕。谢谢你的、报纸剪贴本。谢谢你，九年来，七次，不，八次，这应该算是第八次吧，好心的探望。还有，夜里睡不着觉的时候，我会，把窗户打开，让风进来，那就是你的恩赐。这，也是要、谢谢的。"

灯光下，任秋风的影子印在墙上，印出一片孤清的模糊。久久，任秋风很艰难地说："我执意要转业，本来，是想给你一份惊喜。想不到，真想不到。算了，不说了。你，好自为之。"

苗青青无声地啜泣了一会儿，扭身向外走去，她走了几步，却又扭过头来，说："你、写吧。"

任秋风说："写什么？"

苗青青说："你不是要离婚吗？离婚协议书。——写好了，请通知我一声，我随时，签字。"

五

在这座城市里，到"上岛"去，已成了一种品位和时尚。

以典雅著称的"上岛"，是一个专营西点和咖啡的酒吧。里边的装潢设计全是欧洲风格的。大厅里是一排排隔开的情侣沙发座。灯也是小的，橘色的，给人一种很温馨很私密的感觉。自那次会议后，邹志刚和苗青青第一次单独约会，就是在这里。

还是那个靠里的老位置，邹志刚焦躁不安地在那儿坐着。短短两个小时，他已先后往苗青青的 BP 机上发了二十一条信息！可还是一直不见她的人影。终于，当他最后一点耐性快要散尽的时候，她来了。

苗青青看上去脸色很灰，是那种带有风尘感的灰，于是就有了更多的俏和魅。当她坐下来的时候，邹志刚很殷勤地问："喝点什么？卡布其诺？"

苗青青只说了一个字："——酒。"

邹志刚愣了一下，说："你……那好，喝什么，干红？"

苗青青说："干红。"

邹志刚按了一下桌上的钮，片刻，服务生来了，说："先生，要点什么？"

邹志刚说："一瓶干红，要最好的。"等服务生退下后，邹志刚急不可待地、也是有些拗口地问："那谁，那那、那啥，回去了吗？没，没再跟你闹吧？"

苗青青突然笑了，她笑着说："酒呢，酒怎么还没上来？"

正说着，服务生端着一个托盘走过来了，他把两杯红酒放在两人面前，而后，又小心翼翼地把那瓶红酒放在了桌上。苗青青二话不说，端起面前的那杯酒，一饮而尽！

邹志刚吃惊地望着她，说："你喝得太猛了，慢点喝，这酒后劲大。"

苗青青看着手里那喝空的酒杯，突然说："那啥，你，愿意娶我吗？"

邹志刚有点猝不及防，窘了片刻，说："这事，当然，我是爱你的。不过……还是……"

苗青青直直地望着他，问："当然什么？不过什么？还是什么？！"

邹志刚还是没有正面回答，他像牙痛似的吸了一口气，说："这事，我知道是要负责任的，我也不是不负责任的人。只是，该怎么解决好，咱们得拿出一个妥当的办法。你说呢？"

苗青青又是一口把杯中的酒喝干，再倒上一杯，拿在手里晃着，说："你打算怎么解决？"

邹志刚小心地斟酌用语，说："最好是，不要闹。闹起来，谁脸上都不好看。我想，是不是弥补一下。我还是可以出的。"

苗青青说："你，什么意思？"

邹志刚小心翼翼地斟酌着："就是说，让他，不要再追究了。五万，怎么样？"

苗青青看了他一眼，说："五万？"

邹志刚说："按说，一个当兵的，五万，不少了。"

苗青青目光一凛，说："你——卖肉呢？"

邹志刚忙说："我不是那意思。你别误会，我没有那意思。"

苗青青乜斜着眼看着他："怕了？"

邹志刚干干地笑了一声，说："这不是怕的问题。你要相信我。我怕什么？无非是……对不对？"

苗青青一手端着酒杯，一手托腮，冷笑着说："你仪表堂堂，怎么就长了一个狗胆？你不用怕。我说出一句话来，你就不用怕了。我告诉你，他，已经不是军人了，他转业了。"

邹志刚听了这话，先还是阴晴不定的脸，陡然间释然了许多。他说："青青，你不能再喝了，你喝得够多了。实话告诉你，我已经去法院问过了。我真不是怕。这点事，在现代社会里，算个啥？他是军人又怎样？你又不是军用物资。"

没有想到，苗青青端起酒，一扬手，泼在了邹志刚的脸上，说："你真下作！"

顿时，邹志刚一脸一身都是红色的酒液。酒淋淋沥沥地在他的头上、西装上流淌着，人显得十分狼狈！邹志刚站在那里，正想发火，看周围有人乱纷纷地探头看，就说："你喝醉了，你真的喝醉了。"

不料，只见苗青青跳将起来，大声喊道："看什么看？我是个坏女人！我告诉你们，我就是个坏女人！"而后，她趴在桌上，呜呜地哭起来了。

这时候，隔着四个情侣座，坐在靠西边座位上的齐康民对他的三个女学生悄声说："别看，谁也别看，这个人我认识。"

六

齐康民是被他的三个女学生特意约出来的。

面对毕业，她们本是有很多遐想的。可是，在实习时，任秋风的一段话，把她们打动了。她们也相信老师的分析：中国，即将进入商品时代。可是，那个号称要打造中国第一商业王国的人，可靠吗？所以，她们把老师约出来，希望他给出出主意。

齐康民对他的三个女学生说："先说，啤酒管够吗？"

上官云霓说："老师，你想喝多少都行，放开喝。你要喝多了，我们三个把你抬回去。"

齐康民推了一下眼镜，说："那就好。我这人没别的嗜好，就好喝一点啤酒。既然酒管够，我是卖嘴的，你们不让我说，我也要说。中国是什么？对于世界来说，中国就是一个市场，一个很大的市场。当然，这个市场目前还不太规范，但慢慢会规范的。"

陶小桃说："老师，你等一下，啤酒还没上来呢。"

齐康民说："没事，我以话当酒。现在的问题是，要抢占先机。谁最先拥有了新的商业理念，谁就会成为中国的洛克菲勒，成为中国的比尔·盖茨。我现在要说的是，你们相信老师吗？你们只要相信我，就应该相信任秋风。跟着他干，是没有错的。"

这时，啤酒上来了。江雪把一大杯啤酒放在老师面前，说："老师，你喝一口，润润喉咙。"

可齐康民的兴致已上来了，他只是随意地端起啤酒呷了一口，连看都没看，接着就舞动着手臂说："这个人，我用四个字来概括：极其优秀。我给你们说，我跟任秋风是少年时期的伙伴，是从打架、偷书开始认识的。他参军后，是干侦察兵出身，上过越南战场。这个我就不多说了。你们别看他是个军人，读书特别多。这些年，我们一直通信，他的认识，可以说一直是很超前的。我现在给你们讲三个有关他的细节，你们就知道这个人了。你们知道，他转业了。可在转业前，部队一直是想留他的。他原是正营（他的副团是临走时才提的，其实他早该提了），可当初人家要提他当副团，你猜他怎么说？"

陶小桃问："他说什么？"

齐康民说："他说，我没有做副职的习惯。听听，这话说得，有点意思吧？"

上官云霓问："他就这么说呀？"

齐康民说："他就这么说。第二，回来后，他要改造这个商场，需要资金。预算造了三百万，可人家银行不见他。你猜怎么着，他连续三天，在人家行长家门前站着，笔直地站着，就像旗杆一样，一站就是九个小时！终于把那行长打动了，行长破例给了他一个小时的时间，贷款就拿下来了。再往下就不好说了，事关隐私，算了，不说了。"

陶小桃托着下巴，催促说："说嘛，说嘛。"

其实，到这会儿，齐康民已经兜不住了，你不让他说，他也会说的："他转业回来的当天晚上，就遇上了一件很糟糕、很尴尬的事。开了门，屋里有人，那是一个男人和一个女人的故事。遇上这样的事，任何人都是无法接受的。你们猜他怎么着？他一下子吐了，吐了后，只说了三个字：继续吧。而后，关上门，扭头走了。"

听到这里，三个姑娘一下子怔住了。上官云霓说："真的？"

江雪说："真的？"

陶小桃说："真的呀？！"

接下去，上官愤慨地说："太不像话了！"

陶小桃摇摇头，说："太伤人啦。怎么能这样呢？是吧。"

江雪咬了咬牙，说："无耻！"

齐康民说："这也算是泰山崩于前而不改色吧！你们想想看，这需要怎样的胸襟和气度？这样的人，还有什么干不成的？"

江雪闷了一会儿，忍不住说："可是……"

上官问："可是什么？"

可往下，江雪不说了。

就在这时，只听里边相隔几个座位的地方，传出"哗"的一声，三个姑娘都站起身，扭头去看，可齐康民却小声说："别看，别看。"

上官说："怎么，里边打起来了？"

陶小桃"嘘"了一下，小声说："不是，那女人是用酒泼了那男人一脸。"

齐康民也小声说："别看了，那人我认识。"

一时，三个姑娘都回身望着他，上官说："老师，你认识？"

齐康民小声说："她一来，我就认出来了。好在她没看见我。她，她就是任秋风的妻子。"

于是，三个姑娘全都好奇地说："是吗？她长得怎么样？"说着，就站起要看。齐康民忙制止说："这事关人家的隐私，都坐下，别看了。"

可就在这时，只见那个被泼了酒的男人，夹着包，悻悻地从他们身边走过去了。

三个姑娘望着齐康民，齐康民默默地点了一下头。片刻，他小声问："那位，女士呢？"

陶小桃也小声说："先是哭了一阵。这会儿，还在那儿趴着呢。八成是喝醉了。"

齐康民说："喝醉了？要是这样，我就不能不管了。不管怎么说，她现在还算是任秋风的妻子。这样，咱们一块儿，把她送回去吧。"

不料，江雪首先反对，说："看她那德行，我不送！"

上官也说："这样的人，我也不去。"

陶小桃看看这个，又看看那个，说："老师，我们跟她又不认识，还是你去送吧！"

齐康民脸一沉，说："我还是不是你们的老师？都去。我一个人去，她醉成那样，说得清楚吗？"

不料，当齐康民轻手轻脚地走过去，刚拍了一下醉酒的苗青青，苗青青却突然站起来了，她看都没看老齐，只说了一句"我没事"，就直直地朝洗漱间走去。

当苗青青从洗漱间走出来的时候，虽然身子仍有点摇晃，但她们对她的鄙夷，陡然间就少了许多。

苗青青的确是有修养有品位的人。她虽然吐得一塌糊涂，仅是在洗漱间略微地擦了把脸，拢了几下头发，人一下子就不一样了。她的矜持、优雅、镇定，就像是天然的。她挺挺地走过来，脸上微微笑着，对齐康民说："对不起，老康，添麻烦了。"

齐康民有点不知所措地说："你没事吧？这，都是我的学生。"

苗青青再次颔首示意，这时，她身子已有些站不稳了，可还是说了句："谢谢。"可是，她话未落音，微笑还凝在脸上，人已慢慢倒下去了。是呀，为了体面，她已经用尽了最后一点气力！

众人忙围上去，见她已昏厥过去。摸摸，还正发着高烧！就手忙脚乱地把她抬到沙发座上。陶小桃倒了一杯水端过来，可她已经不能张嘴了。这时，齐康民搓着两手说："这咋办？这可咋办？"

上官云霓先是掐了苗青青的虎口、人中，而后指挥着众人把她放平，让她平躺在沙发上。这时候，才回过身说："什么怎么办？送医院嘛。"

齐康民这才想起来，说："好，送医院，送医院。"

当他们把苗青青送到附近医院的急救室之后，齐康民挠挠头，对三个女学生说："这怕是得给谁，说一声吧？"

上官马上说："我去，我去吧。"

立时，江雪和陶小桃互相看了一眼，她们马上就明白了那个"谁"的具体含意。这么说，上官她，已下了决心了。

可上官云霓却没有让她们来得及猜疑，她话一落音，就快步走去了。

七

没有人知道上官云霓心里是怎么想的。

这天夜里，上官云霓几乎成了一个失魂的人。那个人，就像是一个巨大的磁铁，一下子就把她给吸住了。她对自己说，世界很大呀！

上官家族曾经是三代书香。到了上官祖父这一代，家族虽然败落了，祖父还算是清华毕业的高才生，可他却阴差阳错地被打成了"右派"，于是上官家族就此流落到平原上的一个小县城里。她从小是跟着祖母长大的，祖母曾是大家闺秀，家教很好，普通话是带一点南方口音的。改革开放后，祖父的问题得到改正，而后他再度被起用，曾做过一段副地级的干部；原是教书的父亲也从学校调到了机关，跟随着升到了处级。就此，上官家流落到平原的这一支，才再度有了兴旺的迹象。她呢，也成了上官家的一颗明珠。

在有名的中原商学院"三枝花"里，无论是个头、长相、仪表，她都是排第一位的。追逐她的人很多，可是，她一个都看不上。

此时此刻，就连她自己，也未必说得清楚。不过，老师的话，的确在她心里起了作用。她知道，那个人，是要干大事的，是个不达目的决不罢休的人。有时候，人对人的了解是由反感开始的。在商学院四年来，从上第一堂课开始，"任秋风"这三个字是跟偷书联系在一起的，这也是齐康民老师在课堂上无意间的调侃，他一次次把这个名字输进了她的脑海里。最初，那只是个"贼"的含意，不管偷什么，也是个偷儿。后来，这个"偷儿"在一次次的重复中变得可笑了、幽默了，甚至是温馨了。就像是一个小小的悬念，时不时地让人想一下，这个人，怎么样呢？突然有一天，他就出现了，一下子离得那么近！是啊，很突兀，他离得那么近，就像是什么什么的，重逢。可她也没想别的，听到他的那些传闻，就觉得这个人，蛮有意思的。

夜已深了，当她来到商场的时候，却不知道怎么进。所有的门都锁上了，铁栅栏一道一道的，从哪里进呢？她围着商场转了一圈，又转了一圈，只有地下车库有一个进口，可那个进口也是锁着的。是呀，她没有他的电话，她怎么就忘了电话呢？当她焦急地转来转去时，在商场后边，她发现楼上有扇窗户是开着的，灯也亮着，那就是他的办公室。怎么办呢？她只有喊了！于是，她对着上边大声喊道："任——秋——风！任——秋——风！任——秋——风！"

当上官云霓喊到第五遍的时候，只见那扇窗户里，有头探出来了。他趴在窗口高声说："我给你开门，你上来！"

于是，不知为什么，就像是鬼使神差一般，她竟跟着他上去了。在他的办公室里，看着满屋子的图纸，上官云霓几乎忘了她的来意，她开口就说："你说你要办中国一流的商场，打造一个商业王国？"

他说："是。"

她说："你说你要引导消费，让顾客蜂拥而来？"

他说："是。改变旧的经营模式，放开手脚，搞营销。"

她说："你看过《市场营销学》吗？"

他说："戴维的？还是伯格森的？"

她说："那你图纸上关于电梯位置的设计是错误的。你看这里，人上来了，却又下去了。"

他说："这个问题我也考虑过。人不是留住的，是顾客自己要来的，要让顾客自觉自愿地来。"

她的脸有点红，像是卡住了。

往下，他的一句话也很突兀，他望着她，说："你决定了?"

她迟疑了一下，说："决定了。"是的，她是第一个决定留下来的。这很突然。

任秋风目光炯炯地望着她，说："那好，明天就来上班吧。手续，以后补办。"

上官不解地问："你怎么知道我要来?"

任秋风说："从你眼睛里看出来的。"

上官刚要告诉他，可他却把她的话头截住了。他看着她，一字一顿地、无限感慨地说："年轻真好。有一个人，你知道吗?"

她说："谁?"

他说："法国的皮尔·卡丹。皮尔·卡丹十二岁闯巴黎。那时候他还是一个只有小学文化的乡下穷小子，后来成名，也只不过用了十年的工夫。"

她不以为意，说："这些，老师讲过。"

他说："有一句话，你老师肯定没讲过。"

她说："什么话?"

他说："你记住，在这个世界上，我不是你遇到的最好的人，但我是可以把你的潜能发挥到极致的人。"

她问："这话谁说的?"

他说："我说的。"

这句话是很醉人的。她默默地望着他，望了一会儿，赶忙说："我来，只是要告诉你，你妻子病了，在二附院。"

他诧异地看了看她，说："你们，认识?"

上官不想多说，就说："不认识。是偶尔碰上的。去了你就知道了。"

他挠挠头，迟疑了一下，说："苗青青，她，不要紧吧?"

她说："正在医院抢救。你妻子她……"

这时候，他却说："曾经，曾经是。走吧，去看看。"

她说："你妻子，她很漂亮。"

他淡淡地说："不说她了，走吧。"

下了楼，她却没有跟他一道走。她说："你去吧，那是你妻子。我回去了。"

任秋风愣了一下，什么也没有说。

这天夜里，任秋风在医院一直待到了第二天早上。他问了大夫，知道她有心肌炎。况且心里郁结太久、肝火太旺、加上醉酒造成的肝昏迷，不算十分严重，也就放心了。当苗青青输了三瓶水，从昏迷中醒来的时候，第一眼就看见了任秋风。当她看见他的时候，眼里的泪一下子涌出来了。任秋风给她掖了掖被子，说："醒了？好些了吧?"苗青青泪眼模糊地望着他，沉默了很久，才说："谢谢。"任秋风说："谢什么。虽然……总还是朋友吧。"苗青青喃喃地说："朋友?"任秋风说："要是连朋友也不能做了，那至少，还是熟人吧。"苗青青听了他的话，又沉默了一会儿，很生硬地说："我没什么了。你可以走了。"

在这一刻，苗青青明白：那失去的，再也找不回来了。

第三章 ·······································

一

最初，似乎没有人仔细注意过江雪的眼睛。

江雪不是校花。在一般人眼里，她很平常。初看，甚至可以说是有一点点丑的。她人瘦瘦的，中等个儿，混在人群里，没有人会多注意她。可是，在学校里，她的学习成绩却是最好的。也有人觉得这个扎一马尾辫的姑娘身上有些男孩子气，那是她每天坚持跑步的缘故。在中原商学院的四年时间里，无论刮风下雨，她每天早上四点半准时到操场上去跑步。她的出身如何？学校里几乎没人知道。跑什么呢？也没人知道。人们只知道，一个扎马尾辫的姑娘，在跑。

后来，她竟然成了一道风景——可以说，江雪的美是齐康民教授最先发现的。

那还是在上课的时候，一天，齐康民教授正在教室里手舞足蹈地讲着什么。可讲着讲着，突然，他停下来了。大约有一分钟的时间，他一句话也不说，就那么张着嘴，目不转睛地、痴痴地望着讲台下的一个地方。而后，他喃喃地说："美，太美了。开花了，眼里开出花来了。"他看的那个地方，正是江雪坐的位置。

下课后，齐康民叫住了江雪。他郑重地说："江雪，我告诉你，你太美了！非常非常美。真的，你眼里开出花来了。"

一时，江雪脸红了，江雪说："老师，你笑话我干什么？"

齐康民说："我发誓，真的。"

眼能开花吗？没有人相信。可后来这句话还是传出去了。再后，传来传去的，竟传成了一个典故，说中原商学院有个"眼睛能开花"的美人。连外校也有专门来看的。可传闻虽多，却始终弄不清这人究竟是谁。

自此，就有人开始注意江雪的眼睛了。这是怎样的一双眼睛呢？假如你注意上十分钟，就会发现那里会一时一时地生出一朵一朵的涟漪，涟漪一波一波，抖然会泛出一种奇妙无比的光。那光似是会幻化的，有魔力的，它会让人一下子灿烂起来！这时候，你会觉得她脸上的每一个部位都是生动的。特别是在课堂上，当老师讲到妙处，或是江雪心有所悟时，那双眼睛就真的开出花来了！那眼里电光四射，有一种放射状的亮光水一样地溢出来。那光先是还有一点邪，烟烟的，罂粟一般的邪。倏尔，那顶端就像是奇迹般地开出了一支雪莲，雪莲慢慢地从烟邪的眼波里长出来，在幻化中浸润，在浸润中缥缈，在缥缈中奇诡，美艳洁净，简直绚丽极了！人，一下子就变得如仙如玉，光彩无比！那一刻，真是顾盼生辉，千般狐媚，万种风情。可那眼的底部却犹如冰做的深潭，透出丝丝的寒气；又像是万只蚂蚁眼织成的井口，莹莹幽幽，叫人不能近！

于是，齐康民有一次酒后说：中原商学院，从眼睛上看，江雪第一。可究竟是什么第一，他没有说。

然而，对于齐康民极力夸赞的江雪，开初，任秋风并没看出她的重要性。他甚至认为这位老朋友太偏爱自己的学生，夸过头了。所以，当江雪前来应聘，又一次站在他面前的时候，他说："考虑好了？"

江雪说："考虑好了。"

任秋风看了她一眼，笑了笑说："听说，在商学院，你的学习最好。我考考你吧。你说说，从人类意义上说，是先有鸡还是先有蛋？"

江雪说："不知道。"

任秋风说："有点偏，是吧？那么，从商品意义上说，是先有蛋还是先有鸡？"

江雪仍然说："不知道。"

任秋风说："你很诚实。那么，我再问你一个问题：你知道，法国葡萄酒是如何打进美国市场的吗？"

当问到这个问题时，江雪似乎是迟疑了一下，可她最后仍然说："不知道。"

一连三个"不知道"，任秋风有点愕然。他停顿了片刻，说："好吧，你如果不知道，我告诉你。法国葡萄酒打入美国市场在是一九五一年。当时，法国酒商借助于美国总统艾森豪威尔六十一岁生日，趁机以法国的名义给艾森豪威尔送去了两桶窖存了六十一年的法国白兰地。这件事经媒体的大肆宣传，法国葡萄酒由此在美国家喻户晓，从而一举占领了美国市场。"

江雪说："明白了。"

任秋风说："你不是优等生吗？"

江雪说："其实，我很一般。"

任秋风想了想，说："你是老齐着力推荐的。既然来了，我决不亏待你。这一点你可以放心。这样吧，你明天上班，至于分工，我再考虑一下。"

江雪说："好，那我走了。"她这么说着，却从背后拿出了一个大纸袋，慢慢说，"任总，这是我业余时间画的几张草图，也许没什么用，你看看吧。"说着，她放下那个牛皮纸大袋子，扭身走出去了。

等她出门后，任秋风先是摇摇头，喃喃地说："这个老齐，什么优等生？"而后，他有几分好奇地拿起了那个大纸袋，抽出里边东西一看，竟是一沓一沓的四季彩色套装图样。有天蓝的，米黄的，绛红的，牙白的……看着看着，任秋风简直惊呆了。这可以说是正中下怀，他太喜欢了！任秋风用力拍了一下桌子，快步跑出去了。

他跑到楼梯口，高声喊道："江雪——你回来！"

过了一会儿，江雪上来了。可任秋风并没理她，仍在专心致志地看那些图样……等他转过身的时候，江雪小声说："任总，我好像记起了一点点，法国葡萄酒打入美国市场的时间是——一九五〇年。"

任秋风喝道："调皮！"而后，他盯着她看了一会儿，突然说，"你有一个缺点你知道吗？"

她说："我不知道。您说。"

任秋风用审视的目光望着她："如果我没有看错的话，这是你为商场重新开业设计的标志性套装，对吧？"

她说："是。我只是，试试。"

任秋风说："是春、夏、秋、冬四季的吧？"

她说："是。"

任秋风用责备的口吻说："你这个设计，有一个明显的缺点。"

她说："您说。"

任秋风说："一流的商场，要有整齐划一的、标志性的服装。就像军队一样，服装是体现风貌的。你的想法很好，设计嘛，也还是不错的。但是，这里边有一个明显的缺陷，我们的商场，将来是要走向世界的，服装上怎么能没有商场的标志呢？这是一个重大的失误！"

她说："我明白了。"

任秋风对特别看重的人，从来是只批评不表扬的。他望着她，说："你拿回去吧，三天以后送我再审。商场就是战场，我的队伍，服装上只有一个要求：一流的设计，一流的样式，一流的标志。"

她说："我再试试。"

江雪临走时，却又被任秋风叫住了。他说："你回来。"

江雪扭过身来。任秋风望着她，说："你还有一个缺点——"说到这里时，他停顿了一下，说，"眼太毒。"

江雪一下子怔住了。

二

商场的老牌子摘下来了。

这家有着三十多年历史的国营商场，在"文革"中先后改名为"人民""红卫"，一直到一九七八年才重新改回来。可这才经营了十几年，它就又跟不上形势了，特别是近期以来，偌大的商场，日营业额竟不足万元，光水电费都付不起，只有停业整顿了。

在商场关上大门之后，面对全体员工，任秋风在讲话中说："从今天起，咱们停业整顿。同志们，咱们只有一百天的时间，在商场装修这一百天的时间里，咱们必须以全新的面貌，全新的经营理念，出现在顾客面前！从现在起，全体人员进行封闭式培训。训练合格的上岗；不合格的，下岗！训练的第一关，就是换脸！"

这时候，人群中突然有人大喊一声："你一家伙定了一百多个条条，我们背不下来！再说，我们是商场的营业员，不是卖笑的！换啥脸？不就是卖笑吗?!"一时，人群里有人跟着嗷嗷说："对呀，我们卖东西，不卖笑！"

任秋风站在那里，沉着脸，目光炯炯地望着众人，说："这话谁说的?!请你站出来。"

顿时，众人都不吭了。任秋风接着说："我们不是一直常说，顾客是上帝吗？面对上帝，我们为什么不能送上一份笑容呢？"

这时，人群里又有人说："我们又不是军队，为啥要搞军事化训练，专门训练我们卖笑?!"众人乱哄哄地应道：是啊。是啊！

任秋风说："站出来说，让大家都听听。"

此刻，又有人在后边高声说："让李劳模说！让李劳模说说！"就此，众人把一个四五十岁的女人推出来了。这女人叫李尚枝，曾是市里评的劳模。李尚枝有些局促，她没想到众人会把她推出来。站在那里，她一下子显得手足无措，嘴里嘟哝着说："我，我说啥，我有啥说的。"

任秋风说："好。李劳模，你说吧。有啥意见你说。"

李尚枝在众人的鼓动下，嘟嘟哝哝地说："我，没啥说，我笑不出来。"

任秋风说："你笑不出来？"

李尚枝委屈地说："我，我不是不想，我就是笑不出来。我真是、笑不出来。那、那牙……"

任秋风黑着脸说："你要实在是笑不出来，你就下岗吧。"

李尚枝一听，就那么捂着脸，哭着跑掉了。

任秋风纹丝不动地站在那里，说："还有谁笑不出来？"

人群中再也没人吭声了。

任秋风严厉地说："在这里，我重申一遍，商场就是战场，商机就是战机。在培训时，我们必须搞军事化管理，我们得有一支过得硬的队伍。不然，我们在这个三角地带，是站不住脚的！现在，我给你们请来了三个经理，一个是采购部经理，一个是销售部经理，一个是公关部经理。她们也是你们培训阶段的老师。来，跟大家见个面吧！"

当众人疑惑不解的时候，只见上官云霓、江雪、陶小桃三人从楼上的换衣间走下来。顿时，人们眼前一亮！三个女子，一个身着天蓝色的职业套装，头戴天蓝色的船形帽；一个身着米黄色的职业套装，头戴米黄色的船形帽；一个身着绛红色的职业套装，头戴绛红色的船形帽，一个个肩上都戴着肩章，帽上有帽徽，像画一样飘逸、洒脱地从上边走下来。

当三个人站成一排的时候，任秋风说："从正始开业的那天起，这就是我们商场的职业套装，穿上它，就体现着我们一流商场、一流员工的标志和水准!"当他正要介绍三个经理时,突然有人跑过来说:"任总,不好了!李劳模跑顶楼上去了!"

商场的员工一时议论纷纷,可任秋风仍然站在那里,他有一分钟的时间一句话也不说,以目光对目光,望着众人,直到把众人的嚷嚷声压下去!待众人都静下来的时候,他才说:"你们干你们的,分开培训。我上去看看。"

<h1 style="text-align:center">三</h1>

李尚枝果然在楼顶上坐着。

她一脸愁容地坐在楼顶的最边沿处,两眼呆呆地望着天际处。风,吹着她那苍苍的头发。

任秋风上了楼顶,默默地望着不远处的李尚枝。他知道,如果这件事处理得不好,万一出点什么事,就会造成不可估量的后果。要是那样的话,他的雄心就会化为泡影,他也就完了。可他仍咬着牙,一步步地朝李尚枝走去。

这时候,李尚枝扭过头,看了他一眼,很悲凉地说:"任总,你要让我下岗,我只有跳下去了。"

在离她几步远的地方,任秋风站住了。他站在那里,默默地从兜里掏出烟来,点上吸了两口,说:"我知道。"

李尚枝伤心地说:"我在这儿干了二十五年了。"

任秋风又说:"我知道。"

李尚枝说:"我上有公公婆婆,下边还有一个正上学的儿子,我丈夫也下岗了。"

任秋风还是说:"我知道。"

说着,李尚枝泪流满面。她含着泪说:"我不是不想笑,可我笑不出来。

你那条条上规定：笑，还得露七颗牙。你看看我的牙，我的牙掉了，有一颗还是搬货时撞掉的，上边，只有五颗。"

任秋风仍然说："我知道。"

无论李尚枝说什么，任秋风都说他知道，这么一来，李尚枝反倒不知说什么好了。她想说，她是"劳模"，她当了十三年的"劳模"，上边有规定的。可她一时又张不开口，往下竟不知该如何是好了。

任秋风吸完了那支烟，说："你下来吧。你过来咱一块儿聊聊。你要觉得我说得有道理，你就听我的。你要觉得我说得没道理，不对你的心思，那，你就跳下去。你跳下去，我也跟着你跳下去。咱们就不操这个心了。"

听他这么说，李尚枝迟疑了。她是一个善良的人，一下子又不知道该怎么办了。片刻，她说："任总，我没想害你。"

任秋风说："我知道。你下来吧。咱聊聊。"

李尚枝没了主意，她说："你让我想想。"

任秋风说："李尚枝，李大姐，你听我说，我是当兵出身，不怕坏人，也不怕恶人。可你不是坏人，也不是恶人。你是个好人，善良的人。你放心，我不会勉强你做任何事情。咱俩聊聊，主意还是你自己拿。这行吧？"

李尚枝迟疑着，还是没有动。

任秋风说："这样吧，你要不愿动，我过去，咱聊聊。"说着，他就往李尚枝跟前走去。

李尚枝有点慌，也很警觉，怕他上来拽她。她望着他，似想说点决绝的话，可她没想好咋说，只是用力抓着身边的水泥台。可就在她动心思的时候，任秋风已走到了她的跟前，他纵身一跃，也坐在了楼边沿的水泥台阶上。坐在那里，任秋风朝下望了望，说："这里风挺大。"

楼下的大街上人来车往，一片喧闹，李尚枝却又哭起来了。

片刻，等李尚枝心绪稍定，任秋风说："大姐，听说，你孩子学习不错？"

李尚枝流着泪说："高二，是班里学习最好的。"

任秋风说："在哪儿上？"

李尚枝说："一中。"

任秋风说："哟，那可是重点中学。"

李尚枝呜咽着说："是孩子自己考上的，没花家里一分钱。"

任秋风说："多争气，是个好孩子。——老人也是你养的？"

李尚枝说："是。俩老人，都七八十了。"

接下去，任秋风说："大姐，你一月发多少工资？"

李尚枝说："三个月都没发工资了。只给二百块钱的生活费。"

任秋风说："这我知道。要是发满，能发多少？"

李尚枝说："我工龄长，也就八九百的样子。"

任秋风说："不多。像你这样的，将来，一月至少得三千块钱。可你看，咱要这样下去，一月也就二百块钱，你觉得行吗？"

李尚枝说："那，你们当头儿的……我一个营业员，有啥办法？"

任秋风说："你看，你也知道这样下去不行，咱总得拿出个办法来。大姐呀，我先说，那规定，不是对你的。"

李尚枝不满地说："我没听说过，卖东西，还有卖牙的。"

任秋风说："你觉得，没有道理？"

李尚枝倔倔地说："没道理。"

任秋风很耐心地说："先前，我也觉得没道理。可大姐呀，这制度，并不是咱定的。"

李尚枝不解地望着他，那意思是说：不就是你定的吗？

任秋风说："这规章，是外国人定的。咱是从人家那儿学来的。咱讲微笑服务，讲了多少年，但从来都没有量化标准。可人家外国人有标准，那标准就是：露七颗牙。"

李尚枝不吭了。她觉得这外国人也怪，竟还有这样的标准？！

任秋风说："大姐呀，我刚才已经说了，这标准确实不是对你的。你想，你只有五颗牙，我非让你露七颗。这不是疯了吗？你看我像个疯子吗？"

李尚枝无话可说。

任秋风说："大姐，你帮我一个忙吧。"

李尚枝很警惕，说："你是头儿，我能帮你什么忙？"

任秋风说："首先，我要告诉你的是，你不会下岗的。你是咱商业系统的劳模，是给国家做过贡献的。商场决不会、也不应该亏待你。无论让谁下岗，也不会让你下岗。这一点，你要清楚。"

李尚枝一怔，说："那……"

任秋风说："可是，你必须先'下岗'。"

李尚枝忽地转过脸来，说："那为啥？！"

任秋风说："我说得更明白一点，就是说，你下岗，是假的。你先在家休息三个月。而后，我再给你安排。休息期间，工资全额照发。我说到做到。"

李尚枝很倔，她说："那不行，我不能不干活白拿工资。我也不是这样的人。"

任秋风说："大姐，你一辈子任劳任怨，踏踏实实，是商场最靠得住的人。商场目前正是困难时期，用你一样东西，你不会不给吧？"

李尚枝听不得软话，她说："我在商场干了大半辈子了……还有什么不能？你用啥呢？"

任秋风说："大姐，你能有这个态度，我先给你敬礼了——"说着，任秋风跳下来，正对着李尚枝，行了一个标准的军礼！

李尚枝一下子慌了，也赶忙从台阶上滑下来，说："别，别。你……"

任秋风说："现在，整个商场都要'换装'，微笑服务是必需的。"说到这里，他顿了一下，说，"——我借借你的荣誉。"

李尚枝望着他，久久，喃喃地说："这不是……这是……"

任秋风默默地点了点头，说："大姐是明白人，就是那个、意思。"

这一刻，李尚枝木木地站在那里，不知说什么好，只是眼里有泪。

后来，当商场的全体职工在陶小桃的带领下，在一面贴墙的大镜子前练习礼仪时，突然发现劳模李尚枝和总经理任秋风一起从楼上下来了。李尚枝勾着头，满脸沮丧，像个小绵羊似的在前边走着。任秋风一脸严肃地跟在后边。

当他们走到众人面前的时候，只见任秋风站住了，他站在那里，很严肃地说："你回去吧，回去好好想想。"

四

在任秋风选中的三个女大学生中，应该说，陶小桃是长得最甜的。

说来，她也算是一个天然的美人坯子。那脸圆圆的，眼睛大大的，肤色嫩嫩白白，就像三月里的桃花，叫人忍不住想摸一摸。那胸脯，挺挺润润的；那臀儿，饱饱翘翘的，整个看上去就是一条 S 形的、凹凸有致的美弧。可美中不足的是，她的个子稍低了一点点。

在商学院的四年里，她几乎是女生中最有亲和力的一个。她长相本来就甜，人又热情善良大方，于是，男同学们私下里曾给她起过一个绰号："人面桃花"。然而，就是这朵人见人爱的"人面桃花"，在四年里，收到过无数封情书，却从来没有回过。后来，人们说，这姑娘虽善虽甜，却也是个有主意的。

在她们三人中，只有陶小桃是本市人。她的父母都在教育界，家中有两个哥哥，只她这么一个姑娘，自然也是备受呵护的。早年，陶小桃也是有过很多梦想的。她的第一个梦想是当一名女兵，到战场上去救死扶伤，那多有意思呀！可她的梦想由于身高差一厘米而破灭了。就差一厘米呀，这对她打击是很大的。好在后来上了大学，也就释然了。可在她的内心深处，对当兵的，还是有一种天然的亲近感。原本，对于商人，她是最看不起的。可架不住齐康民教授的一张"铁嘴"日积月累地灌输，又加上所学专业的缘故，慢慢地，也就有了热情。后来，连她自己也不明白，她竟会走那么远。这当然是后话了。

谁也想不到，陶小桃竟迷上了那三个字："继续吧"。这三个字就像是在她的内心深处投下了一粒石子，激起了很多的波澜。那波澜含着一点羞涩，含着一点不便对人言的"黄"，含着蒙蒙昧昧的暗示，含着博大和宽广的人生态度，含着撕锦裂帛般的决绝和凛然。是的，还有很多很多说不清的东西。正是这些说不清，使她对任秋风有了一种同情和信赖。小桃最信赖的正是这种有担当的人，这种信赖是无条件的。她甚至觉得他太好了，好人是应该有好报的。

可是，她还是没想到，他会亲自登门看望她的父母。那是一个星期六的下午，她刚推开门，就听见父亲正兴高采烈地跟人谈论着什么。而后看见任秋风在父亲对面的沙发上坐着，桌上放着两瓶酒、一兜水果。父亲看见她，笑着说："好啊，刚毕业，任总就登门了。这说明丫头还行。不过，丫头啊，我早就说过，大主意还是你自己拿。"当时，她有点诧异，父亲本是不爱说笑的人，怎么会那么高兴呢？后来她才知道，任秋风是在和父亲谈论那幅挂在客厅里的字。那幅字是父亲在开封的一个朋友写的。任秋风说："那字有三分酒气，一分暮气。"父亲顿时哈哈大笑，说："老弟有眼光啊。开封是七朝古都，如今没落了嘛。"那天，从家里走出来的时候，任秋风说："小陶，你有一个最大的优点，你知道吗？"陶小桃说："不晓得。"任秋风说："你的亲和力。你往那儿一站，就是天然的形象大使。"陶小桃头一歪说："是吗？"任秋风说："听说，你在礼仪方面很有研究？商场的形象，以后就交给你了。"陶小桃说："研究谈不上。只是北师大教授来讲礼仪课的时候，老师让我陪了他几天，录音材料，也是我帮他整理的。"任秋风说："这就好啊。这就帮了我大忙了。咱就不用再聘老师了。"往下，任秋风说："怎么样，跟我打一仗吧?"陶小桃看了看他穿在身上的洗得发白的军装,说:"你不像个商人。"任秋风说:"不像吗?"小陶说:"不像。"任秋风说:"也许,中国目前还没有真正意义上的大商人。将来会有的。说不定,你就是。"小陶笑着说:"我?怎么可能?这不是开玩笑吗?"任秋风说:"不是开玩笑。西方的就不说了,那太多了。范蠡,你知道吗?还有当年的西施,都是大商人。"女人,都是爱美的。说到西施,纵然没有别的什么,陶小桃心里还是热热的。于是,她们三个——中原商学院最优秀的同学,就一同走上了一条通往商场的路。

现在,当她站在商场职工面前的时候,她的"甜"帮了她大忙,同时也给她带来了一些麻烦,她镇不住人。她站在那里,对职工们说:"咱们先练站姿。站,是一种风度和教养的体现,是一种礼貌。站,要挺胸、收腹、提臀,两腿并拢,微微颔首,目视前方十五度……"

可是,有几个男职工偏偏扭着身子,做出女人样,有的故意仰头往上看,还调侃说:哎哎,十五度是多少?逗得女工们哈哈大笑!

陶小桃只好说:"重新来,重新来,要认真,严肃。再来一遍。"

可是,一连三次,每次都有人出洋相,逗得女人们笑得站都站不直了。

就在这时,只听后排传来了一声断喝:"——停!"

人们回头一看,就见任秋风在最后一排,像柱子一样站着!于是,那笑声戛然而止。

任秋风大步走上前去,怒斥道:"笑什么笑?有什么可笑的?!你们还笑得出来?!"

众人勾着头,谁也不敢吭了。陶小桃站在那里,一时也显得有些尴尬。接着,只见任秋风伸手一指:"你!你!还有你!——出列!"

他们不知道什么是"出列",他们都站着没动。于是,他更加恼火了,厉声喝道:"没听见吗?你,你,你!站出来!"

那三个人很勉强地站出来了,一个个扭着脖子。有人小声嘟哝说:"军阀作风。这又不是军队!"

任秋风说："你说什么?!再说一遍!"

那人一副豁出去的样子,又顶了一句:"军阀作风。"

任秋风笑了,说:"说得好。我告诉你,军阀不够,小了一点。小军阀。我还再告诉你一句话,这句话是敌人说的,不该用。可我看对你合适。姑且用在你这里。你听好了,这句话叫作:无霹雳之手段,不显菩萨之心肠!——你回去吧。还有你,你,都回去。我彻底给你们放假!"

三个人一下子蔫了。

这时候,陶小桃心软了,她看不下去了,忙说:"任总,这样吧,我看他们也不是故意的,就给他们一次改正的机会吧。"

任秋风却厉声说:"不行!我说过的话,决不更改。——李尚枝就是例子!还有比李尚枝资格更老的吗?我告诉你们,谁想拿自己的饭碗开玩笑,就站出来吧!"

众人哑然。

往下,任秋风再次声明说:"从现在起,凡是不听从陶经理指挥的,凡是不认真参加培训的,一律下岗!这个事不用请示,陶经理就可以定。"说完,他扭头走出去了。

小陶追出来,拦住他说:"任总,还是,不要这样吧?干事,得有个过程,咱慢慢来。"

任秋风回过身,说:"慢?慢到什么时间?小陶,我告诉你,慈不带兵!"

小陶说:"可他们不是兵。我看那谁,都掉泪了。"

任秋风说:"我知道。你刚出校门,不懂,听我的吧。不然……好了,别再啰唆了,就这样。"

小陶没有办法,很沮丧地走了回来。可是,当她回到众人面前时,却意外地发现,还是这些人,还是这些脸,经过任秋风的一顿训斥之后,竟一下子都变得严肃起来,每个人都站得直直的。她怔了片刻,只听站在前排的一个女工小声怯怯地问:"陶经理,开始吧?"于是,她说:"好,咱们开始。"

五

男人和女人之间的事情，谁能说得清呢？

这天上午，听到敲门声的时候，苗青青先是没有动。从医院出来，她已在家休息了半个多月了。在这半个多月时间里，她几乎把一生都想遍了，越想越觉得委屈，泪水把枕头都流湿了。人在身心俱疲的时候，是很脆弱的。时不时会想，活着又有什么意义呢？

早上，天下雨了。雨先是无声的，一点一点地扑在窗上，而后是一印一印地汇着，聚成一道道蚯蚓般的细流，慢慢，就有沙沙声响起来了。那声音真好听，就像是一把梳子，润润地，在梳你的心。让你平和，让你安详。可人，又怎能安详得了？"寸寸柔肠，盈盈粉泪……平芜尽处是春山，行人更在春山外。"大学四年，学了这些无用的，又跟何人去说？

就在这时候，那敲门声响了。家中的电话线早就拔掉了，就是不想见人。况且……这是谁呢？苗青青心思稍动，可她还是等到那敲门声响到第三遍的时候，才穿衣下床，迟迟疑疑地取下了门锁上的挂链。拉开门时，却见是那个人。那个她最不想见的人，站在门口，手里捧着一大束玫瑰。

苗青青想要关门，却已关不上了，那人的一只脚已伸了进来。两人就那么挤着、扛着，各不相让。说实话，要是下了死心，邹志刚是进不来的。可是，在僵持中，苗青青的手，却一点一点、一点一点地松了，那门就一缝一缝地开。到了最后，苗青青索性松开手，扭身走了回去，冷冷地说："你还来做什么？"

邹志刚说："我来，看看你。"

是啊，不该让他进门。你怎么这么贱呢？！苗青青心里埋怨自己。可是，可是什么呢？你泼了他一脸酒，他还是厚着脸皮来了。他是"挤"进来的。"挤"？假如你心里没有缝儿，他"挤"得进来吗？她恨这个人！可她，还是把他放进来了。

邹志刚是轻车熟路。他把那束带着水珠的玫瑰放在了客厅桌上的花瓶里，就势在沙发上坐了下来。那橘黄色的沙发，是他帮着挑的。

苗青青没好气地说："谁让你坐了？你的脸皮怎么那么厚啊？"

邹志刚说："你见过长城吗？明长城最宽六米；汉长城最宽十米。我就是那汉长城带拐弯——厚上加厚。"

这么一句幽默、调侃的话，要在平时，苗青青一准儿会笑出声来。可这会儿，她绷着脸，仅是"哼"了一声。

邹志刚说："你还真生气呀？咱们之间，都到这个地步了，就不用生真气了吧？"

青青尖锐地说："什么地步？！——你不就是说，我跟你上床了吗？是，我是无耻。可你比我更无耻！我至少敢作敢当，天塌下来，我一个人顶！可你呢？你是个什么东西？！"

邹志刚用息事宁人的口气说："算了，青青，是我不对。都是我不好。是，你说的对，我不是东西。这行了吧？你看，我也没有躲起来嘛！今天，我不是来了吗？"

苗青青气呼呼地说："谁让你来了？你走。你现在就走！"

邹志刚说："青青，剖心来说，这么长时间了，你应该知道，我是爱你的。那次在黄山，咱们还共同拴过一把锁，说过'不求同年同月同日生；但求同年同月同日死'的话。这话，我不会忘的。至于其他，说白了，我是有过担心。那是因为，不到万不得已，我，我们，都不愿做违法的事。当然，还有一个原因，我现在还不便给你说，以后，你会知道的。"

男人的剖白，总是很能打动人。尤其是那带一点悬念的，就像是树枝顶端挂着的一颗红樱桃，高高远远地悬在那里，明知够不着，可它诱人啊！它逗着你想，你也不由不想。苗青青不屑地"哼"了一声，说："原因？什么原因？你说吧，我倒要听听。"

邹志刚说："算了，不说吧。以后，我会告诉你的。"

苗青青说："不说就不说，谁稀罕！"

邹志刚仍不说原委，他说："青青，这些事，我本不想让你知道。我会处理的。"

苗青青说："你走你的吧，咱们两清了！"

邹志刚沉默了片刻，说："好吧，这事，你知道就行了。还记得吗？那次在上岛，你曾经问过我一句话，当时，我没答应你。那是，那是因为我家里那一位，她，刚刚查出了一种病，是癌症。医生说，她的时间，不多了。你说，在这种时候，我就再不是人，能，提离婚的事吗？"

苗青青一下子怔住了。她说："真的？"

邹志刚点了点头。

苗青青还是一个心地善良的人。她眼窝里慢慢就有了泪，她喃喃地说："对不起。是我不好，都是我不好。咱们，没想害人，咱也不是害人的人。你说是吧？"

邹志刚一时脸色凝重，说："我知道，你很善良。你没有害人之心。这事，就让我来处理吧。"

苗青青说："你要，对人家好一点，好好待人家。"

邹志刚点点头，说："我会的。我会。"接着，他又用调侃的语气说，"我虽然没你能撑事，虽然长了一个狗胆，可我也是个站着尿尿的人。"

苗青青说："啥话，难听死了。"

这时候，邹志刚看了一下表，站起身来，说："我十点钟还有个会，我先走了。改天再来看你。"

苗青青柔声说："外边还下着雨呢。"

邹志刚整了一下西装，说："没事，我走了。"说着，他走上前去，一下子抱住了苗青青，苗青青也动情地抱着他，两个人紧紧地抱在一起。久久，邹志刚咬着她的耳朵小声说："青青，我爱你。"说完，他松开手，再一次说，"走了。保重。"

苗青青说："你等等，我给你拿把伞。"说着，她匆匆从里边拿出一把折叠伞，说，"别淋着，又感冒了。"

邹志刚接过伞，走了几步，当他快走到门口时，却又折了回来，说："有个小事，忘了问你了。那篇稿子，定了吗？"

苗青青一时迷糊了，问："啥稿子？"

邹志刚说："就是那篇，你忘了，写一个什么……我交给你的。"

苗青青拍了下头，终于想起来了，说："噢，是写商业局的那篇吧？我交给总编室的一个朋友了。他说，抽个机会给发出来。"

邹志刚说："你再催催，尽快发出来，人家问呢。"说着，他来到门口，撑开伞，打着走出去了。

望着他消失在雨中的背影，苗青青深深地舒了一口气。可是，这口气还没舒完，她突然又觉得有什么地方不对劲。是什么呢？她一时又想不起来，就在屋子里这里转转，那里摸摸，拿起一只苹果，却又不想吃，撂下了。片刻，她想起来了，是他的一句话。临走的时候，他说，"有个小事"。他说得很淡，"小事"。没闹矛盾的时候，有一天，他专门给她说，他想当副局长。那篇稿子写得很臭，可他说，这稿子是写局长的，让她给改改，一定要发。

是的，正是他的语气让她发生了怀疑。他的语气太淡了，"小事"。这是小事吗？还放在最后，要走了，轻描淡写地说上一句。他这个人，越是……也许，妈呀，他就是冲这件事来的？！

别慌，不要慌。还有，他前边说的那些话，难道说都是假的？！一想到这里，苗青青几乎要疯了！她一次次告诫自己，慢着，慢着，他不会的，不会。可是，怀疑的念头就像是火苗一样，一旦烧起来，是很难扑灭的。她在屋子里转了一圈又一圈，嘴里喃喃自语：骗我？不会。骗我？不会。骗我？！终于，她猛地想到了电话。电话，对，电话！何不打一电话问问呢？这么想着，她又满世界去找电话。找到电话后，她飞快地把拔掉的电话线重新插好，想了想，先拨了114，说："请问，市税务局稽查科的号码是多少？"很快，电话里报出了一个号码，她一边记一边说："谢谢。"而后，她放下电话，深吸了一口气，嘴里念念叨叨地说：姓什么？快想，那人姓什么？是姓胡？还是姓吴？好像见过一面。对，对了，姓吴，口天吴。接着，她又拨了一个号，片刻，电话通了。她对着话筒说："吴科长吗？你好吴科长，我是报社的苗青青。听出来了？是，有人托我问一问，你们那里，是不是有一个叫黄玉秋的？"听了对方的话，她问："是不是生病了？不，不……正上着班呢？这会儿就在办公室?！噢，噢噢……不用了，不用叫了。十二点下班是吧？是我们报社财务上要找她，送一报表。好，谢谢。"

苗青青放下电话，咬牙切齿地说："王八蛋，差一点又上他的当！"

六

女人，最恨的就是被人欺骗。

可女人又是最容易受骗的。女人看重的是形式，在她们眼里，形式就是内容。所以，对于女人来说，话，就是开心的钥匙。

可是，这把"钥匙"又是不能出问题的。一旦出了问题，女人就什么都不信了。所以，真，是"钥匙"的底版，你必须真。纵使假的，也要以真做衬底。用真裹着的假，是最难识别的。特别是对于知识女性，除了"真"之外，还要讲究方式方法，讲究语言的艺术性，一把钥匙开一把锁。在这里，说话就是开锁的方式。对于女人来说，语言虽然是把万能钥匙，可这把万能钥匙的每根弹簧、每个关节，都是不能出问题的。假如有一个环扣错了，那么，一错就是百错。

女人又是最容易相互比较的。女人的心就是一杆秤。斤斤两两都称得分毫不差。那体察，那品味，尤其细微，每一个细节，都是不会放过的。苗青青回过头就想起男人的好处来了。男人从未欺骗过她，就是谈恋爱的时候，男人也不耍花招。第一次见面，男人就说：我是个军人，常年不在家，你会很苦的。你要好好想想。也许，正是这一点打动了她。那时候，她还年轻，有很多幻想，不觉得那"苦"是真的苦。但是，男人没有欺骗她。

一想到这里，她就觉得愧对男人。要说错，千错万错是她一个人的错。男人顶天立地，尤其是他的大度，他的果决，让她无地自容。是啊，盼了一年又一年，男人终于回来了，却不再属于她了。她怎能不悔呢？！

不管怎么说，男人没有伤过她，是她伤了男人。那么，如果还能补救，如果还有一线希望，为什么不再试试呢？

苗青青趴在床上，悔恨交加地哭了很久很久。而后，她擦干眼泪，在屋里收拾了一阵，又去洗了把脸，化了淡妆，提着那只收拾好的皮箱，出门了。

再次踏上那个台阶，她发现，原有的商场已成了一个工地了，里边搭了一层一层的架子，电锯刺刺啦啦地响着，正在紧锣密鼓地装修。这时，一个小伙子走上前来，先是立正，而后端端正正地给她行了一个礼，说："同志，你找谁？"她说："任秋风。"那小伙子说："找任总？您是……"苗青青说："我是他爱人。"那小伙忙说："噢，噢。请吧，任总在楼上。"说着，那小伙子弯腰把她手里的皮箱接过去，说："我帮你提吧。"苗青青没想到这小伙子这么懂礼貌，不由得生出很多感慨。

上了楼，当她来到任秋风办公室的时候，只见办公室的门开着，里边却没有人。那小伙子把皮箱放下，仍是很有礼貌地说："请您稍等，我去叫一下任总。"说完，他退出去了。苗青青站在那里，一下子就被墙上挂的那幅示意图给吸引住了。这是何等的富丽堂皇啊！那楼的每一层，都有巧妙的布局，有着奇妙无穷的变化，让人眼花缭乱，目不暇接，就像是个人间乐园。她正痴痴地看着，却听到有人咳嗽了一声，说："你怎么，又来了？"

苗青青回过身来，看了看男人，男人瘦了，他仍穿着一身洗得发白的军装，头发乱蓬蓬的，手上拿着一顶安全帽。她说："我来，是想告诉你，在没办手续之前，你，还有一个家。你对这个家，是负有责任的。"

任秋风把安全帽放在桌上，皱了一下眉头，又习惯性地看了一下表，说："有什么话，你说。我还忙着呢。"

苗青青说："看见那个箱子了吗，是我拿来的。"

任秋风说："你啥意思？说吧。"

苗青青说："那皮箱里，是我给你带的换洗衣服。你总不能一直穿军装吧？还记得吗？九年，你回来七次。每次回来，我都要给你买一套西装，说是让你转业回来穿。现在，我把这七套西装，还有内衣，全给你带来了。你是不是、也尽一点、责任？"

任秋风沉默了片刻，说："你说得对，我是该尽一点责任。不管怎么说，这些年，你也不容易。"说着，他拍拍左边的胸口，又拍拍右边，像是在找什么。而后，他把手伸进了里边的衣服，从贴身的内衣兜里掏出了一张存折，默默地放在了桌子边上，说，"你拿去吧。"

苗青青望着他，说："这是……"

任秋风说："这是我的转业安置费，还有平时节省下来的，一共五万。拿去吧。"

苗青青叹了一声，苦笑了一下，说："钱？又是五万。我，就这么不值钱吗？这，就是你要尽的责任?!"

任秋风没明白她的意思，说："我也只有这么多了。"

往下，两人都沉默了，谁也不说话。只有楼下切割机的轰鸣声一阵一阵响着。这时候，苗青青暗暗地对自己说：扑上去，你扑上去抱住他，哭吧，你只有哭了，除了哭，你还有什么办法？

可是，突然就有人闯了进来。这是上官云霓。上官云霓兴冲冲地跑进来，也不看人，对任秋风说："任总，我有一个设想，给你汇报一下。"

任秋风说："你说吧。"

上官很激动，她像连珠炮似的说："咱们商场不是叫'金色阳光'吗？我想了，进商场的大多是女士。这女士当中，有相当一部分是有孩子的，她们带着孩子购物，肯定不大方便。我想，在一楼大厅建一个小型的'儿童乐园'。装上蹦蹦床、海绵气垫、小滑梯什么的，找上两个人……"

没等她把话说完，任秋风一拍桌子，说："好，这个主意不错！来看看，看看放在哪个位置合适。"

上官走上前去，指着墙上的示意图，说："你看，就这个位置，最好。不能太靠前了，太靠前不安全。"

任秋风凑上前去，很认真地看了一会儿，果断地说："行，就这个位置。你赶忙搞个方案，让他们加上去。"

突然，场面就静下来了。上官像是才看见站在屋里的这个女人，于是，两个女人的目光相撞了，电光石火一般，就那么相互看了一眼！而后，很快分开了。上官伸了一下舌头，有点调皮地说："呀，你有客人，那我走了。""客人"二字，她说得很硬。往下，她说走就走，身子一闪，飞快地跑出去了。

苗青青很无趣地站在那里，她知道，扑上去的时机，已经错过了。那个闯进来的姑娘，那么年轻，那样漂亮，她单单这个时候进来，是什么意思？

任秋风很专注地看着示意图，像是把她给忘了似的。

往下，苗青青进退两难，她很吃力地说："秋风，钱，我不要你的。无论怎样，难道，你就不给我一个、改正的机会吗？"

任秋风迟疑了一下，很坚决地说："有些错误，是不能犯的。"

苗青青低声说："明白了。"

○ ●

第四章 ···

一

三个月后，在市中心的繁华地段，出现了一道奇异的景观。

那是旭日东升的时候，迎着朝霞，在紧靠十字路口的商业广场上，从北边忽然走出了一支亮丽的仪仗队。这支队伍全由年轻女性组成。前边是一个人，举着指挥的仪仗，那仪仗是金色的；接着是两个人，一个托举着国旗，一个托举着商旗，托国旗的在左，举商旗的走在右边；接着是三个手举礼剑的护旗手，飒爽英姿地走着正步；在护旗手的后边，是排成四列、手举长号的号手；在号手的后边，是四列胸挂礼鼓的鼓手；再后，又是四列整齐划一的仪仗队员。

这支女子仪仗队刚一出现，立刻吸住了行人的眼睛。是啊，七点半钟，正是人们上班的高峰期，路人纷纷停下来观看，把一个十字路口都堵了。这是干什么呢？只见那些仪仗队员一个个头戴天蓝色的船形帽，身着天蓝色的职业套裙，肩上有醒目的肩章，领口上打着蓝白相间的海浪形花结，手上戴着雪白的手套，脚下是一色的黑色高勒皮靴，在进行曲的乐声中，"咔、咔"地走在水泥路上，一个个看上去美极了，也艳极了！她们就像是晴空里爆出来的礼花，一支怒放的花的团队，突然就出现在街口上，绚丽得让人吃惊！

只见这支女子仪仗队，迈着训练有素的军人步伐来到早已砌好的升旗台前，"咔咔"，立正站好。而后，两个手托旗帜的旗手和三个手举礼剑的护旗手，分两列"咔咔"地登上旗台，再次立正站好。由走在最前边的旗手，把一面国旗挂在高高竖立的银白色旗杆上。接着，第一个旗手用力一抛，庄严地喊道：升旗仪式开始！奏乐！——敬礼！一时，鼓乐齐鸣，女子仪仗队在乐声中，又是"咔咔"，齐刷刷地，全体立正行礼！当那面国旗升上顶端的时候，第一旗手又喊道：礼毕。于是，第二旗手站在另一根旗杆前，把商旗挂好，那是一面比国旗略小一号的米黄色旗帜，旗上绘有天蓝色海水托着的一轮红日，上边还绣着四个大字：金色阳光。也是庄严地奏乐，行礼。那姿态，那"咔咔"，完全是表演性质的，看上去有着诗一般的韵律，音乐一样的节奏，动作洒脱极了！就像是优美的动画一样，一招一式都是标准化的。待一切完毕，这支仪仗队才列队"咔咔咔"地重新走回去。

这是一个三角地带，斜对面还有两家大型的商场。每天早上，另外的两家商场里总有些女售货员跑出来看热闹。她们脸上带着嫉妒和惊讶，指指点点地议论着，也常常被商场的领导呵斥：回去，有什么看的?! 作为斜对面"万花"商场总经理的邹志刚，也在一次值夜班时发现了。他用很不屑的口吻对营业员们说：有什么看的？净花架子！

是的，这道景观自出现那日起，就带来了很多疑问。这像是晴天里的一声惊雷，又像是一颗冒着烟气的炸弹！很快就到了街谈巷议的地步。人人都在议论，可谁也不知道这是要干什么。后来，也有人悄悄打问，知道是商场里走出来的，就有人嗤之以鼻：一个商场，升什么旗呢？这不是笑话吗?! 看了，摇头的人居多；摇头归摇头，可看的人却越来越多了。每天，当那亮丽的女子仪仗队在早上七点半准时出现时，就有一群一群的行人围着看。它一次次地诱惑着人们的眼睛，一次次地摧毁着人们嘲弄的口吻，一次次打击着人们那点有限的耐性。也许是日子太平淡了，有成千上万的省城人都在等待着，要看看她们究竟想干什么。

就这样，一天一天，那女子仪仗队的皮靴随着鼓点"咔咔"地敲打着市民们的心脏。目的是什么呢？仍然没有人知道。它"咔咔、咔咔"地走出来，好像就是专门出来诱惑人的。也就真有人上当，据说，有一个大学生，一星期都没去上课，每天早上跑来傻看，他是迷上了一仪仗队员。再后，就有人不断地问：商场什么时候开业？

那女子仪仗队的领队，就是上官云霓。

在这最初的创业阶段，上官云霓是追着心过日子的。她的那颗心似乎并不在她的胸膛里，心是飘着的。就像是有一个无形的钩子，把她的心一下子钩到了半空中，就那么飘飘悠悠地在空中荡着，连她自己也不知道要飞到哪里去。这些天，她每天上班都是一路小跑，像是一刻不停地在追那心，却老也追不上。是啊，她激动，她兴奋，她紧张，时间就像在耳边"咔咔"地响着，任总布置的事情那么多，却老也忙不完，她得赶紧呢。她的美丽自然是不消说的，当她作为女子仪仗队的领队走出来的时候，看到有那么多目光一下子聚集在她的身上，作为一个姑娘，她怎能不兴奋呢?! 她当然兴奋，那兴奋藏在心里，骄傲却溢在脸上。是的，人的骄傲是要目光来滋养的。每次出来，她都走在最前边。一下子，有那么多的人注视你，你想不骄傲都不成。可是，看多了，她就知道，那目光像苍蝇，很脏。

她只在乎一个人，这人就是任秋风。这一切自然是他操纵的。

这个人就像大山一样，一直立在她的面前。她甚至觉得，无论她怎么努力，这个人都是不可超越的。每天早上，她本是想第一个到的。可是，她总是落在两个人的后边。一个是江雪（江雪是"跑步族"，她就是时钟，每天早上四点半准时起来跑步），另一个就是任秋风了。无论她来得多早，任秋风都会比她更早。每天，她来的时候，他一准儿会在大门口站着。他以立正的姿势站在那里，身上的每一个扣子都扣得整整齐齐的，就像是一个不可企及的标尺。

在这段时间里，她不断地观察着任秋风，悄悄地注意着他的一举一动。

就连夜里睡觉，她也会梦见他。她太佩服这个人了，她一下子就被他彻底征服了。开初的时候，她也仅是觉得这人有意思，是个事业型的。但工作一段后，那心，就像是挂住了似的，再也离不开他了。有那么几次，午休的时候，她会突然闯进他的办公室，不管他在不在，像偷儿一样，三下两下地，收拾起脏衣服就走。有时候，正好碰上，他说："干什么？你干什么？放下！"她不管，她头也不回，端上盆就走，只回一句："我给你洗洗。"

初恋是火热的（虽然她曾有过很多的追求者，但在她的心目中，那是不能算的），是焦心熬人的，甚至是莽撞的。她每分钟都想见他，却又不能。有一天夜里，她睡不着觉，就在商场外边转呀转，转了很久之后，突然就忍不住给他发了一条信息！这条信息她只发了三个字：521（这是她的密码）。

第二天，开会的时候，上官很注意地看着任秋风，见他还像往常一样，脸上没什么表情。可在会后，他却偏偏把小陶留下了。他说："小陶，等一下，有个事问问你。"

等人们都出了办公室，小陶问："任总，什么事？"

任秋风把他的 BP 机拿出来，满脸狐疑地说："有人给我发了一条信息，你是负责公关的，看看是啥意思？"

小陶接过一看，"吞儿"就笑了，说："我爱你。"

任秋风说："什么？什么？"

小陶脸一红，郑重地说："不是。上边发的 521，就是'我、爱、你'的意思。明白了吧。"

任秋风说："谁发的？开什么玩笑！"

小陶说："那我怎么知道。你问问信息台不得了？"

任秋风挠挠头说："我问了，说、说什么'信息来源保密'。胡闹嘛。"

小陶笑着说："那是人家发信息的人不想让你知道呗。"

任秋风又看了一遍"521"，摇摇头说："算了。什么 521，乱七八糟的。莫名其妙！"

后来，小陶悄悄地告诉上官说："头儿，收了一条信息，你猜是什么——521！"

上官说："是吗？还有这事？头儿咋说？"

小陶说："头儿说，什么521，乱、七、八、糟！"

二

上海，是江雪的第一站。

开业前，"金色阳光"的准备正在紧锣密鼓地进行。在这期间，江雪和原采购部的老吴一块儿，被派到上海去了。他们去上海参加一个全国最大的商品交易会。临行前，任秋风把他们两个人叫到办公室，嘱咐说："商场开业在即，你们一定要把握好这次机会。要告诉所有的厂家，要让他们知道，咱们'金色阳光'是中国一流的商场，有一流的服务设施，一流的经营模式。不要觉得口气大，这不是口气大的问题，我们就是要当第一！所以，我们进的货，必须是质量最好，品种最全的！这就是我的要求。"

江雪还没开口，老吴就说："任总，放心吧，到时候我听江经理的，保证把事办好。"

任秋风望着老吴，又特意交代说："老吴，这次去上海，主要靠你了。江雪刚出校门，没什么经验。你呢，我知道，是老采购了。你多出些主意，带带她。老吴，拜托了。"

在这一行里，老吴的确是老江湖了。他在商场干了二十五年。二十五年来，他一直做采购。看看他那双眼睛你就知道，那里边有多少走南闯北的人生阅历，有多少个弯弯绕绕。他的眼并不大，总是有很多血丝网着，那光就像豆儿一样地轱辘着，不时会闪出一些狡黠的小火苗。他的鼻头也总是红着，就像是刚从酒缸里泡出来的大蒜。可那泛红的鼻头却有着警犬一般的灵敏！他佝偻着腰站在那里，像一匹老狗似的表示着他的忠诚，一再地说："放心。放心吧，任总。"

可是，一到上海，两人就很快地发生了分歧。

上海是大都市，在此之前，江雪没有到过上海。所以，一到上海，吴国富就说："江经理，你第一次来上海，好好玩玩。我嘛，是老上海了。货的事，你放心，就交给我吧。"江雪说："那不行。老吴，责任重大，咱还是先上会吧。"老吴就说："那好，先上会。先上会。"

商品交易会在上海商贸会展中心举办。那是一个占地三万多平方米的巨型大厦，楼前，上千条各式各样的广告条幅像瀑布一样从会展中心的顶端泻下来，人一走近，就像是一下子就被那五光十色的洪流给吞噬了。在会展大厅里，那摆放出来的一个个展台又像是万花筒一般的岛屿，人成了黑麻麻的鱼儿，不知该往哪里游。是啊，在这里，你的眼一下子就不够使了，你像是掉进了商品的海洋、颜色的海洋，在一个个放射着无限磁力的岛屿前踌躇。江雪是个极其认真的人，她挎着一个包，手里拿着一支笔一个本子，每到一处都要问，都要记。相反，老吴却显得很松快。他背着两手，悠悠晃晃的，像是个出来逛庙会的老客。看样子，他的熟人很多。在大厅里，不时有人跟老吴打招呼，一个个上前跟他握手，都叫他"吴经理"。吴经理也笑着应。而后，老吴贴着她的耳朵说："你别在意。出门人，乱叫的，装装样子。"她笑笑，没说什么。可是，走着走着，老吴就不见了。她再也找不到老吴了。她只好一个人看下去。

这天，江雪整整在会展中心泡了一天，记了整整一本子商品的产地、名称……连午饭都没顾上吃。可当她回到住地时，老吴却还没有回来。于是，她就随便泡了包方便面，一边吃一边等老吴。有些事，她急着想跟老吴请教。可是，她一直等到夜里十二点，连续敲了三次门，老吴仍然没有回来。她心里说，这老吴，也太不像话了！

第二天上午，江雪准时敲响了老吴的门。老吴一身酒气，穿一裤头背心，迷迷糊糊地开了门，他揉着眼说："谁呀？这么早。"可一见是江雪，他立马慌了，回身就去穿衣，一边说："哟，失礼，失礼。"江雪手里端着买好的油条、豆浆，大大方方地走进来，说："老吴，你还没吃饭吧？快吃吧。吃了咱就走。"

老吴虽穿好了衣服，却醉眼惺忪地坐在床上，说："去、去哪儿？"

江雪说："会展中心。"

可老吴说什么也不去了。老吴嘟嘟哝哝地说："你、你去吧，我不去了。"

江雪说："不去？为啥？"

老吴说："我不想去。我、我头疼，不舒服。"

江雪沉着脸说："老吴，你是经理，我是经理？"

老吴没好气地说："你是经理。"

江雪说："既然我是经理，你就得听我的。咱们是来进货的，不去会展中心，不跟厂家见面，怎么进货？"

老吴又改口说："我、我、我腿疼。走不动。"

江雪沉默了片刻，说："老吴，吴师傅，你是不是对我有意见？你要有意见，你就说。任总也说了，你经验丰富，让我多向你学习。"

这时候，老吴把两腿一盘，说："你愿意听我说？"

江雪说："你说。"

老吴说："如果让我说，我就告诉你，去会展中心没有用。那里的商品都是样子货，也就是做做广告、摆摆样子。"

江雪吃了一惊，说："那你说，怎么办？"

老吴眨着他的小眼睛，说："你知道什么是生意？"

江雪望着他。

老吴说："生意就是来往，来往就是关系。"

往下，老吴说："你知道关系靠什么建立？一个字：酒。搞采购，大多是在酒桌上解决问题的。商品交易会，说白了，就是酒会。头一条，你得学会喝酒，不会喝酒，你就白来了。那个会展，看一天也就是了，该记的也都记下了。你要听我的，就坐屋里等着，该怎么着，我会叫你。"

江雪不服。她不相信一切都是可以在酒桌上解决的。她不相信不做大量的比较，就能选出好的商品；她不相信这种"生意就是来往，来往就是关系"的屁话；更确切地说，是她不相信老吴这个满身酒气的人！可是，她毕竟是第一次出来搞采购。在会展中心那个商品的汪洋大海里，她的确有点晕头转向。那一处一处的商品让人看得眼花缭乱，讲解者也一个个说得天花乱坠……如果不信老吴，叫她相信谁呢?！

接下去，老吴说了一句话，正是这句话打动了江雪。老吴说："江经理，说实话，这次出来，你是不会担什么责任的。你毕竟是第一次，无论搞好搞坏，都是我的责任。要是搞砸了，回去，我这饭碗就敲了。"

于是，江雪说："好吧，我听你的。"可是，话虽说了，她还是不甘心。

而后，一连三天，江雪都像是在"船"上度过的。她都快要晕死了！每到半上午的时候，老吴一准儿会跑来叫她，说："江经理，跟我走。"接着，就把她领到豪华酒店里去了，而后就是跟那些从山南海北来的供应商喝酒。开初，她说她不会喝。可老吴说："小江（一到酒桌上，他就叫她小江），有句话你知道吗？喝酒看工作，这是工作。咱就是干这的，你说你不喝行吗？"再加上供应商一劝再劝，她只有喝了。可每次喝酒回来，她就像死过去一样的难受！后来，还是老吴的一个眼神让她产生了警觉。一次，酒至半酣的时候，蒙蒙眬眬中，她见老吴正在给那些供应商递眼色！于是，她一下子明白了，这是老吴在故意整她！也就是这一次，她学会了吐酒，她跑到卫生间里，把手伸进喉咙，硬是掏着、呕着把酒吐了出来……也就是这一次，她是自己偷偷溜走的。

第四天，无论老吴说什么，她再也不去了。她说："老吴，你去吧，进货的事，就委托你了。"老吴就说："那好，我豁出去了。你好好休息。"

后来的时间，江雪就开始单独行动了。她重新回到会展中心，跟一个一个展台的厂家接触。夜里，当她弄清供应商的住址后，还专门跑去，跟那些供应商见面，一个个向他们求教。在短短四天时间里，她接触了几百家供应商。就是这四天，她甚至觉得比她上四年大学的收获都大！终于，在会展快要结束的时候，她捉住了老吴的狐狸尾巴！

那是黄昏时分，她独自一人从会展中心走出来，却被一个南方小个子拦住了。小个子说："小姐，你是金色阳光的吧？"她说："是啊，你怎么知道？"小个子说："我是成都糖烟酒公司的，我姓蔡。你叫我小蔡好了。我们住在花地酒店，我见过你的。"而后，他说："我跟你反映个问题。格老子的，你们那个姓吴的，太不地道了！"江雪问："老吴，咋不地道了？"小蔡气愤地说："他本来答应从我们那儿进酒的，后来，他受了厂家的贿，四万！就把合同取消了！"江雪说："你说他受贿，有证据吗？"小蔡说："当然有证据。格老子的！"江雪说："我是经理，你只要有证据，我会处理的。"小蔡说："狗日的，我原也答应要给他回扣的，我正在请示……可他突然就变卦了。那天，就在花地，他从三楼下来，夹着一个大信封，鼓鼓囊囊的。他酒喝多了，没看见我，摇摇晃晃地走了。第二天，口气就变了。我知道是哪家，我有一表妹，在那家酒厂当出纳，我专门打电话过去，是她告诉我的，四万！不信，你去看看，他房间里肯定有个大信封，上边有字的。"

当天晚上，江雪回到住地，立刻就去了老吴的房间。老吴不在，她让服务员开了门，进屋后，一眼就看见了放在桌上的那个空了的大信封。她在屋里站了一会儿，就走出来了。

然后，她就一直站在楼梯口等老吴。一直等到十一点的时候，老吴哼着小曲回来了。他摇摇晃晃地走上楼梯，见江雪在楼梯口站着，就诧异地问："江江江，小江，你站这儿干什么？"江雪很严肃地说："老吴，有句话，我要告诉你：要想人不知，除非己莫为！你好好想想！"说完，扭头就走。老吴像是挨了一闷棍似的，头上一下子冒汗了。他跟跟跄跄地追着江雪说："你你你，我我我，你什么意思?!"江雪说："想吧，自己想!"而后，"砰"的一声，把门关上了。

当夜，江雪给任秋风挂了长途电话。江雪说："任总，我给你汇报个事。这事很严重：老吴受贿，证据确凿。我打算让他先回去，听候处理。"在电话里，任秋风沉默了片刻，说："多少?"江雪说："查证的，是四万。"而后，又是一阵长时间的沉默。江雪急了，对着话筒说："任总，这可是千真万确呀!老吴他故意刁难我，就是要……"可是，却听电话里说："你回来吧，你被撤职了!"

江雪一下子愣住了。她手拿着话筒，脑海里一片空白!过了一会儿，她问："为什么?"电话里，任秋风冷冷地说："没有为什么，你回来!"而后，他又说："——你让老吴听电话。"

江雪放下话筒，木然地走出去，敲了隔壁老吴的门。老吴开门后，有点语无伦次地说："江经理，你听我说，你可不能听那些嚼舌头的……我，我可什么也没干。"可是，江雪瞭了一眼桌子，那个信封已经不见了。她只轻轻地说："任总的电话，让你接。"

老吴脸色一下子变了，他跟着江雪走进她的房间，像是有些烫手似的，迟迟疑疑地拿起电话，头上冒出了一豆儿一豆儿的汗珠。他结结巴巴地说："任、任总，我我我……"可是，只听电话里说："老吴，你不要说了，上海的情况我都知道。江雪没有经验，不太称职。这样，我让她回来。那边的事，就全权交给你，你一定要办好!"立时，老吴的腰一下子直起来了，他对着话筒说："任总，你放心，你放心好了。我就是肝脑涂地，也要办好!噢，一定一定。"

当老吴放下电话时，再看江雪，那神情就不一样了。这时候，他又一口一个"江经理"了。他说："江经理，虽然任总说了，你也别慌着走。俗话说，将在外，君命有所不受。你在这儿好好玩几天，来一趟不容易，去外滩、南京路、淮海路、城隍庙，那些地方好好看看。钱的事，你不用考虑，我让那些朋友给报了，这都是些小钱，我绝不会让你犯错误。"

江雪一声不吭，就在屋里默默地收拾东西。老吴说："你看，你看，江经理，你慌什么？这就走啊？你也太……"

江雪就那么一声不吭地收拾好东西，拉上箱子，出门去了。她是哭着走的，一路上泪流满面！一直到坐上火车的时候，她还在流泪。

三

六月初，当商场的装修接近尾声时，任秋风带着上官云霓去了一趟北京。

这次进京，本来是公关部的事，由于分管礼仪培训的陶小桃一时走不开，任秋风就带着上官云霓去了。当然，这也是因为上官在中央电视台有一位亲戚。

上官家在北京有近亲，那也是上官祖辈血脉中的一支。平时，上官家族之间的来往并不多，上官云霓是为了获得这次跟任秋风单独出行的机会，才破例跟一个姑姑打了电话。童年里，上官云霓第一次去北京，就住在这位姑姑家里。姑姑家全是男孩，因此对她格外疼爱。现在，这位姑姑的儿子，就在中央电视台的一个部门工作。

进京后，上官本意是想让任秋风和她一块儿住在姑姑家，她的理由是姑姑家房子大，有一栋小楼（姑父是部队的高干），完全可以住下，又可以给单位省些钱。可任秋风说："不行。那像什么话？这是公事。不是省钱不省钱的问题。你可以去。"听他这么一说，上官也不去了。于是二人就在中央电视台附近找一小宾馆住下了。

这次，他们是带着一个拍好的一分钟广告片来的。目的就是想在中央电视台给金色阳光的开业做一个广告。可是，就在他们到北京的第二天，上官就生了一肚子的气！

那天，在表哥的陪同下，上官专门去拜访了一位什么什么总监，说这位总监是个"广告创意大师"，眼光一流，让他给参谋参谋。表哥本是好意，却让上官十分难堪。那人光头，却一脸大胡子。他坐在那里，浮皮潦草地看了片子，而后，说："这片子是中原的？"表哥说："是啊。怎么了？"那一脸胡子喷着唾沫星子说："中原净干些王八蛋事！这不是傻吗？！傻透了！"表哥说："你别胡说，我表妹还在这儿坐着呢！"那大胡子转过脸来，看见了上官。就那么一眼，他脸上的表情顿时起了神奇的变化，由不屑转为惊讶，似乎眼珠子都快掉出来了。六月天，上官穿的是一条很素的连衣裙，这条连衣裙是上官自己剪裁的，素是素，却简洁、新颖、大方，那一条墨蓝色的边，有出人意料的妙想！这件裙子格外托人，它把上官云霓的白嫩、高挑，一下子衬得光彩照人，尤其突出的是那两条象牙一般白的玉臂，如果是在镜子面前，那生生就是出水芙蓉！大胡子显然是看呆了这浑然天成的雅致。他的态度马上变了，他说："对不起，打嘴，打嘴！不过，我还得问问，这片子谁让做的？"上官没好气地说："我们头儿让做的，怎么了？"大胡子又是用不屑的口吻说："你们头儿，什么头儿？多大的头儿，是你们商场经理吧？"上官说："是啊。我们总经理让做的。主要是宣传。"不料，她话还没说完，大胡子就用极为蔑视的口气说："——什么狗屁头儿，吃屎去吧！吃屎都不够格！对不起，我不是说你啊。这种事能干吗？你们一个地方上的商场，跑到中央台做什么广告？这不是活活扔钱吗？！钱扔在水里还能听个响，这能听见响吗？！这明明白白就是傻瓜一个！"上官哪受过这个气，她腾地一下站了起来，脸气得煞白，含着泪说："——不做了！有什么了不起！"说完，她"噔噔噔"地走出去了。

这么一来，害得表哥赶忙追出来，连声给她赔不是。

当天晚上，回到宾馆里，上官气得哭了一场。这天他们是分开行动的，任秋风独自去看了北京的几家大型商场。等他回来时，发现上官正在房间里抹眼泪。任秋风就问："吃饭了吗？"上官说："还吃饭呢，气都气饱了。"任秋风说："怎么了？"上官说："咱回去吧，不做了！"任秋风说："怎么就不做了？出什么事了？"上官气呼呼地说："他们……看不起人，还骂人！中央台怎么了？有什么了不起？！"听她这么一说，任秋风反而笑了，他说："骂人？骂什么了？这我倒要听听。也许人家骂得对呢。"上官说："你还笑，人家就是骂你呢。"任秋风说："骂我什么了？说说，说说。"上官不好意思地说："人家，说你傻、傻呗。我都张不开口，人家说你是白扔钱。人家说，一个地方上的商场，跑到北京做广告，是，有钱没处烧了。"虽然很难开口，上官还是把那些话的大意学了一遍。这时候，面对她所崇拜的人，她虽然极力维护，可在她的心里，对那些骂人话，也有些半信半疑。

任秋风听了沉思片刻，轻轻地说："这些骂人话，也不是全没有道理。"

上官说："要是这样，那咱就，不做？"

"做。"任秋风的眉头拧成了一个疙瘩，他说，"做还是要做。我反复研究了，广告的作用不可低估。况且，咱们那里是京广、陇海两线的十字路口，虽然他说得有道理。那就，赌一把吧。"

上官有些惊讶地望着任秋风："赌？"

任秋风声音有些低沉地说："打任何战役都没有十分把握，都带有一些赌博性质。如果他是正确的，那，咱总的损失，也不算太大。不就落个傻吗？有时候，人就得有点傻气，你说呢？"

上官对他的话是无条件信服的。虽然，她心里也没多大把握，可她就是信他。她说："就是。赌就赌，不一定怎么着呢！"

任秋风说："你是不是觉得，我有些莽撞？"

上官晃了一下头，说："没有啊。我觉得，就该这样。"

任秋风看了她一眼，突然说："你的裙子，很美。"

上官似乎是有点委屈地说："你才发现？——人呢？"

任秋风说："人，也美。"

往下，两人突然就沉默了。片刻，任秋风马上说："好了，吃饭去吧，我请客。"

第三天，见他们执意要做，好心的表哥就把他们领到广告部去了。在广告部，他们再一次得到了"专业人士"的善意提醒，最好不要做，白扔钱，没有意义。听了这些话，上官云霓看了任秋风一眼，可任秋风仍然坚持说："做。"

在最后敲定的时候，广告部的人毫不留情地告诉他们，一分钟的广告，只能给他们五秒钟的时间，也只能上一句话，问他们做不做。上官吃惊地说："这么短?!"可任秋风却说："做。五秒就五秒。"那人又问：上什么时段？任秋风说："当然是《新闻联播》前的黄金时段。"那人面无表情地说：播一次五千。做多少次？上官瞪着眼说："等等，多少？"那人说：黄金时段，一秒一千，五秒的广告，一次五千。任秋风问："什么时候播?"那人说：这就看机会了，有机会就给你们插上去。上官再一次直直地望着任秋风，像是在等他改变主意。可任秋风眼皮都不眨，说："连做一个月，三十次。"那人说：这好说，十五万，交钱吧。

当他们走出广告大厅的时候，在六月的阳光里，任秋风转过头，仰望着高高的广电大厦，声音低沉地说："赌一把吧。"

可是，他们没走几步，就碰上了那个"创意大师"。大师身后跟着一群人，一路上张牙舞爪地说着什么，唾沫星子满天飞。这人跟上官的表哥打招呼说："怎么，做了?"表哥还有点不好意思，说："做了。"不料，这人大咧咧地说："好，做了好!"上官说："哎，你不是说……"可那人却像是浑然不知似的说："我说什么了？我什么也没说呀。"走了几步，上官对表哥说："这人怎么这样?!"表哥说："你别理他，这人就这样。"

后来，当广告播到了第十天的时候，上官的表哥从北京打来了一个电话。他兴奋地告诉上官，这个仅有五秒的广告一炮打响！竟有许多人打电话来问，特别是那仅有一句话的广告词——"中原之行哪里去，金色阳光是我家"，已传遍大江南北，长城内外，可说是家喻户晓！表哥特别告诉她的是，那"创意大师"这会儿是逢人就说，那广告是他的创意！在电话里，上官气恨恨地说："你告诉他，他才是狗屎呢！"

<h1 style="text-align:center">四</h1>

早上六点钟，当一个响亮的、军人式的咳嗽声响过之后，办公室的门开了，任秋风扣好最后一个扣子，从里面走出来。

可是，他站住了。

因为，门口还立着"灯"样的一个人。那"灯"就是她的眼睛！

这人是江雪。她显然是下了火车直接赶来的，肩上挎着挎包，一只手就那么按在竖起来的拉杆箱上。没人知道她究竟在门口站了多长时间，可她就那么倔倔地站着。

任秋风扫了她一眼，说："进来吧。"

她就那么拉着箱子走进门去，仍是一句话也不说，就那么站着。

任秋风望着她，皱了一下眉头，说："你想说什么，就说吧。"

江雪太委屈了！她一肚子委屈，可是，她一个字也说不出来。泪，满脸满脸的泪，无声地流下来。

不料，任秋风"咚"地拍了一下桌子，吼道："还哭？哭什么？你还有脸哭?！我让你干什么去了？你的任务是什么?！"

在任秋风的呵斥下，她擦了一下泪，果然不哭了。可是，她抬起头来，却固执地说："我没有错。"

任秋风说："什么，你没有错？你还不认错?！那是谁的错？我的错?！"

江雪仍然重复说："我没有错。"

任秋风敲着桌子说："你，你怎么，这么固执呢?!"

两人互相看着，那目光就像刀子一样，一凛一凛地，比试着锋利。江雪说："他的确受贿了。"

任秋风沉默了片刻，说："我知道。"

江雪吃惊地望着他，往下，竟不知该怎么说了。可她的一双眼睛在说：你既然知道，为什么不处理他?!

任秋风气冲冲地指着她说："我看，你就是个木头疙瘩！我现在问你，你是反贪局的?"

江雪不吭。

任秋风厉声说："回答我的问题!"

江雪倔倔地说："不是。"

任秋风说："我让你干什么去了? 你的主要任务是什么?"

江雪说："进货。"

任秋风说："那你任务完成得如何? 货进来了吗?"

江雪不吭了。

任秋风劈头盖脸地训道："难道说你不知道什么叫轻重缓急吗? 我这里开业在即，十万火急！你去给我反腐败去了? 你知道这里耽误一天，会损失多少钱吗? 几十万，甚至上百万！我这里，是分分秒秒掐着时间算的，我忙得头都炸了，派几路人出去订货，你那里是最重要的一路。你懂吗?!"

这时候，江雪慢慢抬起头，说："我明白，是我错了。"

任秋风沉默了一会儿，轻声说："还觉得冤吗?"

江雪硬硬地说："不冤。"

任秋风说："这是我给你上的第一课。毛主席说，饭，要一口一口吃；仗，要一个一个打。苹果，是要摘的，可你得等它熟了，得有梯子。"

江雪说："我明白了。"

任秋风看着她，说："你兴师问罪，到此结束了?"

江雪有些羞涩地低下了头。

可任秋风依然用嘲讽的口吻说："你完了，我还没完呢。由于你的失职，已经给商场造成了损失。让你跟老吴去，本来是想让你把这一块（所有的关系、采购网络）接过来的。不客气地说，你辜负了我对你的信任！往下，我问你，你是就此辞职不干呢，还是从头做起？"

江雪觉得她一下子"小"下去了。这一刻，她觉得她是那样的渺小，那样的无助！脚下的地，像是陡然间裂开了一条大缝，她正在下沉。要知道，她和她的两位同学都是作为"人才"引进的。她的老师，曾郑重地推荐过她们。现在她的两个同学都是部门经理，并且都做得好好的。只有她，刚刚上任，就被撤职了。这叫她怎么去面对母校和老师呢?！可她，还是坚忍地站住了。她站在那里，咬着牙，声音沉沉地说："我，从头做起。"

任秋风背过身去，说："要哭你就哭吧。不过，你要想清楚，从头做起，就得从售货员开始。"

可是，她没有哭。她心里说，她已经落到最低点了，哭也没有用。从今天起，她再也不会哭了。

五

苗青青是在报社三楼的拐口碰上任秋风的。

在开业的前三天，本市的广告也铺天盖地地做起来了。任秋风在省市多家报纸上，都打出了整版的广告。晚报这一家，由于苗青青这层关系，任秋风原来没打算做。可报社的总编看到省报后，专门给他打了电话，说你是报社的家属，怎么连门都不登？你要不来，我们就把苗青青开除了。这虽然是句玩笑话，任秋风还是来了。

　　苗青青并不知道任秋风的来意，她手里拿着一篇改过的稿子，正准备上楼找主任签字，可就在楼梯拐弯处，两人刚好碰上了。苗青青说："你，怎么，来了？有事吗？"

　　任秋风说："我见见你们总编。"

　　苗青青一听他要去见总编，心里顿时生出了许多疑问。她迟疑了一下，说："我能跟你说几句话吗？"

　　任秋风已跟报社的总编约好了时间，他看了一下表，说："现在？"

　　苗青青说："就现在，几句话。"

　　任秋风说："那好，你说吧。"

　　苗青青却不愿就这么在楼梯口站着，她说："这儿说话不方便，你跟我到办公室来吧。"

　　于是，两人一前一后走进了苗青青的办公室。报社的编辑、记者流动性大，除了值班编辑，一般不坐班。所以，办公室正好没人。苗青青把任秋风带进了办公室，给他倒了杯水，说："坐吧。"可任秋风却没打算坐，只说："有啥话，你说。"

　　苗青青望着他，久久不说话。片刻，她的眼圈红了红，轻声说："报社在搞改革，我也正在申请高级职称。咱们的事，暂时、不要让别人知道。行吗？"

　　任秋风很痛快地说："行。"

　　苗青青说："那，你找总编是……"

　　任秋风知道她误会了，说："嗨，你想哪儿去了，是广告的事。"

　　苗青青松了一口气，可她心里还是有些忐忑不安。她想了想，说："那你，再帮我一个忙吧。"

　　任秋风望着她，说："怎么帮？要我在总编面前，替你说几句好话？"

　　苗青青说："那倒不用。不过……"

　　任秋风很大度地说："说，你尽管说。毕竟夫妻一场，只要我能做到。"

这一刻，苗青青又觉得很难开口，不管怎么说，她也是个知识女性，她说："算了，不用了。"

任秋风说："你看，你说嘛。有什么不能说的？"

女人的心眼又是很活的。苗青青断断续续地、吞吞吐吐地，还是说了："你能、陪我、在这楼里、走一圈吗？"

任秋风望着她。他明白她的意思了，他甚至有些心疼她了。一个女人，不容易呀！

苗青青见他久久不开口，就说："算了，不难为你了。你走吧。"

任秋风赶忙说："走一圈就走一圈，这有什么！走，现在就走。"

顿时，一个女人一下子就活了。在屋里的时候，苗青青的脸还是寡的、苦的，可出了门就灿烂了。她微微地笑着，竟带出了一点娇柔的妩媚，由任秋风伴着一层一层走。凡是碰上熟人，她都要介绍说："我爱人，我爱人回来了……"于是，人们就上前跟任秋风握手。任秋风也就不断地跟人点头，寒暄一番。这是一场谢幕前的演出，是遂了女人心意的招摇，是可意会不可言传的体贴，任秋风就这么伴着她从三楼一直走到了五楼。

当他们站在总编办公室门前的时候，这一次，是苗青青抢先敲了门。门一开，她就笑着说："头儿，我们老任拜见你这大总编来了！"

总编从他那巨大的写字台后站起来，笑着说："他敢不来吗？家属在我这儿呢！"说着，他快步走上前，跟任秋风握手，说，"坐坐，坐。老任，当年，咱还是一个大军区的战友啊！"

等三人在沙发上对面坐下，总编说："老任啊，我给你说，青青可不简单，她不光是报社的一枝花，还是一支笔，是我们这儿的大笔杆子！你可是有福啊！"

苗青青用娇嗔的口气说："头儿，你别寒碜我了。我们老任广告上的事，你可得给点照顾哇！要不我就不给你干了。"

总编说："那没说的。你说怎么照顾吧？我这当总编的，就做一回主。说吧，减半？还是全免？我听青青一句话！"

青青说："你算了吧。让我说，我怎么说？"

任秋风说："广告我们肯定做。都有制度，我理解，该多少是多少。你也别为难。"

总编哈哈大笑说："哈，看看，到底是家属。这样吧，开业那天，我派我们报社的大笔杆子苗青青女士，专门去采访，给你写篇大文章，怎样？这可不算是假公济私。"

出了门，两人都沉默了。就那么一层一层走下去，见人的时候，还是笑，寒暄；不见人了，就默着。他们一前一后地走到了报社门口，这时候，任秋风站住了。他回过身来，淡淡说："完了吧？"

苗青青轻轻地说："谢谢。"

任秋风像是没话找话似的，又问了一句："你们这个头儿，总编，姓什么？"

苗青青说："姓硬，坚硬的硬。"

"噢，还有这个姓？"往下，任秋风说，"那，我走了。"临走，他又说，"那五万块钱，给你的时候，你不要。现在，我连那五万都没有了。等以后，再补偿你吧。"

苗青青眼一酸，扭头走回去了。

六

离最后的开业时间，仅剩下十二个小时了。

当晚八点，任秋风带着各部经理及二十多个部门主任出现在一楼大厅里。最初，他像是怕吓着什么似的，小声问："各部门都就位了吗？"上官汇报说："都就位了。"于是他说："开始吧。"

霎时间，就像是密集的雨点一样，那瑰丽的、纷繁的、几乎是吐着热气的光束从四面八方射出来！光是从最高层开始亮的，那光雨泻下来的时候，人们像是被烫了一下似的，都不由得闭上了眼睛。再睁开时，人们发现，那光并不炫目，它一个旋涡一个旋涡地，放射着鱼鳞一样的光，很温和。那光一层一层地亮下来，就像雨缓缓地落在地上，而后再开出一丛丛花来，那花是由玻璃的反光映出的，奇诡绚丽，五光十色。接着，那开放式的电梯动了，那电梯像是两条油亮的螺旋式的瀑布，又像是游动着的鲸鱼的脊背，缓缓地游向空中。而乐声就在这时候响起来了。是啊，抬起头来，只见半空中伸出一个挂着帷幕的椭圆形琴台，一个身着古装的美女，安详地坐在那琴台前，正在弹奏古琴，是《长相思》还是《琵琶行》呢？突然就有了"大珠小珠落玉盘"之感。从一楼上去，站在电梯上，你就像是站在了颜色的丛林里。那是商品吗？那柜台的摆放就像是一个巨大的七彩旋涡，每一个大旋涡里套着一个个小旋涡，回环往复螺旋而上，成了一个一个的迷宫，使你不知该从哪里进，从哪里出；那一处一处的金黄，银白，釉红，淡紫；那一处一处的茶青，芽绿，粉橙，铃蓝；那一处一处或圆或方或端或羽；那一处一处如烟如雾如诗如画——它又像是集中了人类所有智慧创造出来的富丽堂皇！叫人心悸，似乎不敢多看。

就在这时，突然有一处"咚"地响了一声。在这个肃然的、仿佛水晶宫一样美的地方，那一声震惊了所有的人。人们讶然望去，只见那声音是从三楼鞋帽部发出来的。于是，正在巡查的人跟着任秋风朝鞋帽部走去。站在鞋柜前的一个女营业员吓得脸都有些白了，但她仍然是笔直站在那里，做出迎宾的姿势。经过三个月的培训，她脸上的笑容虽然硬了一点，还算是露着标准的七颗牙……任秋风上前拾起了那只掉在地上的童鞋。那是一只湖蓝色的女式童皮鞋，羊皮做的，红胶底，面上带暗扣，很小，很精致。仿佛一刹那间，任秋风像是在那泛着亮光的湖蓝色小童鞋上闻到了一股羊的气味，他像是看见了站在山坡上的一只小羊，心陡然地柔软了。也就是片刻，这影像很快消失了。任秋风小心翼翼地把鞋拿在手里，又按原来的十字交叉的形状摆在开放式的展柜上，而后他对那女营业员说："没事，你放松一点。"

待五层全部巡查完毕，任秋风站在五楼的电梯口，不经意地朝下边望了一眼，这时候他看见第一层那个由各式香水组成的放射着奇光异彩的水晶柱前，笔直地站着一个戴天蓝色船形帽的小女子。他知道，那就是江雪。她现在是香水柜的营业员了。

回到办公室，任秋风脸上并没有兴奋之色。这一刻，他像是累垮了一样，瘫坐在那里，甚至有几分沮丧地对站在面前的二十多个中层干部说："该做的，我们都做了。该投进去的，我们全投进去了。到现在为止，装修、培训，加上广告，我们总共投入三百五十八万。实话告诉你们，其中包括我个人的五万安置费。不说了，就这样了。你们，回去吧。"

众人面面相觑，一百多天里，他们付出了多少汗水和努力。这个人，这个像大山一样坚强的人，这个执意要带领他们创中国第一的人，是不是害怕了？是啊，这么一大摊子，万一……

任秋风无力地摆了摆手，说："去吧。我这里没什么事情了。看明天吧。"

人们见他的确累惨了，相互间悄悄地使了个眼色，一个个走出去了。

过了一会儿，突然有一个人闯进来，大声说："我告诉你任秋风，你太不像话了！你怎么能这样呢?！"

趴在桌上的任秋风微微抬起头来，见来人是齐康民，就身子一松，又趴下了。

齐康民站在那里，很激动地推了推眼镜，像讲课一样挥动着手臂，一跳一跳地说："你的眼光啊，你啥眼光?！我告诉你——那是一块玉呀！"

任秋风仍一动不动地趴在那里，不理他。

齐康民再次跳起来说："你知道人才的重要吗？我告诉你，我不是吹，她价值连城！你说，你用不用吧？你要不用，我就把她带走了。那是一块玉呀！"

这时候，任秋风半直着腰，很勉强地应了一句，说："玉，也是要琢的。"

齐康民说："琢，你怎么琢？"

任秋风说："现在，就是琢。"

齐康民望着他，突然改变话题说："你，你怎么了？怎么跟打败了的兵似的？"

任秋风趴在那里，说："康民，是你把我逼上梁山的。我有点怕了。"

齐康民说："你怕什么？算了，我不跟你说了。你这样对待我的学生，是不对的，是对人才的最大浪费！甚至是，是犯罪！"说完，嗵嗵嗵，他又走出去了。

夜半时分，又有一个人悄悄地走进来了，这是上官云霓。她站在那里，突然用火辣辣的语气说："头儿，我想亲你一下。"

任秋风摆摆手，用不容置疑的口气说："回去。早些休息。明天……"

上官固执地说："就一下，我亲亲你的额头。"说着，她走上前去，趴在任秋风的额头上亲了一下。

任秋风一怔，说："去吧去吧，把灯关了，让我一个人待一会儿。"

上官的确是太心疼他了。她关上灯，蹑手蹑脚地走了出去。走到门口时，她又回过头望了望他，黑暗中，只见他趴在那里，像一只瘫了的大黑熊一样。

明天，就看明天了。

第五章

○ ●

一

许多人都还记着这个日子。

这是星期六的早晨，当那支女子仪仗队做完常规的升旗仪式，"咔咔"走回去的时候，人们"哗"地就围上来了。

八点钟，随着一声炮响，成千上万个气球从商场的四周飞上天空，气球上缀着一束一束的花环，那花环是绢纸做的，亮着一瓣一瓣的粉红，在阳光下洋洋洒洒地飞舞着，一时间，桃花满天！

东面，是十二个巨大的玻璃橱窗，橱窗里摆放着十二个真人大小的女时装模特。那模特虽然不是真人，却有着比真人更亮丽的服饰。它们身上穿的时装全都是未曾见过的：短装，透的是一个俏。上身是一件小小的、蛋青色镶黄边的汗衫，短得下边露着肚脐，下身是粉红色的马裤，脚上是白线袜，黑面红边的运动鞋，几乎就是男孩子一样的洒脱。长裙，展的是一个谜。那是妙曼的、烟一样的丝织品或麻织品，那飘逸又是飞起来一般的灵动！那颜色，那质地，那款式，是跟人浑然一体的！如果细心些，你就会发现，这橱窗里的模特，也并非来自乌有之乡，它是实有其人的。它就是走在仪仗队最前边的那十二个姑娘！仅凭这一点，就让人赞叹不已。对于好事者来说，究竟哪个是哪个，你得去商场里找了。

西面，也是十二个巨大的玻璃橱窗，那橱窗里的摆设，是叫人万万料想不到的！十二个橱窗里摆放的竟是十二个不同的、很有些私密意味的洗浴间。有粉色调的，有蓝色调的，有乳黄色调的，也有苹果青的……十二个洗浴间里，有十二个各种不同的浴盆，有最豪华的，也有一般的。水在浴盆中荡漾着，似有美人儿刚刚出浴，它会给你很多的遐想。看那个最豪华的、有着针刺按摩功能的浴盆，前边有一个菱形的花镜，镜前的粉红色浴桌上很舒展地摆放着两套衣服，那衣服像是刚刚褪下，也可以说是洗浴后要穿的：有男人的西装、西裤、领带和皮带；有女士的镶了花边的女帽、成套的裙装、肉色的长筒丝袜……你想，这里藏匿着多少暧昧?！况且，那浴盆依次小下去，在最后一个橱窗里，竟出现了一个光溜溜的白胖娃儿，娃娃骄傲地站在浴盆里，正掐着小鸡鸡对人撒尿。这多像是一个完整的生命孕育过程！

苗青青是十点钟才来到金色阳光门口的，她是按总编的布置采访来了。她怎么也想不到会有这么多的人。平日里看上去十分宽阔的十字路口，竟然堵塞了。交警嘴里吹着哨子，正忙乱地、来来回回地跑着指挥交通。人，就像是游动的鱼群一样，正源源不断地从四面八方涌过来。这里，就像是一个巨大的、彩色的磁场，一下子把人全吸进去了！

苗青青是被人簇拥着挤进门的。进了门她才发现，这里，在十点半钟的时候，已经成了一个巨大的蜂房！人们挤挤搡搡地在一个个彩色的旋涡里涌动，就像潮水一样，一荡一荡地回旋着冲向电梯。那些营业员就像是生长在这彩色丛林中的美丽树，一个个姿态万方地立在那里，露着她们那"七颗牙"的微笑。电梯前是两两相对的、身披红色绶带的迎宾小姐，她们小心翼翼地扶着那些在电梯前挤得东倒西歪的人，像鹦鹉一样一次次重复说："小心。走好。小心。"半空中兀自伸出的那个平台上，坐着一位身着唐装的小姐。在无比嘈杂喧闹中，小姐像世外仙人一样安详地弹着古琴。已听不到她在弹奏什么了，只有那闹中的静态，给人以诗意的安慰。在大厅的后部，是一个围起来的"儿童乐园"。这是带孩子出来的妇女们最喜欢的地方了，那里有一个高高的船形大气垫。气垫四周是圆鼓鼓的黄色船帮，中间则是厚厚的红色大气垫床，那气垫床足有二十平方米大，一米多厚，任你怎么跳，也是不会摔伤的。紧挨着船形气垫，是一个天蓝色的、小木屋似的木制滑梯，孩子们从这一头钻进去，可以从另一头滑出来。还有蹦蹦床、玩具什么的，大约有十几个一两岁的孩子在气垫床上玩耍。这里，还有特派的两个营业员在小心卫护。挨着"儿童乐园"，是一个可以做短暂休息的阅览室，里边有一排一排的红白两色的塑料椅，旁边还有卖牛奶、咖啡和小吃的柜台，只是人太多，位置少，人们大多是站着的。这样的商场，考虑得如此周全，她还是第一次见。

当苗青青站在电梯上的时候，她突然产生了一种莫名的惶恐！这是在干什么？怎么会是这样呢？那黑压压的人头，就像是在洪流中向上蠕动的蚂蚁，真的是蚂蚁吧！是被欲望燃烧着的蚂蚁。那欲望又是什么呢？那近乎疯狂的蠕动，一层一层地，密密麻麻地攀升。究竟是为了什么？这是一架绞人的机器吗?！于是，她又想到了自己，那心底里，不也常常有一些不为人知的渴望？在生活里，当颜色逐渐多起来，你是不是也有无所适从的时候？是啊，也许就是新鲜，就单单是新鲜，就可以给人以刺激，勾起人们购买的欲望。

在四楼的箱包部，苗青青一下子被那么多好看的女包吸引住了。包是女性特有的装饰，不管是挎的还是拎着的，看一个女人的生活质量，光看她手里的包就知道了。那些女包挂在一个缓慢旋转的轮架上，那轮架是模仿一个个女人的手臂组成的，就好像是有很多女人挥舞手臂，在款款地"走包"。多好，那件女式手腕包，那么袖珍，金黄色，小牛皮的皮面，那提带就像是一个把手，看着就让人舒服！标价 768，贵了。那个单肩包也不错，是羊皮的，粉红色，软得像缎子，还镶着一圈金色的小环，这是年轻人用的，太张扬了。标价 1888，也不便宜。那个手袋，皮花格格的，素素的，也很大方。一只手袋，就标 1688，是贵吧。这件，乳白色的单肩包，背带很有特点，是绳状的，那编法很奇特，只是，太贵了，呀，是法国的名牌"路易·威登"，标价

19888！哟，那件是鳄鱼皮的，那件是鸵鸟皮的，都是日本的仕女休闲包。不看了吧，不看了。

在这万千亮丽之中，苗青青突然觉得自己很穷，特别特别的"穷"！那一处一处，都在吸着你的眼，勾着你的魂，它会把你榨干榨净的！苗青青突然有些愤恨，她也不知道她恨什么，就是恨！

接下去，她就看见那个，女人了。那个在中央电视台的画面上，也在她的家里出现过的女人。这是个标准的美女，就是她做的广告。这身天蓝色的职业套装真是太适合她了，简直就是给她一个人设计的！那天蓝色带白镶边的船形帽，戴在她的头上，真是迷人！这套裙装，穿在她的身上，就有了饱满的、充满弹性的曲线，连带着那眼儿、眉儿、鼻儿，全都生动起来！说亭亭玉立，那是轻了，她站在那里，就是一个天然的诱惑！是"回头率"的总括，她几乎占尽了女人的所有天然资源！就是她，那么，笑着，在中央电视台上做广告："中原之行哪里去，金色阳光是我家"——让人人都记住了她。现在，她在这里，高傲地昂着头，看上去气定神闲，仪态万方，像女王一样来回巡视着。一会儿扶起一个孩子；一会儿又帮着营业员拾掇物品；一会儿又低声吩咐着什么。她是谁？她叫什么名字？！

就在这时，两人的目光交接了，就像是电火花一般，一长一短，一短一长。而后，她向她走来了。上官微笑着说："您好。您需要什么帮助吗？"

苗青青怔了一下，也不知为什么，她竟然用十分生硬的口吻说："不需要。我什么都不需要。"说完，她有些狼狈地、跌跌撞撞地朝下走去。

苗青青几乎是逃跑一样离开了那个地方。

二

从早晨开始，任秋风一直在那里坐着。

序幕已经拉开，战斗已经打响，只有他一个人，孤零零地在那儿坐着。其实，这时候，他很想找人下盘棋。可所有的人都投进去了，都在一线，他也只好享受孤独了。

这时候，他是多么孤独啊。

开初的时候，他甚至不敢去看。他就那么在桌上趴着，两只耳朵却像警犬一样支棱着，谛听着外边每一个细微的动静。久久，仿佛有一个世纪那么久了，外边没有动静，一点动静也没有。他烦躁了。他开始摸烟，可是，就在昨天晚上，烟已经抽完了。按规定，商场里是不准抽烟的。他也准备戒。抽烟，也仅限于这个办公室，出了门他从没抽过。现在，他像大虾似的趴在办公桌上，两眼望着那个堆得满满的烟灰缸。终于，他在烟灰缸里扒拉着，把两个吸剩的烟蒂儿接在一起，大口抽起来。

其实，他是，很想去看一看的。近半年的努力，那么多难熬的日日夜夜，结果如何呢？可他就那么干干地等着、忍着，心里实在是有些怕，怕万一有什么闪失。虽然，他很自信。

外面，有些声音了吗？在这个顶层的办公室里，他还是什么都没有听到，只有墙上的挂钟在一"踏"一"踏"走，那钟表的指针就像日本鬼子的皮靴一样，每一下都重重地踩在他的胸口上！时间，你快点吧，真熬人啊！他想，如果没有人来，如果到十点钟的时候，仍没几个人，那么，他只有辞职了。

也还不仅仅是辞职的问题。他是法人代表，他还要面对银行，面对很多支持他的人，面对很多商家，风萧萧兮易水寒啊！

他很想再吸一支烟，可是，他有些坐不住了。终于，他站起身来，朝着窗口处走去。就那么走了几步，他迟疑片刻，又站住了，默默地对自己说：还是，不看吧。慌什么？再等一等，同志，你得有足够的耐心才是。于是，他站在那里，重新转过身来，两手抱着膀子，就那么背对着大厅的方向。是呀，他去越南打过仗，这情形就跟蹲"猫儿洞"是一样的，甚至比蹲"猫儿洞"还要熬煎。他也不知道站了多久，只是觉得时间太漫长了！再次看表，已经十点四十了！他的耐心也已到了极限。可特别奇怪的是，这么大一个商场，他竟然一点声音也听不到。

整幢大楼死静死静的，就像是，没有一个人来过！不会吧？情况就是再糟糕，也糟不到这个样子吧？！

于是，他不再等了。他大步走向窗口，伸手一拉，窗户是关着的，居然两层窗户全都关着！他很快地抽了插销，抖着手打开了窗子。一时间，像是有千万只蜜蜂一起飞了进来！

这时候，他狠狠地骂了一句：他妈的！

是的，后来，他搬了把椅子，是站在椅子上透过窗户往外看的——五层，人山人海！那噪声就像是飓风中的海浪一样，一波一波、一涡一涡地涌进来，甚至有点打脸！一层一层的电梯上，那些脸全都是向上的，就像是一盘一盘的葵花，那些葵花比凡·高的油画还要变形，似乎是一层一层的肉压出来的饼！写满了欲望的饼。这些"饼"源源不断地从电梯上滚上来，一层盖着一层，一层压着一层，冲浪一般向四处流去。柜台前就更不用说了，有很多个丛林一样的手臂，在五颜六色的商品前挥舞着，就像是求生者去抓救生圈一样！那滚滚的人浪，那种喧哗，真是从未见过。

连任秋风都不相信自己的眼睛，怎么会有这么多的人，莫非全城的人都涌来了？！这一刻，他的腿竟有些软了。他慢慢地下了椅子，往回走的时候，从不唱歌的人，居然也哼唱起来：我正城楼观山景，忽听得城外，乱纷纷……

他这才松了一口气,重新坐下来。当他拿起笔,想写一点什么时,突然觉得身子像草一样轻,眼皮像铅一样重,很乏很乏,身上一点气力也没有了。就那么趴在桌上,很快地打起盹来,此后,他睡着了。

中午的时候,上官云霓兴冲冲地跑进来,要告诉他大好消息,却见他趴在桌上,一声声地打着呼噜。她立刻把脚步放轻,蹑手蹑脚地走到他跟前,爱抚地看了他两眼。这一刻,她多想亲亲他!可她怕惊了他,不敢。而后,她把一份盒饭放在桌子上,又悄悄地退出去了。

当晚,一直到打烊的时候,任秋风才出现在一楼大厅里。这时,顾客已走得差不多了。安全员正在关门。任秋风惊讶地发现,所有的货柜,竟然差不多都空了!营业员们正在收拾、整理那些被顾客翻乱的货物。第一天,仅仅才十二个小时,货柜居然能卖空,这也是他万万没有想到的!

电梯已关了,只见各楼层的营业员在各部主任的带领下,像女兵一样一列一列地迈着整齐的步伐,从电梯上走下来,而后列队站在总经理的面前。

这一刻,任秋风的确很激动。他站在队列前,讲话时,喉头有些发热,可他还是忍住了。他尽量用平静的语气说:"很好。非常好。大家辛苦了!谢谢,谢谢同志们!现在,可以这么说,第一仗,咱们胜了!大家累了,我也不多说了。期望大家再接再厉!"

营业员们虽然有些疲乏,但一个个也很激动,她们望着任秋风,竟禁不住地鼓起掌来!她们对头儿的近乎崇拜的信任,全包含在那热烈的掌声里了。

这时,上官提醒说:"任总,很多货柜都空了。"

老吴感慨地跟着说:"头儿,我干商业这么多年,这可是从没见过!"

任秋风一挥手说:"那还用说,上货,赶紧上货呀!"他拍了拍头,又补充说:"这样,先吃饭吧。从今以后,商场给大家供应盒饭,一定要吃饱吃好。咱们一块儿干,吃了饭再说!"

三

邹志刚傻眼了。

他还从没遇到过这样的事情。整整一个上午，而且是星期六的上午，一个大型商场，居然冷冷清清，没有几个人进来！

他站在"万花"商场的楼顶上，就那么默默地朝斜对面望着。那里，就是那个新开张的金色阳光的大门，就像是施了魔法似的，把源源不断的人流，全都吸到那里去了。

那里有什么呢？不就是新开了一家商场吗？不就是弄出了一个仪仗队出来招摇吗？不就是气球花环吗……也不过如此。三天的新鲜劲一过，还能怎样？可是，眼看着人家那里人山人海，这里却冷冷清清，他心里能好受吗？

邹志刚在楼顶上整整观察了一个小时，看着看着，他咂咂嘴，有些慌了。于是，他下了楼，走出"万花"，穿过过街天桥，朝三角地带另一边的东方商厦走去。

东方商厦原是经营电器为主的商号，近年来，才逐渐扩展成了一家大型的百货商场，也是五层的商厦。这里的老总是一位五十多岁的中年女人，姓徐，叫徐玉英。

徐玉英是从县供销社一级一级干上来的。当年，据说她可以一边奶着孩子一边打着算盘一边收钱一边交货，分毫不差！她的丈夫是市委的一名干部，早年丈夫上大学就是她一人供的。后来，丈夫大学毕业分配到了省城，她也跟着来了，干的还是老本行。这人爽快干练，大嗓门，是一个很有几分男人气概的女子。

徐玉英一见邹志刚来了，就说："老邹，慌了吧？"

邹志刚习惯性地扶了一下眼镜框，笑着说："我慌什么？大姐，我都不能来看看你？"

徐玉英嚷嚷说："还不慌？人都跑人家那儿去了，你还说不慌？我给你说，这样下去可不行！"

邹志刚也清楚问题的严重性，可他嘴上却轻描淡写地说："叫我看，也就三天的新鲜劲。三天一过……"

徐玉英果断地说："三天也不行！一个大商场，空落落的，这像什么话？我给你说，你要不动手，我可动手了！"

邹志刚问："你怎么动？说出来听听。"

徐玉英也不明说："杀猪杀屁股，各有各的杀法！"

邹志刚说："你也打算做广告？"

徐玉英说："做就做，不就是花钱嘛！"

邹志刚说："你也打算搞那种，花架子？"

徐玉英说："招揽生意的事，他能做，咱就能做！"

邹志刚点点头，说："大姐，这是个三角地带，你要做了……"

徐玉英明白他的意思，大腔大口地说："老邹，你也做，咱联起手来，干他！"

邹志刚这才说："大姐，我来，就是这个意思。要做，咱们联手做。不过，光打广告，也不是办法。"

徐玉英说："那，说说你的法儿吧。"

邹志刚说："要想彻底解决，只有一个办法。"

徐玉英望着他，说："我明白了，降价。"

邹志刚说："大姐，我跟你想到一块儿去了。对，咱联合起来，一举把它的气焰打下去！"

徐玉英迟疑片刻，说："那你说，降多少呢？——百分之五？"

邹志刚摇摇头说："百分之五恐怕不解决问题，要降，就得豁出去——百分之十！"

往下，两人都沉默了。这个主意，是有点损的。在这个三角地带，三家大型商场，如果有两家联起手来，大幅度降价，那么，第三家肯定吃不消，也许一下子就被挤垮了！

徐玉英还算是个厚道人，再加上一下子降百分之十，利润就太薄了。那不成赔本赚吆喝了吗？她说："要不，咱先降百分之五？看看再说。不行的话，再降到百分之十！"

邹志刚立刻制止，说："大姐，千万不能这样。降，就要一下子降到位！一点一点降，顾客没有感觉，那就白降了。"

徐玉英想了想，说："这样吧，咱先礼后兵。再等它三天，三天以后，如果还是这样，咱们就不客气了，联手降价！"

邹志刚点点头，有些勉强地说："行，大姐，我听你的。不过，咱要说好，要降，咱们同时行动，一块儿降。不管谁，一分钟也不能提前！"

徐玉英有些不高兴了，说："老邹啊，你这个人，怎么鸡肠小肚的？我说的话，会不算吗？"

邹志刚赶忙解释说："我知道，大姐是巾帼女杰，一言九鼎！我信，我当然信。"

当邹志刚离开东方商厦的时候，望着对面源源不断的人流，他突然产生了一种恨意！他明白了，他遇上了一个对手，一个让他心生嫉妒的对手。——这人，竟然会是苗青青的丈夫！

四

苗青青的心一直被悔恨撕咬着。

从金色阳光出来后，苗青青一路上都在悔海里泡着。她不能想，一想就忍不住想哭。男人是那样的优秀，男人无论干什么，都是一把好手。可她呢，就像是鬼迷了心窍，那么多年都熬过来了，临了，弄出这样的丑事，还有什么话可说？

她知道，无论她怎么努力，任秋风是不会原谅她了。所谓的亡羊补牢，一切都是枉然。往下，她真不知道该怎么办了。不过，文章还是要写的，这是总编布置的任务。况且，她还抱着那么一线，希望。

回到家，她把采访包扔在沙发上，就那么懒懒地往床上一躺，满眼都是任秋风的影子！

就在这时，又有人敲门了。苗青青突然想起来，好像是有一篇稿子的清样，忘了给值班的编辑交代，这可是误不得的！于是，她赶忙从床上爬起来，急急忙忙地开了门。

一旦开了门，就没办法了，门口站的又是邹志刚。

她知道，她无法把他赶出去。她也不能大声地嚷嚷，在家属院里住，她丢不起这个人。那么，她只有沉默了。在沉默中，她还是忍不住甩了一句切齿的话："——骗子。"

邹志刚是不怕骂的。他只是朝门外招了招手，叫司机把一箱一箱的水果搬进来。而后，他对司机说："你去吧，不用等我。"

等司机走后，他又是很坦然地往沙发上一坐，也不说话，就那么坐着。

两人僵持了大约有一刻钟的时间，邹志刚觉得火候差不多了，才说："你说我是何苦呢？大老远跑来，受你的气。"

苗青青又是切齿地说："活该！"

邹志刚说："听说，贵州人把爱人叫'钉子'，有'金钉子''银钉子''铜钉子'，我就是碰'钉子'来了。"

苗青青知道，对这样的人，你不能跟他"贫"，你只有不理他，一句话不说。否则，你就会再次上他的当。于是，她就那么板着脸，再也不张口了。

邹志刚不管她开不开口，只管说自己的。他说："我的确是个骗子，我见人都骗，骗着骗着就骗到你这里来了。"这么说着，见她还是不吭声，就又接着说，"骗人也很累，还自带手绢，要是吐到脸上，还得自己擦。当骗子也不容易呀！说实话，我在你这里骗了，回去还得骗。你想，她那人，也是很要强的。明明得了癌，你还不能告诉她，你一告诉她，她就崩溃了。我是瞎话说了一篓一篓的。有时候，我就想，做个人太难太难了！狗都比人强。"再往下，他拉开手包，从里边拿出了一份诊断证明，在手里晃了晃，"就这份诊断证明，我都不敢往兜里装，一直锁在办公桌里，我还得骗下去呀。"

苗青青仍旧一声不吭。然而，他说的那些话，她却是一字不漏，全听进去了。于是，她心里就又起了疑惑，难道说，他并没有骗她？他说的都是真的?！但是，她又告诫自己，不能动摇，不能相信他。

往下，就又沉默了。男女间的沉默，就有点碰心思的味道了。那是在用目光去抚慰，用呼吸去探求，甚至是用意念去追逐。一点一点地，那绷紧的空气松下来。

终于，邹志刚站起来了。他站在那里，仿佛很无趣地说："既然不受欢迎，唉，走吧。——我走了。"

听他这么说，苗青青仍然背着身子，一动不动地坐在那个高靠背椅上。

邹志刚似乎是要走的样子，可他走了几步，突然转过脸来，俯下身去，一把抱住了坐在椅子上的苗青青。

苗青青开初还极力挣扎着，可邹志刚就那么死死抱着她，他的嘴一直贴在她的耳朵上，呼出的热气熏着她的脸庞。而后，在左躲右闪的挣扎中，他的嘴一点一点地贴近了她的耳垂儿，先用舌头去探，探着探着，牙贴上去了，他用牙一点一点地、轻轻地咬她那肉乎乎的耳垂儿，咬了左边，又去咬右边，就这么咬着咬着，苗青青垮下来了。

男女之间，隔着的，也就是一层布。那布是线做的。大凡越了线的，要想一下子退回去，也难。只要是有过肌肤之亲的，那份情丝是很难彻底斩断的。就那份息息相通的熟悉，那份肉贴肉的私密，就身体本身来说，就有自然接通的可能。这时的苗青青虽然满脸是泪，竟还是接受他了。也许是因为长时间的饥渴？也许是一时的，软弱？她像是有几分无奈地、也是恨恨地说："我真无耻啊。"

邹志刚抱着她，一边往卧室走，一边接着她的话，贴着耳边小声说："我真是爱你呀。"在走向卧室的路上，邹志刚很温存地品味着他的胜利。他温情脉脉地说："你不想吗？咱们都是人啊。"

事毕，两个人躺在床上，邹志刚说："我知道你不在乎钱。我要给你钱，你会骂我。这样吧，我给你一个挣钱的机会。"

苗青青不吭。

邹志刚接着说："我那里，想在报社做个广告，要整版的。多少钱，由你定。提成归你，这钱是你挣的嘛。"

苗青青只低声说："你走吧。"

邹志刚叫了一声："青青，你不是说，你有拉广告的任务吗？"

苗青青流着泪说："走吧。"

邹志刚再去摸她，身子硬硬的，已没了先前的柔软和热切。邹志刚顿觉十分无趣，只好匆匆穿上衣服，走了。

事过之后，女人总是很后悔啊！待邹志刚走了，苗青青呆呆地躺在床上，忽然抓住靠枕扔了出去！扭过身哭着说："青青，你这样，还怎么做人啊？"

五

往往，女人的反击是最直接的。

在这三天时间里，东方商厦的老总徐玉英率先推出了"送货上门"的服务；紧接着，就在金色阳光的升旗仪式开始的时候，迎着朝霞，东方商厦里跑出来一群身着盛装、手舞花环的啦啦队——这支几乎有上百个姑娘的啦啦队，在东方商厦门前成四路一字排开，手舞花环，花枝招展地做起了"花环操"——这项目是由老总徐玉英亲自督战，连夜排练搞出来的，自然分去了一些行人的目光。

万花商场的邹志刚却是另辟蹊径，他让人在商场外搭了一个铺有红色布幔的台子，每天早晨和傍晚时分，邀请本地的一些青年歌手手持麦克风在台上一扭一扭地唱流行歌曲，于是，就有很多年轻人围着看。

但是，他们还是晚了一步。由于是临时上马，仓促应战，无论那舞动花环的，还是扭着唱歌的，细看都略显粗糙。相比之下，金色阳光依然光彩夺目。特别是在中央电视台连续做的那个广告，有上官云霓那千金难买的一笑，可说是家喻户晓，人人皆知。所以，那涌动的人流，大批大批追时尚、赶新潮的人们，还是到金色阳光去了。

于是，在第三天的晚上，邹志刚再次来到东方商厦。进门后，在大厦的前厅，只见徐玉英正在鼻子不是鼻子脸不是脸地训那些姑娘："你看看你们，松松垮垮、懒懒散散的，像什么样子？你，还有你，一个女孩子，一点不知道讲究，好衣服穿在你们身上，也给我穿不出样子来！那花环是咋回事？还没晃几下，会晃烂？你们是咋搞的?！好了，好了，气死我了，解散吧。"

而后，到了徐玉英的办公室，徐玉英把手里拿的黑皮本子往桌上一摔，仍气呼呼地说："这，这算什么？商场总还是社会主义的吧?"

"那当然。"邹志刚望着她，低声说，"大姐，干吧。"

徐玉英果断地说："降！——我看他有多厉害?！"

邹志刚问："百分之十，咱同时行动。"

徐玉英说："就按你说的，百分之十！"

邹志刚说："那，降多长时间?"

徐玉英一摆手，说："走着看！"

第四天，三家商场的价格大战开始了。东方商厦和万花商场同时打出了降价销售的巨幅条幅！东方商厦楼前挂着几十条红海洋般的条幅，那铺天盖地的红色把整座大厦映得就像是着了火一样，到处都是"夏季大甩卖，所有商品一律降价百分之十"的字样，后边是一连串炸弹一般的"！！！"；万花商场楼前是一片扎眼的黄色条幅，而且全是一人高的巨型大字："降价！降价！降价！百分之十！百分之十！百分之十！"那字，个个如出了膛的炮弹，炸得人们眼花缭乱！而且，在商场的四周还特意悬挂了几个大口径的喇叭，一天到晚歌声、叫卖声震耳欲聋！

这么一来，那些条幅上的字样把人们的脖子弄得像转轴似的，转着圈来回看。这里看了，又看那里，也不知到底该去哪里好了。可人们还是现实的，同样的货物，价钱当然是他们的首选。可人们是不太相信那些字的，人们要亲眼到柜台上去看一看，那降价之说到底是不是真的。于是，整个十字路口成了一个巨大的乱哄哄的人流旋涡！人们一群一群地、茫然地、挤挤搡搡地在三家商场之间窜来窜去，把这么一个位于市中心的交通要道彻底堵塞了！交警们吹着哨子，一遍一遍地疏导着，把喉咙都喊哑了。可是，道路越堵，往这里聚的人越多，人们像疯了一样从四面八方赶过来，要看看到底是怎么回事。

就这样，一连几天，凡是到这里来的人，几乎腿都要跑细了！在炎炎烈日下，人们个个满脸热汗，瞪着疑惑的、充满欲望的眼睛，手里提着大包小包，像是要争着去洗天然桑拿似的，在一家家商场的过渡地带川流不息。他们自然是三家商场都要看的：有时是看中了这家的价格，却没有看中商品；有时是看中了商品，却又嫌价太高；还有的是看过来看过去，还是先前看的第一家东西好，于是又勾回头来。所以，这里的人流一直像没头苍蝇一般，茫然无序，熙熙攘攘，拥挤不堪。可不管怎么说，三家商场的人流量都达到了有史以来的最高峰。

这些天，邹志刚一直坐在五楼办公室一个靠窗的地方，他像是一个临战的前线指挥一样，半靠半坐地斜在那儿，手里举着一个高倍望远镜，直直地望着斜对面的金色阳光。他一直在注意观察它的进口和出口。使他愤愤不平的是，那里的人流量并没有减少。开初时，他还专门派人去打探了一番，看它是不是也跟着降价了。可是，回来的人告诉他说，金色阳光并未降价。这就使他更加沮丧。可是，看着看着，他笑了。

第七天，东方商厦的老总徐玉英到他这里来了。两人一见面，什么话也没说，就各自先笑了。徐玉英的第一句话是："邹总，老弟，晚上我请你吃饭！"接着又说，"哼，他不就这点出息吗？我还以为有多厉害啊？！"

邹志刚有点遗憾地说："大姐，咱下手还是晚了一点。要是……"

徐玉英还在兴奋之中，她说："老弟，你这个一步降到位的主意对了！算是给他个教训吧。"

邹志刚说："其实，他还是沾光了。"

徐玉英很客观地说："我也看了，他人流量是没减，可销量减了。"

邹志刚有些得意，却问："大姐，你看，咱还要做下去吗？"

徐玉英手一摆，说："做，当然做！杀杀他的威风。不然，他不知道马王爷三只眼！"

邹志刚说："好。有大姐这句话，咱就做下去。"

这时，徐玉英看了看邹志刚，说："有句话，我得问问你，他找过你吗？"

邹志刚说："谁？"

徐玉英大咧咧地说："装啥傻呢？那边的老总呗。"

邹志刚摇了摇头。

徐玉英说："那，这就是他的不是了。他也没找过我。咱不说让他负荆请罪，至少也得打个照面吧？哼，既然这样，扛他一个月！等他吃不消了，再说。"

邹志刚咬着牙说："就这样，看谁能笑到最后！"

六

任秋风也在悄悄观察着对面两家商场的动静。

一直撑到了第十五天，眼看着日销售额一天天下降，而对方仍没有罢手的意思。看样子，对方是想把金色阳光彻底挤出商界！到了这时候，他思考再三，才把上官、陶小桃和江雪叫到了他的办公室。

上官是推门就进来了，小陶也是。只有江雪，来的时候，先在门口高声叫道："报告——"

任秋风在屋里说："进来。"这样，江雪才推门走进来。进来后，也是规规矩矩站在那里，问："任总，找我有事吗？"

任秋风先是没有吭声，停了片刻，他才说："你们坐下吧，咱们开个会。"

接着，他很严肃地说："今天这个会，我有个要求，不管会上说什么，任何人都不得泄露出去！这是个事关商业机密的会议。"

可是，当上官和小陶在沙发上坐下后，江雪却仍然站着。小陶忙招呼她说："江雪，愣啥呢？坐呀。"江雪很平静地说："两位经理坐吧。我站着就行。"一时上官和小陶都愣愣地望着江雪，很吃惊的样子。小陶不好意思地说："江雪，你干啥呢？咱都一块儿来的。"江雪很严肃地说："这是工作时间。"

这时候，任秋风看了江雪一眼，用赞赏的口气说："江雪说得对，这是工作。"接着，他又说，"可我不光征求部门经理的意见，也想听听你这个营业员的意见。"

就这样，江雪两手背后，就那么笔直地站在那里。

这时候的上官，眼里只有任秋风，已顾不上别人了。可小陶脸薄，她的脸都有些红了。看江雪执意这样，小陶也想站起来，跟她站在一起。可还未起身，上官悄悄地拽了她一下，她也只好就那么，坐着了。

任秋风有些突兀地说："外边风很大，你们感觉到了吗？"

上官马上说："我早就看到了。他们不像话，两家联手降价，这是搞恶意竞争！"

小陶说："降价百分之十，这幅度也太大了。咱们的销售量不如前几天了。这样下去很危险。"

任秋风手一指，说："江雪，你说说。"

江雪说："我那里情况依旧。"

任秋风有些诧异地望着她："是吗？"

江雪说："是。"

任秋风在屋子里走了两个来回，说："竞争没有善恶之分，竞争就是竞争。他们联手降价，自然有他们的道理。最近，我看了一下报表，咱们的销售额比前几天下降了三分之一，这事情很严重。现在，咱们必须做出一个选择。要么，也跟着降下来；要么，不管他，继续加大广告的投入。我想听听你们几位的意见。"

上官当仁不让，说："我不同意降价。咱们是一个刚开张不久的新店，在降价销售这方面，我们没有优势。如果咱也跟着降，他们要是再降怎么办？再加上他们是两家联手，咱们根本就没有还手之力。况且咱们投入这么大，拼的是一流设施、一流服务、一流的商品，不是价格。"

任秋风点点头说："有道理。"

小陶看了江雪一眼，说："叫我说，价格问题，也要考虑。咱们虽然在省城，但地处中原，购买力还是比不上北京上海那些大城市。我有些担心。能不能去做做他们两家的工作，三家联合起来，搞联合销售？"

任秋风说："嗯，也有道理。江雪说说。"

江雪说："依我个人而言，买东西，我肯定买最便宜的。这里边有个定位问题，商场不是慈善事业，有一点要弄清楚：咱们究竟是卖品牌，还是卖价格？如果是卖价格，那咱们只有往下走了；如果是卖品牌，建中国一流的商场，那就不是降价的问题，那就要卖最贵的、最好的。也要让人知道咱这里卖的东西是最贵的、最好的、最全的。"

任秋风马上说："说得好，很有启发。"

往下，任秋风又在屋子里走起来，他走了几个来回，突然站住，问："如果加大广告的力度，你们说，该怎么做？"

三人都沉默了。上官有些发愁地说："还要打广告？中央台都做了，还能怎么做呢？"

小陶说："也是。报纸、电台、电视台，还有户外，都做了。再做，总不能做到天上去吧？"

任秋风猛地拍了一下桌子，说："你说什么？"

小陶吓了一跳，说："我，我没说什么呀！"

任秋风拍拍头，没头没脑地说："嗯，知道了，我知道了。"接着，他又问，"江雪，你还有啥主意？"

江雪说："虽然降价不是办法，但我在报纸上看到一篇文章，说南方一家商场搞有奖销售，挺火。咱们是不是可以试试？"

任秋风沉默了片刻，说："刚才，小陶给我了一个思路。这是一步险棋，让我再想想。"

小陶仍然有些不明白，她心里说：我说什么了？没有啊。

任秋风先是望着上官，说："你告诉我，在你的理想中，你最想得到的是什么？"

上官的脸慢慢就红了，她喃喃地说："理想，我的理想……"

不料，任秋风等不及了，又问江雪："你呢？你最想要的东西是什么？"

江雪毫不犹豫地说："房子，我做梦都想有一套自己的房子。"

任秋风一边思考着一边随口说："嗯，是，要说，这也不难。可惜呀，可惜搬不动、看不见。"接着又问："小陶，你呢？"

小陶说："我呀，要是有一台自己的电脑就好了。"

任秋风嘴里嘟哝着说："电脑，是不错。可小了，太小太小，造不出声势。"

这时候，上官像是明白过来似的，突然说："要说最想要的东西，我最想有一部车，一部属于自己的车！"

等她的话音一落，任秋风一下子跳起来，坐在了他的办公桌上，说："好了，我明白你们的意思了。现在我把你们的意见综合起来，那就是，咱们还是要走品牌战略。咱们要在中原树立一个品牌，一个城市要有一个最好的品牌，这就是'金色阳光'！最近还有一个战友从北京给我打电话，说要是来中原，就一定要我领他到'金色阳光'看看。这就是广告效应。再说了，咱们地处京广、陇海两条铁路干线的交会处，一定要有大商家的宏观意识！小陶呀，有句话是你点醒我了，你说对了，这一次，我一定要把广告做到天上去！"

三个姑娘怔怔地望着他。

这时，任秋风像是胸有成竹了。他很潇洒地一挥手说："商场，就应该是制造梦幻的工厂；商人，应该是一个制造梦想的人。下一步，咱们共同来制造一个梦想吧。"而后，他说："就这样，你们去吧。江雪留下。"

待二人走后，任秋风对江雪说："坐吧。"

可江雪仍然不坐，就那么倔强地站着。

任秋风说："你对我有意见？"

江雪说："没有。"

任秋风说："你眼里有蚂蚁。"

江雪倔倔地说："你也有。"

任秋风看了她一眼，说："是吗？有人对我说，你是一块玉。说我委屈你了。你认为呢？"

江雪说："我什么都不是，我只是个营业员。"

任秋风说："我也承认，你是一块玉。可玉，要想成为一件真正的艺术品，是要琢的。它要经过一道道工序，去抛光、打磨。而后……"往下，他不说了。

江雪看着他，一声不吭。

任秋风说："我要告诉你的，就是这些。"

○ ●

第六章 ·····································

一

这是一个燥热的七月。

在七月里，为了一个创意，任秋风彻夜难眠。他心焦啊！

这个不同凡响的创意，是任秋风在集思广益后，总结完成的。那又是一个个熬煎人的不眠之夜，在这些不眠之夜里，任秋风时而僵坐案头，时而沉默不语，一次次地完善着他那大胆的设想，直到最后一个环节。就是最后的这个环节，逼得他几乎要发疯了。常常，在夜半时分，在别人走了之后，他一次次登上楼顶，对着浩瀚的夜空，喃喃地说：我要把广告做到天上去！我一定要做到天上去！

可这最后的环节，难度太大了。首先，在城市里做这件事，从安全角度考虑，必须用直升机。动用直升机，需要部队的支持，可部队本身又没有决定权。再说，这是商业行为，那飞机是能随便动用的吗？

然而，任秋风不是一个轻易就放弃的人。他先找了皇甫副市长，市长很挠头。皇甫副市长说，我很欣赏你的创意，但这件事，不是我们地方上能做主的。我可以帮你问问。另外，你也可以想想别的办法，不要在一棵树上吊死。后来，他又大着胆子去找了省长。开初，省长只给他五分钟的时间，可谈着谈着，竟谈了一个半小时。那时候，第三产业还是所谓的"新生事物"，省长对他的想法极为赞赏。当即，省长破例给当地的空军部队首长打了电话，而后，握着他的手说：去吧，去给他们好好谈一谈，祝你成功。

这件事，在表面看来，似乎是一路绿灯。可一旦走下去，就困难重重了。在部队，由于省长打了电话，空军部队的一个政委很客气地接待了他，而后说：我们很愿意为地方的改革保驾护航，你的创意也很好，直升机嘛，也不是不可以动用。最后却说，军人以服从命令为天职。只要上边有命令，我这里立即出发。任秋风说："其实，我们只用两个小时。"政委摇摇头："别说两个小时，两分钟也得有命令。只要有命令，两天也没问题。"后来，他又通过部队的战友四处打电话求助。就这样，经过一道道关口之后，他们又回到了原点。为此，任秋风沮丧透了。

一天夜里，任秋风十分疲惫地在路上走着，该找的人他都找了，该想的办法，也都想遍了，可仍然不能解决问题。望着满街的灯火，他十分沮丧。可是，走着走着，他脑海里突然又飘出了一个念头："热气球，热气球！对，对，有办法了，可以用热气球嘛！"于是，他的信心又来了。他快步走回商场，赶忙打电话把人都叫起来商量。一连几天，又是请专家咨询，又是四处打听热气球的情况，可商量来商量去，到了最后，由于城市的密度太大，高楼太多，安全问题无法保证等原因，只好再次取消。

他急呀！眼看着这么好的创意不能实施，有那么几天，任秋风急得嘴上起了泡！他不停地在屋子里走来走去，嘴里念念叨叨地，一会儿说这样，一会儿又那样，他真是恨不得把天上的月亮搬下来！

这些天，上官云霓也跟着愁坏了。她是心疼这个男人。这个男人像是一个四处发光的电源，无时无刻不在燃烧，把周围这些人都快要烤煳了！她钦佩他，也替他着急。当他的精力无处释放时，她也跟着像是要憋出病来了。她心里说，得想一个办法，无论如何得想出一个办法来。

到了第二十一天，任秋风仍然没有想出办法来。他急得满嘴生疮，那满口的燎泡疼得他连口水也喝不进去了。这时候，金色阳光的营业额又下降了三分之一！如果再想不出办法来，就真有可能被那两家联合降价的商场挤垮了。

这天下午，任秋风第一次走进了东方商厦，他想见一见东方商厦的徐总。可是，在徐玉英的办公室里，他却一下子见到了两个老总，一个是徐总，一个是邹总，两人喜笑颜开的，像是正在商量什么。

徐玉英是个疾恶如仇的女子，谁要是惹恼了她，她会当场叫你很难堪！所以，敲门后，看进来的竟是任秋风，徐玉英就干脆装着不认识的样子（其实，在商业局开会时，他们是见过面的），竟冷冷地说："你找谁呀？"

任秋风笑着说："徐总，我是金色阳光的任秋风，是专程来，拜访您的。"

徐玉英仍然很不客气地说："噢，是任总啊！我看，你是走错门了吧？"

任秋风知道她心里有气，就用姿态很低的语气说："徐总，我虽然来得迟了些，但还是诚心诚意的。干商业，我是个新手，我是专门向您求教来了。"说话时，他根本不看邹志刚。

徐玉英仍冷着脸说："求教？那可不敢当！"接着，又忍不住说，"任总，不是我说你，你这个也太傲了，傲得没边了！叫我说，你早干什么去了？邹总也在这儿呢，让他说说，你像话吗？干哪一行，没个行规呀?！不是说让你'拜码头'，那是旧话，打个招呼总是应该的吧？哼，早知今日，何必当初呢！"

任秋风很虚心地说："是，你说得对。我以后一定注意。"

不料，这时，邹志刚却趾高气扬地说："也别废话了！姓任的，你不仁，别怪我们无义！一句话，你投降吧。我告诉你，这商业也不是那么好干的。这次，只不过是给你一个教训。"

一听这话，尤其是从邹志刚嘴里说出来的，任秋风七窍生烟！他说："投降？我没有投降的习惯。我从不向任何人投降。"

徐玉英也觉得邹志刚的话说得过了，但她实在是不了解他们两个男人之间的隐情，就觉得任秋风的话很刺耳！所以，她接上去说："看你这话说的，你不投降算了，谁稀罕你投降！我们降价，你也降啊，谁不让你降了?!"

任秋风仍平心静气地对徐玉英说："徐总，我是真心实意来向您学习，向您求教的。至于这个人，他根本没有跟我对话的资格。"

邹志刚立马接上了，说："好，姓任的，你要这样说，咱走着瞧！"说着，气呼呼（也有些心虚）地大步走出去了。

徐玉英不明白其中的原委，见任秋风对邹志刚说话这么难听，也生气了，说："你这个人，怎么这么倔，你走吧。"

任秋风深深地吸了一口气，强压着怒火，说："那好，不打扰了，我改天再来拜访您。"

出了门，任秋风心里清楚，事到如今，他已经没有退路了。

二

任秋风又是一夜未眠。

凌晨四点，任秋风独自一人站在楼顶上，像狼一样地踱来踱去。有那么一刹那间，他真想从楼上跳下去，跳下去就一了百了，也不用这么愁了。白发三千丈，缘愁似个长！古人的话，真是有透骨的体验呀！他曾经先后六次去找当地空军部队的领导，一次次地做说服工作，可他们心里虽然愿意，然而谁也不敢主动去打这个报告。一直说研究研究，再研究研究。有一天晚上，他等政委等了整整一天，就那么一直在门外站到天黑。最后连政委的老婆都被他打动了，可结果仍然是竹篮打水——一场空。

东边，天一点点亮了，那一抹红色像火一样地烧起来。他心里说，大鹏展翅九万里，我要变成一只大鸟就好了！我就自己飞到天上去，用我的两只臂膀，撒下那万万千千……怎么办呢？是天要灭我吗？！

任秋风真是绝望了。他坐在楼顶，一连吸了十二支烟，把嘴吸成了堆满辣椒的烟囱。

上午，又一个坏消息传来。有人报告说，在万花商场每一个柜台上，都放着一张打印出来的"价格对比表"。表上分两栏，同样的商品，一栏是金色阳光的商品价，一栏是万花的商品价，这样，每一个进商场的人，只要往柜台前一站，就能清楚地看到两家商场的价格差别！那么，这竞争已带有恶意的成分了！那就是说，邹志刚已下了狠手！

金色阳光商场的营业额明显下降了，下降的幅度非常大。每一个进商场的人，看了商品之后，就会质问说：同样的货，你们这边的价为啥高这么多？！

营业员无法回答。后来，这些情况都一一报到了任秋风这里。

任秋风沉默。他知道这一招挺狠，很恶毒，甚至是专门对准他的。那么，投降？就这样乖乖地举起双手，投降？！

十点钟的时候，任秋风独自一人走出了金色阳光。他想验证一下，如此下作的行为，是不是真的。他先是去了东方商厦，在商场里转了一圈。他发现，东方商厦的柜台上并没有放这张表，只是有营业员口头对顾客说，她们商场的价比金色阳光低多了，那里的货死贵。而后，他又来到了万花商场。当他站在柜台前的时候，果然看到了那份"价格对比表"，千真万确！看来，真是要把他逼上死路了。

在特殊情况下，人的感觉是异常敏锐的。这时候，他的每一个毛孔都会成为眼睛！就在任秋风还未转身时，他已感觉到了，他身后不远处站着一个人，那人对自己是有敌意的！果然，当他转过身来，发现邹志刚就在离他不远的地方站着。他不喜欢这个人，还不仅仅是因为苗青青，他只是不喜欢脸上油光光、脖子上扎着领带的人。可现在，他竟然成了他的对手，所谓的"价格大战"，就是这个人挑起来的。

不料，当着众人，邹志刚却一下子满脸堆笑，很热情地走上来，说："这不是任总吗？你好，你好。"说着，他伸出手来，像是要握手的样子，就在任秋风迟疑的时候，他仅是贴近了一步，却压低声音说，"感觉如何？你死吧。"而后，又迅速地退后一步，似乎是很大度地微笑着。

任秋风望着他，冷静地说："离七寸还远，不慌吧？"

邹志刚说："是啊，不慌，来得及。"

任秋风说："邹总，有句话叫作：有所为，有所不为。你知道吗？"

邹志刚说："那要看对谁了。我这里也有句话，叫作：烦恼皆为强出头。——怎么，上去坐坐？"

任秋风说："你记住我的话，我是不走下三路的。"说完，他扭头朝商场外走去。

回到商场，任秋风的眉头拧成了一个疙瘩。他知道，现在再跟着降价，就被动了，也晚了，那么，只有咬着牙挺下去。而且，必须尽快地找到突围的出口。可"出口"在哪里？

临近中午时分，金色阳光第一次出现了电梯空转的现象，在电梯上的人零零星星，没有几个——这在过去，是从未有过的。

当任秋风出现在五楼顶端时，只见所有的营业员，像行注目礼似的，一层一层，全都仰起头，默默地望着他。那目光中的焦灼，他是很明白的。他知道，她们是在恳求他：老总，降价吧。

可是，任秋风站在那里，铁青着脸，紧咬牙关，仍是一声不吭！

如果进是死，那么，退也是死啊！棋，决不能将死在这里。他坚信，他的经营战略是没有错的。但是，他还缺一个环节，就一个环节。

这天下午，当任秋风一筹莫展的时候，上官突然来到任秋风的办公室，张口就说："让我去试试吧。"

任秋风仍在焦虑之中，他根本就不想听她说话，久久一言不发。

上官再次说："让我试试。"

任秋风一拍桌子，没好气地说："你？添乱不是？——你怎么试？"

见他又发火了，上官并不退缩，只说："你把报告给我。我去北京，找我伯伯试试。"

任秋风一下子愣住了。他像不认识她似的，就那么呆呆地、傻傻地望着她。久久，他突然像连珠炮似的说："好好好，你去吧。快去，快去。如果办成，我一定奖励你。——重奖！"

上官却说："不管办成办不成，你都要奖励我。因为，这是我主动要求的。"接着，她又有些委屈地说，"我这辈子，还没求过谁呢。"

任秋风仍然不敢相信。他迟疑了一下，说："行，不管办成办不成，我都奖励你。说吧，你需要什么？"

上官望着他，摇摇头，说："我什么都不需要，我也不能保证，就能办成。我只是……""心疼你"这三个字，她藏在心里没有说出来。

任秋风急切地说："我知道，我知道，你是为了事业。"

上官立刻截了他的话头，很干脆地说："我也不为'事业'。"

任秋风一怔："那你……"

上官说："你别问了，我什么也不为。我去就是了。"

任秋风望着她，想了想，说："好，这样吧，我批准你领一部手机。你去北京后，有什么事，便于及时联系。"

任秋风觉得，让她领一部手机，这里边已包含奖励的意思了。可是，上官并不兴奋。她仍站在那里，默默地望着任秋风。

任秋风催促说："你还傻站着干什么？快去呀。"

上官说："你不是说，不管办成办不成，都要奖励我吗？"

任秋风说："是，我说过，奖励，肯定奖励你。"

上官说："那，我现在就要求奖励，省得你事后不认账。"

任秋风不解地望着她，一时显得哭笑不得，说："你这个丫头，我会不认账？说吧，奖励什么？"

上官轻声说："一个很高贵的礼节——"说着，她指了一下自己的额头，"亲我一下。"

任秋风不知所措地望着她，说："这、合适吗？你们这些年轻人，这这这……"

上官说："亲一下嘛。就当是为我送行。"说着，她的眼闭上了。

任秋风四下看了看，一双大手像没处放似的，来回搓着，说："这，这，就、亲一下？"说着，他笨笨地走上前去，像大虾似的弓着身子，在上官那光滑亮丽的额头上快速地贴了一下。

这时，上官喃喃地说："你抱抱我也行。"

任秋风却迅速退后，厉声说："别胡闹了，快去吧。"

当天夜里，上官云霓就坐火车到北京去了。坐在卧铺车厢里，在隆隆的火车轰鸣声中，她一连用手机给任秋风的 BP 机发了十二个"521"。而后，一连三天没有任何消息。

一直到了第五天上午，上官回来了。她极为疲惫地站在任秋风办公室的门前，推开门，嘴里轻轻地吐出了三个字："开始吧。"

没有人知道她是怎么办成的。此后，她也没有再讲述任何细节。

任秋风大步走上前去，当着众人拥抱了她。

三

对于任秋风来说，一场战役，就要打响了。

这个将进入史册的创意，是一环套着一环的。在七月的下旬，金色阳光东侧的广场上出现了一个铺有海蓝色天鹅绒的巨大转盘，这个转盘下边装有圆形的滑道，是可以自动旋转的。在海蓝色天鹅绒的上面，是一辆橘红色的桑塔纳轿车。在轿车的一侧，斜立着一位姿态万方、身着蔚蓝色旗袍、身披金红色绶带的美女。当蓝色的天鹅绒转盘在缓慢旋转时，就像是蓝蓝的海水推着一轮冉冉升起的红日，似乎是要把那美丽的姑娘送入云端。在天鹅绒转盘的旁边，是一个整齐划一的、吹奏着鼓乐的仪仗队。那些头戴船形帽、身着天蓝色裙装的姑娘，一个个英姿飒爽，手里的银白色长号在阳光下泛出耀眼的七彩之光。

与此同时，金色阳光在各家报纸都登出了"飞机撒奖，有奖销售"的专版广告。上边登出的条件是极富诱惑力的：金色阳光将在八月一日这天，用飞机在空中撒下十万张"有奖销售"的奖券，从现在起凡拾到或领到奖券的人，如果在金色阳光购买一百元以上的商品，就可以拥有获取大奖的抽奖资格——大奖有三个，就是桑塔纳轿车。

那辆作为展品的桑塔纳轿车，几乎把人们的眼都映花了，心都勾出来了。这诱惑的确太大了，一百元的商品又算什么呢？几乎每个人都以为，他就是那个大奖的获得者，或者极有可能成为大奖的获得者。有多少人在做着这个梦啊！那等于说，花一百元钱，不但可以买些有用的东西，还可以额外得到一辆轿车！这怎能不让人心动呢？

是的，人人都想把那车开回家去。这个时代，有多少年轻人在做着有车的梦，那可是身份和价值的象征啊！

人，就像是听见了春雷的虫儿，带着各自化蛹为蝶的梦想，从四面八方拱出来。他们又像是从天而降的麻雀，一拨一拨地、一旋儿一旋儿地涌到这里来。他们个个看上去都像是押宝的高手、猜奖的谋士。他们把大口大口的唾沫星子喷到天上，盘算着有可能中奖的号数、议论着那将要到手的辉煌。当他们来到近前时，那阳光下泛着釉光的红色轿车，开了花一样的鲜艳和灿烂，把人的心都照得亮堂堂的，也照得傻乎乎的。从南边来的，多是生活在底层的人们，那目光就更显得焦渴，恨不能当即就把那车扛回家去；从北边来的，身份就显得混杂些，各样的人都有，穿着也显体面，他们一般都不靠那么近，只是稍稍凑前看一看，他们的目光，更多是注视着车旁的美人儿。

美，只有在展览中才显示她的力量。单从展示的角度来看，更具杀伤力的是那站在车旁的美人儿。这也许是满足人们幻想的最好时刻了，是呀，假如得不到，至少可以看一看吧。不用说，上官云霓是第一个站上去的，她现在已经成了"金色阳光"的金字招牌和形象大使。在她，却是一种牺牲和献身。只有牺牲和献身这四个字，才能使她站上去。是呀，她有着魔鬼一样的身材，那件蔚蓝色的真丝旗袍穿在她的身上，就像是抖出了千万条银蓝色的弧线，与那红色的流线型车体是天然的绝配；那蓝色旗袍上一排银白色的手工盘扣，凸塑出了一种近乎淫荡的胴体曲线；那条金红色的绶带恰如其分地斜出了两个乳房似动非动、似弹非弹的饱满；啊，看看她的脸吧，太阳在那桃花样的白嫩处轻轻抹上了一层釉红，鼻尖上挑着莹莹的亮光，像是有一滴玉一样的香汗润在那工笔画出来的鼻梁上；长长的睫毛把那黑黑的大眼仁衬托得生动无比。当然，她的微笑是职业的，可她的微笑就是人们的梦想啊！也有这么一两个时刻，她倚在那儿，像是突然间想起了什么，那神色就有些迷离，有些走神。可恰恰就在这时候，那美才真正地、彻底地、一览无余地开放了。

此后才知道，有很多人，就为了看一看她，开着车专程从百里外赶到这里，于是，这就引出了很多的、本不该出现的事体。

一连十天，香车美女，成了这座城市议论的中心话题。在这里，每张嘴都像是一个活体广告，金色阳光在人们心目中已不是一般意义上的商场，它几乎成了一种象征，它就是品位。

七月三十一日这天，商场内更是严阵以待。当任秋风巡查整个商场时，他发现他的努力并没有白费，商场里处处开放着"七颗牙"的微笑。这些天，商场里自然是人头攒动，放眼望去，那人群就像是杂色的旋风，呼啦啦地刮来刮去，仿佛那柜台上的东西不是用钱买的，而是可以随便拿的。要是站在顶楼往下看，那电梯几乎成了一座人头的传送带，那黑蒙蒙的人头，像是在万紫千红中打捞上来的物品，"咔咔"地升上来，又"咔咔"地沉下去。沉浮，这个词，在任秋风看来，似乎是有了最好的注解。

可是，在二楼糖果部，任秋风却听到了一个很刺耳的声音。那是一个穿圆领白汗衫的中年男人，他的背略微有些驼，汗衫上已有了破洞，他跳起来高声嚷嚷说："你为啥不换？为啥不换？我就要那一种！咋?!"开初，那站在柜台里的女营业员耐着性子解释说："你看，就几块钱的东西，你已经换了五次了。你换一次又一次，一会儿这不行，一会儿那不行，你说，多一块少一块有啥呢？"那中年人嚷嚷说："一块钱怎么了？一块钱买四个馒头！咋不能换？为啥不能换？让你们领导来！我胡跃进还就不怕这个！咋，我算来算去，这个多一块七，那个、那个差了九毛八，少九毛八就凑不够数了，我为啥不能凑个整数，我就一百！我凑够一百咋了？咋，我看你就是狗眼看人低！"那女营业听他骂人，就回道："你，你骂人！你才狗眼看人低呢！"于是，两人一句一句地开始对骂："你狗眼看人低！""你，你狗眼看人低！"

任秋风看了一会儿，终于走上前去，轻轻地拍了那人一下，而后，他弯下腰去，郑重地给那人深深地鞠了一躬，说："对不起，对不起了。"

那人吓了一跳，忙往后退了一步，说："我我我……"

任秋风对那个女营业员说："给顾客道歉。"

女营业员小孙脸一下红了，她嘴里嘟哝说："他，他骂人！"

任秋风很严厉地重复说："你没听见吗？给客人道歉。"

小孙眼里的泪下来了。

任秋风没再说什么，他招了一下手，让值班经理过来，说："给客人换，无论他换什么，都要给他换。一直到客人满意为止。"而后，他对那流泪的女营业员说，"你来一下。"

那中年人愣了，忙说："我也有错，我也有错。"

任秋风说："没事。我们有制度，让她给你换。对不起了，我再一次给你道歉。"

在二楼的值班经理室里，任秋风对营业员小孙说："你违反了规定，你知道吗？"

小孙刚刚结婚不久，在家里是被丈夫捧着的，从没受过这样的气，她很委屈地说："他骂人，他先骂人。"

任秋风说："我们这里讲的是微笑服务，首先，你没有微笑。"

小孙说："他骂我，我还要对他微笑，哪有这样的道理？"

任秋风说："本商场就是这样的道理。他骂你，你微笑，这表明了你的气度，人格上并不低下。"

小孙不服，嘴里嘟哝说："我是来上班的，不是来当奴隶的。"

任秋风说："说得好。那你把服装脱下来，回家去吧。"

小孙怔了片刻，愤然脱下服装，呜呜哭着走了。

很快，营业员小孙被辞退的消息立刻传遍了整个商场。当天晚上，在全体职工大会上，任秋风又一次严厉地强调说："在我们这里，顾客就是上帝，是真正意义上的上帝，不是说说就算了。我再说一遍，面对上帝，我们就是要骂不还口，打不还手！如果有哪位做不到，你就趁早回家去吧。"

会场上一片肃然。

四

八月一日，当那架飞机出现在商场上空的时候，一个城都沸腾了。

上午十点，天空中传来一阵轰鸣声，那架直升机像一只巨型的大鸟出现在十字路口的上空。飞机在空中盘旋着，先是围着商场上空转了三个大圈，突然，在飞行中，它依次抛出了十个巨大的气球，每个气球上都挂着一条金红色的飘带，飘带上有"金色阳光，有奖销售"的字样。十个气球，一字排开，随风飘荡，就像是晴天白日里在天空中挂上了一个个火红的灯笼！而后，飞机在盘旋中再次下降，等降到地面的人可以清楚地看见飞机上有人在动的时候，只听"哗"的一声，就是一天的花红柳绿，一天的风花雪月，一天的五彩缤纷，太阳被遮住了，就觉得红腾腾、黄澄澄、蓝莹莹的东西洋洋洒洒地从天上落下来。

这一天，在这座城市里，几乎是万人空巷。人们全拥到这里来了，整个十字路口成了一个密不透风的人肉工场。人挤人，人扛人，人摞人（有大人驮着孩子的，有把孩子举到头顶上的，有把自行车绑靠在电杆上一摞挤四五个人的，还有干脆站在汽车顶上的），在长达四个小时的时间里，这个位于市中心的、四通八达的十字路口，完完全全地被堵死了！

霎时间，这里群情激荡，人声鼎沸。人们一个个踮着脚跟、高昂着脖子，就像是葵花的海洋！那葵花是安了轴承的，所有的"盘儿"都在随飞机飞行的轨迹不停地转动。

当奖券铺天盖地撒下来的时候，先是有千万只手臂伸出去，就像是游泳大赛似的，形成了一浪一浪的手臂冲击波，跌倒了再爬起来，勇往直前；紧接着又像是短跑大赛，一个个头拱着地、屁股朝天，成了一窝一窝、没了头绪的、撕咬中的乱蜂……哄抢声、抓挠声、厮打声不绝于耳。

在这个三角地带，能不为这盛况所动的，只有三个人。一个是任秋风，一个是邹志刚，一个是徐玉英。

徐玉英站在东方商厦的楼顶上，手里拿一高倍数望远镜，神色肃然地朝广场上的人群望着。望了一会儿，她又把镜头对准了金色阳光；片刻，再移到万花商场。望着望着，她心里不由得叹了口气：三家相邻，都是干商业的，怎么就不如人家呢？往下再看，她开始转动望远镜上那个调整焦距的小轮子，调着调着，她就看见那个人了——万花商场的邹志刚，邹总。这会儿，他也在楼顶上站着，手里竟然也拿着一个高倍望远镜。那么，他一定也看到自己了。

　　于是，徐玉英拿出手机，拨通了邹志刚的电话："邹总，我是老徐呀，老徐！——看到了吗，形势不妙啊！"

　　邹志刚站在万花的楼顶上，一边往远处看，一边对着手机说："噢噢，看到了，我看到了。大姐，你的意思……"

　　徐玉英感慨地说："我服了。我是服了。咱降了百分之十，整整一个月，也没把人家怎么着。可人家一个创意，就把咱们打败了。不服不行啊！"

　　邹志刚对着手机沉默了一会儿，说："大姐，你要这样说，咱还有继续降的必要吗？"

　　徐玉英想了一想，说："我看，打住吧。就此打住。你说呢？其实，到了这份儿上，降不降都一样。你注意了没有，他这个创意，顶多也就花费百分之五，比咱降百分之十，可强太多了！"

　　邹志刚恨恨地说："他把咱的'猴儿'牵了。"

　　徐玉英说："是呀，'猴儿'都牵了，留个空场子，有啥用呢？"

　　邹志刚的脸色很不好看，他对着手机说："你要说收手，咱就收手。这事也不是我一个人定的，那时候……"

　　徐玉英说："老邹，你看，你别生气嘛，这事我也有责任。咱不如人家，向人家好好学习。这样，今晚我做东，请任总吃个饭，到时候，咱跟人家好好讨教讨教。"

　　邹志刚听了，腮帮子慢慢鼓起来了，他顿了一下，才说："吃饭，我就不去了吧！"说着，啪一下，他把手机关了。

　　徐玉英对着手机喊了几声："老邹，老邹，你听我说嘛。"见对方把手机关了，就说，"这个老邹，怎么鸡肠小肚的？明明不如人家嘛——怕投降？！"

　　徐玉英是个爽快人，她又拿起望远镜，在金色阳光的楼顶上扫到了任秋风，她看见他站在那里，竟然是不动声色，如此沉得住气。她对这个人是不得不佩服了。按说，人家原来并不是干这一行的，可出手不凡！这么想着，徐玉英接着就给他打了一个电话。她说："任总，我是东方商厦的老徐，对。

我看见你了。——干得漂亮！真的，我服。我这人就这样，不打不成交！这样，要是赏光的话，晚上一块儿吃个饭，我好好向你讨教讨教。"

任秋风站在楼顶的边缘处，向远处招了招手，对着手机说："徐总，你是商界的内行，我应该向你好好学习才是，我说的是真心话。这样，你定地方，我请你。"

三个商场的老总，都在各自商场的楼顶上站着，当他们手里的望远镜扫到对方的时候，那神色却是很不一样的。

午时，金色阳光商场内外的喧闹已达到了白热化的程度，第一个奖项已经开出来了。大喇叭里一声声喊着：06745821！06745821！06745821！中奖了！你中奖了！请奖券是06745821的顾客到台上来！请奖券是06745821的顾客上台领奖！

在簇动的人头中，在汪洋一般的羡慕眼神里，有一穿圆领白汗衫的中年人，一蹿一蹿地从人群中跳出来，举着手大声嚷嚷说："中了，我中了！我中了！"于是，有一双双手把他的屁股托起来，一波一波地把他送到了台前，而后他晕乎乎地就站到台上去了。

在台上，有人立即把手里的麦克风对准了他："请问你贵姓？"他说："我姓胡。"那人说："吴？"他一脸的汗，不停地用手擦着，说："胡，胡，古月胡。"那人说："噢，姓胡。叫什么名字？"他说："胡跃进。"那人举着麦克风说："叫什么？大声点！"他说："胡，胡跃进，胡跃进。"于是，那人举着麦克风，大声说："各位，胡先生，胡跃进先生，成为荣获了本次大奖的第一人，让我们向他表示祝贺！"接着，那人问："胡先生，谈谈你的感想，你中奖了，有何感想？"胡跃进又擦了一把汗，说："头晕乎乎的。也没啥、感、感想。"可是，片刻，他又说："我得感谢那个姑娘，我跟她吵了一架，就就中奖了。"那人赶忙把麦克风放在他嘴前："你感谢谁？"胡跃进："商场里的那个姑娘，我跟她吵了一架。"那人又赶忙把话题引开了，那人说："能透露一下你是干什么的吗？"胡跃进说："我我，修车的。"那人问："修啥车？"

胡跃进说："自、自行车。"

任秋风站在楼顶，一直用望远镜观察着这一幕。他看出来了，这就是那个人，那个跟小孙吵架的中年人。从大喇叭里，他听到了他的名字，胡跃进。这人叫胡跃进。是啊，有时候，事情就是这样，他盘算来盘算去，仅花了一百块钱，买了六双袜子、五袋洗衣粉、两袋奶粉、一斤半糖块，却像做梦一样得了一辆桑塔纳轿车。这真是个奇迹！天上也有掉馅饼的时候，虽然概率很低。于是，就像是电石火花一般，他脑海里立即出现了一个念头。

任秋风立刻给苗青青打了一个电话。他在电话里说，"青青，我想让你帮一个忙。"苗青青忧伤地说，"我还能帮你什么忙？"他说，"我这里搞'有奖销售'你知道吧？"苗青青淡淡地说，"听说了。"他说，我这里有一个得大奖的，人很有意思，不知你有没有兴趣，采访他一下？在电话里，苗青青沉默了一会儿，才说，好吧。那人叫什么名字？他说，胡跃进。古月胡，"大跃进"那个跃进。苗青青说，明白了。接着，沉默了一会儿，她又说，我知道，没有公事，你是不会给我打电话的。任秋风沉默了片刻，对着电话说：谢谢。

打完电话，任秋风闷闷地站在那里，他心里说，给青青打这个电话，是不是有些功利了？断了就是断了，还打电话干什么？他有点懊丧。

楼下，人海中，那个得了大奖的胡跃进正在那辆桑塔纳轿车前站着，他正在展览自己，也展览那辆车，这车是要围着金色阳光转三圈的。

五

当晚，临下班时，上官云霓接到了一个电话。

这个电话是老家安阳的一个人打来的。他们曾是中学同学，双方的父母也都是同事。他，曾经追了她很长一段时间。只是，她没有答应。现在，上官早已把他忘在脑后了，可他还是找到了她。在电话里，上官说，你怎么有我的电话？他说，你在中央电视台做广告，全中国都有你的"微笑"。我还能找不到你吗？上官一字一顿地说，我不是告诉你了吗？结束了，咱们已经结束了。他说，我知道我配不上你。我也没想别的，就想请你吃顿饭。上官在电话里沉默着，她不想去。可她在上大学的四年里，人家每个星期都去接她、送她。上官说，算了吧。你又不在郑州，还大老远跑来，没有这个必要吧？他说，我就在郑州。吃顿饭总可以吧？不管怎么说，咱们还是老乡。上官说，你，没别的事？他说，甚事没有。我来郑州了，想见你一面。她又问，你现在做什么？他说，也没什么，一个小公司。接着，他又说，你也别担心，这是最后一次了。上官想了想，碍于情面，终于说，好吧。

等上官出门时，她发现，她还是有些冒失了。

一辆奔驰600在街口的转弯处停着，昔日的追求者正站在车旁向她招手。当时，她并没在意。可上车后，她还是说了一句："你摆什么阔呀？"秦东生只是笑了笑，什么也没说。

后来，车一路驶去，把她拉到了"皇家鹿苑"。在省城，皇家鹿苑是最高档的一家酒店，这里的所有设施都是五星级的。下了车，秦东生也不说什么，只顾在前头走。在候立女招待们黄莺一般一连串的"您好"声中，她被领进了金碧辉煌的"贵妃厅"。"贵妃厅"的墙壁和灯饰都是金黄色的，而一处处的摆设却是镶着银白的粉红，就像是一不小心走进了皇家内室。

到了这时，秦东生才说："上官，我的确是有事求你，想请你帮一个忙。"

上官从未对他客气过，就很直接地说："帮什么？怎么帮？"

秦东生含含糊糊地说："具体的，也不需要你做什么。就是、吃顿饭。"

上官说："这么简单？"

秦东生吞吞吐吐地说："不过，就是，还有、还有一个人。"

上官的眉头拧起来了，说："怎么，你也会玩这一套了？"

秦东生又是吞吞吐吐地说："有一个人，想，见你。"

上官望着他，久久，一句话也不说。

秦东生自感理亏地说："我做一小公司，急需一笔资金——我也是没有办法。说好了，就就、吃顿饭。"

上官目光逼视着他，说："秦东生，好歹你也是干部子弟，你——?!"

这时候，墙上的一扇月牙形的门开了，一位身穿水洗半袖衬衫的人从里边走出来，边走边说："想见你的人，不一定就是坏人嘛。"

秦东生赶忙介绍说："这位就是泛美集团的刀总，姓刀，这个姓是很少的。刀总资产过亿，还是两所大学的客座教授。"

刀总摆摆手说："不用介绍了，这些都是虚的，没什么意思。打小，我是一挖煤的。现在，是什么都做了。骨子里，还是一挖煤的。"

秦东生却又巴巴地介绍说："刀总，刀总跟你还是老乡呢。这位，这位就是上官云霓。"

刀总马上说："老乡见老乡，两眼泪汪汪啊。坐，坐，小老乡。"

上官望着他，他胖胖的，中等个儿，看上去很结实。凭第一印象，她觉得这人还不讨厌。他的一身打扮倒是很休闲的。上身穿的那水洗布半袖衫表面上看很一般，却是法国的名牌；下边的西裤肥肥大大，却又是英国的名牌；脚下穿的镂空皮鞋，是意大利的；还有他手腕上戴的表，是瑞士产的劳力士。看着看着，上官笑了，心说，这人，就像是个"万国博览会"。

刀总说："你笑什么?"

上官说："没什么。"

刀总一双眼睛还是很犀利的，他说："不对吧? 小老乡。我知道，上官家书香门第，是见过大世面的。笑话人，也不要这样嘛。"

上官还是忍不住，就笑着说："没有，没有。不过，我想，你的名片一定是金子做的。"

刀总说："厉害。我一般不送人名片。能拿到我这张名片的，不上十人。你既然这样说了，我就送你一张。不过，镀金，是镀金的。"说着，他招了招手，只见月牙门里走出了一个汉子，那个彪形汉子手里拿着一个金碧辉煌的名片匣，从里边抽出一张，双手递过来。刀总接在手里，又说，"拿上我这张名片，不管去我属下的任何一个公司，你都会受到最好的接待。"

上官只好接过那张名片，随口说："谢谢。"说着，她看了一眼，把名片放在了她身边的餐桌上。

上菜的时候，刀总说："今天人不多，我只点了六道主菜，都是当年慈禧太后用过的。待会儿我慢慢给你介绍。酒呢，你也喝一点吧？"

上官说："谢谢，我从不喝酒。"

刀总说："那就上红酒。红酒是女士酒，红酒还是要喝一点的。"

上官说："谢谢，我什么酒都不喝。"

就在这时，秦东生的手机响了，他对着手机"噢噢"了两声，一边往外走，一边对两人说："对不起，我接个电话。"说着，快步走出去了。

当屋里只剩下两个人的时候，刀总说："小老乡，我是你的崇拜者呀。"

上官不卑不亢地说："刀总说笑了，你一大老板，我一小萝卜头。这不是开玩笑吗？"

刀总说："真的。我这个人，从不给人开玩笑。来，来，尝尝这道菜。这道菜的名字叫鹿回头，你知道它是怎么做的？"

上官摇了摇头。

刀总介绍说："这道菜，尤其对女人好，是大补。它的底菜是鹿的胎衣，先是用热盐水洗上七七四十九遍，再渍在蜂王浆里泡上七七四十九天，而后再用文火煨七七四十九个小时。"

上官一听说是鹿的胎衣，就有些不忍，说："这也太……"

刀总说："你尝尝嘛，滋阴的，大补。"

上官还是没动，只是朝门外看了一眼。

刀总说："善。我一看你这人，就知道你是个善人。我呢，虽说挂着几个名誉教授的头衔，说白了，还是个粗人，挖煤的。"

上官淡淡地说："挖煤有什么，挖煤也很好，都是劳动。"

刀总说："哎呀，上官小姐，你说到我心窝里去了。来，我敬你一杯！这样，你要不能喝，你喝饮料，我喝酒。"说着，端起一杯五粮液，一饮而尽。

喝了一杯酒，刀总的话自然就多了，他说："上官小姐，不知你业余时间喜欢做什么。我这个人，就一爱好，喜欢钓鱼。在钓鱼这方面，我可以说是打遍天下无敌手。你猜猜我一天能钓多少？——七百一十四斤！这是我的最高纪录。"

听他这么说，上官的确是有些吃惊。她从没听说过，钓鱼居然能钓这么多。她说："真的？在哪儿钓的？"

刀总说："水库里。我要说一句假话，就从这里倒着滚出去。我钓鱼，什么这竿、那竿全不用，就一根竹竿。饵，也是我自己特制的。做鱼饵也是有讲究的，你手都不能用，一上手，鱼就闻见人味了。再好的饵，一有人气，它就不吃了。钓鱼，凭的是耐心，钓的是悟性。小鱼傻，大鱼精。鱼越大，经历的磨难越多，就越狡猾。如果你钓上一条大鱼，很多人都会把竿拉直，生怕它跑了，这样它非跑不可，要不就是把线拉断。你想，大鱼一般都在浅水里吃食，你说它受惊之后往哪儿跑？肯定是往深水里跑，我不怕它跑，我慢慢放线，等它觉得安全了，我陡地一下，顺水一切，提着就上来了。"

说到钓鱼，还真把上官吸引住了，她静静地听着，神情显得很专注。这时候，刀总却把话头转了，他说："小老乡，咱们今天能见面，也是缘分。我有个请求，不知你想不想听听？"

上官正津津有味地听着，如果他一直说下去，她甚至会对他产生更多的好感。可他却打住了。上官一怔，身子一下子绷直了，说："你说吧。"

刀总说："我想请你到我那儿去干。我下边有一个房地产公司，至少给你一个副总的位置。年薪嘛，三十万。"

上官听了，微微一笑，说："钱是不少，可我已经有工作了。我对我的工作很满意。"

刀总有些失望地"噢"了一声，接着，他说："那么，我打开天窗说亮话。这样行不行，一百万，我给你年薪一百万。"

上官说："一百万？"

刀总说："一百万。绝无二话。"

上官站起来了，说："谢谢你的款待，我还有事。"

刀总伸手一拦，说："慢，慢慢慢，我还有最后一句话。"说着，他拍了一下手，里间的月亮小门开了，那彪形汉子一下子提进来两个黑皮箱子，依次摆放在靠墙的粉红色高靠背椅上。而后，又退回去了。

刀总走上前去，依次打开了那两个黑皮箱，箱子里放的是一摞一摞的、摆得整整齐齐的百元大钞！

刀总回过身来，说："我是个粗人，喜欢直来直去。这两箱钱，一箱五十万，共一百万。全都归你了。我只留你一个月，行吗？"

上官看着那两个箱子，有一刻，她就那么站着，什么话也没有说。钱，是粉红色的，它一摞一摞地码在那里，就像是无数个粉红色的针，在扎人的眼。年轻真好啊！也许，她那颗年轻的心，还没有称出这堆钱的重量。那钱虽然刺眼，也会让人生出无名的兴奋……但她，这个时候，还是可以鄙夷它的。

可刀总却觉得有些效果了，人也显得异常兴奋，他说："上官小姐，这实在是缘分哪！我实话对你说，我在这儿都泡了三天了。"

到了这时候，上官说："刀总，有句话，我得郑重地告诉你，'上官'这两个字，是不卖的。"说着，她看都没看他，扭身朝门口走去。

刀总眼里像是飞进了一颗钉子！他大瞪着两眼站在那儿，眼看着上官就要走出去了，他突然说："你信不信，我能把你们整个商场买下来！"

上官回身一笑，说："我信。你要买下来，我就不在那儿干了。"

在皇家鹿苑的门口，上官看到了秦东生，他样子很猥琐地在门旁的沙发上坐着。一看见她，忙起身迎上，说："外边，下雨了。"

上官直直地看着他，问："他借给你多少钱？"

秦东生头一低，小声说："五十万。"

上官叹了一声，说："秦东生，你真让我失望啊！五十万，你就把咱们之间，从小建立的，'友谊'卖了？好了，从今往后，你再也不要找我了。"

六

夜，灯光是迷离的。

是雨把城市的灯光洗得迷离了。在灯光下，雨下得很缠绕，雨成了一条条光的曲线，在一处一处的玻璃上弯成了一条条五彩缤纷的蚯蚓。城市的雨夜是花嗒嗒的，眼前的整条大街都成了湿漉漉的光的河流。那光在溅着水汽的汽车轮子上"呲呲"地响着，像是被轧疼了似的。一街两行的路灯、招牌灯都冒着湿湿的流光，中环大厦上的霓虹灯一会儿是浅紫，一会儿是绛红，一段一段地送出一个带有酒具的托盘和一个被雨淋湿了的女性曲线。它在那里跑什么呢？

上官云霓在雨中走着，心还是有些昂奋，莫名的昂奋。眼前，仍是那两个皮箱，那粉红色的、一摞一摞的钱。有几次，她晃晃头，想把它晃出去，可总也晃不出去。不是钱的问题，是这件事。在她的人生经历中，这样的事，她还从未遇见过。不用说，这件事对她的刺激太大了，甚至说是她生活长河里的一个关节。那钱，像是印在她心里了，是驱之不散的一个魔影。她想，那一百万，如果她收下来，会怎样？！那就——太脏了。那心，就像是一下子掉进了污水沟里，很脏很脏很脏。怎么洗呀？！好在她没有接受，她一下子把它踏在了地上。于是，走在大街上，她的头昂得更高。人，一直处在恍惚的迷离的激动之中。可走着走着，她哭了。

有一段时间了，她先是接到了一些莫名其妙的电话，有请她吃饭的，有请她出去旅游的，有请她去做保健的……她一一回绝了，不胜其烦。后来，就有人开始送花了，一次一次地送，全都是玫瑰。躲之不及的玫瑰。这些人的名片都很香，可全都是她不认识的。这些躲在暗处的窥视者，只送花不见人，让她想骂人都找不着地方。她已多次给花店里的人交代，不要再送了，再送就把花扔出去！可还是有人送。怎么办呢？想想，天生丽质，也成了一种罪过?!

是到了该解决的时候了，她不能再这样下去了。就是这个突然出现的刀总，使她下了决心。

于是，她带着一身雨水，像披着铠甲一样，昂然地走进了商场。而后，很坚定地、一步一步地朝楼上走去。上了五楼，她一下子推开了他办公室的门，扑上前去，抱着他呜呜地哭起来。

任秋风正在往茶杯里倒水，他吓了一跳，他不知道她为什么哭，忙说："你，你这是怎么了？别哭，别哭。说说，怎么了？别，别这样，别这样，有话慢慢说。"

可上官云霓不管这些，她就那么抱着他，放声大哭！她憋的时间太久了，她要痛痛快快地哭一场！

任秋风一时手足失措，他放下倒了一半的茶水，盖上暖瓶盖，转过身来。这晚，由于兴奋，当东方商厦的老总请他吃饭时，他也喝了一些酒，脑子里有一种很清醒的糊涂。他嘴里说："不要这样，别这样，有什么事，你坐下来说。是谁欺负你了？"说着，他好不容易才掰开了她的手，把她扶到了沙发上，而后，拿出一条毛巾，给她擦了擦被雨淋湿的头发。

上官就那么哭着，呜呜咽咽地说了那电话、那人、那钱……

任秋风一时不知说什么好了，他突然有了一种预感，种种迹象表明，这姑娘有可能是爱上他了。这么一想，他又有些慌，他比她大十多岁，这，这可能吗?! 可是，他的心里，也陡然地生出了一种不能抑制的渴望。此刻，他像是炸了一样，脑子里轰轰乱响！于是，他不敢再看她了，默默地转过身，去找他刚刚放下的茶杯。

这时候，上官不哭了。她默默地站起身来，一步一步地走到他的大办公桌前，把桌上的电话、笔筒还有办公用品全推到地上去了！

任秋风手里端着茶杯，愣愣地看着她："你，你干什么？"

上官也不理他，只顾自己忙活着。她把桌子腾空之后，又从报架上取来一沓一沓的报纸，铺在了桌上。

任秋风呆呆地望着她，说："你，你，你这是……"

她突然调皮地说："我送你一张床。"

任秋风有些口吃地说："别、别闹了，刚才还哭呢。"

上官说："你怕了？我都不怕，你怕什么？"

下一步，上官就做得更加放肆了，甚至看上去有了几分野性。她走到门旁，"啪"一下拉灭了灯，而后把门插上，又"哗啦"一声，拉上了窗帘；而后，她把身上穿的连衣裙一下子脱掉了。就那么光着身子，一步步向任秋风走去。这一刻，在上官，是没有羞耻感的，她心里升起的是一种圣洁。

这个时刻，在任秋风看来，实在是有些惊心动魄！屋子里虽然暗下来了，可楼外大街上的灯光还是朦朦胧胧地透了过来，那雪白的胴体像蓝色的火焰一样向他奔来，他张口结舌地往后退着，说："这、这、这、别、别、别——"可是，一张嘴，他的口气就显得有些犹豫，有些迟缓，有些力不从心。

她抓住他说："你是不是不喜欢我？总对我那么冷？"

他已经快没有支持力了，说："只是，不敢乱看。"

她眼里泛着荧荧的火苗，坦白说："BP 机上的那些 521，都是我发的我爱你。娶我吧。"

任秋风喘了口气，说："上官，云，云……我实话对你说，我还没有、没有这个资格。"

上官说："我相信你。我等你。抱我，抱我上去吧。那就是咱们的床。天下第一床。我要给你。"

任秋风脑子里"轰"的一声，他再也不说什么了，就那么紧紧地抱住她！而后，两人就成了鱼儿，游动在报纸上的鱼儿。这是一张由精神之恋转向肉体之爱的婚床，是最简陋的，也是最丰富的；她是撇下了一百万的诱惑之后，直接奔向了爱的最高形式；那燃烧是由纯粹做底、由铅字为证的；汗水把报纸上的铅字一行一行地印在了他们的身上，那饥渴已久的心灵和肉体一下子释放了。在爱的交合中，任秋风一遍一遍地说："我会负责的。我会对你好的。我一定一定一定要对你好。"

第二天早上，任秋风看到了开在报纸上的"处女之花"。他想，他不能等了。

他得尽快地找到苗青青，把那个"字"签了。

○ ●

第七章 ··

一

在金色阳光大厅的右侧，在那个巨大的花岗岩廊柱的后边，一个并不显要的位置上，摆放着一个香水柜台，江雪就是那香水柜的营业员。

开初，没有人多注意她。她人瘦瘦的，看上去甚至有些寡。她就那么在柜台里站着，没人见她起过高声，大多时间，她就默默地立在那里。当然，也是要微笑的，也要露七颗牙，可她的微笑是不显山不露水的，脉脉也默默，像是尽量让人不要注意到她。

然而，在不知不觉中，只要有人经过那里，就会不由得停下来，瞥上一眼。

说，这是什么香味呢？是呀，你会闻到一脉香气，那香味似有若无，冷不丁地飘过来一缕，让你顿一下。要是隔上一两天，那香味就变了，又是让你一醒，说这又是什么香味呢？那香味很有心思。

若是有人到她的柜台前来，也没见她怎么招揽顾客，连说话的声音都似乎细细的，就像是两个人在谈心或是悄声地商量着什么。不管买还是不买，她就那么看着你，那神情，就像是要把心切下来一半送给你似的。她看得你一下子就把心放下来了，接着就把心交给她了。你会觉得你什么都不懂。你不懂不是？她会告诉你的。

渐渐，她柜台前的人就多起来了。大多时间，也不是成大堆地蜂拥而上，而是先有一个两个，站在那里，跟她问一点什么。而后，就有过路的，三三两两，像被什么绊住了似的，停下来拾上一句半句之后，就不走了。

当然，也不知道，人家问了什么，就听她在说："你看过电影吗？叫闻香识女人。每个女人都有一种味道。香水，只不过是把你身上的味道提出来。所以，香水是提人的，是女人的第二层皮肤。"她的声音，也像是香水熏出来的，细而清晰，人听了醉醉的。

特别是那些自视很高的女人，几乎是不能听她说话，一听就被迷住了："埃及法老说，不要走近她。女人就是一缕香气，她天生就是迷惑人的。有人问梦露，晚上睡觉穿什么睡衣？她说，两滴香奈儿5号。艳后克利奥帕特拉说，女人的味道就是她的武器，找到它，你就可以征服全世界。其实，一种味道代表着一种人生态度，一种态度代表着一种境界，一种境界代表着一种生活质量。"

有一天，一个戴一大项链的胖女人路过香水柜台，她只是斜了一眼，只听江雪在给人说："香水让人披上一层看不见的衣服，可以巧妙地改善形态。比如这种，闻起来会让人感觉纤瘦。"

这胖女人站住了。她凑上前来，说："你说的是真的吗？"

江雪看了她一眼，细声说："说实话，香水不能改变什么。它只能让人产生一种奇妙的幻觉，是那幻觉让人感到纤瘦。"

那胖女人凑在柜台前，立马唠唠叨叨地说："没有办法，我胃口好，吃什么都长肉，瘦不下来。那家伙，自从有了钱，就不怎么看我，你猜他怎么说，他说我胖得像猪！你说，人是不是一有钱就变坏？"

江雪说："您是丰腴形的，不算太胖。其实，肉感是一种富有弹性的美，是有活力的表现。杨贵妃就是这一种美的代表。"

那胖女人叫道："妹子，你说得真好。你说瘦得跟排骨样，好看吗？人家唐朝，就是好。"

就在这时，江雪突然贴近这胖女人的耳边，很私密地、像蚊样地悄声说："姐呀，你皮肤那么白，回去后，把那项链换一细的，看上去更精致。什么也不用说，他保准喜欢。"

这一声热切切的"姐呀"，把那胖女人喊得泪差一点流出来……她四下看了看，也很私密地悄声说："我听你的。妹子，我听你的。"

接着，江雪说："大姐，你说得对。人世间，环肥燕瘦，各有其美。看人，要用心，而不是用眼……不知您平时用什么香水？"

那胖女人又像是架起来了，昂着头高声说："CD，我只用 CD，最贵的那一种，我家里还有。"

江雪说："那您用过'纤瘦'吗？如果你想听听我的建议，我建议您换这一种试试，不妨用一用这种青草味的香水。"

那胖女人急忙说："我家里有，我家里还有呢。不瞒你说，那'货'经常出国，家里香水瓶一堆一堆的。"

江雪说："有？有就不要买了。我刚才说的这种香水，前味有一点点的清冽的苦香，就是这点苦意让人显得纤弱轻巧，闻起来有塑身的效果。另外，这香水不仅闻起来清爽，后味还带有午后阳光的熏香，让人闻了带一点点醉意和迷离。当然，它不是 CD 的那种烈，而是稍稍带一点麦草和阳光的味道，是雨后阳光下清新的迷离。"

那胖女人一听，心又动了，说："是吗？真的呀？那我来两瓶吧。"

江雪把两个细高纤巧的香水瓶拿出来，让她看了。而后，一边包装，一边说："这种香水最好是浴后、睡前用，你从洗浴间走出来，在耳后、两腋间洒上那么一点，就会有满屋的清气。"

那胖女人说："我试试吧，我拿回去试试。"说着，高高兴兴地交钱去了。

就这么一天下来，邻近化妆品柜台的一女营业员噘着嘴说，她卖的香水，都是最贵的。

三个月下来，江雪的营业额，在整个商场，也是最高的。

二

谁也想不到，堂堂的商学院教授齐康民，如今却成了经常逛商场的主儿。

曾经，齐康民是最讨厌逛商场的。他的讨厌还有理论，他曾经对他的前妻说：逛商场是最费时间的，时间就是生命；买卖呢，又是一种交易过程，所以逛商场又破财又害命，是最不值的。

现在，他却独自一人逛起商场来了。这学期，他的课不多。况且像他这样的，根本就不用备课，所以嘛，他可以有更多的时间泡在商场里。可齐教授逛商场，是从来不买东西的。他就是一个"逛"，是实实在在地"逛"。这里看看，那里瞅瞅，有时候嘴里还念念有词，也不知在说些什么。可他逛的路线不管是如何回环往复，都有一个坐标点——那就是江雪的香水柜。

来的次数多了，有时候，他也会碰上任秋风。任秋风就说："你怎么来了？走，上去聊聊。"他摆摆手，说："不去了，不去了。你忙你忙。"任秋风很诧异地问："你来，不就是来聊聊吗？我好久没跟你聊了。"他更慌了，扭头就走，边走边说："我逛逛，随便逛逛。"倏尔就隐在人群里不见了。

再次见面，任秋风望着他，意味深长地说："你心里有鬼吧？"他说："什么鬼不鬼的。首先我是人，我名字里还有一个民，这是人民的商场，我不能来吗？"任秋风笑了，说："是，我说错了。你不是心里有'鬼'，你是有'人'吧？"他一推眼镜，说："你不要瞎说，我三个最好的学生，三枝花，都推荐给你了。你该感谢我才是。我我我，我还能有什么人？"

可是，他清楚，他心里的确是有人。他为这个"人"，已经是夜不能寐了。是的，连他自己都说不清楚，他是从哪一天开始喜欢上江雪的。他最喜欢的，还是她那双眼睛。这双眼睛，全校都知道是他命名的"可以开出花来"的眼睛。可他又怕见这双眼睛，只要一见到这双眼睛，他就像是中了邪一样，整个人都成了一盆糨糊了。

一个人对另一个人，到了既想又怕的境地，那就是说，他恋爱了。可齐康民是不承认这一点的。他对自己说，我只不过是来看看她，看看她有错吗？

终于有一天，他主动去找了任秋风。他二话不说，硬是把任秋风从楼上办公室里拽下来，很严肃地说："我早说过，这是块玉！可你不信，来看看吧。"说着，他把任秋风强拉到了一楼大厅那个大廊柱的一旁，两人站在那儿，悄悄地观察着那个香水柜台。

这时候的香水柜台，就像是一个课堂，或是一个办讲座的地方。它的四周竟围有二三十位女性，她们正津津有味地听这个眼里爬满了蚂蚁的姑娘在讲着什么。

江雪仍在柜台里站着。她身旁的台面上，摆着一个由香水瓶组成的水晶玻璃塔。那塔晶莹剔透，塔的每一个棱角都折射着迷人的流光，里边的液体或粉红，或嫩绿，或绛紫，或米黄，或银白，就像是有千百个不同肤色的婀娜多姿的女人在塔里翩翩起舞。

只听江雪说："一位哲学家说，活着可以被理解为感觉着。感觉是什么？感觉就是一种味道。美国的一项最新研究显示，女性身上如果涂了有个性特征的香水，男性会觉得你比实际，年轻九岁。"

江雪说："女人的味道是千差万别的。您不用开口，味道是自然放射出来的，也叫魅力。您站在那里，自然就站出了一种味道。比如那位女性，比较纯比较正的，您适合用 CD，它个性鲜明，也烈，可以调出您内心的一些东西。这不是香水在起作用，而是您的内心在起作用。这样的话，您不用开口，往那儿一站，就先声夺人。当然，这只是我的建议。"

这时候，一个女孩说："我呢，我呢，说说我。"

江雪说："这一位，年轻，是粉做的。那就回去一点，回去一点正好，那就用'雅诗兰黛'吧，把你的'善'提出来。人活泼，又善良，就是一个留有余味的女孩。善是根基，又可以放射温柔，会时时让人想，让人念。一个让人时时回想的女孩，是最有魅力的。"

江雪指着另一位，说："还有这位，是否可以用一点'圣罗兰'，也叫'鸦片'？这种香水很跳、很个性，也很神秘。那一点点似有若无的辣，就是刺激，调出了你内心的灵动。就像一个很有品的女性，偶尔叼了一支烟，那女人味，才叫好呢。"

江雪又指一位："那边那位，那么贤淑，那么静，我建议您用日本的'三宅一生'。它透出的是自然、纯粹的美。它调出了您内心的宁静，淡淡的，犹如泉水一样的清纯，还有幽雅，就像是梦开了花一样。"

渐渐，围的人越来越多，人们在柜台前涌动着，有些纷乱。

躲在廊柱后边的齐康民用赞叹的口气说："怎么样，我从未看错过人！让她当营业员，你不觉得太可惜了吗?！我告诉你，她是很下功夫的，她夜夜都猫在图书馆里……"

任秋风说："——图书馆？你怎么知道？"

齐康民一下子张口结舌，说："你你你，什么意思？我的学生，我当然、当然关心。是吧？"

任秋风望了他一眼，说："哎，你怎么把胡子留起来了？也想赶时髦？"

齐康民捋了一下下巴上的胡子，说："怎么样，前卫吧？我告诉你，这就是学院派。"

任秋风默默地点点头，说："你说得对。她是个人才，是个商业奇才！"

齐康民有几分得意地说："我告诉你，我推荐的学生，论经商，她是排第一的。"可他正说着，突然不说了，眼睛朝着香水柜台望去。

这时候，只见一个二十七八岁的年轻男子，拨开众人，一下子站在了香水柜台前，他"砰"地把一瓶香水放在柜台上，指着江雪的鼻子骂道："你什么东西？骗子吧？年轻轻的你就出来诈骗，你是人不是?！"

齐康民扭身就要冲上去，却被任秋风拽住了。任秋风死死地拽住他，低声说："别慌，先看看再说。"

江雪的脸白了一下，仍然微笑着说："先生，对不起，你有什么事？"

那男子很粗鲁地说："狗屁！你给我退了，你立马给我退了！什么东西，要两千四百八，你劫路去吧！"

江雪低头看了一下，说："先生，你别急。你要退我可以给你退，可这事，你跟你爱人商量了吗？这是她指名要买的。"

那男子手一摆说："退退退，坚决退。就这么拇指肚一丁点的小瓶，两千四百八，顶我三个月的工资，你想让我喝西北风啊？"

江雪说："退是没问题的。我们这里的任何商品，都是可以退的。这瓶香奈儿5号，是你妻子坚持要买的。"

没等她把话说完，那男子指着江雪喝道："你怎么说的？当时你是怎么说的？我给你说，你胡吹八吹的，她都告诉我了！"

江雪说："是的，我告诉她，香奈儿5号，是一位法国女子加布里埃·香奈儿创立并以她的名字命名的，美国影星梦露是它的代言人。这香水很贵。可你的妻子说，她就是仨月不吃饭，也要买一瓶。我曾劝她另选一种，可她说，她就喜欢这个味。"

那男人吼道："什么味？什么狗屁味？味能当饭吃吗？你给她吹得天花乱坠，她能不上你的当吗?！"

江雪仍是不卑不亢地说："先生，你要这样说，我给你退掉就是了。可我要告诉你，你的妻子是个好女人，她爱你，是想把美展示给你。"

那男子喷着唾沫星子说："我老婆我能不知道，还用你说？"

这时，江雪看了他一眼，一字一顿地说："一个女人，不吃不喝，也要买瓶最好的香水，你说她是为什么？"

这一眼是极具杀伤力的！那男子一怔，说："为啥？你说为啥？傻呗！"

江雪稍稍停顿了片刻，接着，她从柜台下拿出了一个极为精致的小瓶。

而后，表演一般地伸出两只手臂，左右递着，让人们看了那小瓶，接下来，她的手像玩魔术一般地翻转着，不知那瓶儿是怎么打开的，就见她两只手腕相互轻轻地碰了两下，一股极为奇特的、迷人的香水味飘了出来……江雪说："这就是香奈儿5号。"

那气味让站在柜台周围的女人们都睁大了眼睛……立时，周围哄声四起，女人们群起而攻之：

"这还是个男人吗？什么东西！"

"这种男人，只配扔到粪坑里吃屎去！"

"这女人也真瞎了眼，嫁这样的男人，要是我，一天也不能跟你过！"

"就是，买瓶香水，还巴巴地跑来退，啥人呢！人家把心都扒给他了，他还不领情！"

"这年头，好男人都死绝了！真气死人了。你不要，不要不是？我要，我要了！我买了哪怕是摔地上，也比让这样的男人瞎糟蹋强！"

那男子像是淹在唾沫星子里了，他回头四望，一下子显得狼狈不堪！此刻，他的汗手紧紧地抓着那瓶香水，用哭腔说："我我，我不退了，我不退了还不行吗？"

江雪轻声说："先生，请你把手松开，别脏了它，这香水是很贵重的。不管怎么说，它也是你爱人的一片心意。当时，她在这儿待了很久，我都被她感动了。不过，你还退吗？你要退，随时可以退。"

那男子像是被周围的目光锁住了，他走不出来了。他站在那里，恨不能有个地缝立马钻进去。他的手捧着那瓶香水，喃喃地、一迭声地对江雪说："对不起，对不起，我不退了，我不退了。"说着，就那么倒着身子，在女人们那刀子一样的目光中，很畏缩地退出去了。

就在那男子走后，江雪一下子卖出了七瓶香奈儿5号。

站在廊柱后的齐康民痴迷地望着江雪。这时，任秋风拍了拍他，说："我要重用她。你放心，我会重用她的。"

三

傍晚时分，齐康民像是踩着棉花一样，来到了香水柜台前。

他说："我买瓶香水。"

江雪正勾着头对一天的票账，她随口说："请稍等，您要哪一种？"可是，等她抬起头来的时候，却发现站在面前的是老师。老师显得很奇怪，他留胡子了。脸刮得很干净，却留了一撮山羊胡。她笑了，说："老师，你要香水干什么？"

他说："你不说香水是人的第二层皮肤吗？我皮肤太老了，换一层。"

她说："换一层？"

他说："换一层。"

她笑着说："那你还不如镀镀。"

他说："你度吧。"——两人都在开玩笑，却说的不是同一个字。

江雪在老师面前从没客气过，她说："你开什么玩笑？整天邋邋遢遢的，去去去，还不如好好洗个澡，换身衣服呢。"

他头上冒汗了，说："我，我送人呢。"

江雪有点惊讶地望着他："送谁？那我得好好替你选一选。"

他小声说："我送给我的学生，不行吗？"

江雪说："学生？不是不让用香水吗？那你送哪一种？算了吧，老师，我还不知道你？香水很贵的。"

他嗫嚅地说："你不是说，每个女人都有自己的味道吗？你用的是哪一种？"

江雪说："我呀，我从不用香水。"

他诧异地说："你把香水说得那么好，为什么不用？"

江雪说："我是卖香水的。"

他望着她，用欣赏的口吻说："我看了，你是个天才。"

江雪有点伤感地说："也就你这样说。明明是一筐烂杏，还说自己卖的是鲜桃。"

他说："你记住我的话，在我齐康民的学生中，你是最有前途的。将来，足可以打遍天下，一览众山小！"

江雪说："算了，老师，别在这儿吹了，我都不好意思了。你走吧，要不，让人看见了，会罚我钱的。"

他几乎是用哀求的口气说："江雪，晚上陪老师吃顿饭吧？"

江雪说："你请客？"

他说："那当然。"

江雪说："请我们三个？"

他说："不，就请你一个人。"

江雪一冷，眼里的蚂蚁一窝一窝蓝着。她说："你是可怜我吧？算了，老师，我晚上还有事。"

他走了，这会儿脚下已不是棉花，而是钉子。他就像是一只瘸脚老鹌鹑似的，一歪一歪地走着。

这天夜里，十一点的时候，江雪从商学院的图书馆里走出来。她像是有感应似的，往图书馆右边的台阶上看了一眼，见一个黑影在那儿蹴着。她迟疑了片刻，走过去，站在他的面前，说："老师，你在这儿干什么？"

齐康民说："我看星星。"

江雪说："哪儿有星星？"

齐康民说："不在天上，就在心里。"

江雪说："你酸不酸啊？快起来吧。"

齐康民很听话地站起身来。江雪说："老师，你别再送我了，我没事。"

　　齐康民叹一声，说："江雪，我看过你的档案，我知道你是个孤儿。从小就……"

　　江雪正色说："谁是孤儿？我有父有母的。乱说。"

　　齐康民说："好，我不说。我不会对任何人说的。"

　　江雪望着远处的灯光，说："老师，别再送我了。我实话对你说，在这个世界上，敢对我怎么着的人，还没生出来呢。"

　　齐康民心里一寒，喃喃说："我要是太阳就好了。"他想说，我就可以暖暖你了。可他没敢说。

　　江雪说："可惜你不是太阳。你要是太阳，早把我们烤（考）煳了。"

　　齐康民说："你要相信。"

　　江雪截住了他的话头，说："我当然相信。走吧，我送你。我送你好了。"

　　往下，就像是押送俘虏似的，江雪把齐康民送到了商学院家属院的楼门口。

　　在楼口处，江雪说："老师，过去一直是你教我们，现在我们已经走上社会了。有几句话，我想对你说，你愿听吗？"

　　齐康民说："当然。你说。"

　　江雪说："老师，你是个好人。做学问的人。你就好好做你的学问吧。以后，你不要再到那里去了。我知道，我知道你想说什么。可那里，真的不适合你。听我的话，别再去了。"

　　齐康民沉默了片刻，说："好吧。你是不是觉得，老师很没用？"

　　"不是的。是你人太好，好人也可以成为毒药。"说完，江雪指了指自己，像恩赐什么似的，说，"要分手了，你是我最敬爱的老师，抱抱我吧。"

　　齐康民看了一下四周，喃喃说："就在这里吗？"

　　江雪却毫无顾忌，说："没事。就在这里。"

　　齐康民像大虾似的，弓着身子，伸出两手，很郑重很笨拙地搂了江雪一下。他说："要是有什么困难，就来找老师。"说着，他从衣兜里掏出一个十分精致的小盒，递给了江雪。

这是一瓶香奈儿 5 号。

江雪笑了笑，接在手里，什么也没说，扭头走了。齐康民呆呆地站在那里，目送着一个单薄的人儿，朝着一片灯火走去。

四

任秋风要兑现自己的诺言了。

九月，天已有些秋意了。傍晚时分，热还是热，那一缕一缕的风里，竟有了些许的凉爽。家属院门前的这条马路，又在加宽，一半能走一半不能走，所以显得车来人往，拥挤不堪。街角的一栋高楼，初春时挖的地基，这会儿已高高地立起来了，到处都在建设之中，浇灌水泥的压缩泵在空中刺耳地响着……半年多以来，他还是第一次回这个曾经的"家"。他是硬着头皮回来的。有些事情，一旦正面对待，那话是很难说出口的。

门是自动开的。他在门口站了一会儿，迟疑着是不是敲门，门一下就开了。

苗青青淡淡地说："回来了？"

任秋风生硬地笑了一下，说："你没值夜班？"

"这星期没夜班。"而后她说，"你要的文章，已经发了。"

任秋风点点头说："我看到了，不错。那啥，效果很好。"

往下，屋里的空气有些稠，就不知该说什么好了。两人都像是很费力地在找话说。任秋风坐在沙发上，点上一支烟，干干地咳了两声，说："你那职称，评了？"

苗青青说："评上了。我的票数最高。"

任秋风说："评上就好。往后，你就是高级编辑了。"

苗青青说："副高。就那回事吧。"

说着说着，任秋风的话突然拐弯了，他说："那个字，签了吗？"

他的弯儿拐得太陡，苗青青没接上气，说："哪个字？"

任秋风不知该怎么说了，他顿了一下，很吃力地说："就上次、说的，那个字。"

苗青青回过味来了，却没接着往下说。她站起身来，到里屋转了一圈，拉开床头柜的抽屉看了一眼，又走回来，说："你那里越来越红火了。"

任秋风说："就那样，还好。"

过了一会儿，苗青青说："你，急着要呢？"

任秋风心里实在是着急，就说："噢。"

苗青青说："听说你那里进了三个女大学生，一个比一个漂亮。"

任秋风不知该怎么接这个话，只有沉默。可又觉得沉默不妥，就有些尴尬地说："也很，一般嘛。"

可苗青青话里的醋味却越来越浓："不一般吧？有一个，挺会笑的，不还上了中央电视台嘛！"

任秋风说："那是广告。"

苗青青说："哦，广告……"就这么，话是一瓣一瓣的，劈开了说的，底里透着悲凉。片刻，她又接着说，"那份，不知丢哪儿去了。要不，你再写一份？"

任秋风着实有些恼火，可是，他又不能说什么，沉默了一会儿，就硬着头皮说："也行。"这么说着，他又掏出一支烟，趁着掏烟的工夫，从兜里掏出了一份"离婚协议书"。

他是有备而来。他怕万一她说找不到了，结果，还真让他猜中了。他把这份放在茶几上，说："我带了一份。你看看，要没啥的话，签了吧。"

苗青青笑了，她眼里竟笑出了泪。她说："到底是生意人了。"

任秋风很坦白地说："是，我是生意人。"

苗青青用嘲讽的口吻说："别又是一个欧也妮·葛朗台吧？"

任秋风不想斗嘴，说："青青，咱们就不要再，相互伤害了吧？"

苗青青淡淡地说："你没有伤害我，是我伤害你了。"

任秋风说："不说了吧。过去的事，不要再说了。"

苗青青陡然变得尖刻了，她说："不说？不说行吗？你不就是来兴师问罪的吗？！你就差在我脸上刺字了！在你眼里，我不就是《红字》里的那个让人在衣服上绣着字的妇人吗？！"

任秋风突然想到了那个夜晚，那个风雨交加的夜晚，两条白亮的鱼儿，他脸上渐渐露出了一丝愤怒。

苗青青到底是理亏，她说："我知道，你不原谅我。十二年了，十二年的夫妻。签就签吧，我可以签。"

听她这么说，任秋风也就不再说什么了，只说："已经这样了，你有什么要求，可以提出来。"

苗青青说："我签了，手续能不能缓一缓，再办？"

任秋风愣愣地望着她，不知道她又要干什么。

苗青青说："秋风，我虽然是个记者，也有很世俗的一面。上头，正在考察我，说是有可能提。他们，同时考察了三个人。在这种时候，我不想让人知道这些。"

任秋风有些失望，也有些不甘。他愣了一会儿，很无奈地说："那就，再等等？"

苗青青说："你要急了，我这会儿就给你签。只是……"

任秋风很勉强地说："一个月。一个月行吗？"

苗青青心里有泪。她暗想，为什么逼得这么紧？终究是做过夫妻的，怎么会有"午时三刻开刀问斩"的味道？！他有"人"了。他一定是有"人"了。谁呢？就是那个"中央电视台的笑"？也许，还有别的？男人四十一朵花，女人四十豆腐渣呀！况且，他还不到四十。可是，这些话都是说不出口的。

苗青青很含糊地说："也就那样。不会让你等太久。其实，提不提，我无所谓的。"

任秋风站起身来，说："你，多保重吧。"

苗青青幽怨地说："那就不用你操心了。"

五

近段时间以来，陶小桃心里一直有个结。

都是同学，三个人又是一块儿来应聘的，她和上官都做了部门经理，看上去红红火火的；只有江雪，成了营业员。她替江雪难过。在学校，江雪的学习成绩最好，可在这里，她却落下了。

江雪再见她的时候，不大说话了，面上冷冷的。这让陶小桃很介意。记得在学校的时候，为占一个位置，江雪差一点跟男同学打架。她清楚地记得，当时江雪眼里燃烧着蓝色的火苗，那眼睛一下子大了一圈儿，刀刃一样明亮，恶狠狠地说："凭什么?!"就是这目光，把那男生吓退了。陶小桃跟她住在同一个宿舍，知道她是一个心高气傲、寸步不让的人。现在，她落下了，心里会好受吗？有几次，陶小桃有意想找江雪聊聊，安慰安慰她，可江雪躲了。

前段时间太忙了，忙得一直抽不出空来。可陶小桃一直想找任总谈一谈，她不想让江雪受委屈。现在，商场已走上正轨了，而且运转得非常好，她该找任总谈了。

可是，进了门之后，陶小桃却发现，她来得不是时候。在任总的办公室里，还站着一个人，那是上官云霓。上官云霓的脸红通通的，像是受了多大委屈！她站在那里，鼻头耸动着，要哭的样子……任总，却背对着她，也像是很不高兴似的。两人吵架了吗？

上官见小陶进来了，却什么也不说，腾腾腾，扭头走了。

小陶傻傻地站在那儿，一时也不知该说什么了。就在这时，任秋风转过脸来，很客气地说："小陶，你坐，坐下说。"

陶小桃在沙发上坐下来，没等她开口，任秋风倒先说了，他说："小陶，前一段，大家都很辛苦，尤其是公关部，做了大量的工作，应该提出表扬。小陶啊，别的先不说，就前期员工的培训，你没明没夜的，功不可没呀！还有，'把广告做到天上'的主意，也是你出的。我得好好谢谢你才是。"

小陶被夸了一顿，脸有些红了，她忙说："任总，你别这么说，在咱整个商场，论忙，你是最忙的；论累，你也是最累的。"

任秋风摆了摆手，说："小陶，我不是说要论功行赏。但是，咱们以后，要建立有效的奖励机制，凡是给商场做过贡献的，都要给予适当的奖励！"

看火候到了，小陶赶忙说："任总，你不是一直要我们推荐人才吗？我现在给你推荐一个人才。"

任秋风说："谁？你说。"

小陶说："江雪。让江雪到我们公关部去吧。让她当公关部的副经理，当经理也行，她比我还强呢。"

任秋风望着她，说："小陶啊，你是一个善良的人。你很善良。"

小陶说："我也是为工作考虑。江雪在学校就是尖子生，她含而不露，可有主意了。"

任秋风想了想，说："是啊，她这个人，缺点和优点一样明显。"

小陶说："任总，就让她过来吧？我们一定好好合作。"

任秋风沉吟片刻，说："也不是不可以。小陶啊，假如说，我给她找一个更适合的位置，你觉得怎样？"

小陶说："好啊。如果有更合适的，那当然好了。"

可任秋风不再说了，他说："让我想想，我再考虑一下。"

小陶很高兴。她觉得，她终于为老同学做了一件事情。下楼后，她专门绕到了江雪的柜台前，笑着说："江雪，你很快要换一个地方了。"

江雪声音凉凉地："换什么？我不换。"

小陶说："我刚见了任总，想让你到我那儿去。咱俩一块儿干。"

江雪说："陶经理，谢谢你的好意。我哪儿也不去。"

小陶眼湿了，说："江雪，你怎么老这样？好歹咱是同学，又是一块儿来的。"

江雪看着她，虽然是同学，她身上却有那么多让她羡慕、让她嫉恨的东西。是的，她艳若桃花，一脸灿烂。无论什么时候，你几乎看不到她心里坠有东西。她一天到晚都是乐呵呵的，那"阳光"是在怎样的环境里种下的呢？可她所要的，不是安慰。终于，江雪说："谢了，小陶。"

小陶是个不会记恨的人，见她改了口，心里好受多了，脸上又是一片灿烂。她笑着说："前天，我看见老师了。他在商场里转呢。我问他想买什么，他说什么也不买，就看看。老师挺逗，脸刮得干干净净，却留一胡子。"

江雪却说："陶经理，我们小兵，上班聊天，是要罚款的。"

小陶赶忙捂了一下嘴，做个鬼脸，说："好好，我走了，下班再说。"

六

任秋风突然宣布了一项决定。

这个惊人的决定，是在商场打烊的时候，当众宣布的。

按照规定，每天下班时，商场要列队进行"一日小结"。就在这次会议上，总经理任秋风当众宣布了一项任命。他说："……我要给大家介绍一个人。首先，这个人有三项第一。第一项，她是咱们整个商场上班最早的，无论刮风下雨，她都是第一个到；第二项，半年来，她是咱们整个商场个人销售额最高的，她一个香水柜，占了整个化妆品部销售额的百分之三十还多；第三项，她从采购部经理的位置上，直接下去当一般的营业员，能够任劳任怨不讲价钱，这在以前，也是没有过的。我在这里要说的是，之所以让她下去，也是为了进一步考查她。现在，经过考查，也经报上级主管部门批准，任命江雪同志为本商场副总经理。"

会场上鸦雀无声，静得有些出人意料。

任秋风望了众人一眼，说："最后，我要说的是，希望大家能积极配合她的工作。也希望咱们这里的每一个人都要做到能上能下。"说着，他朝后边招了招手，又特意加重语气说，"江总，你上来说几句。"

也许是这决定太突然了，也许，在人们眼里，她还是显得太年轻太单薄了，没有人鼓掌。

在众目睽睽之下，江雪不卑不亢地走上前来。她站在众人面前，轻却很清晰地说："我没更多的要说，感谢任总的信任，我会好好工作的。在这里，我想给大家推荐一本书，是一个美国人写的，名字叫《人性的弱点》。这本书的核心内容，是讲'销售'的。可以说，讲的是'销售'的极致，是最高境界。希望大家有时间的话，能找来看一看。完了。"

江雪的话，简短、干脆、利索。讲完后，她退了两步，站在任秋风的旁边，不动了。

人群里终于有了些活气，有人在悄声问：啥书？啥名啊？任秋风也很感兴趣地说："有这本书吗？你拿来给我看看——好，散会。"

任秋风宣布这项任命的时候，所有人当中，最不高兴的，就是上官云霓了。虽然事前任秋风已给她打过招呼，可是，她心里仍像是吃了个酸杏似的，极不舒服。

会后，她一个人悄悄地爬上了楼顶，望着远处鳞次栉比的楼房和街道，突然觉得人的空间是这样的狭小，这样的逼仄，这样的憋屈，那荡荡的落日，离人是那样的遥远，那样的锈。

这时候，她身后传来了一个声音："看来，你的情绪不小。"

上官云霓"腾"一下转过脸来，看着他，久久，说："这不公平！"

任秋风站在离她有两米远的地方，说："公平？什么叫公平。我倒认为，很公平。"

上官没受过气。她有很好的家教，很优越的自然条件，无论走到哪里，都是排在最前边的。现在，突然之间，她让人比下去了。她气呼呼地说："我也不是要争什么。我只是想问问你，谁对商场的贡献最大？谁为商场出力最多？我，我上官云霓什么时候做过求人的事情？可为了商场，我把脸都卖了，你知道不知道?!"说着，上官掉泪了。

任秋风说："我知道你很委屈。是，在开创阶段，你贡献最大，出力最多，你亲自出面给商场做广告，你做了你能做的一切。这我都知道。"

上官流着泪说："我不如她吗？在你眼里，我是不是不如她?!"

任秋风说："要我客观做评价的话，你的优点比她多得多。"

上官说："那你，为什么要这样?! 你就是看不上我。"

任秋风说："你这一哭，就狭小了。"

上官赌气说："我就狭小。"

任秋风说："你的心胸、气度、品格，就此也降下来了。"

上官不管不顾地说："随你怎么说，我是个俗人，没品没格！"

任秋风说："上帝把女人比作肋骨，看来是有道理的。"

上官呛声道："肋骨怎么了？这不是女人的错，是上帝的错！"

任秋风用赞赏的语气说："这句话说的，还有些分量。说实话，就你们两个相比较，我更愿意用你。你只有一条不如她。"

上官最不愿让人轻看，马上说："我哪点不如她？——你说！"

任秋风说："就一条，经营上，你不如她。"

上官不服，说："那不一定。"

任秋风说："应该说，你综合素质比她高。可你太正，太优越，条件太好，所以，你缺的是她身上的那股狠劲。"

说着说着，上官的情绪不是那么大了，可她仍耿耿于怀，说："反正，说来说去，在你眼里，她比我能干，她什么都比我强！行了吧?!"这一点，是她最受不了的！

任秋风望着她，淡淡地说："你真想当吗？你要是真想当这个副总，也不是不可以。"

上官固执地说："我要的不是副总，是公正！你明白吗？"

任秋风急了，说："你糊涂！你怎么那么笨呢，怎么就不明白呢？"

这句话把上官说愣了。她怔了怔，说："怎么了？我什么不明白？"

任秋风说："好，你坚持要一个公正。我就还你一个公正。那么，我离开好了，我只有离开了。"

恋爱中的上官，像是钝到了极点。她是在跟她心爱的人赌气。她说："你这是什么意思？我要你离开了吗？我不过是……"

任秋风吼道："你，难道说，让我在这里，开一个夫妻店吗?!"

上官醒过劲来了。她呆呆地站在那里，好半天不说一句话。是呀，她爱他。

如果两人结了婚，一个老总，一个副总，这不就成了夫妻店了吗？

任秋风冷冷地说："如果你想分手，我马上就宣布。"

上官还是有些委屈，她说："不。我不要了，不要还不行吗？"

任秋风叹了一声，说："让你为我做出牺牲，我心里也不好受。云，委屈你了。"

夜幕下，街上的灯一盏一盏亮了，那是一个无比灿烂的灯的海洋。在灯的海洋里，到处流动着谜一样的诱惑……

上官闷了一会儿，轻轻地说："我认了。"

第八章

一

邹志刚非常沮丧。

他觉得，他在那个人面前败得太窝囊了。商场上不如人家，情感上虽然稍胜一筹，却也是个"替补"，怎么想怎么窝心。

他一直想打一个反击，哪怕是小小的一次胜利呢，也总算是不弱于人。邹志刚一向自视很高，他是中国经贸大学毕业的高才生，学的就是商业管理，如今败在一个"半瓶醋"手里，他怎么能甘心呢？

邹志刚在等待着一个机会。

这个机会就要来了。临近年关，是电视机销售的旺季。这天，他从采购员那里获得了一个情报，说是日本人推出了一种新款的平面直角高清电视机，期望在中原打开销路，正在寻找代理商。得到这个情报后，他连夜去了北京，想一举夺得中原的总销售权。

在北京，他通过毕业后经商的一些老同学，约到了日本那电视在中国的总代理。这人叫井口，是个中国通。井口并不老，也就三十多岁，是个白白净净的日本人。他们是在北京一家最好的日本料理见面的。那天，邹志刚临时学的几句日语一句也没用上，井口开口说的就是中国话，他说："邹先生是来自开封还是郑州？开封是七朝古都，郑州是你们的省会，那里有少林寺，我说得不错吧？"邹志刚忙说："不错不错。井口先生是个中国通啊！"井口说："中国通倒说不上，我去过开封，看过龙亭。郑州是路过，我倒很想去少林寺看一看。"邹志刚马上说："那好啊，井口先生要看少林寺，我可以作陪。"井口说："那禅房里，真有那么一个脚印吗？"邹志刚说："有，真有。去了你就知道了，那脚印在砖上，是当年练功的僧人踩出来的，有这么深。"说着，他用手比画了一下。接着，他灵机一动，又说，"井口先生，我还认识一位武僧，他在少林寺是武功最好的。到时候，我介绍你们认识一下，让他给你打一套少林拳。"说着，他在那个矮桌上用手画了一个圈，"就这么一小块地方，武功越高的人，占地方越小，一套拳打下来，是不出圈儿的。这叫'拳打卧牛之地'。电影上的武术，都是花架子。"说到这里，井口有些不懂了，他说："卧牛？"邹志刚说："卧牛，卧，就是这个这个牛、牛卧在地上，这么一块地方。"井口似懂非懂，说："牛，一小块地方？那我一定要看看。"接下去，就说到代理权的问题了。虽然谈文化时，井口很兴奋，谈得也很融洽，可一说到代理权，井口就慎重了，他说："我知道邹先生是一家信誉很好的大商场的老总，这方面，王先生都给我介绍了。中原是个人口大省，我们当然很愿意跟邹先生合作。不过，具体事项，我们还要考察一下，这方面还请邹先生理解。"邹志刚心里骂了一句，这个滑头！但他还是笑着说："考察没问题，我们欢迎考察。我们万花是省城最大的商场之一，地处黄金地段，这一点，请井口先生放心，到时候，你一看就知道了。"井口说："我相信。好，期望咱们合作愉快。"临分手时，井口突然问了一句："邹先生，听说郑州有一个叫金色阳光的商场？"邹志刚一怔，说："有。他们广告做得好，我们靠的不是广告。我们靠的是服务质量。"井口一边鞠躬一边说："噢，是这样的。那就好。"

待确定下考察日期后，邹志刚当天就飞回了省城。一回商场，邹志刚就马不停蹄地做了全面部署，让人把商场里里外外全面打扫了一遍，所有旧的、有碍观瞻的广告一概换掉，店面、橱窗也都重新布置，连商场里的员工也都换发了新的服装。可说是万事俱备，只等"鬼子进村"了。

三天后，"鬼子"来了。

那天上午，邹志刚是亲自到机场去接的。接到井口后，他并没有走高速公路，而是抄便道走了新郑市区，在新郑上了301国道。在车上，邹志刚对井口说："井口先生，你累了吧？"井口说："一个小时的飞机，不累，不累。"邹志刚就说："如果不累的话，井口先生，这里离少林寺只有三十多公里了。要不，顺路去看看？"井口诧异地说："这么近？好啊，看看。"于是，这车就直奔少林寺去了。

在去之前，邹志刚是做过安排的，早有人在山门前迎候了。在迎候的人中，有一个是穿袈裟的和尚。和尚上前打个问心，说："阿弥陀佛，欢迎施主莅临山门。"邹志刚赶忙介绍说："这位就是少林寺武功最好的圆素法师。"又回身指着井口说，"这位是日本友人井口先生。"井口深深地弯下腰去，连连鞠躬。接下去，他们一边往寺里走，邹志刚一边小声对井口说："井口先生，之所以把你直接拉到少林寺来，是有原因的。这位圆素法师，明天就要到泰国去了，机票已买好。在他临走前，我想让你见他一面。"井口听了，非常感动，连声说："谢谢，谢谢。"又说，"卧牛？"邹志刚马上说："对，就是让你看看，什么叫'拳打卧牛之地'。"

进了山门，又迈过两道过堂门槛，穿过熙熙攘攘的人群，连拐了几个弯，邹志刚把井口直接领到了西边一处较幽静的禅房里。现在的禅房已不似过去了，地是青砖铺的，屋子里干净明亮，床上的被褥叠得整整齐齐，高桌上有台灯、照相机、收音机和一些武术杂志。只有佛龛前的长明灯，还冒着一缕淡淡的青烟。今日的佛门，也有了一些现代生活的意味。

看了禅房，门外的一个藤架下，茶早已备好了。一个洁净的矮桌上，摆着一个小泥壶，几只素杯，茶是竹叶泡着，泛着青涩的香气。等井口等人坐下后，品了几口茶，邹志刚说："圆素法师，井口先生可是专程赶来，一饱眼福的。您，开始吧?"

圆素法师就站在门廊下，微微一笑，打了个问心，说："献丑了。"

那门廊离藤架也只有四十厘米的距离，半米不到，显得十分的窄狭，这拳，怎么打呢?

只见圆素法师身子立在那里，先是手心向上，而后微微下蹲，一只腿虚探下去，身形向左，而拳出其右，倏尔就在那方寸之地跳跃腾挪起来……他身形步法先是慢的，也还看得清，渐渐就快起来，有风声起了，飕飕的，就觉那方寸之间，前后左右皆是拳，上下高低都是步，脚下的青砖咚咚响着，那拳风密得滴水不进! 人像是一直凝立不动，而影儿四下飘飞，先看像是四人在舞，再看犹如八人相格，似短却长，忽高则低，软则柔若细柳;重则就像是陡然生出了一根根生铁铸成的棍子，在打人的眼! 渐渐，势一收，影儿散了，人在那儿立着，不喘不动，又是一个问心。

众人先是怔怔，像是被打花了眼;接着，都鼓起掌来。井口率先站起身来，再次弯下腰去，深深鞠躬。他说："少林寺，真是名不虚传。太好了! 这么一点点的地方，太奇妙了，我知道什么叫卧牛——对，'卧牛之地'了! 谢谢。谢谢。"而后，他小心翼翼地问："邹先生，我能与圆素法师照张相吗?"

邹志刚说："这我已经请教过法师了，你是尊贵的客人，可以可以。"说着，就上前把圆素请过来，让他跟井口一起合影。井口高兴坏了，一再地鞠躬致谢。

此后，在邹志刚的陪同下，井口先是吃了少林寺的素宴;而后又看了当年和尚们练功的禅房;上山看了达摩面壁的地方，又看了塔林。这一天下来，井口除了一再地表示感谢，还特意说："邹先生，我看我们的合作会很成功的。"

当晚，回到省城，邹志刚特意对下属吩咐说："井口先生住的地方，要绝对保密，不能让任何人知道。"

二

江雪的副总，从当上那天起，就做得有模有样。

每天早上，她都准时地站在金色阳光大厅的门廊处，迎接每一个职工的到来。这件事，最初是任秋风做的。江雪当上副总后，就对任秋风说："任总，你是一把手，管全面的。这些小事，就让我来做吧。"任秋风点点头，算是默认了。

自此，江雪就像总督查似的，每天早上站在门廊处，一脸的肃然。而每一个上班的员工，都要经过这双眼睛的审阅。三天后，商场所有的员工，都开始叫她江总了。虽然是副职，威已经立起来了。

江雪上任一星期后，悄悄地找上官云霓谈了一次话。她们的谈话是在上官的部门经理室进行的。江雪进门后，先是把一瓶香水放在了上官的桌上，那是一瓶香奈儿5号。她说："上官，我送你一件小礼物。"上官淡淡地说："江副总，这就不必了吧。"江雪说，"是呀，你不用香水也一样美丽。可这款香水最适合你，是大雅之人用的。"上官不好再说什么，就说，"小陶呢，你也送了？"江雪很含糊地说，"我送她的是另一款。"上官只好说，"谢谢了。"接下去，江雪单刀直入，说："我知道，这个位置，应该是你坐的。"上官不好意思地说："我可没这样想。"江雪说："是呀，你没这样想。况且，这对你来说，也不算什么。"上官心里还是有委屈的，她看了看江雪，有句话，她想了，却没有说。江雪说，"我知道你心里想什么。法国的香奈儿说过一句话，'不用香水的女人没有未来'，我，就是不用香水的女人。"上官又抬眼看了看她，"你怎么，这样说？"江雪说："上官，在这个世界上，天时、地利、人和，可以说你全占了。剩下的，那么一点点缝隙，能不能、留给我们？"上官反击说："上帝是公正的，该得到的，你不也得到了吗？"江雪尖锐地说："上帝不公正，它从来也没有公正过。对于一个女人来说，美丽，这是最重要的，你有了；爱情，这是女人的第二生命，你也有了；学养、良好的家教、优裕的生活环境，该有的，你全都有。甚至，甚至包括那些上苍轻易不会赐予女人的智性，你也有。你说，你还要什么?!"当江雪说这话的时候，她是眼里含着泪的。

上官云霓像是挨了一顿冰雹似的，她感觉到了疼，却不知道疼在哪里！有那么一刻，她直直地望着江雪，她看到了江雪眼里的泪。她问自己，我有了吗？我是不是什么都有了？是啊，她天生丽质，在感情上，有那么多人追逐。这些，在过去，她从来没想过。现在，像是有一把利刃逼到了眼前，她不能不想了。

可是，当上官云霓心里一片混沌的时候，江雪说："姐姐，有些事情，我从未对任何人说过。你知道吗，我是个孤儿，从小无父无母，从来就是一个没人疼的孩子。姐姐呀，你能不能帮帮我？"

美丽的上官，一下子热泪盈眶。这时候，她心里的善意全被调动出来了，她热切地说："江雪，雪，我不知道你是孤儿，我真的不知道。我会支持你的。你放心，我一定支持你。"

江雪说："别告诉任何人，包括任总。我不想让人同情我。"

上官说："行，我不会告诉任何人的。"

临走时，江雪突然又来了一句："任总是个好男人。你要珍惜。"

这是一个藏在内心的秘密，上官以为没人知道，现在一下子被江雪捅破了！上官脸上一片羞红。

出了经理室的门，江雪挺着胸脯，硬硬地朝前走去。在电梯口，江雪碰上了小陶。看见小陶时，她脸上似笑非笑地点了一下头。小陶手里拿着一份表格，像是急着要办什么事，也匆匆地点点头。可是，江雪突然叫住她，严肃地说："小陶，公关部的事，你要给我汇报。"小陶怔了一下，也没多想，说："行，回头我给你汇报。"

在上任一个月后，一天晚上，江雪提着一兜水果，到采购部经理吴国富家去了。吴国富住在一个新开发的豪华小区里，房子是刚刚装修好的，足足有一百五十多平方米。开门时，吴国富一下子愣住了，他有点不相信自己的眼睛，他搬进来才三天，单位里没有一个人知道，她怎么就来了?! 就在吴国富愣神的当儿，江雪笑着说："吴师傅，我来看看你。"吴国富忙说："江、江总啊，你怎么来了? 请，请。"

进了门，江雪站在那里，四下看了看，说："房子不错嘛。"

吴国富有点紧张，鼻头红堂堂地亮着，他搓着两只手说："唉，一般一般。这还不是沾了老婆的光……江总，你坐，坐。"说着，扭过脸去，给他老婆使了个眼色，没好气地说，"客人来了，还不倒水去，倒水!"

江雪款款地在沙发上坐下来，说："不用了，没别的事，我来看看你。嫂子也坐呀!"

吴国富却生怕老婆哪句话说漏了嘴，等她倒上水，就吩咐说："你忙你的去吧，我跟江总谈点事。"他老婆撇了撇嘴，进里屋去了。

江雪坐在那里，再次四下看了看，见他家里一应电器俱全，而且全是新牌子的。她说："吴经理，看来，你是个很会生活的人，家里安排得不错呀。"

吴国富鼻头上亮着一滴晶莹的汗珠，说："还行吧。干采购年数多了，买些便宜货。"

江雪说："吴经理，我一直很感激你。特别是那次去上海，你让我学到了很多东西。"

吴国富更慌了，他说："江总，那件事，是我对不住你。哎，我这个人，没别的嗜好，喜欢喝点酒，这酒一上头，就有些不当家了。要是有啥得罪的地方，你多担待。"

江雪说："真的，我真的很感激你。"

话说到这里，吴国富的心有些松下来了，他说："江总，你放心，我会支持你的。采购这一块，我是太熟悉了。你要是有啥吩咐，尽管说。"

江雪说："是啊，你是老采购了。不过呢，最近，商场里收到了一些客户的来信，有二三十封吧。我从中挑出了六七封，把它带来了，想听听你的意见。"说着，她从随身带着的包里掏出了那些信件，递给了吴国富。

吴国富接过信，就着沙发前的落地灯，一封封看了。看着看着，他头上的汗下来了。特别是那鼻头，像结了霜似的，下边成了酱紫，上边是一层白色的晶状物，就像是陡然间生出的豆子！

这时候，电视仍然开着，是董文华在唱歌。江雪一边很悠闲地欣赏着电视一边说："这电视二十九英寸的吧？画面不错，很清晰，是国香54C10K301789？"

吴国富带着哭腔说："江总，这些信，都是诬陷啊！"

江雪说："是呀，也不能听一面之词，都是可以调查的。你说呢？"

吴国富知道，有些事是瞒不过去的。他已听出了弦外之音，江雪竟然念出了那台电视机的出厂编号！这是一般人根本不可能知道的。于是就辩解说："江总，就这台电视，是他们让我试看的，试看一个月。我不要，他们非要放下，赶都赶不走啊。其他，我敢保证，全是诬陷！我要说半句假话，我不是人！"

江雪很平静地说："吴师傅，你怎么不是人呢？你肯定是人。可人不人，我说了不算。我给你交个底吧，有几封信，是检察院转来的。他们要是介入，这事就难办了。我说，还是先让我们自己查吧，如果有什么严重问题，到时候，再请你们介入。"

吴国富毕竟是老江湖了。他知道吃回扣、拿提成、敲竹杠，很多采购员也都这样。要是不查，什么事也不会有，可要认真查起来，就是罪孽了！他像散了架似的瘫坐在那里，长叹了一声，喃喃地说："这得花费多少心血呀！我栽了，我认栽。江总，你说吧，你要我怎样？"

电视机里还在唱，这会儿换人了，是韦唯，她在唱朋友啊，朋友。江雪不看他，像是在很用心地听着。

吴国富颤声问："这、这事，任总知道吗？"

"你想让他知道？"江雪说，"他要是知道了，你还会坐在这里吗？"

这时，吴国富像虾一样地弓着腰站起身来，突然说："江、江总，我我我方便一下。"说着，他弓着腰推开了一扇门，进屋后，他把门一关，黑着脸低声对妻子说，"待会儿，就是外边天塌下来，你也不要出来。"妻子想问，他恶狠狠地瞪了一眼，说，"你就待在这儿，别动！"

吴国富再次走出来的时候，什么话也没有说。他就像是一个犯了错的孩子，一步一挪地走到江雪跟前，四五十岁的人了，精明了一辈子，竟然扑通一声，在她面前跪下来了。他流着泪说："江总，我不是人，我对不起你。在上海，我一次一次刁难你，我真不是个人啊！嗨，我再说什么都晚了。可江总，我上有老下有小。你大人大量，就饶我这一回吧！"说着，他双手捂着脸，竟呜呜地哭起来了。

江雪望着他，淡淡地说："吴师傅，你这是干什么？起来吧。"

吴国富哭着说："人到了这一步，脸就不是脸了。你要是不原谅我，我就没脸活在这个世上了。"

江雪的脸一直沉着，她眼窝里的蚂蚁，泛着一芒儿一芒儿的紫蓝色的光！一个男人，说折就折了，她有些看不起他了。终于，她说："你起来吧，下不为例。"

江雪慢慢站起身来，似走非走的样子，抱着膀在屋里走了几步……这时，吴国富才站起来，小心翼翼地陪着。江雪扭过头，撂下一句："多好的家呀，你要珍惜。——我走了。"

出了家门，吴国富一路赔着小心，极尽巴结地跟着。走着走着，吴国富说："江总，有、有个事，我得给你汇报一下。"

江雪说："你说吧。"

吴国富说："那啥，我一铁哥儿们，在万花当采购员。他在酒桌上对我说，他那边的老总，在北京谈了一个电视机项目，还说要他们保密……"

江雪开初并没在意，她仍沉浸在胜利之中。片刻，她问了一句："啥项目？"

吴国富说："电视机。说是日本的，新款。"

江雪立时警觉了，说："人呢？人到了吗？"

吴国富好不容易逮着机会，赶忙靠近说："说是人已经到了。"

江雪说："你给我查查，看他住在哪儿。"

三

有车的感觉真好。

苗青青如愿以偿，当上了采访部主任。主任是可以配车的，于是她有了一辆七成新的桑塔纳轿车。本儿，她早就有，也正儿八经地在驾校学过。这会儿，车有了，兴致也高，就一个人开着出来了。从冬青路的友谊饭庄一气开到了三环，从三环又上了立交。这一路上，灯就像河一样，哗哗地从身边流过，只是有些紧张，不敢乱看。街口上一会儿红灯，一会儿绿灯，那眼像是不够用似的……很刺激！升了职了，同事们自然要给她祝贺，说是不喝的（她喝伤过），却也被众人劝着灌了不少酒。所以，开着开着，酒劲就上来了。因前一段她刚刚编过一篇报道，一个人酒后开车从立交桥上翻下去，还砸伤了人，苗青青不敢再开了。

她把车停在路边上，拿出手机，就给一个人拨了电话。

这个电话是她下意识拨的，拨了她又有些后悔。她看了看表，已是夜里十点了。她暗暗地埋怨自己，这个时候，打什么电话呀？！他不知会怎么想呢。可是，电话已经通了。对方在电话里说，"青青吗，是青青？"苗青青沉吟了一下，说："是我。"电话里说，"终于听到你的声音了，我好想你呀。"苗青青说："你喝酒了吧？"对方说，"没有没有。陪一外商，小日本。谈了些生意上的事，没有喝酒。"苗青青却突然说，"算了。你喝酒了。"对方在电话里急切地说，"什么算了？怎么就算了？你打的电话。我说了，我一滴酒都没喝。要不你闻闻？"这时，苗青青才说，"你要真没喝，就过来一趟。"对方很兴奋地说："好，你在哪儿？我马上过去。"苗青青说："你别开车过来，我这儿有车。你打的吧，就黄河路一直往东，立交桥的下边，右首一百米。"为什么要打这个电话呢？为什么偏偏打给他呢？你是记者，抽屉里的名片一摞一摞的，熟悉的人不是很多吗？有那么多的大老板、大企业家、大知识分子，都愿意跟你结交；你还有那么多的朋友、同学。也许，一个人的成功和喜悦是要与人分享的。分享，重要的是，跟谁分享？他吗？你跟他，本来是想断的，你恨了又恨，可怎么就断不了呢？苗青青默默地坐在车里，似乎想清理一下心绪，可头晕晕的，心里七上八下，真是一个剪不断、理还乱，问何人，会解连环？

就在这时，右边的车门一响，邹志刚坐进来了。他不光是喝酒了，还满身的酒气！苗青青一看他那个样子，气呼呼地说："你明明喝酒了，还来干什么？"

邹志刚短着舌头说，"没、没喝。清、清酒，度、数很低。一、一小日本，不、不在话下。要不，你、你闻闻——"说着，他侧过身子，朝苗青青脸上亲去。苗青青一把推开他，说："看你那样子，满身酒气，别理我。"邹志刚说："不是你、你让我来的吗？"苗青青没好气地说："我是让你帮我把车开回去，你这个样子，能开吗？"邹志刚说："这，这算什么。我闭着眼都能开回去！"苗青青半信半疑地说，"你可别出事，这是单位的车。"邹志刚豪气十足地说："放心。去，你坐到后边去。保证没问题！"

就是这句话，把苗青青打中了。她最喜欢的就是这种男子气概。于是，她再没说什么，乖乖地离开了司机位置，下车坐到后边去了。

　　邹志刚也跟着下了车。他本该坐到司机位置上去的。可他走到车前，用脚踢了踢轮胎，却又折回来了。他再次关了一下前车门，却随手又拉开了右边的后车门，一欠屁股，也坐进来了。

　　苗青青见他也坐到后边来了，一怔："你？"邹志刚说："你让我定定神。我的、的确是陪小日本喝了几杯。没事，你放心，我会把你平安送到家的。"苗青青哼了一声："我就知道你吹。"邹志刚说："我不是吹。我是赶得紧了。我刚把那小日本送回房间，你一打电话，我就赶紧来了。你没看我气儿还没喘匀呢。"邹志刚说着拉起苗青青的一只手，轻轻地拍了拍，又说："青青啊，青青，我今天打了一个大胜仗！我把那日本人摆平了。日本最新出的一款平面直角电视机，我一举取得了中南五省的销售权，成了总代理了！明天上午就签合同。什么金色阳光，狗屁，靠边去吧！"苗青青似乎想说点什么，看他兴奋的样子，也就不想说了。邹志刚的脸红堂堂的，那酒已漫散进了每一个毛孔，于是就显得更加唠叨："你猜那日本人叫什么？井口。他咋不叫锅底呢。这日本人也怪，你听那名字，什么河边一郎，村上一树啦，什么江上，什么渡边，什么小桥，都是些野外植物。"苗青青听着听着就听不下去了，她一推车门说："算了，还是我自己开吧。"邹志刚赶忙拉住她："好好，我不说了。我不说行了吧。"他又伸手把车门关上，紧紧地抓住苗青青的两只手，一声声叫着："青青，小青青，我想死你了。"

　　苗青青的内心是很复杂的。两人都在后排坐着，她一边是讨厌他醉酒的样子，一边又有些说不出口的、她也不愿意承认的渴望。这内心的矛盾，使她没有很坚决地抽回她的手。再说，不是她打电话让他来的吗？

　　由于兴奋点的转移，邹志刚的酒劲渐渐落了，他的思路也清晰了。人，一下子又幽默起来，他说："青青，你厉害呀，一下子成有车族了。这叫那个啥，小母牛对屁股，比较牛、那个啥。"苗青青嗔道："去。你这张嘴呀，好好涮涮！我这算什么。"邹志刚说："你这就不是一般的白领了，你是高级记者，又升职了吧？"苗青青说："升什么职，不就是一个采访部主任，有什么稀罕的?"邹志刚马上说："看看，你是白领镶金边，牡丹顶上又开花，飞机上挂扫帚，伟（尾）大呀!"苗青青说："去去，啥话一到你嘴里，就大变（便）了。"

往下，他说："你热吗?"苗青青微微摇了摇头。可邹志刚一边问着，却把外边的西装脱了，他挽了挽白衬衣的袖子，又把脖子上系的领带往下拽了拽，自言自语地说："我怎么就出汗了?"说着，他话锋又一转，"你听说过英国王妃戴安娜的故事吗?"苗青青随口说："戴安娜怎么了?"邹志刚却不说戴安娜了，他说："你知道外国人为什么把高级轿车称作'房车'吗?"苗青青说，"你到底想说啥? 一会儿戴安娜，一会儿是车，一会儿又是房的?"邹志刚贴近苗青青，小声说："戴安娜跟她的情人就是在房车里做爱的。她最喜欢在车里做爱。"苗青青听了，脸上羞羞地红："你胡说。"邹志刚说："真的，我不骗你。"于是，车里陡然间就沉默了，连空气都显得稀薄了，喘气声越来越重，两人的眼里，渐渐有了火苗。

四

江雪真的急了。

自当上副总以来，她还没给商场做过任何建树。这次，如果能把日本新款电视的代理权争过来，可以说是大功一件。吴国富虽然告诉她，那日本的总代理已到了省城，可就是不知道人住在什么地方，她曾发狠地对吴国富说，查! 为此，她还专门跑了一趟商管委，把全市所有旅馆业的资料全调了出来。不料，回来后，就越加地丧气了。

怎么查呢? 在省城，共有大小旅馆一百六十八家。准三星级以上的六十八家，四星级以上的有十七家，其中包括省属的九家。这些旅馆分布在全市的东西南北各个不同的区域、不同的街道上，如果一家一家去查的话，就是腿跑断，三天也跑不过来。江雪面前摊着一张新买来的市区交通图，另一边是那些旅馆业的资料，她沉思良久，说："老吴，这样，咱们分一下工。三星级以下的，你们再去查。打电话也行，但是，必须一家家都要给我查到。那十七家四星以上的，我亲自去查。"

吴国富摸了一下冻红的鼻头，小心翼翼地说："江总，我那哥儿们说，他住的地方，是邹总亲自安排的，只有他一人知道。那人，明天就走了。这已经半下午了，来得及吗？"

江雪抬起头，看了他一眼，说："老吴，有句话你知道吗？要想人不知，除非己莫为。他只要来到省城，咱就一定能把他查出来！"

吴国富心里一惊，说："我听江总的。你说咋办，咱就咋办。不过，就是查出来，他，会听咱的吗？"

江雪冷冷地说："只要查出来，那就是我的事情了。"

于是，老吴就带着采购部的几个人，分头去查。江雪对他们并不信任。在内心深处，她对任何人都是不信任的。她想，一个日本人，在这样的城市里，会没一点影儿？她当然要亲自去查。

已是冬天了，从西伯利亚来的寒流，把城市吹得一片萧瑟。大街上，陡然间成了羊的世界，各式各样的羊皮一瞬间都披到了人的身上，那风呜呜地吹着，就像是羊的哭声。这时候，屋里屋外已是两重天。大宾馆里的暖气都开得很足，进去热烘烘的；可出了门，电线一声声哨着，那风就像刀子一样，割人的脸。

天渐渐暗下来，街灯亮了，那灯光虽然五光十色，却是一芒儿一芒儿地冒着寒气。街上的黄色"面的"也像冬天的蝗虫一样，瑟瑟缩缩的，没有几辆在跑了。江雪已先后跑十一家了，她下了这个"面的"，又上那个"面的"，可仍没查出那个人的下落。

晚上九点钟的时候，江雪还有两家没有查到，一家在黄河北岸，离市区有近二十公里的距离；一家在东郊，那是一个建在湖边的、类似于休闲娱乐性质的地方。在黄河北岸的那个宾馆要大一些，是当年毛主席住过的地方。按说这两个宾馆，都不太可能，距离太远。可江雪还是去了，她心里说，不到最后一秒钟，她绝不放弃！

然而，就在江雪乘坐的那辆"面的"将要过黄河桥的时候，吴国富的电话打过来了。他说，江总，那王八羔子吐了。江雪对着手机说，什么王八绿豆，你快说。吴国富说，就我那哥儿们，他终于说实话了，那日本人叫井口，根本就没有住宾馆，他住在一家高档的茶社，那茶社是日式的，有榻榻米。江雪说，别啰唆，地点?! 吴国富赶忙说了。于是，江雪马上对司机说："师傅，掉头，拐回去！"

江雪重新回到商场，连口气都没顾上喘，直接上五楼，进了任秋风的办公室。任秋风看她带着一身寒气，冻得像个小黑人似的，只剩下两只眼睛了，关切地问："看你冻的，还没吃饭吧?"江雪站在那里，喘了几口气，说："吃饭是小事。任总，我有急事向你汇报。"

接下去，江雪一口气把整个情况的来龙去脉全说了，而后，她静静地望着任秋风，等待他的下文。

任秋风听了，沉吟片刻，说："现在，还来得及吗?"

江雪很肯定地说："来得及。"

任秋风当然知道这件事的分量。他说："我说过，我们是一流的商场，一流的服务，卖的是最好的商品。所以，有可能的话，可以不惜代价！就是说，只要取得代理权，不赚钱也行！你去试试吧。"

江雪说："那我去了。"

任秋风想了想，说："等等。我再给你一项授权，你可以代表我，直接跟他们签字。也可以动用总经理活动经费，吃个饭、送点礼品什么的。只要不过分，都可以。"

江雪点点头，说："我知道了。"

那个茶社在一条新开的马路上，离动物园不远，竟然是日本人投资办的，有个很奇怪的名字："黑井茶社"。等江雪赶到黑井茶社门口的时候，吴国富吸着鼻涕正在门旁站着。江雪走上前去，说："老吴，辛苦了。"老吴眨着眼说："江总交办的事，我一点也不敢大意。"而后，江雪问："那件事，也办妥了？"老吴没再说什么，只是把手里拿的一个大信袋递了过来。江雪接在手里，说："行，你回吧，这里交给我了。"吴国富临走时，又说，"江总，他们在对面饭馆吃饭呢。估计差不多了。"江雪点点头，说我知道。

天太冷了，吴国富一边走，一边低头哈着两手。等他走到百米开外，才敢回过头去看。只见江雪独自一人在离黑井茶社不远的一个背风处站着。已经离得那么远了，他仿佛仍可以看到她那双眼睛，灯一样的眼睛！在寒风中，这双眼睛里汪着一片摄人魂魄的东西。这个女娃，就这么一个单薄的女娃，整整三十六小时，连口水都没喝。她，她想干啥呢？！在这个世界上，以吴国富几十年的行走，他明白，要是碰上这样的人，你就自认倒霉吧。

吴国富不由得打了个寒战。

五

十点过五分的时候，江雪敲了敲那个格子门。

门拉开了，井口站在门里，有点吃惊地望着立在门口的江雪。而后，他鞠了一躬，说："小姐，您，找谁？"

江雪站在那里，像是冻得浑身在发抖，她颤声说："对不起，您，是井口先生吗？"

井口再次施礼："是，我是井口。请问，您有什么事？"

江雪喘了口气，直言不讳地说："为了找您，我们先后查了一百六十八家旅馆，最后才找到了这里。对不起，我能、进去说吗?"

井口吃惊地望着她。天啊，他们竟然查了一百六十八家旅馆?! 况且，这么单薄的一个姑娘，她在发抖。他有些于心不忍了……就说："请，请吧。"

江雪进门后，竟也像日本人一样，习惯性地跪坐在那里。而后，她双手捧着，递上了一张名片。

井口接过名片，认真地看了一遍，笑了。他说："江小姐，你要是谈别的事情，还好办。要是谈代理权的话，那我告诉你，你来晚了。我这里，已经结束了。"

江雪倒很干脆，说："我匆匆找上门来，确实有些冒昧。没事，如果这次合作不成，还有下次嘛。"

井口点点头，很客气地说："那就好。那就好。江小姐，其实，你们金色阳光，我是听说过的。"

江雪说："哦，您听说过?"

井口说："不瞒你说，我在北京看过你们做的广告。可以说，广告做得非常好。"

江雪说："我们金色阳光，不仅仅是广告做得好。井口先生，中原是个有一亿人口的大省，在这里，我们的信誉、商品、服务都是一流的，可以说是最好的。我说话是负责任的。如果不信，你身在省城，可以去看一看。"

井口稍稍沉默了片刻，说："我相信。不过，时间来不及了。下次吧，下次，我一定去看看。"——这话里，分明已包含着送客的意思了。

江雪仍纹丝不动。

井口有送客的意思，可客人并未起身，他只好把茶杯往前推了推，说："请，请喝茶。"

江雪说："谢谢。"说着，她两手捧着茶杯，轻轻地呷了一小口，就那么捧着小茶盅，出人意料地、似有所思地喃喃说，"你们，北海道的鱼片，真好吃。"

井口说："哦，那的确是一道美味。江小姐，你对日本，也有了解？"

趁着机会，江雪说："井口先生，时间虽然有些晚了，可我，还是想给你讲一个与日本有关的故事，你愿意听吗？"

井口一听说与日本有关，虽然有些勉强，却还是说："请讲。"

江雪说："一九三二年，有一个年轻人远渡重洋，到日本东京的帝国大学去读书。他在那儿读了四年书，毕业归来时，带回了一位美丽的日本妻子。这时候，他这位日本妻子已经怀孕了。回到中原不久，他的这位日本妻子就一胎产下了两个儿子。由于这位太太思念故土，就分别给两个孩子起名一为梦樱，一为兆樱。樱花的樱。"

井口听着听着，有些入味了，禁不住说："梦樱，兆樱，太美了。后来呢？"

江雪接着说："后来，战争爆发了。由于种种原因吧，这位日本太太离开中国的时候，很想把孩子一并带走。可是，她的婆婆不让。最后，好说歹说，只允许她带走一个，梦樱或是兆樱。两个孩子，只能带一个，您想，那位母亲自然是悲痛欲绝，肝肠寸断，母子连心啊！其结果是，梦樱跟母亲走了，兆樱留下了。"

井口急切地问："那，后来呢？"

江雪又呷了一口茶水，像在梦幻中似的说："后来，家道破落，再加上婆婆恨那日本女人，那孩子自然是饥一顿饱一顿的……不过，这兆樱由于天资聪明，最后也算是上了大学，而后在一个学校里教书……不说了吧？我不想再说了。"

井口却仍在故事中，他一下子被吸引住了，说："说下去，请说……"

江雪说："上帝是那样的不公道。这兆樱，从小失去母爱。然而，在'文化大革命'中，又由于有个日本母亲的关系，那境况可想而知……妻子跟他离婚了。他独自带着一个小女儿，捡过破烂、拉过板车，过着非人的日子，不久就贫病交加，去世了。"江雪说到这里，失声了。

　　井口坐在那里，直直地望着江雪，突然说："江小姐，从你进来后，我就注意观察你。我冒昧地说一句，我看你的做派，就很像、日本人。"

　　江雪不承认，也不否认，她说："像吗？"

　　井口热切地说："像，太像了。我能，给你什么帮助吗？"

　　江雪摇摇头，说："我个人，不需要帮助。不过，你回日本以后，如果方便的话，请代我向那位叫和田久美子的婆婆问好。"

　　井口说："她的具体地址，你知道吗？"

　　江雪摇摇头，说："不知道。什么都不知道。"

　　井口长长地"哦"了一声，说："这就难办了。战争，给人留下了多少遗憾。"说着，他陷入了沉思。

　　这时，江雪从她带来的提包里拿出了一张装裱好的甲骨文拓片，说："好了，我不多坐了。冒昧打扰，送你一件小小的礼物。"

　　井口接过来一看，立时两眼放光，兴奋不已！不过，他说："江小姐，这，我懂，这是甲骨文。太贵重了！我不能收。"

　　江雪说："在我们中原，托人办事，是要有谢礼的。我已拜托你问候那位婆婆，所以，你必须收下。"

　　井口说："那好，我收下了。如果那边有消息，我一定告诉你。另外，江小姐，你，真的不需要帮助吗？"

　　这时，江雪说："我说过了，我个人不需要任何帮助。如果说帮助，我倒觉得，恰恰是你，需要帮助。"

　　井口一怔，说："——我？"

　　江雪说："井口先生，你作为中国的销售总代理，从业绩上说，是要看效益的，对吧？"

　　井口点点头说："是的，是这样。"

　　江雪说："如果说，你的业绩不理想，那么，你这个总代理的位置也就坐不稳了。是这样吧？"

井口再次点点头，说："是啊，是。"

江雪说："所谓的业绩，是看数字的。我这里有一组数字，你不妨看一看。"说着，她从包里拿出了一个信袋，双手递了过去。江雪最后拿出的这个信袋，可以说是一个撒手锏！

井口先是有点疑惑地接了过来，他抽出信袋里的一沓纸，一页一页地看起来，看着看着，他的眉头皱起来了。这是一份统计表，这份统计表是非常有说服力的，上边的每一个数字，都像是一颗炸弹！

过了大约有五分钟的时间，井口抬起头来，慎重地说："江小姐，这数字，是真实的？"

江雪说："确凿无疑。上边的每一个买主，都是留有电话号码的。你可以随时查询。"

接下去，江雪又说，"井口先生，中原是个有一亿人口的大省，它相当于一个中型的国家。如果讲效益的话，一个日销售额只有八台的商场，与一个日销售额五十八台的商场，能比吗？"

井口陷入了沉思，也许是巨大的利益，让他动摇了。久久，他抬起头来，说："江小姐，我决定了，推迟行程。明天，我想看看你们的商场，可以吗？"

江雪说："非常欢迎。"可是，当她要站起来的时候，她却站不起来了，她的腿已僵得走不动路了。

六

邹志刚从来也没有像今天这样兴奋。

举行签字仪式的会议室，在昨天晚上就已经派人布置好了。会议室里摆满了花篮和绿色植物，显得生机盎然。铺有红绒台布的会议桌上，摆放着湿巾和各样的水果、饮料。在正中心主要位置的台面上，摊放着两个烫金合同签约本（一为中文，一为日文）和两支金笔。这次签约，邹志刚特意请来了市商业局的领导。为了显得郑重，他还专门从大学里找来了一位（基本上没什么用的）日语翻译。

上午九点钟，市商业局的两位领导已经到了。邹志刚一边陪着领导说话，一边派人去请井口先生。他对两位局长说，签字仪式本来是十点钟开始的，领导已经来了，那就马上开始。不过，两位领导一定要留下吃饭。两位领导都点头说好。

可是，去请井口的人很久没有回来。邹志刚一开始并不着急，他说可能是昨晚多喝了几杯，再等等吧。两位领导也说不慌不慌。就继续说着闲话。

等邹志刚再看表的时候，已经快十点钟了。这时候他才有些慌了，下意识里竟出现了朦朦胧胧的"糟糕"的念头。他不敢往下想了，立刻走出会议室，准备亲自去看看，也就在这时，去请井口的人终于回来了。他们跑得满头大汗，说井井井、井口不见了！

邹志刚顿时大发雷霆："你们都是干什么吃的?！找啊，还不快去找！问问黑井茶社的人，他到哪儿去了?"

立时，万花商场的人就像是没头苍蝇似的，四下乱窜。

一直到了快十一点的时候，万花的工作人员才咚咚地跑上来，说来了来了，井口先生来了！

这一次，井口是真的来了。他是一个人上来的。见了邹志刚，没等他发问，井口先是深深地弯下腰去，连着给邹志刚鞠了三个九十度的躬，而后说："邹先生，我是来向你谢罪的。"

邹志刚听了，脑子里轰的一声，他都有些结巴了："谢、谢什么罪?"

井口再一次深深鞠躬，说："对不起了，刚刚接到总部来电，关于中原的代理权，上峰指示我跟金色阳光签约。所以，咱们的口头协议，只有取消了。对此，我非常抱歉。不过，以后，咱们在别的方面，还是、可以合作的。我一定，争取。"

一时，邹志刚目瞪口呆！他一下子变得非常失态，他猛地揪了一下脖子上的大红领带，大声吼道："你们，你们日本人怎么这样？这、这叫什么事？你你你，不都考察过了吗？你你你，早干什么去了?!"

井口再一次深深行礼，接着，他从衣兜里掏出二百美元，放在了会议室门口的一张桌子上。而后，弓着身子，连声说：对不起，对不起。——扭头走了。

这时候，商业局的领导也从会议室里走出来，一看这情形，什么都明白了。只听寥局长鼻子里哼了一声，说："你这个老邹，怎么这样干？胡来嘛!"说着，也悻悻地下楼去了。

邹志刚像个傻瓜似的立在那里，他的脸整个是紫的，酱紫，像压瘪的茄子一样。任谁也想不到，这时候，他心里最恨的只有一个人：

——苗青青。

第九章

一

邹志刚几乎要气疯了！

煮熟的鸭子，居然飞了！一桩精心策划、几经周折、有可能改变万花局面的大宗生意，竟在最后一刻，被人撬掉了！他能不生气吗？他气得两眼冒血。

再说，这事也太窝囊。如此重要的商业机密，是什么时候泄露出去的，又是怎么泄露出去的，他当然要查了，必查。特别使他疑惑不解的是，对方究竟使用了什么样的撒手锏，竟在如此短的时间内，说撬就给撬走了？

他本想开一个全商场的职工大会，动员人们互相揭发。可他又担心，消息一旦透漏出去，反而打草惊蛇，那就什么都问不出来了。由于知道这事的人很少，于是，他把所有参与的人都作为怀疑对象，像过筛子一样在脑海里滤了一遍。而后，第一个目标，自然锁定在跑供销的"杨八两"身上。这位绰号"八两不醉"的老杨，分明就是个高阳酒徒。他嗜酒如命，一喝舌头就大。但他好酒好友，人脉极广，最初的线索，也是他提供的。如果不是这样，邹志刚是不会让他参与的。可他，却又偏偏是最可能坏事的一个人。

邹志刚经过再三考虑，把他召到了自己的办公室。而后，足足看了他整整五分钟，一句话也没有说。

杨八两一身肉，可那身肉给看毛了，绷得紧紧的，只觉得手脚都放得不是地方。他站在那里，结结巴巴地说："邹邹总，你、你找我、我？"

邹志刚很含蓄地说："老杨，出了这么大的事，你不想给我说点啥？"

杨八两立时慌了，他发誓赌咒说："邹总，天地良心啊！我把心扒出来你看看吧？"

邹志刚说："老杨，你不要再说了。这件事，我门儿清。谁参与的，怎么做的，我全知道。我把你找来，就是想给你交交心。客观地说，事已至此，我也没想追究谁的责任。可教训，还是要总结的。"

杨八两知道，这件事是说不得的。只要张了嘴，往下，就有你的好看了，所以，他仍然发誓赌咒，一遍一遍拍着胸脯说："邹总，我可不是有意推卸责任，这里边可真没我什么事。我要是有半句假话，天打五雷轰！"

邹志刚说："老杨，我再重复一遍，我不追究责任，只是总结教训。你不要污辱我的智慧，也不要说你什么都不知道。"邹志刚一拍桌子，"我已经与井口先生通过电话了。你要再这样说，你，可以走人了。"

杨八两怵了。他站在那里，眼珠子骨碌碌地转着，他不清楚邹志刚到底知道些什么，可他也不敢把喝酒时给人说的话全端出来。他也像筛沙子似的，把该说的和不该说的在心里滤了一遍又一遍，这才吞吞吐吐地说："邹总，要说错，我，我也不是没有一点。我是有错。"

邹志刚翻他一眼："说说，错在哪里？"

杨八两小心翼翼地说："你也知道，我这人贪杯，好喝二两，可我贪杯，从没误过事。只、只是有件事，我忘告诉你了。"

邹志刚轻轻地吐了一个字："说。"

杨八两说："那天晚上，就那天晚上，你们走后，我结的账，晚走了一会儿，加上我、我喝得稍稍高了点，在街头上买了包烟，耽搁了一会儿。所以，看见了一个，'情况'。我，后悔，没有及时，报告。"

邹志刚说："啥情况？"

杨八两擦了一下头上的汗，说："那天晚上，十、十点多一点，我看见有个女子，上、上去了。"

邹志刚说："她是谁？上哪儿去了？说清楚。"

杨八两说："我其实也没看多清，我估摸着，像是她。她是金色阳光的副总，也是管供销的，一小女子，哧溜一下，进了黑井茶社。"

邹志刚"哼"了一声，用嘲讽的语气说："不是老鼠吧？还哧溜。"

杨八两低声下气地说："我也是……打个比喻。"

邹志刚彻底明白了。他没想到，他这么一诈，还真把他"诈"出来了。说实话，他并没有给井口打电话，就是打了电话，井口这王八蛋也不会告诉他什么。可他的确是打了电话，他把电话打给了北京的一个同学，让他侧面给问一问。结果，问出了一个信息。同学说，人家说了，一个日销八台和五十八台的，能比吗？就这一句，他知道，出卖全盘计划的，就是这个"大舌头"。他知道这样的事，杨八两肯定不供，他不敢承认。可他，仍然平心静气地问："你还看见什么了？"

杨八两说："别的？别的就没什么了。要说错，这是我的错。"他说着，心里还有些小得意。他心里说，我多少得认一点错。我只要承认一点"芝麻"，那"西瓜"的事，就与我无干了。

纵然是恨到了咬牙的程度，邹志刚仍不愿直接面对。他做人的风格就是：永远不直接面对。邹志刚两手按着太阳穴，闭着两眼，很久不说一句话。过了一会儿，他才轻轻地说了一句："——去吧。"

等杨八两走后，邹志刚抓起一个茶杯，"啪"的一声，愤然地摔在了地上。他在办公室里咬牙切齿地说："妈的，吃里爬外的家伙。等着吧，我治死你！"在心里，他已经把这家伙开除一百次了！不过，他必须得另找一个机会了。

查出了"内鬼"，邹志刚却更加痛恨那个苗青青。那天晚上，要不是苗青青那个电话，他肯定会陪井口多坐一会儿，跟他聊聊天。要是那样的话，这事就不会发生了。他后悔呀！他心里说，女人是祸水，一点也不假呀！就这么懊悔着，反思着，他脑海里突然跑出了那个词"哧溜"，正是杨八两形容的那个"哧溜"陡然间启发了他，给了他一个黄色的灵感。于是，又一个计划，在他脑海里酝酿成熟了。

事不宜迟，于是，他立即找出放在抽屉里的一摞子名片，把它们倒在桌上，一个个找，终于找到了省报闻记者的名片。他知道，这次不能再用苗青青了。不但不能用，还要断然隔离，彻底封锁消息，再不能跟她见面了。

拨电话的时候，他又愤愤地骂了一句：妈的，太欺负人了，凭什么！

二

金色阳光取得的巨大成功，使整个商场上上下下喜气洋洋。

可就在这时，任秋风突然接到了一个电话，这个电话是商业局的寥局长亲自打来的。局长在电话里拍着桌子训道："你这个任秋风，傲得没边了！怎么搞的?！嗯，太不像话了，窝里烂吗?！——你马上到我这儿来一趟！"

接了电话，任秋风有点丈二和尚摸不着头脑。他想，怎么了？出什么事了？怎么就窝里烂了？可是，他已顾不上多考虑什么了，既然局长让去，他骑上车子就往市政府去了。

进了局长办公室，局长看都没看他一眼，只是沉着脸，"啪"一下，把一沓打印好的文字材料拍在了桌子角上，说："你看看吧。"

任秋风走上前去，默默地拿起那份稿子，只看了一眼，他就明白了。那文章的标题是《夜幕下的恶意竞争》，文章是一位省报记者写的，署名：问天。任秋风就站在那里，一字一字地把那篇文章看完，而后抬起头来，望着寥局长，深深地吸了一口气，等待发落。

寥局长当然很生气，他拍着桌子说："你是怎么搞的？做事要光明磊落！啊？——你说，文章都写出来了。这个章，我是盖是不盖？"

任秋风赶忙说："寥局长，这篇文章不能发表。章，你不能给他盖。这里边有不实之词。"

寥局长是个急脾气，他再次敲桌子说："任秋风，我对你是很赏识的，这你也知道。可，你看看你干这事！你说说，哪里有不实词？从头到尾，人家写得很客观嘛。人家闻记者说了，他可以负法律责任。你让我怎么办？"

任秋风恳切地说："局长，这文章千万不能发。要是对我个人，怎么说都行，骂几句也没什么。可这篇文章虽然表面上'客观'，实际上使用的是'春秋笔法'。你看，这里边使用的句子，什么'夜半时分'，什么'哧溜一下'，什么'钻进了井口先生的房间'，具体负责这事的江雪，才二十多岁，还是个姑娘！这样写，比杀她还难受。这会让人产生很多下流的联想，造成不良的社会影响。叫我看，这才是恶意的。"

寥局长看了他一眼，说："不简单啊，还知道什么叫'春秋笔法'，社会影响。哼，可你早干什么去了？！"

任秋风站在那里，心里斟酌了一下，说："这件事，虽然是江雪办的，但是我一手布置的，我负主要责任。寥局，我这么给你说吧，竞争是有的，但绝不像文章里写的那样龌龊！这一点，我可以拿我的名誉担保。其一，当晚，江雪找到黑井茶社的时候是十点钟，这，她给我汇报过。绝不是什么'夜半时分'！其二，她是堂堂正正以一个副总的身份走进黑井茶社，绝不像文章里写的，什么'哧溜一下'那么下作。其三，对一个日本客户，进门前，江雪是敲了门的，是得到允许后才进去谈判的，绝不是什么'钻进'，这是污辱人！寥局长，这事关国格、商格、人格，我不能不说呀！寥局，你说，这样的稿子，能发吗？"

寥局长听了他的话，感到问题确实严重。另外，江雪来局里开过会，他见过她。对江雪这样一个能干的姑娘，他也是有同情心的，他也怕出事。于是，他沉吟片刻，毫不客气地指示说："这样吧，这个字，我可以不签。章，也不给他盖。但是，这一屁股屎，由你来擦！怎么处理，是你的事，你要给我擦干净！我只有一条要求，一定要处理好，不能留后遗症。你说得对，事关民族感情、国家利益，绝不能马虎。再惹出什么乱子，我唯你是问！"

任秋风连连点头说："谢谢局长，谢谢局长关心。你放心，我一定处理好，绝不给你添麻烦。"

寥局长听他这么说，态度缓和了些，说："秋风啊，你可要注意。省报的这个闻记者，可是神通广大。这里不让发，保不定他在外边发，那样的话，顶风臭十里，影响可就更大了。你可一定要慎重对待。"接着，他把那份稿子递给任秋风，"你拿去吧，好好给人家说说。"

任秋风赶忙接在手里，再次保证："寥局，你放心吧，我会的。我一定认真对待。"

出了寥局长办公室，任秋风这才擦了一下头上的汗。他重新骑上车子，一边往回赶，一边想着"擦屁股的事"。他当然知道，这样卑鄙的事，肯定是邹志刚干的。可这中间，却又牵涉着一个省报的记者，这就使他不得不慎重再慎重，他必须得考虑一个万全之策。

三

这天中午，任秋风突然来到了斜对面的东方商厦。

进了商厦后，他没让任何人通报，而是一直在徐玉英的办公室外边站着，等她把事情处理完了，其他的人都走了，这才轻轻地敲了敲门。徐玉英说："进来。"

这时，他才推门走进去，说："徐总，您忙着呢。"

徐玉英抬头一看，是他，面上有点冷，东方商厦如今跟人家是没法比了，可还算客气地说："是任总，哪阵风把你刮来了？"

任秋风说："我有点事，想跟徐总商量一下。"

徐玉英这才说："哎呀，你打个电话就行了，还专门跑一趟？坐，快坐。"

任秋风在她对面的沙发上坐下来，很诚恳地说："徐总啊，有点事，希望你能帮我一下。"

徐玉英说："反话吧？如今，你可是大名人了！我能帮你什么？"

任秋风说："你可能知道，最近，我们跟日本一家公司签了约，获得了中南五省的销售代理权。在电器方面，我这边经验不足，你看，咱们联合经营怎么样？"

徐玉英愣住了。最近一个时期，电视机是热销品，尤其是日本货，更是抢手。徐玉英有些不明白了，干商业的，哪有拱手相让的道理？这里边是不是有诈？于是，她说："这就不必了吧？"

任秋风说："徐总，我没有别的意思。东方商厦，最早就是经营电器的。在这方面，你们是内行。日本电视机，标号都是日文，有些代码，这边的营业员不大懂，所以，我希望咱们联合经营。"

徐玉英见他说得恳切，就问："说说你的条件？"

任秋风想了想，说："这样，你派两个懂行的，去给她们讲讲代码、符号，讲个一半天儿，就行。"

徐玉英是个痛快人，问得直接："代理费呢？你扣多少？"

任秋风说："咱们是联合经营，我这边一分不扣。"

徐玉英一拍桌子，说："痛快！任总，我就服你这样的。"说着，她站起身来，快步走到任秋风跟前，"老弟，大气呀！"

任秋风也站起身来，说："徐总，那就这样说——定了？"

徐玉英说："定了。我马上就派人去。"说着，她又试探性地问，"老邹那边，你也说了？"

任秋风淡淡地说："徐大姐呀，有件事，可以说是我个人的私事、丑事。本来，是不足与外人道的。可是老大姐，你问我，我要不说，你会以为我小气。这样给你说吧，我们之间，有些过节。"

女人，是最愿意听别人的隐私的。徐玉英马上说："咦，你跟他还有过节？我咋不知道？你们之间？说说，我绝不外传。"

任秋风长长地叹了口气，说："大姐呀，我在部队的时候，他，跟我妻子好上了。感情这东西，我不勉强。可共事，就有点那么……"任秋风说着，摇摇头，沉默了。

对男女关系的事，徐玉英是最听不得的。她一听，拍着桌子吼道："他混蛋！这个王八蛋，禽兽不如！见了面，我非骂他不行，这是品质问题！哦，我说呢，这人办起事来，鸡肠小肚的，果然事出有因。"

任秋风说："大姐呀，这个话，本该是烂在肚里的。这是个人的事，丢人事。可见了你，我还是说了。"

徐玉英这人热心肠，一旦有人给她交了心，那她就是你的亲姐姐了。此刻，她拍着胸脯说："不说他了。老弟，从今往后，你够意思，我也够意思。老姐姐我说话算数。今后有什么事，你给大姐说。你放心，他要敢尥蹶，窝里烂，我就敢当面指着鼻子骂他！什么东西！"

往下，任秋风这才讲了"电视机风波"的前因后果。最后，他说："大姐，在这个三角地带，咱们三家商场，再不要搞恶意竞争了，对此，我可以做出保证。实话对你说，大姐，我的目标，是外省外地。我的主导思想是，和气生财。有什么事，都是可以坐下来谈的，不要走下三路。"

徐玉英听了，当然很吃惊！她又骂了一句："这龟孙，真不要脸！我同意廖局长的意见，这文章坚决不能发！江雪那姑娘，多好！他就这样臭人家呀？要叫我，非撕了他不行！这样，我把他约出来，当面锣对面鼓敲敲他，叫他撤稿！他要敢说一个'不'字，不用你说，你大姐我就公开整治他！"

任秋风说："本来，跟这个人，我是绝不合作的。可话说到这里，为了江雪的名誉不受损害，我可以再让一步。合同虽然是这边签的，这块'蛋糕'，三家各切一块，都可以卖。我不会再退了，这就是我的底线。"

徐玉英十分钦佩地说："老弟，你已仁至义尽，看我的吧。"

任秋风从东方商厦回来，一分钟都没停，连口水都没顾上喝，又立刻把江雪找来谈话。江雪当然还蒙在鼓里。他迟疑着，要不要把这件事告诉她。

可是，等江雪进了门，他是先表扬的。他对江雪说："跟日本人签合同这件事，你干得特别漂亮。你给我说说，你是怎样把代理权拿过来的？"

江雪很含蓄地笑了笑，说："是花了些功夫。"

任秋风说："还瞒我？"

江雪知道，对任秋风，她必须坦白。对他这样一个高智商的人，越直接效果越好。于是她说："那倒不是，是有撒手锏。两条：一、他把我当成了日本人，或者说是有日本血统的人。可我不是。我只是偶尔在报上看到了一篇文章，顺势就用上了。二、我让人搞到了对方的日销售额统计表。这样一比较，任何人都会做出正确选择的。"

任秋风望着她，沉吟片刻，说："路子邪了一点，偶尔为之，也无不可。不过，我还是要说，干得漂亮！"人的内心深处，总有些别人看不到的东西。对邹志刚，任秋风心里是划着一道痕的，那痕很深很深……可他又说，"江雪，我再一次告诫你，此事，只能偶尔为之。一流商场，是不走下三路的！"

江雪轻轻地说："知道了。"

接着，任秋风说："电视机的销售，我跟东方商厦的徐总谈好了，咱共同经营。货，你让他们来提就是了。"

江雪脸一寒，说："任总？！"

任秋风摆摆手："这件事，我已经决定了。你不要再说了。"

江雪逼了一句："那，代理费是多少？"

任秋风说："一分不要。"

江雪很坚决地说："那不行。凭什么？"

任秋风说："经商跟做人是一样的，气魄要大一点，心胸要宽一些，明白吗？"

江雪不语。

任秋风站起身来，在屋子里走了几步，说："怎么，你不同意？"

江雪倔倔地说："任总，你说过，经商，不是搞慈善事业。我不明白，你这是为什么？"

任秋风转过身来，淡淡地说："实话告诉你，这样做，对我来说，是违心的。有些事，我本来不打算告诉你。可你这么固执，是逼着哑巴说话呀！好吧。"他回到办公桌前，说，"这里有一篇文章，你看看吧。"

江雪根本没在意，说："啥文章？"

任秋风叹一声说："江雪呀，虽然说你技高一筹，干得漂亮，可你毕竟是撬了人家的生意。你想过没有，对方会恼羞成怒，会对你下手？"

江雪一惊："凭什么？他是黑社会？！"

任秋风说："黑社会倒说不上。可那手段，比黑社会还卑劣。"说着，他从文件夹里拿出那份稿子，说，"看看吧。这篇文章，他们用心险恶，是要在报上发表的。"

江雪到底年轻，她接过稿子，粗粗看了两眼。开初，她好像也没看出什么，小声嘟哝说："登就登，谁怕谁呀。"

任秋风厉声说："坐下，再给我认真看一遍。"

江雪这才坐下来，认真地看了一遍。看着看着，她的脸红了，说："下三烂，太卑鄙了！根本就不是这么回事。"

任秋风说："明白了吧？流言是可以杀人的。这文章，表面上看，没什么。可毁掉一个人的名誉，却易如反掌！什么也不要说了，你现在就跟我走，去找那个记者去。路上我再给你解释。"

四

省城《晨报》闻记者的傲慢，也是一般人想象不到的。

当天下午，当任秋风带着江雪赶到《晨报》报社的时候，这位闻记者竟然让他们在门外整整等了四个小时！

他们当然不知道，这位闻记者，在省内也是个响当当的人物。大凡响当当的人物，都是有个性的，或者说是性格上有些毛病的。闻记者在业余时间写点杂文，笔是很锋利的，是刀刀见血的。有了这支笔，他的傲慢，就成性格特征了。

初次见面，经一小伙子的指引，推开门的时候，他们看到的是一个梳着大背头的人。这人的穿着很不讲究，脖领子油汪汪的，却把身子斜霸在藤椅靠处，穿着一双破皮鞋的双脚交叉着戳在办公桌上，就那么摇晃着，脸上是一个长长的有机玻璃烟嘴，那烟嘴冲着天，吐着一圈一圈的烟雾。这位闻记者，见有人进来了，身子未动，只在吞云吐雾的间歇问一句："——找谁？"

任秋风说："请问，您就是闻记者吧？"

闻记者身子仍然未动，却有些不耐烦地说："什么事？说。"

任秋风说："我们来给您反映点情况。"

闻记者很干脆，他把烟灰一弹，说："反映情况？出门向左，找信访处。"说完，仍继续吞云吐雾。

任秋风说："这事跟您有关，我们必须找您。"

"找我？"闻记者先是把交叉着的两只脚收回来，而后却又更舒服地伸开去，"叭、叭"两只皮鞋重新落在办公桌上，仍是半仰半躺地弄出一个更舒服的姿势，脸都不扭。

这时，江雪耐不住性子了，说："对，就找你。"

闻记者听到一位女士的声音，这才扭了扭脸，闷闷地说："找我是吧？那你们等着吧，我正赶一篇稿子。要不，明天吧，明天。"

江雪刚要说什么，任秋风扯了她一下，说："那好，我们在外边等你。"说完，拉上江雪退出来了。

可就这么一等，整整让他们在过道里等了四个小时。等到八点钟的时候，天已黑透了，整个报社的人也几乎走光了。这时候，江雪耐不住性子了，她是替任秋风难受，说："任总，咱不等了。豁出去，让他登去，随便！"

任秋风也不解释，只说了一个字："等。"

一直等到当晚十点钟的时候，那个门开了，先是烟雾腾腾的，而后，这位闻记者伸着懒腰，像个病猫似的从屋子里走出来。当看到他们两个人的时候，他很吃惊地说："哎，你们，怎么还没走啊？"

任秋风说："你不让等吗，我们一直在等。"

到了这时候，闻记者脸上才有了一丝不好意思的表情，说："你们，还、真等啊。"说着，他这才重新打量了二人，点点头说，"我的确是赶一篇稿子。好吧，进来吧。有话快说，我只给你们十分钟的时间。"

两人进门后，任秋风先递上自己的名片，而后又拿出那篇稿子的复印件放在桌上，说："闻记者，这篇文章是您写的吧？"

闻记者看了一眼，大咧咧地说："不错，这稿子是我写的。怎么了？"

任秋风说："我们认为，这篇文章有不实之词，与实际情况有很大出入。所以，想给你反映……"

闻记者没等他把话说完，就十分傲慢地说："什么不实之词？我告诉你，这是我本人，亲自采访的。这篇文章，谁说也不行，必登！里边的一个标点符号都不能动！"

任秋风仍然耐着性子说："闻记者，你听我把话……"

可这姓闻的根本不容他多说，他把手里的烟嘴一横，再一次打断他说：

"我送你四个字：文责自负。这稿子是我写的。我的笔名：问天。你要认为有不实之词，废什么话，告我去吧！"

任秋风看越说越僵，便深吸了一口气，再次郑重地说："闻记者，我们之所以来，是出于对你的尊重。我们以为，你是一个正直的人。所以，我们想给你反映一下情况，也只占用你十分钟时间。我们讲了之后，你如果坚持要发，那是你的事。至于诉诸法律，那是下一步。"说着说着，任秋风的口气也硬起来了。

这时候，闻记者愣了一下，用自嘲的、很刻薄的口吻说："我正直吗？一个爬格子的虫，蚯蚓一般活着，谈不上正直不正直。"

此刻，任秋风见是个机会，马上说："江雪，你把当时的实际情况一五一十地告诉闻记者，不要漏掉一个细节。要实事求是，不夸大也不缩小，是什么就说什么。——说吧。"

现在，江雪终于认识到问题的严重性了。于是，她调动了所有的心智，轻轻地，就像羽毛一样地，尽量不刺激人的神经，却又很清晰、生动地把话送进了对方的耳朵。她如何从一百六十八家宾馆查起；如何在寒风中一家一家地寻访井口先生；找到后又是如何说服他的……一件一件说得声情并茂，真挚感人。（只有一点，拿到对方报表的事，她隐瞒了。）

听了江雪的陈述，一向自负的闻记者陷入了长久的沉思……他觉得，这件事的确是有些莽撞了。当初，邹志刚找他的时候，是出于义愤，是打抱不平，他是有正义感的。可现在，问题复杂化了，人家找上门来了，且有理有据。可那边呢，说白了，是吃了、喝了、洗了、按了，而且还拿了人家的润笔费。这怎么办呢？

任秋风看他犹豫了，接着说："闻记者，竞争是有，但无恶意。这件事，我已向主管商贸的皇甫副市长、寥局长做了汇报，他们都不同意发表这篇文章。况且，文章一旦发表，是要负法律责任的。"

闻记者白了任秋风一眼，那意思是：你别拿上头压我，我也不是吓大的！

我什么样的人没见过？什么样的事没经过？肉，从任何一个地方割，都是烂的！紧接着，他动了一下身子，漫不经心地说："我这篇文章，很客观嘛。也就是对不正当竞争发表一些看法。对事不对人，抨击一下社会上的不正之风。仅此！哼，他说不发就不发了？我实话告诉你，东方不亮西方亮，我的文章，全国任何一家报纸都可以发！"

这时，任秋风突然说："江雪，你出去一下，让我跟闻记者单独谈谈。"

江雪看了任秋风一眼，迟疑了一下，还是走出去了。

等门关上后，任秋风问："闻记者，你有女儿吗？"

冷不防地，被问了这么一句，闻记者下意识地跟着他的话说："有啊。怎么了？"

任秋风说："那，往下，我可要跟你打官司了。明天，我就写个诉状，告你诽谤。从你文章登出来的那天起，我将把官司从市里跟你打到省里，从省里打到中央，一直打到胜诉的那一天。另外，明天，我就去找你们总编，而后再找新闻出版局。我要一个一个找，一级一级地找，我要让所有的人知道，你这个人，品质是很恶劣的！你知道我为什么要这样做吗？因为，你也是有女儿的。假如说你女儿光明正大地做了一件事情，晚上去见了一个人。我要写篇文章，说你女儿'在夜半时分'，'哧溜一下'，'钻进'了某个日本男人的房间……不知你这个做父亲的，做何感想？这就是一个父亲的客观？在我们没有向你反映真实情况之前，你可以说是出于正义，是受了人家的骗。但你知道真相之后，再这样做，那我就理解为，你是下作、低级，你不配做一个父亲！所以，我要告你！"

此时此刻，闻记者被这一顿排炮打得有点蒙。他愣愣地望着任秋风。可他仍不打算认输，他嘴上说："好，好，你告，你去告。我不信，你们做事，就那么干净？"可他说话的语气，已明显有了变化。

任秋风说："我当然要告。我还告诉你，一旦造成不良影响，江雪出了什么问题，假如她自杀了，跳楼了，那么，你将为你这篇'春秋笔法'付出一生的代价。我们也将以恶治恶，以牙还牙！"

闻记者呼一下坐了起来，说："你，威胁我？"

任秋风说："不是威胁，这是我必须做的。我必须保护一个姑娘的清白。而且她本来就是清白的，医学手段可以证明这一点。我说了，我要集我全商场之力，不惜任何代价，跟你打这场官司！我也告诉你，官司一旦开打，你必败。你信不信？"

闻记者的确还没碰到过这么强硬的对手，任秋风话里的"话"，他全听明白了，他开始喝水，不停地喝水。久久，他说："我实话告诉你，这些材料，是万花的邹志刚提供的。你想怎么告怎么告，你要告，也告不着我。"

任秋风说："我们会连他一块儿告。可文章是你写的。你刚才也说了，文、责、自负！"

闻记者自觉一世英名，他当然不想陷在一场官司里。况且，上边对他也是有些看法的。最近有几篇稿子，都大大小小地惹了一些麻烦。这次，万一出点什么事，他也真兜不起。于是，他突然一拍桌子，愤愤地说："这个老邹真操蛋！材料是他提供的，出了事他负责，我不负责。"

任秋风说："该说的，我都说了。闻记者，我们就等你一句话了。"

闻记者闷了一会儿，到了最后一刻，他仍然不愿意说软话，他只是说："这样，我得让姓邹的写一证言，证明他提供的一切属实。他要不写，我就不发。"

任秋风明白了。他说："他不会再找你了。"

闻记者明知故问："为什么？"

任秋风说："因为这不是事实。"

临走时，任秋风以和解的口气说："闻记者，不管怎么说，你还是有正义感的。顺便问一句，你女儿多大了？"

闻记者说："十八，怎么了？"

任秋风说："十八的姑娘一枝花，你真幸福啊。"

闻记者心里窝囊，嘴里嘟哝说："幸福？不就一爬格虫嘛。"

任秋风说："你看，你一家两个女性，妻子、女儿，就是两朵花。一个男人，身边有两朵花，多好。一个随着年龄，慢慢开败了；又一朵，又慢慢开起来了，这是男人最大的幸福啊！"

闻记者悻悻地说："这个理论，我还是第一次听说。"

五

夜深了。

任秋风和江雪一前一后在马路上走着。先前，由于耗费了那么多的气力，任秋风累了，不想说话，江雪也不说话，就默默走。

城市的夜是很暧昧的。也许是已近岁末的缘故，马路上仍然跑着很多小轿车，于是，各种各样的灯交相辉映，喇叭声和歌厅的音乐杂合在一起，就像是用颜色熬成的粥，纷乱、多彩，是一片朦胧的灿烂。多么亮堂的夜！到处都是灯，光在四下里舞着，这几乎是一个灯的海洋。可你却什么也看不清，你所知道的，也都是一些表象。那些南来北往的车里，坐的是谁？那歌厅里，坐的又是谁？那一格一格亮着灯光的窗子里，住的又是谁？这怕是永远无法知晓了。只有灯光是清晰的，可那光，你只能感觉它，却永远抓不住。

就这么漫不经心地走着，突然，任秋风的手机响了。他从兜里掏出电话，"喂"了一声，马上说："是徐大姐啊。这么晚你还没休息呢？太麻烦你了。"只听徐玉英在电话里说，大兄弟，放心吧，我已经把狗日的痛骂了一顿，摆平了。什么东西！我可不客气，我说，你只要敢让他登，我就跟老任联手治你，非把你整垮不可！我就是这样说的，他叨叨解释了半天。我不听他叨叨，我只要他撤稿。当然，我也说了你的好意，一块蛋糕三家分嘛，他还有啥屁放?! 任秋风听着电话，他看了看旁边的江雪，什么也没多说，只是连声说："谢谢，谢谢。"

心松下来了，任秋风这才瞥了江雪一眼，说："你冷吗?"

江雪说："不冷。"

任秋风说："饿了吧?"

江雪说："不饿。"

任秋风说："我可是饿了。找个地方，吃碗面吧。"

江雪说："行啊。我请你。"

任秋风开玩笑说："我堂堂一老总，连碗面都请不起呀?"

江雪说："你要不让我请，那我也不吃了。我不想吃。"

任秋风四下看了看，说："你要真不想吃，算了。我回去泡碗方便面，也热热乎乎的。去饭馆还得等，麻烦。"

两人又走了一段路，江雪终于说："任总……"

任秋风一摆手说："事已过去了，不要再说了，好好工作。"

不料，江雪却说："任总，我觉得，这件事，还有另一种处理方法。那就是让他登。等他登出来，再跟他打官司。然后，再把打官司的过程，也同样登出来。有一条你不必担心，我完全可以证明我的清白。这样，整个过程连续报道，比打什么样的广告都有用。"

任秋风站住了。他站在那里，怔怔地望着江雪，有很长时间，几乎不相信这话是从她嘴里说出来的。任秋风迟疑了一下，说："那样的话，你的压力太大。"

顿时，江雪眼里布满了蚂蚁，是那种闪着钢蓝色亮光的蚂蚁。她说："站在黑暗中的人，是没人看的，想看也看不到。只有站在高处，站在灯光下的人，才是让人看的。目标越大，看的人越多。我不怕看。"接着，她又说："只可惜，官司一打，对方也跟着沾光。不过，我还是感激你。我知道你是为我好。"

任秋风思考良久，摇摇头说："你很聪明。不过，代价太大了。一个人一旦背上了丑闻，会背一生的。"

江雪说："真正的丑闻，是不会大白于天下的。凡是讲出来的，就不是丑闻了。史书上的曹操，是丑闻吗？他那'老骥伏枥，志在千里，烈士暮年，壮心不已'的诗句，只有豪迈。"

任秋风听了，沉吟片刻，很勉强地说："我说过，我是不走下三路的。"

江雪默默地望着任秋风，眼里聚集了更多的蚂蚁，那些蚂蚁汪着一簇一簇的尖锐的湖蓝色的光芒，简直像火焰一样！此时此刻，她的感情是很复杂的。她没想到任秋风会这么卫护她，她像是还要说点什么，却被任秋风用目光阻止了。

然而，两人在十字路口上的谈话，在此后的日子里，还是在任秋风脑海里产生了影响。

○   ●

第十章

．．．．．．．．．．．．．．．．．．．．．．．．．．．．．．

一

近来，陶小桃心里隐隐有些不快。

这不快是针对江雪的。江雪当上副总后，开初，她还为老同学高兴。可是，没多久，江雪的口气就不一样了。动不动的，就说你要向我汇报工作。汇报就汇报呗，脸板着，就像谁欠她钱似的，一点笑容都没有。都是老同学，干吗呢？

这中间又发生了一件事，两人的心里，都因此生了嫌隙。是一个匿名男人惹下的祸。近段时间以来，每到星期六，总有人送玫瑰花来，一送九朵，用透明玻璃纸包着。花是通过保安转交的，也不留名，只说让他转交一个大眼睛的经理。前两次，小保安误以为是给江雪的，就送到江雪办公室去了。江雪问，是一戴眼镜的？保安说是，江雪也没说什么。到了第三次，保安才知道，他弄错了。那花是送给小陶的，按说，错就错了，可小保安不晓事，就把这话给江雪说了。江雪听了，勃然变色，说：你干的什么事？把花抱走！

第二天，江雪见了小陶，就叫住她说："小陶，你这样，很不好啊！"小陶说："怎么了？"江雪郑重地说："上班时间，谈情说爱的，影响不好。"小陶不高兴了，说："谁谈情说爱了？你把话说清楚。"江雪说："我也是为你好，希望你注意！"小陶说："我注意什么？你说清楚！"江雪说："有人往商场送花，你不知道？"小陶说："送花怎么了？我又没让他送。谁稀罕！"就这么言来语去的，话越说越多，不经意间，就伤自尊了。这在小陶心里，也许还不算什么。可对江雪来说，"谁稀罕"三个字，就伤她伤得太重了！

这天早上，陶小桃来得本不算太晚，至少还有七八分钟才上班呢。可是，当她跨上台阶的时候，突然发现几个保安正围着一个人推推搡搡地嚷着什么。她是公关部经理，这事是不能不管的。于是，她就下了台阶，朝西边的那几个保安走去。

保安围的人是李尚枝。保安是新聘的，并不认识李尚枝，见她在停车场的旁边拉了一道绳子，就跑上来干涉她。李尚枝不听，只管绑绳子，她说："我总得吃饭啊！"保安上去把她绑的绳子给拽了，于是他们推推搡搡地，就吵起来了。

小陶走上前来，说："住手。你们这是干什么？"几个保安忙说："陶经理，你看，她非要在这儿绑根绳子，说是看自行车。"小陶说："这是咱商场的李师傅，你们别管了，我来处理。"几个保安还是不走，他们怕受批评。小陶就对李尚枝说："李师傅，你这是……"李尚枝还是那句话："我总得吃饭啊。"

虽然已是初春了，天还是有些冷，小陶看李尚枝脖里围着一条旧围巾，鼻子冻得唏唏嗦嗦的，有些不忍，就对保安说："绑就绑吧。这事，没你们的责任，我直接去请示任总。"几个保安看她这样说，也就罢了。

然而，等小陶再登上台阶，走到大门口时，值勤的江雪把她拦住了，说："你迟到了。"小陶说："我没迟到。你没看见？我处理点事。"江雪说："规定是死的。按规定，没进这个门，就算迟到！"小陶生气了，说："好好，就算我迟到了。"江雪仍沉着脸说："迟到一次，罚款五十。这是警告性质的，下次注意！"

这时，围在门口的一些营业员都吓得伸了伸舌头。

　　小陶很委屈，很不痛快。可她没再说什么，进了门，就直接上楼去了。可是，怎么能这样呢？就算不是同学，就算原本不认识，可同一个单位的，你明明看见她来了，你哪怕叫她一声呢！可你就硬要记她迟到！这是干什么，杀鸡给猴看？

　　小陶虽然这样想了，可她还顾不上这些。当紧的是，她要找到任总，说说李尚枝的事。

　　小陶一气上了五楼，推门进了任秋风的办公室，说："任总，李尚枝的事，你要管一管。"

　　任秋风正在看报表，随口说："谁？"

　　小陶说："李尚枝，就是商场的那个劳模。她在大门西边绑了根绳子，要在那儿看自行车。保安不让，吵起来了。"

　　任秋风怔了一下，接着他用力地拍了一下脑袋，说："嗨，我怎么把她给忘了？这这这，太不应该了。前一段是忙昏了头了。这样，我马上处理。"说着，他把手里的报表收在一起，放在了文件夹里，又问："小陶，江雪当了副总，你觉得咋样？"

　　小陶迟疑了一下，支吾说："没……没啥呀。"

　　任秋风说："下边呢，有什么反应？"

　　小陶说："好像，也没，听到什么。"

　　任秋风直言说："上官有些想法，我已经给她谈了。你呢，我没有找，主要是看你心地善良，为人宽厚。其实，你们几个干得都不错。江雪身上有股狠劲，但她也有缺点，咱用的就是她那股狠劲。"

　　小陶不想提江雪，就说："任总，李尚枝的事？"

　　任秋风说："你去吧。我一会儿就下去，亲自找她谈。这事都怪我，太对不住人家了。"

　　小陶见他这么说，就下楼去了。不料，在三楼的拐弯处，她又碰上了江雪，江雪正在那儿等着她呢。江雪一见她，就问："你跟任总说了？"小陶没好气地说："说什么？我说的是李尚枝的事。"江雪说："罚款的事，我也是没有办法，你别计较。那钱，我替你出了。"小陶说："那倒不用。江雪，我有一点不明白，你明明看见我来了，为啥还要这样呢？"江雪突然小声说："小陶，你就帮姐姐一次吧。我这副总，有人不服，我也是想拿这事镇一镇。"小陶就是这样，心善，耳根子软，从来都是把人往好处想。听她这么说，一下子就释然了。她说："行了，只要你当得顺顺当当的，罚我就罚我吧。"江雪说："你不生气了？"小陶说："我生你什么气？一个屋住那么多年，我要生你的气，早就气死了。"江雪说："老妹儿，我要再批评你，你别当回事，咱俩是心里近。"小陶说："好好，我知道了。"

小陶是个很明朗的人。她心里是从来不存事的，既然江雪这样说了，她心里的那点疙瘩也就完全解开了。两人分手后，她心里一高兴，居然哼起歌来了。她一弹一弹地走着，嘴里小声哼着：你不曾见过我，我不曾见过你，年轻的朋友一见面，比什么都快乐……

江雪默默地望着她，不知怎的，她突然有些嫉妒：她怎么就、那么单纯？怎么就、那么快乐？怎么就、那样容易相信人？但这会儿，那歌就像钢丝一样，一束一束地扎在她的心上！

就在这时，任秋风从楼上下来了。江雪拦住他说："任总，有个事给你说一下。"

任秋风说："啥事，说吧。"

江雪说："陶小桃迟到了十分钟。你看，罚不罚？"

任秋风说："罚，当然罚。就是我迟到了，也要罚。不但罚，还要在会上公开点名批评！"

江雪说："那好。我本来想替她垫上。"

任秋风批评说："垫什么？这个人情是不能讲的，要严肃纪律。"

二

李尚枝圈下的那个绳圈里，已扎下两辆自行车了。

李尚枝站在那里，她头上的围巾松了，露出了一些花白的头发，脸上的纹路也渐显岁月的印痕，有很多不顺心的日子就在那印痕里一道一道网着。她手里袖着一个花布做的兜兜，那兜里装的是她夜里用硬纸盒剪的、上边写有号码的车牌。

初春的阳光照在她身上，照得她两眼细眯着，却还是有点冷。那阳光，离她还是太远了。于是，她在那个用绳圈起来的一块地方，来来回回地走动着。当有人走来的时候，她还是像练习时一样地笑一笑，只是她的牙不够了。

任秋风从台阶上走下来，远远地，他望见那里站着个系方格围巾、有点憔悴的女人。他匆匆走过去，站定了，说："李大姐，真对不起，前一段太忙，说要去看你的，一直没有去。"

李尚枝说："你忙你的。你忙你的。"她说着，该挂牌挂牌，该交车交车，也不看他。

任秋风再次说："大姐，我郑重地给你道歉。前一段实在是太忙。我说话是算数的，我现在正式通知你，回来上班吧。"

李尚枝扭过身去，一边给人挂牌，一边自言自语地说："我原想着，我就是树。可我不是树，我只是树叶，树叶一落，就跟树没关系了。"

任秋风说："大姐，我知道你有意见。"

李尚枝说："我没意见。我能有啥意见。我只怪我命不好。"

这时，有一个取车的来了。这女人从皮夹里掏出十块钱递过来，李尚枝说："有零钱吗？我没钱找你。"那人说，"没有。你看，我没带零钱。"李尚枝说，"没有就算了，你走吧。"那人说，"谢了，下次吧。"

任秋风就追着她说："大姐，上班吧。我已经安排好了，让你管仓库。你心细，会管好的。"

可李尚枝仍自言自语地说："我这人，就是命不好。小时候，正长个儿呢，碰上了三年困难时期，腰细得一把粗，饿得哇哇叫。再长长，快该上中学了，又碰上了'文化大革命'，字也没认几个。再后来，又是上山下乡，一去八年，整天想着炼一颗红心呢，牙碰掉了几颗，心还没炼好，这就又回来了。谈恋爱吧，都快三十的人了，一脸的树皮，谁要呢？好不容易找一主儿，又赶上了计划生育。计划就计划吧，这还没过几天安生日子呢，就又赶上下岗了。想想，这糟心事，一事一事全都让我赶上了。我咋就这么背呢?！"

任秋风听了她的话，心里也不好受，追着她说："大姐，上班吧。我知道，你不容易。我说了，你是劳模，谁不安排，你也要安排。"

这时，李尚枝转过身来，正对着他说："我最怕人家说我是劳模。这会儿，这劳模就跟那流氓无赖一样，算是讹住你们了。"

任秋风说："怎么能这样说呢？这样说是不对的。大姐，你是给国家做过贡献的。"

李尚枝叹一声，说："算了，任总，我认命了。"

任秋风说："大姐，你看，天这么冷，你在这儿站着，多不好。还是上班吧。"

李尚枝却很执拗。老实人，要是钻在了牛角尖里，是很难出来的。她倔倔地说："上班？我也想上。可下岗的，也不光我一个人，你能都让她们回去？"

任秋风说："这个，坦白地说，我做不到。"

李尚枝说："这不结了。光我一个人回去，人家还是会捣脊梁骨。那'劳模'的名号，就真成了无赖了！算了，你也别费这个心了。我知道你忙。你能把商场重新搞起来，搞这么红火，也不容易。"

说着说着，任秋风有些不耐烦了："大姐，你怎么——不听劝呢?"

李尚枝说："你看，我胆小，你也别吓我。"

任秋风说话的声音重了："大姐，你也没想想，你在这大门外扯一绳，让外人看见，会怎么说? 人家会说，你们就是这样对待'劳模'的?"

李尚枝说："这一点你放心，我绝不丢你们的人。这是我自愿的，任谁说，我也不会怪到你任总头上。"

任秋风说："大姐，你真不回去?"

李尚枝固执地说："这辈子，我该卖的，卖了;该献的，也都献了。就这张脸，你让我留着吧。"

任秋风站在那里，久久地沉默着。他没有想到，一个下岗职工，居然这么难对付。当然，她说的也都是事实。就个人命运来说，她有足够的理由报怨。可是，当一个巨大的齿轮开始转动的时候，一个螺丝钉（也许是很好的螺丝钉）由于型号不对，被废弃了，你就很难说，这是对，还是不对。这会儿，任秋风就是这样想的。这有点居高临下，是居高临下。志向高远的任秋风，又怎么可能不居高临下呢?

任秋风终于说："大姐，该说的，我都说了。你要是执意不回，也就算了。人各有志嘛，我也不勉强你。你再考虑考虑，随时可以找我。"

李尚枝说："任总啊，谢谢你了。你也别再操我的心了。我在这儿，挣多挣少的，是我的命。再说呢，有我在这儿戳着，你不也，好说些?"

任秋风扭头走了两步，可他还是觉得有些别扭。你在这儿戳着，正因为你在这儿戳着，就会有人说闲话，就会有人骂娘。是啊，商场里五光十色，万般绚丽，门外却立着这样的一个女人。这又该怎么说?

任秋风无奈地摇了摇头，又退回去，对李尚枝说："大姐，你还算是商场的职工，要是渴了，咱那儿有开水。"

李尚枝忽然眼一湿，说："任总，有你这句话，就够了。"

等任秋风上了台阶，几个保安见老总黑着脸，就围上来说："任总，咋，把她收拾了?!"

任秋风说:"收拾啥。看车,也是方便群众嘛。"

众人说,那是那是。

三

爱情是可以激发灵感的。

一个人心里有爱,她就会显得无比灿烂。她的每一个细微的表现,都是爱的展示。这就像是一朵花,它得了雨露而滋润,由滋润而鲜活,由鲜活而生动,这就越加地激发了她的创造力。

在金色阳光,上官云霓又开创了"活体广告"的先例。

最先,这并不是她有意做的。她是销售部的经理,大多时间都是穿商场制服的。只是有一天,她的脖子上打了一个领结,这个领结的系法极为别致,显得与众不同。从内心说,她只不过是想让那个人多看上一眼。可是,却不断地有顾客问,你的领结真好看,在哪儿买的?她骄傲地说,对不起,不是买的,是我自己做的。

在商场里,似乎只有一个人知道这领结系法的来历,这是江雪。江雪碰上她的时候,说这是"坎贝尔式"。上官笑笑,什么也没有说。是的,娜奥米·坎贝尔是巴黎的时装名模,人称黑珍珠,她的年薪是四千五百万美元。应该说,上官是受了这位世界名模的启发。

第二天,上官换了一种领结的系法。这是一个十字结,就像是一个微型的小十字架,系在脖子上,更显得出人意料。江雪见了,又说这是"史蒂芬妮式"。上官还是笑笑。史蒂芬妮也是世界十大名模之一,签约法国的名牌香奈儿,还常常在《花花公子》上露面。见江雪这样说,上官心里就有些上劲。

她心里说，你都知道，我倒要看看，你还知道什么？

于是，第三天，她从商场里买回了一个扣子。这只扣子是她精心挑选的，她把这只小小的金属扣子缀在了一条细线一样的丝带上。那丝带是淡紫色的，似有若无；扣子却是动感的，闪着一棱一棱的弧光，特别迷人。而后，她就那么随随便便地把它系在了脖颈上。也就是这么一只黑紫色的扣子，把她那细白的、玉一样的脖颈衬得高贵大方，细腻修长，就像是《天鹅湖》里的公主一样。自然的美丽是掩饰不住的，不管缀上什么，都是一样的雅致，妙曼。江雪见了，怔了怔，再没有举出什么例子来。她只说：呀，真好。

上官觉得她还是胜利了。

人一胜利，脑海里就会迸发出一连串的小火花。就是受这个思路的启发，当一个营业员抱怨说，有一种价格很贵的服装卖不动时，她灵机一动，说让我穿上试试。于是，她就找了一套比较合身的细羊绒套裙，穿在了身上。这套新款的春装标价两千二百块，看上去是有些贵了。可上官穿上后，效果非常好。她只不过在楼上楼下连着走了几趟，奇迹就发生了：仅一上午，那个柜台就卖出了十二件！

这么一来，只要是来了新款，所有的服装柜台都争着让她试穿，为此还闹起了矛盾，于是上官把她们召集在一起，开了个会。她在会上说，美不仅仅是长相，它是一种品位，是一种修养，甚至说，是一种眼光和态度。为什么非让我穿？为什么光我一个人穿，你们为什么不穿？每一个人都有自己的美，你要把自己的美展现出来。你穿上只要美，只要好看，你就成了一个广告，活广告。这多好呢！顾客一看你穿的效果，也不用多说什么，她自然就买了。每一个柜台的营业员，都可以穿嘛。营业员乱纷纷地说，服装是卖的，我们能穿吗？上官说，怎么不能？这是活体广告。

从这天起，金色阳光就开创了营业员做"活体广告"的先例。各个柜台的营业员先是讨论，而后都把新进的、有个性特点的服装穿在了身上，效果极好！任秋风听到汇报后，也极为赞赏，说很好，做"活体广告"，这是一个创举。所以，这年春上，在一个淡季里，服装竟成了最为热销的商品。于是，整个商场都纷纷效法，开始了新一轮的营销热潮。

一次，在一个私下的场合，任秋风对上官说："你的眼光是一流的。"

上官就不客气地说："我的思路也是一流的。"

任秋风开玩笑说："你这个人不能表扬。"

上官嗔道："你这个人不能批评。"

他说："是吗？"

她也说："是吗？"

他说："什么是吗！初见你的时候，你没这么调皮。"

她玩起了绕口令，说："你说什么是什么？初见你的时候，你也没这么霸道。"

可任秋风还是说了实话。他说："实话说，只要一看见你站在那里，我心里就有底了。"

就这么简单的一句话，足可以让上官心里幸福好几天。她是太爱他了，她心里的爱意充盈在每一个细胞里。所以，每时每刻，她都愿意把自己最美好的一面展现在他面前。

其实，热恋中的上官，是害怕表扬的。她内心太骄傲了。她不需要这些。她只想献出一份爱心，她只要她心爱的人知道就行了。别的，她什么也不图。在没人的时候，她就对任秋风说，你得奖励我。任秋风说，怎么奖励？她就悄声说，你亲我一下。任秋风朝窗外看上一眼，说这可是上班时间。上官说，那下了班你也没亲我呀！真是的。

上官是金色阳光的形象大使，这是公认的。同时，她也是一个标尺。她只要站在那里，就会给商场带来意想不到的效果。

可是，只要上官站在那里，有人就会有芒刺在背的感觉。那刺是无形的，也是有形的，那是在比较中产生的锐利，是含在空气里的万颗银针，仿佛杀人在无形之中！哪怕是相隔两层楼呢，它也能辐射到那里。是啊，她太光鲜了，这种光鲜是很刺激人的。江雪每每遇上她的时候，心里就会长出牙齿来，那透骨的寒意得用心死死地咬住才行，要不，就会有一种东西"咯哒哒"乱响！她也不知道这是为什么，就是觉得那牙一天一天在长。工欲善其事，必先利其器。器在哪里？

春天，街边的柳树生芽了，一苞一苞的，只是那芽儿还小，一米粒一米粒的初绽，假以时日，它会抽絮的。清明时节雨纷纷，路上行人欲断魂。借问酒家何处有？牧童遥指杏花村。杏花村又在哪里？

有一天傍晚的时候，江雪在楼道里碰上了上官。她先是缓缓走着，看上去犹犹豫豫地，像是在想什么，看见上官时，就突然加快了步子，走得很匆忙。她手里拿一文件夹，就那么随手扬了扬，说："嗯，又该排班了。"说着，就走过去了。上官说："你等等，排啥班？我排在了几号？"江雪说："你还排吗？你别排了，夜班，挺熬人的。"上官说："夜里我也可以值啊。"江雪说："算了，那啥，你别值了。"上官说："我值。人家能值，我为啥不能？"江雪说："那，下个月吧。下月给你排。"上官说："这月是谁？"江雪说，"让我看看。这月嘛，这月小陶。"上官就说："别让小陶值了。小陶住在家里，大学路离这儿远。我替她值吧。"江雪说："这合适吗？"上官说："这有啥不合适的？你跟小陶说，我替她值了。"

而后，上官一个月的夜班值下来，就值出了一些事故。

四

上官病了。

她是突然得病的。

那天，任秋风到市里开会去了。由上官具体负责的一次大的营销活动刚刚开始启动。在会上，上官正发言呢，讲着讲着，不知什么原因，她突然猛一扭头，赶忙去掏手绢，待她从兜里掏出手绢捂在嘴上，已经吐了。这时，主持会议的江雪赶忙倒了一杯水，递给她，她喝了没两口，却又吐了。江雪悄声问她："你怎么了？"她说："没事，没事。"可是，不一会儿，她就站起身，跑洗手间去了。小陶跟着追到了卫生间，说，你没事吧？上官一边吐一边说，没事，早上在街头上喝了一碗豆浆，可能不干净。

开初，上官并不知道她得的什么病。她年轻，没有这方面的经验，依旧是楼上楼下跑，照常上班。可是，一天中午吃盒饭时，她又连着呕吐了几次，吐得苦胆汁都出来了，只好上医院去看。查的结果，说是怀孕了。

拿到那个单子，上官哭了。她还这么年轻，本是奔事业来的，可爱情刚开一头，就种下了一粒种子，这可怎么办呢？

上官一下子愁住了。这么私密的事，又不能跟别人去说。她本来想告诉小陶，可想了想，没好意思说。小陶倒是对她挺关心的，连着问她："你没事吧？"她说："没事。就是有点不舒服。"小陶说："你脸有点黄。"她说，"是吗？"小陶说："真的，你脸有点黄。"听小陶这样说，她赶忙跑到换衣间里，反复地照了照镜子，也没看出什么，就再一次补了补妆，心里却有些打鼓。后来，小陶见她，又说："你心里肯定有事。"她说，"真没事，可能是前一段有点累了。"可她心里清楚，时间一长，这是瞒不了人的，而且，时间拖得越长就越被动。

于是，当天晚上，她就把那单子拿给了任秋风。任秋风接在手里，看了又看，说："就这么简单？"

上官云霓一脸愁容，嗔道："你还想多复杂？"

任秋风开玩笑说："是啊，毛主席说：始作俑者，其无后乎？"

上官不好意思地说："我都快愁死了。你还笑？"

任秋风摸了摸脑袋，说："这还没怎么着呢，就……"

上官脸一红，说："还没怎么着？你干脆把我嚼巴嚼巴吃了吧。"

是啊，想想，是没有多复杂。

任秋风结婚九年，是种过"地"的。有句话他没说出来，也就三两次，那种子，居然就种下了。他说："真是块好地。"

上官云霓红着脸埋怨说："你就坏吧。都怪你。"

可性这东西，对上官来说，就像是偷嘴人的"点心"，吃过一次，就有些馋。后来，在江雪当上副总后，不知有意还是无意，竟连着给排了一个月（本来是十天一换）值夜的带班经理。夜里，值班经理也不过是四处查看一下，也就没有多少事了。上官呢，转着转着就转到了任秋风那里（他仍是寝办合一），感情已到了如胶似漆的地步，亲一下，或是抱一抱，夜深人静，孤男寡女，那火就着了。

任秋风是喜欢孩子的，这么多年了，他一直渴望着能有自己的孩子。于是，他说，"生就生吧，我会给孩子一个'身份'。"

莫明其妙地，上官有些委屈，她说："我不。"

任秋风说："那你说咋办？"

上官说："就不。"

任秋风吃了一惊，说："你是想，做了？"

上官已偷偷哭过几次了。这会儿，她眼圈红红的，还是说："不。"

在上官，的确是太委屈了！她眼中的爱情，本是极美好的，是像诗一样绚丽多彩的，妙曼的。她还有很多的遐想，很多的憧憬，很多的味味道道的东西，一切都正要展开，就要飞翔（双栖双飞）了，却意外地有了果实。看来，就像亚当夏娃一样，那禁果是万万吃不得的！吃了，责任就跟着来了。她是多么的委屈呀！她流着泪说，"你说，我挺着个大肚子，多难看哪！羞都要羞死了。我不要，不要不要不要！"

任秋风安慰说："好好，不要，咱不要。"

上官喃喃地说："干脆，我成你身上的一条肋骨算了，也不受这份罪了。"

任秋风逗她，说："肋骨？排骨吧？猪排还是牛排？"

上官正愁着，经他一逗，"吞儿"笑了，说："你才猪排呢。"

"好好，我猪排，你牛排。"任秋风继续逗她，接着又说，"人家说，头胎孩子聪明。"

上官用手在他的手背上一道一道划着，说："你咋知道？"

任秋风说："我当兵时，班长说的。"

上官勾着头，埋在他腿上，说："还说啥？"

任秋风说："人生有一峰值，凡是情感最高点生的，必然聪明。"

上官说："净胡说。"

任秋风说："真的。"

上官叹一声："说呢，还是一黑户。"

任秋风安慰说："那倒不会。咱马上结婚。"

接着他又说，咱也不用那么张扬，你说是不是？她嗯嗯着，虽愁肠百结，可事已至此，也跟着说，不张扬。我最烦请客了，拜拜这个，敬敬那个，烦都烦死了。这是咱个人的事情。可想着一直还未浪漫，上官就有些心不甘。突然说，我一直想去丽江。要不，咱去丽江住几天吧？任秋风说，行，到时候，咱就去丽江，算是旅行结婚吧。

上官还有些担心，说："她……要是不离呢？"

任秋风沉默了一会儿，说："不会吧。"

五

如今，苗青青也成单身贵族了。

自从有了车，她的生活一下子发生了很大的变化。那腿，像是陡然间变长了似的，说去哪里就去哪里。这样一来，社交面宽了，眼界也高了，好像整个城市在她的脚下已不算什么了。

对于一个女人来说，有车没车，那感觉是完全不一样的。没车时，骑一自行车上下班，对那坐轿车的，就恨得牙痒；有车了，走在路上，就对那骑自行车在马路上窜来窜去、不遵守交通规章的，很有些微词，说个个土匪一样，不要命了？没车时，路是宽的；有了车，那路就显窄了。人呢，像是一下子加大了人生的宽度，从车里出来，就显得很占地方。

这时候，车就不仅仅是一个交通工具，那变化是全方位的。从穿戴上说，过去，骑一自行车，风尘仆仆的，也就不那么讲究。现在，有车了，风刮不着雨淋不着，冬有暖风，夏有冷气，你从车里出来，穿什么戴什么，也都得考虑考虑了。从化妆品来说，过去苗青青是不大讲牌子的，现在有车了，社交活动多了，去的场合也多，见识了一些穿着、化妆品都很讲究的女士，说起来都是什么什么牌子好，是法国的、日本的或是美国的？是资生堂，是欧莱雅，还是嘉宝？也就不知不觉地跟着讲究起来。比如一些生活上的细节，过去是从不注意的，现在就不一样了。从嘴里嚼的口香糖到饮料的牌子，是"益牙木糖醇"还是"牵手"，是"露露"，还是"久久"牌酸奶；车里听的音乐是"喜多朗"还是"老柴"，这都是有些说头的。

有了车，苗青青像是一下子迈进了白领或者叫单身贵族的生活圈。生活规律自然就跟着打乱了，夜生活也多起来。什么茶会、舞会、联谊会；做头的，做脸的，做全身的，天天都有人约。去了，那男男女女都一个个衣冠楚楚，头一次你随意，往下你的衣服就得多备几套了，不然那酒水万一洒在身上，你就会显得很尴尬。再说，见识了那些大款一掷千金的场面，你也不能太寒酸不是？还有呢，一个经常出入社交场合的、有品位有个性的漂亮女性，那奉承的、追逐的人还会少吗？这样，你就像是整天在蜜糖罐里泡着，那好话就像是拔丝苹果，扯出来就是丝路花雨，没个头儿；也有批评的，说是批评，也是打情骂俏式的暗夸，那幽默就像是天生的相声演员，说出来至少是"不吐葡萄"式，有些段子还带一点点小黄，也黄得很有分寸，不伤大雅，会叫你美得忍俊不禁！笑吧，你不笑，他就用话胳肢你，那话小羽毛一般，一次一次地搔着你心头的痒痒肉儿，夸得你心花怒放，看你笑不笑。时间一长，你就觉得你就是七仙女下凡了，肯定是七仙女下凡。晕啊，飘啊，人就像是在云彩眼儿站着，不知今夕何夕，立时就觉得你很可能是杨贵妃，身价百倍。到了这时候，到了这份儿上，你还看上谁呢？你谁也看不上。

苗青青就是在这个时候、这种情况下见到任秋风的。

那天晚上，她刚把车停在院里，就见任秋风在门口处站着，像是已等她很久了。苗青青从车里走出来，顺手按了一下车钥匙上的报警装置，嘀儿一下，把车锁了。而后，像是没看见他似的，"噔、噔"地走过去，洒一路"兰蔻"的幽幽香气，径直开了门，进屋去了。

任秋风站在那里，愣愣地望着她，本想打声招呼的，见她这样，心里一紧，也默默地跟着进了门。

进门后，他更有些吃惊了。只见苗青青把脚上的两只高跟鞋很随意地一甩，就那么穿着丝袜，在地上"吧唧、吧唧"走着；接着，她竟从包里掏出一盒女士型的"摩尔"烟，翘着手指点上，身子那么一横，整个人一团一蹴一枕，斜在了沙发上。

这会儿，任秋风简直像个要饭的，进也不是，退也不是，连个座儿也没有，就那么傻傻地干挺着。

终于，任秋风摸了摸脑袋，说："你回来得挺晚。"

苗青青抽着那支"摩尔"烟，手指微微地翘着，一缕青烟从她嘴里冒出来，淡淡地说："回来早晚跟你有什么关系？"

任秋风说："我想跟你谈点事。"

苗青青说："有什么可谈的？"

任秋风说："那事，不是，说好了吗？"

苗青青说："啥事？"

任秋风不想绕了，就直接说："离婚的事。"

　　苗青青侧了一下身子，说："——你把烟灰缸递给我。"任秋风从桌上找出烟灰缸，递了过去。她接在手里，很优雅地弹了弹烟灰，而后很随意地说："离呗。离。"

　　任秋风心里松了一下，说："听说，你提职了？"

　　苗青青哼了一声，说："一个破主任，无所谓。"

　　任秋风说："总是好事吧。"

　　苗青青说："你不更好？大名人，一天到晚左拥右抱，美女如云。听说你找一小蜜，什么时候请我吃喜糖啊？"

　　任秋风矢口否认："谁说的，没这回事。"

　　苗青青却很调侃地说："说说，说说。听说你有不少故事，是跟那做广告的女孩吧？眼光不错嘛。"

　　任秋风吓了一跳！他想，苗青青是听说啥了？不会吧。那，这女人的感觉也太厉害了。往下，他真不知道该怎么说了。任秋风几乎是用哀求的口气说："我有啥说的。咱们，已经这样了。还是，办了吧。"

　　苗青青说："离，当然离。这你放心。再怎么着我也是一白领吧，高级记者，我不会赖着你的。"

　　任秋风赶忙说："那，把字签了吧。"

　　苗青青就在沙发上靠着，很调皮地说："我的字不好，得练练，不能太丢你的人不是？"

　　任秋风沉着脸说："还有啥想法，你说。"

　　苗青青说："别的想法没有。就是字不好，你让我好好练练。"

　　任秋风沉默了，他心里急，却又说不出来。

　　苗青青歪了一下身子，说："等不及了？真等不及了？不至于吧，九年都等了，还差这一天半天的？"

　　任秋风说："总这么拖着，也不好吧？"

　　苗青青说："有什么不好？我看很好。我不就那一个疮疤吗，你来一次，就揭一次，这多好！我这丢人事，不得好好亮亮？过去有句话，叫亮私不怕丑，斗私不怕疼。你是帮我改正错误啊。"

任秋风说："你也别这样说。我没那意思。"

苗青青说："真的，你一天来三趟都行。你是教育感化帮助我，你只当扶贫呢。你得让我认识到我是一个坏女人。"

任秋风无话可说。

苗青青依旧不依不饶地说："今后你也得注意。九年回来七次，你的警惕性也太低了。你得找个一生一世不犯错误的。"

任秋风不想费话了，说："要不，我改天再来？"

苗青青说："当然欢迎。你得多来，你再来时先打一电话，让我焚香沐浴，把耳朵洗干净了，再备好茶点果盘，好好听听你的教诲。一个有污点的女人，怎么能不接受批评教育呢？"

任秋风彻底没辙了，他站起就走。

到了这时候，苗青青才说："哎，那个字儿，你不要了？"

任秋风停住步子，回过身来，怔怔地望着她，不知她又会出什么幺蛾子。他没想到，苗青青的变化会这么大，大得让他有点招架不住了。

苗青青也总算潇洒了一把。她叹一声，直起身子，说："出了门才知道，世界很大呀！人活一世，谁也不能在一棵树上吊死。不就三个字吗？拿来吧，我给你签。"

任秋风像遇上了大赦一样，赶忙从兜里掏出他准备好的第三份"离婚协议书"，默默地递了过去。

苗青青接在手里，看都没看，从茶几上拾起一支圆珠笔，唰唰唰，就在上边签上了她的名字。而后，她说："满意了吧？"

任秋风赶忙接过那张纸，像拿到了大赦令似的，紧着说："那，啥时办？"

苗青青很大气地说："随你便。"

第十一章 ·······································

○ ●

一

"丽江的月亮，又肥，又白，又大，真美啊！"这是在他们到达丽江的当天晚上，上官云霓硬拽着任秋风出来看月亮时说的话。"星星。你看那星儿，一颗，一颗，满天，满天，银钉儿一样，多亮。哪一颗是你，哪一颗是我，你说？"

任秋风跟上官云霓结婚了。两人是秘密结婚，连家里的老人都没有告诉。是呀，时间在那儿赶着，肚里的娃儿一天天在成长，就跟白娘子似的，再不结就显形了，那多丢人啊！

为此，上官曾哭了好多次。她太委屈了，一个杨柳细腰的美人，也就偷了几次嘴，肚子就鼓起来了。她能不伤心吗?！她哭着非要让任秋风还她的青春，赔她的美丽。可青春能赔吗？美丽能赔吗？后来好歹算是办了证。说是旅行结婚，结果也成了象征性的。丽江是去了，可他们在丽江仅待了三天，在丽江古城转了转，连玉龙雪山都没上，就回来了。

丽江还是很美好的，虽然只有短短的三天，毕竟有柔情蜜意的时候。不说白日里那相互依偎走在石板路上的感觉，就仅是晚上，望着熙熙攘攘的小街，还有那一盏一盏的小灯笼，上官拉着任秋风听肚子时的缠绵，就很难忘。

她说，"你听你听，他叫你呢。你摸摸他嘛。"任秋风就摸，摸着说："你别让我摸，我一摸就不好了。"她说："你坏，你坏死了。我就让你摸。"他说，"好，我摸。这娃儿，就跟敌人一样，挡着我不让我前进。"她说，"你坏吧。不就是你做下的事情吗？你说，你是不是嫌我丑了？我挺一肚子，很丑，是吧？"他说，"你不丑，一点也不丑。你没见那老外，还跟你'哈喽'，一个劲儿回头看你。那会儿，我真想上去揍他。"上官撒娇道，"是吗？真的吗？要不是这肚子，回头率才高呢。——唉，丑就丑吧，丑也是你的，我跟定你了。"可说着说着，愁意就上来了，上官叹一声，"要不是他，我就上了玉龙雪山了，那多好。哎呀我太惨啦，这个小东西害死我了！"任秋风故意说，"那，咱把他杀了？"她说，"你敢！"他说，"好，我就给自己树一个敌人吧。"她说，"哼，我知道，你才舍不得呢。"

按上官的想法，本是可以多待些日子的。丽江多好，天蓝得像洗过一样，水清得有一群一群的鱼儿在游，还有古色古香的小街，悠悠的石板路……可她的妊娠反应太严重了，吃什么吐什么，吃饵块吐，吃豆焖饭吐，吃过桥米线还吐，辣的就更不能沾了。再加上云南那边紫外线强，上官又怕晒，一路上走走停停再吐吐，无论走到哪里，手里总提着一个呕吐袋，你说这还有什么意思？任秋风呢，心里一直记挂着商场的事情，不停地打电话接电话，也是不可能多待的。就这么一个美好的蜜月，仅浮光掠影地待了三天，两人还不时闹些小别扭，这蜜月有苦意拌着，杀了不少乐趣。

回来后，上官就没法再上班了。可想而知，她心里是多么憋屈。父母那里，也总得说一声吧？于是，两人又一块儿分别去了双方的父母家，上官的父母自然是严厉批评了任秋风，说我们的女儿不说"千金"吧，也是娇生惯养的。怎么能这么草率？最后还是偷偷塞给了女儿一个存折。任秋风的父母当然也是批评自己的儿子，离婚不说，结婚也不告诉家里，像话吗？最后，也算是认下了这个既成事实，让媳妇住到了家里。不管怎么说，这婚事虽然是先斩后奏，总算是有了交代。

　　而后，按任秋风的想法，这就告一段落了。可上官不依，说是总得请同学吃顿饭吧？不然，偷偷摸摸地，这算什么?！于是，任秋风勉强应了。两人商量来商量去，一再地缩小范围，就请了齐康民、江雪、小陶三个人。

　　然而，这顿饭却吃得有些别扭。上官认为，这"别扭"主要来自江雪。这顿饭本就带点后补婚宴的性质，所以订在了一家名叫"春江花月"的餐馆，以示喜庆。在餐馆二楼的一个包间里，众人自然是纷纷向任秋风和上官云霓表示祝贺。齐康民跟任秋风是"发小"，又是上官的老师，自然是当仁不让地坐了主位。齐康民这人，讲的是君子之交淡如水。所以，他送的礼物是他亲自用毛笔书写、而后又请人装裱过的十六个字：关关雎鸠，在河之洲，窈窕淑女，君子好逑。小陶送的是一套中档的床上用品，有枕套、床罩、被罩。礼品最贵重的，当数江雪。她送的是一高档的童床，这童床是可以升降、折叠、移动的，既可以当童床，也可以当童车，价值两千多元。在喜宴上，齐康民的祝酒词是："这个任秋风，从偷书到偷人，他都是有一套的。我们商学院的一枝花，让他给挖走了，我很伤心啊！我再送你几个字：好好待她。秋风啊，从今以后，你就低一辈儿了，你是我学生的家属，你明白吗？好，喝酒！"任秋风笑着说："明白，明白，你也不用倚老卖老了，我敬你一杯。"陶小桃的祝酒词是："上官，祝福你。祝你永远美丽。任总，祝你们百年好合。"上官听了，差一点掉下泪来，她说："谢谢。"轮到江雪的时候，她的祝酒词只有四个字："早生贵子。"

　　在饭桌上，由于上官怕吐，她很少动筷子，大多时间是看他们吃。这么一看，就看出了些讲究。在嘻嘻哈哈之中，仿佛是不经意间，江雪用筷子夹起的菜，总是放在任秋风的碟子里，一小块排骨或是剔了刺的鱼；而齐康民如果觉得哪个菜好些或放得远，就会夹起来放在江雪的碟子里；小陶呢，不着意什么，看到素些的，会给上官夹一点，偶尔也会夹起菜放在老师的碟子里。这表面看来，并没有什么，可那筷头动来动去，伸伸缩缩，却是很有些含义的。特别是那道主菜：红烧鼋鱼。上来的是一只老鳖，老鳖大补，这谁都知道。可这是任秋风和上官请客，自然是让客人吃。于是，上官主动地拿起筷子，把那只盖在最上边的鳖盖放在了齐康民的碟里，说："老师吃吧。"可齐康民却夹起那只鳖盖，顺手放在了坐在他身边的江雪碟里，自嘲说："这东西让我吃有点可惜，老鳖的裙边胶质丰富，可以美容，江雪替老师吃了吧。"可江雪却又把那鳖盖夹起来放在了任秋风的碟里，说："还是老总吃吧，新郎官，也该补补了。"众人一笑，上官也不好说什么了。

而后，上官夹了一只虾，在自己碟子里剥好，放在了任秋风碟子里；接着她又夹起一块鱼，放在了齐康民的碟里，着意说："老师，你吃。"小陶是南方人，她给小陶夹了一只糯米蒸的藕夹；给江雪夹的却是一只螃蟹。上官说这东西要注意，别夹了手。江雪说，没事，我不怕。上官说吃这东西，南方人都用钳子，专用的。江雪说，是吗？看来，各有各的道。上官说盗亦有道。江雪说道可道非常道。两人说着，也笑着。上官还不时地以女主人的身份招呼众人，"吃啊，你们吃。"

等酒宴结束后，上官云霓挽着任秋风的膀子，悄声提醒说："对江雪，你要警惕。"

二

男人对女人，一旦警惕了，就变成了一种关注。

江雪在管理上极为严格。每天清晨六点，她就准时站在了商场的大门口，直到夜里十点钟所有的人走完，她才最后一个离开。在业务上，她也早已熟练了，不管是进货还是销售，她都非常内行，那目光洒到哪里，一阵风，脚步就到了哪里，一、二、三，准确地说出各种货物的数量、质量及销售的情况，把一个大商场管理得井井有条。这一下就省了任秋风很多心。

　　让任秋风感到奇怪的是，别看她小小年纪，整个商场没有一个人不怕她的。每每她往那儿一站，就连商场里有名的刺头，见了她也是服服帖帖的。有一次，一个部门经理说他们那儿的货发错了，不是六十件，只有五十九件。江雪一皱眉头说，不对，是六十件，我查过的，你去找。果然，查来查去，最后在一个箱子里的塑料袋下边翻出来了。那部门经理伸了伸舌头，服了。一个大商场，上万种的货，她怎么就记住了？

　　不过，凡是需要拍板的事情，她都会及时向任秋风请示，获得批准后她才办理。这一点，更是得到了任秋风的赞许。

　　采购这一块，权力很大，本是江雪管的，突然有一天，她却主动让出来了。她找到任秋风说："任总，我给你提个意见。"任秋风说："你说。"江雪说："进货渠道这一块，上头打招呼的人也多，你能不能亲自把把关？"任秋风知道，就销售这一块，一天下来，就够她忙的了。这本是上官管的，她一怀孕，江雪二话没说就接过来了。于是他说，让小陶兼上如何？江雪说，不行，她太软顶不住。任秋风想了想说，好吧。

　　进货这一块，直接找任秋风的人也很多，可他毕竟没有具体管。接手之后才知道，自从金色阳光在全国出名之后，各种各样的供应商、代理商、推销商就蜂拥而上。这仿佛是一支奇特的队伍，前仆后继，无孔不入，花样翻新，妙趣横生，令人大开眼界！

　　自此，几乎是每天上午，任秋风就被这样的人包围着。他的办公室门前总是排着长长的队列，等待着他的召见。你根本想不到他们会是些什么人，也想不到他们会给你说些什么，但目的是很明确的，就是要把他们推销的货物放在这个名牌商场的货架上。说来，这也是很让人骄傲的。

　　这天上午，排在第一位的是一个小个子男人。他一进门就先是鞠躬、微笑："任总，我在这儿都等三天了，我让你看看我的'人'。"任秋风不明白："人？什么人？"他就双手递上一张名片，说："我是从湖南来的，姓火，人可（何）火。我让你看看'人'。我们那儿的'列人'。"任秋风一拍脑袋，笑了，说："肉吧？"那人说："对对，入。我的'列入'是很有名的。"任秋风说："你的肉？"他点着头说："我的入。我的入。"任秋风说："这不行。我们商场进的货都是名牌产品，像金华火腿呀，四川的湖南的这个这个，都是名牌产品，一般的货我们是不进的。"他说："我是'新'的，'新'的。有很多道工序。"任秋风吃了一惊，"肉还有新旧？"他说："新的，的确是新的。"说着，他又拿出一张产品说明。任秋风接过来一看，笑了："腊肉，熏制的，对吧？"他连连点头说："对，对。"他说："我这个入（肉）很不一般的，是土家族的古老方法新（熏）制出来的。先烤，用七种花柴烤，而后再置火炕上新（熏），用鸡（橘）皮、香高（蒿）十多种中药新（熏）出来的。"任秋风说，"你有卫生检疫局的证明吗？"他说："有啊，有。下次，下次我带来。"任秋风说："那不行，你得经过检疫。"他靠上前去，附耳小声说："这样行哦，我给你两成的回扣，行哦？"任秋风脸一沉说："什么话？你先去办证。下一个！"

下一个是推销俄罗斯产品的。这是一个看样子有三十多岁的女人，她个子高高条条的，披一雪白的羊毛大披肩，脸上带着妩媚的笑："任总，你去过俄罗斯吗？"任秋风说："没去过。"她说你真应该去一趟。这样，我们远东国际贸易公司包了，你来往的路费我们全包，请你去一趟俄罗斯。那里真值得一去！说着唱起来了：深夜花园里四周静悄悄，树叶也不再沙沙响，莫斯科郊外的晚上……唱着，突然问，我唱得好吗？任秋风说，你的产品是什么？她说，我跑遍全国，你这里是最好的，一流的。我做边贸的，就想把最好的货放在你的商场里。任秋风说，"你代理的产品是什么？"她再次妩媚地一笑："你这里需要什么，我就可以给你带什么，我可以给你搞一个俄罗斯专柜，怎么样？"说着，她从提着的包里一件一件往外拿，先摆出了一套"俄罗斯套娃"，而后是桌布、军用望远镜、大披肩、围巾、不锈钢小勺，等等，一摆一片。任秋风一笑："专柜，我们这儿已经有了。"她扭了一下身子，亲昵地说："你让他撤了，你让他撤了嘛，啊嗯？"

　　第三个人一进来就鬼鬼祟祟的。他整个人就像是一个包袱，圆滚滚的。他的眼睛很小，鼻子上有一个小肉疙瘩，他每说两句话，就要摸一下那肉疙瘩。他说："任总，你是见过大世面的，钱不咬手吧？你要是怕钱咬手，我就走了。"任秋风一摆手说："出去出去。"他说，你听我说完嘛，你得让我把话说完。我别的事没有，我就是给你送钱来了。日本不是有日立吗，我这是国立牌电视。我电视的牌子就叫国立。你只要让我进场，别的事你就别管了，咱五五分成。我只对你一个人，这行吧？你放心，这电视明说了，是假的，是以旧翻新。但看三个月绝无问题。咱就给他来个保修三个月，三个月以后，就不是咱的事了。我绝不让烫你的手！现在的人，只认假，不认真；只认小道，不认大道。任秋风伸手一指："出去。"

　　第四个人穿了一身洗得发白的旧军装。他进门就先行了一个军礼，说："老营长，还认识我吗？"任秋风赶忙站起来，"你是……"他说咱是一个团的。我是三营的，叫王先龙。任秋风一听，说："噢噢，你，你怎么来了？"他说，我复员了，来看看老首长。先说，我可没什么事，就来看看你。任秋风笑了："有事你说。"他说其实也没什么事，一点小事。咱那些战友说你这金色阳光都国际上有名了?！这可不简单啊。你弟妹在家办了个服装厂，大小也算是个乡镇企业。她让我……任秋风截住他的话，说："先龙，咱这儿进的可都是名牌产品。"他说："明牌。就是明牌。咱那西装就叫'明牌'。"任秋风说："先龙啊，别的事都好说，这个事我不能答应你。"他说，你试试嘛，你先卖卖试试。任秋风说："你这不是让我砸牌子吗？这不行。"没想到，这位却身子一出溜，依着办公桌跪下了。其实他下跪时悄悄把重力放在了一条腿上，那手垂下时，在右腿下垫了一个小黑包，他不想跪脏裤子。他说，老首长，只有你能救我了。不瞒你说，你弟妹急得都快上吊了！那西服是做出来了，可都压在那儿卖不动。任秋风赶忙说："起来，你起来。这像什么话？"他说，驴把人都日死了，我起不来了。任秋风怔怔地望着他，沉思片刻，伸手把几个兜全摸了一遍，从兜里掏出五百块钱，放在他面前，说："这五百块钱你拿上，要是愿留下，就在这儿干吧。这也是破例。别的，我就帮不了你了。"

　　第五个，这人是温州的。也是小个儿，俩眼贼亮，拿的是一百二十颗扣子。进来后，他什么也没说，就把扣子一排一排地摊在桌上。他说这扣子全是我一个人琢磨出来的。这十二颗是"风系列"，这十二颗是"花系列"，这十二颗是"水系列"，这十二颗是"鸟系列"，这十二颗是"书系列"，这十二颗是"兽系列"，这十二颗是"扇系列"，这十二颗是"果系列"，这十二颗是"竹系列"，这十二颗是……任秋风看了，说："不错，你很有创意。"他说："有创意是有创意，我房都卖了，我老婆也跟我离婚了，我还一分钱没赚呢！"任秋风说："行，往下你就会赚到钱了。东西不错，你可以进商场。"这温州人感激涕零地说："任总，你真是我的恩人啊！"

　　第六个，是推销保健品的。这人走进来时，先把他所有的证件摊在任秋风的办公桌上，像是要他验明正身。而后，他向后招了招手，说来吧邦德。邦德进来了，是一条狗。他是牵着一只狗来的。这狗不好带，进门时，他是把它装在一个皮箱里提进来的。他说任总，这狗的名字叫邦德，也叫"007"。你只要喊它，它都会答应你，可见它是多么有灵性。接着，他就拍拍狗的头说，邦德，向任总问好。那狗就"汪汪"叫两声。他说向任总敬礼，那狗果然就把前爪举起来，给任秋风行了个礼。任秋风说，"你牵只狗干什么？"他不说狗了，他说我们的企业可不是一般的企业，我们是特大型企业，总投资一亿六。光养这十二条做试验的名犬，就花了一千万！一般的商场，我是不会带邦德出来的。你们是名店，我们企业也处在创牌子阶段，所以我把邦德带来了。我们的产品对治疗孤独症、焦虑症、失眠症有特效。邦德是脑神经特别坚强的狗，可就这么一小支，只要它喝了，用不了几分钟就会呼呼大睡。我现在就试给你看……说着，他从提着的包里拿出一个精装的盒子，从盒子里抽出一个小玻璃管，管里装的是粉红色液体，他让那狗喝了。而后又拍拍那狗的头，说卧，那狗就卧倒在地。他说躺，那狗就顺势躺下了。停了不一会儿，那狗果然打起呼噜来了。他说："任总，就这么神奇！"任秋风探了探身子，有点诧异地问："人可以喝吗？"他说："当然，这就是治人的。"

…………

这就像是一个小型的、只为一个人演出的舞台，每天都有各种各样令人忍俊不禁的剧目上演。那或是喜剧或是谐剧闹剧，或是小品或是相声大鼓书，一出一出都是让你乐的，你脸上不乐肚里乐，肚里不乐心里乐，这一切就是为了胳肢你，怎么舒服怎么胳肢。也有让你生气的时候，那是奉承得不是地方，或是媚得过了火；你骂他了，他夸你原则；你不原则，他夸你厚道；你不厚道，他夸你聪明。统共是一个求字，商人在求人时，是什么话都说得出来的。

在这种时候，你不知不觉地就成了一个具有生杀予夺大权的人。好，是你一句话；不好，也是你一句话。要，是一句话；不要，也是一句话。你就是标尺，你就是准则，你就是那个随时可以说 No（不）的人。那么，要怎么样你才恩准说一句 Yes（是）呢？

再往下，那就是八仙过海，各显其能了。有私下里送礼的，送钱的；有让你试听、试看、试吃、试穿、试玩的。对这些人，任秋风就像是商海里的岛屿，还是能对付的。

虽然一日日拒绝着那海一样的奉承，在这方面，任秋风可以说是坚如磐石，可他腰疼了。过去，他从未腰疼过。现在他的腰又酸又疼。脚上穿的皮鞋，也有些夹脚。

这一天，江雪让人抬进来一个新式的皮转椅。她说："你是老总，这事关一流商场的形象，我不能不管。"这转椅是最新产品，带按摩的。

任秋风沉着脸说："这不好。"

江雪说："你起来。这也是细节。你说过，细节决定成败。"

任秋风再没说什么，默默地，就让她换了。待他坐下后，江雪又说，"抬起脚。"

任秋风跳起来，说："干什么？"

江雪又说："不干什么，穿新鞋，也可以走老路。"说着，她把一双圆口的礼服呢布鞋放在了任秋风的脚前。任秋风穿上后，觉得又软又轻，脚上很舒服，就再没说什么。

这一段，在工作上，两人可以说是珠联璧合，相得益彰。

三

如今的金色阳光，已成了中原的一个品牌，名扬四海了。

有些事情就是这样，不知道的时候，谁也不睬你，一旦影响出来了，媒体就会蜂拥而上，就是一个屁，也要给你挤出来，说是响亮的。

最早，上官云霓在中央台做的那个广告，已是家喻户晓；后来，"飞机撒奖券"又是一个高潮；再加上一连串的商业策划，一系列的营销策略，就这样一波一波地，把金色阳光推上了云端。紧接着，是海外媒体的报道，美国、香港等地各家华文报纸都对金色阳光做了大肆吹捧。香港一家报纸还专门评述说，仅金色阳光的品牌效应，就值三千万。后来又有一家报纸说，不止三千万，是一个亿！

于是，三十八岁零九天的任秋风，自然而然地成了全国"十大新闻人物之一"；成了全国"九大改革家之一"；成了省里的"商业协会副会长"；成了"人大代表"；等等等等。还有一"名犬协会"，几次想拉他挂个名，被他坚决拒绝了。

虽然上上下下喜气洋洋，在这种时候，任秋风还是冷静的。他几乎不接受任何媒体有关个人的采访。市里的很多会议，他大多都不去参加，总是派江雪或是小陶代他出席……实在避不开的时候，他也常常是骑一辆自行车，便装出行，以最低的姿态出现在人们面前。夜里，站在五楼上，对着满城的灯火，他常常背诵毛泽东最喜欢的那个古人的名句："峣峣者易折，皎皎者易污；阳春白雪，和者盖寡。"以此来警示自己。可荣誉就像雨一样，来得太密集。天要下"雨"，谁又能挡得住呢？

任秋风当然知道，金色阳光虽然取得了巨大的成功，可这只是第一步。要想有更大的发展，必须进一步争取上级领导的支持。

说来，上级领导还是支持的。参观的、视察的，一拨一拨地来。这天，连市长都亲自给任秋风打电话，说要跟他谈谈。

市长亲自打电话，任秋风当然不能怠慢，他骑辆自行车就去了。也许是为了给市长留下一个好的印象，任秋风是穿着他那身旧军装，挎着那个部队里用过的挎包去的。

可就这么一"艰苦朴素"，出问题了。他骑车赶到市政府门口，门岗却拦着他不让进。门岗是个年轻人，先是给他敬了一个礼，说："站住，干什么的？"任秋风说："我找人。"门岗说："找谁？"任秋风说："市长。"不料，那门岗笑了，说："来这儿的，十个人九个都说找市长。去那边登记去。"任秋风说："是市长约我来的。"门岗很严厉地说："那也得登记。"

就在这时，他身边有一辆一辆的小轿车开过去了。看车号那小车有些还是县份来的，可个个都横，连招呼也不打，唰唰一辆，唰唰一辆，直开。也有个别骑自行车的，到门口一滑，大大咧咧就进去了，却偏偏拦着不让他进。见状，任秋风就有些生气。

可生气归生气，毕竟市长见他，登记就登记吧。于是，他推车走回来，把车一扎，来到了大门旁的一个登记室。登记室里坐的是一个中年女人，这女人眼里有玻璃花，眼光有点邪。他说市长约我，我登个记。玻璃花女人眼皮都没抬，说证件。他一怔，四下摸摸兜，啥证件？玻璃花女人说工作证身份证都行。他说对不起我忘带了。玻璃花说那不行。任秋风再次强调说，同志，是市长约我来的。这玻璃花抬眼看了看他，说省长也不行，得有证件。

任秋风说时间来不及了，下次吧，下次我一定注意。玻璃花女人说你一老转，怎么一点规矩也不懂？不行就是不行。这时候，任秋风的火就蹿上来了，他说这样吧，你现在就给市长打电话，你打一电话看是真的还是假的？！那玻璃花女人斜了他一眼，你以为谁不谁都能给市长打电话？你以为你是谁？！立时，任秋风的语速慢下来，他一到了语速慢的时候，就是他炸毛的时候，他说："我不去了。今儿就是省长见，我也不去了。这行了吧？！"

任秋风气冲冲地走出来，骑上车就走。他心里气，骑得猛，一拐弯，又冷不防重重地摔了一跤！这就更他妈的了。等他回到了商场，市长这边的电话追过来了，市长说秋风同志，怎么回事？我请不动你？任秋风说我三点一刻准时到的，你的门岗不让进，怎么说都不行。市长笑了，市长说你是大名人，他敢不让你进？我得批评他们。这样吧，你等着，我现在就派车去接你。

于是，任秋风又一次来到了市政府。这次，他是坐市长的奥迪车来的，进门时，门岗不但没有阻拦，还陡然间站得倍儿直，一个劲地敬礼！任秋风本想摇下玻璃看看那人，可他没有那样做。

而后，他在秘书的引领下进了市长的办公室。市长很亲切地握住他的手说："秋风同志，见你一面不容易呀。来，坐坐坐。"等任秋风在沙发上坐下来，市长说秋风同志，我听说你是骑车来的，好啊，艰苦朴素是对的。可有一条，不能影响工作。像你们这么一个全国知名的单位，工作用车，还是要配的。我请你来，是要告诉你，你们的材料我看了，很好，很有启发。我们要搞商贸城，你是走在最前边的。我已经说了，要通令嘉奖！说说，往下，你有什么打算？任秋风汇报说："市长，下一步，我们的初步设想是搞连锁经营，这在中国还是首例。准备在三年之内，搞十五家金色阳光连锁店。从京津沪开始，争取走出国门。"市长认真听了汇报，而后说："好啊，好。有胆略有气魄！我就两句话，我希望你们胆子再大一点，步子再快一点。你现在是国内的老大了，以后也可以走出国门嘛。要敢想，要敢于当第一个吃螃蟹的人！我看，巴拿马也可以插上金色阳光的旗帜嘛！美利坚合众国也可以给它插上一颗钉子嘛！"任秋风很激动，他很认真地记下了市长的话。

出了市长的门，在过道里，任秋风又碰上了抓商业的皇甫副市长。皇甫副市长没有架子，抓住他的手把他拉到了自己的办公室，说："老任啊，你不简单啊，香港报纸都登了，现在身价是一个亿呀！你可是咱市里的名片，飞机上挂喷壶，响遍全国。我看了你们的材料，你们要搞连锁？好啊，大胆搞，搞起来。有些事情，也可以先走一步嘛，大胆尝试。有作为才有地位嘛。有什么困难，你可以直接找我。"任秋风听了，忙问："股份制我们可以搞吗？"皇甫副市长暗示说："我没说可以搞，但可以试。试，你懂吗？"任秋风说："明白了，谢谢市长关心。"

而后，任秋风想，既然两位市长都见了，也见见局长吧。于是就去了寥局长办公室。寥局人更爽快，一见他就批评说："你这个家伙，见市长去了吧？我在窗户这儿早看见你了，骑一自行车，人家不让你进，是不是？日他豆，你装什么廉政？回去赶紧给我配车！净耽误工作。"任秋风笑了笑，又把给市长汇报的情况，给局长汇报了一遍。局长一边听一边插话说："十五个？十五个不行。不行不行。能不能搞大一点？比方说，三十个，五十个。我是打个比方，一个孩子是养，两个孩子也是带，你得长个豹子胆！蚂蚁日象——大弄！"任秋风说局长说得有道理，我们再考虑考虑。临走时，局长又叫住他："老任啊，现在有个说法，要学会钻政策的空子。你会吗？"任秋风笑了。局长说："你一笑我就明白了，你会。"走的时候，局长要派车，任秋风坚决拒绝了。他说，"精神"吃得太多，他要走走，好好消化消化。

这一路，任秋风是步行回去的。他太激动了！浑身上下像是挂满了炸药包。他的腰太硬了，硬得就像是扎满了弹簧，碰一下就是活力。当他走到大门口时，他竟忍不住对那门岗点点头，一再微笑。那门岗见的人多了，那门岗觉得自己并不认识他，有点诧异。可见这个人气宇轩昂的，一直对他友好地微笑，迷瞪了一阵，也终于像遇上老熟人一样，点点头，笑了。

走在熙熙攘攘的大街上，任秋风突然觉得自己宽了。不知怎的，他觉得自己身量变宽了。这有些好笑，走着走着，他怎么就宽了呢？他看看自己，毫无缘由，他宽了。妈的！这叫什么事？他望着街上来来往往的行人，望着那一辆辆在马路上行驶的大大小小的汽车，望着那拥挤的骑着自行车赶路的人，望着他们眼里露出的愤恨，心里竟生出了一种理解和释然。天近黄昏时，街灯亮了，当他走在路边上，看见有一戴白帽的男人站在炭炉后，用他那粗哑的假新疆嗓音高喊："羊肉串——羊肉串喽！"不知为什么，他掉泪了。一个大男人，走在大街上，他默默地掉泪了，他是感动得掉泪了。

回到商场，任秋风独自一人在办公室里站了很久，一张宏大的蓝图在他脑海里逐渐形成了。他把江雪叫来，对她说："从工作考虑，还是进辆车吧。"

江雪说："早该这样了。"

任秋风说："今天，见了市长。"

江雪说："进辆好的？"

任秋风想了想说："就……奥迪吧。"到了这时候，他才明白，在路上，他怎么就宽了。

四

似乎是不经意间，江雪兼上了任秋风的生活秘书。

这段，会议多了。任秋风出门时，也开始讲究仪表了。有一次，出门开一个会，任秋风对穿什么衣服拿不准，刚好看见江雪，说，来，你给参谋一下。江雪就给参谋了一下。此后，不用再叫，江雪就主动参谋了。

这女子眼光毒，一参谋就很到位。正式的、公开露面的场合，都让他穿西装打领带。西装和领带的搭配是很讲究的，不能超过三种颜色。这些，江雪都给他安排得很得体。有时候，江雪又执意让他穿便装，结果去了以后，显得非常自然、随便。还有的时候，就让他穿一身洗得发白的旧军装，圆口布鞋，也很好，显得朴素。慢慢地，任秋风很依赖她。

如今，任秋风也常去那个叫作"黑井"的茶社。这是省城目前最好的茶社。最初，还是江雪介绍他去的。一天，江雪说，有几名银行家指名要见他，约在黑井茶社，他就去了。临走时，江雪说，这些人都是见过大世面的。穿军装太严肃，穿西装又太板正，随意点，你穿夹克吧。于是，他就穿着江雪给他挑的夹克去了。

黑井茶社是进门就要脱鞋的。进门后，在大厅里脱了鞋，穿着袜子走在那擦得锃亮的樱桃木的地板上（如果你穿的是白袜子，楼上楼下走一圈下来，那袜底还是白的，它就这么讲究），在巴赫钢琴曲的伴奏下，在妙曼的音乐声中，人就像踩在羽毛上一般，飘飘的，脚很舒服。而后，一级一级地上了二楼，那里有隔成一间一间的日式茶舍。茶舍里很安静，巴赫的音乐似有若无，与环境非常协调，一间一间都互不干扰，里边摆着一圈日式沙发，中间是一个茶几，茶几上放有精致的日式茶具。有穿和服的小姐布茶，为了不影响客人谈话，进出都是默默的跪式。要是想出出汗的话，就上三楼。三楼是娱乐性质的，有台球室、乒乓球室和棋牌室。玩热了，还可以上四楼，四楼是桑拿洗浴中心，你可以泡一泡、蒸一蒸、搓搓背什么的。这里有很完整的一套服务设施。

任秋风第一次来，是跟几位银行的行长见面。他先是见了三位，一位是工商行的行长，一位是交行的副行长，还有一位任秋风自始至终也没弄清他的身份，从气度看，好像他本身就是"银行"。当然，在以后的日子里，任秋风就见得多了。

这三位，工商行的姓薛，名叫薛民选。他的脸很大，胖胖的，身上随随便便地穿一件水洗布的纯棉衬衣，却一丝不苟地打着领带。交行的这位姓千，这是世上很少的姓氏，人家都叫他"千行长"或"老千"，这称呼是看关系的。他是个秀秀气气的"眼镜"。第三位，姓郭，叫郭大升。看模样是个很不讲究的主儿，他胳膊上的汗毛很重，很像是黑猩猩。但是，他手腕上戴的那只表却引起了任秋风的注意，他戴的是"百达翡丽"。这是世界名表中最好的牌子。据说创立于一八三九年的"百达翡丽"是全球最优秀的制表商，就是他们为这个行业制定了技术标准的上限。任秋风也是干了商业后才知道的。从三人的默契度上看，他们的关系非比一般。

这次见面，是给了任秋风一些刺激的。虽然他表面上不动声色，可内心深处，却留下了很深的印痕。四人见面后，很简单地握了握手，而后就坐下来。薛行长说："老任，喝什么？龙井还是碧螺春？"任秋风说："就龙井吧。"接着，薛行长又问："老千，你呢？"老千说："我苦丁，有点上火。"于是，薛行长就吩咐说，"那好，两杯龙井，一杯苦丁，一杯普洱，老郭只喝普洱。"

待那跪进跪出的小姐把茶一一布好，而后默默地退下，拉上了门，薛行长这才说，"老任，你的金色阳光如今已做到了国内第一品牌，这我们都知道。我们哥儿几个把你约来，就是想听听，今后，你打算怎么办？实话说，我们是给你送银子来了。"

任秋风笑了笑，说："有好几家银行，都说要给我贷款。"

老千插话说："我们不是贷款，我们是想参股。"

任秋风说："多少？"

这时候，那姓郭的端起茶盅喝了一口，漫不经心地说："你要多少？一个亿够吗？"

任秋风的心像是被人刺了一下，感觉很突兀。可他不动声色地说："你们也不怕钱打了水漂？"

老千说："我们调查过你的情况，你是侦察兵出身，胆大心细，不会蛮干。我们看重的就是这一点。实话说，这钱，不是公家的，是我们个人的。说白了，我们是想把钱放在一个安全的地方。当然，能生钱更好。万一砸了，那是我们的眼不好。是吧，大哥。"

任秋风吃了一惊，心想，自己的？你们自己怎么会有这么多钱?! 可他仍不动声色地说："你们也知道，香港的报纸已经登了，金色阳光的品牌效应，就值一个亿。"

老郭眼很亮，老郭说："老任，你不要有什么想法。钱是干净的，是我们从股市上走来的。"说这话时，他的脸有一股黑气。

任秋风说："现在是市场经济了，我知道。"

薛行长说："是啊，老任，我们就想听听你下边的打算。"

任秋风说："当然是搞连锁。目前国内还没有连锁，我准备搞一个连锁帝国。三年建三十个金色阳光连锁店，年销售额三百个亿!"实质上，这只是他的初步设想，并没有周密、详尽的计划，可当着这些人的面，他不能太让人小瞧了。

薛行长问："老任，你的资金来源呢？建三十个连锁，你资金从哪里来？"

在薛行长的激发下，任秋风脑海里临时闪现了一个火花! 他说："有一本书你读过吗？这本书的名字叫《蛋生蛋》。其中举了一个例子，说美国有一个叫格顿的老板，他有一个加油站。他以这个加油站做抵押，建了两个加油站；而后又以两个加油站做抵押建了四个，这样，就像滚雪球似的，很快他的加油站遍布全国各地。"

薛行长点点头，说："不错，这个思路不错。"

老千也说："有气魄。我看行。"

这时，任秋风说："有多家银行，连着找我，争着要给我贷款。所以，你们的钱，对于金色阳光来说，不算什么。"说了这话后，任秋风才觉得，他坐得稳了些。

这时候，那姓郭的皱了一下眉头，突然说："怎么，好像有哭声？"

老千说："不会吧？放的音乐，巴赫的钢琴曲。"

薛行长也说："有吗？我怎么没听见？"

任秋风说："我也听到了，是，隐隐约约的。"

老千说："不会吧？不会不会，这地方，开玩笑。"

薛行长说："也许是茶社里哪个小姑娘，有什么不高兴的事了？算了，不管他。老任，如果我们参股的话，能不能占大头？"

任秋风说："不行。不管谁参股，最多也不能超过百分之四十九，这是国有。"

老郭不紧不慢地说："国有也可以变嘛，主要在运作。"

仿佛电光石火一般，这句话像是点醒了任秋风。他说："是啊，也不是不可以考虑。"

老郭说："这事也不急，得细谈，咱慢慢谈。我知道，你任总现在是一亿的身价。"

一个亿的身价，这话听着舒服极了。你就是神经再坚强的人，也会觉得舒服。

当然，他说的是"无形资产"。这就像是球王贝利在足球场上踢进了一个球！踢进去的这个球对社会有用吗？好像没有，但它就可以值多少多少万美元！就有人给！任秋风淡淡地说："钱不是问题。"

老郭又说："你的思路的确不错。不过，"说着，他突然扭头对老千说，"真有哭声，大千，你去问问。"

老千站起身来，说："好好，我问我问。"说着，推门走出去了。

片刻，老千走回来，他推开门，看着三人，笑了："大哥，英明啊。真有。离这儿隔一条路，是动物园的后墙——是狼。"

老郭诧异地说："狼？"

老千说："狼。"

薛行长迟疑地说："动物园不是离这儿远着的吗？"

老千说："动物园大了。动物园门不在西边吗？这是动物园的最东边，挨着的是后墙。是狼，狼在哭。她们说，有时候，象也哭。"

几个人都释然了。薛行长说："是狼啊。狼哭什么？"

老千说："那谁知道。"

老郭说："狼关在笼子里，它能不哭吗？"

老千说："许是关得久了？"

老郭说："狼是有野性的。常年关着，也不是事。"

薛行长说："那象呢？象哭什么？"

老郭像是想到了什么似的，突然说："行了，不谈了。换地方。马上换地方。这地方不吉利。"

听他这么说，任秋风笑了。

老郭看了他一眼，说："你不信？"

任秋风说："我不信。我是个唯物主义者，不信这一套。"

老郭站起身，意味深长地说："你会信的。"

薛行长跟着站起身，说："老任，这样吧，中午，哥几个请你吃鲍鱼。"

任秋风也站起身，却说："各位，对不起了，有几家银行，还在办公室等着呢。"

老郭说："那好，咱改天再谈。"

等三人走后，任秋风又独自一人默默地在那儿坐了一会儿。他心里说，一个唯物主义者，能怕狼哭吗？此后，这里就成了任秋风常来的地方，凡有重大事情，都是在这里谈的。这里既舒适安静，还有一定的挑战性。

这天晚上，任秋风回到家时，已是夜半时分了。上官挺着肚子迎上去接过他脱下的夹克衫，突然说："你走路的脚步比以前重了。"

任秋风说："是吗？"

上官说："是，以前你走得快。现在比以前稳了，重了。"

任秋风说："可能是有点累。"

五

近段时间以来，任秋风脑海里常常会飘出这么几个字：

——同志，要警惕呀！

他是很警惕的。离开那些人的时候，他也常常反思自己，不停地告诫自己：你千万不能头脑发热！是呀，有时候，坐在办公室里，连任秋风自己都有些恍惚，怎么突然之间，他就有一个亿的身价了呢？

当然，这说的是金色阳光，说的是无形资产。可谁来代表金色阳光呢？谁来代表无形资产呢？毫无疑问，只有他。

任秋风已有很多个夜晚没有回家了。他正在草拟一个宏大的远景规划，商场本是没有地球仪的，他让采购人员专门去厂家定制了一个一人多高的地球仪，放在了他的办公室里。而后，他每天都要站在地球仪前，看一看：美利坚合众国，该从哪里登陆呢?!

为了慎重，他也请教过很多专家，开过多次的专家座谈会。可专家们一个个都像是撑船来的，很潇洒、很飘逸，很蜻蜓点水。他们从宇宙观到人类学；从马克思到洛克菲勒；从有氧运动到贝贝裙；从海豚式管理到 W 形思维；从呼啦圈到罗斯福新政；从范蠡到比尔·盖茨，说得头头是道，天花乱坠。而后，吃了饭，擦干了嘴上的油，收下红包（咨询费），走了。

这天晚上，九点钟的时候，已到了商场下班的时间了。可他下楼后，却见商场的职工竟一个也没有走！他们一群一群地聚在一起，小声吵吵嚷嚷地像是在议论什么。任秋风说："怎么回事？下班了，你们怎么不走啊？"

职工们一听到老总的声音，马上就围上来了。那些脸，就像是葵花向阳一样，全都无比信任地望着他。他们围着任秋风，乱嚷嚷地说："任总，听说商场要搞股份制，我们能不能入股?!"有的说："任总，真的假的? 我一亲戚也想入股，他说钱能生钱!"有的说："恐怕首先得保证商场的职工，任总，你说是不是?!"

见群情激昂，任秋风笑着说："八字还没一撇呢，你们听谁说的? 再说了，入股是有风险的，你们也不怕钱打水漂?"

众人像欢呼似的，齐声高喊："我们相信任总!"

这就是群众的声音。这些话听了，真叫人热血沸腾啊! 可任秋风仍然抑制着自己的情绪，对众人说："回吧，都回吧。我会考虑大家的意见。"

可是，回到楼上，他激动的心情仍然难以平复。领导这样认为，群众也这样认为，看来，往前走是没有错的。做大，一定要做大，美利坚合众国，为什么就不能插上一颗钉子呢?!

想到这里，他浑身发烫，血很热! 就在这时，江雪上来了。江雪进了他的办公室，说的第一句话是："你掉头发了?"

任秋风笑了，说："你怎么知道?"

江雪说："是打扫卫生的告诉我的。你要注意身体。"

任秋风轻轻地、语速很慢地说："咱那计划，是第几稿了?"

江雪说："第十二稿了。"

任秋风望着她，问："你觉得，是不是太大了? 能实现吗?"

江雪没有正面回答，只是默默地望着他，望了一会儿，她说："其实，你是想的。"

这话像箭一样，一下子射穿了他。任秋风好久没有说话，他只是愣愣地望着那地球仪。过一会儿，他说："你这鬼丫头，我想什么?"

江雪轻声说："一个商业帝国。没有人不想。"

任秋风没有回答。他转了话头，轻轻地抱怨说："抱的都是不哭的孩儿。"

这是一句反话。他的意思是说，到时候，就没人负责了。

江雪却说："那你就大声哭。哭了，才有人抱。"

真是少有的默契！任秋风有些惊讶地望着她，从什么时候开始，他们之间变得这么默契，这么同步？是啊，有很多个夜晚，是他们在一起一遍一遍地起草这个宏伟的计划。这个计划也是在上级领导的关注下，层层加码后完成的。如果能实现的话，那真就是一个不折不扣的商业帝国了。

接下去，任秋风又说了一句没头没尾的话。他说："要你看，先搞？还是后搞？"

江雪两眼放光，说："当然是先搞。"

任秋风说："说说你的理由。"

江雪说："你不是总嫌婆婆多吗？搞了股份制，所有的婆婆都成了'宏观'。这时候，董事会就是婆婆。婆婆变成了一份一份的，就等于没有婆婆，小媳妇就再也不用受气了。"

任秋风第一次用赞叹的口气说："这个比喻，很恰当。"

经过了那次"卫护"行动，江雪就觉得她跟任秋风近了许多。她眼里一下子开出花来了，灿烂无比。她低声说："你别夸我，你一夸我，我就软了。"

江雪软不软任秋风不知道，但听了这句话他却硬了。陡然间，他觉得自己变成了一根棍，很难自制。七个月，他七个月没有跟上官在一起了，心里很躁。

他想扭过身去，可他动不了了。

江雪说："你看我干什么？"

他说："你眼里有蚂蚁。"

她说："你也有。"

他说："你眼里有很多蚂蚁。"

她说："你也一样。"

他说："你眼里的蚂蚁有芒儿，你的蚂蚁在跳舞，都舞成花了。"

她走上前去："我知道你恨我眼里的蚂蚁。你把它挑出来，你挑！"

"轰！"一下，像着了火似的，任秋风这会儿什么也顾不上了。他脚下仿佛是垫着什么，一股神力冲天而起，他竟然一把把江雪抱起来，放在了沙发上。沙发很软，也很有弹性，让人斗志昂扬。

　　突然，任秋风很惊讶地"咦"了一声，说："——桃花?!"江雪羞答答地，一声不吭。

　　当两人坐起来的时候，同时都看到了那个东西——远景规划。它就在他们的身子下边，沾了血。

　　任秋风有些惴惴不安，他愣愣地说："咱们是不是疯了?"

　　江雪说："不，是一次超越。"

第十二章 ·································

一

下雨了。

雨是九点多一点下起来的，初时短，而后渐长，网一样。它很快就打湿了映在街面上的霓虹灯，溅起一钉一钉的雨泡。行人开始一蹿一蹿地跑起来，就像是一个个在跳踢踏舞，很幽默地被雨驱赶着。汽车的轮子在地上发出嘶嘶的声响，一辆一辆，唰一下唰一下，像是在给柏油路面抹油。远处仍有店铺里传出的"甜蜜蜜，甜蜜蜜……"，却再也吸引不住人了。

到了十点钟，雨仍然在下。这时，街上的行人已很少了，零零星星的，也都打着雨伞，在路灯下一花一花走着。偶尔，会有人抬起头，看见商场外的台阶上站着一个人，一个很傻的人。

谁看见这个人都忍不住想笑。他像是一只傻斑鸠，夹着个膀子，打着一把雨伞，怀里还抱一把伞、一摞书，却被雨浇了个透湿！伞举在前边，他却一直仰着脸往上看，目不转睛地看，就像看到了什么稀罕。商场楼檐上的雨滴正好滴在他的脖子上，滴一下，他缩一下脖，滴一下，他缩一下脖，看上去可笑极了。

这是个痴人。他是齐康民，他给江雪送书、送雨伞来了。齐康民迷上江雪了。在很长一段时间里，他晕晕乎乎的，脑海里全是江雪。有一次，他竟然迷得忘记了上课。他本是夹着讲义去给学生上课的，也不知脑子里哪根筋短路了，嘴里念念叨叨的，就那么夹着本讲义迷迷瞪瞪地走出了校门，走上了大街，一直走到了商场门口。刚好碰上小陶，小陶说："老师，你干啥呢？"这时他才迷过来，嘴里说："噢？噢噢。"扭头就走，可还是晚了。为此，他受到了学校的严厉批评。

齐康民在等江雪。他本来是可以上去的，都是熟人，他为什么不上去呢？可他就是不上去。不上去不为别的，是不想跟别人多说话，他为江雪而来，也只想见江雪一个人。

齐康民一直等到十一点半的时候，才见楼上的灯一层层灭了。这时，他哆嗦着身子拐到一旁去了，躲在了一个黑影里，他是不愿让人看见。门口处，先是门响了一声，有两个保安走出来。两人打着伞，在台阶上相互递了一支烟，点上，吸着走了。又过了一会儿，门又响了一声，这次，才是江雪出来了。

江雪是拿着伞的。她刚要把伞撑起来，有一把伞已罩在了她的头上。齐康民说："这么晚，累了吧？"江雪看了老师一眼，老师像个落汤鸡似的，却给她撑着一把伞。她笑了笑，说："看你淋得。"

齐康民一只手举着伞，说："我是说，你累吗？"

江雪说："我很快乐。"

齐康民心疼地说："太晚了，以后别那么晚。"

江雪说："我有点饿了。"

齐康民说："你没吃晚饭？"

江雪说："吃了。不过，这会儿又有点饿。"

齐康民很兴奋，马上说："去我那儿，我给你下面。"

江雪说："算了吧，太晚了。"

齐康民说："那，就近吧。你想吃点啥？"

江雪说："只是一点点饿。"

齐康民四下看了看，说："这会儿，干净点的，就夜巴黎了。"

江雪说："就夜巴黎吧。"

于是，他们就去了亮着橘红色灯光的夜巴黎。夜巴黎是个有小资情调的店，通宵营业，兼卖酒水面点什么的。里边是一排一排的吊椅，人坐上去摇摇的，很浪漫。两人坐下后，江雪说："老师，我请你，我一直说要请你呢。"齐康民擦了一把脸，说："别呀，你那点工资。"江雪凑上去，低声说："——是你的好几倍。"齐康民说，"真的?"江雪点点头。齐康民说，"不过，你还是让我绅士一下。让我绅士一下吧。"江雪说，"好好，你绅士。"而后又悄声说，你想不想喝点酒?齐康民说，酒啊?太想了!你们老不让我喝。你说喝什么吧?江雪说，红酒。齐康民说，带色的?好吧。不过，我想喝点白的，我来点白的吧?江雪说，你可不能喝多了，你喝多了我背不动你。齐康民说，好好，不多，就二两，我要二两白的，行吧?

正在这时，邻座突然传来了一阵含有醉意的笑声，那笑声齐康民很熟悉。他扭头看了看，给江雪递了个眼色，说："邪了。"

江雪小声问："又是那个女人?"

齐康民点点头说："苗青青。"

江雪皱了一下眉头，说："你别理她。"

齐康民说："她那边有人，好几个人，我理她干什么。"

一会儿工夫，酒，红的白的，俩小菜，热腾腾的牛肉面，全上来了。齐康民举起酒杯，说："祝贺你。"

江雪脸有点红，说："祝贺我什么?"

齐康民说："你不当了副总嘛，我还没给你祝贺呢。干杯。"

江雪端起酒杯，轻轻地碰了一下，有点不自然地说："当副总算什么。不过，我很快乐。"

齐康民说："快乐就好。只要你快乐，干什么都无所谓，你说是吧?"

江雪怔了一下，说："是呀。是。"

乘着酒兴，齐康民说："江雪，我一直觉得，你童年里有个阴影。你看我说得对不对？"

江雪又端起酒，在齐康民的酒盅上碰了一下，说："来，再喝一杯。"而后说，"你看出来了？"

齐康民说："你眼里有洞，那是个黑洞。真的，江雪，我没跟任何人说过。这怕是跟你的童年有关。我一直想把那洞给补上。要是能补上，你就真正快乐了。"

突然，江雪有些不快，目光一凛，说："告诉我，你听谁说的？"

齐康民见她生气了，赶忙说："我，我听别人说的。"

江雪说："别人，哪个别人？我告诉你，你可以相信任何狗，就是不要相信人。"

齐康民一怔，较真儿说："不对。我既然可以相信狗，就可以相信人。这里边有个逻辑关系问题。你童年……"

江雪立时打断他的话："你又哲学了。你一喝酒就哲学。你烦不烦呢？"

齐康民说："这怎么是哲学呢，我哲什么学呀？我是关心你。"

江雪举着手里的酒杯，小声说："——敬爱的老师，我已经毕业了。"

齐康民说："这跟毕业有什么关系？你毕业了，所以你也不用叫我老师。你叫我老康，老齐，随便叫什么都行。真的，我告诉你，你心里有病，只有我可以治你的病，你信不信？"

江雪歪着头，笑笑地、样子坏坏地调侃说："——老康？"

齐康民却认真说："对，就叫我老康。"

江雪低头喝了一口面汤，嘴里吸着一根面条，仍调皮地说："老康，康大夫，你让我喝口汤，行吗？"

齐康民说："你喝你喝。"

江雪喝了几口面汤，脸红扑扑的。她再次端起酒杯，说："——老康，干杯。"而后她亲昵地说，"你说我眼睛好看，我眼睛真的好看吗？"

齐康民也端起酒盅，跟江雪碰了一下，说："当然好看。为你的眼睛干杯，你眼睛里有内容。"一口喝干了，他又用请求的语气说，"我得再要一瓶二锅头，小二两的，行不行？"

江雪说："不行。你要再喝，我就走。"

齐康民心里有话。他心里说，我得再喝一点，再喝一点就能把那句话说出来了。不喝酒说不出来。他说："给老师个面子，小二两的？"

江雪说："你说的。说话要算数，老康。"

齐康民说："好好，小二两。老康就要一瓶小二两的，一滴也不多喝。这行吧？"

可是，江雪站起来了，那是要走的意思。就在这时，"哗！"邻座爆发出一阵热烈的掌声和笑声！

两人扭过头去，只见苗青青在不到两米宽的过道里，脖子动着，手舞着，腰扭着，屁股吊着，跳起新疆舞来。她一边自舞一边还唱着给自己伴奏："我们新疆好地方啊，天山南北好牧场，戈壁沙滩变良田，我们美丽的田园，我们可爱的家乡，来来来，来来来……弹起你的冬不拉，跳起舞来唱起歌，来来来来，来来来来……"几个男人也都站起来，一个个东倒西歪的，一边拍手一边嗷嗷叫着："好！好啊！"

江雪很不屑地对齐康民说："看看，喝醉了，就这样子！"

齐康民不吭了。

二

其实，这时候，苗青青并没有喝醉。

　　她只是喝了七八分的样子，喝得兴奋，也有些忧伤。她心里孤啊！于是在众人的撺掇下，就豁出去了。酒不醉人人自醉嘛。

　　自从有了车，苗青青走出门的时候，还是很快乐的。宴会、酒会、招待会几乎天天有。还有很多想在报纸上出名、发稿子的人，一天到晚巴结她。再有第三类，是一些有钱的男人，看中了她的相貌和品位，又是报社记者部的主任，多火呀！也是一天到晚追逐着她。所以，出了门，她不愁快乐。

　　可一回到家就不行了。回到家就剩她一个人了，屋子里静得可怕。当然，她过去也有一个人的时候，但那时候心里还装着一个人，盼着一个人，这个人说回来就回来了，这就有了念想。现在她是彻底解放了，连念想也没有了，心里很空。所以她不想回家，一回家就把所有的灯都打开，再把电视机打开，让屋子里到处都是声音，图个热闹。半夜睡不着的时候，她会从床上爬起来，像小狗似的偎在沙发上，一只手拿着遥控器，一只手擎着摩尔烟，一个一个地换频道，而后，才迷迷糊糊地睡去。

　　前段时间，她曾经去找过邹志刚。可邹志刚的态度很冷淡，和以前简直判若两人。他的幽默像是被肠子里的油挂住了，放出来的全是毒气！那天，苗青青特意收拾了一番，穿了一条新裙子。可两人一见面就很不愉快。苗青青一跨进他的办公室，还像往常那样嗔怪道："打你手机你为什么不接？"

　　邹志刚呆着个脸，说："手机没电了。"

　　苗青青说："胡说。响了好几声，你就不接。"

　　邹志刚说："我怕你了，不行吗？"

　　苗青青不解，说："我是虱子？"

　　邹志刚说："青青，说老实话，我真是有点怕你了。"

　　苗青青说："那我倒要问问，你怕我什么？"

　　邹志刚说："你是我的克星。真的，我只要见你一面，非出事不可。"

　　苗青青一愣，冷冷一笑说："那你以后别再见我了！"

　　邹志刚也不说什么，就那么呆呆板板地坐着。

苗青青不高兴了，说："我克你什么了？你给我说清楚，我克你什么了？"

邹志刚煞有介事地说："咱俩是不是属相不对呀？原来我也没在意，只是近两年，倒霉砸脚后跟，连续出事。我才……"

苗青青冷着脸说："好啊，在你眼里，我成了灾星了？那好，就算我是灾星！你说，我克你什么了？"

邹志刚说："这，不用我多说吧。你，好像是属鸡的吧？我是属猴的。最近我才问了问，人家说，鸡猴不到头。"

苗青青脸都白了："好好，连封建迷信这一套都搬出来了。我就问你一句话，我到底克你什么了？你必须给我说清楚！"

邹志刚说："你别急嘛。这不是你的问题，这是属相不合。生辰八字这东西，不可全信，也不可不信。主要是……"

苗青青厉声说："姓邹的，我知道你打什么鬼主意，怕我黏上你是不是？用不着这么卑鄙吧？"

邹志刚说："这你就冤枉我了。其实，我是……"

苗青青站起来要走，可她心犹不甘，说："我还是想问问，我到底克你什么了？！"

邹志刚说："我不想说，你非让我说。"

苗青青急了："你说，就是天塌下来，也是我的！"

邹志刚吞吞吐吐地说："那一回，我去你那儿，是不是头一回我记不得了，就被你丈夫逮个正着！你说邪不邪？后来，又见你，在上岛咖啡，没说几句话，你泼我一脸酒，弄得我狼狈不堪。再一回，我跟日本人签合同的头一天晚上，咱见了一面，第二天一早，事就砸了。你说，我还敢见你吗？"

苗青青听了，一张脸白了又红，红了又白，牙咬得咯咯响："姓邹的，你真不要脸啊。你把这些都怪到我头上？好，从今往后，咱一刀两断！"说完，她噔噔噔走出去了。一边走一边在心里骂道：我怎么会遇上这么个男人？都是些没骨头的东西！出了门，她掉了两滴眼泪。

从此，苗青青就开始放纵自己、破坏自己了。她想，既然男人都是些没骨头的东西，她还留着自己干什么。她为什么要为那一份把握不住的、虚无缥缈的情感守着？她还守什么？就这些人，值得她守吗？

那就逢场作戏吧。女人一旦醒过来劲，就跟刺猬似的，浑身都是刺！所以凡是有人请她吃饭她就去，你开玩笑，我也开玩笑，你调侃我也调侃，你涮嘴我也涮嘴，锋锋见利，刀刀见血！玩吧，就为了一个玩！这样，反倒没人轻易敢近身了。

这天，她是跟几个有名的企业家一块儿吃的饭，饭后又来到夜巴黎喝咖啡，说是聊聊。可是，聊到最后，她却把这几个企业家吓住了。开初，他们本是想让她多喝的，说了四个方案：轮到谁输，要么喝酒，要么唱歌，要么跳舞，要么亲嘴。你想这些男人有多坏？她说行！于是，她的大方，她的泼辣，她说唱就唱，说跳就跳，一下子就把他们给镇住了，谁也不敢再有什么歪心眼了。说老实话，这个时候，苗青青倒不怕他们有歪心眼。最后，他们说要开车送她回去，她却一摆手说："不用，我有车。"

可是，等她坐到车里，开了一段后，头上那股晕劲就上来了。说是没多喝，时间长了，她也喝了大约有一瓶的红酒。红酒后劲大，开始还不觉得，这会儿泛上来了，她头晕得像宇宙飞船！说来，她还算机智，停住车，就那么歪在了方向盘上。迷迷糊糊地，她看见任秋风向她走来，穿着一身军装，她笑了。她说：哥哥，我渴。

等她醒过来时，已是第二天早上了，她听见外边有人在敲玻璃窗。她打了一个喷嚏，摇下玻璃，看见一个警察。警察给她行了一个礼，说怎么回事？这里不准停车，你不知道吗？她赶忙拿出记者证，说对不起。那人接过记者证看了看，说记者？她说记者。那人说下次注意吧。摆摆手，让她走了。

苗青青的头还是有点晕，再加上在车里窝了一夜，浑身骨头疼。

这时候，谁可怜她呢？

三

此时此刻，论心态，最能理解苗青青的，就是任秋风了。

自从跟江雪发生了那件事之后，任秋风把自己关在屋里，整整两天一夜都没出办公室。他本是个严于律己的人，他后悔了。他突然觉得，一念之差，他怎么成了苗青青了？要知道，对于苗青青，他是绝不原谅的！那么，自己呢？这干的算什么事？

这时候，对于苗青青，他才有了进一步的理解。一个女人，丈夫长年不在家，她孤身一人，要面对那么多的诱惑，还有那么多的困难。就像苗青青自己说的那样，你让她怎么办？你说过，有些错误是不能犯的。可你自己是个什么东西？！

他说你警惕，你警惕个屁呀！

上官的话，就像钉儿似的，扎在他的心上。相比较而言，他最喜欢的，还是上官。当上官面对金钱的诱惑，转过身奔向他的时候，他是那样的激动，那才是感情的迸发！他爱上官，真的爱她。可是，往下，他将如何面对呢？

任秋风懊悔不已。

他不能原谅自己的是，他就那么轻易地，出轨了。那时候，他怎么连想都没想，就走到了这一步？！人，真是很动物的。

往下，他就更不敢想了。如果江雪对他提出进一步的要求，他将如何对待？

是啊，江雪还是个姑娘，如果她有什么要求，那也是合理的。他将情何以堪？！这接二连三的难题，像连环套似的，把他套住了。他出不来了。他恨自己，骂自己，却已经晚了。

　　白天，背着这么重的包袱，他还要处理一些事情。有一次吴国富来找他签名的时候，恍惚中，他竟然签成了江雪的名字！好在他及时发现，用力地把那两个字涂掉，在下边签上了自己的名字，就这，他汗都下来了。很快，他脑门上就有了皱纹。洗脸时，他站在镜子面前望着这道皱纹，一绷紧脸，那皱纹还不太明显，松下来，那皱纹就又出现了，像刻上去了似的。他心里说，这是罪孽。人真是不能背着什么的，你一旦背上了，想卸都难。

　　这两天，他怕见江雪，又想见江雪。他希望她还像往常那样来给他汇报工作，可又怕她来了万一说点什么。这心里就像十五个吊桶打水，七上八下的。可江雪也像是在故意躲他，一次也没有来。

　　夜里，他总觉得门外有脚步声。有那么几次，他干脆把门开开，可看看却没有人。他的烟抽得更多了，那个玻璃烟缸里已堆满了烟蒂。夜深人静的时候，他关了灯，坐在那里，看着这个一明一暗的小火头，有那么一刻，他都快要崩溃了！他心里说，怎么办呢？

　　这天傍晚，江雪上来了。她故意步子重重的，每一步都让他听见，是她来了。江雪推开门，见一屋子烟味，用手扇了扇，很平和地说："你怎么不回家？回家去吧。"

　　他像个罪人似的，塌着眼皮，很吃力地说："回去，怎么，说？"

　　江雪说："说什么？什么都不要说。有什么可说的。"

　　他说："那你……"

　　江雪说："那是我自己的事情。我愿意。"停了片刻，她又说，"你可以对任何狗说，就是不能对人说。永远都不要说。"

　　突然之间，任秋风像是卸去了千斤重担！他觉得，塞在心上的那块坯，一下子抽掉了。他看了江雪一眼，是的，那眼里有很多蚂蚁，每个蚂蚁都是一个秘密。从此，他心里也藏了一个秘密。

　　江雪又说："记住，这是两人间的事情，不需要第三人知道。有人说过一句话，解放，从心灵开始。"

既然那块坏抽了，他也想轻松一下，可他怎么也轻松不起来。那嘴，就像封条贴久了，再张也难。他挠了挠头，很吃力地说："谁说的？"

江雪说："我说的。"

任秋风说："房子问题，已经解决了。先解决中层以上，一共十套，两套大的……"可是，这话说着就有些别扭，有明显讨好的意味。

江雪不以为意，说："该怎么着就怎么着吧。"

人，只要共有一个秘密，这就有了更多的默契。这默契是透骨的。自此，又一个问题出现了，在两人之间，就很难再有上下级的感觉了。他和她共守着一个秘密，就像是一个秤砣坠着两颗心，相互间都赤裸裸的，从眼睛里望出去，你就是想穿件小褂儿都不行，还怎么分上下轻重？当然，这只是开始，任秋风也没想得很明白。他只是觉得，再说话时，不好那么严肃了。

妻子快要生了，任秋风不能老不回去。于是，他坐车回家了。在路上，他特意买了一些上官喜欢吃的水果，就那么提着回去了。

回到家，上官见他手里提着水果，就一手托着腰说："太阳出来了，从西边。"他笑了笑，心里怦怦乱跳，说："没事吧？"上官说："怎么没事，老踢我。你也不管管？"任秋风又笑了笑，心里想多顺几句，一时顺不出来，就低下头，说我听听。上官就让他听。听着，上官说，累了吧？看你不想说话。任秋风说，有点。哎，忘了告诉你，房款已打过去了。回头你去看看，怎么装，你说了算。上官说，真的？好啊。跟老人住一块儿，总是不那么方便。

就在这时，上官突然说，你身上怎么有味？任秋风心里一紧，说啥味？没有吧。上官说有，你身上有味。任秋风说真有味啊？上官说有味。任秋风说，噢，有厂家来推销香水，急着往桌上放，他们把香水弄洒了。上官说，洒了？他说，洒了。而后又说两瓶，说是合资的，碎了一瓶。上官说，还是好的，茉莉香。要了吗？他说没要，不是名牌。接着她开玩笑说，没干坏事吧？他说哪还有这份闲心。上官抚摸着他的头发，说有阵子了，一阵一阵疼呢。任秋风说，那上医院吧？上官说，看你急的，医生说还得些天呢。摸着脑门的时候，上官说你的头怎么这么热？他说也许是有点感冒。说着，赶忙起身，说我忘了，别传染给了孩子。

这晚，任秋风是在沙发上睡的。半夜的时候，上官托着腰起来给他盖了盖掉地上的被子，说："还挺香的。"

任秋风忽地坐起来，说："你怎么还不睡？"

上官说："睡。"

四

陶小桃又犯规了。

这段时间，陶小桃接连出错。空气中，仿佛有一个看不见的螺丝，在一丝一丝、一扣一扣地紧她，动辄得咎。她已是忍无可忍了。

迟到就不说了。迟到是因为陶小桃住得远，有时候堵车，再加上她早晨贪睡，虽定了闹钟，有时也会晚个三分两分的。也怪了，每次都被江雪逮住，次数一多，就显得人懒散了。

再就是印广告册的时候，错了一个字。这次错的不是一般的字，是总经理的名字，任秋风错成了"周秋风"。当时，印广告册那会儿，小陶并不在场，也不清楚是什么时候弄错的。可责任，却是她的。江雪抓住这件事，在大会上不点名批评说，"有些人，太不像话了。上班时间谈情说爱，迟到早退，对工作极端不负责任，你以为你是谁？不要以为有人送花，你就可以臭美，就可以为所欲为了！"小陶一听，就知道，这是冲她来的。而且，她心里清楚，江雪是记仇的。是那束玫瑰花，伤了她。

再往下，就是盒饭的事了。

金色阳光的午饭是商场供应的，价值五元。这五元是成本价，不添加任何费用的，比大街上卖的十元盒饭要好。也有花样，有时是盖浇米饭，有时候是包子，有时是卤面。任秋风的意思是要让职工吃饱吃好。商场里有一百七十六名职工，按规定是一人一份。也有各种原因不来吃的，不吃就剩下了。这样，有个别饭量大的，可以吃两盒，两盒就两盒了，反正总会剩一些。开初的时候，谁也没有太计较。

一天中午，轮岗吃饭的时候，陶小桃从窗口处看见了站在商场外的李尚枝。这已是冬天了，有风，天冷，头上蒙着围巾的李尚枝站在一溜自行车的旁边，一只手捧着一个大茶缸子，一只手拿着一个干馒头，正一块一块掰着往嘴里塞。兴许那馍太干了，她被呛住了，大声咳嗽着。因为远，听不到声音，但李尚枝弯着腰咳嗽的动作，让陶小桃觉得她一定是难受极了。尤其是在阳光的照耀下，那白瓷茶缸一晃一晃，上边亮着一个大红的"奖"字，这让陶小桃受不了了。她端着自己那份饭就下楼去了。

在商场外，陶小桃端着那份盒饭快步走到李尚枝跟前，说李师傅，这盒饭你吃了吧，热的。冷不防地，李尚枝一下子变脸了，她红着脸说这是干啥？你这是干啥呢？我不吃，快拿走。陶小桃赶忙说李师傅，你别多想，不就一盒米饭吗？我今天有些不舒服，你要不吃，就浪费了。浪费粮食不好。李尚枝说不不，别别。商场的东西，我不沾。她虽一步步往后退着，可她看小陶汪着一双大眼睛，面目挺善的。另外，她每天上班时，来来去去都热情地跟李尚枝打招呼，整个商场，她是跟李尚枝说话最多的，总是李师傅长李师傅短，人很好。李尚枝最怕人家对她好，人家一对她好，她就没有办法了。李尚枝说："你你你，自、自己吃吧。"小陶硬把那盒饭塞到了她手里："我姥姥说，糟蹋粮食下辈子变狗。你想让我变狗啊？"这么一说，李尚枝笑了。

此后，隔三岔五地，陶小桃都会给她端去一盒热饭。两人也在一起说几句闲话。李尚枝说："那啥，你别让人有意见。"小陶说："不会。没人在意的。"李尚枝说："我儿子比你小六岁，我要是有你这么一个女儿，就烧高香了。"小陶说："我知道你有个好儿子，在一中上学，是尖子生。"一提到儿子，李尚枝笑了，说："你一脸桃花，面善，别让人坑了。"小陶说："看你说的。我一脸麻子，就没人坑了？"李尚枝说："人善被人欺，马善被人骑。你可得注意。"小陶就笑，咯咯地笑。李尚枝说："你真会笑。笑得石头都会给人作揖。"小陶又笑。有时候，看剩得多，小陶吃一盒，也给李尚枝多拿一盒，这事谁也不在意。

可时间一长，就有人在意了。最先在意的是一个姓包的女人。这女人是在一楼的阅览室后边卖餐点饮料的。她人胖乎乎的，也有几分姿色，嘴碎，人家都叫她"包子"。供应盒饭的事，任秋风原是想让包子兼起来，再给她增加两个人。可她心眼多，算算太辛苦，也不挣什么钱。再说，职工盒饭，办不好会招人骂的，于是就推掉了。倒是让一个姓马的女人承包了。事情就是这样，没人做时，都不愿做，一有人做，就争起来了。让姓马的女人一干，包子反倒后悔了。她跟这姓马的有矛盾，俩人乌眼鸡似的，谁也看不上谁，平时说话就夹枪带棒的。这姓马的是个勤快女人。她并没有增加人，而是让她丈夫跟她一块儿干。她丈夫当过厨师，下岗了，正好有个事做。一时，包子就觉得这姓马的占了很大的便宜，心里一直愤愤的！等盒饭送了一段后，包子就不断地反映这姓马的有问题，一时说她做的量不够，一时又说咸了淡了，反正是有意见。马女人也不示弱，供应盒饭总是从五楼开始（这也是应该的），最后才送她这儿，总让她吃凉的，这就是矛盾的起始。这样，送着送着，包子又发现问题了，她发现全商场一百七十六名职工，到最后总会剩下十盒八盒的，有时候更多。于是，包子就检举说，马女人把剩下的盒饭在街头上卖了，一盒卖十块！这事就反映到了江雪那里。包子账算得很细，暗暗一算账，她肠子都悔青了！她对江雪说，一个盒饭说是成本价五块，其实料钱顶多四块，这样一盒的工钱马女人就净挣一块了，一百七十六盒，就挣了一百七十六块！一天一百七十六，一月就是五千多！这就挣得够海了，她不应该再去卖了！江雪听了，就去查问。一问，马女人也很委屈。马女人说，我们两口子早上四点钟就起来做，一直忙到中午，累死累活的，一盒也就几毛钱的利。知道职工吃的，从来不敢大意，面买最好的，肉买最好的，米也是最好的，油盐酱醋都是好的，不信，这都有票。再说，每天的盒饭，是有剩的，可也有吃两盒的，还有端出去送人的。谁要是推出去卖钱，就出门让汽车轧死！江雪就问，谁端出去送人了？马女人不愿意得罪人，就支支吾吾地说："我也说不清是谁，反正有。"

本来是芥豆之微的小事，经两人这么一闹腾，江雪就专门在职工大会上讲了一下，她说必须严肃纪律，盒饭是职工福利，是不能端出去送人的。如果发现谁再端出去送人，一定严肃处理！

事也凑巧，那天开会时，小陶刚好不在，她去市里开一个广告发布会，并不知道其中的曲曲弯弯。

终于，一天中午，当小陶又端着一盒饭兴冲冲地往外走时，被江雪拦住了。

江雪说："商场有制度，你不知道吗？"

小陶一怔，说："啥制度？"

江雪说："盒饭是不能随便送人的。"

小陶说："这是剩下的，我给李师傅……"

江雪沉着脸说："制度就是制度。谁也不行。"

小陶丢一句："那你扣我钱算了。"说着就要走。

江雪很严厉地说："这不是扣不扣钱的问题，要在大会上通报批评！"

小陶气了，一边走一边说："你批评吧。"

江雪突然一字一顿地说："老同学，你过分了。"

不料，破天荒的，小陶眼里含着泪，竟重重地回了她一句："你才过分！"说着，她就那么直直地，甚至是有些骄傲地从她面前走过去，在江雪的注视下，把那盒饭端给了看车的李尚枝。

李尚枝站得远，并不知道情况，就收下了。

后来，这就成了一个事件。

五

近段时间，突如其来的，苗青青经常往齐康民那儿跑。

女人的心，就像是野马一样，一旦脱了缰绳，游到哪儿是哪儿。一天，正开着车呢，她突然想起，齐康民那人，虽学究气重了些，人还是不错的。想想，是啊，"究"是"究"了一点，人确实不错，就自话自说，去看看他，看看这个糟老康？于是就去了。

不料，齐康民并不欢迎她。但念着是任秋风的前妻，来了就给她倒杯水，陪着说说话。苗青青是记者，自然是天上地下什么话都说，说说笑笑而已。而齐康民总是隔一会儿就问，"你有什么事吗？你说。"苗青青就说："也没什么事，就来看看你。"齐康民则说，我这样的人，不看也罢。苗青青说，你怎么这样说？好歹你是我的大媒人，这会儿虽然离婚了，咱们还是朋友嘛。齐康民说，那是那是。苗青青说，老康，你这个人思想很前卫，生活很呆板啊。齐康民说，我呆板吗？我不觉得。苗青青说你不应该老待在学院里，应该多出去走走，开阔开阔眼界。齐康民也不谦虚，说我的眼界已经够开阔了，上下五千年，没有不知道的。我不需要开阔。苗青青嘴一撇说，嗨，行啊老康，这么骄傲？齐康民说我这不是骄傲。告诉你，我已经很谦虚了。你是大记者，我考考你，不孝有三，无后为大。这是经常挂嘴边上的话吧？你给我说说，这三，是哪三？苗青青歪歪头说，三嘛，这个三，哎，常挂嘴边上的，怎么就忘了？齐康民说，我告诉你吧。第一，阿意曲从，陷亲不义。第二，家穷亲老，不为禄仕。第三，不娶无子，绝先祖祀。这话出自孟子。苗青青脸微红，说，是吗？你不说我还真不知道。齐康民说这是古代，你不知道也就罢了。我再问你一个现代、时髦的、你们女人常玩的——呼啦圈。你说说，呼啦圈是从哪儿传过来的？哪国人发明的？苗青青有点窘，说呼啦圈谁不知道？这呼啦圈呀，最先是北京吧？齐康民说，我告诉你吧，这是四十年代美国人玩剩下的，六七十年代传到日本，八十年代末期才传到中国。苗青青撒娇说，老康老康，我知道你学问大。你别考我了，你再考就把我烤（考）糊了。齐康民突然正色说："你别叫我老康。你可以叫我老齐。这老康不是你叫的，老康只能一个人叫。"苗青青一怔，说："怎么了？我怎么不能叫。谁能叫？"齐康民意味深长地说："这，我不能告诉你。"

此后，苗青青又连着来了几次。每次来，苗青青就把车停在齐康民的楼门口，悄悄地从车上走下来。有时候掂一点水果什么的，有时候就空着手。身上穿的衣服是常换的，每次来，都换一身，穿得很时髦。有时眼上还戴一墨镜，嗒儿、嗒儿就上楼去了。这样，就很招眼。有一次，齐康民下楼送她，刚好碰上学院的一个教师。那教师笑着说："齐教授，这是你女朋友吧？也不介绍介绍？"齐康民立时正色说："不要胡说。这不是我女朋友。这是客人！"一时，把那教师弄得灰头土脸的。

听了这话，苗青青当然不高兴。等那教师走后，苗青青虎着脸说："你这人怎么这么差劲?!"齐康民说："怎么了？"苗青青说："多少有钱的老板，多少臭男人站在我面前，我眼都不撒！你这一说，我就跟卖不出去的肉一样！我有那么差吗?!"齐康民忙说："对不起，我没想那么多。"苗青青说："你这人，连个玩笑都不会开。我告诉你，女人是要哄的。"齐康民这会儿倒听进去了，他说："是吗？噢，噢，我明白了。"临走，苗青青又批判说："你明白什么了？你什么也不明白！"

有一段，苗青青再不来了。齐康民楼门前也不再停车了。又碰上那教师的时候，那教师对齐康民说，齐教授，其实我那天说的话没有错。齐康民说什么意思？他说，角色是可以转换的。你学问大，有个成语你肯定知道，叫"登堂入室"。我看那女的对你有意思。齐康民又火了："错！你知道什么叫'登堂入室'？'登堂入室'是这个意思吗？胡来！再说，有什么意思？她凭什么对我有意思？"那教师说："你看你这个人，我是古意今用嘛。你虽然算不上钻石王老五，起码也是镶金边的。"齐康民说："什么王老五，你这是歧视！"走开的时候，他还愤愤地、喃喃地说，什么意思吗？我有女朋友，我有。

突然有一天，苗青青又来了，手里还掂着两瓶酒。进了门，她说，我参加了一个会，会上发了两瓶酒。顺便就给你提来了。齐康民看了看，说这个牌子的酒我喝过，是好酒。她说差的我会给你提吗？齐康民说，那你是有事。你肯定有什么事。苗青青说是，有点事。你这儿招研究生吗？我想报一个MBA（工商管理硕士）。齐康民说，有啊。你想报谁的？苗青青说，你的，不行吗？齐康民说，行是行，你得考啊。外语，你考得过吗？苗青青说，不是可以交钱吗，我交钱不行吗？齐康民说，我不收交钱的。那是混。苗青青说，我就是混。大家不都在混吗？我还上着班呢。齐康民说，我最看不起这种混子。很多官员都来混，你凑什么热闹？苗青青说，过几年，我就评正高了，正高讲究高学历，明说了，我就想混一文凭。有文凭可以加分。齐康民说，你课都不想上，这恐怕不行。苗青青说，你给通融通融嘛。不然，找你干什么？齐康民说，研究生不脱产，我是坚决反对的，我专门给校长提过意见。你让我怎么通融？我要给你通融了，就等于打我自己的脸！苗青青说，那按你说，我是不能上了？齐康民断然说："不能。你把酒掂走吧。"

苗青青眼一瞪，说："老齐，你这人是不是傻呀？"

齐康民说："怎么了？"

苗青青说："我已经找人问过了，MBA，只要交钱，就可以上。谁带学生，谁有课时费。你以为我求你呢？我是给你送钱来了！"

齐康民喃喃地说："这样的事，别人可以做，我不做。"

苗青青说："我这就不明白了，你这是什么学院？"

齐康民说："商学院。怎么了？"

苗青青说："你连这点商品意识都没有，还当什么商学院教授？"

　　齐康民火了："商学院教的是理念，是君子爱财，取之有道。既不卖肉，也不卖脸！"

　　苗青青一下子站起来了，她气得浑身发抖，指着齐康民的鼻子说："——你！你这个老齐，怎么说话的？"

　　齐康民一愣，说："对不起，对不起，我不是那意思。"

　　苗青青得理不让人："你说，你是卖什么的？——卖嘴?！"

　　齐康民连连点头说："对对，卖嘴，我卖嘴。"

　　这时候，苗青青心里一酸，千头万绪的烦恼一齐涌上心头，她突然往沙发上一坐，呜呜哭起来了。她哭着说："我想混一文凭怎么了？我总还想学点东西吧？卖肉怎么了？卖脸怎么了？不都是卖吗？我一不贪污，二不受贿，犯了哪家王法了?！"

　　齐康民没有办法了。他搓着手，惊慌失措地说："你看，你看，你哭什么？让人听见多不好。我我我，我又没欺负你。"

　　苗青青正哭着，柳眉一竖，杏眼一凛，直直地看着他，说："你敢？你还敢欺负我？你，你有这个胆吗？"

　　齐康民说："你看，你又误解我了。我，我是那种人吗？"

　　苗青青说："你啥人呢？你，你算人吗？我看你是个——银样镴枪头！"说着，苗青青"噗"一声，又笑了。

　　齐康民一推眼镜说："你骂我？好好，你，骂吧。"

　　苗青青眼里含着泪，哀哀地望着他，说："老齐，你这个人啊，怎么就是个木头疙瘩呢？怎么就……我看你这个教授白当了！"

　　齐康民说："我这个人，我这个人怎么了？我教授怎么白当了？"

　　苗青青说："你什么狗屁教授？还商学院教授？连起码的人情世故都不懂，你教的什么授（兽）——野兽？"

　　齐康民不服："我要真是个野兽，你就……"

　　不料，苗青青却两眼放光，很突兀地说："试试?！不定谁怕谁呢。"

这么一来，反倒把齐康民镇住了，忙改口说："我告诉你，我，我只要上课，学生到得是最齐的……"

苗青青说："我看女学生不会听你的课。"

齐康民说："错。怎么不会？"

他刚要往下说，可苗青青却突然站起身来，叹一声，淡淡地说："走了。"而后，再没说一个字，噔噔噔下楼去了。等齐康民追出来时，一溜烟，那车已开走了。齐康民站在那里，摇摇头，心说这女人，一出一出的，什么意思？

过了几天，齐康民又跑去给江雪送书，忍不住把苗青青来找他的事告诉了江雪。江雪看着他，冷冷地、用十分鄙视的口吻说："你招惹她干什么，一个烂货！"

齐康民一愣，说："你怎么这样说话？"

江雪说："我就这样。"

第十三章

······································

一

陶小桃第三次被通报批评，引起了全商场的注意。

人们都知道这事是由包子引起的，是包子先告的恶状。于是人们都不再理包子了，看她时眼里刺刺的，全是鄙夷。包子慌了，就四下去解释，说不关她的事，状是马女人告的。那个万人骑的女人最不是东西！干脆马也不让她当了，让她下辈子托生到贵州当驴！贵州山多，让她当个歪嘴驴！传出去后，马女人也慌了，送盒饭时就对人说，她从来没说过陶经理一句坏话。谁都知道那是个好人，见人一面笑，从未对人发过脾气。她要是说人家半句坏话，就用电钻钻她的嘴！用绞肉机绞她的肠子！而后再剁成馅儿包成包子喂狗！

可是，人们尽管私下里同情小陶，公开场合却都一声不吭。不知为什么，他们都害怕江雪，见了她就像老鼠见了猫一样。

而此时此刻，江雪与陶小桃的对峙，已经到了白热化程度。从表面上看，两人的隔阂，是因为工作上的事。可只有她们两人明白，她们之间的矛盾，是心理上的。

那天，在公开的场合，她们一没有吵架，二没有恶语相向。陶小桃在受批评的时候，一句话都没有说。可她的"心"始终是昂着的。散会时，江雪走到她的面前，说："你不要有什么想法，我是对事不对人。"小陶也硬硬地回了一句："我没有想法。"

可是，两人的眼睛里，都是有话的。

江雪说：老同学，你们压了我多年，我也该喘口气了吧？

陶小桃说：不就是一个副总吗？不要逼人太甚。

江雪说：我知道有人给你送花。

陶小桃说：有些事，我也是知道的。

江雪说：你知道什么？知道又如何？

陶小桃说：做人，是有一条线的。

江雪说：是有一条线，那要看"线"在谁手里。

会后，江雪再没有提起，好像这事已经过去了。可商场的人都知道，事情并没有过去，他们都替小陶捏了一把汗。

这一段，任秋风一直忙股份制改造的事。首先，他得到了上级领导的大力支持；金融部门和一些企业也都看好金色阳光；再就是商场内部的职工，由职工又波及普通老百姓，一拨一拨捧着票子前来入股，这里边各行各业的人都有，其中还有那个中奖的胡跃进。所以，这些日子任秋风是一天忙到晚，什么都顾不上了。凡是业务上的事，统统交给了江雪。

过了几天，当人们都觉得风平浪静之后，江雪才让人把那份通报打出来，拿着上楼来了。她进了任秋风的办公室，把那份通报递给他，说："你看怎么办？"

任秋风不解，说："什么怎么办？"

江雪扬了扬下巴："你看看。"

任秋风看了，不以为然，说："不就是盒饭嘛。也不是什么大事，批评一下算了。"

江雪说："这事不那么简单。我原来也是这么想的，批评一下，算了。可她有前科。"

任秋风不明白，怔怔地望着她，说："啥，前科？"

江雪笑着说："你定的制度。大会上宣布的。怎么忘了？还说是准军事化管理，铁的纪律，天王老子也不行。"

任秋风说："是啊，这话我说过。怎么了？"

江雪说："问题是，通报批评，她已有过两次了。第一次，是她连续迟到。第二次，是她把总经理你的名字都印错了。这是第三次，按制度，是要除名的。"

任秋风嘴张大了，惊讶地望着她："你是说——小陶？！"

江雪默默地点了点头。

任秋风挠挠头，想都没想，说："闹了半天，是小陶？小陶另当别论。她，受过三次批评？我怎么不记得了？"

江雪看着他，说："所以，这事我让你定。"

任秋风呃呃嘴说："这个这个，小陶呀，还是另当别论吧。她是给商场做过贡献的。职工培训，是她一手抓的。对外宣传，也做得很好。你说呢？"在不知不觉中，任秋风用了商量的口气，这也是过去没有过的。

江雪说："你也不用跟我说，我们是老同学，一块儿来的。我还能不知道？问题是，怎么处理？"

任秋风像是不明白似的问："处理什么？"

江雪说："制度在那儿卡着，全商场的职工都看着呢。你说怎么办？"

任秋风说："是啊是啊，这个事，挺难办。职工有什么反应？"

江雪说："你没看那眼，都偷偷地，盯着呢。"

任秋风大手一挥，说："盯什么盯？制度？制度不是人定的嘛。"

江雪尖锐地说："为一个人，去修改制度，这合适吗？"

任秋风想想，很为难地说："是啊是啊，这显然不合适。"说着，他挠挠头，又说，"不过，小陶是个人才，咱目前又是用人之机，我看还是想个什么办法，变通一下。"

江雪说："我也在想这事。不过，制度既然定了，如果都不遵守，这以后，商场就没法管理了。"

江雪说的句句是理，句句都砍在了要害处。这就像是一把尺子，量着量着竟量到自己头上来了。任秋风像是被什么夹住了似的，觉得自己很被动，试图改变这种局面，可他找不到下嘴的地方。终于，他说："你跟小陶没什么矛盾吧？"

江雪眼里立时布满了蚂蚁。片刻，她说："看你这话说的。没有。我跟她有什么矛盾？从来没有。"

任秋风还是不松口，他说："你让我考虑考虑吧。我考虑考虑再说。"

二

这天下午，任秋风带着上官云霓看房子去了。

房子在博雅小区，已经装修完了，要交工，所以任秋风带上官来看看，看还有什么不满意的地方。

这个小区的房子是目前省城最贵的，有人开玩笑说这里住的都是"新贵族"。因为在这里买房子的大多是商业界、企业界的成功人士，还有一部分是各地市的头头脑脑。这里的房子是仿欧式建筑，有绿地，有学校，还新开了一条人工河，看上去就像花园一样。

上官身子重，还有一个多月就要生了，不敢轻易出门，是坐车来的。任秋风小心翼翼地扶她上了楼。进了门，上官脱了鞋，一手托着腰，光脚踩在柚木地板上，像个孩子似的走来走去，很高兴地说："这么大啊，真好真好真好！我们终于有自己的房子了。"任秋风说，这不是最大的，在这个小区，这房子一般，还有别墅呢。上官说，真的呀？四室一厅，这就够大了。咱不要那么大。她坐坐沙发，摸摸茶几，又看看主卧室，说这里，梳妆台应该摆在这里。别太正了，稍稍侧一点。任秋风跟在她身后说，好好，回头挪一下。在婴儿室，她说床应该放这里，这里采光好，你说是不是？任秋风说行，就按你说的。而后，她推开窗户，探身朝外看了看，惊喜地说，呀呀，还有棵小树呢，孩子长大的时候，树也长大了，多好！接着又看了书房、保姆的房间……一边看一边说，好，你有眼光。在厨房里，她摸了摸新配置的灶具、厨具、抽油烟机，柔声说："以后你想吃什么，我给你做，按菜谱做。"这时，任秋风说："还满意吧？你看还有什么需要动的？大致就这样了。画我没有挂，小的布置，都归你了，等将来你布置吧。"上官望着他，说这一段，你累了吧？任秋风说还行吧，还行。上官说，你这条领带，谁给你挑的？太野气。任秋风说，随便系了一条，不好？上官说，这不是你的风格，回去换一条。任秋风随口说，噢噢。上官说怎么，你心里有事？任秋风说没事，没什么事。

回到厅里，上官手护着肚子，坐在一个缎面的扶手椅上，说："你心里有事。不想说？"

任秋风说："真没事。你就好好生孩子吧。"

上官默默地望着他，什么也不说。

任秋风说："这房子，建筑面积一百五十六平方米。"

上官还是望着他，不说话。

任秋风在她的目光注视下，终于说："噢，这一段，你见过小陶吗？"

上官说："没有哇。小陶怎么了？"

任秋风说："也没怎么。"

上官听他话里有话，说："'也'是什么意思？"

任秋风站在那里，沉吟了一会儿，说："本来不想给你说。小陶受了三次通报批评，按制度规定，是要除名的。"

上官听了，一下子愣住了。她沉默了一会儿，突然说："这里边有问题。"

任秋风很焦躁，说："有什么问题？我也不想处理她，可制度……"

上官轻声地，像是自言自语地说："板凳说话了。"

任秋风望着她，说："我告诉你，现在不是板凳年代了。你知道我现在最发愁的是什么？——是钱。钱太多了。我就像是一下子掉进钱海里了。你相信吗，有好几个亿！"

上官不接他的话，上官说："你相信板凳会说话吗？这里边有个典故。在商学院的时候，我们班有四十三个同学。在这些同学当中，有一部分是从农村来的。他们都很朴实，他们常说的一句话是：你要是怎样了，板凳都会说话！这是一句咒语。是指把不可能的事情变为可能，就像谁说他能使地球停止转动一样。此后这句话就成了我们班的'语录'。"

任秋风却仍然沿着自己的思路说："你想想，好几个亿呀！这一段我是被钱淹了。一搞股份制，钱都来了。有银行的，有企业的，有个人的，一窝蜂都往这儿送，那么多，看着都让人愁。"

上官也不改口，上官说："我说这话的意思是，在我们班四十三名同学中，最诚实、最守规矩的就是陶小桃了。没有人比她更遵守制度了。记得有一堂课，大家都不喜欢，只有两三个人去了。那天小陶刚好请假。后来上边追查，问都谁没有去？说没去的请举手。结果，只有小陶一个人站起来，举手了。当时，我还拽了她一下，不让她举手。可她还是举了。"

突然，两个人都不吭声了。他们就那么互相望着，都觉得两人的思路不在一个点上，双方都有些失控。终于，任秋风说："我知道你跟小陶是好朋友。可，这能说明什么？"

上官说："你还没明白我的意思。"

任秋风说："我怎么不明白？你不就是要替小陶抱打不平嘛。"

上官坚持说："我还没说完呢，你听我把话说完。我们班的'语录'，还有下半截——小陶除外。这就是说，大家都相信她。她说的每一句话，都不会有人怀疑。所以，如果说她违反了制度，这里边肯定有问题。"

任秋风最讨厌说情的，情绪上有些抵触。他说："照你这么说，那是制度有问题？"

上官说："我没这么说。但是，也不排除有人陷害。"

任秋风不以为然，说："这你就多想了吧？谁会陷害她呢？她的威信不是很高吗？"

上官问："那，你打算怎么处理？"

任秋风咂咂嘴说："这事我也挺为难。总不能为了她一个人去修改制度吧？"

上官说："这事你一定要慎重。如果制度伤害的是一个最好的人，我看，宁可修改制度。"

任秋风说："你这话说得极端了。我在部队的时候，也有人因为纪律受委屈，可不等于纪律有问题。"

上官忧心忡忡地说："看吧，现在形势好，你不会有什么感觉。等将来，你就知道了。另外，我说过，对江雪，你要注意。"

任秋风很敏感，他马上说："注意什么？你不要瞎想。"

上官说："也没什么。只是，她身上有一种东西，我不太喜欢。当然，这只是一种直觉。"

任秋风说："好了，你别操心了。快生了，你注意身体。"说着，他走过去把她扶起来。

这时，上官柔声说："这一段，我感觉不太好。有什么事，你不要瞒我。"

任秋风噢噢应着，扶着她往外走。走着，上官又回头看了一眼房子，说真好。这房子真好。你不要怕我啰唆。我爷爷说，太周全了，怕就不好了。

三

在商场门外，李尚枝把任秋风拦住了。

任秋风外出开会已有十多天了，李尚枝一直等着见他。

李尚枝袖着手，头上包着一个围巾，挡在他的车前，冻得瑟瑟地说："任总，我想跟你说句话。"任秋风看了她一眼，说："你说。"她说，我还能回去吗？你说过，我可以回去。任秋风又看了她一眼，说你不是要尊严吗，怎么又想回来了？她嗫嚅地说，我也不是非要回去，我只是那个，你看这事，怪对不住人的。任秋风边走边说，这一段我比较忙，有啥事回来再说，好不好？李尚枝说，我也就几句话。

任秋风站住了，他有点不耐烦，说："你说吧。"

李尚枝说："人不还有个脸嘛，我原来不想回去，是为个脸。现在，我也不要脸了。如果能回去，你就让我回去吧。我一回去，不就算是咱商场的人了吗？"

这时候，任秋风用蔑视的眼光望着她，心说，本来我还对你有几分尊敬，你这么一说，我连一分尊敬也没有了。他也不再喊大姐了，说："老李，那时候吧，我动员你回来，你不回来。现在，看商场形势好了，你又想回来了？好，这么说，你还是实事求是的。你要真想回来，可以。先写份检查交上来。制度就是制度。"

听他这么一说，李尚枝又有些害怕，她小心翼翼地说："检查？写啥检查？这，还要当众念吗？"

任秋风沉着脸说："你不能说回来就回来。现在不是那个时候了，这事得经职工代表大会讨论。再说，这又不是旅馆。就是旅馆，还得登记一下呢。"

李尚枝之所以这么说，是商场里有人给她透话。主意呢，也是商场里的好心人给她出的。说你只要回商场，就算是商场的职工了。这样一来，江雪就没法拿盒饭的事找碴了。可李尚枝一看，并不奏效，还要她写检查，还要这样那样的，就赶忙改了口，迟迟疑疑地说："那，我不回去也行。我也没想回去。只是……"

任秋风说："你怎么啰啰唆唆的，到底想说啥？"

李尚枝就干脆挑明说："任总，明说了吧。我是吃过你们商场几个盒饭。我原想着，我只要回去，就算是商场的人了，你们就不会处理陶经理了。既然你不让回去，我就不回去。这样，我吃你几个盒饭，我拿钱买就是了，你千万不要处理陶经理，那可是个好人！"

任秋风站在那里，有些诧异地望着李尚枝，他心里突然产生了很强烈的反感。他心里说，就这么一件事，前前后后，居然有这么多人当说客。要是都这样，一个商场还怎么管理？！看来，还是江雪的话有道理。这时，他突然又想起了一件事，商场初开业时，江雪不也受到批评了吗？从采购部经理的位置上一下捋光，下去当营业员。她说什么了？她不委屈吗？就现在来看，处理也是很重的。可她什么也没说，就去当营业员了。人嘛，哪能一点委屈都不受？即便是你没有错，即便你是对的，也不能托这么多人来讲情！

李尚枝看他口风有变，赶忙把钱拿出来，双手递上去，那是一沓一块一块的，还有五毛两毛的。看上去很厚。李尚枝说："这是我吃盒饭的钱。我把钱交上，就跟人家陶经理没关系了。我轻易也不张个嘴，看在我这张老脸，你可千万不要难为人家陶经理。那是一百成的好人。"

任秋风厉声说："你这是干什么？商场会在乎几个盒饭吗？制度就是制度，制度一旦定下，天王老子也不行！"

看他这么说，李尚枝就更紧张了。她本就不善说话，手里拿着钱，语无伦次地比画着说："你看，我就吃了几盒饭，你怎么一点面子都不给呢？你不就是卖的吗？商场不就是卖的吗？我给钱还不行吗？……"

任秋风看她声音逐渐高起来，情绪更坏了，他训道："你嚷什么？你不要嚷了。这不是几块钱的问题。这是商场内部的事，跟你没有关系。好了，我不听你说，你也不要再说了。"说着，转身要走。

就在这时，谁也没有想到，李尚枝竟然像母狮子一样，大张着少了几颗牙的嘴，呜呜咝咝地"呸"起他来。她大约是压抑得太久了，居然声嘶力竭地大声嚷嚷起来："呸呸呸，呸！你为啥不能听昂（我）说呢？你咋就不能听昂（我）说说呢?!"

在商场门外，这样的地方总是有很多看热闹的人，人们立刻就围上来了。还有人问：干啥？这是干啥呢？看车没给钱？

任秋风本来还想说她几句，见有人围上来，怕闹下去影响不好，也就罢了。

可他再次转身要走时，发现李尚枝又做出了更为出格的事。老实人一旦被惹毛了，是很难对付的！李尚枝像个疯子似的，她伸出手来，一下子把手里的钱摔在他面前的地上，而后"啪啪啪啪"地扇起自己的脸来。她一边打一边喊："昂真是不要脸啊！昂真是贱啊！是昂嘴贱，昂得打昂的嘴。就是昂一张破嘴，把一个好人给害了！"

任秋风也炸了！他心里的火已顶在了脑门上，可他还是压住了。他是领导，已有几个亿的身价，再怎么说，也不能跟她一般见识。他嘴唇颤着动了动，什么也没有说。

李尚枝身子一纵一纵的，她自己不注意，衣服下边束的裤腰带露出来了。那是用一股一股红尼龙绳编的，绳头上竟绾着一个坠儿，坠儿上拴有一个带属相的"福"字，那字一面是"羊"，一面是"福"，就那么一会儿羊一会儿福地来回翻转着，有人看见了，就偷偷捂着嘴笑。任秋风显然也看到了，他觉得一个女人，不管是什么原因，把裤带子露出来，都是令人不齿的。于是，他鼻子里哼了一声。

此时，商场的保安也冲过来了，他们围在老总身边，像是要保护他的样子。那眼风也是很明显的：只要老总发句话，他们就会冲上去。可老总说话却很轻，老总慢声说："不可理喻。不要管她。"

说完，他拨开围观的人群，走了。

四

任秋风回到楼上，也许是由于气愤的缘故，他竟然找不到办公室了。

他正站在那儿发愣，心说，是上错楼层了？这时，江雪站在他的身后，说："我准备接受你的严厉批评。"

任秋风回过身来，问："怎么了？"

江雪脸上笑笑的，说："你跟我来吧。"说着，就头前走了。

任秋风跟在她的身后，一直走到了最西边，快到电梯口的时候，江雪站住了，她身子一转，像玩魔术似的，推开了一扇门，说："请进。"

任秋风明白了，这是一道新开的门。他疑疑惑惑地走了进去，顿时，眼前一亮。原来，趁他不在的时候，江雪把他的办公室改造了。这门一开，真是有点阿里巴巴的味道了！

任秋风的新办公室比原来整整大了两倍还要多。北边，一面墙都是高档的玻璃书柜，书柜里摆满了书；南面，竟是一个落满黄叶的"林荫道"；细看才会发现，那一面墙都是一个巨幅的、具有北欧风情的摄影作品，显得视野极为开阔；在书柜的前面，是一个巨大的进口橡木做的老板台，还有一张最新式的大皮转椅；离老板台十米之外，是一圈橘黄色的皮制沙发，沙发中间是一个工艺讲究的大茶几，两个角里，还摆着两个小茶几；四周很有匠心地摆放着各种植物，有剑麻，有君子兰。一个立在墙角的大空调开着，整个办公室暖洋洋的，就像春天一样。脚下，也是新铺的橡木地板。在老板台和沙发前，还铺有两大块彩色的纯羊毛地毯。人走上去，软软的，一点声音都没有。在人们并不注意的地方，还放有冰箱、饮水机、电磁炉，无论吃什么用什么，都是现成的。接着，江雪又悄没声地推开了一扇小门，原来，办公室的最里边还藏有一个套间，这竟是一个带卫生间的套间，里边床、桌、柜、洗浴洗漱用具一应俱全，而且配置都是最好的。

任秋风细细地看了一遍，发现每样东西都摆得正符合他的心意。那个巨大的地球仪，就摆在老板台的旁边，伸手可触。尤其在细节方面，江雪考虑得特别周到：任秋风在部队养成了晚上用热水烫脚的习惯，所以，卫生间里还特备了一个烫脚用的梨木做的木盆，那木盆里不但放有起按摩作用的橡皮垫，还有随时可以取用的、一包一包（起活血化瘀作用）的中药粉；老板台上摆放着一台最新的三八六电脑，由于任秋风是刚学，键盘上还专门给他贴上了五笔字型的"键帽"；桌下，正是手边的位置，还装有一个按钮，手一按，门外的铃声就响了，马上就会有人来；出门没几步，就是一部小型电梯，这电梯几乎是给他一个人用的。

任秋风在那张黑色的皮转椅上坐了坐，他觉得身子一软一沉，一下子就陷下去了。在身子舒舒服服陷下去的同时，又觉屁股下一弹一托，哎，又挺上来了。陡然间，他的目光一凛，一股热气从小腹处涌上来，背一下直起来，就有了君临天下的感觉了。真的，那感觉很好。非常好。当然，他要建立的，不就是一个商业帝国吗?!

江雪领他一一看过后，又像个小学生似的站在那里，说："你要批评，就批评吧。不过，我觉得，现在不比过去了。你是老总，是 Number one，身负几个亿的重任。在接待方面，总要说得过去。安全问题，也不得不考虑。另外，天冷了，你也要注意身体。"

任秋风说："什么囊囊歪歪?"

江雪笑着说："'NO. 1'，就是一号。"

这个"NO. 1"喊得，任秋风舒服极了，可以说心里非常熨帖。他不由得想起过去夹着一泡尿跑出去的狼狈相，想到这里，他暗暗地摇摇头，有了很多的感慨。是啊，才短短十几天时间，他去开了一个会，她把一切都搞定了。心说，有这么一个助手，也该心满意足了。

任秋风站起身来，默默地走到江雪跟前，很自然地拥抱了她一下，拍拍她说："下不为例，下不为例。"

接下去，任秋风觉得还应该说点什么，可又不能说感谢的话。既然应承了，还感谢什么？再说，你感谢谁哟？于是，他突然想起了那件事，就有些气愤地说："那事，你处理吧。谁说也不行，就按制度办。"

江雪当然知道他说的是什么事，可她拢了一下头发，却问："啥事？"

任秋风手一扬，很大气地说："嗨，挥泪斩马谡。"

江雪说："你这个比喻，不恰当。这样处理，怕不合适吧？"

任秋风说："没二话，制度就是制度。"

江雪说："我知道制度。不过，就像你说的，对小陶，还是另当别论。一下子除名，有些过了。不管怎么说，她也是做过贡献的。"

任秋风一怔，说："嗨，嗨，你怎么把话又说回来了？"

江雪很郑重地说："不是我把话说回来。我的意思是，处理还是要处理的，事关制度，不能不处理。但也不能太严厉了。说来，小陶人不错，她犯的也不是什么大错。对事不对人，还是要客观一些。"

任秋风说："那你的意见？"

江雪说："叫我说，免职。这对她来说，就够严厉了。"

任秋风看了看她，说："跟你一样？"

江雪说："这样才公平。"

任秋风挠挠头，说："嗯，你说得有道理，不能感情用事。说老实话，她托人太多，我有些烦了。那就这样吧。"

江雪说："你是老总，还是你给她谈吧。"

任秋风说："还用我谈？"

江雪说："你是 NO. 1。你不谈谁谈？"

任秋风说："行。我谈。你让她上来吧。"

五

一些莫名其妙的变化，陶小桃已经感觉到了。

她发现，商场的职工正在慢慢疏远她。这疏远似乎还带一点羞涩，带一点躲闪，带一点说不清楚的小可怜样儿。近来，他们好像总是躲着她走。要是真躲闪不及，正好碰上了，就贼样地四下瞅瞅，见周围没人，就迅速贴上来，抓住你的手，悄声说：那是个蝎子，你防着点！而后搜肠刮肚地说些热心话。有时候碰上了，又刚好周围有人，就看着你，点点头，那头似点非点，外人根本看不到，就一双眼睛，巴巴地望着你，像是恳请你原谅似的。也有的时候，就那个包子吧，碰上了，也是抓住你的手，说陶经理，你瘦了。你可是个大好人啊。正说着，那耳朵像长了翅膀一样，听到点动静，突然就把手抽出来，装模作样地拍打着自己的衣服，还低声说：陶经理，骂，你骂我两句，大声点。这样，弄得陶小桃心里很别扭。她知道，他们是害怕江雪。

对江雪，她是越来越反感了。论说，是同学，又一个屋住了那么多年，谁都了解谁的。可过去，江雪没这么张扬，也没这么霸势，话很少，姿态也是很低的。

可现在就不同了，一当上副总，就像是地里的萝卜栽到了摩天大楼上，那已经不叫萝卜了，那叫"太极水凌凌"或者是"Stewaydess"！人站在了云彩里，仿佛那日子，一刀一刀，生生就是要"夺"的。

当然，这还不是最重要的。最重要的是，无意中，她发现了江雪的一个秘密。这才是她最最气愤，最最不能容忍的！

陶小桃本是个与人为善的人。可人善，并不等于傻。种种迹象表明，江雪太过分了，她已经超出了陶小桃所理解的做人的底线。这个江雪，什么都要夺，难道连男人都要夺吗?！记得有一次，陶小桃上楼去给任秋风送报表。一推门，却发现任总不在，屋里只有江雪。江雪蹲在地上，一手肥皂泡，正在盆里揉着什么。出了门她才醒过劲儿，江雪正在给任秋风洗内裤！一个姑娘，你跑去给男人洗什么内裤?！还有，秋天的时候，她又一次碰上，江雪在给任秋风打领带。按说老总不会，帮他打一打也没什么。可她打的时候，一点也不忌讳什么，踮着脚跟，都快亲到人家脸上去了。再有，陶小桃发现，不知从什么时候开始，江雪跟任秋风说话，越来越随便了。她几乎很少称"任总"了，说话时大多都省略主语，有时说着说着就"你你"了。就此，陶小桃断定，他们之间关系不正常。

另外，让陶小桃反感的，是她跟齐教授的关系。齐教授这人，说来很有学问，就是在学院里待久了，对人对事一根筋，不拐弯的。陶小桃早看出来，他是迷上江雪了。他动不动就往商场跑，经常来给江雪送书，陶小桃就碰上过好多次。可江雪却对他很带样儿，想理就理，不想理了，就不理。把一个有学识、有身份的教授弄得跟晕头鸡似的。按陶小桃的想法，这很不好。你明明知道齐教授喜欢你，你要是愿意，就跟人家好；你要是不愿，也给人家明说，让人家死了这个心。你这样不杀不放的，算什么？况且，她又跟任总眉来眼去的，这就更不好了。

这一切，小陶都是看在眼里的。看在眼里，却又不能说。你给谁说？你要说了，就会影响同学、同事之间的关系。说不定就会闹起来，那样的话，大家都不愉快。何必呢？可是，老不说，心里就像坠着什么似的，很沉。将来有一天，上官要是知道了，会埋怨她的。她会说，咱们这么好，你为啥就不能给我提个醒呢?！一想到这里，她就心疼上官，她现在怀着孩子呢，马上就要生了，这些事，当然不能让她知道。

陶小桃做人是有原则的。按她自己开玩笑时的说法，她是南北结合的产物。母亲是南方人，父亲是北方人，她既继承了母亲的小巧、细腻、白嫩，又继承了父亲的大度和平和。特别是小时候又跟着姥姥在南方待了几年，姥姥做人的谨慎和利落，都给了她影响。她平时是一个脸上总带着笑的人，初一看像是个甜姐，不得罪任何人。可要是遇上什么事，却也是个不怕事的。她牢记着姥姥常说的一句话：没事不惹事，有事不怕事。终于有一天，当她忍无可忍的时候，她才说出了那句话："你才过分！"这算是她对江雪的警告，也是提醒。

对于任总，陶小桃原来是很钦佩的。可以说是无比钦佩。她觉得，这才是一个男人！他肩膀挺挺的，是一个有大担当的汉子。甚至对他说过的话，都会留在心里慢慢品味。所以，来商场之后，她对他的每一句话都很信服，每一个决定都不折不扣地执行。知道他跟上官好了，也是满心喜欢，很替老同学高兴。可是，时间长了，一天一天地，她也看到了树叶的背面，就觉得这个人、这个人啊……唉，却又是一下子说不清的。

现在，她已经明白自己的处境了。江雪这么一而再，再而三地挤对她，也是有原因的。她所看到的，正是江雪不想让她知道的。特别是最近几天，她已明显地感觉到，有一种无形的压力正在慢慢向她逼近。

按说，她是抱着一腔热情来到金色阳光的，可当事业蒸蒸日上的时候，她却待不下去了！这些藏在心里的话，她很想给上官说说，可这种时候，却又不能说。所以，何去何从，她一时还拿不定主意。

当然，陶小桃心里也是藏着一份秘密的。这是她一个人的秘密，她从未对任何人说过。她这个人，事不落到头顶上，她是不去想的。当李尚枝哭着对她说，陶经理，是我把你坑了。你看，我给你惹了多大的事！她却笑着说，你看我脸上不是没麻子嘛，哪儿恁多坑啊？没事，真没事。

所以，当有人通知她，任总要见她的时候，她已有了精神准备。心里说，那个时刻，是不是到了？

可是，站在任秋风新办公室门前的时候，陶小桃心里还是有点跳。这跳是不由自主的，也不是怕，是慌。要说慌什么，也不确定。就像是去参加一个没有把握的考试，准备是准备了，可心里仍没有底。她安慰自己说，管他呢，车到山前必有路，有路就有丰田车，看这广告做的！

就此，她敲了敲门。片刻，门里有了一声："进来。"

这一声"进来"没有以前洪亮，听上去很散，很冷漠。那个"来"音是往下拖的，有些不耐烦，也有些不得已。就是很自以为是、很应付的那种。

于是，陶小桃就推门进去了。进去之后她的眼睛就不够使了，任总的办公室变化太大了，大得她猛一下很难适应。走了几步，她就觉得脚下一软一软的，软得一点声音也没有，低头一看，地上铺的是纯羊毛的地毯。那个巨大的地球仪，正在眼前旋转着，冷不防就像是进了宇宙似的。那个人吧，在一张黑色的大皮转椅里端坐着，乍一看，像神一样！

任秋风倒还是很客气的，他说："坐吧，小陶，坐。"可他一连说了好几遍，小陶却没有坐。

小陶就像是没听见似的，就那么愣愣地站在那里。她真是没有听见，她走神儿了。她只觉得"咔嚓"一声，她心里有什么东西齐刷刷地断了！断得很彻底。顷刻之间，她满脸都是泪水，她眼里的泪哗地就泻出来了，那不是流，是彻底的释放，是瞬间的宣泄。就像是一个长期关着的闸门，猛一下子打开了。她哭了，哭得很突兀，很猛。先是呜呜哭，接着是哇哇大哭！真是痛到了极点的样子！

看她哭了，任秋风就觉得她是认识到问题的严重性了。他也就不好再郑重其事地批评她了。他也知道这是个好人，就是软一点，有些散漫。人无完人，能有这个态度，就好。任秋风安慰她说："别哭了，不要哭了。能认识到，就能改正，改了就还是好同志。说实话，免你的职，也是不得已。制度嘛，谁都要遵守。"

陶小桃很痛快地哭了一阵，就不再哭了。她说："任总，对这里的一切，我还是很怀念的。"

任秋风觉得她用词不当，可这个时候，也不好多批评她，就说："是啊，这几年，咱们共同啊创业，你是给商场做过贡献的。这都知道。你也不要有思想包袱。放心吧，只要改正错误，到时候啊，再提起来嘛。"

陶小桃微微一笑，那是梨花带雨的笑，她笑着说："任总，过去你是不用'啊'的，今天你用了三个。不过，我还是感谢你对我的培养和关照。"

任秋风也很想缓和气氛，他笑着说："是吗？过去你好像也不用'还是'，今天一下子用了两个。"

陶小桃说："以后就不用了。过一会儿，我就把辞职报告给你送来。再见了，任总。"

任秋风猛地拍了一下脑袋，他在心里骂了一声"妈的！"，他的判断力怎么降得这么厉害？这小女子，从她一进门，他就应该看出来的。于是，他有点慌，忙说："小陶，等等，你等等。你有什么意见，有什么想法，可以说嘛。就是真要走，也不慌嘛，到时候，我给你送行。"

陶小桃转过身来，神思有些恍惚地说："任总，外边下雪了。一片洁白。有雪给我送行，这就足够了。"

有那么一刹那，任秋风有些后悔。他想，这个决定是不是错了？目前正是用人之机，似乎不应该放她走。再说，还有上官那边，怎么交代？他猛地站起身来，想拦住她。可转念一想，制度，制度还要不要了？没有制度，你怎么统驭这一切？又一想，这小女子，明明是在向他挑战！自创业以来，这也是他第一次正面迎接来自内部的挑战。她是要炒我？对此，是万万不能退的！于是，他的身子又缓缓地落下来，坐端正了，说："这样吧，小陶，我给你三天的考虑时间，你随时可以回来。"

陶小桃却表现出了从未有过的执拗，她说："不用了。我不会带走这里的一针一线。该交的，我会交清楚的。任总，临别，有一句话，你愿听吗？"

任秋风说："你说。"

陶小桃说："请保护好你的肋骨。"

任秋风听了，愣愣的。

六

下雪了，抬头望去，一片洁白。所有的房顶，都像是戴上了白帽子。树也白了，枝枝丫丫都冰溜溜的，站出一行白净，很礼仪。

雪粉粉地下着，像细罗筛下来的面，可它落到地上就黑了，是被车轮轧黑的。快过年了，马路上来来往往的车辆特别多，送礼的，置办年货的，挤挤挨挨地堵在路上，把马路上的雪轧得一沟一沟的，一结冰，就滑了，很不好走。

陶小桃还是想在雪地里走一走，一个人走。

脱下那穿了近三年的制服，出了商场，陶小桃眼里的泪又下来了。她不知道自己哭什么，就是想哭。她本是奔着"阳光"来的，金色阳光。那日子历历在目，可她却不得不离开了。

陶小桃并不是一个盲目的人。敢于离开，她心里也是有底的。北京那边，有一个人一直和她通着信呢。这信通四五年了，她和他之间的联系从未中断过。她呢，一直守口如瓶，从未对别人说过。说来，她跟他是偶然认识的。这人是北师大的，原是那位来讲礼仪课的教授带的研究生，一个"四眼"，模样还文气。他跟教授一起来过商学院，两人也不过匆匆见了一面，此后他就不断地来信，后来，陶小桃也有些关于礼仪方面的问题向他请教，一来二往，两人就算是接上气了。他一直动员小陶到北京去发展，可小陶一直迟迟疑疑的，这事就拖下来了。

现在，她可以去了。

就要离开这座城市了，陶小桃内心是很复杂的。这座城市给她留下了太多的记忆，她从童年一路走来，几乎每条街都有她的脚印。她曾有很多的幻想，可就像落叶一样，一次次被扫街的扫去了。有时候，仅仅是因为一厘米；有时候，是因为一分两分的误差；有时候，又是为了一个说不清的原因。可这一切都有姥姥的教诲做底，她撑下来了。是跟着姥姥的那几年，使她学会了自立、阳光、热爱生活。姥姥寡居，别看她独自生活在四川的一个小县城里，可她一直都活得干净利落。老人每年都种很多花，开花的时候，她会把花一束一束、一盆一盆地送给邻人，笑着。

　　长期以来，陶小桃一直是个凭感觉生活的人。说来，她并不是为那个职务离开的。之所以离开金色阳光，是因为感觉不对了。感觉是个什么东西呢？她自己也说不很清楚。但有一点她是清楚的，那个人变了。那个她曾经非常敬佩的人，变了。她甚至说不清他是哪一天、哪一个时刻变的，可当她走进那个办公室的时候，她就明显地感觉到，他变了。甚至可以说，陶小桃对"危险"有一种天然的敏感！说到"危险"，这可能有点过。她只是感觉不好，也没有别的什么。可怎么就不对了呢？

　　雪仍然下着，陶小桃穿着鸭绒袄，围一大围巾，把自己裹得紧紧实实的，可心里还是冷。不管怎么说，离开金色阳光，她还是有些不舍，那么，该不该见上官一面呢？就是走，也要给她说一声啊。她有些犹豫，人家毕竟是一家人了，她要说长道短的，很不好啊。可是，那么多年的情分，要是不提个醒儿，做人就有些亏欠了。她心里说，去看看她吧，哪怕什么也不说。

　　于是，陶小桃就买了一袋子水果，去看上官去了。

　　上官正半躺半靠倚在床上翻书，一听说小陶来了，高兴得要死！高声喊着："桃，桃，你也不来看我，我可想死你了！"

　　小陶笑着说："我哪有你那么有福啊。成天上班，都快累死了。怎么样，还好吧？"

　　上官一手扶着腰，站起身来，半嗔半怨地说："真是愁死了！一天到晚就为了个他。你摸摸，宝宝让阿姨摸摸，正动呢，整天在肚里练拳击，快折磨死我了。"

小陶上前抚摸了一下上官的肚子，侧耳听了听："个儿不小呢，又是一个小任秋风。快了吧？"

上官说："快了。你说我咋办啊？想想都愁。我都后悔死了。"

小陶说："是女人总要生孩子的，这不早晚的事嘛。把孩子生下来，有保姆呢，你怕什么？不过，你得多走走，别老躺着。"

上官问："商场没什么事吧？"

小陶说："没什么事，正是旺季，挺好。"

上官突然改了话题，说："小陶，你说实话，江雪没找你什么麻烦吧？"

小陶不想多说，就随口说："也没啥。就是点个名啥的，我这脸皮，磨磨也好。"

上官说："有句话，本来不该说，可我还是要告诉你，对江雪，你还是要注意！"

小陶望着上官，话都到了嘴边，她又咽下去了。她觉得，上官快要生了，还是不说为好，就说："没事，我会注意的。"

上官望着她："你心里有话，没给我说。"

小陶说："以后会有时间说的。你就好好生孩子吧。"

上官见她欲言又止，不想说，就算了。接着问："你的那一位呢？能不能给我透一点？"

小陶说："八字还没一撇呢。"

可是，临走的时候，陶小桃踌躇再三，回过身来，说："上官，有句话，我还是想说。如果有一天，我离开了，那是我有离开的理由。你那个人，你也要多关心他。"

当时，上官只是点了点头。等送走小陶后，上官的脸色却一下子变了。

第十四章 ·····································

○　●

一

这还是柳树巷吗？

每每站在这个路口，望着眼前川流不息的车流，邹志刚就会生出无限的感慨。有谁还记得，当年，老邹家的龟孙子，挎着书包上学的样子？有谁还会迎着柳树巷的一抹阳光，喊一声，"看，老邹家的龟孙子回来了"？

现在，柳树巷已经不存在了。它在第一批拆迁中，就被推土机灭掉了。如今它成了一条宽宽的马路，叫经九大道。不，经九路太长了，当年的柳树巷只占很小的一片，是一个弯弯曲曲像鸡肠子一样的巷子。如今，它连一片瓦都没留下，留下的只是记忆中的方位。柳树巷永远永远从大地上消失了。

可在邹志刚的记忆里，它还是存在的。

邹志刚是跟着爷爷长大的。当年，父母都在外地工作，邹志刚独自一人跟着爷爷奶奶生活。更早一些，好像爷爷开过一个卖酱油杂货的铺子。后来，定成分的时候，爷爷成了小业主。也仍然是卖酱油，只不过铺子是公家的。自邹志刚记事起，他们就住在柳树巷，一个很局促的两间小房里。爷爷是很谦恭的一个人，他的袖子上永远套着一副深蓝色的套袖，夹着一个算盘上班，又夹着一个算盘下班。那算盘本是可以不夹的。爷爷说，他习惯了。

记忆中是没有柳树的，柳树巷没有柳树，这很怪。恰同学少年时，邹志刚也是戴着蓝色套袖长大的。那时候，柳树巷充满了孩子的吵闹和大人的打骂声。记得有一户人家，两口天天打架，有一天晚上把一个盛满水的大水缸都顶翻了，两人在水里继续打，像泥母猪一样滚来滚去⋯⋯印象很深。那时候，他最怕一个绰号叫"大肚"的蹬三轮车的光头老人，那人总是等在巷口处，伸着手说要揪他的"小鸡鸡"。那时，他与柳树巷的坏孩子唯一的区别是，他的袖子上总戴一副套袖。跟爷爷一样，他的套袖是奶奶缝制的。也许，正是这个套袖锁住了他的顽皮，使他继承了爷爷的恭顺、谦和。就因为那么一个小业主的成分，在邹志刚眼里，爷爷所有的日子都像是从时间的缝隙里偷来的，这里边有一种含在骨头缝里的战栗。当然，那算盘也给他留下了很深的印象。爷爷胳肢窝里夹的那个算盘，一个珠子一个珠子拨，会啪啪响，后来，邹志刚就成了从柳树巷走出的唯一的大学生。

一个人的历史也是可以篡改的。改不掉的是镶嵌在骨头缝儿里的东西，可骨头缝儿里的东西别人是看不到的。邹志刚本是从老城区走出来的，可在单位里，没有一个人知道他的柳树巷背景。人们只知道，他是从北京一所名牌大学毕业的。这就够了。

可柳树巷毕竟具体地存在了那么多年，每当走到这个路口时，望着那些新建的、鳞次栉比的楼房，邹志刚会心里一热。这时候，他就像站在岁月的面前，那些岁月，有一种叫人忘不掉，却又想逃跑的，凭吊般的疼痛。此刻，假如碰上熟人，他就会说："我顺便回家看看。"

家在哪里？看什么呢？他是很恍惚的。他真正意义上的家，根本就不在这一片。可在他的内心深处，这个"柳树巷"又无处不在。他心里总有一个算盘在响，也总是怕着点什么，怕什么呢？这又说不清。在此后的日子里，这心结使他慢慢地熬成了一个既守规矩又坏着自己的"老客"。

应该说，他还是一个很有上进心的人。大学毕业，先从商业局的一个职员做起，后来慢慢地当了科长，而后一跃成了万花商场的老总。当有了一定条件后，社会也逐渐开放了。可谁也想不到，邹志刚最先的精神生活，是从歌厅开始的。自从街头上出现歌厅，他就借夜里值班的名义成了一个"老客"。白天里，他是堂堂的老总，正襟危坐；夜幕下，一个人，像个独行侠似的，他成了一个"老客"。

最初，他是无意的。

他当然记得第一次进歌厅的情形，带他进歌厅的是一个供应商。站在歌厅二楼的一个大玻璃窗前，他的惊愕不亚于撞见了鬼！是的，第一次，他就是这样的感觉。他一下子傻了，玻璃窗后边站着那么多的姑娘，姑娘们一个个穿着很露的裙装，一排一排地站在那里，就像是挂着的、极其鲜亮艳丽的一件件待售的——商品！每一个人身上，都戴着一个圆形的小标牌，那小标牌白底红字，上标着1、2、3、4、5、6……她们一个个看上去是那样年轻，那样美丽！这场面整个晚上都缠绕着他，那影像一再地出现在他的脑海里，就像是反复放映的动画！她们，她们一个个都很健康，也好像不缺吃不缺穿的，怎么就不能干点别的呢?！这个疑问，也是刺激，整整缠绕了他一个晚上！这也是对他的世界观的一次摧毁，于是整个晚上他都心神不定的。于是，第二天晚上，他想都没想，就一个人去了。他心里说，他要看看这是为什么。可就这么看着看着，他不由自主地滑进去了。"老客"的身份是可以随时转换的，马老板驴老板牛老板都可以乱叫，打一枪换一个地方，玻璃窗后边的女孩随你挑，而后是灯熄人散，付钱走人，反正谁也不认识谁。这很好啊！

可时间一长就不行了，这对上过大学、有了一定地位的邹志刚来说，就显得轻薄、粗浅，甚至很交易、很动物、很没意思。于是就很想"情感"一下。可这情感的度又不好把握，弄不好就走得远了，滑进去了。他跟苗青青的交往就是这样，开始是很炽热的，想着、盼着，天天打电话，那情感就成了感情了。很细腻，很浪漫，很温馨，恨不得用万能胶把两人粘在一起。可慢慢就有问题了，麻了烦了。那就全线撤退，可退也不是那么容易的，情意绵绵的两个人，弄不好就成了敌人了！

于是，有那么一段，邹志刚重又回到了"老客"状态。他常来的这个歌厅叫作"蝴蝶梦"。没人知道"蝴蝶梦"意味着什么，那就像是在童年的梦里——如今灯红酒绿的"蝴蝶梦"其实就是当年柳树巷的位置，那个当年人家叫他"龟孙子"的地方。所以，站在这个路口的时候，邹志刚就会对碰到的熟人说："顺便回家看看。"

"回家看看"，就像是一个暗语。这是一种无法皈依的人生状态。坐在歌厅的包间里，怎么也坐不出当年在柳树巷推铁环的感觉。于是，歌厅的小姐就问，包老板（他随便诌出的姓氏），你心不在"马"呀。他说是呀，这一会儿我心在驴。小姐说，谁不让你骑了？你想咋骑就咋骑。他说，那我不成张果老了吗？小姐说，张果老是谁？他来过吗？他说，可能来过吧，三千年前。小姐说你骂我，还是个祖宗辈的。

往下，邹志刚拍出一百元钱，就站起来了。他心里说，实在是太"他妈的"了。小姐说，哥哥，你不玩了？他说玩什么玩，你连驴和马都分不清。

出了歌厅的门，邹志刚突然接到了一个电话，这个电话使他喜出望外，说你等着，我马上回去，你再给我详细了解一下。

二

上官云霓的老家来了一个人。

这人叫伍治，是上官少年时一个保姆的儿子。

这个绰号叫"小胖"的伍治，一大早就来了。他整整找了一天，费了很大的周折，才终于找到上官的。他一见面就叫妹子，他很夸张地说：妹子，帮哥一个忙吧。咱娘说了，叫你无论如何帮帮忙。上官都有点不认识他了，说你是……他说你忘了？我伍治，伍治啊。小时候，娘给你喂奶，我在一旁捧着个奶锅，可是一口都没敢尝啊！上官依稀还记得他的模样，就说是伍治哥呀，五娘还好吧？大伯也好吧？伍治说，老了，都老了，眼窝（现在）就那俩钱，都在家等死呢。上官笑了，说看你说的。伍治说可不就是。我爸原本就是个看大门的，眼窝退了，也没几个钱儿。老太太腿疼，也给人看不动孩子了，全靠我在外头扑腾啊。上官又笑了，说这会儿你扑腾啥呢？他说这年月，啥挣钱扑腾啥，啥都扑腾。

其实，上官小时候原是跟着祖母的，到五六岁才被接到了父母身边。那时候父母工作忙，就暂时把她托给了一个市委机关看门人的老婆，大约也就一两年的时间。不过，这保姆对她挺好。上官记得，那时候她叫她五娘，五娘很亲，有一次她发高烧，父母都下乡了，五娘连着守了她三天三夜。后来才明白，是她丈夫姓伍，原本应该叫伍娘的。现在，保姆的儿子找来了，上官是不能不管的。

伍治说着，就把外边穿的大衣脱掉了，而后解下了束在腰里的一个宽宽的板带，那板带看上去沉甸甸的，外边还包着一层红布……上官说你这是干啥？伍治说，我大老远从安阳跑来，就是干这事的。说话间，他拉开了红布上缝的拉链，只见板带上捆的全是钱，一沓一沓的钱。伍治雄赳赳地说，八万！一共八万。好几家凑的，不少吧?！上官说你带这么多钱干什么？伍治说入股呢，我是来入股呢。眼窝都说金色阳光是个钱眼，钱都挣海了，那钱就跟流水样哗哗直淌！多少人都想入呢。又听说眼窝已经不收了，我就想到你了。谁不知道你呀，你是上过电视的。咱娘说，她在电视上看见你了，如今你是天下第一美女！听他咋咋呼呼的，上官脸都红了，一时哭笑不得。她说，伍治，你知道吗，入股是有风险的！伍治说啥风险？只要是挣钱的事都有风险。听说入了股将来能翻十倍！这比劫路还厉害呢，哪能没一点风险？你只要给我入上，别的事你就别管了。上官又一次解释说："伍治，你可想好了，不是那么回事。无论什么生意都不会有十倍的利润。"可伍治根本不听她说，伍治说："妹子妹子妹子，咱虽然不是亲的，也算是沾点。如今求到你门上了，你就让穷哥哥沾点光吧。你放心，有朝一日发达了，你这个穷哥哥是不会忘了你的！当然，眼窝你是用不上你哥了。我才听说，你都成了金色阳光的内当家了！这金色阳光不就是咱家开的吗？咱妹夫是一把，你就是二把！其实是你'把'着他呢。入了吧，你就让我入了吧？"上官说伍治，你咋这么急呢？你都不能听我把话说完？伍治说现在谁不急，全中国人民都急！我都快急疯了，要不我给你磕个头?! 上官叹了口气，说伍治啊，你要真想入，我就给你说说。可我再一次提醒你，入股真是有风险的！伍治说知道知道，只要让我入，咋都行。上官说天晚了，明天吧，明天我给你写个条，你找他们去。伍治说："姑奶奶，别明天了，就眼窝吧。我知道你怀着龙胎呢，身子重不方便，这不是火上墙了吗？我搀着你扶着你保你的驾，一万分的小心！咱外头有车，客货两用，你坐司机楼子里。不就一会儿的事吗?"

就此，在伍治千缠万磨的情况下，上官就跟他去了商场。坐在那个客货两用车上，上官心里还在暗自感叹，这个伍治，小时候看，还挺聪明，怎么现在就这个样儿呢？可她万万没有想到，这么揣度别人，却正应了古人的一句老话。

来到任秋风办公室门前时，她怕太突兀，就让伍治在门外稍等一下，她去说一声。等伍治应了声，她想都没想，推门就进去了。于是就看到了她此生最不愿看到的情景！

推开门，在最初的几秒钟里，她并没有什么特别的感觉，就一眼看见两个人。任秋风坐在大皮转椅里，江雪坐在任秋风怀里，两人头挨着头，她抓着他的手，正在电脑前学打字。只听江雪娇声说，"笨蛋，你是个大笨蛋。不是说了嘛，一二三末，一键二键三键加上最末尾一键……"正说着，看上官推门进来了，她坐着不动，任秋风也不动，也不知是骑虎难下，还是一时愣住了，两人就那么怀抱怀地坐着！大约有十几秒钟的时间，江雪抓着任秋风的手又在键盘上"嗒、嗒、嗒、嗒"地打了几个字，这才说："好了，好了，你这个老总，就教你一次吧。"说着，她站起身，从容不迫地走过来，招呼了一声，"上官来了？以后你教吧。"就这么说着，一阵风似的，推门走出去了。

最后在键盘上打的那几个字，在上官听来，不亚于晴天霹雳！她脸白得像雪，浑身的血就像是凝住了似的，就如木头人一样直直地立在那里，脑海里一片空白！

一直等到任秋风走到她的面前，有些慌乱地轻声说："你，你怎么来了？"这时候，她脑海里才"轰"地一下，重又响起了那"嗒嗒嗒嗒"的声音，那声音就像是冲锋枪的子弹一样，全部像雨点一样地射在了她的身上！她觉得她是被射穿了，浑身上下全是弹洞！外边是射来的子弹，肚子里也有动静了！只见她身子突然摇晃了一下，往前紧走了几步，伸出手来，用尽身上的最后一点力气，像是要去抓什么。可在任秋风看来，在这一刹那，她的目光就像寒光闪闪的刀片，是那目光，重重地扇了他一个耳光！

只听"吧嗒"一声，那个巨大的地球仪被碰倒了，她也倒了。她大约是想扶着那个地球仪，好站得稳一些。可"地球"倒了，她也倒在了地上。只觉得一阵锥心的疼痛，两腿间顿时涌出一股热流，她不由得"啊"了一声，就昏过去了。

这事情发生在顷刻之间，任秋风先是怔了一下，紧接着赶忙弯下腰去看上官，他连叫了两声："上官，上官！"只见上官双眼紧闭，两腿间有一道血流涌出来！到了这时，任秋风吓坏了，他抱起上官就往门外跑。

站在门外的伍治，见进去时还好好的上官，这时已成了一个血人，忙问："咋咋咋？妹子，眼窝这是咋回事?!"

任秋风一脸沉重，也不理他，抱着上官就进了电梯。

在医院里，任秋风的肠子都悔青了！他万万想不到，会出这样的事情！他在抢救室的门前走来走去，不时地用拳头擂自己的脑袋。

这时候，伍治也赶来了。他一进来，抓住任秋风就喊："咋样了？我妹子咋样了?!"

任秋风一怔，说："你是……"

伍治拍着胸脯说："我，安阳来的，她哥。我是她哥！说吧，眼窝，妹子咋样了?!"

任秋风一听是上官的哥哥，也顾不上多想，眼里的泪一下就涌出来了。他呜咽着说："你看，都是我不好。"

见他流泪了，伍治说："妹夫妹夫，别哭了。救人吧，赶紧救人。眼窝救人要紧！我妹子要有个三长两短，我不会饶你！"

这时，从抢救室里走出一个护士，护士手里拿一单子，扬扬手喊道："谁是病人家属?"任秋风忙说，我，我。护士说，交钱吧。人已上手术台了，先交钱。任秋风说，好，交，马上交。护士说，先交一万。任秋风用手摸着兜说，一万？那我打电话，马上让人送来。护士说，你可快点。说着，身子一闪，又进去了。

任秋风刚要打电话，伍治上去抓住他的手说，别。打啥电话？有钱，哥这儿有钱。一万不是，交了！任秋风紧抓着伍治的手，说哥，别的我不说了，救人要紧，钱我马上还你。伍治说，你这叫啥话？我带了八万呢，都给你吧。任秋风说，用不了这么多吧？伍治眨着眼说，动手术的事，你上下都打点了？任秋风一怔说，打点啥？伍治五个指头一撮，用手示意了一下，说人命关天的事，你不打点行吗？任秋风听他这么说，皱了一下眉头，说，行啊，这事你看着办吧。伍治掰着指头一一算来，说你看主刀的，麻醉的，打下手的，还有护士长，护士，少说也得六七个人，这些人哪个打点不到都不行。一人五百咋样？任秋风脑子里乱哄哄的，说行，就这么办吧。伍治说，那，眼窝咱先把手术费交了。

过了一会儿，伍治手里拿一单子走过来，张张扬扬地说："交了。交了。才一万。我带了八万呢。"

任秋风正在打电话，他对着电话说："二十分钟之内，你赶过来！"而后，他手机一关，他瞄了伍治一眼，说，"你不是上官的亲哥吧?"

伍治嘟嘟哝哝地说："说不亲，跟亲的一样。我妈是她奶娘，奶母。跟亲的一样。"

任秋风"噢"了一声，不再吭了。

伍治见任秋风捧着头坐在那里，一句话也不说，看着挺伤心的，就凑到他的跟前，捅了他一下，说妹夫，我说句打嘴话，头前见你屋里出来一女的？我妹子中央电视台都上了，如今是天下第一美人！你要再干那事，不合适吧？任秋风勾着头，低声说，我对不起她。是我对不起她。伍治说妹夫，你是老总，男人嘛，那事也不是不能干。可你不能让她看见。你让她看见了，就坏菜！你看看，出多大的事，我妹子还给你怀着孩子呢！任秋风捧着头，一声不吭。伍治拍拍他，大包大揽地说，放心，妹夫，只要这一关过了，我替你劝劝她。任秋风仍然一声不吭。过了一会儿，伍治又拍拍他，小声说："妹夫，实话给你说，我带这八万块钱，是来入股的。"任秋风这才抬起头来，看看他，用不耐烦的语气说："别说了，我给你办。"

片刻，金色阳光的会计和出纳匆匆赶来了，她们气喘吁吁地赶到任秋风面前，叫道："任总。"任秋风伸手一指："给他把账算清。"

又过了一会儿，那个护士又推门走出来，说："病人家属，签个字。病人大出血，正在抢救。万一出现问题，我说是万一，保大人还是保孩子？"

任秋风站起身，开口就说："保大人。"

三

邹志刚是在医院的门诊部找到陶小桃的。

陶小桃感冒了，正在输水。就在这时候，邹志刚领着一行人进来了。这一行人就像表演似的，有捧鲜花的，有拿水果的，还有的提着一个个礼品盒，就像是在举行一个什么仪式似的。那水果还不是一种，各样都有，而且一看就不是北方的水果，那是从南方空运来的，价格昂贵，鲜艳无比。陶小桃开始还以为是给别人送的，因为这间专为输水用的临时病房躺着好几个人。可见他们一口一个陶经理地叫着，说我们邹总看你来了，这才明白就是看她的。不过，她还是有点诧异，他们怎么知道她感冒了？而且，无端地看她干什么？

邹志刚是最后一个进来的。他站在陶小桃的病床前，笑着说："我得感谢老天，老天终于给了我一个看望陶经理的机会。感冒真好啊！不然的话，偷偷来看望一美女，人们不定怎么想呢。"

都是干商业的，陶小桃当然认识邹志刚。陶小桃头疼，发烧，嘴很干，可她还是探起身，笑着说："是邹总啊，怎么劳你的大驾？不敢当，不敢当。"

邹志刚也不管别人，依旧用开玩笑的口气说："你躺着别动。陶经理轻易不害次病，好不容易逮着一次机会，你得让我好好表现表现。"说着，他回头吩咐说，"你们都走吧，让我陪陶经理坐一会儿。"

不管怎么说，有病了，有人来看你，总不是坏事。陶小桃心里一热，说："邹总，你有什么事吗？需要我做的，你说。"

邹志刚说："当然有事。你先躺好，你躺好我再说。"说着，邹志刚先用消过毒的纸巾擦了擦手，而后从果篮里拿出一个进口的蜜橘，剥了皮，送到了陶小桃手边，"第一件事，你先把橘子吃了。"

陶小桃不好意思了，忙伸手去接，说："我自己来吧。"

邹志刚说："你以为我爱劳动呢？其实我懒着呢。你不是输水占着手，不方便嘛。吃了吧。吃了我说第二件事。"

橘子已送到了手边，陶小桃无奈，只好红着脸接过来吃了。的确很甜，嘴里边好受多了。邹志刚又把剥好的橘子送到陶小桃手边，说："第二件，吃完这个橘子我说。"

这样，陶小桃就不好再说什么了，只想赶快把第二个橘子吃完。她说："好，谢谢，谢谢，我吃完。"

看着陶小桃吃完橘子，邹志刚看看药瓶里的水也快完了，就说："第三件事，等你输完水，让我把你送回去。这是最后一件事。"

陶小桃笑了。她知道，他肯定有事，当着这些人，他是不会说的。

邹志刚当然有自己的想法。在省城的商界，谁都承认，邹志刚是一个聪明能干的人。他干商业也有些年头了，本来想往上升一升，哪怕弄一副局呢。可近年来业绩总不如人家，连连走背字，这就张不开嘴了。

于是，邹志刚开始反思自己，问题究竟是出在哪儿？要说，他也不是一个保守的人，论观念也挺新的，论学历是正牌，可怎么就处处走下风呢？第一波，他首先反思在命运上，他觉得坏就坏在苗青青这个女人身上。他和这个女人的八字不合，自从与她有了接触，他就一连栽了很多跟头。人到中年，对命运这东西，虽不能全信，也不能不信。于是，他很果断地就跟苗青青分手了。后来，再次反思的时候，他对"命运说"又有些疑惑。他想，一个堂堂男子汉，把自己的失败归结在一个女人身上，是不是有点"他妈的"？你自己做事不周密，怎么能怪到人家头上呢？你真的相信八字吗？就说是八字不合，你又没跟人家结婚，怎么就会妨害你呢？第三波，更深入地想想，就觉得在经营理念上、人才的使用上，都有些问题。他发现，金色阳光不过是用了三个商学院的毕业生，当然，这三个人都是顶尖的，非常优秀。而自家万花所缺乏的正是这种人才。于是，他想对整个商场的职工进行一次考核、培训。而后内外结合，在培训中公开招聘、选拔一些人才。他这么想了，正要做的时候，却得到了一个信息，说金色阳光的公关部经理辞职了！这个姑娘他是见过的，人很好，很有亲和力。经过下边人的进一步了解，他又听说，这人之所以走，是有原因的，于是，他就动了一个念头，看能不能把她"挖"过来。

输完水，上了邹志刚的车，陶小桃才隐隐约约地有了些警觉。尤其是他跟苗青青的事，她也听说过。她想，这个人，想干什么呢？不料，她刚出现这个念头，就被邹志刚发现了，他说："陶经理，你别紧张。别看我歪瓜裂枣的没人样，其实在美女面前，我很绅士。"陶小桃又笑了，说你很幽默。

其实，陶小桃输水的门诊部离家并不太远，陶小桃可以不坐车的。但她不愿拂人家的好意。所以，邹志刚车开了没多会儿，就到家属院门口了。陶小桃伸手指了一下，说："到了，我家就前边那个楼。"这时候，邹志刚停住车，说这叫心长路短啊！我这人实诚，要绕上大立交，就能多转一会儿，这说话间就到了。好吧，你正感冒呢，我也不多耽搁你了。这样，听人说，老先生明儿五十大寿？陶小桃惊讶地问，你怎么知道？邹志刚说，我这人图谋不轨，闻风打听呗。听说老先生喜欢写字，早就写了申请要加入省书法家协会。正好，省书法家协会批了，这会员证，我顺便给老先生捎来了。这么说着，邹志刚从兜里掏出一个很精致的黑皮小本，递给了陶小桃。陶小桃明白，这里边是有人情的。他父亲喜欢书法，总想加入书法家协会，申请了多少次，可人家却一直没有批。她接过那个小本，刚要说谢谢，不料，邹志刚又拿出一撒手铜，那是一幅装裱好的字。邹志刚说，这是市书法协会的一个副主席专门给先生写的一幅字，也算是个寿礼吧。陶小桃一听，更为震动，她知道这不是一般的东西，就说："我知道邹总想打动我，你已经打动我了。有什么事，你说。你要不说，这字画，我是不能收的。"

邹志刚笑着说："我既然图谋不轨，当然有想法。"接下去，他很郑重地说，"很简单，两条：一、想请你给万花的职工讲讲礼仪课。二、我听说，你已经辞职了。万花缺一得力的副总，车、房都给配齐，不知你愿不愿屈就？"

陶小桃愣了一下，想了想说："邹总，你的确是感动我了。我也非常感谢。我还要代表我爸爸谢谢你！你说的第一条，我现在就可以答应你。时间你安排，我很愿意为万花的职工讲讲有关商业礼仪方面的知识。你说的第二条，容我考虑一下。因为北京那边，我已经……"

邹志刚一听，说："你等等，如果是你男朋友，我可以让。要是其他，我是不让的。你还有啥条件，啥要求，尽管说。"

陶小桃说："就算是男朋友吧。"

邹志刚有几分惆怅地说："你要这样说，我很伤心啊。我怎么总是晚一步呢？"

陶小桃很抱歉地笑了笑。她知道，就是没有男朋友，她也不会去，这是她做人的原则。

四

上午，当阳光照进来的时候，上官云霓醒过来了。

经过一个晚上的抢救，孩子没保住，很可惜，那还是个女孩。大人，总算救过来了。

上官由于失血太多，整个人白得像一张纸，轻得可以飘起来。醒来的第一眼，上官就说，孩子呢？我的孩子呢?! 而后，她躺在病床上，就再也不说一句话。她两眼直直地望着屋顶。那不是屋顶，那是她自己。她是在看她自己！

她是多么骄傲的一个人！可她做梦也想不到，自己一心一意爱着的人，自己最信任最看重的人，感情上会出问题，这叫她痛不欲生！

记得在一本书里，有人说过，爱是一剂毒药。你，上官云霓，是不是疯了，你怎么就爱上这样一个人呢?! 是啊，你急着往前冲，你奋不顾身，你以为你看到了，可你看到了什么？你的热情，你的美丽，你的骄傲，换来的又是什么？那痛，一脉一脉的痛，就像是千万根针扎着！那悲凉，那寒到了心底的伤，是透骨的。生意，什么是生意？在这座城市里，你是怎么生、意的？你找到生的意义了吗?!

古人云，山无陵，江水为竭，冬雷震震，夏雨雪，天地合，乃敢与君绝。说的就是那个字，千年一叹，为的也是那个字。对于那个字，那个把"心"

包在中间的字，你究竟领会了多少？这是痴，是癫。一个痴，一个癫，早就告诉你了，可你不理解。这就是病中的知了！这就是病态的颠倒！这也是只有女人才做得出的。那个字真是害人啊！

白，你眼前是一片白。白得刺眼。白得冰凉。谁说的，落了个白茫茫大地真干净！这世界是什么做的？那么脏，那么龌龊，偏偏让你看见了那龌龊。你要是能变成一只小鸟，多好。那样，你就飞走了。你宁愿飞出这个世界，再不看那个人。

也怪你。是你扑上去的。是你把心当成了膏药贴上去的！是你把心切成了葱花撒上去的！是你把心当成了擦脚的布、当成了装垃圾的桶、当成了无耻之徒手中的键盘！那时候，你认准了他，谁说都不行。无论你面前站着多少男人，你都看不见，你认定是他。他就是你的金色阳光！还说什么？还有什么可说?！——星星点灯，要是能用星星点一盏灯，你就可以看清自己了。为什么不能早一点？要是早一点，多好。

上官，好好看看自己吧。泪，悄悄地，无声地，一滴一滴地落在枕头边上，湿了一片。

就在这时，任秋风提着一个饭盒推门进来了。饭盒里盛的是他亲手做的荷包蛋。他小心翼翼地走进来，可当他就快要走到床前的时候，只听上官说："你站住。"

任秋风松了一口气，说："你醒了？上官，你失血太多。"

上官躺在那儿，脖子微微动了一下，轻轻地说："你站那儿别动，听我说。"

任秋风扬了扬手里的饭盒，说："你得吃点东西。"

上官说："我请你帮我一个忙，可以吗？"

任秋风怔怔地，呆了一会儿，才说："你说。"

上官说："你要还是个人，就不要再往前走了。我请你出去。"

任秋风站在那儿，心虚地说："上官，这时候你不能生气。"

上官说："我没有生气。我只是不想见你，你出去吧。"

任秋风站在那儿，想了想说："行，我出去。不过，你还是得吃点东西。"

说着，他朝门外喊一声："伍治哥，你，过来一下。"

伍治进来了，大声喊着："妹子，万幸啊，妹子！你哥的心都提到喉咙眼儿上了，扑吞儿，又落下来了。只要大人保住，还可以生……"

上官不再喊他哥了，上官很直白地说："伍治，你回去吧。你那事，我给你办不了了。"

伍治看看任秋风，顺便给他眨了一下眼睛，说："办了。妹夫给办了。你放心吧。那啥，妹子，叫我说，妹夫这人，也不赖。他也是十不抽冷子，裤兜里放一闲屁。人，谁不犯个错呢？错是错了。他都给我承认错了。"

上官不听，上官说："你们两个都出去吧。伍治，我拜托你两件事。一、你回去后，我的事不要告诉我爸爸。二、出了这个门，你替我打一电话，号码是9953427。那人姓陶，你记住，让她来一趟。好了，都出去吧。"

伍治说："好好，我马上打，我现在就去打。"

出了门，伍治对任秋风说："妹夫，小火炖豆腐，你得慢慢来，你得让她缓过劲儿来。"任秋风只微微地摆摆手，"去吧。去吧。"

而后，任秋风在楼道里站了一会儿，默默地吸了两支烟，又拐回来了。他进了病房，快快地站在那里，说："上官，咱们，能谈谈吗？"

上官很决绝地说："不能。"

任秋风说："孩子……"

上官冷冷地说："你不要给我说孩子，你是凶手。"

任秋风说："你过去，没这么任性。你总得听我说说。"

上官说："不要说过去。过去，我信过你。现在，我不信了。你走吧，结束了。一切都结束了。"

任秋风说："就算我犯了错，你总得给我一个改正的机会吧？"

上官"哼"了一声，说："你自己说过的话，如此健忘？"

任秋风说:"我说什么了?"

上官淡淡地说:"有些错误,是不能犯的。"

任秋风再不吭了,他已无话可说。是啊,他怎么成了苗青青?

<h1 style="text-align:center">五</h1>

当车又停在一个路口时,邹志刚突然想起了苗青青。

人,有的时候,就很反复。邹志刚就是这样,明明与苗青青分手了,他也知道,车要刹死,不该见她了,可是,当他心里有些失落的时候,比如说,就现在,当他策反陶小桃不十分成功时,不知怎的,就一下子想起苗青青来了。

这里离她住的地方不远,去看看她?邹志刚心里有些游移,可这念头一起,就放不下了。去还是不去,就像把扇子似的,在他脑海里扇来扇去。最后,他还是决定去。他心里说,也许不在家呢?不在家就算了。在心里,他还是个念旧的人。

邹志刚把车开进报社的家属院,见苗青青住的房间里亮着灯呢,心里一喜,就又给自己开了一个玩笑:裤子脱了一半,你说穿上就穿上了?于是,他熄了火停好车,很从容地朝苗青青的家走去。

站在苗青青家门前,邹志刚一边敲门一边考虑着在舌头上绑什么词儿好。对于知识女性,他非常清楚,你得幽默,得有词儿。可是,刚敲了两下,还没等他想好词儿,门就开了。更让他吃惊的是,苗青青就像是特意出来迎接他似的,穿着一身橘红色的细毛呢裙装,衬得脖颈又细又白;头发也像是特意做过的,绾着一个很好看的发髻,脸上还化了淡妆,看上去顾盼生辉,眉眼生情,一下子像是年轻了十岁,性感极了!她站在那里,嘴边含着一丝笑意，微微颔首，竟很有礼貌地说："——请，请吧。"她一这样，让邹志刚十分意外，禁不住感叹说："难得呀，我终于享受到贵宾待遇了！"

然而，进屋之后，却见屋子里的沙发上坐着一个大胖子。这胖子脸上有很多肉，看上去红光满面的，胖得很有架势，一副肩膀宽得像案板似的，端着个身量，挺挺地在那儿坐着。邹志刚愣了一下，说："哟，有客人啊。这位是……"

苗青青介绍说："这位，是我们报社的硬总，软硬不吃那个'硬'。这一位，是老熟人，万花商场的邹总。就是那个叫人起鸡皮疙瘩的'邹'。"

听了苗青青的介绍，那硬总也不起身，只是点点头说："噢，邹总，你好你好。"

邹志刚很惊讶地说："硬？还有这个姓吗？这个姓可不多呀！"

硬总笑笑说："是，不多。走了很多单位，也就我一个姓'硬'的。"

苗青青吃吃地笑着，用很调侃的口气说："你不知道人家背后叫他什么，我们报社的人背后都叫他'老枪'。所以，我说他是软硬不吃嘛。"

硬总笑着说："青青啊，你这样说你的上级，小心我给你小鞋穿！"

苗青青竟娇娇地嗔道："你穿你穿，你现在就给我穿！我脚小，怎么了，不怕你穿小鞋。"

硬总用眼角瞥了一下苗青青的脚，那穿着高跟鞋的脚已经很优雅地伸出来了，鞋尖上挑，脚弓直直地绷着，他可以感觉到脚趾在小牛皮面里一弹一弹地动，就像会说话一样。这个鬼女子！她在用脚趾说话。是悄悄话。很诱人。他用欣赏的眼光望着那穿着肉色丝袜的脚面，而后摇摇头，像是无可奈何地笑着说："谁要是碰上这样的下级，弄得你一点脾气都没有。我算服了你了。"

这时候，邹志刚有些酸酸地说："你们是上下级，我一外人……不影响你们吧？"

苗青青却一点不避讳，她把脚伸回去，踮着脚跟拧了半个身子，像表演似的，刺刺地说："你听他说，他的话你也信？他是常来常往的。整天缠着我给他发稿子。还假模假式，说自己是'歪人'。'歪人'，你装什么样子？你不是总想发稿吗？这报社老总来了，你给他说呀！"

硬总像是很大度地说："嗯，没事。你坐。坐。我也是顺便过来交代一下。版面，是版面上有点事。"

苗青青却一点也不给面子，用鄙夷的口吻说："你们这些男人啊，真是叫人看不上！有工作在办公室不能谈？你跑我家里谈什么工作！"

立时，硬总有些尴尬地说："你看，你看，这个青青，你怎么能，这样说呢？"

苗青青就笑着调侃说："葡萄也很酸呢。行了，我知道你是谈工作。确实是谈工作。我给你写一证明，见人就拿出来，可以吧？"

邹志刚坐在那里，几乎插不上话。那屁股下像是坐着很多蒺藜，心里扎扎窝窝的，什么滋味都有。他很想站起来一走了之，却也有些不舍，就酸酸地说："青青的鬼（魅）力，就在刺上。要是话里没刺，就不是苗青青了。"

硬总接过话头，说："对，对。你说得对。青青是我们社里最有才干，也是刺最多的，一支笔嘛。"

苗青青看了硬总一眼，这一眼很有些意味，说："你得了吧，怕刺你别来呀！你当的什么老总？不替你的下属说话，反而跟着'歪人'起哄？你没听人家说，他是'歪人'。你啥人呢？"

硬总的一张肉脸马上生动起来，说："是啊，是啊。老邹，你有一个字用得不好。用得不好。"

苗青青接着就说："人家邹总是干商业的，一向缺斤少两，一向不讲信用，习惯了。所以一个字，他也要切下一块来。"

硬总昂起头，说："这个商业呀，这个商业。一个'商'字，外边那么多的包装，可里边呢，只有一个'口'！卖嘴的嘛。过去叫作：干啥吆喝啥，赔本赚吆喝。是这个意思吧，青青？所以，商嘛，无商不奸。这个这个啊，说笑了。"

苗青青接着说："前边说的，还是报社老总的水平。后边那一句，就多了，白了，是画蛇添足。"

硬总很兴奋地说："有道理，青青说得有道理。后边那一句，收回！"

邹志刚终于抢了一个话头，说："这不是'文化大革命'吧？怎么开起我的批斗会来了？你们知道'商人'的来历吗？那是古代经济不发达地区的人，对经济发达地区的商国人的称呼。真正的汉文字——也就是甲骨文，就起始于商朝！明白了吧？另外，商人的老祖宗，你们知道是谁吗？契！契约的契！那是最讲诚信最守规矩的。"邹志刚抓住了一个字眼，开始侃侃而谈，有意地显示着自己的才学。

还没等硬总开口，苗青青就接上了："当然知道，谁不知道商纣王？酒池肉林，荒淫无度。设虿盆，制炮烙，开中国酷刑之先河，这都是商人干的，后来为西周所灭。"

硬总跟上说："是啊是啊。商代是中国最黑暗时期，用比干的心当药引子，不就是纣王干的吗？还把那个那个周文王的儿子杀了，剁成肉馅，包成包子，让文王吃。"

苗青青说："别说了，别说了，听着就让人恶心！"

见苗青青竟当着他的面跟那个姓硬的家伙眉来眼去，还说他是什么"老枪"！这能是对一个上级、一个男人说的话吗？这两个狗男女，还不停地合伙挤对他。邹志刚就像是刚刚喝了二斤老陈醋似的，浑身上下直冒酸水！他心里说，这个女人啊，这个女人。于是，他快快地站起身来，苦着脸说："看来，我是该走了。"

这时候，苗青青不冷不热地说："走啊？不送。"

六

接到那个电话，陶小桃就来了。

陶小桃是个细心人，来时就带着炖好的乌鸡汤和新买的小孩衣服、尿不湿什么的。上官生下孩子后吃的第一顿饭，就是小陶给送的。小陶对上官说，我妈说，生孩子消耗大，一天要吃八顿饭呢。

当听说孩子没保住的时候，小陶一下子掉泪了。一时，她心里特别难受，竟忍不住眼泪哗哗的。过了一会儿，她擦了擦眼里的泪，轻轻地握住上官的手，两人默默地就那么相看着。

有一段时间，两个人是用目光说话的。陶小桃坐在上官的病床前，两人手握着手，似乎都想把心里积存的东西吐给对方。那是怎样的痛啊！可又无从说起，就一眼一眼看着，像是在看各自的人生。

终于，小陶贴着她的耳边说："你不能生气。我妈说，月子里，女人千万千万不能生气。一生气，就会落下病根。到时候，会终身受亏。再治，也就晚了。"

久久，上官低声说："我没有生气。"

小陶知道，她不能再提孩子，一提孩子她就难受，她说："不生气就好。那你就好好吃饭吧，你失血那么多，得补补。"

上官却突然又扔出一句："我是生你的气。"

小陶什么也不说，就望着她，是两人心对心地看着。

上官说："你辞职了。"

小陶说："是。"

上官说："你太自私，想一走了之。"

小陶说："其实，我也不想走。可如今上班，就像是演出，我实在是演不下去了。"

上官说："我知道。你肯定是一忍再忍，一退再退，忍无可忍。可我还是生你的气。咱们那么多年的同学，关系那么好。你什么都知道，却不告诉我。我一想，心都寒了。"

小陶心里一酸，说："我不知道。要说知道，也是一种感觉。我不能把感觉上的东西当作事实告诉你。那不成破坏你家庭了吗？我提醒过你，我是真心希望你们好啊！"

上官眼里一湿，说："桃，你太善了。"

小陶说："你还爱他吗？"

上官冷冷地说："——爱过。"此时，上官心里痛极了，那过去，丝丝缕缕地，都在眼前，全是痛！她接着说，"那时候，一开始，我就以为是永远。可没有永远。"

小陶就劝她："好好生活，就是永远。你好好养身体吧。别的事，咱以后再说。"

上官睁大眼睛，望着小陶说："告诉我，你发现什么了？"

小陶沉默了一会儿，说："感觉，只是感觉。其实，我能说清楚的，就是三个字：我害怕。"

上官说："害怕什么？"

小陶摇摇头："说不清。走着走着，就觉得像是在船上，波浪滔天。隐隐约约的，就害怕。"

上官说："有这三个字，也够了。我一直在想，越是珍贵的东西，越容易碎，说碎就碎了。是这意思吧？"

"我说不清。真说不清。"小陶想安慰她，接着说，"上官，也许，我的感觉是错的。"

上官说："你没有错。我都亲眼看见了。我什么都想过了，我一直在想，一直在想。只是有一点不明白，当初，那么好的一个人，是谁把他染了？也许，他本就是带着颜色的?"

小陶说："是。当初，我们都崇拜他。"

上官叹了口气，说："一想起来，我心里就像刀割一样。这世界上，还有什么是值得相信的?"

小陶说："也许过一段……"

上官像是下了决心似的，说："你别说了。我已经想好了。我已经看见前边的路了。好了，我饿了。你的鸡汤呢？我尝尝。"

小陶说："我先给你打盆热水，你擦把脸。"说着，她端着一个脸盆出去了。

在门外，小陶碰上了任秋风。上官一直不让他进门，他就在门外站着。任秋风很伤心也很警惕地望着她，那目光里竟含有敌意！他说："小陶，我希望你，不要破坏我们的家庭。"

小陶说："我只做我应该做的。"

任秋风说："你给她说什么了?"

小陶说："我说了我该说的。"说着，端着盆打水去了。

第三天上午，上官的父母来了。当他们推开门的时候，上官怔了一下，满脸都是泪！她哭了，她是第一次哭出声来，她哭着说："爸，我想回家。"

上官的父亲看了她一眼，像是明白了一切，说："回家，我们就是来接你回家的。"

○ ●

第十五章

· ·

一

近一个月来，任秋风累惨了。

他一直在忙股东大会的前期工作。钱，像山一样堆在他的眼前。要想让这些钱合法地、符合法律程序地进入金色阳光，他必须进行公司化运作。这时候，整个中国的公司化、股份制运作才刚刚发端，可以说一切都不规范，一切都是现抄外国的。然而，资本的初期运作，去现抄外国高级的管理模式（经过很多年一次一次的修正），就像是一个初生的婴儿穿上了大人的衣服，显得大而无当，很不合适。如果这样穿了，你就没有了尿尿的地方！你总不能把自己憋死吧？怎么办呢？造假。只有造假。而且是在内行人的指导下造假。所以，中国人初期的造假，几乎都是逼出来的。试问，一个急着赶路的人，有谁会想到一定要带上避孕套？

任秋风自然不能让尿憋死，他请了北京一个最高级、最有权威性的会计师事务所来帮他造假。目的是没有错的，他要打造一个商业帝国，他需要进行资本运作。这事说白了，就是一次"圈钱运动"。可这种"圈钱"方式几乎是在没有规则的情况下运行的。那"规则"是借来的，是外国人的东西。造假，首先是从程序开始的。因为，所有的计算方式、运行方式，包括各种表格的填写、应用，都是模拟外国的。中国根本没有，也无从计算。这时候，如果所有的资本运作方式（在程序上）都实打实地来，你就什么也做不成了。任秋风很清楚，这只是初期，初期是可以的，这事从上到下，都是默认的。这叫摸着石头过河。以后恐怕就不行了。这造假，对于任秋风来说，也是一次难得的学习机会。有很多日子，他几乎是坐死在电脑前了！

这期间，他与江雪才算是达到了前所未有的、最高度的默契。

自从两人遭遇了那件尴尬事之后，江雪一直很低调。当她走进商场的时候，几乎与所有的人都是只点头不说话。她也是一直忙于股东大会的前期筹备，昼夜不息地干，几乎不给自己留一分钟的空闲。她跟任秋风每次见面，都把要说的话减到最少的程度。无论任秋风跟她要什么数字，她都以最快的速度满足他。半夜里，当电话响起的时候，他只要"嗯"一声，说："咋样？"那么，不到十分钟，一份详尽的报表就会送到他的手上。她在心里对自己说，他可能会恨我，可他离不开我。

在金色阳光，可以说最忙的就是他们两个人，他们一直忙到股东大会召开前的最后一分钟。到了这时候，上百份的文件已全部备齐。两人才抬起头来，互相看了一眼，他说，"嗯？"她说，"嗯。"他说，"好了？"她说，"全齐了。这是最后一份。"他说，"上会吧。"

股东大会是在一家五星级宾馆隆重召开的。这次股东大会，省市的有关领导都到了。在鲜花和美酒中，在洋溢着热烈气氛的赞誉声中，皇甫副市长郑重宣布：任秋风同志，全票——当选为金色阳光有限公司董事长！这时候，镁光灯一片闪烁，掌声四起！人们也都纷纷站起来向他表示祝贺！如此盛大的场面，只有任秋风一人没有站起来，他一动不动地坐在那里。

会议临结束时，专程前来祝贺的皇甫副市长等领导都已经起身离座。按说，任秋风本该立即起身，说几句感谢的话呀，送一送啊，这是最起码的礼节了。可他仍未起身。虽然面带微笑，却还是在那儿坐着。此刻，皇甫副市长终于忍不住了，回身看了他一眼，有些不满地沉着脸说："秋风同志，你站起来嘛，架子不要那么大嘛。啊？"

　　这时候，坐在最边上主持会议的江雪一下子泪流满面！她迅速地掏出手绢擦了一下，毫不犹豫地站起身来，几步走到皇甫副市长的身后，在他耳边小声嘀咕了几句，于是皇甫副市长连连点头，噢噢了几声。这边，江雪又快步走到任秋风的身后，用力地把他托了起来！纵然有江雪在后边托着，可他还是用了几次力才勉强站起，这时候他感觉他像是没有腿了，那是两条根本不听指挥的棍子，有一条棍子还抽筋，疼得他头上直冒汗！终于，任秋风还是站起来了，他满脸惭愧地对众人说："对不起大家，我有点累。我是，有点累。"

　　这时，皇甫副市长回过身来，激动地抓起话筒说："我要纠正一下，秋风同志不是不站起来，他是累得站不起来了！同志们，鼓掌吧。多好的同志啊，请热烈鼓掌！"

　　于是，又是一阵经久不息的掌声！

　　当会议圆满结束时，任秋风是被两人架着走出会场的。

　　金色阳光的第一次股东大会开得非常成功。当任秋风被人架着从会议室里走出来的时候，他的脚步有些发飘，那木头疙瘩一样僵硬的腿，现在像是爬满了蚂蚁，有了麻意了。送走了省市领导，站在台阶上的时候，晃着晃着，腿的感觉才慢慢回到了他的身上。他让扶他的人松开手，试着走了几步，他说行了，我可以走了。为了走得更硬实些，为了能配得上那重——他一下子有了三个亿！这三个亿还不是所谓的无形资产，那是真金白银，是作为董事长的任秋风，只要签上字，就可以随时支配的。当他在台阶上站稳的时候，几乎是下意识地，他试着用不太灵活的脚尖，在地上写了一行字，没有人知道他写的是什么，人们只看见他用脚尖在水泥地上有些僵硬地画了那么几道。只有他自己知道，他是下意识地在练习签名，他用脚尖写出的、没人看得清的其实是三个字：任秋风。

　　他，任秋风，现在是拥有三亿资产的主帅了。

就在任秋风站在台阶上沉思的当儿，有人在身后拍了他一下。任秋风扭脸一看，是老郭，郭大升。他现在是金色阳光的大股东了。在任秋风眼里，这人深不可测。他说："任董，要注意身体呀！"

任秋风笑了笑，很大气地说："你们当的都是甩手掌柜，只有我是扛活的。我是你们的长工啊。"

老郭说："你是掌旗的，肩上扛着三个亿。是累。能不累吗？不过，我们都信任你。所以，你可要保重身体。这样吧，你跟我走。我领你去个地方，让人给你好好做个保健。"

是啊，这一段，他真是累死了！一边是股份制，一边又跟上官闹矛盾，他心里可以说很不愉快。再加上，老郭这人，是不轻易说话的。他不是一般的人，不好马上拒绝。任秋风就说："去哪儿？"

老郭手一招说："你跟我走吧。保证让你彻底放松，浑身通泰。"

站在一旁的薛行长和千行长也都说："去吧，老任，你太累了。跟着郭大哥，保证让你精神焕发。"

老郭再一次邀请说："走，上我的车。"任秋风也就不再推辞，摇摇头，跟他走了。

二

这里是什么地方呢？是仙山？是蓬莱？还是太虚幻景？

像是大海边上，又像是一个岛屿，到处都是绿树，那一树一树的绿叶鲜艳极了，就像假的一样！绿树上结满了金灿灿的瓜。那真是金子做的瓜，一个个圆润光滑，看上去金澄澄的。更为奇怪的是，这瓜还能吃，可以切下来一牙儿一牙儿地吃。还有，那瓜蒂儿上开着花儿呢。一个瓜上一朵花儿，那花儿竟是一个个美艳无比的女人！一个瓜上开着一个女人，女人全白光光赤裸裸的。天啊，女人竟也是可以吃的?! ……太舒服了，太美妙了！大千世界，寰宇之中，竟还有这样的地方?!

等任秋风完全醒来的时候，他发现他在一张床上躺着。身子下边是一张圆形的大水床，这水床舒服极了，它在身下弹弹地颤动着，人就像躺在波浪上一样，连骨头都泡酥了。这是一个巨大的豪华套间，套间里有着超五星级的配置。他是怎么来的？谁把他弄来的？他是什么时候睡着的？睡了多长时间？他全都不知道。

他躺在那里，慢慢想，终于想起来了。是那姓郭的，郭老大带他来的。记得，他坐上郭老大的奔驰车，把他拉到了一个叫"静心湖"的地方。对了，这个地方就叫"静心湖"，是个持会员卡才能进的会所。那么，之后呢？是了，脱得光光的，又洗又蒸又按。待浑身通泰之后，这个老郭，又把他带到了一个摆满了沙发的大包间里，对了，还有吃的，茶几上摆着各样啤酒、小吃。这时候老郭笑了，老郭笑着说："任董，你养过花吗？"任秋风摇摇头，说："没有。"老郭说，"我种花，也赏花。任董，你知道养花人的最高境界是什么？"任秋风说："不知道，在这方面，我孤陋寡闻。"老郭笑着说："今天，我让你见识一下，好好放松放松。"说着，他伸出手来，轻轻地拍了两下巴掌。

即刻，门开了，先是有两个姑娘走进来，姑娘身上穿的衣服薄如蝉翼，轻如淡烟。先是两个，两个；而后是四个，四个，她们一排排走进来，在沙发前伫立片刻，又一个个走出去了。任秋风太累了，神情有些恍惚。况且他也不明白这是什么意思，模特表演吗？这时候，大老郭拍拍他，说："你挑一个。"任秋风一怔，说："什么？"大老郭又暗示性地拍拍他，说："你挑，一个两个都行，这是最好的放松。"任秋风身子一紧，他迟疑了一下，仿佛是不经意地瞥了大老郭一眼，淡淡地说："这不是我的风格。"

大老郭看着他，说："老弟呀，就此看来，你没养过花。我是养过花的，我知道。养花人的第一境界，是种花。你浇水你施肥，一天天盼着花开，花一开它就不属于你了。这种人，是最被花看不起的，顶多也就是一个护花使者，是花的奴隶。第二种境界，是品花。这种人既养也赏，摸一摸，闻一闻，但跟花还是有距离的，顶多也是个平等的关系，就像那个梁山伯，是悲剧，花并不佩服你。第三种境界，那才是极致，那叫玩花。你知道吗，种花人的高手是哪些人？是养盆景的。叫我说，养盆景的这些人，一个个都是虐待狂！好好的植物，他非把它往病态里收拾，把它弄曲了还拧一弯，摆治成各种他喜欢的形状，这就是盆景！花也一样。它就那么开一次，一生灿烂一次，我告诉你，只有敢把花榨成汁的人，花才喜欢！"

是的，那时候，他的眼已经睁不开了，迷迷糊糊的，可这句话他还是记住了。郭老大狠嘟嘟地说："只有敢把花榨成汁的人，花才喜欢！"任秋风心里想，不管怎么说，这话还是很有豪气的。再后来，他就什么也不知道了。

正想着，门忽然开了，大老郭身量一晃一晃地走进来。他说："任董，老弟呀，你可真能睡！你整整睡了一天一夜呀！"

任秋风一听，披着睡衣，赶快起床，说："是吗？"

郭老大朝身后一指，说："我给你介绍一下，这是会所的小张，张总。我给你说小张，这位，是大名鼎鼎的任董事长，肩膀上扛着三个亿！你好生侍候。"

顿时，那张总，像个小狗似的，颠颠地跑上前去，递上一张名片、一个金卡，说："任董事长，这是我的名片，这是会所的金卡。有什么事，你随时吩咐。你看，你吃点啥？我马上叫人送来。"

任秋风随口说："不用了。我该走了。居然睡了一天一夜。"

这时，大老郭说："任董，我昨晚上的话，都是开玩笑的，你别当真。不过，经了这一晚，我更服你了，你不是个玩物丧志的人。我的钱放在你那里，也就放心了。"

任秋风笑着说："昨晚上你说什么了？我根本不记得了。"

大老郭说："那就好，省得我出丑。"

可是，大老郭的那句话，任秋风怎么也忘不了了。朦朦胧胧地，他觉得他是背着这句话走出那个门的。

当任秋风回到商场时，江雪一见他就说："你上哪儿去了？手机也不开，都急死我了！"

任秋风看了她一眼，说："有事？"

江雪说："当然有事。我怕你出什么事。"

经过一天一夜的休息，任秋风显得精神焕发，他说："你跟我上来吧。"

两人一前一后地进了任秋风的办公室，关上门，任秋风说："往下，咱就要甩开膀子大干了。有什么话，你说，可以摊开说。"

江雪说："我要告诉你的只有一句话，我不是贼。"

任秋风说："谁说你是贼了？"

江雪说："在她眼里。甚至，在你眼里。我要郑重地告诉你，我不是贼。我也不想做贼。我怎就担着一个贼的罪名？！"

任秋风说："咱们在一线，苦啊。你注意到我的名字了吗？任、秋、风。——谁想说什么，说什么吧。"

江雪很激烈地说："我最看不得那假高尚，这边干死干活的，凭什么？！"

任秋风突然说："你的意思是，有时候，人是不是得坏一下？不为别的，就为坏一下。"

江雪说："这不是我的意思。"

任秋风说："这就是你的意思。"

江雪说："不是。"

任秋风一把抱住她，用不容置疑的口气说："来吧，让我看一看桃花。就为了不让你枉担罪名，让我看看桃花。"

江雪喘着气说："你坏，是你想坏。"

任秋风说："对。我想坏。"

三

上官云霓回来了。

她是独自一人回来的。

自从踏上金色阳光的第一层台阶，上官就露出了"灿烂"的微笑，她向商场的每一个人微笑。她一层一层地走着，每走一层，她都要跟商场的人打招呼，点头，微笑。

这次回来，上官在众人面前展示了让人惊异的美丽。春天里，她一身黑色的装束。那黑色一到了她的身上，竟然是那么明丽，是一种冷色的明丽！那一袭黑色的长款风衣，把人的修长、典雅托到了极致；在黑色的映衬下，她的脖颈是那样白，白出了瓷样的蓝光，那血管一条条蓝莹莹地亮着；她刚过了一道生死关，人有一些消瘦，却越发显得眼大、眉浓，那鼻儿嘴儿，一抹一挑，都亮着生动的弧线，把人托得清爽极了。当然，她眼里含着一点忧伤，正是这点忧伤把她的美丽又一次地隆重地烘托出来。在她身上，那点忧伤成了美的最高表达形式。就像她头上扎着那个紫黑色的发结，这点缀恰到好处，悄没声地润出了一种默然的高贵，甚至还有一点点傲然的睥睨。就是这点睥睨，使她和众人产生了隔离。虽然，这并不是她想要的。

上官的美丽，给商场的员工们留下了极为深刻的印象。尽管这样，在她走到第三层的时候，上官就明显地感觉到，她与商场里的人有些"隔"了。也就是几个月的时间，那种在工作中养成的亲和力已荡然无存！她跟人们打招呼时，人们也回应她，也关切地问一问。但那些话显然是有距离的，是应付的，没有了家常。

更让她感到失落的是，整个商场一片喜气！这个五光十色的商业机器，运转良好，甚至是转得速度更快了。商场的每一个人，你都可以从他们的眉梢里看到喜悦。那勃勃的生气，那工作的节奏，那吞吐颜色的喧闹，都是可以看得见的。后来她才知道，不知是怎么计算的，他就真的把商场的品牌效应，或者说是无形资产估到了一个亿！就此，商场的所有职工，多多少少的，都有了自己的股份。虽然这股份只是内部的，并不能变现，但在每一个商场职工的心里，他们都已经成了持股人。每个人都私下里暗算着，他已经有了几万几万了。将来呢？这就是群众。不管真假，群众喜欢的是看得见的东西。

但是，她读到的那些书告诉她，这里边潜藏着一些什么。根据她与小陶的分析，这里边是蕴含着什么的。可她不能说。这时候，也没人听她说。她看到了，商场的人在疏远她，甚至是怕染上什么似的在躲避她。也许，她们什么都知道了，包括她跟任秋风的矛盾。她每上一层，都有一种腾云驾雾的感觉，这感觉是很不真实的。有那么一刻，她也怀疑自己，是不是判断上出了问题？她想，也许，也许吧。但她和那个人，没有"也许"了。

当她上到第五层，站在那个办公室的门前时，几乎是下意识地，上官站住了。她觉得她不能再那样莽撞了。她轻轻地敲了几下门，里边没有反应，她又敲了几下，只听里边咳嗽了一声，很威严地说："进来。"

上官走进去的时候，那个人头都没有抬，仍然在电脑屏幕前趴着。他只说了一句，"把门关上。"上官就默默地回过身，把门关上了。

这时候，任秋风的头抬起来了，他一看是上官，有些吃惊地，甚至是有些激动地"啊"了一声，他说："哟，回来了？回来就好。回来就好！"

可在上官看来，他如今是架子越来越大了，快要变成一尊神了！看她回来了，他仍坐在那里，竟然没有站起来，他说的每一句话，也都是居高临下的。于是，她说："你，好吧？"

"还行。还行。就是忙。"任秋风说着，看上官脸色不好，这才站起身，走过来说，"你身体恢复得怎么样？前一段忙股份制，一天到晚焦头烂额的，也没顾上去看你。对不起了。"

上官说："我嘛，还好。"

任秋风"噢"了一声，说："那就好。怎么样，上班？还是再休息一段？"说着，他站在那个巨大的地球仪旁边，手一指，那样子像是马上要占领全世界似的，说："看见小旗了吗？这就是咱们未来进军的目标！"

上官扫了一眼那地球仪，只见上边插着一些小红旗。

接着，任秋风慷慨激昂地说："咱们这里，股份制改造已经完成。凡是给金色阳光做过贡献的，人人有份，包括小陶在内！"说到小陶的时候，任秋风特意加重了语气。接着，他又说，"你的股份，经商场职工评议，占商场自有股份的百分之五，合人民币六十多万吧。你看，大家的眼光还是雪亮的。公平吧？"

上官淡淡地说："谢谢。谢谢你的好意，也谢谢大家的好意。"说着，她拿过挎在肩上的小包，拉开包的拉链，从里边拿出两个信封，轻声说："这一份，是我的辞职报告，算是公事；这一份，是离婚协议书，是私事。"说着，她走过站在她面前的任秋风，把两个信封放在了任秋风的老板台上。

任秋风先是一愣，脸马上黑下来了，他有些不耐烦地一挥手，喝道："你，这是干什么？还没完没了了?! 不是给你道过歉了吗？该解释也给你解释了，你还想怎么样？你这个人怎么一点都不体谅人呢？你知道我前一段有多辛苦？你不帮忙反倒添乱？真是阎王不嫌鬼瘦！"

上官冷冷地说："我来，不是跟你吵架的。你嚷什么？"

任秋风更是气不打一处来，他厉声说："你还说不是来吵架的？你这是不依不饶！就算我有错，我一次次给你道歉。好话都说尽了，你还想怎么着？"

上官平静地说："我不想跟你吵。咱们都是有知识的人，分手吧。"

任秋风一拍桌子，吼道："我一天到晚辛辛苦苦的，你不要以为……"

上官说："任秋风，你是领导，也算是个顶天立地的男人，你不至于这么无耻吧？我不管你做了什么，这个婚，我是离定了。"

任秋风沉着脸，冷冷地说："我要不离呢？"

上官也针锋相对，说："你不离，我离。"

往下，两人都沉默了。谁也不说话，就让时间慢慢在两人之间流淌。要是用心来品，还是有回忆的，那丝丝缕缕的过去，一一出现在眼前。终于，任秋风挠了挠头，说："的确，怪我。是我，有些事情没有做好，伤了你。我希望能弥补。你看，还能吗？"

上官默默地摇了摇头。

渐渐，任秋风眼风硬了，他说："那好，你给我一个理由吧。只要你给我一个理由，我就离。"

这时候，上官眼里流下了两行热泪。她一字一顿地咬着牙说："我，一个弱女子，站在这里，要跟这个世界打一个赌，要跟我的人生，打一个赌！我相信，这个世界有最美好、最纯洁的东西。我相信人类有最真挚、最纯粹的爱情。哪怕全世界的人都不信了，我也信。不然，我们还活什么？——如果没有，我宁愿独身！"上官说这话的时候，她的声音并不高，可听上去，整栋大楼都在轰鸣！

听了上官的话，任秋风沉默了很久很久。而后，他像是被那话震伤了似的，塌着身子，无力地摆了摆手，很勉强地说："书本，有时候也害人啊。好，好吧。我答应你。走吧，你可以走了。随便！你和小陶的股份，随时都可以提取。"

上官默默地望着他，临转身前，她说："谢谢。——保重吧。"说完，她快步走出去了。

上官走后，任秋风长久地望着那个地球仪，片刻，他用力地在上边拍了一掌，那地球仪快速地旋转起来。而后，他从桌上拿起一支飞镖，用力地朝地球仪上掷去！

这一镖射偏了，本是射向美国的，却扎在了"阿尔巴尼亚"的土地上。任秋风伤心地摇了摇头，问自己："你怎么连个人也留不住？"

四

这是一个很奇怪的现象。

金色阳光少了两个很重要的人，可整个商场却空前团结，效率反而提高了。在这一点上，连任秋风都感到意外。

这是任秋风亲眼看到的。当他巡视商场的时候，他发现，现在的金色阳光已经成了一个有机的整体，成了一架高速运转、吞吐着货物和金钱的机器。这就像是一条战舰，一条高效率的、绝对听指挥的战舰。而他，就是这艘战舰的大脑。他所下达的每一道指令，都会迅速地传达到每一个神经末梢。哪怕是一个小指头呢（比如说，保洁员），它也是根据大脑的指令在动，而且分毫不差！

整个商场都在高效能地运转着。那腾腾的热气、人流，像是感染着每一个人。商场每一个职工看上去都精神抖擞，他们不管做什么都是一路小跑；每一个楼层都像是开了锅的沸水，连穿黄马甲的搬运工都把胸脯挺得高高的！无论任秋风出现在哪里，一路都是"任总好！任总好！任总好！"。没人要求他们这样喊，这是他们发自内心的。可以看出，这是真心诚意的拥戴。正是这一点，让任秋风尤其满意。

在一层的食品部，这里有飞机空运过来的最新鲜的南方水果；也有从国外运来的高级食品，这些东西贵是贵了一点，但却是最抢眼、最刺激人的购买欲的。有一次，他曾经说过，那些超过保质期一天半天的食品，可以打折出售，尽快处理。于是，不到一个小时，处理方案就一层一层地报上来了。现在，那里已设了一个专柜，食品上都清楚地标着超1、超2、超3或超6的字样，有人排队在买。这既是一种节约，也提高了商场的声誉。

　　在二层的鞋帽部，那鞋架原是一排一排的，像个围栏，把顾客挡在了外边。一次，他看了后说，你怎么还是老样子？要有变化，要突出重点。于是，就在当晚，鞋帽部的全体人员都留下来，整整研究了一个晚上。第二天那敞开式鞋架的摆放，就重新变了一个样。的确不错，你一走进鞋帽部，就发现十二个滑稽小人，这些滑稽小人是硬纸板做的，一个个卡通样，只有头上的帽和脚下的鞋是真的，突出的是头和脚，很搞笑。另外，过去那种立式鞋柜变成了台阶式的，而且搞成了一个个半圆形的隔间，隔间里设有沙发座和试鞋的小黄凳，脚伸在上边，突出的是鞋。你最先看见的也是鞋，它让你下意识地就想拿起一只鞋看一看。这就对了。

　　三层，电器部那里，过去是一片刺眼的色彩，放的样片是一模一样的，说红都红，说绿都绿，而且总是把音量调到很大，闹嚷嚷的。他说，要改进一下，一流商场，进来不能像赶大集。于是，也是一夜之间，他的意见得到了贯彻。而且改得出人意料。仍然是有声音的，电器部不能没有声音，但音量小了，旋律悠扬，每一个品牌的专柜放的是不同的音乐，有施特劳斯，有喜多朗，有柴可夫斯基，有巴赫，显得典雅大方，不俗。有一位顾客说，在这里站站，就是一种享受。很好。

　　尤其让他满意的，是那个三号保洁员。有一位喝醉酒的顾客，跑到商场的卫生间里撒酒疯，还打了保洁员两个耳光！可这保洁员没有还手。很好。这事让报纸登出来了，保洁员对报社记者说，我们有制度，打不还手骂不还口。报社记者问，他骂你显然不对，打人更不对。你要还手呢？保洁员说，那非开除我不可。这无形之中给商场做了个活广告！很有意思。

　　每次巡视完毕，任秋风都会在商场的最高层站一会儿，居高临下地朝下望去。这时候，他的心里就会产生一种愉悦。他能在这么一种乱哄哄的嘈杂中，享受着一种别人所无法享受到的喧闹中的宁静。真的，他已习惯了这种喧闹，习惯了站在高处的感觉。他站在最顶端，居高临下，一览无余，默默地享用着一个"场"的嘈杂，享受着指挥一切、调动一切的快乐。

当然，他知道，他的所有决策都是在江雪的监督下得到贯彻执行的。于是，他得出了一个结论：看来，龙多不下雨呀！走上一个两个人，也不一定就是坏事嘛。

是啊，任秋风想，现在看来，你不可能把所有的人才都拢在一块儿。观点不同的人，是不能强拧在一个机器上的。那样，产生不了合力。没有合力，就形不成强有力的工作班子。你只能把同一目标、同一方向的人集合在一起，你必须强调方向的一致性，这才叫志同道合。特别是那个小陶，在研究一些问题时，总跟他的思路不一致，总要提"为什么"，总要他一次次解释。哪有那么多"为什么"！毛主席说，在执行中加深理解嘛。这一句，很好。

可有人却不同意他的观点。他的老朋友齐康民就跑来跟他大吵了一通！这天下午，他肯定是喝了酒的。他踉踉跄跄地推门走进来，指着他说："你犯了一个天大的错误！你如果不赶快纠正，总有一天，错误会把你毁掉的！你，成了一个昏君！"

任秋风说："你又喝酒了吧？"

齐康民说："我是喝了一点酒，但是我没醉。我清醒着呢。你是经商的，你知道'商'是什么？商就是商量，商榷，是一个'和'字！你听不得不同意见，你毁了小子！你以为你没有对手，到时候，所有的人都是你的对手！"

任秋风虽然笑着，脸却沉下来了，他说："老康，不要再玩童年的把戏了！这么多年了，你怎么老像长不大似的？谁是小子？——我告诉你，这里站的是老子！你怎么就认定我会出事呢？不是你动员我出山的吗？"

齐康民说："正因为是我动员你出山的，所以我不想看着你垮台。小子，你好好听着。我给你推荐的三个人，综合素质最高的，当数上官云霓。智性最好的，是江雪。而最有人缘的、对人对事最客观的，当数陶小桃。你别看她平时笑笑的，心里最有数。你一下子赶走了两个，你想想，你还干什么？你完了！"

任秋风说："你错了，我这里的实际情况是，蒸蒸日上！再说，怎么是我把她们赶走的？是她们自己要走的。人各有志嘛。"

齐康民喃喃地说："我的学生，我了解。这里边有问题，这里边肯定有问题！"

任秋风问："你见过她们？"

齐康民说："没有。我见过你的前妻。说实话，她完全变了一个人。这，你也要负责！"

任秋风不想再跟他谈论前妻，说："你知道我现在是什么感觉吗？"

齐康民望着他，说："你还有感觉？你都成一盆糨糊了，还谈感觉？我再次警告你，你已经听不得不同意见了，你脑子出毛病了，你毁了！"

任秋风说："错。正像你说的那样，我现在也是一九四九。如今，是彻底解放了。"

齐康民一针见血："你解放什么？你是钱烧的！"

任秋风不想跟他辩论，就转了话题说："说到钱，对了，有那么多人跑来入股，到处托人。我忘了问你，你怎么不来入股呢？怕钱多了咬手？"

齐康民高声说："恰恰相反！我是怕钱放在你这里，打了水漂！"

任秋风有些不高兴了，他挠挠头说："算了，你这家伙，越来越古怪了。我不跟你磨牙了。"

不料，齐康民跳起来了，他肩膀一耸一耸地喊道："你怎么不说了？为什么不说了？理不辩不明，话不说不透！"

两人正吵着，只见江雪推门走进来。江雪进门看了齐康民一眼，却对任秋风说："你别理他，他喝多了。"

齐康民一见江雪，那股张扬劲立时就小了。他自言自语地说："多吗？小二两，不多呀。"

江雪说："齐老师，你出来一下，我有事找你。"说完，扭身就走出去了。

齐康民怔了一下，又回过头，对着任秋风道："老子曰：执大象，天下往。你也敢言老子？！"这么喊了一句，摇摇头，跟着出去了。

五

江雪把齐康民领到了黑井茶社。

在一个包间里，齐康民看那些女服务员跪进跪出的，心里很不安，说："这地方，贵吧？"

江雪说："我请老师喝茶，还不挑一好地方？不贵。"

齐康民仍有些忐忑不安，说："那，还是，我请吧！"说着，他下意识地摸了一下屁股上的兜。

江雪说："听说老师喜欢喝碧螺春？"她对那女服务员招了一下手，"上最好的碧螺春。"

齐康民抬头看了看江雪，嗫嚅着说："其实，好的碧螺春，我只在书上喝过——'梅盛每称香雪海，茶尖争说碧螺春'嘛。"

江雪笑着说："这一次，你好好品品。"

茶上来的时候，江雪等服务员把洗茶、泡茶、筛茶那套程序全都做完，而后对服务员说："你出去吧，不叫你别进来。"

于是，那服务员应声跪着退出去了。

齐康民手捧着那一只小小的泥杯，品一口，又品一口，点着头说："好杯，嗯，好杯！"

江雪却不喝，看他喝。齐康民又喝了几口，说："你怎么不喝？"

江雪端起杯子看了看，在手里转了一个圈，又放下了，说："我不敢喝。喝了，夜里睡不着觉。"

齐康民眨眨眼，说："那，那你，这不可惜了吗？"

江雪两手捧着脸，很专注地望着他，说："可惜什么。你喝吧，我看你喝。"

齐康民喝一杯，江雪就执着泥壶给他倒一杯，连着倒了几杯之后，齐康民头上冒汗了。他抓起泥壶说："还是让我自己来吧。用你们年轻人的话说，酱紫，我很不自在哦。"

江雪手里转着一只小泥杯，轻声说："老师，你总是到商场里来，你每来一次，都给我带来不少麻烦。有人，会说闲话的。"

听江雪这么说，齐康民有些尴尬，他说："那我以后，以后……"

江雪却没往下再说，她望着齐康民，说："老师，你真喜欢我的眼睛？"

齐康民用开玩笑的语气说："那当然。发明权、专利权都在我这里嘛。"

江雪放下那只杯子，两手捧着下巴，亮着一双毛毛眼，说："那你就好好看看。今天我让你看个够。"

听她这么说，齐康民却有些不敢看了，他顾左右而言他，说："这里，这里挺安静。可静是静，不过，好像还有什么声音？"

江雪说："这是我要让你猜的一个谜语。待会儿再让你猜吧。现在，你看着我的眼睛，你是真心喜欢她吗？"

齐康民头上又出了一些汗，他掏出手绢擦了一下，低声说："江雪，你别再让我看了，你再让我看，我就掉进去了。"

江雪说："我问你的话，你怎么不回答？你是真心喜欢她？"

齐康民又掏出手绢擦了一下，很认真地说："那当然。不过，不过老师一介穷书生而已。实在有些，那个，自惭形秽。"

江雪说："那我再问你一句，你愿意等她吗？不管多长时间，你都愿意等吗？比如说，将来，要是她想出国，你也愿意跟她走吗？"

齐康民吃惊地望着她："怎么，你想出国？"

江雪摇摇头，说："目前还没有这个打算。我只是打个比方。"

齐康民扶了一下眼镜框，说："我要是取下眼镜，就什么都看不见了。我是个瞪眼瞎。他们都这样说。"接着，他又说，"不过，我给自己定了一个目标，一生要爱一次。不管结局如何，要如火如荼地爱一次，只一次。"

江雪身子往上依了依，说："那好，我现在就给你一个承诺：你给我三年时间。你等我三年。三年后，我会跟你结婚。不过，在这三年里，无论别人说什么，你都不要信。好不好？"

齐康民取下眼镜，用手绢擦了一下眼，说："好，我等你。"接着，他端起那小杯子，把茶一口喝尽，说，"我真想喝一杯酒。我知道你不让，算了。不过，江雪，雪，你能让我吻一下，你的手吗？"

江雪伸出手来，放在了齐康民面前的茶几上，他两手捧着江雪的手，伸着脖子，嘴唇贴在江雪的手背上、指尖上，依次吻了一遍，喃喃说："香。"

江雪把手缩回来，说："老师，我还请你帮我办一件事。"

齐康民说："你说。"

江雪说："听说你有个弟弟，也开了一家公司。叫万源公司，对吗？"

齐康民说："是啊，你怎么知道？这个家伙，游手好闲的，我不太理他。"

江雪手里转着那只杯子，漫不经心地说："有一笔账，想在他那里走一下。你能帮着说说吗？"

齐康民一怔，说："账？什么账？不会出什么事吧？"

江雪说："就是那些散户的集资款，过一下，就有票据了。不走一下，是公对私，不好下账。你要是觉得不方便，就算了。"说完了，就用一双眼睛望着他。

这时候，齐康民头上又出汗了，他有些紧张地说："那，我问一下吧。我给问一下。"

江雪说："问了，你给我回个话就是了。具体事，我去办。——茶，喝得怎么样了？"

齐康民说："不错。好茶！"

江雪笑了笑说："下边，我让你猜一个谜语。你喜欢听音乐，是吗？"

齐康民说："那是。在这方面，不客气说，我还是有点发言权的。"

江雪说："有一种音乐，你肯定没听过。——好，你现在闭上眼睛，细听。"

齐康民很听话地闭上了眼睛。

过了一会儿，江雪说："你听到什么了？"

齐康民迟迟疑疑地说："好像，好像有人，在哭？"

江雪笑着说："有那么一点意思了。那不是人哭，你再猜。"

齐康民又闭上眼睛，细听了一阵，摇摇头，又摇摇头，不确定地说："是哭吧？呜呜的，好像没有别的，挺忧伤的。谁家的孩子在哭？"

江雪说："我已经给你说过了，那不是哭。"

齐康民又听了听，摇摇头，很肯定地说："这是音乐吗？这不是音乐。"

江雪说："正是。这是天籁之音。有时候，我心里烦了，就一个人来听一听。听了，心里就平静了。"

齐康民诧异地望着她，大吃一惊："你，你喜欢听——哭声？这，也叫天籁之音？！"

江雪纠正说："我已经说过了，这不是哭声。你不是说，凡是来自大自然的，都是天籁之音吗？——好了，你猜不出来，我告诉你吧：是狼。"

齐康民惊得嘴一下子张大了："狼？"

江雪说："你还说你乐感好。你的耳朵是怎么听的？隔壁是个动物园，是狼，象，还有狐……你明白了吧？"

齐康民嘴张得老大，说："噢，噢。天啊！"

江雪说："我原来也以为是哭声。好像是狼在哭，象在哭，狐在哭……后来我才发现，不是的。"当江雪往下说的时候，她有一点碍口的样子，不过她还是说出来了，"现在是春天。春天，你明白吗？这是，春天的故事。"

齐康民忽地站起来了，他连声说："江雪，江雪，你听我说。你别再来了，你再也不要来了。"

江雪眨了一下眼，说："为什么？"

齐康民迟疑了片刻，终于说："不吉利。"

六

在"静心湖"，任秋风居然碰上了苗青青。

任秋风是来做保健按摩的。前一段坐得久了，他的腰不太好，就定期来按一按。在二楼的拐弯处，当"静心湖"的张总正陪他往前走的时候，他突然看见了一个女人的背影。那女人在前边走着，背影很熟悉，他多瞟了一眼。于是，张总就告诉他说，任董，来我们这儿的都不是一般人。你看见了，刚才那女的，是跟硬总一块儿来的。接着，他又小声说："是硬总的鸟。"

任秋风正走着，突然站住了，他愣了一下，问："鸟？啥意思？"张总很内行地笑着说，"鸟，就是情人。"任秋风听了没再吭声。张总很识趣，也就不往下说了。快走到房间门口时，任秋风皱了一下眉，突然又问："那个硬，哪单位的？"张总说："报社的老总，姓硬。"任秋风随口说："还有这个姓？"张总说："我也是头一次听说。"

当把任秋风安排进单间后，张总很乖巧地说："任董，您是大佬，轻易不来。先喝点水，稍等，我去给你找一个最好的按摩师，挂头牌的。"说完，就退出去了。

过了一会儿，任秋风换了衣服，正在沙发上坐着看报纸，就听见有人敲门。那声音是从下边响的，这谁呀，用脚敲门。任秋风有点不高兴，说："进来吧。"

不料，先进来的果然是一只脚。那脚上穿着红缎面的绣花拖鞋，翘着，很张扬地伸进来，露着一节白白的小腿，而后是声音："听说来了一位任董，一个可以用钱擦屁股的主儿。我来认个门，见识见识。"

是苗青青。果然是苗青青。任秋风想，她的变化太大了，那一张嘴，都快"练"成下水道了。她穿一身大红，脸上化着浓妆，头发也烫成了波浪形，扭着水蛇腰，还戴一副墨镜，叫人看着很不舒服。

苗青青站在那里，说："怎么，不欢迎啊？"

任秋风抬起眼来，说："噢，是青青。我来按按腰。你怎么来了？"

苗青青说："一个旧人。冤家路窄吧？"

任秋风说："看你说的。请坐吧，苗主任。"

苗青青四下看了看，说："你的新人呢？那羞花闭月之貌，怎么没带来？"

任秋风摇了摇头："你的嘴，是越来越锋利了。"

苗青青往对面的沙发上一坐，说："你可别有什么想法。听说你来了，一是看看你。二呢，我是来要账的。你没听人说吗，这年头杨白劳比穆仁智厉害。"

任秋风一愣，说："账？什么账？"

苗青青说："看看，真是贵人多忘事呀。你忘了，分手的时候，你说过，要给我五万块钱。现在，这对你来说，可谓九牛一毛。不过分吧？"

任秋风"哼"了一声，说："不过分。原来给过你，你不要。现在，怎么又想起这事来了？"

苗青青说："过去是过去，现在是现在。我总得给车加点油吧。"

任秋风底气很足，说："好吧，我让人给你打过去。另外，你如果有什么困难，也可以随时来找我。"

苗青青却偏偏不让他得意，她撇了撇嘴，说："找你干什么？你是不是把我当成要饭的了？"

任秋风皱了一下眉，想继续看报，可他看不下去了，就收起报纸，话头一转，有意无意地说："青青，听说，你是跟你们硬总一块儿来的？"

苗青青的目光像刀片一样刮了他一下，说："你有病吧？"

任秋风不吭了。

"你要是没病，你管我跟谁一块儿来的？"苗青青说着，突然弯起腰，凑到任秋风坐的沙发前，模样坏坏地笑着，小声说，"是啊。我是跟他一块儿来的。他很硬。——你还硬吗？"

任秋风说："你？——坐好。青青啊，有句话本不该我说……"

苗青青马上反击："不该说你就别说。"

任秋风说："可我还是想说。你知道这静心湖的人，是怎么说你的？说你是鸟，是人家带来的鸟！我听了心里难受。"

苗青青先是脸红了一下，而后咬着牙说："你难受什么？我就是鸟！鸟怎么了？鸟是有翅膀的。鸟想怎么飞就怎么飞！"说着，她的声音越来越大，"我告诉你任秋风，我在一棵树上拴了九年！九年来我只等着一个鸟人，可他给我什么了?！你听清楚：从今以后，我不再守了，我不为任何人守。你去告诉所有的人，我就是鸟，我自由了！"

任秋风探身朝外看了看，说："你嚷什么？好好，我不说你了。你好自为之吧。"

就在这时，张总领着一个穿白大褂的接摩师匆匆走来，人刚一进门，苗青青嘴一努，说："张总，这人会治病吗？"

张总不明就里，忙说："会呀，会。他是最好的。"

苗青青当着众人，指着任秋风说："这人是我丈夫——不过得加一个'前'字，前丈夫。他有病，我看病得不轻。你叫人给他好好治治！"说着，屁股一扭，飘然而去。

张总的嘴张得像个小庙似的，呆呆地望着任秋风，可任秋风却沉着脸，一声不吭。

片刻，张总小心翼翼地问："任董，开始吧？"

不料，任秋风却站起来了，他突然发脾气说："开始什么？无聊。无聊至极！——走人！"

○　●

第十六章　· ·

一

这是一个十字路口。

可以说，是一个国家的十字路口。

它坐落在京广、陇海两大铁路干线的中轴交叉点上，有许多南来北往、东返西进的旅客要在这里转换车次，所以这里的火车站人流量是非常大的。自二十世纪八十年代以来，车站已经过多次翻修，一再扩建，最早是俄式建筑，后来是仿古建筑，再后是中西合璧。拆了建建了拆，却总是不能让人们满意。人们是多么不容易满意呀。

这里仿佛一直都在建设，站上的人，像是立志要把这里建成所有人都满意的迷宫。每次来，这里都会有些变动，原来能走的地方，突然就不能走了；原来的广场小，就改大；可广场大了，却突然又切出一块，用篷布拦着，也不知干什么，直到挡你路的时候，你才明白，这里要建地下通道了。如今的车站，成了一个"变"字的最好注脚。

在车站广场上，你总会在行人的眼中看到一种迷茫和恍然，一种说不清楚的陌生。人多，那气味就杂，北边来的，畅亮、性烈，冷不丁打一嗝会有一股酸菜味；南边来的，煲汤喝多了，音也细，鸟语；东边来的，肉紧眼暴；

西边来的，嘴大臀肥。那目光是走的、问的，一处一处走，一处一处问。走过一圈之后，再落在自己提着、背着、挎着的包上，就有了盲目的警惕。那热闹和喧嚣也是暂时的，一拨一拨的，就像汛期的鱼，吐噜、哗啦一下，就四散了。各走各的路。这就像是人生的中转站，去向何如，一切都还说不定呢。

手里拿着票，站在月台上，小陶心里就是这样想的。

陶小桃要到北京去了。上官云霓帮她提着一个包，穿过人群，直接把她送到了站台上。昨天晚上，两人躺在一张床上，说了一夜的话，把各自的心思，都说透了。这会儿除了等车、看人，要说的话也不多了。

夜里，陶小桃已把那人的情况一五一十地交代了。那人叫靳永强，四川人，是北师大的研究生。上官要她交代，怎么一个川耗子就把她给俘虏了？陶小桃就交代说，耗子并不低，个子一米七五。而后又交代了三件事。头一件，五年前，他跟着导师来商学院开讲座。那天刚好下雨，导师去阶梯教室讲课时，小陶备了两把伞。一把小陶给导师撑着；另一把交给了耗子。结果，合上伞，走进教室的时候，全场哄堂大笑！你猜怎么着，耗子半边身子干，半边身子湿，他穿的又是浅色衣服，看上去像个阴阳人。后来小陶才明白，他是见她只顾给老师撑伞，怕她淋湿了。那天她穿的是连衣裙。你说，这人笨不笨？三年前，她去北师大，耗子接她。他打不起的士，就借了两辆自行车。可他一个人又骑不了两辆自行车，你猜怎么着？小街的时候他推着，大街的时候他扛着，你见过有扛两辆自行车在路上走的人吗？这么笨的人，就他一个。第三件，耗子每十天给她写一封信。知道她喜欢花，跟导师去了一趟日本，还从日本给她寄樱花，那樱花是焙干的，贴在信纸上。上官说，就这些吗？小陶说，就这些。上官感叹说，这人很有情调啊。小陶说，一般吧，一般般。上官问，这人现在呢？小陶说，读博。上官说，这就奔他去了？小陶笑了笑，没有回答。

是啊，就是那个雨天的"阴阳人"，一下子就把她给俘虏了。女人是凭感觉的，就那一次，就足以让人千里相许。然而，鉴于上官的教训，陶小桃心里也多了一些说不清楚的东西。她只是想，看吧，去了再说。万一……北京那么大，不至于没有吃饭的地方吧。

临分手时，陶小桃看着上官。她发现，自经历了感情上的变故，又在鬼门关上走了一遭，夭了孩子，上官一下子瘦多了。夜里的话，说了那么多，却还是有些茫然。譬如，对金色阳光的那个人，那感觉尤其复杂，纵然离开了，不还担着一份心吗？虽然这份担心是多余的。小陶说："上官，你得好好养养。要是心里烦了，就来北京吧。"

上官说："你就雄赳赳气昂昂地进京吧。我不是说了吗，先休息一段再说。到时候，我会去看你的。"

小陶笑了，那笑带着一丝让人不易察觉的苦意。是啊，有了一些人生的经历之后，怎么还敢说"雄赳赳气昂昂"这几个字？她知道这是好友的鼓励，是上官在给她打气。这既是上官一贯的风格，也是她们两人之间的差异。于是，她说："上官，你其实，心里挺苦的。"

上官说："没事。以后就，再说了。"

小陶说："你，不能原谅他吗？"

上官说："不能。我不是不原谅他，我是不能原谅我自己。一个人，要是连灵魂都跪下了，活着还有什么意思？好了，不说了，你上车吧。"

小陶说："上官，记住咱们说过的话。你要做好了，我就奔你来。我把那耗子也给你拉来！"

上官说："我记着呢。如果你做好了，有了根据地，我就奔你去。"

在站台上，两个女性，默默地相望着。她们在心里暗暗发誓，要好好生活，要活出人生的光彩，要让这个世界认识到女人的价值。当时，她们就是这样想的。最后，上官把手伸了出来，小陶也把手伸了出来，两只手扬起来，"啪"一下，拍在了一起。这就像是给她们的誓言打了一个结儿。她们已有过一些生活阅历，不屑于拉钩了。

小陶上车了，上官仍站在月台上。两个好朋友，默默地相互招手，都在为对方暗暗地祝福。

二

出了车站，上官沿着一街的店铺慢慢踱着。那空了的、断了线的日子，能度过去吗？

是啊，一个心高气傲的女子，正在高处走着，突然一脚踩空了……现在，上官云霓心里就是这样的感觉。她一次次地对自己说，爬起来。你慢慢爬起来，不要哭。那痛，就像刺一样，还在心上扎着。就让它扎着吧，扎着挺好，扎着让人清醒。人，是得在生活的蒺藜窝里滚一滚，然后浑身披挂，那刺就是上天赐予你的铠甲了。

顺着马路边往前走，上官看着眼前的树，那一棵棵一抱粗的法桐树，竟都被砍成了秃头，成了一个个傻敦敦的木桩子。又要扩路了，到处都在建设。那树也曾是枝繁叶茂啊！记得刚来上学的时候，省城的法桐是一景。那时候，每到夏天，一街两行的树，那枝丫长长地伸出去，满树绿叶在马路上搭起了一个天然的凉棚，把晒人的阳光遮得严严实实的！那时候，无论走到哪里，到处都是绿色，满眼的绿荫，走在下边，真好！可树也是有毛病的，到了春天，它就会长出一些飞毛，那飞毛是树的种子，满世界地飘，落在人身上，迷人的眼，特别讨厌。听说，就为了治这飞毛，市政方面，把树都砍成了秃头。这一砍，一个城市都没有了绿色！说要嫁接呢。几十年才长成的树，谁知道嫁接出来，会是一种什么样子。那还是法桐吗？

这时候，上官想到了那个家，那个刚刚建起来又被毁掉的"家"。无论如何，她得回去一趟了。这是最后一次，她得把自己的东西收拾出来。她想，不会碰上他吧？但愿不要碰上他。也还是痛。

来到博雅小区大门前的时候，她看见了一个戴草帽的人在门边站着，正与看大门的人谝闲话。两人一边谝着，一边吸烟，奇怪的是，等她走进来时，这人竟跟上来了。

上官在前边走，那人在后边跟，总是与她有三五步的距离。当她快走到楼门口的时候，见那人依然跟着，上官站住了。

那人仍与她有三五步的距离。见她回了身，也并不躲闪，慢慢地走上来。

上官很警觉地盯着他，说："你想干什么?!"

这人说："你积德了。我想给你一份祝福。"说着，他取下了戴在头上的草帽。这人剃着板寸头，鹰眼，一脸胡楂子，嘴唇厚墩墩的，穿一身棉布对襟褂子，下身的裤子有一条裤腿是挽着的，露着腿上的一个疤，那疤像是一个黑紫色的月牙，脚上穿的是一双军绿色的布面胶鞋。

上官看着他，猛一下觉得有些面熟，这人是谁呢？想着想着，突然地，一个念头出现了，可她还是有些不相信："你……刀总?!"

这人弓了一下腰，说："这会儿，不是刀总了。老刀，老刀。"

上官简直不相信自己的眼睛："你，怎么……不会吧?"

老刀像是很羞愧的样子，用草帽遮着半个脸，说："破产了，我破产了。麻线穿豆腐，提不起了。"

上官望着他，一时感慨万千，问："你，破产了?!"

老刀说："让你看看我破产后的样子，你一定很解气吧?"

不知怎的，上官却非常同情他。她二话不说，马上取下了挎在肩上的包，伸手就要掏钱。她甚至想把身上带的钱都掏给他。

老刀拦住她说："我知道，谁他妈都想看看我秃噜下来的样子！我也想看看，人成了一堆泥，是个什么样。"

上官有些吃惊地望着他，心想，已经破产了，这人说话怎么还这个样子？虎死不倒架。

老刀说："我兜里还有些钱。有整有零的，四十七块八。你要是不嫌弃，我请你吃顿饭？"

上官心里生出了许多疑惑，她望着他，一时也不知说什么好了。

老刀说："你要是看不上，就算了。"

上官想了想，说："要请，还是我请你吧。"

老刀笑了笑，说："也行。其实，我就是这个意思。"

于是，两人走出了博雅小区，来到街头的一家饭馆。这家饭馆很小，不干不净的，只摆了几张圆桌，几只圆凳。待两人进去后，老刀就一屁股坐下了。上官先是从包里掏出了一沓卫生纸，把桌、椅擦了一遍，而后才坐下来，说："想吃什么，你点吧。"老刀说，那好，我可点了。说着，他给那当服务员的小伙子招了招手："小伙子，来三碗刀削面，二两的。辣子猛一点！对了，再来头蒜！"那小伙子说，好哩，三碗面。还要点什么？老刀说，我就三碗面。剩下的，你问她。她点什么你就上什么。上官看了看老刀，说你就要面？老刀说，就面。上官就给那小伙子说，我要米，再来份西红柿炒鸡蛋。那小伙子应一声，懒洋洋地去了。

过了一会儿，面先上来了，一下子三碗，摆在了老刀的面前。老刀也不客气，拿起筷子招呼一声说，我先吃了。就这么说着，头一低，筷子就下了，只听一阵呼噜声，就见那筷子桨似的，在碗里快速地搅动着，扒拉扒拉，呼噜呼噜，一个碗就空了；而后再挪过一碗，又是一阵呼噜声，又是一阵筷子响，中间还加了蒜瓣吧唧吧唧地辣响，又是呼噜一声，第二碗空了；第三碗挪过来时，上官看得眼都直了，她算是知道什么叫狼吞虎咽了！就见他吃着，筷子在快速搅动中，有一块比火柴头大一点的肉末掉出来了，他用筷子去夹，夹了两下没夹着，于是手一伸捏起来就塞嘴里。而后吱一声，碗空了，筷子也放下了。那碗干干净净的，就像是洗过一样！

等上官要的米饭上来时，他已吃完了。这饭吃得既香甜又过瘾，真是太影响人了！上官看呆了，竟不由得咽了口唾液。上官说："够吗？"

老刀说："够了。我是事不过三。"吃完了，他捏一牙签放嘴里，没咬两下，忽然，他对着那服务员招了招手，说小伙子，过来，你过来。待那小伙儿慢吞吞地走过来时，他说："小伙子，有句话我得给你说说。"那小伙儿有气无力地说，你说吧。老刀竟用教训的口气说："小伙子，你听我说，咱一跑堂的，不比谁矮，也不丢人。可话说回来，做事不能这样。你得利索点。你肩上搭的那白毛巾，别整天污不丢的，得洗得干干净净的。人麻溜了，把店拾掇得清清爽爽的，谁看见谁喜欢。这么一来，生意好了，回头客多了，你挣的钱不就多了吗？要是碰上个有眼光的，说不定就把你带走了。"不料，那小伙子听了，瞭了他一眼，鼻子里哼了一声，扭过身悻悻地走了。

上官看着他，心想，这是破了产的做派吗？于是，她就多了一个心眼，说："你啥意思吧？"

老刀笑了，说："你看我像个白痴吗？不是吧。我是个钓鱼人。"

上官说："钓鱼人，你的钩太弯。说吧。"

老刀说："首先说，是你救了我。当年见你那一面，我受打击不小。所以有一桩生意，说得好好的，可我没签字。后来才发现，那人是个大骗子。搞的是国际诈骗，七千万的生意呀！此后，我整整想了两年，我知道我错在哪儿了。我是有错必改。我这人吧，是个煤黑子，出身贫寒，一身的贱气。当年靠一身行头去见你，可一身行头也包不住我身上的寒气，我败了。不过，我败得心服口服。那时，说心里话，我是喜欢你。后来，我是钦佩你，欣赏你。见了一面，你把我的魂勾走了。"

上官听了，冷冷一笑，说："你成演员了？"

老刀说："不。这才是我的本来面目。你别看我弄了两所大学的名誉教授，那也是拿钱买来的。早年在矿井里爬着背煤的时候，两个膝盖全是血，腿上那疤，也是煤矸石砸的，不比要饭好受。头年，你见了我的虚。这次，你见的是实。这些年，我也读了些书，知道我身上就是寒气太多了，寒生贱。我这一回，算是贱到底了吧？"

上官说："我不知道你这人究竟图什么，咱们只见了一面。"

老刀说："见你一面，我就清醒一次。人这一辈子，就得迷点什么。你要是什么都不迷，活着还有什么意思？比方说，我迷钓鱼，结果还是差点被鱼钓了。"

上官笑了，说："你还挺哲学。"

老刀说："偶尔，土里也会埋块金子。"

上官又笑了笑，再不说什么，她埋下头把那一小碗米饭吃完，而后，对那小伙子说："多少钱？结账。"那小伙儿说，刀削面一碗三块，三三九，西红柿炒鸡蛋八块，一碗米两块，一共十九块钱。

上官交钱时，老刀一动也不动地坐着，等上官交了钱，看样子要走了，他才说："你等等，我还有事跟你商量。"

上官说："这就奇怪了，你跟我商量什么？"

老刀说："有件事，想请你帮帮忙。"

上官摇摇头："我能帮你什么忙？"

老刀说："前面我说的，都是真话。可老实说，我这个样子，是存了心思的。也想借机考查你一下，看你人品如何。这一项，你过关了。所以，有个项目，我投入了两千七百万。想请你给管一管。"

上官瞪大眼睛望着他："我?!"

老刀说："就你了。"

上官说："这不是开玩笑吗？"

老刀说："不开玩笑。说正事，我从来不开玩笑。我买下了东方商厦百分之五十一的股份。来找你，为的就是这件事。"

上官望着他，很长时间没有说话。终于，她说："当真？"

老刀郑重地点点头。

上官说："我能做什么？"

老刀说："请你出任总经理。"

上官心里乱了，她下意识地说："不不不，不。"

老刀说："你不要忙着拒绝嘛。我用你，也是反复斟酌才定下来的。东方商厦那边的徐总到年龄了，就要退了。我想找一个更合适的人。实话说，我在这儿已待了一个多月了。"

上官的方寸已乱，凭感觉，她觉得不能接受。可为什么不接受呢？这不正是你需要的，一方很大的天地？可她还是觉得，不能接受。上官说："你还是，找别人吧。"

老刀说："这样吧，咱摊开说。掏心窝子说。我知道你有顾虑。是，我是喜欢你。说白了，我喜欢你。可这是生意，不是人情。我是开煤矿起家的，煤矿是挣钱，可危险性太大，动不动就死人。我也修过高速路，高速也挣钱，可一宗接下来，行贿的数额太大，万一出点什么事，就被牵进去了。所以，我想转转行，干点风险小的实业。当然，我这人也曾有过邪的一面，可我出钱建过八所希望小学，总不是个坏人吧？我请你主事，就是请你主事，绝无别的意思。你放心，我要是有图谋不轨的举动，你把我眼珠子抠出来！"

上官的头有点大，她觉得她就像坐在云端里一样，她用全部的意志来控制自己。这个人，有点吸引她了。也不知为什么，她的一部分情绪在慢慢向他倾斜，她嘴里的话也不像是她自己说出来的，她不知道自己在说什么："谢谢你的好意。你让我想想，我还在读研究生，在职的，马上要参加考试了。"可她知道，这都不是理由。

老刀说："你是不相信我这个人？"

上官很勉强地说："也不是。"

老刀说："那好吧，我再给你半年时间。你把事情处理一下。刚好，徐总还有半年退休，我就再用她一段吧。不过，我这人做事，喜欢一竿子插到底，用你是用定了。你有什么要求可以提出来。"

上官说："谢谢你的信任。等我想好了，我会告诉你的。"

三

博雅小区第八栋第十八号，就是上官曾经的"家"。

开了门，屋子里静悄悄的，扑鼻而来的是一股新房子的油漆味，有些苹果的清甜。站在厅里，上官顿时有了物是人非之感。

地板是新的，窗帘是新的，一切都还是新的，那些精心的布置，几乎还没有启用，如今就已成了过去式了。静生远，让人陌生。那时候，怎么就以为这里就是"家"？家又是什么，肯定不是这么一个陌生的空壳子。

沙发上，还摆着一本小书，那书的名字叫《家庭食谱》。这书是上官买的，她还没顾上细看呢。她下意识地走过去，拿起那小书翻了一下。里边有折了角的一页，那是她将要显示厨艺的两道菜：一道是"糖醋苹果肉丁"，一道是"莲藕饼"。现在，用不着了。

上官手一松，那书又落在了沙发上。而后，她走进内室，打开壁橱，把自己的衣服一件件叠好，放在旅行箱里。在上官一件一件叠衣服的时候，她脑海里总是有一种响动在干扰着她。起初，她并不清楚这响动是什么，只是叠着叠着就出错了。比方那件绛紫色的风衣，明明叠好了，却又提着领子掂起来，只好重新叠。后来她一下子明白了，是那个家伙。是那个家伙吃饭的响动在干扰她，是那呼噜呼噜声。她从来没见过还有那样吃饭的，那叫狼吃。这是一匹狼！她一边叠着一边想，狼又怎样，你能吃了我？！

待一切收拾好了，上官"啪"一下合上旅行箱的盖子。而后，她四下看了看，当她把那串钥匙摆在餐桌上的时候，霎时间，她的心颤了一下。这绝不是留恋，不是的。而恰恰相反，这像是在做最后的挣扎，也是对抗。她是在对抗那匹狼对她的骚扰，倘或说是——吸引。狼是下了功夫的，狼盯上她了。她怕的是下了这条船，又上了那条船——男人的贼船。

该走了。上官退着身子，一步一步地走出了这所房子。"咣当"一声，门关上了。那门的响声就像警钟似的，又一次敲了她。

下了楼，上官没走多远，居然碰上了她最不愿见的人——江雪。这真是太巧了！

江雪是开着车来的。她开的是一辆桑塔纳轿车，那车是新的，是任秋风刚刚下令配给她的。江雪从车上下来，从车的后备箱里掂出一个大提包，正要上楼，迎面碰上了上官。她在博雅小区也分到了一套房子。俩房子隔一个门洞。

看见上官拉着一个旅行箱走过来，江雪还是笑了笑，矜持地说："怎么，要走啊？"

上官也笑了笑，说："你看这院里，有树吗？"

江雪说："我看挺好。不过，我一来，你就走，真是没有缘分啊。"

上官不客气地说："是呀。我是退出。你是占领。"

江雪说："我不是一个骄傲的人，可你的话，让我骄傲。不管怎么说，这也是干出来的。"

上官说："是，大街上任何一个人都可以为此骄傲。"

两人女人相望着，从各自的眼里，都放射着逼人的灿烂。那像是花与花的较量，气和气的交锋，光与光的碰撞；也像高手过招，谈笑间，只是一剑。江雪笑着说："英国有一个叫伊恩的，你知道吗？他说，鞋带并不只有一种系法。"

上官说："我不知道伊恩。我只知道泰勒。泰勒说，拾到的气味，就不是气味了。"

而后，两人擦肩而过，仍然是微笑着。不管心里想什么，仍然是每一步都很有风度，高跟鞋的节奏一点也不乱。可是，江雪并没有立即上楼，她站在那里，默默地望着上官的背影，像是要礼送她"出境"。

上官也觉得她背上有"蚂蚁"，她背上爬满了"蚂蚁"。这个人，就像陶小桃形容的那样，她心里像是藏着一把冲锋号，见人就"杀"，那日子，是一刀一刀夺的！

这时候，有一辆车开过来了，是奔驰。这辆奔驰车开到了她的身边，慢慢停下了。那个人从车上走下来，拉开车门，说："上车吧。"

上官什么也没有说，这时上官已顾不得说话了。她二话没说，就上了"贼船"。这个时候，别说是贼船，就是装满炸药的船，她也是会上的！

江雪是看着她上了那辆车的。有那么一会儿工夫，江雪站在那里，心里像是长出了一把锯。

然而，当那车开出博雅小区大门之后，上官突然说："停车。"

老刀问："怎么了？"

上官说："谢谢。我要下去了。"

四

悄没声地，上官独自一人来到了大连。

大连是个海滨城市。这里三面环海，冬无严寒，夏无酷暑，气候非常好。海边上有很多当年外国人留下的欧式建筑，那一栋一栋的小洋楼，有尖顶的、方顶的、圆顶带浮雕的，造型都很别致。整个城市看上去干净极了，街上到处都是花草、树木，天是那样的蓝，空气也好，大海就在眼前，碧波万顷，海天一色，还有那骑在高头大马上的漂亮女骑警。可上官到这里来并不是度假的。她也没有度假的心情。她来，是参加最后一次会考和论文答辩的。早在两年前，她就悄悄地报考了大连商学院的在职研究生，学的是国际贸易。这对心高气傲的上官来说，也是不甘人后的一种表现。

选学国际贸易，最初的时候，并不是想出国，而是想为任秋风的宏大设想做些准备。他不是要建商业帝国吗，不是要走向世界吗，上官云霓本打算要好好辅佐他的。可突然之间，这一切都用不上了。不能想，一想就让人心痛。你一心一意奔着一个目标，可目标突然消失了。不过，既然上了，那就上完吧。有了这个文凭，真不行了，还可以去教学。上官就是这样想的。她也只能这样想。

平时来参加考试，只是很短的时间，考完就走。她一般都是早出晚归，中午在学院食堂吃饭，晚上住在同学家里。其实，来这里读研，也是这位要好的同学牵的线，她刚好有一套房子，两人可以就个伴儿。可这一次，要两三个月呢。况且，那同学已经结婚了，男人是个海员。暑期再住在人家家里，显然不太方便。这里是海滨城市，有很多个人办的家庭旅馆。于是，上官就在学院附近租了个地方。

上官要考的课程就剩下两门了，一门是《贸易经济学》，一门是《国际市场营销》。这对她来说，都不是太难。只是毕业论文，在答辩之前，是要费些时间准备的。

来大连，上官心里还暗藏着疗伤的念头。她是个心高气傲的人，她想一个人悄悄地躲开，去面对大海，让那受伤的心慢慢平复、痊愈。所以，来这里以后，每天下午四点，她都会带本书到海滩上来，租上一把遮阳伞，一个人坐在那里静静看海。这时候，手里的书也许会翻上几页，也许一页都不翻，就那么坐着，默默地眺望大海。那浩瀚，那邈远，那平静，还有海面上那滚滚的落日，都成了她治愈伤痛的药物了。傍晚，她也常常一个人在海边散步。走在海滩上，望着双双对对前来度假的人，她的心就像海浪一样，会有些起伏。这时候，她的记忆一下子就复活了，往日的情形历历在目！特别是那怀胎十月、又一下子没了的孩子，每每想起，都使她不由得伤心落泪。

在海边上，也会有单个的男人，见她一个人走，借机凑上来搭讪。那目光像抹了黄漆的钩子，很猥琐、下流。巴巴地说，小姐，要陪吗？她一句话就把人给顶回去了。她说："姑奶奶正烦着呢!"说了，等人一走，她自己就忍不住笑了。她想，人急了，真会咬人。要不，这嘴里怎么就溜出一个"姑奶奶"呢?

待上官住下一段后，突然有一天，在海滩上，她居然又碰上了老刀。那天，她穿的是一件水洗布的白色连衣裙，眼上戴着一副防晒的墨镜，脖里束着一条天蓝色的丝巾结，脚上是一双白红相间的细条镂空皮凉鞋，显得静、素、雅。那会儿，她正坐在海滩椅上愣神。只见一个人手里掂着一把塑料椅走过来。这人把椅子往阳伞下一放，坐下来说，"大公主，好闲啊。"

她扭头一看，是老刀! 心想，这匹狼，他怎么追到这里来了? 她懒懒地看了他一眼，说，"钓鱼人，鱼塘在那边呢。"老刀说，"我改行了。不钓鱼了。养鱼。"她说，"是吗?"心里却说，狼，你不是穷得就剩俩钱了吗，还想怎么样? 可往下，老刀只说了一句话，就说得她心里湿湿的。老刀望着她，说："一个人在外，不寂寞吗?"

上官心里一顿，知道他一上手就扣住了她的软肋。是啊，有一点。有时候，心里很空。

老刀却说："发什么愣啊? 跟我走。"

上官说："怎么，请我吃饭?"

老刀说："请你喝鱼汤。最鲜的鱼汤。"

上官说："是吗?"

老刀很干脆，老刀说："走吧，车在上边，十分钟就到。"

上官说："鱼汤?"

老刀说："鱼汤。"

走过沙滩，见路边上果然停着一辆车。老刀拉开车门，说："上车，上车再说。"

上官一边上车，一边说："那件事，等我考完之后，才能回答你。"

老刀却说："对不起，没得到你的允许，我已经把你的行李搬过来了。"

上官一惊，说："这，你过分了！"

老刀却说："等会儿再说。我也是有条件的。不算过分。"

于是，坐上车，一会儿工夫，他们来到了离海边很近的一栋别墅前。这栋别墅看样子是新盖的，两层，也是欧式风格，半圆形的顶，有雕刻花纹的门廊，门廊前边有两根漆成白色的罗马柱，屋子里显得很空，像是不常住人的样子，只摆着沙发、电视和一些生活用品，地面上铺的是大理石。

进了门，老刀二话不说，先领着上官一间间看了房子，有卧室、客房、保姆住的屋子；又看了一应俱全的厨房，还真有鱼汤，鱼汤正在锅里炖着，香气扑鼻。在厨房里，老刀特意拉开冰箱让上官看了看，只见饮料、水果、酸奶一应俱全，吃的东西全都备齐了。于是她问："你想干什么？"老刀说，"你别尽往歪处想。我没打算金屋藏娇。这是公司的房子，让你住这儿，是有条件的。"上官不由得就跟着他的思路走了，说："说说你的条件。"老刀说，"我这儿有一分支机构，在海里搞网箱养鱼，是专对日本人的。这一段时间我顾不上，交给别人不放心，想让你代管一下。"上官说："我又不懂养鱼，怎么管？"老刀说："鱼，要到十月份才熟，到时候我就过来了。在这之前，具体事情由技术员和那些雇工干。你只是替我管管账，他们用钱时，你代我批一下。"上官说："这不合适吧？我又不懂，怎么替你管账？"老刀说："具体的，也不要你多管，有工程师签字，你起个监督作用。"上官说："你这人也太武断了吧？你怎么就肯定我会答应？"老刀说："你看，我给你省了房钱，帮个忙总可以吧？"上官有些迟疑："又钓鱼呢？"老刀说："鱼不咬钩，我也没办法。就让你帮一忙。"

上官想了想，很含糊地说："暂时就这样吧。不过，我得给你说清楚，等论文答辩结束，我就走了。"

老刀见她应了，很高兴，说："行。你先替我管一段。"

老刀这人办事挺利索，也显得磊落，把上官安排进别墅，喝了鱼汤，他就走了。第二天上午，他又开车过来，把上官拉到了网箱养鱼的那个海湾。

在这个海湾里，老刀承包了一片很大的海域。走上栈桥时，老刀说，走不惯吧？你慢些。上官倒觉得有趣，那栈桥长长的，走上去弹弹软软，一直通到船坞。在一个大铁壳船样的地方，站着一个穿大裤衩子、戴眼镜的光头佬。一见面，老刀就问，水温咋样？光头佬温吞吞地说，二十六度。老刀说，盐呢？光头佬说，十七。而后，老刀朝身后一指，这是官总。这是老谢，谢工。光头佬盯着上官看了一会儿，说官总，欢迎欢迎。上官听他这么叫，心里觉得别扭，忙说我不是什么官总，是来帮忙的。老刀也不解释，就问：人呢？老谢说，半夜一点起来投饵，这会儿人都睡了。老刀手一挥说，叫起来，叫起来，跟官总见个面。

于是，老谢就跑进仓里，把那些睡觉的雇工一个个叫起来。片刻，有一二十个男男女女揉着眼从仓里出来了。男的一律大裤衩子，身上都带着一层盐霜，看见来一穿裙子的，一个个悄悄地，都有些羞涩。老刀说："这位是上官，嗯，是集团的副总。这一块，技术上，还是老谢负责。总的，由这个上、官总负责。以后，有甚事就找她。这个，人家复姓上官。叫上总不合适，就叫官总吧。今后一律称官总。"接着，老刀又说，官总，你是不是说几句？上官愣愣地站在那里，有些新奇也有些尴尬地说："我叫上官云霓，是来帮忙的。养鱼的事，我也不懂。以后就靠大家了。"

后来，待上了岸，上官埋怨说，"我也就临时帮帮忙，怎么就官总了？多难听！"老刀说，"就是帮忙，也得把你威信树立起来。至于以后，再说。"上官问，鱼呢？我怎么没看见鱼？老刀说，都在下边呢。你没见海面上一格一格的钢管，那下边就是网架。

就这样，稀里糊涂地，上官就成了"官总"了。可她怎么也想不到，这一"官总"，身上就有了巨大的、不可推卸的责任。

五

那是一个早晨。

那个早晨就像是一个圈套，它一下子把上官套住了。一直到很多年之后，每每想起那件事情，上官都有些后怕。

上官住的地方，被雇工们戏称为"白宫"。每个星期，老谢会到"白宫"来报一次账。他报的都是一些小账，比如这一段的鱼饵钱、治鱼病的药钱、雇工们的饭钱酒钱（在海上作业，是离不开酒的），还有添置工具的钱。这样一来二往地，上官就跟老谢熟了，也从他嘴里知道了一些网箱养鱼的事情。

老谢这人，挺有意思的。他说他吃了一辈子鱼，也养了一辈子的鱼。鱼和酒是他的两条命。他还说，他现在不大吃鱼了，鱼娇贵了。给鱼配饵时，还要加上百分之一的土霉素；加上维生素 C 和 E，鱼也要提高免疫力呢，这样的鱼还能吃吗？老谢一喝酒就有些唠叨，站在那儿，像站在船上一样，两腿叉开，给"官总"讲他的辉煌历史，他总说："那时候啊，这海真他妈的好啊，一猛子扎下去，那鱼白亮亮的，就像女人的屁股……"开初，听他说话，上官还有点不好意思。听多了，也就明白了，他是个好人。二十世纪七十年代初，老谢由于出身不好，曾经当过"海碰子"，对这一带的海域非常熟悉。后来他上了一个学水产的专科学校，把眼学近视了，就戴个镜（他自己说）。毕业后先在水产公司干过一段，好像不太顺心，就自己干了。据说干了几年也没赚到什么钱，倒欠下了一屁股债，于是就干脆给人当技术员了。

平时，上官的确没有多少事情，她把大部分精力都放在论文答辩上了。在八月下旬，当她的论文答辩快要结束的时候，一天早上，她还在床上睡着，就听见有人在咚咚敲门，不，那是砸门！等门一开，老谢一头闯进来，喘着粗气说："官总，不好了，走！"

这时候已经起风了，风呜呜的，老谢骑一"电驴子"，带着她就往海边赶，一边赶一边骂着什么，上官也听不大清。

到了海边，只见海水已变了颜色，大海一片汪洋，那浪一排一排地、像山一样地涌过来；天在响，海在响，那啸声轰轰隆隆的，满世界都是滔天的巨浪，海鸥一群群惊叫着朝远处飞去，那阵势是很吓人的！站在海边上，只觉得那扑天的水汽、腥气一股脑地压过来，叫人张不开嘴，想吐。这时候，老谢紧抓住她的手，把上官的手都攥疼了！他说："官总，起货吧，再不起就来不及了！"上官哪经过这阵势，上官说："我又不懂，你给刀总打电话，赶快打电话！"老谢说，"昨儿个半夜黑球就挂起来了。黑球，十二级台风！可跟他联系不上啊！"上官说："你给刀总打过电话了？"老谢说："从后半夜起，我一直拨，他狗日的关机，我有啥办法？"上官说，"你打，你再打！"老谢说，"我打了，电话都打烂了，狗日的关机了！"上官慌了，说："那咋办？"老谢说，"他临走时交代，让听你的，你说咋办就咋办吧。"上官小心翼翼地问，"这天，有危险吗？"老谢一跺脚喝道，"你这叫啥话？没危险我找你干什么？！这是台风，是海啸，海龙王发怒了，要死人的！"

上官站在那儿，望着那滔天的浊浪，人像是傻了似的！只见远远的天际处，起了一个巨大的螺旋形的水柱，那水柱直冲天际，高速地旋转着，就像是一面风的令旗！于是风更大了，那浪更凶猛地扑过来，只听不远处有一棵树竟"咔嚓"一声断了！暴雨倏然而至，那雨仿佛不是从天上下来的，是从海上扑过来的，一柱柱像鞭子一样，打人的脸！这时候，人已站不住了。于是，她先是眼里有了泪，很艰难地说："老谢，你是技术员，你快说，你说咋办？"

老谢一跺脚说："我有个啥球办法？我有办法还找你？！你得拿个主意。再晚就来不及了！"

上官眼巴巴地望着他，急得都快哭了："老谢呀，你也知道，海上的事，我不懂，我是真的什么都不懂啊！"

老谢不想负责，这个责任太大，他也负不起。他心一横，脸一沉，说："刀头走时有交代，你是总，官总。这总也不是白总的，我听你的。你快说吧，人命关天！说，要货还是要人？大主意得你拿！"

上官迟疑了一会儿，终于，她轻声说："那，要不，把人先撤出来？"

老谢像耳朵聋了一样，大声说："你说球啊?！"

上官仍然轻声说："把人撤出来。"

老谢急了，他呸呸连吐了两口雨水，也不叫"官总"了，跺着脚说："傻丫头，姑奶奶，你知道这货、这网箱值多少钱吗？至少两三千万！你说撤出来，你负得了这个责吗?！"

上官说："我又没经过这事，那你说咋办？"

不料，老谢像吓坏了似的，他往后退着身子，脸上的颜色骤然变了！他抽搐着一张猪肝脸，缩着脖子，哆嗦着说："这，我可做不了主。我，我头些年遇上过这事，赔得裤子都卖了。你，你是官，你是总，得你说。"

眼前，海浪排山倒海地压过来！巨大的海啸声像是要把人吃了！上官只觉得海水冲上了天！她什么也看不见了。无奈，她吐了一口雨水，终于说："你要叫我说，人命关天，把人先撤出来。"

老谢怔了一下，说："好好，这话是你说的。那我可撤了？我这就撤，我撤了。"说完，他像个小丑似的，一摇一摇地跑到栈桥上去了。上官咬着牙，紧随其后，也上了栈桥。

来到船坞时，天整个黑下来了，黑气把一个世界都罩住了，只见泼天的浪哗哗地打在船坞上，发出惊天动地的吼声，几乎把天淹了！只见那二十多个雇工的脸色全都变了，一个个缩着脖子，看样子随时都想逃走……老谢抹了一下脸上的雨水，结结巴巴地说："撤、撤了。都滚蛋吧！记住，是官总做的主，官总下的令。我本想着，要是能抢，咱好歹把货抢出来一部分，可这鬼天气要人的命。"雇工们听了这话，像得了大赦令一般，冲进雨里，一哄而散！

这时候，老谢不知从何处拿出一把海斧，两手端着，脸色狰狞地望着上官，说："丫头，主是你做的，我可砍了?!"

上官愣愣地，说："你，砍什么?!"

老谢说："你想保人，只有舍货了。我得把这缆绳砍了，我这一砍，那网箱可就彻底完了!"

上官迟疑着说："要是不砍呢?"

老谢苦笑一下，说："人都撤了。要不砍，这点设备也保不住了。"

上官眼一闭，说："那你砍吧。"

眼前满世界都是啸声、雨声、咔咔的响声……老谢又可怜巴巴地说："丫头，再说一遍，我砍了?!"

上官咬着牙说："砍吧。"

话刚落音，只见一道寒光，"咔嚓"一声，那碗口粗的缆绳被老谢一斧砍断了。紧接着，在滔天的海浪中，先是冒出一股股水柱，只见一个个钢制的网箱像鲸鱼一样地在浪头上翻滚着，在冲天的呼啸声中咔咔嚓嚓地响着，倏然间被抛上了天！那一根根钢管做成的网架，也像面条一样在浪潮中一根根竖起来，在巨大的声浪中起伏着、舞蹈着、扭动着，顷刻就不见了。那些鱼呢，不知会不会哭?!

当一个大浪再次打来的时候，老谢身子一缩，突然蹲在了上官的身前，两手像钢钎一样地抓住了上官的腿，上官一惊："你干什么?!"老谢命令道："趴我身上！抓紧。丫头，大难你替我担了。我也替你做回主吧。你一个人出不去，我背你出去!"说着，背上上官就走。

此后，上官迷迷糊糊地回到了岸上。等她站在岸边，再次回头看的时候，只见海面上一片狼藉，台风摧毁了一切，什么都没有了。不远处，有人在哭，那是谁家死了人了。

在岸上，老谢咧着大嘴哭起来。他说，鱼快熟了，都是很值钱的，那些黄花鱼、梭子蟹，还有池里养的日本对虾，眼看就要出货了。两千多万啊！我们这些人的命，咋也值不了两千万！

　　那些雇工，也都用很奇怪的眼神望着她。他们一个个默默地在地上蹲着，说不清是感激她还是在埋怨她，反正，主意是她拿的。

　　这时候，上官已无话可说。她知道，她惹下的祸事，她得一个人担着。

　　一直到下午，台风停了的时候，老刀才急火火地赶来。没人知道老谢给他嘀咕了什么，只见他蹲在海边上，黑着脸，一气吸了三支烟！而后，他站起身，像困狼一样地在海边上走来走去。终于，他对上官吼道："你真是个灾星！我这货再有一个月就熟了。拉到公海上，一手钱一手货，两千万都不止啊！"

　　上官一声不吭。

　　这天傍晚，上官独自一人回到了小白楼，她匆匆地把自己的东西收拾了一下，等着老刀来兴师问罪。

　　不出所料，老刀果然来了。老刀走路的架势很特别，走路像是探路，一蹑一蹑的。只见他进了门，重重地咳嗽了一声，以示他来了。上官在屋里的沙发上坐着，硬硬地说："进来吧。要杀要剐，随你便。"

　　老刀进来，大口地喘着粗气，牙咬了又咬，说："你毁我呀！几千万的家当！"

　　上官硬硬地说："要怪就怪你自己用错了人。来吧，有气就往我身上撒吧。"

　　老刀面目狰狞地说："我真想掐死你！"

　　上官说："动手吧。事已至此，我无话可说。"

　　可是，过了一会儿，老刀挠了挠头，突然笑了。他哈哈大笑，说："算了，钱是身外之物，生不带来，死不带去。这也不全怪你，不就两三千万嘛，你也别太轻看我老刀了！"老刀到底是聪明人，话虽然这样说，他心里还是有一本账的。假如死几个人，那祸就惹大了，到时候，他一样什么也带不走。

　　这么一说，上官倒被他的气魄震了。她默默地望着他，心里暗生敬佩，似乎是不知说什么好了。

　　就在这时，门外忽然传来一片嚷嚷声。

　　等上官云霓从屋里走出来时，她一下子愣住了！只见院子里男男女女、老老少少，黑压压地站着一片人，大约有上百人！他们全都立在门前，脸上带着一种肃穆，一种静态的、让人心动的沉默。只见人群中的一位白胡子老头缓缓伸出手来，指着她说："记住，世世代代都要记住她，这是我们的恩人！这是位女菩萨！"

　　立时，他们齐声喊道："恩人啊——！"

　　上官先是傻傻地站在那里，而后，她"哇"的一声哭了，大哭！她也不知道为什么要哭，就是想哭。她明白了，这是那些雇工的家属！

　　上官庆幸的是，这件事，她还是做对了。可同时，欠老刀这么大的一笔精神债，她实在不知道，该如何来还。

　　看来，这个人，是黏上她了。

○ ●

第十七章 ·······································

一

在一楼开放式电梯的台阶中央，任秋风居高临下，叉开双腿，站出了一个活生生的、立体的"大"字。

他完全有理由站出一个"大"字。试想，有谁能，只要写上三个字，就可以随时调用几百万，甚至上亿的资金?! 有谁能，只要说上一句话，就可以改变一个人的工作环境乃至于命运?! 有谁能，被上千家的工厂或推销商围着，以他说一个"好"字为荣?! 试想，每天每天，都有人在不停地求你、夸你，你走路的姿势，难道不发生一点变化吗?

人，一旦站出一个"大"字来，他的心态也就随之变了。此时此刻，他身子下边就像是垫着一座发电站，浑身上下每一个毛孔都在放光，很有点气冲斗牛的样子。这时候，他自己还不清楚，过不了多久，他就会站出一个"太"字了。——当然，这话是后来有人说的，是来自民间的版本。

任秋风是在给金色阳光的全体职工做动员报告。员工们都在大厅里列队站着，个个身穿金色阳光的制服，像士兵一样。只有任秋风一人站在电梯第五级台阶上，整整高出了众人半个身子!

他站在那里，先是严肃地巡视了一阵，而后，清了清喉咙，像列宁一样伸出手来，说："我要问大家一个问题。一个要你们用脑袋好好想一想的问题。咱们这支队伍，应该往何处去？"

这时，绰号叫"包子"的快嘴女人站出来了，她高声说："董事长，我们不用拍脑袋，我们有的是耳朵。你指哪儿打哪儿！"

任秋风对着众人说："是吗？是这样吗？不要说漂亮话！"

众人齐声说："是——！"

任秋风指着自己的脑袋："大伙儿要用的，是不是这一个？你们别弄错了，这不是夜壶吧？"

哄一下，人们全都笑了！

任秋风突然脸一沉说："我也相信你们说的不是漂亮话。我要听听声音齐不齐？是不是要用这一个？"

众人洪亮地回道："是——！"

任秋风说："气不壮啊，声音再大一点。"

于是，众人放开喉咙，山呼一般地喊道："是——！！"

任秋风点点头说："嗯，这才像是我带的队伍。"接着，他望着众人，伸出了一个指头，"在场的，大大小小都是股东了。你们是股东，我就是你们的长工。知道我要带你们到哪里去吗？"

众人都愣愣地望着他。这时，任秋风那个伸出来的指头弯了一下，只见在两个开放式电梯的中间，从空中慢慢降下一道镶黑边的白色幕布，当幕布降到与任秋风的胸部平齐的时候，它停住了。而后，上边先是出现了一行一行的集束炸弹式的黑色大字：

金色阳光十年规划：

1. 五年内，建设成以零售业为龙头，以金融证券和房地产为两翼，以实业开发为基础的大型集团连锁公司。力争达到年销售额五百亿，全国排名第一！

2. 五年内，在零售业方面，以金色阳光为品牌，发展营业面积不低于二万米的大型商场三十家，不低于五千米的零售超市一百家。

3. 五年内，在京、津、沪、穗或香港选址建造象征金色阳光历史丰碑的金色阳光摩天大楼（世界第一）。

4. 五年内，延伸开办以金色阳光为系列品牌的服装厂、印刷厂、工艺品厂、包装加工厂、快餐公司等，生产金色阳光系列产品。

5. 十年内，争取参股、控股十至十五家有希望上市的、效益好的企业，包装上市。

6. 十年内，在香港建立世界性的货源中转站；同时建立三大公司：金色阳光海运公司，金色阳光航运公司，金色阳光航空公司（购买二十架波音飞机），以全面实现国内、国外货物连锁配送。

7. 十年内，先后在澳大利亚、加拿大、法国、英国、美国、日本等十二国插上金色阳光的旗帜，最终将金色阳光打造成为具有国际影响的巨型商界航母！

站在下边的人眼都看直了！这么宏大的计划，是他们从来没想过的，做梦都没敢想过。可他们信这个人，他们就是信他。任秋风在他们眼里几乎是无所不能的。他们先是愣了一会儿，小声嗡嗡着，继而一个个手指头都变成了算盘珠子，扒拉着在心里默算。突然之间，这里成了一座蜂房，那嗡嗡声越来越大，就像是众蜂迎接蜂王出世一样！在他们的心里，有一个一个的小蜜蜂探头探脑地从心眼里飞出来，仿佛看到了满世界的花丛，那个美呀！有人忍不住就笑出声来了。这笑声勾起了全体人的大笑，那心里满当当的。是啊，他们还没敢多算，没敢把账算满，他们仅是算了十年计划中那开初的五百亿。就拿五百亿来算吧，他们各自的股份又是多少呢？那么，最少的也有几百万了吧？像中层，多的会有几千万、上亿！这这这，太他妈的了！他们想，这真是个神人，真得跟这个人好好干。于是，有掌声响起了，热烈的、像潮水一般的掌声！

任秋风站在那里，伸出一只手，轻轻一按，立时所有的人都噤声了。任秋风大声说："账都算了吧？"

众人齐声说："算了！"

任秋风说："算清楚了？"

众人齐声说："算清楚了！"

任秋风说："有一笔账你们可能没有算，付出。付出你们算了吗？有百倍的付出，才会有百倍的收获。这一条，你们要牢记。"

这时候，突然有一个年轻姑娘跑出来，扭着屁股，激动地大声喊道："任总任总我爱你！我把鲜花献给你！"

众人先是闷了一下，继而也跟着齐声喊："任总任总我爱你，我把鲜花献给你！"

任秋风伸出两手往下按了按，说："好了，现在还不是献花的时候。我只是想告诉大家：事，就要这样干；路，就要这样走。咱们这是第二次创业。谁要是砸了金色阳光的牌子，我就砸他的饭碗！不久的将来，你们，就是金色阳光的元老，是功臣，是骨干中的骨干！我看，干好了，起码每人一栋别墅是没有问题的。好了，会开到这儿。"接着，他郑重地叫道："金色阳光——"

一时，群情激奋，人们齐喉咙应道："蒸蒸日上——！"

这话，现在已成了金色阳光上下班都要喊的"格言"了。

江雪站在一旁，一直默默地望着任秋风。她是用心去望着的。且不说两人已有了肉体之欢，单就对一个人的理解来说，她对他看得是最清的。是啊，这是一个很优秀的男人。他身上有着一种一般男人所没有的魅力。他有远大的目标，有一个男人应该具备的智性和果决，他还是个工作狂，做事雷厉风行，富有感召力。他往那儿一站，就像是一座山。这些，都是让她佩服的。但是，他要打造的是一个商业帝国，就像他说的航母，那么宏大的目标，能实现吗?! 对此，她多少是有些担心的。

可是，她还是欣赏他。

二

男人，活在世上，就是要征服世界的。

现在，任秋风已经有了实现这个雄心的条件。那次会后，任秋风把省城的金色阳光全权交给江雪打理。他带着一支精干的队伍，制造梦想去了。

这是一支很奇特的队伍。这支队伍在任秋风的带领下，出门坐的是波音飞机，住的是五星级宾馆，吃的却是方便面。

这支队伍有个显著特点：烂嘴。此后，在很多的日子里，包括任秋风在内，天天大嚼方便面。任秋风的目的很明确，要想扩大规模，创造奇迹，必须首先在北京、上海、广州、天津这些大城市扎下根基，建立金色阳光系列连锁商场。所以，当任秋风带领考察小组，在京、津、沪、穗四地的大街小巷奔波的时候，放屁都带着一股方便面的麻辣味。——这就是任氏风格。

任秋风说，住五星级宾馆是工作需要，吃方便面也是工作需要。也有人不满，就小声嘟哝说，咱有个地儿住就行了，为啥非要住五星级？咱不要"星"不行吗？省下钱来，也可以吃得好一点。可任秋风说，不行。住五星级显示的是金色阳光的实力；吃方便面体现的是金色阳光的工作作风，这不是一码事。没有人敢不执行。于是在一个多月的时间里，他们吃了近百箱方便面，一个个都吃成了烂嘴。任秋风的嘴也烂了，他是烂着嘴坚持跟人谈判的。

在京、津、沪、穗四地，考察人员四人一组，腿都跑细了。他们中有人开玩笑说，他们考察有三大收获。第一，知道了方便面的种类。第二，熟悉了大街上各种 WC（厕所）的标识。天天吃方便面，渴呀，再大量喝水，尿多！据说，在一个个繁华都市的大街上，他们一个个都是夹着腿走路的——到处跑着去找 WC。他们考察的第三收获是：北京人派儿大，说话就像刚从

"中南海"出来的；广州人烧包，一个个小干巴猴样，偏夹一大包；天津人涮儿吧唧的，嘴油得像天天吃"狗不理"；上海人说话侬来侬去，办事小里小气。他们尤其对上海人印象不好。上海人不是斤斤计较，简直是两两计较！话说得很好听，办起事来，却一点通融的余地都没有。

上海这个地方，是他们在京、津、沪、穗四地商务谈判中最艰难的一处。上海人实在是太狡猾了。当他们经过考察，定下商场地址后，业主突然聘请了一家对上海情况非常熟悉的香港会计公司做代理。这家香港的会计公司完全按照国际上通行的评估办法，对大楼进行了非常详细、周密的评估。比如，一楼营业大厅每平方米多少钱；二楼营业大厅每平方米多少钱；地下仓库每平方米多少钱；已配置的设备每平方米多少钱……这样一笔一笔算下来，算到最后，竟然连门前的停车位也算了钱。

与上海人的这次谈判，极为艰苦。那天，任秋风是结束了与天津人的谈判后，坐飞机赶来的。他一下飞机就坐上了谈判桌，一连坐了十四个小时。在这十四个小时里，任秋风除了中午吃了个工作餐（盒饭）外，连口水都没有喝。他只是笔直地坐在那里，一支一支地吸烟，把嘴吸得很苦。对方坐着一溜"西装"，这些"西装"不光是侬来侬去，嘴里还嚼着口香糖，不时还夹着几句英文，叫人十分讨厌。也就是三千一百一十七平方米的有效面积，让他们硬是算到了年租金五百四十七万六千五百四十七元！

任秋风知道，谈判是比耐性、比心力的。开始，双方都说了很多废话。一方是挑毛病，一方是讲优势；一方是想把价格抬起来，一方是想把价格压下去。在对话中，各自都顽强地坚持自己的立场。这时候，任秋风一句话都不说，只让下边的人说。当服务小姐一次次倒茶续水时，任秋风也坚持一口不尝，他忍着。也许，不停地续水，也是一种策略，喝多了，会让你一次次地跑厕所，让你不由得急躁。人一急，就丧失主动权了。

面对"海派"们摊出来的一个个报表、数据、评估报告，任秋风更是一个字也不看。他不能让人牵着鼻子走。他们有他们的打法，自己有自己的打法。等对方把自己的意图全部摊出来之后，任秋风却突然说："你们去过俄罗斯吗？有一次，我去俄罗斯考察，在圣彼得堡卫国战争纪念馆的大门前，看到了这么一行字，那字是刻在大理石廊柱上的，上边写的是：石头啊，你要像人一样坚强！说实话，就是这行字，把我给震了。在咱们国家，形容人意志坚强，大都是用这么一个词：坚如磐石。可人家呢，却翻过来了。苏联卫国战争时期，彼得堡整整被围困了三年，仅饿死的人，就有一百万！可德国人却一直未能打进这座城市。所以，人家才敢说：石头啊，你要像人一样坚强。这个民族不简单啊！"说到这里，任秋风停了片刻，笑了笑说，"——各位，你们条件这么苛刻，是不是也想考验一下我的意志啊？"

"海派"们都愣愣地望着他，其中有一戴眼镜的"小分头"博士说："任总，是这个样子滴，这些数据，你最好还是看一看滴。营业场地你们是考察了滴，伲的评估是最有权威性滴。根据国际法……"

任秋风却说："我再给你们讲一件小事。有一次我路过匈牙利的布达佩斯，那里的华人朋友请我去一个赌场玩，也就是让我见识见识吧。那是一个非常豪华的赌场，而且是专门对华人开的。里边有轮盘赌、老虎机、十三点……总之，什么赌具都有，只要有钱，想怎么玩就怎么玩。我这个人，有赌心，却不爱玩。可在那里，我看到了一个很有启发的现象。在那个赌场里，不管你是谁，只要进了这个门，吃、喝、吸，全是免费的。里边二十四小时都有戴白帽子的高级厨师候着，你要吃西餐有西餐，要吃中餐有中餐，高档的；酒备有红、白、啤三种，全是中高档；烟，是盛在托盘里的，你想什么时候吸，就什么时候吸。当时我想，这个老板太精明了，很大气呀，他知道如何去吸引赌徒。据说，就有一些刚出国门的国人去钻这个空子，穷困潦倒的时候，没饭吃了，就去赌场里泡上一天。"说到这里，任秋风又笑了，"由此，我体会到，学会让利，是大气的一种表现啊！"

当任秋风一连讲了五个例子之后，"海派"们都沉默了。他们互相看看，那眼神说，这个人怎么这个样子滴？再不说什么了。只有墙上的挂钟"嗒嗒"

地走着，谈判桌上一度显得很沉闷。考察小组的人悄悄附在任秋风耳边小声说："任总，你把他们镇住了。"任秋风轻轻地哼了一声，并不说话，仍是坐在那里，显得很有耐心。

就这样，两班人马一直僵持到傍晚时分，从会议室外走进了一个身穿西装套裙的亮丽女子，这个女子坐下后，说："我自我介绍一下，我是业方经理，我叫吴云。任总，你们金色阳光在全国的影响谁都知道，我也知道你们的品牌效应，也非常钦佩您的胆识。但上海是寸土寸金之地，我们之所以聘请香港公司做，就是要体现数据的可信度。讲的是真实、诚信。如果你有什么新的建议或不同意见，请你说出来，好吗？"

看着这样一位声音甜美的女性，任秋风说："说实话，不是钱的问题。金色阳光不缺这几个钱。我们金色阳光的无形资产，外界评价一亿七，但那是个虚数。我从来没有拿它来吓唬你们。所以，你们评估出来的价格，叫我说，也是虚数，不可信。既然你这样说了，我们北方人喜欢痛快，也不要一平方一平方算了，整栋楼说个整数吧！"

吴云笑了笑，说："任总，你说得也有道理。我们有权威的评估价摆在这里，你说吧。"

任秋风说："这个价格显然是无法接受的。我要你说个实数。"

吴云说："这就是我们的实际报价。如果要让的话，我得到的授权只能让百分之一。"

任秋风迟疑了一下，说："至少让百分之十……"当他说到"百分之十"的时候，他抬眼看了那个"小分头"，那"小分头"的眼睫毛动了一下，立时他就觉得舌头错了。可怎么把舌头拐回来呢？一般人是拐不回来的，可他硬是拐回来了，他拉长了音："……十、十五，否则无法接受。"这句话说出去之后，他有些惶然。

吴云说："任总，我很敬重你，可我们至多让到百分之二，不能再让了。"

任秋风坚持说："百分之十五。"

吴云说："那就没法谈了，我给董事会无法交代。"

任秋风沉默着，过了很久，他说："我也无法交代。"

吴云说："好吧，百分之三，再没有余地了。我给董事会解释。"

任秋风说："百分之十。这是我的底线。"

吴云说："百分之三。超过百分之三，我无能为力……"

任秋风把两手一摊："这就没法再谈了。"

又过了二十分钟，吴云终于说："这样吧，我打一个电话，再请示一下。"说完，她站起身走出去了。

十分钟后，这小女子重新走回来，对任秋风说："你赢了。"

签了合同后，考察小组的人都说，任总太棒了！只有任总亲自拍板，我们才能拿下来。然而，很久之后，任秋风才明白，从一开始他就错了，他在上海打了一个败仗。

三

任秋风病了。

他得的是严重的失眠症。

当金色阳光连锁工程全面启动之后，任秋风成了一个时间按分钟来计算的人。他太忙了，每一分钟都排得满满的。他要参加一个一个商务谈判；他要敲定一笔一笔巨额投资；他要任命一批一批的分店经理；国外、省外有十二家连锁商场，省内有十五家，战线越拉越长，每一家的重大决策，都是要他来拍板的。物流的统一配送，也只有他才能协调。他在天上飞的时间越来越多，在地上走的时间越来越少。他一呼百应，一掷千金，每到一处都是前呼后拥。这时候，在他眼里，钱成了纸。纵使一张白纸，只要签上任秋风三个字，那就是钱。钱把他整个包围了！可有一种东西，却是钱买不到的。到了这时候，他才深刻理解了一个"长工"的真实含义。他真是累呀！

他主要是心累，他患上了严重的神经衰弱，夜夜失眠。自那次从国外回来后，近两个月来，他几乎没有睡过一个好觉。一个人不能睡觉是非常痛苦的。失眠怎么办呢？他吃安定已经吃到了三粒、四粒，甚至五粒！可他仍然不能入睡。夜里，他睁大两眼望着天花板，心想有什么样的特效药可以治疗失眠？

后来，在无意中，他找到了一种"药"。如果更客观地说，最初，这"药"并不是他找来的，是人家主动送上门的。在一段时间内，这"药"治疗失眠居然非常有效。

任秋风本是一个生活态度严肃的人，他没想找药，也没有时间去治病。而上官云霓的出现，却成了他治病的"药引子"。

是的，上官的突然出现，的确给了他不小的刺激。任秋风没有想到，他曾经的爱人、前妻，如今却成了东方商厦的总经理。那是他下飞机之后，在回商场的路上亲眼看到的。经过重新装修的东方商厦如今是焕然一新！站在大门口剪彩的，正是上官云霓。经过侧面了解，他知道有一位号称"老刀"的幕后人，居然买下了东方商厦百分之五十一的股份。正是他，把上官推上了总经理位置。坐在车上，他看见亭亭玉立的上官手持一把剪刀，面带微笑，剪下了那段红绸。她身边站的那个光头，就是老刀？这一刻，他心里很不好受。一个堂堂男子汉，他是最受不了这个的！

回到商场的办公室，按照他的工作时间表，接下来是要对前一段经过初试的招聘人员进行最后的面试。可这时候，他的心情非常恶劣，他几乎就要取消这项安排，可那些人早已等在门外了。

也活该那些人倒霉。于是，头两个走进来的人，没问几句，就被他很不客气地打发掉了。到了第三个，他眼前一亮：这是个三十岁左右的少妇，她的个头跟上官一样高，穿一身黑色的套裙，戴一串白色的项链，胸开得很大，露着白白的一抹胸乳，娉婷地站在那里，就像一只熟透了的苹果。她走进来时，显得不卑不亢的，很大方。她自我介绍说："我姓胡，叫梅花。松竹梅那个梅，雪花的花，梅花欢喜漫天雪，就是这个意思。"

不知为什么，任秋风竟不客气地说："你转过身去。"

不料，这个叫胡梅花的女子，身子转过去很优美地旋转了一圈，踮着脚尖，像是有意无意地展示了她那饱满的臀部，却又转回来，面对着他，娇声、稍稍有点调皮地说："老总，报考部门经理，也要查三围吗？"

听她这么一说，任秋风难得地笑了，他展了一下眉头，说："那倒不用。说说，你都干过什么？"

胡梅花说："我最早在剧团，表演、导演都干过。"

当胡梅花讲述经历的时候，任秋风却有些走神。他直直地望着她，觉得她跟上官某些地方有些相像，只是更狐媚。一想起上官，他心里还是有些伤感。是啊，这时候，与上官一起生活的日子，历历在目！

可是，正当他发愣时，这个狐媚子却走到他的办公桌前，一欠屁股，大大方方地坐在了他的大办公桌上，面对面地说："老总，我看你是走神了。我都说了两遍了。"

任秋风回过神儿，"噢"了一声："你说什么？"

胡梅花说："你看，我通过了吗？"

任秋风下意识地说："通过什么？"

此时，胡梅花小腰扭了一下，说："你想通过什么？要不，我给你唱一段京剧吧，'伴夜月银筝凤闲，暖东风乡被常悭，信沉了鱼，书绝了雁，盼雕鞍万水千山……'"

胡梅花唱得悠扬婉转，这么一唱，把任秋风唱得愣愣的，他说："不错，不错。看来你多才多艺呀！"就此，他断定，此人可用。他甚至觉得，他也许又找到了一个"上官"，还是个多才多艺的"上官"。

胡梅花见他痴痴地望着她，昵声说："好吗？你要想听，我还可以给你唱。"说着，又唱了一段《天仙配》，兰花指翘翘的，一时风情万种。

任秋风心里的火一下子就被点起来了，仿佛是下意识地，他朝着她的屁股拍了一掌："下去。"

胡梅花娇羞地"呀"了一声，说："你干什么呀？"话说着，身子歪歪地，像是站不稳似的，就势一退，倒在了任秋风的身上。

就是这么一坐，任秋风脑海里一片空白！这么大胆、这么赤裸裸的女子，他还是第一次碰上。他当然不十分清楚她的演员背景，只觉得她太大胆太刺激太像上官也太不把他当回事！他心里叹了一声：女人啊！于是，他像是怀着满腔仇恨，一下子就把她剥光了。剥过之后，那就像是摊在眼前的一堆白肉。

于是，当天晚上，他睡得很好，非常好。从未有过的好。一觉睡到天明。从此以后，他就知道什么样的"药"能治他的失眠症了。在他的下属眼里，在人们的窃窃私语中，他就成了一个"太"字了。

也有自省，也有歉疚，每每第二天醒来时，他都会狠狠地痛骂自己。可是，睡不着觉实在是太痛苦了！他一次次地对自己说，停止！停止吧。你是人，不是猪！可是，他又一次次地原谅了自己。这就像是饮鸩止渴，他已经停不下来了。有时候，他也会退一步想，只要我大节不亏，这是，小事嘛。

这像是一个秘而不宣、却人人皆知的秘密。就连那个被人称作"包子"的女人，长得并不怎么好，可她不知怎的就知道了老总的这点病。于是，她找准了一个机会，好像是仅仅十分钟不到的空隙，手里拿着一个白毛巾，颠颠地跑去给老总擦桌子去了。报告之后，当她推门进来时，任秋风头都没抬，说："什么事？"包子小旋风一样地扑到跟前，说："我给你擦擦桌子。"他说："擦什么桌子？去去。"她说："擦擦吧。经理让我来的，擦擦。"他说："去，你没听见吗？我让你出去。"她说："快了，快了。"说着，在任秋风身前擦来擦去，擦来擦去。一个胖嘟嘟的人，汪着一双大奶子，就像是一屉刚出锅的热包子，居然也能把任秋风擦出火来了。夜里，就睡得很好。

　　当时，在金色阳光，曾有一句笑话被人加工后广为流传，说是包子自己对人学的："老总，你尝尝，包子也有馅啊！"包子就红着脸跳脚大骂，说人瞎编排她。——当然，后来连包子也当上了一个分支机构的经理，掌管着一个分店。

　　往下，治疗失眠症的方法越来越多。在任秋风的人生道路上，这就像是特意埋下的一个个伏笔。

　　只是，副总江雪再也不进这个门了。不管有什么事，特别是晚上，她只用电话联系，找各种理由推托，绝不进这个门。

　　终于有一天，任秋风把江雪叫进了他的办公室。两人互相看着，脸上的表情都十分僵硬。任秋风叹了一声，说："你眼里的蚂蚁越来越多了。"

　　江雪硬硬地说："是吗？"

　　任秋风说："开诚布公地说，我有病了。"

　　江雪说："是。我看你病得不轻。"

　　任秋风说："你很失望吧。"

　　江雪反问道："你快乐吗？"

　　这时候，任秋风眼里突然流下了两行热泪，他喃喃地说："我太累了。原谅我吧，我是病入膏肓了。"

　　江雪尖刻地说："你把我们都当成'药'了！"

　　任秋风两手捂在脸上，泪水再一次顺着指缝流下来，久久，他说："不不，你不是。药就是药，不包括任何有感情的部分。况且，那些药，都是她们主动送上门的。我也知道，这样不好，是以毒攻毒。江雪，骂我吧。帮帮我。其实，在心里，我已骂过自己一千遍了。我会找到药，真正的药。"

　　江雪说："我问你，你人生的目标就是为了得一种病吗？！"

　　任秋风很肯定地说："当然不是。"

　　江雪说："我相信你说的是实话。也许，我们都是有病的人。工作，所有的努力，就是为了寻找治疗的方法。你好自为之。"

两人互相看着，不知为什么，从不流泪的江雪，也流了泪。

四

李尚枝被家人逼到了绝路上。

这天早上，李尚枝不再给人看自行车了。她带着血痕的嘴唇翻肿着。一只手提着盛了清水的小桶，一只手拿着条白毛巾，她默默地来到任秋风乘坐的奥迪车前，弯下身子，很认真地擦起车来。

是全家人逼她来的。夜里，男人把她暴揍了一顿，公公婆婆把她骂了个狗血淋头，正上学的儿子也冷眼看着她，她只有投降了。

李尚枝家原住在老城区的一个胡同里。近年来，老城区搞拆迁，到处在扒。他们也在李尚枝家的墙上用白粉刷上了一个大大的"拆"字。头两年，也只是说说，谁也没当回事。就想，拆了也好，拆了就可以分到新房了。本以为不定猴年马月呢，可说话间推土机就来了，直接堵在了胡同口，一家一家地动员。于是，李尚枝家就成了"钉子户"。

李尚枝也不愿当"钉子户"，可她没有办法。按规定，拆旧房，是给补偿的。要房也行，补钱也行。李家当然要房，可现房没有，还要等上一年。可这一年，家里人上哪儿住呢，总不能住到大街上去吧?！拆迁办的人说，你们可以找单位，让单位给解决一下。可男人所在的工厂破产了，李尚枝也下岗了，现在男人在外给人修车，李尚枝是给人看车，都没有单位。于是，"钉"了十天之后，周围的房子全都拆完了，只剩下李尚枝一家。拆迁办的人一股脑全拥来了，一个个铁嘴钢牙的，说限期三天，必须搬家。说是再不搬，就动用法律手段了。

一家人都看着李尚枝，看得她很绝望。因为李尚枝本是有单位的，单位也没说不要她，是她自己逞强造下的恶果。男人原是很老实的，多年来从没跟她红过脸，可这天晚上男人出去喝了半斤酒，回来就把她给揍了。而后男人捧着头呜呜地哭。公公是偏瘫，婆婆有糖尿病，儿子正在上学，一家人全靠她呢。可她又有什么办法？后来，拆迁办的人看这一家愁得实在没办法，干脆给他们家临时租了两间房子，三下五除二，背的背，抱的抱，抬的抬，硬是给强行搬了。搬的时候，公公不敢骂拆迁办的人，只是放声地骂李尚枝，说这一家都是李尚枝给害的！

自从搬家后，一家人开始绝食了。老公公不吃饭，婆婆也不吃饭，就骂天骂地骂煤。公公当年在煤场干过搬运工，就拐着弯骂煤。他说，你以为你有日天的本事，你以为你是平顶山的煤，烧白了当砖使，你还自燃啊！你烧球啊烧？我不知道你是方山煤，二道沟的煤，垫脚的渣货！你一烧就白了？白了也是个奸臣，烧成灰也是个没成色货！一边骂着，就看李尚枝，看得眼黑。在中国，几乎家家都是活单位的。特别是公公婆婆，什么都不认，只认单位。单位就是树，树叶离了树能活吗？他们当然也听说了，金色阳光现在工资很高，人人有股份，还有各种福利，那么，当过劳模的李尚枝为什么不要求回去呢？公公说，脸算什么，脸不过是破鞋底！人到了这一步，就做不起人了。在骂声中，有一阵子，李尚枝想死。

想想，李尚枝很后悔。原本，人家是答应让她回去的，是她自己要争一口气，现在再涎着脸去求人家，真不如死了。可她不敢死。她要死了，这一家病号，儿子怎么办？！

后来，李尚枝心里说，我也不要脸了。混到了这份儿上，还说什么脸。她是下决心要来求人的。可她愣是张不开嘴。怎么办呢？又没钱送礼，又不会说软话，巴结人也得有个方法不是？于是，她就想出了给人擦车的方法。她当然知道任秋风的车号，也知道江雪的车号，只要这两辆车在门口一停，她就跑上前去给人擦车。她擦车也是很认真的，还专门跑洗车房看过。别人擦车一般是不擦车轱辘的，她蹲下来，连车轱辘、螺丝钉、轮胎上的花纹都给擦得干干净净的。

人要存了心去做什么事，别的就不多想了。李尚枝就是这样，她把任秋风的车擦得像镜子一样亮，她甚至知道车顶上什么地方有一个小圆点，那是什么东西砸的痕迹，所以她擦得格外小心。有时候，连司机都受不了了，司机会追着她问：李师傅，你看，这是干什么？这是我的活儿嘛。可她只管擦，一声不吭。给江雪擦车时，江雪看了她一眼，说有话你给任总说去。

终于，有一天，当她正蹲在地上擦车轱辘的时候，有一双脚走到了她的身前。她抬起头来，看见那是任总。她等的就是他。终于等到他的时候，李尚枝首先是满面羞愧，她擦车的手都是抖的！

任秋风站在那里，默默地望着她，说："我只有两分钟时间，你说吧。"

李尚枝张开嘴，声音却像蚊子一样。

任秋风有些不耐烦了，说："李师傅，你是不是后悔了？"

李尚枝像个被人逮住的小偷似的，小声说："是。"

任秋风什么也没有说，推开车门坐了进去，片刻，他又推开车门，从车上走下来，又一次望着她，说："你想回来？"

李尚枝手里捧着擦车的抹布，一脸泪水，说："是。我，家里情况不好，我要是有一点办法……"

任秋风说："我说过让你回来，是你自己不回来。"

李尚枝很想给自己留那么一点点面子。她想说，我并不想来，是我公公让我来的，是我婆婆让我来的，是他们逼我来的，可她的身子像筛糠一样抖了一下，却说："我，卖脸来了。"

任秋风怔了一下，说："也不能这么说。"

他望着她脸上的皱纹，望着她灰白的头发，还有擦车累出来的汗，终于说，"李师傅，打扫卫生的活儿，你能干吗？"

李尚枝说："我啥活儿都能干。"

任秋风说："那，想回来就回来吧。你去找江总，就说我说的，明天去后勤上班。"

李尚枝头有些晕，她站在那里，捂着脸哭了。她想，不管怎么说，她有单位了，这是她一家人的——单位。这是个好人，她一辈子都感念他。她真想蹲下去给他擦擦皮鞋，可他已上车走了。

五

任秋风最为辉煌的时期来到了。

在他的强力运作下，从京、津、沪、穗开始，省外八家、省内十九家金色阳光连锁商场已全部正式开业。在中央及全国二十二家电视台的黄金时段里，"太阳"正冉冉升起，金色阳光的广告铺天盖地！更使他引为自豪的是，在名为世界头号大国的两大帝国：美利坚合众国、俄罗斯，他也已成功地插上了"钉子"。

这个时期，也是他一生当中使用剪子最多的时期。他先后给三十五家分支机构（还有一部分是挂靠）剪了彩，就此也收藏了三十五把金剪子。如今这些剪子都金光闪闪地摆在他的铺了红绸的收藏柜里。

现在，他的电话几乎多到了每分钟响一次的程度。所以，根据工作需要，他已有了两大秘书班子，一对国外，一对国内。于是，他的整个身体只有一个部位是他亲自"动"的——那就是他的脑袋。其余的部位，几乎都有秘书们帮他打理。对于一个跨国集团的老总来说，这也是顺理成章的事情。最初，这并非他的意愿，只是下边的人太负责了。一开始，他坚决反对，觉得别扭，也曾严厉地批评过他们几次，说：这是干什么？我老了吗？可秘书们也反过来批评他，说他太不注意形象了！就这样，天长日久，就慢慢习惯了：每次出门前，他就事先站出一个"大"字来，由秘书们前后张罗着，给他穿好外衣、打好领带，甚至蹲下来帮他系鞋带；回来也一样，一进门，几个人冲上来，给他脱下大衣，解去领带，送上拖鞋。他的失眠症虽然仍很严重，但他已很少吃"药"了。这个时期，他对那些送上门的"药"已不感兴趣。秋天的时候，在秘书们的一再建议下，他给自己配了一个保健医生，需要时就让医生给按按。

不过，有一条是他始终坚持的。那就是每次出差，他仍吃方便面。他说，这是他保持本色的底线。于是，各家小报都做了详细的报道，有的题为《亿万富豪的俭朴》，有的题为《总裁与清汤面》，有的题为《一包方便面——记跨国集团董事长》，总之，一片赞扬声。

这年秋天，在树叶将要落光的时候，一天下午，当他从波音737上走下来，步入机场大厅时，立刻就被赶巧乘飞机的几个小报记者围住了。等航班的小报记者们也是百无聊赖，刚好前一段报道过他的"方便面故事"，见过他的大幅照片，于是拥上前来，要他说几句。

任秋风站在那里，沉吟片刻，说："好吧，我说几句。"小报记者们赶忙掏笔来记。任秋风说，"我给你们宣布一条集团的重大决定：金色阳光要盖总部大厦了。我们要盖一座摩天大楼。"小报记者们仰着头问，多少层？多少层？任秋风顿了一下，有句豪气万丈的话脱口而出："——世界第一。"说完，任秋风在秘书的簇拥下，大步离去。

小报记者们如获至宝，一个个嘴里"乖乖"着，连夜就把这个特大新闻发出去了。于是一夜之间，全国各家小报都登出了这个消息。就此，金色阳光再一次轰动全国，连香港的英文报纸也做了专题报道。一时间，小道消息满天飞：金色阳光要盖摩天楼！金色阳光要在国内选址建摩天大楼！金色阳光要在全世界选址造一百二十八层摩天大楼！——这一百二十八层之说，是一小报记者在写稿时灵机一动杜撰的。他以"世界第一"为基本想象，很靠谱地有意取了一个吉利数。

第二天，任秋风看了报纸后，说了两个字：很好。他这个构想是坐在飞机上，闭着眼想出来的，还没来得及给集团的其他成员通报，江雪看了很诧异，拿着一份报纸跑来问他："要盖摩天大楼？"他笑了，说："盖。但不是现在。"

然而，五天后，这事却越闹越大了。

一时间，先后有十八个省二十七个大、中城市专程送来了象征最高礼遇的"金钥匙"。说只要把一百二十八层的摩天大楼建在他们那里，他们会给予最大的优惠政策，免去所有地方税种，并给任秋风荣誉市民的光荣称号。接着，亚、非、拉十六个小国家先后通过外交部发来电传，要求把金色阳光的摩天大楼建在他们的首都，他们将给予最优惠的待遇，并奉任秋风为国宾。继而，又有意大利、法国、西班牙、加拿大、德国等九家国际上最著名的建筑设计事务所，给金色阳光发来了愿意参加一百二十八层摩天大楼设计方案的投标意向书。于是，得到消息的小报记者又是一番炒作。

这时候，连分管商业的皇甫副市长都坐不住了。皇甫副市长专门约见了任秋风。副市长批评说，老任啊，市里一向支持你的工作。建摩天大楼这样的大事，你应该给市里通报一声嘛。任秋风说，这只是个意向。皇甫副市长很严肃地说，什么意向？报纸都公布出来了，你还说是意向？不像话！任秋风赶忙解释说，市长大人，真是意向，是我们十年规划中的一项。我们是要建摩天大楼，最早的设想是六十六层，后来主管领导说，要建就建世界第一，要敢于第一，于是我们就想建成世界第一。至于一百二十八层的说法，并不是我们提的，那是小报记者杜撰的。皇甫副市长说，既然报纸已经公布出来了，这也很好嘛。如果地质情况允许，就建一百二十八层，搞他个世界第一！接着，副市长又说，我现在正式向你传达市政府的意见：一、作为标志性建筑，摩天大楼一定要建在本市，这是不能动摇的。二、你可以在本市范围内任意选址，市政方面将全力配合。作为本市的标志性建筑，特事特办，免去你一切地方税赋。三、建摩天大楼，事关重大，一定要世界一流的设计，一流的建筑队伍参与招投标，由市政府专门成立一个协调小组监督执行。最后，皇甫副市长握住他的手恳切地说："老任啊，我这是最后一届了。临退前，我想给人民办一件好事。你要理解。"

任秋风愣了。他本意是想炒作一下，给金色阳光连锁经营造一造声势，也就那么随口一说。可这事一旦坐实，就不能不认真办了。到了这时候，任秋风才知道作为一个集团老总，他吐口唾沫，就得是钉子！

虽然如此，任秋风还是有些迟疑，甚至是害怕，可紧接着，有三家银行的行长找到他，说本市建摩天大楼具有里程碑意义，市长已给他们打过电话，银行愿意全力相助！而后，又经过三天四夜的思考和对专家的咨询，任秋风终于松了一口气。一拨一拨的专家众口一词告诉他，造这样一栋摩天大楼，至少需要五到七年的时间，那样的话，一次投入用不了多少，金色阳光的资金链就不会断裂。况且，他有三十五家连锁商场，一家商场一年起码提供一千万资金（他是以首家商场的年销售额为例计算的），那一年就是三点五亿，这样下去，有七年的时间，是完全可以保证的。

然而，就在签字前，江雪又跑来了。江雪说："任总，你不是说，摩天大楼的事要缓一缓吗？"

任秋风淡淡地说："我反复想了，可以启动。"

江雪说："我反对。"

任秋风说："说说你的理由。"

江雪说："三十五家连锁刚开业，情况难料，万一资金链断了，会出大问题！"

任秋风耐着性子说："现在是最好时期，市里给了最大的优惠。如果拖下去，这些优惠条件就不存在了。再说，有银行做坚强后盾，我觉得不会出问题。就是资金上出点问题，也不怕。盖大楼要七年时间，我们要投入的第一笔资金数目不大。"

江雪说："万一呢？"

任秋风一拍桌子，不满地说："你最近怎么老唱反调？"

江雪看了他一眼，说："我只是提醒你。"

任秋风已答应了皇甫副市长，没有退路了。他很强硬地说："只要机制活，没人，可以有人；没钱，可以有钱。我看没问题。"

江雪沉默了一会儿，说："好吧。你是一把手，你说了算。"

于是，摩天大楼工程正式启动，任秋风在一张张合同书上龙飞凤舞地签上了自己的名字。这年月，急着想出名、想挣钱的人太多了，世界各国有一百多个著名和不著名的设计师参加了设计投标，各种精美的设计图纸像雪片一样飞来，最后，谁也想不到，是一个名不见经传的印度小子光荣中标。此人号称是一印度贵族后裔，曾在美国纽约读了七年建筑学，他所设计的"擎天一柱式"得到了全体专家的一致好评。这位年轻的印度建筑设计师想出名都想疯了，他说他不要一分钱，唯一的要求是，摩天大楼建成那天，他将第一个乘降落伞从楼顶一飞冲天，以此获取这方面的吉尼斯世界纪录！

设计方案确定后，全世界先后有上千家具备特一级资质的建筑工程公司蜂拥而至，参加了承建工程的招、投标活动，也是在市长的强力干预下，本市最好的一家建筑公司与加拿大一家建筑公司联合中标（加拿大一家公司出技术人员监督质量；本市建筑公司出队伍具体承揽工程）。

第二年春上，在一个春暖花开的日子里，任秋风陪着皇甫副市长，在摩天大楼的奠基仪式上郑重地铲下了第一锹土！当任秋风弯腰铲土时，他插在上衣兜里的胸花掉在了地上，副市长看见了，便弯腰给他捡了起来。当场，摄影记者把副市长给任秋风挂花的细节拍了下来，就此，他和副市长同时进入了永恒。

这天，任秋风和皇甫副市长都说了一句话。皇甫副市长说，干满这届他就退休了，他想为人民办最后一件好事。任秋风随口说，但愿不是一件坏事。

此后，这就成了一句谶语。

○ ●

第十八章 ·································

一

上官云霓当了东方商厦的总经理。

从大连回来后，上官像是换了一个人。不经意间，她身上的傲气和清高减去了很多，人一下子变得非常踏实。连出席剪彩仪式她也是一身素装，大大方方、清清气气的。纵使这样，也仍然遮不住她的美丽。只是心淡了的女人，就像是红了的苹果又镀上了一层阳光，或是一本书又翻过了新的一页，更显得从容、平和、自然。

是啊，在这个世界上，有两种悟性是后天生成的。一种是"顿悟"，一种是"面壁"。"顿悟"凭的是灵气。"面壁"托的是执着。一种像是化在天上，是突如其来的长空闪电；一种像是植在地下，是日积月累的潜移默化。虽然都有人生涅槃的内涵，两者却并无高下之分。那大约说的都是通晓了世间万物的道理。人，经历没经历过劫难，到底是不一样的。上官云霓就是这样，经历过那场海啸之后，她像是在一个长长的梦中醒来，只觉斗转星移，对人对事都有了更宽广的认识和理解。

连一直痴迷于她的老刀，也惊叹于她的变化。一个不足三十岁的女子，怎么突然间就成熟了呢？更让人想不到的是，台风到来之际，上官在大连舍鱼保人的决断已传遍大江南北。由于网箱是老刀的，经人口口相传，以讹传讹，人们都以为是老刀拍的板。所以，老刀在商界口碑极好，人人都说老刀侠肝义胆，是条汉子！此后，老刀接连有几摊大生意都跟着沾了名声的光。尤其是南方商人，老刀二字在他们眼里几乎成了金字招牌，只要提起老刀，那就是"诚信"的代名词！就此，老刀也算是因祸得福。

老刀干脆把他的总部迁到了中原的省城。老刀心里说：我一定要钓到这个女子。我就不信，我钓不到她。

可是，还没等老刀开口，上官就主动请老刀吃了一顿饭。这顿饭是上官亲自下厨做的。上官当了总经理后，在她租住的一套房里，上官特意买了一瓶酒，做了四个菜。这四个菜全是上官自己动手做的。一个叫作"千年一遇"，料是一条糖醋鱼加上一个经过油炸的、面筋做的鱼钩；一个叫"二十世纪"，是西红柿酱做汁，两根剥了皮蒸出来的铁棍山药，还有三个去了黄的蛋白；第三道菜叫作"九死一生"，料是九个去了蒂儿的西红柿加一根生菜；第四道菜叫作"月下韩信"，这是个拼盘，有荤有素，经过上官的精心设计，那寓意是很深远的。主食仍是老刀爱吃的刀削面。当老刀坐下的时候，他有一种水到渠成的感觉。他一直认为自己是个钓鱼人，是钓鱼的高手。况且，这辈子他从没有下过这么大的本钱去钓一个女人。这会儿，他觉得女人就是一盘菜，火候熬到了这份儿上，也该上桌了吧？

可是，菜上齐之后，上官端起一杯酒，对老刀说，"刀总，感谢你给我了一次见识风暴的机会，也由衷地感谢你给了我一次见识死亡的机会。来，我敬你一杯。首先是给你道歉。过去，我对你有误解。其实你是个好人。"说着，她把那杯酒一滴不剩地喝了。

老刀瞪眼看着她，忙说："别，你别夸我。我知道我是个啥鸟。"

上官接着说，"说心里话，网箱养鱼的事，我欠了你。其实，当初我就不该接那事。我根本不懂养鱼，就莽莽撞撞地答应了你，这是我不知深浅，亏了你了。"

老刀也很交心地说："这事你别再说了。赔是赔了，不过，这事你做得对。你给我赚下的口碑，是多少钱都买不来的。"说着，老刀叹道："我混了这么久，不如你一个女子。罢了，我喝。"

老刀很爽快，端起酒就喝。接着，老刀说："我有个请求？"

上官放下酒杯，说："你说。"

老刀也不是吃素的，他单刀直入，说："接触这么长时间了，我想抱抱你。"

上官不动声色。她马上站起身来，大大方方地说："可以呀。"

于是，两人就在酒桌前，很正式地，拥抱了一下。老刀故意说："这不是做梦吧？"下边，他就想说，能不能……亲一下？

不料，上官说："刀总，你有感觉吗？"

老刀笑着说："美人一抱，千金难买。怎么会没有感觉？"

上官也笑着说："实话说，我还没有准备好，没有感觉。"

老刀挠了挠光头，讪讪地说："你没感觉？那怪我，罚酒一杯！"说着，端起酒杯，又喝了。

见他又抢着把酒喝了，上官也不拦，只是接着说："刀总，我之所以接下东方商厦总经理的职务，就是为了弥补我的过失。在这方面，我还算有些经验。所以我答应你，我会好好做，这点请你放心。"

老刀说："交给你，我当然放心。你该怎么做怎么做，我绝不会干涉你。"

上官不给他机会，马上说："你不但是个好人，还是个好领导。"

老刀说："我说了，你别夸我。"接着，老刀又迫不及待地说："那你，啥时候，会有感觉？"

话说到这份儿上，上官端一杯酒，干脆把话挑明，说："刀总，我知道你喜欢我。喜欢一个人，并不是错。可我有一个请求，你得答应我。我打算在东方商厦干五年，在这五年里，咱们是上下级关系，上下级关系是不能有私情的。要么，我就不做。如果我爱上你了，咱们就堂堂正正地好，这也没什么。但我不能与一个董事长不明不白、窝窝囊囊地好。我的硕士文凭已拿到了。等我离开这里了，我就去当一个教师，到那时候，你能等吗？"

老刀迟疑了，老刀觉得五年时间也太漫长了。老刀眼巴巴地望着她，不知说什么好了。老刀长长地叹了一声，像是很失落地说："我怎么觉得，我成了撂在干岸上的鱼了。"

上官说："你是钓鱼的。我才是鱼。"

老刀赶忙说："不。你是水，救命的水。"

上官说："水得有源，不然也会干涸。所谓源，也就是缘，有缘才有分。这需要时间。你说是不是？"

上官看他迟疑，又眼巴巴的，于是，她决定冒一下险。她得彻底打消他的欲望。就夯着胆子，不卑不亢地说："刀总，你要想睡一个女人，我现在就可以答应你。你要想让我爱上你，那需要时间，也要看缘分。"

老刀顾不上那么多了，他突兀地说："我要是霸王硬上弓呢？"

经历了那场风暴之后，上官的确是不再害怕什么了。她很平和地说："那你试试。"

就在这一刻，老刀傻了。他看着她，端杯的手竟有些抖！美女就在眼前，可他却……这在他是从来没有过的。他想，我不是一个坏人吗？在这女子面前，我怎么就成了有情有义的人了？操，这是咋搞的？！他愣了很久之后，拍拍头，一连喝了三杯，终于说："我就知道，这顿饭不好吃。这辈子我栽在一个奇女子手里，也值了。好吧，我答应你。"

这么一来，老刀被架起来了。他的钓鱼，又一次成了鱼钓。

二

上官接手东方商厦不久，就去了金色阳光。

上官之所以回去，是她已有了可以正视过去的勇气。她去那天，穿的是东方商厦的职业套装。东方商厦的职业装是按她的要求定制的，这套秋装是淡紫色的，那颜色叫"风铃彩"，直领的，有一排盘扣，穿在她的身上，就有一种淡然而又成熟的美感。她一进大门就大大方方地与每一个过去熟识的人点头微笑。打招呼时，再也没了过去那种居高临下的傲气，而是一种很平和的样子。她的微笑里，也没有了过去那种因职业而做出来的客气，而是有着一种与人为善的家常。

表面上，她已是波澜不惊。可内心深处，也还是有一点点怅然若失的感觉。如今的金色阳光，变化很大，有一种熟悉的陌生感。是啊，这里毕竟是她付出过心血和真情的地方，她首创的"活体广告"仍在使用……却已是物是人非了！如今，商场的营业员，大多是生脸，没有几个是她认识的；就连看她的眼光，也是茫然的、陌生的。

在二楼，当她碰上江雪的时候，她眼里已没有了过去的那种敌意，而是一种淡然、平和。她甚至还主动地伸出手来，说："江雪，咱们以后就是邻居了。"江雪当时闷了一下，马上说："好啊，我们又是对手了。"上官笑着说："是对手。也是生意上的伙伴。"话虽说了，态度也和和气气，可各自心里，仍有一丝抹不去的阴影。

面对她，江雪眼里又出现了很多"蚂蚁"，她淡淡地说："是吗？但愿吧。"可接着，江雪突然说："你不见见任总？"上官倒也大大方方，说："当然要见。他在吗？"江雪说："在。他刚回来。你去吧，跟他叙叙旧。"一般到了这个话茬上，上官是会反击的，可这一次她没有这样做。她只是沉默了一下，说："那好，我上去了。"这样一来，反倒让江雪非常失落。看着上官上了电梯，江雪站在那儿愣了很久。

上楼的时候，有那么几步，很难走的。虽然，她已不再需要停下来，定定神了，可临进门时，她还是深深地吸了一口气。这对她来说，也是个考验。

她进门后，任秋风一下子愣住了，有很久没有说话。上官就很主动、很自然地说："任总，您好。"

这一声"您好"，把任秋风喊醒了，同时也拉开了应有的距离。

此刻的任秋风，像是伸手要拿什么，可手动了一下，不知怎的就碰翻了一个茶杯，又赶忙去抓……话说得也有些语无伦次，他说："你……回来了？好，好啊。最近怎么样啊？我也是刚从美国回来……怎么，听说你到那个、东方商厦去了？"

上官说："谢谢你的关心，我很好。我就是来告诉一声，我到东方商厦去了。以后，咱们就是邻居了，也希望能成为商业上的伙伴。"

任秋风"噢"了一声，很大度地说："太好了。有很多事都可以联手做嘛。说实话，现在这边摊子大了，光连锁商场就三十五个，需要人手啊！你要不走，多好。"

上官笑了笑，说："你这里，新人很多。我都认不得了。"

任秋风说："是啊是啊。这边，最近进了一批人。有一个叫什么什么，你看我这记性，噢对了，叫梅花，胡梅花，太像你了，长得也像。当然了，人才不怕多，多多益善……"说着，他顺手拍了一下地球仪，像是忽然又想起了什么，"有什么困难吗？要不要我帮你呀？"

上官说："谢谢。不用。"

任秋风很有些意味地说："是啊，如今，你也是当家人了。"

上官说："我不过是人家聘的总经理……"

任秋风没等她把话说完，就说："你有顾虑吧？你是不是以为，这边会对你搞手段？会搞恶意竞争？这你放心，不会的。我可以向你做出保证。"

上官说："我知道你不会。你不是这样的人。可我既然回来了，在生意场上，总要见面的。所以，我主动来了。"她心里说，我来看你，是想看一看自己，看一看岁月，也看一看，一个人的定力。她必须正视"过去"。

任秋风一怔，有点伤心地说："好啊，好。总算，给我了一个，客观评价。那咱们就立一个君子协定。"

几分钟后，两人突然都沉默下来，像是不知道该说什么了。只有桌上的电话不停地响，几部电话轮番响着；继而他的手机又响了，可任秋风就是不接。过去的日子像水一样一下子漫上来了。

人在回忆中，心不由就软了。一刹那间，上官像是回到了过去，她轻轻地说："秋风，过去，我也有任性的地方，现在是同行了，请你，多谅解吧。"

任秋风抬眼望着她，像不认识似的，说："你大气了，也包容了。也许，失去你，是一个错误。"

上官说："过去的，不说了吧。你这边摊子大，也要注意身体。"

任秋风看着她，久久，说："咱们不能做夫妻了，也还是，朋友。你记我一句话，若是有一天，你想回来了，随时，可以回来。"

上官知道，她不会回来了，绝不会。可她还是笑了笑，说："我记下了。谢谢。"

任秋风怅然地说："还记得，你说过要教我跳舞的。是四步吧？一、二、三、四，一、二、三、四。可惜，没有机会了。"

上官说："是吗？好像是华尔兹，三步吧？"

使他们戛然而止的，是一阵急促的电话铃声。当电话铃声再次响起的时候，两人都愣了。

这时候，任秋风突然显得有些气急败坏，他猛地抓起话筒，气冲冲地吼道："什么事？说！"接着，还没听两句呢，他又吼起来了："我告诉你，屁大一点事就找我？干不了辞职！"说着，"啪"一下，把电话撂了。

　　紧接着，当有人敲门时，也许是下意识的，任秋风先是说了一句：进来。可当一个年轻人抱着一摞子文件推门走进来的时候，任秋风却像是疯了一样，一拍桌子，厉声说："出去！谁让你进来了？"

　　那年轻人脸一红，很狼狈地愣了一下，又灰溜溜地退出去了。

　　等那年轻人走后，任秋风突然觉得有些过分了。他挠了挠头，说："你看你看，怎么搞的？对不起啊。"

　　上官默默地望着他，说："你，像是换了个人。"

　　任秋风说："是呀是呀，这段有点累。我这个人，急躁……"

　　上官不想再说什么了。她说："还是……保重吧。"

　　任秋风想把他弄僵的氛围转换一下，就笑着说："这样吧，两个老总，一起吃个饭吧？"

　　上官却很礼貌地说："你忙。改日吧。"

三

　　上官上任两个月后，就面临良心上的一个抉择。

　　有一件事，从新任总经理的角度说，她是可以不管的。但从良心上说，她又不能不管。其实，上任没几天，她就被人包围了。前任总经理搞改革裁下的三十八个人，一下子压在了她的头上。

　　上官接手后，并没有裁人。她只做了两件事。第一，她提出了两个字：诚信。她让人在省城各家报纸做了广告，广告上打的也是两个大字："诚信"。下边，对于诚信的注解是：凡是在东方商厦买到的物品，半月之内，如果不合适，可以无条件退货。第二，她让人拆掉了所有的柜台，摆出所有的商品搞自助销售，每一个顾客都可以随意地挑选商品。当时，部门经理们害怕会造成恶意退货，问她如果出现这样的情况怎么办。上官说，咱们要相信顾客，然后顾客才会相信咱们。至少要试一个月，恶意退货的比例只要不超过百分之五，就说明可以进行下去。可执行不久，商场的生意就明显地好起来了。

然而，前任老总裁掉的三十八个人，如今全都找她来了。每天上班下班，她们都在门口等着，她走到哪儿就跟到哪儿。夜里，她们就站在上官的门外，让上官非常头疼！况且，这三十八人多数是中年以上的妇女，家里上有老、下有小，一个个哭哭啼啼的，让上官心里很是不忍。为这件事，上官专门打电话请示了董事长老刀。老刀说，人不能太善，太善就没有自己的活路了。上官说，人到中年，她们再找工作不容易，是不是把"劳保"都给她们办了，让她们老了有个依靠。老刀说，这回我不听你的了。有再一没有再二，谁也不能保人一辈子。你说是不是？上官手里拿着电话，沉默了一会儿，挂了。

虽然她觉得老刀说的也有道理，可上官还是想尽一点力。

一天傍晚，上官路过附近一个新建的菜市场，菜市场正在招租。原来这个地界的菜市场都是零摊，最近市里搞统一规划，专门批地建了这么一个菜市场，要求所有菜贩一律进入市场摆摊销售。上官灵机一动，主动上门去跟人洽谈。由于菜市场是新建的，商户还没有进入，租用价格定了一些优惠条件。比如，一次性交清租用款的，可以优惠百分之二十。于是，上官当即动用了她作为总经理的备用金二十万，在菜市场搞了个海鲜批发门市部。

后来她发现，这件事做对了。这也多亏了她在大连的经历。她想菜市场不一样可以搞海产品销售吗？她在海边上待的那几个月，不但使她明晓了人间世相，也使她对海产品有了一些了解。在大连读研究生时，她每天都路过一个海产品市场，知道那里的市场行情和批发价格。上官受了启发，决定当晚就跑一趟大连。

在大连的海边上，上官受到了她自己都难以想象的欢迎。当她再一次走进那个海湾的时候，渔民们先是一愣，而后纷纷向她招手。有一艘刚进港的渔船，居然为她拉响了船上的汽笛！老谢见了她，就像是见了亲闺女一样，一下子就把她抱住了！他们还是叫她"官总"，说官总你回来了，这次你一定要上家里吃顿饭。海边有几十家渔民都争着请她去家里吃饭，没争上的人家，还差一点打架，多亏老谢现身劝解，才算解了围。老谢说，这样吧，一家不落，各自带上做烧烤的家什，都到海边上来，咱搞个大聚餐！

当晚，当一轮明月升起来的时候，在老谢的带动下，这条海湾的几十户渔民在海边的沙滩上搞起了一个点着篝火的聚餐会。他们在沙滩上燃起了三堆篝火，一连摆出了十几个烧烤架子，拿出了他们各家从海上打上来的最好、最新鲜的海货，还一一摆出了酒、水果和其他各样吃食，来款待他们的"恩人"。这天晚上，他们一次次地给上官敬酒，可上官不会喝酒，这些酒最后都让老谢喝了。老谢一直在旁边护着她。老谢酒喝多了，逢人就说，这是我闺女，告诉你们，是我干闺女！对渔家的热情，上官也非常感动，于是就主动站起来唱了一首歌……后来，当酒至半酣时，上官给渔民说了她的来意。渔民们一听说上官要做海鲜生意，马上就答应下来，而且说只要官总一句话，只要有她二指宽的条子，他们就可以先供货，卖完付账！于是，上官临时决定在大连成立一个海鲜供应站，就让老谢当站长。老谢说，闺女，我是个老杀才，都六十了，你看我还有用吗？上官说，谢叔，你是这方面的内行，当然有用。这一声谢叔，把孤身一人的老谢喊得满脸挂泪，他当众又喝了一碗酒，当场应承下来。

这天夜里，上官又独自一人在海边上走了很久。夜深了，夜幕下的大海像缎子一样柔和，远处的海面上闪着点点渔火；大海是那样平静，那平静，竟有一种石破天惊般的美丽！在天尽处，天上的星光与海色连成了一体，那墨和蓝的连接，是一条似有若无的弧线，那就是回返往复的终极吗？近处，海浪轻轻地拍打着堤岸，碎碎的浪花在礁石上一白一白地亮着，就像母亲在拍打睡梦中的光屁股婴儿。那墨色的、梦境一样的海又一次感动了她，不知怎的，上官突然热泪盈眶！经过了那场残酷的风暴之后，她为大海的宁静感染了。不知为什么，她竟有些害怕这大海的宁静。

片刻，她掏出手机给远在北京的陶小桃拨了一个电话。她说，小桃你还好吗？小陶说，还好。上官说，你那一位呢？他对你好吗？小桃说，好。上官说，看你不怎么高兴啊？小陶说，还行吧，我还行。他，出国了。上官说，是吗，那你呢？小陶说，我还没想好呢。上官说，我想你了。你回来吧。小陶说，我回去干什么？上官笑着说，回来吧，回来跟我卖鱼。小陶在电话里沉默了很久很久。上官说，还记得咱们的约定吗？我是当真的。你快回来吧。小陶说，你让我想想。

回到省城后，上官把那三十八个被东方商厦裁掉的人召集在一起，开了个会。在会上，她说，在座的都是兄弟姐妹。我知道你们上有老下有小，在各自的家里都是担着一份责任的。中途离岗，会有很多困难。所以，我决定一个不裁。只是给你们转一个岗位。你们还是东方商厦的人，变的是经营的范围。多余的话，我就不说了，要珍惜这个机会。最后，她说："亲人们，作为商人，我们什么都可以卖。只有一种东西，是不能卖的，那就是：良心。"

当时，说得这些人眼泪汪汪的，一个个心里都存了争一口气的念头。此后，这些人，除了个别办病退手续的，全部被她安置到了新开张的海鲜门市部。

四

在北京，陶小桃与爱人靳永强的感情上出了问题。

谁都想象不到，陶小桃到北京后，一直窝在一个租来的、不足十平方米的小屋里，给靳永强做了七个月的饭。

这时候，靳永强的博士已上到了第三年，眼看就要毕业了，可他的博士论文却一直通不过。所以，他非常焦躁。他给陶小桃写了很多信，信的末尾都是快来吧，你快来吧。可陶小桃来了之后才发现，身为博士研究生的靳永强生活非常困难，几乎到了吃了上顿没下顿的程度。他家是四川农村的，家景原还说得过去，但把一个娃子从大学生供到博士需要十年的时间，这个农民家庭，已经到了砸锅卖铁的地步。陶小桃的到来，成了靳永强的及时雨。

这些年，陶小桃是挣了一些钱的。她为爱情而来，自然是倾其所有。来到北京的第二天，陶小桃就开始学着下厨做饭了。开始的时候，他们也经常出去吃，到后海，到三里屯，可一月下来，房租费、水电费加上花前月下的费用，竟花了五千多！可这五千多，靳永强从来没有掏过一分钱。他没有钱。他说他有一肚子学问，却没有钱。陶小桃是理解他的，她发现这是一个很爱面子的人，所以，从来不跟他提钱的事。只是再也不敢轻易提出去吃饭了。她开始精打细算，出门买菜时也跟小贩们讨价还价。另外，他每次出门前，在头天晚上，陶小桃都会在他的衣兜里偷偷塞上一些钱。这后来也成了习惯，靳永强每次出门都会下意识地按一按屁股上的后兜，这么一按，他就满意了。会回过头来，抱着她亲一下。有一次，陶小桃大约是忘给他塞钱了，靳永强出门时什么也没说，就勾着头走了，只是一天都不说一句话。陶小桃问他怎么了，他说没怎么。问得紧了，他说头疼。可小陶关切地去摸他的头时，他却粗暴地把她的手打掉了。这一晚，小陶哭了。过了一阵，他又来哄她，说对不起哈，我心情不好。她问他，是论文的事？他说，不是。她说，那是什么？他说，没什么。我一个穷书生哈，还能有什么？这时候，小陶才明白，出门时，她忘了给他装钱。小陶也替他难过。是啊，一个大男人，出门怎能没有钱呢？

在北京，离了钱寸步难行。当两个人的日子由钱来编织的时候，生活上就出现了很多漏洞。小摩擦是天天都有的。两人从来不提钱，甚至不说与钱有关的一个字，但其根源都是钱。钱像是一把锯，常常，悄没声地，就在心上拉一道小口子，汩汩流淌着带血气的焦灼。靳永强当然喜欢吃川菜，但川味是要各种作料齐全的，所以无论多么努力，小陶总是不能达到靳永强的要求。这人，不高兴了他也不说，让你猜。在北京的这段时间里，小陶没有上街买过一次化妆品，她把能省的，都省下来了。有一次，小陶站在镜子前看着自己，说你怎么成一个伙夫了？不过，小陶也常常在心里鼓励自己，屋里没人时，她会大声说：面包会有的，一切都会有的。

国庆节那天，靳永强跟小陶商量，说小陶做的鱼好，想请导师吃顿饭。小陶说，导师什么没吃过？去个地方吧。靳永强想了想说，行，就去一哈。小陶说，也不能太差了，后海？靳永强闷闷地说，行，就后海哈。小陶看他勉强，说要不去老莫？你不说宋老喜欢西餐吗？靳永强说，他在莫斯科待过五年。往下就不说了。老莫很贵，他们都知道老莫贵，还要提前预订，可往下他们两人都不说了，一说就有可能碰到那个字。这样，就苦了小陶了，她连莫斯科餐厅在什么地方都不知道，只好趁靳永强上课时，自己一路跑着、打听着去订座。待一切订下后，临去之前，靳永强突然说，有件事我得给说一哈。小陶说你说。靳永强说，导师哈，喜欢喝红酒，他喝酒时有个毛病哈，也不是什么大毛病。小陶看着他，等他说下去。靳永强吞吞吐吐地说，导师有个小毛病，见了漂亮女孩哈，只要喝两杯酒，喜欢扯手手，拉人家的手，不放。小陶就看着他，看了一会儿，说你的意思是……靳永强说，拉一哈就拉一哈，拉拉手哈，也没别的，顶多来一吻手礼。接着又说，你别穿裙子，他喝醉的时候才拍腿哈，我不让他喝醉。这时候，小陶望着他，说，你把我卖了吧。他说，这可是你说的，就把你卖了。这当然是一句玩笑话。

后来，在老莫，他们很节约很节约地花了一千七。导师西装革履，满头银发，看上去风度翩翩。可导师的手却黏糊糊的，像蛇。他坐下不久，就抓住小陶的手说，南方人吧？手这么嫩这么白，我可以吻一下吗？这时靳永强像个太监，在一旁怂恿说，这是俄式贵族礼节，亲一哈亲一哈。好在就要了一瓶红酒，导师还有些分寸。到十点钟的时候，靳永强出去了一趟，回来说，刚才师母打了个电话，说别让老师喝多了。导师噢了一声，看看两人说，年轻，真好啊！这才站起身。出了老莫，送导师上了出租，而后他们步行回家。

这也是陶小桃进京以来第一次逛北京城。

十月的北京，天已不那么热了，夜凉凉的，十里长安街可说是火树银花，一片灯的海洋。不尽的车流就像是火海里的游船，灿烂无比。车流哗哗地响着，走在路边上，他们就像是被那灿烂辉煌所抛弃的小岛，显得孤零零的。只有身在北京的外乡人，才会有这种感觉。靳永强一路拥着她走，不时小心翼翼地这里那里指给她看。走到人少些的地方，他忽然就蹲下来，说背一哈，我背你一啥。陶小桃明白这是他表达歉意的方式，就让他背一哈。小陶心疼他，背一段就自己下来走，说我想走走。就这么走一段、背一段，把小陶心里的郁积化解了。当晚，他们一直到十一点半才走到家。到家后，靳永强把自己往床上一扔，骂道：格老子，那龟儿子真不是东西！

此后，靳永强就很少回家了。他找各种理由，论文答辩哈，导师要他帮着查资料哈……一直"哈"到了刮大风的那天，她还被"哈"在鼓里。

在这一段时间里，小陶几乎成了北京的胡同串子。每到傍晚时分，她就一个人在七拐八拐的胡同里走，是一个人走。这里有各种卖小吃的摊位，也都是从外地来的京漂一族，他们都认识她了。卖油条的、卖豆浆的、卖煎包的，她一次次地从他们的摊边走过去。见他们都忙忙碌碌的样子，她心里很酸，很空。人们也都看出来了，她出来是接那个人的，她一趟一趟地走，就为等那个人，可她常常失望。有时候，走急了，也闷急了，她会步行跑到学校去，可到了大学里，她却又失去了见他的勇气。也许，他正写论文呢；也许，他正在图书馆查资料，不能打搅他。她只是在学校里走那么一圈，看校园里的灯光，看树，树下有双双对对的情侣，而后，又独自一人快快地走回来。

这时候，她身上带的钱差不多就要花完了。她想，无论如何得出去找一份工作了。先前，她很想出去应聘，可靳永强不高兴，也就罢了。可往下，老这样，也不行啊。

这天，突然刮起了大风，天昏地暗的，北京又起沙尘暴了。到了下午，突然有一拨一拨的人找上门来，他们各自手里都拿着一个条子，进门就说你姓陶？小陶说，对。我姓陶。他们说，老道你认识吧？小陶说，不认识。谁是老道？他们说，咦，怎么不认识？你们不是在一起住吗？旁边有人说，靳永强，靳永强就是老道。小陶一下就愣住了，老道？她还不知道他有这么一个绰号。于是她点点头说，认识。他们说，那就对了。然后，他们把条子一张张递到她手上，说拿钱吧。陶小桃接过条子一看，上面全是签有靳永强大名的借款，有五百的、七百的、八百的、一千的……原来，这些天，靳永强背着她，把凡能借的同学、朋友、老乡全借了一遍！而且说，他的钱马上就汇来了，借期三天，让他们三天后找陶小桃要。更糟糕的是，他竟然借了四川老家在京打工的一些民工的钱！民工们挣的都是血汗钱。最先找上门的，就是这些民工。

这时候，陶小桃的手机"嘀"了一声，她接到了一条信息，这条信息是靳永强临上飞机前从机场发来的。信息上写的是：我没想当恶人，终于还是做了。当欠债人无法面对债主时，他只有一条路，逃走。对不起了。久债总是要还的。

后来陶小桃才明白，这次出逃，靳永强是早有准备的。其实，他的论文答辩早就做完了。前一段，他不回家住，是偷偷在网上联系出国的事，他整夜整夜都在网上，一边查询一边等待消息，他的出国签证也是背着陶小桃偷偷办的。当一切办妥后，就是钱的问题了，他还缺一张机票。于是，陶小桃成了他留下来的一个人质。

让陶小桃痛不欲生的是，临走的那天晚上，他回来了一趟，回来就抱着她做爱，从厨房把她抱到床上。而后，两人躺在床上。他说你恨我吗？她摇摇头。他说苦了你了。他说，总有一天，我会报答你的。而后，又是做爱，一次比一次狠！她还以为分别了一些日子，他是熬得紧了；她还以为他在学校里苦读呢；她还以为他是离不开她……原来，这一切，都是他计算好的。

这个打击太大了！这个打击几乎是致命的。陶小桃又气又急，一下子病倒了。她在床上一连躺了三天，高烧烧到了三十九度五！第四天，陶小桃带着满嘴血泡挣扎着爬起来，给上官打了一个电话，要她速寄人民币两万元救急。

几天后，陶小桃替靳永强——还清了债务。她是提着皮箱来的，又提着皮箱走。在她的皮箱里，她带走了二十七张欠条。这是她来京七个月唯一的收获。

五

回到省城，陶小桃整整在床上躺了一个多月。

爱了一场，她的气力好像是用尽了。人就像是瘫了一样，整日里昏昏沉沉的，像是在梦里。

躺在床上，她不得不承认，她是一个失败者。于是，她不断地向自己发问：我究竟错在哪里？北京的日子，像底片一样一帧一帧地出现在她的眼前，那些耳鬓厮磨的时光，有多少是真实的？就像是第一次学着做饭，她竟然把自己当成了一条鱼，在平底锅里用小火煎了七个月？！

她一次次地检讨自己，奔他而去，是不是有虚荣的成分，是不是看中了那个"博士"的头衔？好像也不尽然。可是，要是把自己的灵魂剖开，做成切片亮出来，那一点点虚荣心还是有的。人在年轻的时候，总喜欢那些鲜亮的、耀眼的东西。虽然看重的不是金钱，但要从骨子里说，这也有那么点，世俗的东西。爱的收获，也就是一些信。二十七封信，最后换来了二十七张欠条。她也刚好二十七岁。多好，都是二十七。二十七成了她的宿命。

想想，人有时候很傻，傻到了视而不见的程度。要是有的人，也许早就觉察出来了。是啊，要是往深处查寻，她发现有些蛛丝马迹是她一直没有注意的。比如说，原本在通信中，靳永强一直有出国的念头，但自从她去了之后，他就再也不提了。比如说，他很少让她见他的同学，当有同学找上门的时候，他总是很快就把人领出去了。但是，情感上总有些说不清也想不明白的东西。那一次一次的爱抚，也不全都是假的。她也记着他的好，他高兴了就说，背一哈，而后就背着她满屋转。他的确是太压抑了，他是被穷压垮了。

细细想来，这还是她的错。她一进京就把他的生活全包下来了。她觉得她是为他好，可她从来没有想过他的感受。记得，刚去时，他眼里是有傲气的。后来就再也看不见了。他眼里的傲气没有了，有的是急躁，是戾气，是躲躲闪闪，有那么一段，他的眼神是很奇怪的。现在她明白了，那仿佛就是耗子见了猫的神情。他不说那个字，不等于他心里没有那个字。也许，那个字刻得太深了。刻得深，就伤得重。后来，他每次回来，都要在外边转一圈，迟迟不进门。当时，她还以为他在思考问题呢，他在准备论文呢。其实，那时候，他就怕进这个家了。她还是有点心疼他，他太不容易了。在最后那个月里，他心里装了那么多事，却一直瞒着她，他瞒得好苦！记得有一次半夜醒来，看他睁着眼，她说你怎么不睡？他不吭。俩眼瞪着，就是不吭。她吓坏了，使劲摇他。他翻了个身，说怎么了？她说你没事吧？他说没事。她说你怎么不睡？他说我睡着了，我是睁着眼睡的。她居然信了，说从小就这样吗？他说从小就这样。说完后，他突然满脸是泪。他说，我欠你太多了。欠这么多，怎么还呢？七个月来，这是他第一次说与钱有关的话。他就这样骗她。纵然是骗了她，如果要她原谅他的话，只有这一点是可以原谅的。

爱是可以生恨的。到了最后，他恨她。他心里肯定是这样想的，既然欠了，就欠到底吧，就当一个无赖吧。这就是他报复她的手段！

她的总结是，她太软弱了。这是她的致命伤。从小到大，她都是一个甜丫头，她不会说"No"，只会说"Yes"。她要想站起来，必须从说"No"开始。

回到省城后，上官一连来看她了三次。第一次来看她，小陶躺在床上，一句话也不说。上官说你是不是想当西施？减肥还挺成功的。就这么说着说着，把她说笑了，上官也笑了。她们二人眼里都有很多话，谁也不说，似乎也不用再说。那岁月写在脸上，还用说吗？第二次来看她，见她仍在床上靠着，上官说，你的千金玉体，还没歇过来呢？她又笑了。上官也看着她笑。关于靳永强，上官一句也没有问。还用问吗？到了第三次，小陶一看见上官就流泪了，她满脸满脸都是泪。她流着泪说："那人，我把他伤了。"

上官说："女人就像是蛾子，扑着火就去了。结果是两败俱伤。他伤了你，你还送他出去。是你把他送出去的吧？"

小陶说："是。"

上官说："这会儿，伤透了？"

小陶说："伤透了。"

上官说："那我得谢谢他。"

小陶说："是得谢他。他给我上了一课。"

上官说："他要把你带走了，我可怎么办呢？"

小陶说："遗憾的是，他带不走。"

上官说："这人，真是拿得起放得下。"

小陶说："是呀，我后来才知道，他有个绰号，叫老道。"

上官笑着说："你养了个老道？"

小陶说："可不。我就是这命。"

上官看了她一会儿，说："跟我卖鱼去吧。"

小陶摇摇头，沉默了很久，说："上官，我不行了。我再也过不了这一刀一刀的日子了。你看见了吗？到处都是欺诈，到处都是骗局，那日子，生生就是抢的、夺的。生活，成了一幕幕的演出。我太累了，不想再扮演什么了。真的，我累了。你让我想想吧。"

上官长长地叹了口气，说："好吧。你再休息一段。"

六

这天一大早，上官又被人包围了。

本来，早起上班时，上官的心情还是蛮好的。商场已走上了良性发展的轨道，那三十八个下岗女工也已安置好了，心里也就松了口气。另外，对小陶的悲观，她也是不完全赞同的。她觉得，一个人在生活中，还是需要信心、需要勇气的。小陶心善，这一次，她是伤得太重了。她想再找个时间，跟小陶好好聊聊。

心一松，这眼也自由了。走在路上，上官发现，大街上又有了很多变化。经常走的这条马路，又在加宽；又有一些高楼，像丛林一样长起来了。街口上的红绿灯，东西向加到了六十八秒，南北向二十五秒，时间一直在跳，跳得人心慌。那些车像鱼群似的，也不知将游向哪里，只要一变绿灯，哗一下就泻出去了。来往的行人，一个个眼里都写着焦急，谁也不愿多等，没有人愿等。人，在路口上，就像是站在起跑线上，那跳着的"秒"成了等待中的一声枪响。也许，煎人心的，就是那一跳一跳的"秒"……上官笑了。她想，急什么呢？

拐过一个路口，上官突然听到了一曲悠扬的乐声。那是《梁祝》。在这样的街口上，居然还有《梁祝》?! 上官扭过头去，她发现在街边的一小块空地上，有个盲人在拉胡琴。盲人屁股下坐着一个马扎，胸前束着一条油布围裙，竟然一个人干着五个人的营生！他一边拉着胡琴，在拉琴的左手上，还牵着两根绳子，绳子上一边拴的是鼓和镲；他的右手指上也挂着两根绳子，绳子牵着打板和小锣；他的左脚上也还戴着一个绳套，绳套上连着一个木鱼。这真是让人难以想象，一个盲人就组成了一支乐队！盲人拉得真好，那旋律在秋天的早晨飞扬，每一个过路的人都忍不住停下来看一看。爱情，那伤人的毒药，在这里成了有情有义的诉说，成了让人向往的、迷恋的一段往事。上官停下来，默默地望着他，只见他坐在那里，全身都在动着，就像那些乐器全长在他身上一样，该锣的锣，该镲的镲，一声鼓响，两下木鱼或打板，多么自然，自然得让人着迷。他的头随着乐曲的节奏一晃一晃地摇着，他头上已经有汗了，那汗珠在他额头的皱褶里一汪一汪地亮着。他什么也看不见，却像是什么都看见了。换曲子的时候，他的嘴吧嗒了一下，嘴角上扯出了一丝笑意，拉完了《梁祝》，转过来就是《好人一生平安》。这虽然是一个盲人，可你看他是多么健康！你不能不为他叹服。他的光在心里，亮也在心里。日子，用心里的光照着，不正在继续吗？

于是，上官很虔诚地走过去，在那个小盆里放下了十块钱。这不是钱，是一份敬意。

走过这个街口，上官禁不住一次次地回望。那乐声仍在继续着。她发现，在离盲人不远处，还坐着一位中年妇女。过一会儿，那中年妇女把盆里的钱收去了。她收钱时，还给盲人说了几句什么。上官想，这就真实了，完整了。这就是日子。那女人，大约是他的妻子吧。

可是，当上官来到商场门口的时候，她的心情一下子糟透了。只见那三十八个女工，像树一样，全都在门外立着！天啊，她们又回来了。她们一个个叽叽喳喳的，脸上带着很沮丧的表情，正议论着什么。只听一个女人大声说："人要是倒了霉，放屁都砸脚后跟！"

上官问："这是怎么了？"

一时，那些女工全围上来了，乱哄哄地嚷着说：不干了，我们不干了！你让我们还回商场吧！上官的脑海里"嗡"的一声，像是炸了似的，她说："慢慢说，到底怎么了？"

人们七嘴八舌地说着，埋怨着，吵成了一锅粥，上官火了，说："这么多人，让我听谁的？一个一个说！"

这时，只听那个快嘴的女人说："鱼，鱼死了！"——她说的鱼，其实是空运来的海鲜。

上官一惊，说："什么?!"

快嘴女人说："鱼，二十箱，全死！"

上官说："全都死了？"

快嘴女人说："没有一条是活的。"

这时候，女人们全都望着她，又七嘴八舌地嚷嚷起来，一个个抱怨说她们从来没有卖过海鲜，她们也不知道这卖鱼的活儿该怎么干。这不是坑人吗？这第一宗生意就亏了，往下还怎么干？不干了！

接着，竟然还有人嘟哝说：八成，她是骗咱的。咱不卖鱼，咱还回来！

这些女人吵着嚷着，一下子把上官逼到了死角里。她已无路可走了！于是，上官拨开众人，抬腿就走，谁的话她也不听了。

上官在前边走，那些女人就在后边死死地跟着她，还有人喊：哎哎，别让她跑了！

上官哭笑不得。她只有硬着头皮往前走，领着她们重新回到了菜市场。而后，她独自一个人进了那海鲜门市部。那些女工袖着手，全都立在了门口。大约有半个钟头的时间，只见上官系着一条围裙，端着一个大盆子走出来，她对众人说："看，有一条是活的。"

众人都围上来了，的确，有一条是活的。二十箱，活了一条。从箱子上的标注看，那是一条左口鱼，活的是眼。那鱼眼动着，鱼鳍动着，像是在发问，又像是在嘲笑什么。

上官站在那里，闷了一会儿，深深地吸了口气，对着众人，也像是对自己，说："鱼死了，人是活的。让我们重新开始吧。咱们要一个环节一个环节地查，查一查看问题到底出现在哪里。大家都想想办法。"

在这么一个早晨，这些倒霉的女人像是被她感染了。她那么漂亮的一个人，当了老总了，就站在那里，围着一条围裙，竟然说"重新开始"，这话不知怎的就让人踏实，让人坚强。那么，也只有听她的了。只有那快嘴女人说："老天，这飞机上的事，谁知道呢？"

上官说："那就从飞机查起。"

就此，上官的飞机生涯开始了。

第十九章

一

老硬给苗青青送了两只狗。

这两只一窝，是纯英国种约克夏狗，袖珍型的。最初，老硬打电话的时候，苗青青说不要，我单身一人，自己还养不好呢，养俩狗算怎么回事。你是不是想拴住我呀？你要想拴我也好办，你离婚就是了。老硬说，废话，你不要就算了。这狗比人贵，一只上万！你到底要不要？苗青青说有这么贵吗？那你抱来吧，抱来让我看看。

狗送来的时候，苗青青一看就喜欢上了。狗才出生十多天，小不点点的，那毛像丝线一般，又光又亮又长；鼻头黑黑的，腻腻的，像缎子；那耳朵尖尖的、小小的，像是两个倒着的 V；俩眼圆得像葡萄，煞是可爱。两只狗是用一只精编的小篮子提来的，篮子下边铺着黄缎子做的小褥子。它们卧在里边，互相依偎着，样子很乖。苗青青蹲下来摸了摸，而后扑到老硬身上亲了一下，说我要我要。

老硬说，这狗可是英国种，出了满月要价就是一万。它的特点是对人友善、温顺，活泼热情，平日还爱撒个娇。最重要的一点是，它对主人绝对忠诚。要不，我也不给你送。苗青青说，你又不是养狗专业户，怎么知道这么多？老硬笑着说，就是那养狗专业户告诉我的。他养狗发了财，想在报纸上发篇文章，吹吹他的狗，也就是软广告，你得空给他写两句得了。

苗青青的心思还在狗身上，她把两只小狗抱在沙发上，摸了又摸，拍了又拍，喜不自禁，说：“这狗有名吗？得给它起个名。叫啥呢？老硬你说。”

老硬挠挠头说：“狗是你的了，你起吧。”

苗青青用有点撒娇的口吻说：“叫什么好呢？那干脆就一个叫‘老硬’，一个叫‘老软’吧。”

老硬听了，勃然大怒：“不许这样叫！你可不能这样叫。开玩笑！我告诉你，玩笑不能乱开。——像话吗？传出去影响不好！”

苗青青站起身来，像哄孩子一样拍拍他，说：“好，不叫就不叫。看把你吓得。”

老硬仍然担心她到单位会乱开玩笑，沉着脸说：“你这人，没个深浅。我可警告你，到了单位，千万不能乱开玩笑。这玩笑开不得！”

苗青青也装出半恼怒半撒娇的样子，说：“你这也不让叫，那也不让叫，你起。你给起个名？你要起不来，我就叫老硬。老硬老硬老硬！”

老硬的头发不多了，前脑门就靠一绺头发罩着，那一绺头发是用摩丝粘上去的，一不小心就秃瓢了。他又小心地拢了一遍它们，而后说：“叫我说，名字越简单越好。干脆，一个叫蓝蓝，一个叫黑黑。”

苗青青说：“什么呀，你这也叫名字？太俗，俗不可耐。”

老硬说：“好，我俗，我俗。你起吧。”

苗青青在屋里走了一圈，先是进了厨房，而后拿着一根香肠走出来，说：“我已经想好了。既是英国种，就给它起个英国名字吧：一个叫尤里，一个叫西斯，合起来就是尤里西斯，名著。好吧？”

老硬的心放下了，连声说：“好好，到底是报社一支笔，这名字好。”

苗青青拿着那根剥开的香肠放在狗的嘴边上，说：“吃吧乖乖。好乖乖。快吃呀尤里、西斯。”

老硬说："这狗娇贵，它不吃香肠。"

苗青青一怔，说："那它吃什么呀？"

老硬说："养狗的说，没出满月的时候，喂它牛奶、蛋黄、肉松。出了满月，就可以喂些狗粮、牛肉什么的。噢，对了，忘了告诉你，这狗每天必须给它刷毛、洗澡。"

苗青青说："这么麻烦？它要是屙了尿了，怎么办？"

老硬说："不麻烦。那养狗的说了，它会自己上厕所。不过，你得教它。这狗还有个好处，短距离活动活动就可以了，不用专门去遛它。"

苗青青摇着头说："哎呀，太麻烦太麻烦了。我这人最怕麻烦。"

老硬说："你要不想养，我送人了。"

苗青青说："我养，我想养。可我又要出差又要采访什么的，怎么办呢？"

老硬说："这也好办，雇个保姆就是了。"

苗青青说："你也太离谱了吧？给狗雇个保姆？！"

老硬说："看你这话说的，怎么是给狗雇保姆呢？你这不正缺个打扫卫生的吗？平时给你做做饭、洗洗衣服什么的，捎带着就把狗喂了。"

苗青青一听，也对。就又扳着老硬的肩膀撒娇说："好吧，好吧。你给我找，你给我找一个。"

老硬说："这还不好办？回头我让人给你找一个。狗你放心，找了人让她先上养狗专业户那儿学两天。"说完，老硬抱住苗青青小声说，"怎么样？奖励一下？"

苗青青听他话里藏着什么，就脸一红，回道："你才狗呢。奖励你什么？"

老硬是山东人，老硬说："整（亲）一个。你知道该奖励什么。"说着，他抱着苗青青亲了一下，而后一把把苗青青抱起来，朝里屋走去。

苗青青弹着两腿说："你坏你坏，你就是个喂不饱的小狗，不，老狗！"

两人刚躺床上，正亲亲热热地扒衣服呢，老硬的电话响了，是老硬的老婆打来的。老硬给苗青青示意了一下，他坐起身子，人绷得像弓，一张脸陡然严肃起来。老硬对着电话很郑重地说："嗯，怎么了？嗯，等就等呗，我在会上呢，正开一个很重要的会议。嗯，现在回不去。我告诉你，我在开会！让他等着吧。几点？这不好说。嗯，就这吧，就这。"

苗青青斜身望着他，吃吃地笑着说："你说谎都不带编的。"

老硬脸上的严肃还没褪下来，虎着脸说："笑什么？看我不收拾你！"说着，就身子一翻，扑上去了。

不料，这时候，小狗叫了一声，苗青青把老硬从身上推开，一骨碌爬起来说："狗不会尿沙发上吧？"

老硬有点急，说："不会。这是贵族狗，不乱尿。"

可苗青青还是披衣下床，看她的尤里、西斯去了。过了一会儿，苗青青手里点着一支烟，闷闷地走回来说，"我今天没情绪，你走吧。"

老硬裸着一个大肚皮，一丝不挂地在床上躺着，他怔怔地望着苗青青，说："你怎么猫一会儿狗一会儿的？"

苗青青冷着脸说："我就这样。你家里有人等，你回去吧。"

二

只从有了尤里和西斯，苗青青的生活一下子变得充实了。

她除了上班之外，剩下的时间，大多花在狗身上了。一早一午一晚要喂狗，一次还不能多了，多了就馊了，狗就不吃了；满月后，有时候从商店里买来的狗食，这些狗不大爱吃，就买些牛肉、猪肝之类给它调剂一下，每次都得用刀剁碎了，用牛奶面包拌一拌它才吃。喂了还要遛，狗在屋子里憋了一天，都急着出去呢，要呼吸新鲜空气呢，要见阳光呢，于是就买了两个专用的狗项圈，拴上绳子牵着在院子里一趟一趟遛。遛了还要给狗洗澡，狗也喜欢在浴盆里洗，一般都是尤里先洗，接着是西斯，西斯有意见了，就隔天一换；洗的时候水不能太凉，也不能太热；洗了之后得赶快拿毛巾擦干了包上。等给西斯洗完了，一块儿用吹风机吹，吹了之后是梳，先粗梳后细梳，梳了之后一只只放到沙发上，教它们坐、站、起立之类。当然，狗也会生病。每过半个月，还要去一趟狗医院，给尤里西斯检查一下身体，打打预防针之类。有时候，下了班刚好有人去办公室给苗青青说点什么，可正说得高兴呢，苗青青会突然站起来，说不行不行，我得回去，尤里等着呢。人家问她，尤里是谁？苗青青就说，还有西斯，我的小乖乖。

等有了保姆之后，苗青青就轻松一些了。可一些细活，苗青青只要在家，还是她自己亲自动手干。比如给尤里西斯洗澡吹风梳理之类，都是苗青青亲自做，她嫌那从乡下来的小姑娘洗不干净。有时候，苗青青出差在外，无论多忙都要给家里通个电话，问问尤里怎么样，西斯怎么样，问吃了没有，胃口怎么样，洗了没有，吹了没有。待叮嘱一些注意事项之后，苗青青最后会说，尤里呢，让我给尤里说几句。小保姆就把尤里抱到电话筒前，苗青青就说，尤里尤里，你想我了吗？尤里就汪汪叫两声，苗青青就说，好了我听见了，尤里听话，尤里乖。而后又说，西斯呢，让我给西斯说几句。小保姆又把西斯抱到电话机前，苗青青说，西斯西斯，你乖吗？想我吗？西斯也汪汪叫几声，苗青青就说，好，乖西斯，好西斯。这以后，次数多了，就成了惯性，只要苗青青不在家，电话铃一响，尤里西斯就会跑到电话机跟前，汪汪汪地叫。

时间一长，有时候，连老硬也会吃尤里西斯的醋。老硬每次来，都会打发小保姆去遛狗。因为小保姆是老硬给找的，工资也是老硬给发的，所以小保姆很听他的。可是，每当两人要欢乐的时候，只要听见狗咬声，苗青青马上就会拉开后窗大声问："尤里呢，西斯呢，没事吧？"这时，老硬就酸酸地说，你看，我还不如狗。苗青青说，你又不是畜生。老硬佯装恼怒，说你这话咋说的。苗青青就笑着说，行行，你是畜生。于是苗青青就赶忙回过头安抚他，两人就"动物"一番。

很快，老硬发现，尤里西斯居然改变了苗青青的性情。原来，她是一个很焦躁的人，好好的，说翻脸就翻脸。可自从有了尤里西斯之后，她一下子变得温柔了，平和了，有一种母性的东西被唤醒了，更有女人味了。有了尤里西斯，两人要说的话也多了。这样，老硬来的次数就多了。养狗就像养孩子一样，总有很多事情。于是，尤里西斯就成了两人之间的沟通媒介。老硬名义上是看狗，实际上是看人。来的次数一多，两人不免日久生情。老硬是个有情有义的人，他知道自己没法离婚，就借着一个机会，给苗青青提了个副总编。客观地说，论水平，论能力，苗青青也是该提的，她是报社一支笔嘛。可是，提了苗青青，却引起了报社的轩然大波！按说，两个人的事情，是没人知道的，可报社的人都知道，于是，一些想提拔的中层就一起恨上了老硬，他们私下里收集了一些老硬的材料，偷偷地把老硬给告了。

这年秋天，苗青青刚搬到副总编办公室不到十天，老硬就被检察院的人"请"走了，一去再没有回来。听说，老硬这人，平时梆硬，可一到检察院就软了。他是该说的说了，不该说的也说了，吐得很净。仅男女关系一项，一下子就交代了九个！这话传出来之后，报社又是一场地震。男编辑看女编辑，男记者看女记者，眼里都多了个黄色的"?"。当人们说到"老硬"的时候，就有了更多的含义，那"硬"不再是一个稀有的姓氏，而是一个"状语"了。报社的才子们竟然还创造了一个歇后语：老硬进检察院——软儿吧唧。紧跟着，有很多当丈夫的不放心了，一个个把自己的女人请回家，就像审稿一样，一审再审三审，第二天上班，报社里上下一片哭声！女编辑、女记者一个个都痛骂老硬不是东西！一时间，老硬成了臭不可闻的人了。

这时候，苗青青倒是很冷静的。她每天仍然是照常上班，照常下班。上了班就一个人坐在自己的办公室里，不串门，不说话，就那么呆呆地坐着。报社的人，没有一个人在她面前提老硬，谁也不提老硬。

当然，她也被检察院的人悄悄地"请"去过，检察院的人对她还是很客气的，可客气归客气，他们还是问了老硬的一些事。苗青青都坚决否认。她说，经济上有没有问题我不知道。至于男女关系，硬总是个很正派的人，根本没有这回事。检察院的人提醒她说，老硬已经交代了，交代得很细。我告诉你，他不止你一个，你就不要替他隐瞒了。苗青青青着脸说，他交代是他的事，我什么都不知道。检察院的人再次诱导说，据说，他送你一条白金项链？苗青青说，没有这回事。检察院的人说，我们可是有证据的。你要说了，就算你检举揭发，我们不予追究。你要不说，查出来就是包庇罪了。苗青青说，没有就是没有，你去搜。人说，要是查出来呢？苗青青很决绝地说，查出来该抓抓，该杀杀，我认了。就这样，一直问到了深夜两点，苗青青不吐一字。检察院的人无奈，只好说你回去吧，回去好好想想。苗青青什么也不想，苗青青已经知道男人是什么东西了。

这天，苗青青刚进办公室不久，她泡了一杯茶，还没喝呢，就听"咚"的一声，办公室的门被推开了。只见一个十分憔悴的胖女人披散着头发冲进来，她进门就喊："谁是苗青青?！就你？你是苗青青?！"

苗青青愣了一下，说："是，我是苗青青。"

这女人两眼瞪着她，喝道："你是个婊子！"

苗青青说："你怎么骂人呢？"

不料，这女人往下骂得更难听了："你个狗娘养的！你个卖×货！你这会儿还排排场场地坐着，你可把我男人害了！"

顿时，苗青青听出来了，她是老硬的女人。苗青青很平静地说："嫂子，到这个时候了，你就不要再往硬总身上泼脏水了，没有这回事。"

这女人瞪着她，说："呸，你个浪母狗！没有？你敢说没有？都是因为你，我男人就毁在你手上了！呸呸呸，你为了当官，硬把我男人往你床上拽，你还说没有?！"

苗青青脸都白了，仍然说："嫂子，你听我说，没有这回事。硬总是个正派人，你不要相信。"

这女人指着苗青青的鼻子说："呸呸！谁是你嫂子？你个贱货，你就是个狐狸精！你就是个害人的苏妲己！你就是个婊子！你就是个千人骑万人日的货！"

苗青青眼里闪着泪，说："嫂子，你不要听人挑拨。真的没这回事。就是退一万步说，男人是能拽到床上去的吗？"

这时候，忽的一下，这女人像是拔出了一柄长剑，那是她陡然间从包里抽出来的电话单子。那一长串打印出来的电话单子越扯越长，像一道白绫朝苗青青身上飞去！这女人的嘴也像机枪一样射出了无数颗子弹："没有？你敢说没有？你敢说没有？这是什么？这是什么？这是什么？！都来看啊！这个狐狸精，这个不要脸的，把我一家人都毁了！钱呢？说他受贿三百万，钱在哪儿？塞你×里了？！……"

门开着，楼道里站满了人。那不是人，那是一排排挂肉的钩子！

苗青青一下子崩溃了。她在检察官的询问下没有崩溃，可在这个女人面前，在那一长串电话单子面前，她崩溃了。

三

苗青青是被人用救护车送进医院的。

她的心肌炎又犯了。等她醒过来的时候，她眼前是一片晶莹的白色，久久之后，她才看清，那是一个吊瓶，医生已经给她输上水了。又过了一会儿，她的手开始在床上摸来摸去，一会儿探探这边，一会儿又摸摸那边。站在一旁的护士问，你找什么？苗青青不吭，手慢慢缩回去了。再过一会儿，她又伸手去摸。那护士说，你别来回乱动，小心跑水。你到底找什么？这时，苗青青才低声说，我的手机呢？那护士说，你早说呀。说着，她从床头柜里拎出一个包，拉开拉链，从里边掏出手机递过去，说是你的吧？苗青青点点头，说谢谢。

那护士肯定是听说了点什么，看她的眼神怪怪的，鼻子里好像是哼了一声，什么也没说，端着针盒走出去了。

等病房里没人的时候，苗青青拿出手机，给家里拨了一个电话，电话刚拨通，她就泣不成声了，她呜咽着说，尤里，尤里吗？妈妈不好，妈妈不太好，妈妈病了。你呢，你还好吗？你说，尤里，人怎么这样呢？人怎么跟狼一样？我知道你不怕狼，你不怕，可妈妈怕。你说，人活着有什么意思呢？真的很无趣呀，尤里！你说，我是一个坏人吗？我坏吗？我一直是想好的，我也想做个好女人。可他们给我机会了吗？没有人给你机会。尤里，我从来没害过人啊，我从未伤害过任何人，我是报社最好的编辑，也是发稿最多的记者，他们为什么要这样对我?！尤里，好乖乖，你让西斯听电话好吗？西斯西斯，我痛，我心口痛头痛，妈妈病了呀，西斯。妈妈快要死了呀！西斯。你呢，西斯，你好吗，乖吗，听话吗？妈妈嘴苦，心里也苦。把日子过成这样，都是妈妈不好，都是我不好。我也知道不能指望男人，男人靠不住。天下的男人都像乌鸦一样，眼里看着一块肉，嘴里含着一块肉，说不定哪天就把你卖了！可是可是可是，你叫我怎么办呢？听我给你背首小令好吗？大江东去，长安西去，为功名走遍天涯路。厌舟车，喜琴书，早星星鬓影瓜田暮。心待足时名便足，高，高处苦。低，低处苦。——背到这里，苗青青失声痛哭。

苗青青躺在医院里输了三天水，而后，独自一人离开医院回到了家里。在家里，她也是闭门不出。她已经没脸再去单位了。报社换了新总编，她的副总编也给免了。免了就免了吧，她也不在意。可是，一个月过去了，两个月过去了，她竟成了一个没人要的人了。她找过新来的总编。新总编见了她就像是躲瘟疫似的，每次她去，那人就故意把门大开着。她对新总编也不客气，说你这是干什么？我会强奸你吗?！新总编忙说，不是这意思，不是这意思。可门依旧开着。每次都给她打官腔，说这要研究。找了两三次之后，新总编告诉她说，社里已经研究过了，要她去广告部上班，让她再找广告部的主任谈谈。可她不想找他。她知道那个人，那人姓姜，绰号姜麻子，原是报社打杂的，见人总是点头哈腰的，不知怎的就混上去了。她不喜欢他。可是，没想到的是，这人却找上门来了。一天晚上，苗青青听见有人敲门，就问："谁呀？"只听门外有人在捏着嗓子学猫叫，"喵，喵。是我呀，我是老硬，开门吧。"苗青青一下子凉了半截，她抖着身子站在那里，几乎就要气疯了！过了一会儿，"咚咚咚！"又有人敲门，这一次敲得更响，苗青青厉声问："你想干什么？"只听外边大声咳嗽了一声，说，"我是老姜啊，广告部的老姜！"苗青青想了想，就把门开了，说："姜主任，有事吗？"姜麻子说，"听说你想来广告部？有这事吧？"苗青青说，"是总编说的。其实，哪个部门都行，我也无所谓。"姜麻子看了她一眼，话里有话说，"老硬挺有眼光的。其实，你这人不错。"苗青青一声不吭。姜麻子以为戳到了她的要害处，就得寸进尺，伸手照她的屁股上拍了一下。苗青青一瞪眼："你这是干什么？"姜麻子涎着脸说，"没啥，我就是想摸摸。"苗青青厉声说："你放尊重些！"姜麻子望着她，那眼里分明写着：老硬摸得，我怎么就摸不得？苗青青沉吟了片刻，后退了一步，说："尤里、西斯，送客！"于是，两只狗扑上来，汪汪地叫着！姜麻子吓了一跳，一边往后退着，一边恶狠狠地说："有啥了不起的，不就一块破抹布吗？！"苗青青放下脸来，也恶狠狠地回道："就是下水道，也不是你用的！"姜麻子一看来势不妙，赶忙扭头走了。第二天，就有话传出来，广告部坚决不要！不要就不要，她就在家歇着。在家歇着，只发基本工资，每月只有八百块钱，她只好把那小保姆给辞了，一个人带着尤里西斯生活。

她几乎是夜夜失眠。睡不着觉的时候，她就像夜游神一样，爬起来吸烟。烟是越吸越多了。抽烟多了，夜夜咳嗽，就更难入睡。有时候，她会点着一支烟，蜷在沙发上，默默地与尤里西斯说话，说一夜的话。她说，尤里呀，西斯呀，你们不知道，我年轻时是很漂亮的。上大学的时候，追我的人多着呢。一个加强排都不止。那些小男生，跟在我后边，屁颠屁颠的。这些人当中，现在有当副市长的，有当法院院长的，有当县委书记的，还有一个叫江东生的，是追我追得最紧的，天天给我写诗，啊你葡萄般的眼睛，现在当了作家协会的副主席，成了大名人了。那时候啊，我一个也看不上。

一天深夜，她又睡不着了，想吸一支烟。可是，她起得有些猛了，刚从床上爬起来，头一晕，就一下子栽倒在床前的地上了。

等她醒过来的时候，她发现她又一次躺在了医院里。邻居告诉她说，她犯病了，是尤里、西斯救了她。那天半夜里，她躺倒之后，尤里、西斯在屋子里一直不停地叫，狂叫不止！叫得一院子人都睡不着觉……先是有人给她打电话，可电话一直占线，打不通。后来让巡夜的保安把门撬开，这时才发现，两只狗都跑到门口狂叫！而且，更不可思议的是，电话的听筒已经被拿掉了，上边竟然有狗的爪印！可能是尤里、西斯想打电话，却不知打给谁。苗青青听了这话，眼圈一红，拔了针，起身就出院了。

回到家后，她特意梳洗打扮了一番，就出门去了。临出门时，她抱抱尤里，又抱抱西斯，说为了你们，我也得活着。

四

苗青青狠下心来，到金色阳光的总部去了。

现在，任秋风的排场越来越大了，不像当年那么好找了。他身边，光秘书就有一大群。没有办法，苗青青是拿着记者证闯进来的。

说是总部，也是租下的一栋楼。这栋楼装修极为豪华，门前竖着两个大牌子，一个是"金色阳光集团公司"，一个是"摩天大楼工程指挥部"。吓人啊！苗青青自进了楼以后，就不断地被人盘问，对付那些保安，苗青青的记者证还是管用的。可是，上到第三层的时候，她的记者证就不那么管用了，这里的办公室一个个都写有"秘书一科""秘书二科""科书三科"的字样，让人弄不清他到底有多少个秘书。在秘书三科，她被人拦住盘问了好半天，那人反复问她预约了没有，如果没有预约，任总不见任何人。她说预约了。那人说，单子上没有啊。问得苗青青烦了，说你可以打电话问一问，我叫苗青青，你问吧。可那人不敢问，就只好让苗青青上去了。到了四楼，苗青青又被两个保镖拦住了。这时，苗青青一下子火了，她急中生智，说，别碰我，我怀着他的孩子呢！听她这么一说，那两个保镖再也不敢拦她了。

苗青青就是这样闯进任秋风办公室的。任秋风的办公室真大呀！它几乎占了四楼的半层。推开门的时候，只见任秋风站在办公室的中央，伸成一个"大"字，他身边有几个秘书正手忙脚乱地给他穿大衣呢。任秋风看了她一眼，有些不悦："你怎么来了？"

苗青青不接他的话，有些惊讶地说："你怎么越活越出溜了，像个孩子，还要人给你穿衣服啊？"

任秋风看了一下手腕上的表，皱了皱眉头说："有话快说，我要赶飞机，只给你三分钟的时间。"而后，他对那些秘书示意了一下，秘书们赶忙退出去了。

苗青青径直往沙发上一坐，拍拍沙发的扶手，说："很贵族啊！把老百姓都忘了吧？"

任秋风冷冷地说："我没时间跟你斗嘴。有事快说，没事就请你走人。"

苗青青说："哟，这么不给面子？真是贵人多忘事啊，自己说过的话，怕是也忘了吧？"

任秋风说："你错了。我说的每一句话都不会忘。"

苗青青说："有一句话，你恰恰忘了。今天，杨白劳又上门了。她是来要账的。一个要盖摩天大楼的人，不会赖掉这区区五万块钱吧？"

任秋风拍了一下头，说："噢，没有给吗？我记得……"

　　苗青青说："你是说过。可到昨天为止，我从来没有收到你的支票。所以，杨白劳上门了。"

　　任秋风说："好，你厉害。"

　　苗青青说："本来，我也是个不在乎钱的人。"

　　"那你在乎什么？"任秋风哼了一声，突然说，"明白了。听说那硬总，被检察院抓了？"

　　苗青青脸上挂不住了，说："他抓不抓跟我有什么关系？跟你就更没关系了。怎么，你是想看笑话，还是想赖账？看笑话也轮不到你头上！钱，你要不想给就算了。"

　　任秋风摇了摇头，说："青青啊，我是说，你，那个那个，要自重。"

　　苗青青说："自重？我给谁自重？我怎么就不自重了？我承认，我是破罐子破摔。我就是块没人要的破抹布！可我至少比你真实。我怎么看你就像是在云彩眼里坐着，有点假呢！"

　　任秋风一摆手说："好了，好了。我不跟你斗嘴。不就是钱嘛，我马上让人给你开张支票。五万够吗？"

　　苗青青说："不管够不够，我只要我应得的那一份。这是离婚时的协议，多一分我都不要。听说，你又离婚了？下一个新人是谁？"

　　任秋风沉默了。片刻，他有些伤感地说："青青，我们都是过来人，就不要再相互伤害了。有些话，不说也罢。"说着，他走到那巨大的老板台前，用手按了一个按钮，立时有人推门走进来，弓身站在那里，等待着任秋风的指示。任秋风冷冷地说，"给她开张支票，五万。"

　　苗青青突然流泪了，她满脸都是泪水。她流着泪说："说实话，我养了两只狗。我这次来，是跟你讨狗食的。"

　　任秋风说："别，也别这么说。这话太难听，让人心里不好受。以后有什么困难，你尽管来找我，我们毕竟……"

　　苗青青擦了一下泪，说："我就是讨狗食的。我不会再来了。"

　　可是，任秋风却突然发火了，他一拍桌子："什么话?! 不要说了。我不想听! 好了，你走吧。"

　　当苗青青拿到支票，走下楼去的时候，刚走到一层，只听楼上传来一阵阵零乱的脚步声，一层一层都有人在说："出来了，任董出来了!"紧接着，先后有七八个人慌乱地从楼上跑下来，在门口处拨开众人，背手而立，开出一条路来。不一会儿，只见任秋风在众人的簇拥下，威风八面地从电梯里走出来。任秋风硬硬地走在众人中间，他脸上一点表情也没有，就那么架架势势地走着。他显然是没有看见她，或是他眼里根本就没有她。只见他目不斜视地朝前走着，走得很呆板。正走着，突然有一个人跑上来，说等等，任董，你的鞋带开了。于是，任秋风站住了，就那么两手放在胸前，像个木偶似的。那人赶忙弯下腰，就在众目睽睽之下，给他把鞋带系好。片刻，那人说可以了，可以走了。这时，任秋风才重新抬腿，又是架架地，像个壳似的，在众人的簇拥下，向前走去。而后，他出门上了一辆奔驰车，绝尘而去。

　　已是岁末了。当苗青青走出大门时，身上一阵阵发冷，像是有股阴阴的怪风夹着寒气向她袭来。这一刻，她突然觉得这很像是一场演出，一场她曾经看过的什么戏。她的前夫——任秋风，成了戏里的人物。他走着，被人包围着，就像一个道具。可戏，只要是戏，总有散场的时候。她回头望着那个高挂着的牌子，那个写有"摩天大楼工程指挥部"字样的大牌子，望着望着，她心里竟然生出了无限的感慨。

　　她想，他怎么这样，连腰都弯不下去了。这还是个人吗?

五

　　苗青青成了一个托儿。

　　她不是有意的。丢了工作之后，百无聊赖的时候，她时常到一个酒吧去坐坐，要一杯"卡布其诺"什么的。这个酒吧的名字很特别，叫"梧桐雨"。是个约会吧，专为单身男女开的。酒吧的布置并不豪华，却也干干净净的，音乐也是很安静那种，氛围好。酒吧里边是一排一排的沙发座，车厢式的，不同的是每个酒桌上都装了一部电话。凡来"梧桐雨"的人，在酒吧里走一圈，若是看中了哪个，只要记住桌号，可以随时拨打内线联系，邀请对方；也可以在电话上先聊一聊，聊得好，再约到一块儿坐，聊得不好，也不伤面子。这里的老板是很精明的，他在每个桌上都装了电话，而且电话只限制打长途，其余不限。他之所以开通市话，其实就是让你约人的。对于酒吧来说，人来得越多越好。

　　苗青青看中的，就是桌上这部电话。每次来这里，坐那么一会儿，她就会给尤里、西斯拨一个电话。尤里、西斯真是聪明啊！现在，经过训练，它们已经会使用免提键了。

　　当然，也不能说她自己没有一点点想法，想法也还是有的，甚至朦朦胧胧地，含着一点浪漫。假如说，能碰上一个心仪的人，"王子"是不可能了，若是能碰上一个"白马中子"或"白马老子"，如果人好，再是个款儿，也不是不可以。可是，能碰上吗？

　　来了那么几次之后，突然有一天，一个年轻人来到了她坐的这个包厢里。这人在她对面坐下后，说："大姐，你气质很好啊。"苗青青看了他一眼，说："好什么好，老黄瓜了。"这人说："大姐，你真的气质很好。人大方，优雅，风度也好。"听人这么夸她，苗青青心里很舒服，却淡淡说："不过是明日黄花罢了。"这时候，年轻人掏出一张名片递过来，说："大姐，这是我的名片，我姓魏，是这个酒吧的经理。有件事，能跟你商量一下吗？"苗青青说："你说吧。"魏经理说："大姐，是这样，这酒吧开了不到半年，影响还没造出去，所以像你这样有品位的女士来得不是很多。大姐，要是有可能的话，你能每天都来坐坐吗？"听他这么说，苗青青沉吟片刻，没有接话。这小伙子很会说话，他看苗青青有些迟疑，就说："大姐，像您这样的，我要说聘您，那是辱没您了。多少钱您也不会干的。你如果每天都来坐坐，第一，每次来，客位费全免，再提供一杯免费的卡布其诺；第二，您只要坐够三个小时，就付给你三十块钱的劳务费，说实话，这也是象征性的。大姐肯定也不缺这个钱，只是一点意思，你看行吗？"苗青青看他说话很客气，说："就……坐坐吗？"魏经理一听，有门，就说："也就是坐坐。你往这儿一坐，酒吧的品位就上去了。不过，我冒昧地问一句，大姐是单身吗？"苗青青看了这小伙一眼，默默地点了一下头。魏经理说："这样，如果有人约你，你就跟人谈谈。谈得好就谈，谈不好就算，不勉强的。"苗青青笑着说："假如遇上一匹白马呢？""那就牵走。"魏经理也笑着说："要是真遇上合适的，那也算我们为大姐办了件好事。大姐可以随时离开这里。"苗青青想了想，就应下了。

从此，苗青青就成了一个托儿。她每天晚上七点半到十点半准时坐在"梧桐雨"那个最醒目的位置上，手里摇着一杯卡布其诺。来这里，开初的时候，苗青青几乎每次来都要换一套衣服，化化妆。她那些过去从没穿过的裙装，现在一套一套地都穿出来了，自然风雅。她还特意地烫了头发，大波浪。所以，她只要往那儿一坐，回头率还是蛮高的。凡是有男人约她，按照规定，她就跟人聊聊。当然，太猥琐的男人，聊不上几句，她就把人打发了。也有聊得好的，有些文化品位的，人家约她，她也到对方的座位上去坐一坐，当然是对方埋单。可每每到了最后，人家问她要电话号码的时候，她就会说，等等，你说你喜欢我，你能跟尤里、西斯通个电话吗？对方一怔，尤里西斯？你跟外国人有联系？她笑笑，就会拿起电话，拨通了，交给对方。对方接过电话，马上就会听到几声狗叫，就诧异地问，你什么意思？苗青青说，这就是尤里、西斯。在问你好呢，你跟它们说几句。对方说，你有病吧？苗青青说，没有啊，我很正常。那人看看她，嘴里嘟囔着什么，站起就走。结果，试了无数次，没有一个人愿意跟尤里西斯说话。

这里虽说是单身酒吧，但来的大多是双双对对的年轻人。每到这个时候，苗青青就觉得，自己徐娘半老的，坐在这里实在是有点傻。可她已经习惯了，再说，她一月还拿人九百块钱呢，不能不坐。所以，更多的时候，是她在跟尤里西斯通电话。在闹哄哄的酒吧里，她的声音并不高，娓娓地说："尤里吗？好尤里。西斯，好西斯，别争。听话。你们两个都是好乖乖。刚才那个大喉咙不愿意给你们打电话，我把他开了。有什么了不起的，是不是？不就是披着一张羊皮吗？不就是个指头上戴一扳指的小老板吗？还吹呢。说他包了十公里高速公路，全是拿钱铺出来的，呸！小老板我见得多了。今儿，还碰上一个，就是那娘娘腔，那个四眼，才讨厌人呢。还是个南方人，说话女里女气的，一说就什么什么滴什么什么滴，呀弄俩小菜七七，多恶心！是呀，有一奶油小生，穿一米黄色的 T 恤，还小分头呢。对，闷闷的那个。先是坐在第五排，后来人一走他就往这边挪，一直挪到挨着我的地方。他倒是每天都来，坐在那里，也没话。小模样还看得过去，就是呆，看人直直的，也没个避闪。是。就隔一个座，老给我打电话。一个生瓜蛋子，也就二十一二岁的样子。他是迷上我了，每天每天，都死缠着给我打电话，我都快成幼儿园的阿姨了。你们说，怎么办呢？我能钓他吗？我能把他带家去吗？他妈妈找来怎么办呢？算了，尤里，算了。西斯，你说呢？"

后来，"梧桐雨"的生意越来越好，来这里的年轻人也越来越多，酒吧里的生意渐渐火起来了。酒吧里的雅座也开始分包了，一个服务小姐包几个车厢座。服务小姐为了争座位（每个座位的酒水都是有提成的），就不断地有人给经理打小报告，说那个当托儿的女人坐在那里，不好好当托儿，整天给狗打电话。她是有病吧？这时候，魏经理的目的已经达到了，就很大度地说，这是老黄瓜抹绿漆，扮嫩。人挺可怜的，就那么着吧。

可是，那些年轻的小服务员对苗青青的态度越来越差了，有一次，竟然把她撵到了一个角落里。

于是，有一天，苗青青精心打扮，盛装而出，再一次来到了"梧桐雨"。进门后，她挑了一个最好的位置坐下，颐指气使地吩咐那些小姑娘上菜、上酒，点了满满一桌子。而后，对那小姑娘说："把你们魏经理叫出来，我有话说！"

片刻，那魏经理出来了，忙说："大姐，怎么了？"

苗青青说："坐下吧。今天，大姐请你的客。放心，我结账。"

魏经理看她脸色不对，忙说："大姐，对不起呀，是不是那些小姑娘怠慢你了？她们不懂事，你多原谅。你看，大姐是可以免单的嘛。"

苗青青厉声说："免什么单？我要你免单了吗？我是吃白食的人吗?！我来这里坐一坐，是你请我来的。今天，我要走了，从今往后，我不再来了。这顿饭，是我请你的。吃不吃随你。账，一定要结。你给我结！"

而后，苗青青把雪白的细羊毛披肩重新披在身上，款款地站起身来，拿出皮夹，抽出五百块钱，用她那细长的手指夹着，轻轻地往桌上一放，"嗒儿、嗒儿"地走出去了。把那些小姑娘看得一愣一愣的。

出了门，苗青青掉了两眼泪。

第二十章 ·······································

一

这是一个黑色的星期五。

下雪了，雪一连下了一天一夜。风像刀子一样，呜呜地刮着，冰雪封住了所有的道路，放眼望去一片洁白。

这样的天气，按说是不该出门的。可刚刚北上归来的任秋风，却又要南下了。机票已经买好，他是不得不去。他要去上海。

冬天是销售的旺季，离年关还有两个月，这是商场最火的时候。任秋风心急如焚！可是，由于雪太大，高速公路封了。为了赶这趟飞往上海的班机，他只好改走 301 国道。高速路这么一封，所有的车辆都挤在了 301 国道上，一下子显得拥挤不堪。路滑，车多，没有人不急。一时，车辆相互抢道，就像是乱了营的牲口，到处都是汽车的喇叭声！可纵然这样，最后，路还是堵死了，一步也走不动了。

一阵喇叭响之后，司机骂了一句什么，探了探头说，前面撞车了。一时间，所有的车都熄火了，一片骂声。这时候，任秋风突然说，人困在车里，像不像蛹？而后他又说，等吧，只有等。说完，任秋风闭上两眼，再也不说一句话。他连着几夜没睡了，很想趁机打个盹，可又睡不着。

在他的办公室里，那个巨大的地球仪还在旋转，那些小旗还在地球仪上插着，可他所领导的运转机制却有些失灵了。近段时间，金色阳光集团的连锁经营出现了一系列的问题，可以说是处处告急。一时间，把任秋风弄得焦头烂额。他怎么也想不到，短短两年多的时间，他那宏伟的蓝图才刚刚铺开，就一下子陷入了困境。

首先是天津告急：一个营业面积近七千平方米的大型连锁商场，月营业额竟然不足一百万，连交水电租赁费都不够。这不是胡闹吗？

当任秋风坐飞机赶到那里的时候，发现这么一个挂有"金色阳光"字样的商场，居然冷冷清清！那些新招聘的营业员素质很低，站没有站相，走没有姿态，接待顾客没有文明用语，甚至还有人在上班时间扎堆。任秋风在商场里走了两圈之后，见一清洁工躲在卫生间里打瞌睡。他在那个清洁工面前站了很久。一直等到这人伸了个懒腰，擦了一下流到下巴上的涎水，才发现他面前站着个人。也活该这人倒霉。这人一看站在眼前的这个人气度不凡，慌忙站起来，有点迷瞪地望着任秋风。任秋风小声说："醒了？要是没睡醒，回去接着睡吧。"这人还是有点迷瞪，说："你，干吗的？"任秋风说："我就是接替你扫地的，把笤帚给我吧。"说着，一把把笤帚从他手里夺过来，喝道："你能把尿卖出去吗？你连自己都卖不出去！"

而后，任秋风拿着那把笤帚从步行梯的四楼一直扫到了一楼，连台阶上的一口痰，他都是亲自蹲下来擦的。就在任秋风扫地时，这家分店的总经理匆匆赶过来了。他吓得战战兢兢的，一直跟在任秋风的后边，连话都说不清了。有几次，他小心凑上去，说任总，让我来吧？我扫。你罚我吧，让我扫。任秋风就是不理他。分店的总经理从四楼跟到了一楼大堂，像个孙子似的，可任秋风仍然不理他。一直熬到商场打烊的时候，任秋风才对着他的脸摔了一句话："从明天起，停业整顿！"

分店经理苦着脸说："这，这不好吧？能不能边整顿边营业？"

任秋风说："不行！再这样下去，牌子都砸了！"

当天晚上，任秋风连夜打电话，紧急抽调省内金色阳光本部三十名素质好的营业员，让她们火速赶到天津，给这些新招的营业员做示范。为了不耽误时间，任秋风一道命令，这三十名营业员全都坐上了波音737，她们是坐飞机来的。她们来到之后，统统被安排在附近的一家三星级宾馆里，集体吃集体住。而后，从列队、升旗、立正、走路、文明用语开始，整整训练一个星期。在会上，任秋风恶狠狠地说："金色阳光是一块金字招牌，是咱们最大的无形资产。在商场荣誉面前，就是要不计成本，不惜代价！谁敢败坏商场的牌子，我就敲他的饭碗！"

临走那天，任秋风亲自参加了金色阳光天津分店的升旗仪式。天津不是中原，天津人起得晚，所以来看升旗仪式的人并不多，且多是一些晨练的老人。围观的人也是三三两两，有的看上两眼就走了。况且，天津又是个盛产"卫嘴子"的地方，大约是三教九流见得多了，不管什么样的事都要评说几句。那口气很不以为然。有的竟说，嘛一个商场，不好好卖东西，搞这些花架子干吗！有的说，嘛？你说干吗，这叫有病！有的接上说，有病看病，嘛（精神病院）不在南郊吗？这叫嘛！这一连串的"嘛"，能把人气死！任秋风站在那里，听得清清楚楚的。可他仍笔直地站着，脸上一片近乎悲壮的凝重！

不过，在登机之前，也许是为宽他的心，那天津分店的总经理打电话告诉他说，商场的经营开始好转，人流量上来了。他问多少，那边吭吭哧哧的，也说不出个具体数字来，任秋风一生气，把电话挂了。

可是，他刚从天津回来，屁股还没坐热，上海又告急了！任秋风听到消息后，气得把指头都敲肿了！于是，他吃了几片药，又匆匆去赶开往上海的班机。

二

任秋风是在机场碰上上官的。

在候机大厅里，透过那宽敞明亮的大玻璃窗，任秋风的眼风扫到了一个女子。这女子的背影让他觉得非常熟悉，她穿着一件红色的风衣，走得像一团火，很干练地推着一个行李车，那行李车上高高地摞着十几个特制的箱子。她一次一次地从他眼前走过，一连推了三趟。这是谁呢？

突然，任秋风站起来了。他撇下他的秘书，随口说等我一下。而后大步地追了出去。他跟着她，隔着玻璃走了很久一段，而后，他明白了。于是，任秋风快步从候机厅里走出来，拐了两道门，追上了那个推行李车的女子。他站在她的身后，说："是上官吗？"

上官云霓扭过头来，看见任秋风的那一刻，竟有些激动，她说："呀，你怎么在这儿，出差？"

任秋风望着她说："我一直在看你。看你一趟一趟的。这是干吗？"

上官说："我要说，我卖鱼呢，你信吗？"

任秋风说："我信。你，比以前踏实多了。"

上官莞尔一笑，说："我就是卖鱼呢，这是空运来的海鲜。"

任秋风四下看了看，说："怎么就你一个人？"

上官说："她们都在外边呢。"

任秋风长叹一声，感慨道："你还是这么能干。"

上官说："能干什么，也是慢慢学的。第一次运了二十箱，只活了一条。一查，结果是跟香料装在了一起，全熏死了。所以，这几趟，我每次都亲自跟机。我现在跟鱼一样待遇，鱼坐飞机，我也坐。"

　　任秋风望着她，很赞赏地点了点头，说："有车吗？要不要帮你？"

　　上官说："有，在外边。"

　　任秋风像是没有话说了。他看着她，突然有些感伤。一些话涌到了嘴边上，他迟疑了一下，终于说："上官，有句话我一直想告诉你，可我觉得我没有机会了。没想到，在机场碰到你了。你知道，我一生当中犯的最大的错误是什么？"

　　上官默默地望着他。她想，这个人，就是这个人，曾经是那样地吸引过她们。现在，他的头发虽然梳得很整齐，却像是染过的。他的额头，他的眼角，也都有皱纹了。

　　任秋风说："我犯的最大错误是，不该放你走，还有小陶。现在说这话，等于打我自己的脸，可我不能不说。"

　　一时间，恍若隔世，上官心里一酸，笑了笑说："你也别这么说。听说你做得非常好。你那里有的是人才。"

　　任秋风默默地摇了摇头，他说："那时候，那时候啊……不说了。上官，情感上，我不敢想了。不过，你愿意回来吗？"

　　听了他的话，上官心里竟有些热。她有意把话岔开，说："你听说过吗，在海里，有一种最小的鱼，是鱼医。它可以给其他的鱼看病，这是真的。哪天，我送你一条，让你看看。"

　　"鱼还有医生？太奇妙了。"任秋风也用开玩笑的口气说，"看来，我是个讳疾忌医的人啊！——大鱼脱了金钓钩，摇头摆尾再不来。是这意思吧？"

　　上官很诚恳地说："不是。那时候年轻，不懂人生，不懂社会，更不懂得珍惜。过去的事就不说了吧。"

　　任秋风有些失望，他说："你成熟了。能这样说，更让我痛心。我是诚心诚意地，还是希望你和小陶能回来。不管你提什么条件，我都会答应。"

　　上官笑着说："是补偿吗？"

　　任秋风说："不，是纠正错误。"

上官说："谢谢。"

任秋风看了一下手腕上的表，说："那好吧，我该登机了。"说着，他转过身，有些忧郁地向候机厅走去。

上官站在那里，目送着任秋风向候机厅走去。这就是那个让她如醉如痴地爱过的男人，这就是那个曾让她夜不能寐的男人，这就是那个让她悲痛欲绝的男人。虽然，她是不会回头的，但她，也不会再像过去那样恨他了。是时间化解了她心中的恨。

不料，这时候，任秋风又走了回来，说："见了小陶，给我捎句话，一定要向她表达我的歉意。你告诉她，如果有时间，我会去看她。"

上官点了点头。

任秋风招了一下手，怏怏地走了。

一直等飞机穿过乌云，升上天空，眼前出现了万里晴空的时候，任秋风仍然在想上官云霓。这是他心痛的一笔，是他最不堪回首的一页！随着时间流逝，他慢慢地感觉到，他犯下的最大最严重的错误，就是放弃了上官云霓。他原以为，他可以轻易找到一个代替她的人，可是他错了。连鱼都有医生，谁是你的医生？

这一次去上海，他要面对的，就是这么一个"替代品"，那个叫胡梅花的。那个很像上官的女人，你把她放在上海分店这么一个重要的位置上，可结果呢？

三

任秋风到了上海之后，并没急于露面。

他先是悄悄躲在一家宾馆里，派人秘密调阅了上海分店的全部账目。

　　经过三天的核查，金色阳光上海分店开业一年多来，不但没赚一分钱，反而亏损了八百四十三万五千三百二十四元五角六分！当这个数字报到任秋风面前的时候，他简直不相信自己的眼睛！他问，这个数字准确吗？会计说，准确。一连核了三遍。任秋风脑海里轰的一下，几乎要炸了。他闭了一会儿眼，用手在脸上搓了一把，说："我是不是该从黄浦江上跳下去？我真该跳下去！"而后，他沉着脸说，这件事到此为止，不要告诉任何人。商场照常营业。

　　拿到证据后，任秋风整整想了一天一夜，那真是悔恨交加，一夜愁白了头啊！到了第四天，他才拿着那个打出来的数据走进了上海分店总经理胡梅花的办公室。

　　任秋风进门的时候，胡梅花正坐在办公桌后边煲电话粥呢。她坐在桌上对着电话说，"姐儿们，来吧，坐飞机来，我给你报销。怕什么，这里我说了算。来了让你住五星级，吃鲍鱼大闸蟹！我老一，绝对说话算数。"正说着，看任秋风进来了，忙又改口说，"改天再说吧，我这儿有事。"说完，她赶忙把电话放下，脸上立时露出了妩媚的笑容，娇滴滴地说："头儿，你怎么来了？也不通知我一声，好去接去呀。"接着又说，"快过年了，大家干得这么辛苦，总部是不是要发奖金呢？"

　　任秋风的眉头拧着，苦笑了一下，说："你看看吧，你干得这么好，当然要发奖金了。"说着，他把那个打有数据的报表放在了胡梅花的桌子上。

　　胡梅花拿起那个报表粗粗看了几眼，随口说："反正数都在这儿，营业情况你也都知道，就不用我汇报了吧？"

　　任秋风以讥讽的口吻说："你看清楚了吗？还挺大气。"

　　胡梅花看他脸色不对，结结巴巴地试探说："我看清楚了，这是八万，不对，八十万，个十百千万，八百、八百四十万，这是营业额吧？这也，不少嘛。"

　　任秋风愣愣地站在那里，很长时间没有说一句话，他不相信，他真的不相信，这就是他亲自选的人？他说："你，看不懂啊？——这报表？！"

胡梅花驴唇不对马嘴地说，"一个报表有什么看的？这么一大摊子，上上下下都得管，我一天到晚都累死了！"

任秋风耐性已经用尽了，他几乎都要气疯了，他用手敲着桌子上的报表，咬牙切齿地说："你、你、你是猪？！你连猪都不如！你——你看清了，这是负数，负数，你懂吗？一年多的时间，你整整亏空八百四十三万五千三百二十四元五角六分！"

胡梅花脸上有了一连串的变化，先是一惊，而后一怔，嘴里小声嘟哝着，继而马上就镇定下来，说："有这么多吗？不对吧？我找他们去。不对，肯定不对。这账是咋算的？！一定是会计弄错了。"

任秋风头一扎一扎地疼，他点上一支烟，淡淡地说："胡梅花，你实话告诉我，你上过学吗？"

胡梅花有些慌，她身子一扭，走过来坐在了任秋风身边，说："头儿，你怎么这样说话？你也不能就这么踩我吧？太看不起人了！我七岁就进了剧团，后来又上戏校，我有大专文凭。我，还在中央戏剧学院进修过，相当于研究生，就是，数理化稍稍差一点，也不能这么糟践人吧？一定是有人说我的坏话。你千万不要听他们的，他们一个个都坏死了！有些话，我不便说。他们是，看我长得漂亮，老打我的鬼主意，我没有答应他们。我是你的人，我能答应他们吗？"

任秋风把手里的烟掐灭，两手捂在脸上，用力搓了几下，痛苦万分地说："你不要再说了。这都怪我，是我用错人了。走吧，你走吧。从现在起，你被撤职了。"

不料，胡梅花忽地跳起来，伸出兰花指，说："休想！老娘也不是吃素的，老娘辛辛苦苦干了这么长时间，你说滚蛋就滚蛋？没那么便宜！告诉你，惹了老娘，老娘给你翻个底朝天！"

任秋风冷冷地望着她，久久，他笑了，仿佛是很平静地说："真是个演员啊。说吧，你想怎样？"

胡梅花突然哭起来，她哭着说："上海这地方真不是人待的，我怎么这么倒霉呀！那八百万也不是我一个人亏的。上海的租金这么高，一年就是几百万，干商场就是有赔有赚。你那么多商场，这里赔，那里赚，不一样吗？要不你给我再配一个能干的副手，我都听他的，这还不行吗？"

任秋风很坚决地说："不行，你必须走。用你，我是瞎了眼！"

只是眨眼间，胡梅花不哭了，她把眼里的泪一擦，又变脸了，吼道："想让老娘走，没那么容易！你玩也玩了，睡也睡了，说走人就得走人，哪有这么便宜的事？！要想让老娘走人也行，你拿一百万！我告诉你，少一分都不行。你只要拿一百万，我二话不说，拍拍屁股走人！"

任秋风点点头，咬着牙说："你要一百万？不多。但我一分都不会给你。因为你辜负了我的信任。你要不走，我立即通知检察院的人来，彻查账目。你非法购买的帕萨特轿车，你私自动用备用金的事……一条一条都是违法的。如果还想让我给你留一点面子，就立即从我眼前消失！"

胡梅花傻傻地在那儿站了一会儿，两手一挥，呼天抢地说："算你狠！老娘，老娘把自己扒光了，你信不信？老娘敢把自己扒光了，大声吆喝，告你强奸！"这么说着，她一边解着扣子一边看着任秋风的脸色。

任秋风咬着牙，坐在那里，一声不吭，任秋风眼前一黑，心里说，完了完了，我怎么眼瞎到了这种地步？！

胡梅花见他无动于衷，解了一半的扣子，又不解了。她突然往地上一跪，流着泪说，"老任，你就一点情面也不留吗？"

任秋风默默地望着她，叹一声说："戏演完了？还有什么节目，继续演。要不要我把门打开，让大家都看看？你干一年赔八百四十万，你要再不下去，全世界都不够你赔的！"

胡梅花到底是有些害怕，她朝门口看了一眼，大放悲声，把她当年唱《王金豆借粮》《李天保吊孝》时的本领全拿出来了，哭得那个痛呀！一边哭一边诉说："好歹我也给你洗过脚按过腿，铺过床叠过被，王宝钏寒窑十八载，我也是夜夜盼你回……"

任秋风摇摇头，一时像是万念俱灰，叹道："你真是个好演员，你应该去演戏。回去好好演戏吧，那是你的本行。这样，你别哭了，我既然错了，就错到底。去吧，领五万块钱，就说我说的。走吧。"

顿时，胡梅花不哭了，说："五万，也忒少了点吧？我知道，你每打发一个女人，好赖都是五万。"

"胡说！"任秋风听她说出这样的话，一时恼羞成怒，一拍桌子，很决绝地说，"我告诉你，你不要，一分没有！"

胡梅花哀哀地说："老任，你怎么这么绝情？好歹我也是跟过你的女人啊！"

任秋风闭上两眼，沉默了一会儿，说："好了。我不再追究你的责任，已做到仁至义尽了。你什么也不要说了，去吧。将来如果有困难，还可以找我。"

胡梅花往前走了一步，抱着最后一线希望："那，咱们，再好一次吧？"

任秋风从牙缝里挤出了一个字："走！"

待胡梅花走后，任秋风捧着头，沉默了很长时间……他心乱如麻！悔恨就像毒蛇一样噬咬着他。过了一会儿，任秋风艰难地站起身来，立即给江雪打电话。他觉得上海的情况太糟，能挽救局面的，怕只有江雪了。可是，电话响了很长时间，江雪的办公室没人接；再打手机，江雪关机了。放下电话，任秋风突然觉得有些不大对头。平时，江雪是不会关机的。那么，也许，更大的危机还在后边？！

他站在那里，喃喃地说，江雪，不至于吧？

四

此刻，江雪正在黑井茶社的一个雅间里坐着，她对面还坐着一个人，这人是万花的老总邹志刚。他们各自面前放着一杯龙井茶，龙井茶冒着些许热气，茶桌上还有几碟干果什么的。

两人这已是第三次见面了。前两次，两人都有些试探，说话的时候，也多多少少地有些保留。这一次，邹志刚开门见山地说："江总，咱是不打不成交，一见如故啊。我可是求贤若渴呀！怎么样？条件够优厚了吧？万花，以后就靠你了。你要是有什么想法，还可以说。"

江雪转着手里的杯子，默默地笑了笑说："邹总，你的为人，我是相信的。你开出了这么好的条件，也让我感动。这边，我上次已经说过了，如果不是，我也不会走的。不过，要说有什么不放心的话，我还真有一条理由。"

邹志刚说："你说你说。"

江雪望着他，说："我要去，就是冲你去的。这一点毫无疑问。可是，假如说，我一去，你走了怎么办？"

邹志刚一怔，笑着说："你看，我怎么会走呢？我上哪儿走呢？我想去中央，人家也不要我呀。你说是不是？"

江雪仍然直直地望着他："我是说，万一呢？我听说，你确实想走。"

邹志刚愣愣地望着这个小女子，心说，她怎么成了我肚里的蛔虫了？是的，很久以来，他是想走，想到商业局当一副局长，再有两年局长就退了。他也私下里偷偷活动过，但是，由于种种原因，到目前还没有消息。她怎么就知道了呢？

邹志刚很清楚，话说到这个地步，他如果再不交底，往下就没法谈了。

于是，他说："打开天窗说亮话吧。我确实有过走的念头。可我不是没走吗？眼下，恐怕也走不了。所以，我说的是真心话。你去了，先当常务副总。假如，有那么一天，我是说假如，那我第一个先告诉你，我还要郑重地向上边推荐你接我的班，一定！这你放心了吧？"

江雪说："邹总，你既然把话说到这一步，我也把心里话说出来吧。你真想走吗？你要真想走，我可以帮你实现这个愿望。"

邹志刚又一次吃惊了，这个小女子，这个小女子呀！他故作大气地呷了一口茶水，笑着说："说说，你怎么帮我？"

江雪仍转动着手里的茶杯，不紧不慢地说："如果——我是说如果——你想去商业局当副局长的话，局长那里，我可以去说。"

邹志刚半信半疑，问："你跟局长……"

江雪很含糊地说："这么说吧，有点亲戚关系。"可是，她没有。她只是这么说。但是，她相信她有能力办成这件事。这么多年来，她一直跟局里保持良好的关系。接着，她又漫不经心地说，"不过，离任是要审计的，万花没有亏空吧？"

邹志刚像是被烙铁烫了一下，马上说："没有。这一点你放心。"

江雪说："邹总，我是真心想帮你。可你，不把实底透给我，叫我怎么帮？"江雪看着邹志刚，一下子像是看到他心里去了。

邹志刚拿起小茶壶续水，有意无意地躲开了江雪的眼睛。他掩饰说："这几年，万花总体上还是可以的。要说亏空，账面上，有，也都是些应付，不影响周转。"

江雪看着手里的杯子，说："不低于五百万吧？这个数，是不是有点大了？我怕审计的时候，通不过。"

一刹那间，邹志刚有些后悔。他觉得这个女子太精明，太可怕了！她怎么步步都走在了我的前面？是我用她还是她在用我？她怎么知道万花的账上有亏空？！他自己很清楚，万花的账上的确有亏空，而且不止五百万，账目是不敢让人细查的，这也是让他极为头疼的事情。

江雪看他沉默了，马上说："邹总，我是为你好，说的也是实情。这话，也是到此为止，你尽管放心。"

邹志刚说："那当然，我知道你的好意。"

江雪说："邹总，你给我交了底，我也给你说一句交底的话。你要真想走，这五百万，我可以想办法给你补上。只要账上没问题，一个月之内，我保证你走马上任。"

当江雪说出这番话的时候，邹志刚对她更是刮目相看了。他说："是吗？你这么厉害？你哪儿来的资金？！"

江雪轻描淡写地说："我有几个好朋友，他们都很有钱。假如以参股的形式，他们还是愿投的。"

邹志刚更为吃惊："你是说……搞股份制？"

江雪点了点头，而后又说："是搞股份制。但不是现在。先打进来这五百万，首先可以保证你顺利地走马上任。然后，下一步，再谈股份制的事。"

邹志刚不放心，又问："提供资金的人我认识吗？"

江雪摇摇头，说："不在一行，你不认识。"

邹志刚彻底明白了。他说："你的意思是，我走后，这一摊整个交给你？是这意思吧？"

江雪说："也是也不是。将来，是一个董事会来管，我只是他们的代理人。打进来这五百万，表达的是一份诚意。"

邹志刚想了想，又说："万一，我要走不了呢？"

江雪笑了，说："市里的工作有人来做，你肯定可以走。就是退一万步，你走不了，还当你的老总就是了，也没什么损失呀！"

邹志刚说："有道理。不简单啊，凡是能想到的，你都想到了。不过，我还有一个问题，想问一问。"

江雪像小学生似的说："邹总，你问吧。"

邹志刚说："论局面，论规模，金色阳光比万花大多了，你为什么非要离开呢？当然，你也说过，不过，那还不足以让人信服。"

江雪说："说实话，开初，我并不想离开金色阳光。金色阳光毕竟是我付出过心血的地方。可是，我不得不离开。至于原因，这样说吧，金色阳光目前的情况是顶点，你知道'顶点'的意思吧？选择这个时候离开，我良心上没有亏欠。再晚一年，等发生雪崩的时候，我就走不了了。"

是啊，雪崩。当雪崩将要开始的时候，天空依旧是晴朗的。白云依旧在悠悠飘动，雪山依旧巍然屹立。也许是风的方向变了；也许在山的顶端微微飘下了一缕雪的粉末；也许山的背阴处出现了一丝裂纹……这有什么呢？这不也很正常吗？可有人观察到了。不，她是感觉到了。这人就是江雪。

邹志刚望着她，久久，久久，他说："你的眼睛很漂亮。"

江雪笑着说："你才发现？"

邹志刚说："一言为定？"

江雪说："一言为定。"

这时，邹志刚站起身来，说："那好，让我们拥抱一下，以示庆贺。"

江雪说："有这个必要吗？"

"有。"邹志刚说，"这件事，搞好了皆大欢喜。搞不好，我就会身败名裂。"

江雪心里像明镜似的，却说："那你想怎样？"

邹志刚转过来往江雪身旁的沙发上一坐，赤裸裸地说："让我们的思想和身体合二为一，一荣俱荣，一损俱损，同甘苦，共享乐，同进同退。说实话，和你在一起，我有一种珠联璧合的感觉。"说着，他一把搂住了江雪。

江雪偎在他的怀里，像小猫似的轻声说："好吧，局长。我保证，再过两年，你就是正局了。"

五

任秋风头疼得厉害。

这些日子，他马不停蹄，连续奔波。又加上感冒，火已蹿到了脑门上，半个脸都肿了！他一回到省城，秘书们都催他马上进医院，可他就是不去。他回来做的第一件事就是给江雪打电话。可江雪的手机仍然关机。办公室没人接，手机又关着，任秋风突然产生了不好的预感。他想，江雪是不是被人绑架了？

一想到这里，任秋风坐不住了，他立即派出了四路人马去寻找江雪。他恶狠狠地对秘书说："今天务必把江雪给我找到，找不到就不要回来！"

有人跑来给他送文件，他却重重地把文件夹摔在地上，大声喝道："都出去，让我静一静！"众人见他脾气不好，逢人就发火，谁也不敢再到他的办公室去了，甚至在过道里走路都是蹑手蹑脚的。

这时候，任秋风独自一人待在他那个巨大的办公室里，他不坐沙发，也不坐他的老板椅，而是搬了一把高靠背的椅子，两手抱着椅子的靠背，下巴搭在椅子靠的横梁上，两眼呆呆地望着那个插满小旗的地球仪。

上官走了，小陶走了，这时候他突然感觉到了江雪的重要……江雪不会走吧？自创业以来，走到现在，他突然感觉到了孤单，从来没有过的孤单。都说高处不胜寒，他现在分明体会到了。一时，他觉得他做错了许多事，做坏了许多事，他有那么多的好的设想，却偏偏没有能领会他意图的人。没有人，这也许是他最大的失败！

有一刻，那个地球仪在他的眼里慢慢地幻化，它幻化成了一处一处的店堂，在全世界每一个繁华地段，都有金色阳光的标志……这是他一生的梦想啊！

就在这时，电话铃响了，他先是愣愣地坐着，突然跳起来，拿起电话："是江雪吗？"可是，电话里报告说：办公室没人，商场也没人知道她到哪儿去了。任秋风对着电话说，继续找，一定要把她找到！

过了一会儿，第二个电话打过来了，说江雪没有回家，小区的保安证实说，她一天都没回来。任秋风仍是那句话："继续找。"说完，他又说："撒开找！熟人，朋友，歌厅，酒吧……"

片刻，任秋风突然想起了什么，又拿起电话，拨了一个号说："你到中原商学院齐康民齐教授那里看看。"是呀，这个老康，骂过他三次之后，就再也不露面了。这还算是朋友吗？

可是，电话铃又响了，任秋风拿起电话，听了一会儿，什么也没说，一屁股坐下了。这又是一个告急电话。是正在建造中的"摩天大楼"工地出事了！电话里一直呜里哇啦地说着，可任秋风却一声不吭。末了，他只说了一句话："我马上过去。"

等任秋风坐车赶到工地的时候，他发现，打桩机已经停了，所有的建筑工人都站在大厦基坑的四周，四周黑压压的全是人，人们就那么愣愣地、傻傻地站着，只见基坑里喷涌着两股巨大的水柱，那水柱竟有二十多米高！任秋风站在基坑边上，伸手一指："这，怎么回事？"

工地经理老孙苦着脸汇报说，"打桩机正干得好好的，突然就冒水了！八成是打在断裂带上了。"

任秋风气不打一处来，说："那你们赶快组织人抽水呀！"

老孙说："打到阴河上了，怎么抽？怕是一个月也抽不干。"

任秋风一听，更气了，说："那我不管，你必须给我保证工期！我楼花都卖了，你不保证工期，我我我……"

老孙往地上一蹲，很沮丧地说："地基打在了断裂带上，这是不可预知的。我也没有办法。"

任秋风一听，指着他的鼻子骂道："你是干什么吃的？什么叫不可预知？没有金刚钻就别揽这瓷器活儿！"

这时，工地监理跑过来，劝道："任总，你先别急。市长也来了，马上就到。还是去办公室说吧。"

任秋风一甩袖子说："胡闹嘛。"

于是，当天，在皇甫副市长的调停下，召集设计单位、建筑单位、监理部门三国四方共同协商，又经过专家论证，其结果是：摩天大厦的基坑支柱必须穿过断裂带，往深处再打六十米至七十米，穿越砂土层达岩石层，才能保证大厦的基础安全。百年大计，不能有丝毫的马虎。由于这是不可预知的原因（合同上叫作"不可抗力"），建设单位必须追加支付基坑维护费一千万。不然，这个基坑就废掉了。对此，任秋风勉强答应了。不答应也没有办法，摩天大楼的广告已经做了，楼花也卖了，没人敢说停下来的话。在会上，任秋风还用嘲讽的口气问了一句："你们不会把地球打穿，打到大海里去吧？！"

散会后，皇甫副市长特意把任秋风留下，说："秋风啊，你也知道我这块心病，我可是就要退的人了。这是我最后一个愿望。"

任秋风说："皇甫副市长，你放心吧，摩天大厦，就是你在任时期的标志。我一定要把它建成、建好。"

皇甫副市长点点头，说："那就拜托了。追加那部分资金，没有问题吧？"

任秋风迟疑了一下，说："没有问题。"但他心里清楚，是有问题的。最近由于金色阳光战线拉得太长，不断出现问题，他办的那些连锁商场，盈利的并不多。

皇甫副市长看他有些迟疑，就说："要是资金周转有困难，可以贷款嘛，要不要我给有关方面打个招呼？"

此时此刻，任秋风只好打肿脸充胖子了。他又一次保证说："没问题。你放心，一千万，我很快就给打过来。"

皇甫副市长说："到了我退的那一天，我可等着剪彩呢。"

任秋风再次说："没问题。"

皇甫副市长站起身，说："好啊，秋风，我没看错人！"

六

江雪回来了。

任秋风派出的四路人马都没有找到她，是她自己主动到总部来的。

当江雪推开任秋风办公室门的时候，任秋风正在声色俱厉地训斥那些办事不力的下属："你们是干什么吃的？还一个一个硕士、博士的，连个人都找不到，还硕什么士？回家抱孩子去吧！"正说着，看见江雪进来了，他不耐烦地对那些人摆了摆手说："去吧去吧，去。"

等人走后，任秋风也没有理江雪，他觉得应该"冷"她一下，她也太不像话了！于是，他把桌上的文件一份份收拾在一起，放在了文件夹里。

江雪也不吭，就那么一直站着。

一时，屋里的空气显得很沉闷。当把桌上的东西收拾整齐之后，任秋风突然发火了："谁让你关机的？到处找你，你到哪儿去了？！"

江雪笑了一下，轻描淡写地说："一点私事。你不是到上海去了吗？"

任秋风说："我问的是，谁让你关机的？！总部有规定，经理这一层，必须二十四小时开机，你不知道吗？"

江雪低声说："我又不是奴隶。"

任秋风望着她："你说什么？"

江雪不吭了，只是看着他，目光里没有一丝畏惧。

任秋风望着她，说："你，变了。"

江雪说："你也变了。"

两人的目光对视着。有一刻，几乎到了剑拔弩张的程度！两人好像都憋足了劲，想要大吵一架。可是，任秋风却突然沉默了，他沉默了很久很久。而后，当他把心里的怒火渐渐压下去之后，才缓声说："我有一个不好的预感，还以为你被人绑架了呢。"

江雪本已浑身披挂，见他声音缓下来了，也耸了耸肩，用缓和的语气说："绑我干什么？我又不是什么大款。"

片刻，任秋风耐着性子，用商量的语气说："江雪啊，有件事，我要给你通报一下，上海的情况不太好，也可以说，很不好。那个胡梅花，我已经把她撤了。找你来，就是商量一下，看谁接替她合适。"

江雪望着他，想了想说："你觉得谁合适？"

任秋风语重心长地说："上海是全国最大的城市，是商业界的必争之地，这个位置非常重要。我想来想去，还是你去最合适。怎么样？"

江雪笑了，"我就知道你会这样说。可是，你晚了一步。不过，有这么多的硕士博士，你随便挑一个都比我强。"

任秋风心里一沉，愣愣地望着她。

江雪郑重地说："任董，感谢你对我的信任。金色阳光现在是人才济济，也不缺我一个，所以，我决定辞职。这是我的辞职报告——"说着，她从挎着的包里拿出一份打印好的辞职书，放在了任秋风的老板台上。

任秋风先是怔怔的，立时又显得很失控，他脸上的肌肉颤动着，好像是忍了很久了，现在已忍无可忍。他伸手抓起那份"辞职报告"，一下子把它撕得粉碎！他一边撕一边吼道："你想逃跑？你，你是个可耻的逃兵！"

江雪站在那里，居然很沉静地说："恰恰相反。现在是金色阳光最好的时期。我觉得，你又新招聘了这么多的人才，不需要我了。"

任秋风有些敏感地望着她，大声吼道："江雪，你老实告诉我，你看到什么了？我告诉你，你看到的那些问题是局部的，是可以扭转的！我，我也并不像你想象的那样坏!"

江雪说:"我知道。"

任秋风十分气愤,他像受困的狼一样在屋子里走来走去,一边走一边说:"我们白手起家,现在已干到了三十五家连锁店。国内国外都有我们的分支机构。我们的商业航母就要建成了!我不明白,你为什么要走?!"

江雪说:"我知道。"

任秋风突然停下来,直直地站在江雪面前,两眼逼视着她,悲伤地说:"你一直是我最信任的人,你为什么要背叛我?"

江雪说:"这不叫背叛。要说背叛,我倒想问你一句:你是不是吃错'药'了?"

任秋风恼羞成怒:"你?!——"

江雪突然又莞尔一笑,把话头拉过来说:"我这是辞职。谈不上背叛谁。我告诉你吧,我,要结婚了。我不想再干了。"

任秋风一怔,说:"你,跟谁结婚?我怎么不知道?"

江雪说:"这,不需要你批准吧?"

任秋风喃喃地说:"我要知道这人是谁。我一定要知道这是谁。我还要,我还要送他一份——大礼!"

江雪说:"你真想知道?"

任秋风说:"对,我要知道。你告诉我,这人是谁。"

江雪说:"好吧,我告诉你,这人是我的老师,齐康民。"

任秋风一下子沉默了。他很久不说一句话。过了一会儿,他喃喃地说:"也好,也好。老康是个好人。你怎么不早说?既然这样,我就不说什么了。你,能不能不走?"

江雪说:"不能。"

任秋风在屋子里踱来踱去,突然停住身子,说:"如果我把总经理的位置让出来,你可以考虑吗?"

不料，江雪很决绝地说："不。"

任秋风在屋子里又走了一圈，回身逼视着江雪，说："你是有准备的，是有预谋的?!"

江雪知道，任秋风是个洞察一切的人，对他，在话里是不能有任何隐瞒的。于是她说："是。"

任秋风沉思良久，突然说："告诉我，你看到什么了？"

江雪站在那里，想了一会儿，这时候她该不该说呢？她只是凭感觉行事，她要走了，她只好说："我什么也没有看到。我只是，累了。我想歇歇。我想，找一个肩膀靠一靠。"江雪最后说的这句话，是大有含意的。

可惜的是，任秋风正在气头上，他根本没理会江雪说什么，只是一摆手说："不，你肯定是看到什么了。以你的精明，你不会无缘无故走的。告诉我，你看到什么了？"

江雪知道，她什么也不能说。可是，任秋风一直对她不错，况且，两人又是有过那种关系的，话已到了嘴边上，她犹豫着。

没有想到的是，任秋风由于气愤，说着说着话题又转了，他一拍桌子说："你知道吗？你这叫突然袭击!"

江雪说："我有那么重要吗？"

任秋风敲着桌子说："在最关键的时候，你们都要离开。你是翅膀硬了。走吧，都走吧。"

江雪默默地望着他，有那么一刹那间，她甚至不想走了。如果他能说一句话，说她最愿意听的那句话，哪怕是一个字，那么，她也许不会走的。可他没有说。在他心里，怕还是爱着上官呢。

往下，任秋风悲伤地摆了摆手，说："你要走，就走吧。你为金色阳光做过贡献。房子，车，还有股份，你都可以带走。"

此刻，江雪有一点点动情，她望着任秋风，说："谢谢。"

任秋风背过身去，说："你还有什么话要说吗？"

　　江雪沉默了片刻，终于说："希望你，将来不要记恨我。"

　　这时候，任秋风神思已乱，他只是有些忧伤地说："千里搭长棚，没有不散的筵席，去吧。要是想回来，随时还可以回来。"

　　江雪站在那里，心里想，不管怎么说，这还是个男人。她说："任总，我走了。"

　　任秋风再没有说什么，只是默默地摆了一下手。

　　待江雪走后，任秋风在屋子里踱着步子，不知怎的，他的身架一下子松下来，背像是也有些驼了。走着走着，他突然停住脚步，木木地站了一会儿，又快步走到老板台前，按了一下桌上的按钮。

　　当一个秘书推门走进来时，他迟疑了一下，终于说："你给我调查一下江雪，看她都跟哪些人接触过。"

○ ●

第二十一章 ·······························

一

　　齐康民一直在悄悄地调查江雪。

　　在中原商学院，自认为"学问第一"的齐教授，是个有名的书虫。他看书很杂，从康德到普鲁斯特，从孔老夫子到易经八卦，他是无所不知。所以他从弗洛伊德那里有了一个独特发现，他的发现是从伟大的心理学家弗洛伊德那里延伸出来的。弗洛伊德研究人的"潜意识"；而齐教授更关注"意识的起源"或叫作"童年意识"。他认为，在这个世界上，每个人都是背着"童年"行走的，一个人的童年可以影响一个人的一生。要说伤害的话，童年的烙印，可以说是一生当中最大的伤害了。正是他，发现了江雪眼里与众不同的"蚂蚁"；也正是他，把江雪当作心理学意义上的"病例"来研究。他要追踪的，是这些"蚂蚁"的来历。

　　齐康民查过江雪的档案。档案很简单：江雪，女，曾用名，江桂花，汉族，一九六六年十二月二十九日生，籍贯，山西洪洞县。这个籍贯显然是不确定的。从下边的学历上看，她一直生活在平原上，与山西似乎不搭界。这也许是江雪在填表时故意作的伪，或者是一种调侃。山西洪洞县有棵大槐树，明万历年间，那是个大迁徙的集散地，有许多人从这里迁往全国各地，成了一代又一代人的祖先。这也仅是传说，难以为证。在父母这一栏里，江雪在不同的表格里，有不同的填法，后来的表格与原填表格不符，有关父亲的姓氏和工作单位都用笔涂改过。如果细细比照查对，就会发现原来填的好像是"医生"，后为"工程师"，原为"刘"姓，后改为姓"江"；母亲的姓名也是改过的，先为"王月"，又为"江淑琴"，后改为"黄大兰"……经查询，表上填的所谓的父母"工作单位"里均没有这两个人，这就成了一笔糊涂账。

这反而更加激发了齐教授的探究欲。那年夏天，趁着一个假期，齐康民只身来到了本省最西部的一个城市。这是一个县级市，有满城的槐树。齐康民几经周折才找到了江雪表上填写的那所学校。江雪在表上填的是"红卫小学"，而现在这所学校的名字叫"文峰小学"。"红卫小学"是"文革"时期的校名；一个叫靳文峰的大款捐钱新盖了教学楼，小学就此改名为"文峰小学"了。据说，"文革"前，这所学校还有一个校名，叫"三限井小学"，已经被遗忘。齐康民先后来了三次，才逐渐弄清了这三个校名之间的传承关系。

齐康民最幸运的是第三次。第三次来，齐康民找到了本校的元老马校长。马校长只当过学校的副校长，已退休了，正领着自家孙子在学校操场上跑着玩。在校园里，这位胖胖的女校长是个碎嘴，见来一斯斯文文的"眼镜"，就说同志，你找谁？齐康民说这是不是以前的"红卫小学"？我想了解一点情况。马校长说是啊，我是这儿的老人（所谓"老人"是在这里工作时间长的意思），你了解什么情况？齐康民说，以前有个学生在这儿上过学，她名叫江雪，你知道吗？马校长想了想，说没有吧，没有这个人。齐康民说，我想起来了，她那时候不叫这个名，叫江桂花。你听说过吗？马校长说江桂花，哪一届的？齐康民说好像七八年，七八年毕业。马校长嘴里喃喃着，说没有吧，江桂花，想不起来了。可是，她走了几步，突然拐回头，你说的是江小豆吧？

齐康民一愣，说江小豆？马校长说我想起来了，你说的八成是江小豆，个儿不高，人家都叫她"小豆芽"。四年级的时候，我接的她们班。江桂花的名字，还是我给她起的。你问她呀？齐康民说是啊，我就是了解一下她的情况。马校长说那你找对人了，我当过她的班主任。齐康民生怕弄错了，特意拿出一张江雪的毕业照，说你看看是不是照片上这个人？马校长接过照片一看，说就是她，别的我认不出来，我就认识她那双眼睛，从小就这样，毒啊！马校长没等齐康民再问，就滔滔不绝地说起来了。

她说，你不知道吧？她是个弃儿。最初我也不知道，是有一次做家访的时候，她家的一个邻居偷偷告诉我的。这孩子命苦，都苦到根上了。你猜怎么着，她是经人转了两次手，才到了这一家。她是头前那一家的女人一大早在医院隔壁的小胡同里捡来的，据说那女人待她还不错，只是那女人命薄，把她捡回来没有多久就死了。结果是那一家的男人带着她，后娶了这个女人。你说说，捡她的女人本就不是亲的，后嫁的这个女人就更不沾边了。这女人有个绰号叫母老虎，很厉害。她自己也有两个孩子，这就算两窝了吧，所以结婚以后，男人和女人因为孩子整天吵架，那女人动不动就"野种""野种"地叫。江小豆，也就是江桂花，也是整天饥一顿饱一顿的，瘦得像猫。这吧，不管怎么说，还有这个男人替她护着点，少挨一些打。可是后来麻烦的是，"文革"的时候，这男人不知因为什么事上吊自杀了，他一死，这母老虎就带着这两窝孩子又走了一家，她这算是第三嫁了吧。结果，嫁人没多久她又生了一个孩子，这就三窝了。这三窝孩子中，也只有江小豆不是这女人亲生的。所以，家里所有的活儿都是江小豆干的，孩子们不管谁犯了错，挨打的也总是江小豆。你说孩子哪有不挨打的，可这女人打人的方法跟别人不一样。你猜她怎么打？你想都想不到，她用针扎！用的是绣花针。听那邻居说，每次打孩子，这母老虎都关上门，只听屋里一声声惨叫！你也不知是怎么回事。孩子出门的时候，你看她好好的，什么也看不出来。这孩子上学从来都是溜着墙根走，不与任何人说话。她唯一能让人记住的，就是那双眼睛。只是后来，有一年夏天，这孩子背上长疮了。长疮了她也不说，上体育课的时候被人撞倒在地上，起来之后，一个背都是血！这时候有同学掀开她的衣裳看了，这才真相大白：她整个脊背上密密麻麻的全是针眼！看了真是让人寒心，那针眼黑紫黑紫的，密得像芝麻粒！一个脊梁都生脓疮了。老天爷呀！

齐康民深深地吸了口冷气，顿时背上冷飕飕的！问，那后来呢？

马校长说，后来这事就传开了，一个街道的人都不愿意了。于是就反映到了民政局。民政局跟学校协商，就让这孩子住校了。那时候江桂花是唯一一个住校生。民政局一月拿十八块钱，算是这孩子的生活费。可学校没法入户口啊，后来就把这孩子的户口入在了市里的孤儿院。马校长说，这孩子的命比黄连还苦，她世上没有一个亲人。

齐康民又问，那，找过她的亲生父母吗？

马校长说，上哪儿找去？捡她的人都死了八百年了。

后来，齐康民又多次寻找那个隔壁有一个胡同的医院，期望能够查询到江雪亲生父母的下落，可他一直没找到。

二

齐康民是在调查过程中逐渐爱上江雪的。

齐康民的调查，本是要证明自己观点的，他想在理论上与弗洛伊德一较高下。可是，在调查过程中，却更多地激发了他人性的一面。他的调查就此转了一下弯，有了更多的怜爱成分，他看江雪的眼光也不由得发生了转变。他觉得在人生环境如此恶劣的情况下，能开出这么一朵花来，实在是不容易的。这几乎是一个奇迹。

马校长后来讲述的一个细节，给齐康民留下了更为深刻的印象。她说，那是江雪十一岁时的事情。她从九岁开始就单独做饭了。那时小学没有食堂，江雪一个人在传达室生火做饭。那会儿，每人每月只有二两油票。二两油肯定是不够吃的。做过饭的人都知道,光热个锅就得半两油。所以每到下半月的时候,江雪就只有清水煮白菜了。一天中午,学校门口来了个卖油的,这是个老人,他一路吆喝着:小磨香油,小磨香油喽!据看大门的老冯头说,江雪本来正在屋里下面呢,听见喊声,她拎着个空瓶子就跑出去了。可她跑到学校门口就站住了,就像突然被钉住了似的。老冯头说,她每月只有十八块钱,母老虎还要从她手里要走五块(说是还赡养费),她只有十三块。她没有钱。那是下半月,离月底还有七天,她身上一分钱也没有。她站在那里足足停了有十几秒钟的时间,一直盯着那个卖油的老头看。当那卖油老头快要走过去的时候,她突然说,卖油的,你等等,我打斤油。就这么一个小人,走上前去,对老头说,你的油香吗?老头说,小磨油,十里香,你闻闻。江雪贴上去闻了闻,说打一斤。可是,当油打进瓶里的时候,江雪说,这油多少钱一斤?老头说,小磨油,八块。江雪说,不对吧,人家都卖五块。老头说,这是小磨油,你说那是花生油,大槽油。江雪说,五块,都是五块。老头生气了,说你不要算了,没有这个价。江雪说,天天有人来卖,说的都是五块。五块吧!老头说,这是芝麻油,八块。一分不能少!江雪说,五块,多了我不要。那老头也是个倔脾气,抓住瓶,咕咕咚咚地把油倒进油篓里去了。就这样,江雪又拎着一个空瓶回来了。回屋之后,她把瓶子倒过来,竟控下了小半碗油!此后她每天用筷子蘸蘸,一直吃到了月底。看大门的说,这孩子冰雪聪明!没有一分钱,也能打油吃。就是这么一个细节,竟然也让齐康民感到了疼痛,就像他背上也扎着一根针。由此,齐康民断定,这是一个商业奇才!

中年男人,一旦动了心,就像是旧日的木匠铺子着了火,那是救不得的。不知从什么时候开始,齐康民经过一步步深入了解之后,渐渐走出了理论研究的窠臼,把自己变成了一个护花使者。

齐康民爱江雪爱到了痴迷的程度。在很长一段时间里,他几乎成了江雪的"业余秘书"。江雪到金色阳光后,她看的所有的书,都是齐康民专程给送的。齐康民凭着自己的老面子，在省城八所大学的图书馆办有借书证。他骑着那辆破自行车跑遍全城，一趟一趟地去给她收集有关商业的、最前沿的图书资料。有时候江雪没时间看，他就代为阅读，而后从中挑出重要部分，做成卡片供江雪参阅。不可思议的是，非常敬业的齐康民齐教授，自从爱上江雪之后，曾先后三次受到校方的点名批评！第一次，他本是夹着教案去给学生上课呢，可他却大天白日呓呓挣挣迷迷瞪瞪地跑到了商场门口，整整耽误了两节课，全校哗然！第二次，是他作为堂堂大学教授，居然偷摘学院的花木！就为了江雪搬家时，说了一句她喜欢紫丁香，而一时大街上又买不到。于是齐教授就乘夜跳进学校的花圃，偷摘花木时被保安当场捉获！第三次最为恶劣。那是他夜半酗酒，凌晨三点穿着裤头子跑出来，到女生305寝室门口大喊大叫！因为那是江雪住过的寝室。有段时间，有老师举报齐康民违反校规，在外兼课捞外快，因为他有整整一个月的时间早出晚归。后来经调查发现，他竟然穿着一个大裤衩子，在一小区里晃来晃去，像是在给人当小工。其实，那是江雪的房子刚刚装修好，为了不让江雪受到甲醛的危害，他用了整整一个月的时间，主动一天两次去给江雪开窗通风。

先前，是齐教授的骄傲自大、目中无人，全校有名。他号称"学问第一"嘛。现在是齐教授的荒唐全校有名。他笑话不断，洋相百出，堪称"荒唐第一"了。可由于他课讲得好，校方也就睁只眼闭只眼了。

很长时间以来，自从江雪跟他许下了"等她三年"的诺言之后，齐康民一直悄悄地做着结婚的准备。他先是戒了酒，原来是一喝就醉，一醉方休；后来是"小二两"；现在是"小二两"也不喝了，改喝饮料了。一生甘于清贫的齐康民近日突然买了一张最好的床，这张床价值万元！床送来时，顷刻间又成了中原商学院的一大奇闻！人们围住那床，啧啧地说，齐教授，这是你买的床?! 可齐教授自有理论，他说，怎么了？人生的一半都是在床上度过的，我怎么就不能买张好床。人们说，是啊是啊，好床。齐教授也该有一张好床了！说着，那笑容多多少少都带一点"黄色"。可好床买回之后，齐教授并没有睡，却一直用塑料薄膜包着。另外，为了申请到新房（学校新盖了一栋住宅楼），堂堂一大学教授，不惜与人大打出手！他曾经揪着后勤处长的脖领子——后勤处长拽着他的裤腰带——两人厮打着一直闹到了校长那里！其实江雪有房，他也不完全是为了房子，主要是后勤处长说的一句话惹恼了他。后勤处长开玩笑说："听说你傍了个女大款，整天开一车进进出出，让那女大款送你一套别墅得了，还要什么房子？"由此，齐教授勃然大怒："什么女大款？我堂堂一大学教授，傍什么女大款?！你把话说清楚——无耻！"

说者也许无心，听者有意，齐康民以为他暗指苗青青。前一段时间，苗青青的确开着车来过几次，就此，他连苗青青的电话也不接了。

三年之期就要到了。最近齐教授的西装穿得格外整齐，走路突然多了一个舞蹈动作。他在夹着教案去给学生上课的途中，走着走着，突然会有一个停顿后的弹跳，这个弹步是很难学的，就像是美国黑人的街舞或是踢踏舞中的一个碰跟滑步，总之，很难模仿。

三

这天晚上，任秋风是喝了酒之后来找齐康民的。

酒是闷酒，一个人喝的。对外，任秋风是从不喝酒的，他怕喝酒误事。这天晚上，他心情烦躁，郁闷，就破例喝了几盅酒，而后，一个人开着车找齐康民来了。

进门之后，带着几分醉意的任秋风，乜斜着眼打量着他，说，"老康，听说你要结婚了？祝贺你呀。"

自从吵了几架后，两人很久不见面了。齐康民见他来了，毕竟是老朋友，就说："日子还没定下呢，你怎么知道？"

任秋风说："是你的学生告诉我的。你的好学生。"

齐康民也不客气，说："不错，我的学生个个优秀。怎么了？"

任秋风哼哼哈哈地说："好啊。好。"

这时，齐康民又要辩论了。他接上话头，马上说："秋风，最近我听到一些传闻，对你很不利，所以，我认为你放走上官和小陶，是你最大的失误！"

任秋风皱了一下眉头，打断他说："不说了吧，可能是失误。人都走了，还说这些干什么？不说也罢。"

齐康民见他有认输的表示，心里高兴，也就没太注意任秋风的情绪，话头一转，说："哎，老兄，我买了一张床，最贵的床。一万多！你来看看。"说着，就把任秋风往放床的那间屋子里引。

那床是包着的，还未解封，也看不出什么名堂，任秋风站在屋门口，不经意地往里看了一眼，说："好床。你倒是想开了。"

齐康民又把他的关于"床"的理论说了一遍，他说："那当然。你知道床是什么？床是梦的摇篮，是爱的长生地。人生的一半，都是在床上度过的。所以，人什么都可以没有，得有张好床。"

任秋风意味深长地说："哈，你有了意中人了。"

齐康民有点羞涩地说："那啥，你不是知道了吗？"

"妙啊！突然袭击。"任秋风没头没尾地说了这么一句。而后，他往沙发上一坐，闷了一会儿，突然说："怎么样，喝二两？"

齐康民怔了怔说："你怎么想起喝酒了？你不是不喝吗？"

任秋风看着他，说："不是要向你表示，祝贺吗？喝二两。"

齐康民很严肃地说："我戒了。我可是戒了。"

任秋风说："真戒了？"

齐康民说："这还有假？戒了，一滴都不喝了。"

任秋风说："行啊老康，你能把酒戒了，不简单啊。"

齐康民说："这有什么？不就是那点瘾吗，改了就是了。"

任秋风突然又转了话题："你对你的学生，都了解吗？"

齐康民抬起头，说："了解。怎么不了解。"

任秋风摇摇头说："我看未必。"

齐康民说："你啥意思？是不是钱多烧的了？有话就说。"

任秋风仍然没把话说出来，他只是含含糊糊地说："你一个大教授，别把人看错了。"

齐康民说："我怎么会看错呢？我早就给你说过，我推荐给你的学生，都是最好的。"

任秋风说："有些人，有些事，你还真看错了。"

齐康民又开始较劲了，说："不可能。错的是你吧。我看人，从没出过错。"

任秋风乜斜着眼看了他一会儿，叹一声，说："老康啊，我看，你这个婚怕是结不成了。"

齐康民一下子怔住了。他望着任秋风，试图从他脸上读出一点什么，可他没读出来，就说："你这人，说一半咽一半，明说吧。"

任秋风冷不丁地说："——狡兔三窟啊！"

齐康民心里急，说："真成奸商了？怎么说话阴阳怪气的，有啥你说嘛。"

任秋风说："我也是为你好。那我可说了？"

齐康民说："你说。"

任秋风说："你爱上你的学生了，江雪。对吧？"

齐康民郑重地点了一下头，说："对。"

任秋风说："她爱你吗？"

齐康民愣了一下，说："这话说得。怎、怎么了？"

任秋风说："这一点很重要。她爱你吗？"

齐康民一慌，竟有些结巴了，说："那那那、那还用说。"

任秋风摇摇头，"哼"了一声，说："老康，实话告诉你，你这个学生，哼，不怎么样啊！"

齐康民火了，说："我的学生怎么了？说话吞吞吐吐的，你不说算了。你走吧！"

任秋风说："老康，咱们还算是朋友吧？从小一块儿长大的朋友。吵是吵，可我一直拿你当朋友。我也是为你好啊！算了，不说了，你自己看吧。"说着，他从兜里掏出一沓照片，"啪"一下放在了面前的茶几上。

齐康民哆嗦着手，拿起了那些放在桌上的照片。这些照片拍的全是一些很私密的镜头：有江雪跟邹志刚在汽车里的；有江雪跟邹志刚在黑井茶社里的；有两人在饭馆里吃饭的；还有江雪穿三点式跟邹志刚两人在游泳馆里的……齐康民看了没几张，就吼起来了。他"啪"一下把照片往茶几上一摔，指着任秋风的鼻子说："你怎么能干这样的事情？——卑鄙！——无耻！这，这完全是捏造！是诬陷！"

任秋风坐在那里，点点头说："对，说得对，我卑鄙。这都是我捏造的。是我没事拍着玩呢。"接着，他直直地望着齐康民，"你也不想想，我会去拍这样的照片吗？这是我拿钱买来的！"

齐康民忽地站起身来，说："你给我滚！从现在起，咱们绝交！我没有你这个朋友了！"

任秋风慢慢地站起身来，这一刻，他有些头晕，身子晃晃地，说："老康，几十年的朋友，不做了？"

齐康民抖着手说："——请你立即离开这里！"

任秋风咬着牙，气呼呼地说："你这个学生，我是如此看重她，信任她。可她背叛我，背叛金色阳光！"

齐康民根本不听他说，只默默伸出手来，做出了送客的姿势。

任秋风边走边说："老康，你可以不认我这个朋友。但我要告诉你，我从不造假！"

齐康民瞪着眼，一句话也不说。

当任秋风走到门口时，他突然又回过头来，恶狠狠地说："老康，你这么爱她，你见识过——桃花吗？"

齐康民像是被击倒了似的，他站在那里，像傻了一样直直地望着任秋风，眼里竟出现了莫名的恐惧！

任秋风以为他没听明白，又一次说："我想，你一定是见过那桃花了。她背上的桃花！"

此刻，齐康民像疯了似的抓起一只茶杯甩了出去，奋力喝道："滚——！"

茶杯摔在了门角上，碎了。门"咣"地响了一声，又关上了。齐康民像一堆泥似的往沙发上一出溜，嘴里喃喃地说："捏造，这完全是捏造。你不要相信。"他闭着眼在沙发上靠了一会儿，而后，他的眼睁开了一条缝儿，瞄了一眼沙发上的照片，又赶忙把眼闭上，自言自语说："不看。我不看。坚决不看。"

可是，他心里已经伸出了一只手，很长的手……

四

齐康民又开始喝酒了。

酒是好东西，它可以麻醉人的神经，让人暂时忘却。可酒里又会长出一种东西，那就是忧伤。越喝，心里的伤口越大，越喝，往日的记忆就越清晰。于是，齐康民对自己说，我得去问问她，我要问一问。

齐康民也是喝了酒之后去找江雪的。那个小区他是很熟悉的，他在那里跑了一个月，就为了给那套房子换一换空气，博雅小区六栋四〇九，这里对他来说已是熟门熟路。

当晚十点半，一个不该敲门的时间，喷着满嘴酒气的齐康民敲开了江雪的房门。江雪看到他的时候很生气，是真生气了。江雪说："你又喝酒了吧？我说过多少次，不让你喝酒。你怎么就不听呢？"

齐康民摇摇晃晃地站在那里，笑着，笑得很傻。他笑着说："酒，酒是个好东西。酒让人清醒。"

江雪穿着一身睡衣立在门口，像训孩子一样没好气地说："快进来吧，别在这儿丢人现眼了。我可告诉你，下次再喝成这样，我就不让你进门！"

齐康民嘴里喃喃地说着什么，摇晃着身子进屋去了。进屋后，他站在那里，四下看了看，像个孩子似的说："我……走错门了吗？"

江雪嗔怪地看了他一眼："你说呢？"

齐康民摸了摸脑袋，没头没尾地说："一醉解千愁啊。莫非，我我我……成了人家的一首词了？"

江雪冰雪聪明，一句话就切到了要害处："哼，是陆游那首'错错错，莫莫莫'吧？'山盟虽在，锦书难托'，对吧？好啊，你走。你走吧！"

齐康民一下子没词了，他像个没头苍蝇似的，就那么晃晃地站着。片刻，他一拍脑袋，突然说："不不。是唐、唐婉的'难难难，瞒瞒瞒'——'世情凉，人情恶；人成各，今非昨'……"

江雪想他又喝高了，就"哼"了一声，没再说什么，先是扶他在沙发上坐下，而后回身拿了一条毛巾，走到他身边，一边给他擦脸，一边柔声说："好了，知道你学问大。不让你喝，是为你好呢。你怎么就不听话呢？喝酒伤身，以后别再喝了，行吗？"

齐康民眼里突然有了泪，他哭了。

江雪一怔，弯腰拍拍他，笑着说："哎，哎，老康，不至于吧？你看你，怎么像个孩子？好好，我不说了。我知道你是大教授，爱面子。"

齐康民喃喃地说："雪，小雪。我爱了你三年，又等了你三年，数一数日子，六年了。嗬，整六年。"

江雪点点头，说："我知道。"

齐康民抬起泪眼，说："这六年里，我没提过非分的要求吧？"

江雪说："没有。"

齐康民说："那，我现在能不能提个要求？"

江雪望着他，久久，说："你提吧。"

齐康民却一下子哑住了。他的嘴像是贴上了封条似的，很长时间都没有开口说话。他太痛苦了！

江雪瞪着一双毛毛眼望着他，见他久久不开口，就鼓励他说："说吧。无论你说什么，我都会答应你。"

齐康民喃喃地说："我……"

江雪急了："说呀！"

齐康民两手捧着脸，又过了很久，终于说："我想看看，桃花。"

江雪的脸陡然起了变化，那是惊鹿一样的表情！她像是被冻住了一样，僵硬地站在那里。过了好一会儿，她才像活过来似的，抱着两个膀子，轻轻地问："是谁告诉你的？你，听说什么了？"

齐康民抬起头，看了她一眼，似乎想说点什么，却没有勇气说出来。他又垂下头去，默默地摇了摇头。

江雪再次追问："你到底听说什么了？！"

齐康民的头低低地勾下去，什么也没有说。

江雪那爬满了蚂蚁的眼睛里含着泪珠，她说："还记得我给你说过的话吗？我说，你等我三年，在这三年里，无论谁说什么，你都不要相信！"接下去，她咬着牙一字一顿地说，"可你，还是，信了。""信了"那两个字，是痛彻心扉的！

齐康民无语。

江雪站在那里，脸上的表情不断地发生着变化，先是惊恐，疑惑；接着是怨怼，仇恨；再接下去是疯狂，是豁出去的凛然。她说："好，好吧。你不是想看吗？我让你看。"

　　说着，江雪背过身去，无声地褪去了那件精纺的丝绸睡衣，就那么穿着乳罩和内裤，赤裸裸地站在那里。她背上果然是有"桃花"的，那桃花镶在肉里，灿烂地开放着，像真的一样，逼真！如果细细地看，就会发现那桃花是用针雕刻后又上了油彩的；而桃枝则是天然的疤痕。江雪咬着牙、含着泪说："看吧，好好看看。看清楚了吗？我给你说过多少遍了，我不是孤儿。我有母亲。我母亲是个雕刻师，这就是她给我刻上去的！"

　　齐康民脑海里像是炸了一样，满眼都是桃花！满世界都是桃花！

　　片刻，他再一次艰难地抬起头，说："雪，小雪，你说实话，你爱过我吗？"

　　江雪说："想听实话，是吧？"

　　齐康民说："是。我想听你说句实话。"

　　江雪恶狠狠地说："没有。我从来没有爱过你。我是逗你玩呢。你没看出来吗？大学问家？！"

　　齐康民深深地埋下头，再一次说："从来，没有吗？"

　　江雪干脆一下子狠到了底，她说："从来没有。我就是逗你玩。我就是拿你寻开心。我牵着你，就像牵着一条狗一样！不时给你扔两根骨头，抛个媚眼。说得更直白一点：我有一百个男人，你不过是一百零一个罢了！"

　　齐康民双手捧着脸，叹一声说："我明白了。"

　　江雪冷笑一声，说："你明白什么了？告诉你，我还有一个目的，就是想撕下你脸上的画皮！你心里想什么，你以为我不知道？其实，你和那些男人没什么两样，不过是人模狗样地披一张假斯文的皮罢了。你不是想看桃花吗？你不就是想证实一下我的无耻吗？我还告诉你，我从来不说实话，我没有说实话的习惯！你们男人都一样，任何一个男人都想看桃花，你已经看到了，该满足了吧？！滚吧。该看的你都看了，你也该滚蛋了！"

　　齐康民很难过地说："江雪，别，别这样说。"

　　江雪说："你想让我说什么？让我跪在你面前求饶？让我哭天抹泪地求得

你的宽恕？——你休想！"

齐康民忽然朝自己脸上扇了一巴掌，说："江雪，错了。是我错了。我向你道歉。"

江雪满脸是泪，她哭着大声喝道："晚了。我不接受你的道歉。我不原谅你，永远！"

五

夜深了。

城市的夜仍然像一只五色的狐狸，到处都放射着诱人的光彩。远处高楼上的广告牌闪烁着花花绿绿的霓虹，那是一瓶酒在追一个盘子，或是一束光在撵另一束光；一街两行的饭馆依然是灯火辉煌，玻璃窗里晃着一颗颗冒着热汗的人头；卖香辣蟹的小摊已摆在了人行道上；卖羊肉串的就要收摊了，把火红的炭灰倒在了下水道口上，"嗞"一声冒出了一荡带有羊膻味的热气；洗浴中心的敲背声从窗口跳出来，追逐着亮红的女人曲线；歌厅门口挂着一串串红灯笼，灯笼下站着穿旗袍挂金黄色绶带的姑娘，有"美酒加咖啡"的歌声从绶带里四溢；美容店靓女的头像一张张在玻璃窗上招手大喊：亲一个；轿车、出租车一辆辆像蜂一样在大街上奔跑着，也不知人们都在干什么——忙啊！

齐康民像一个老乞丐，昏昏沉沉、跌跌撞撞地在路上走着。他自己觉得，他真成了一个乞丐了，十足的、精神上的乞丐。他身边车来车往，且不断地有人鸣笛示意，他却浑然不觉，大咧咧地走在马路的中间。当司机骂他的时候，他竟回头笑了笑。有一段时间，在一个十字路口上，他兴之所至，竟还爬上指挥台，伸出手臂指挥南来北往的车辆通行，给人免费当了一阵交警，而后他又走下指挥台，嘴里念念有词地向东走去。是啊，他去的时候，心还是满的，是有期待的；可回来的时候，心已经空了。他想证实的，都已经证实。可是，他又得到了什么？

六年了，数一数，多少时光？当他骑着那辆破自行车满城跑着借书的时候，当他在一张张卡片上记述着人类智慧精华的时候，当他抱着雨伞等在商场门口的时候，当他厚着脸皮去偷花的时候，他是等着这一天的。可这一天没有了。当然，他也知道现在社会上有了很多新观念新思潮，有了很多后现代超现代的、多元的生活方式，可他依然"老派"。他知道，他理解，他也接受（在理论上），可他自己"新"不了了。

他脑子里有一个死结。这个死结是他无论如何也跑不出的，那就是：一个人说了话怎么可以不算？一路上，齐康民喃喃地重复着一句话：你说的，让我等你三年，我等了。你说让我等你三年。

夏夜里，他眼里却开放着一朵朵桃花，桃花满天。那桃花，真是扎眼啊！人人都知道你背上有桃花，只有我不知道。你为什么要骗我？既然不爱，为什么还要我等?! 每次发问，到了这里，就成了一个死结。

可是，那双眼睛，那双爬满了蚂蚁的眼睛就像是长在了他的脊背上，他是背着这双眼睛仓皇逃走的。长久以来，他竟然不敢和她对视。不知为什么，他对这双眼睛非常着迷，可以说是既爱又怕。那就像是一枚钉子，一直钉在了他的心里。

是这双眼睛让他看到了他做人的失败。他真的是很失败呀！他一路走着，一路都在阅读他的失败。他的失败就像是无法破解的"天书"，每一个字都让他如坠五里云雾，都让他汗颜：他的前妻，连个招呼都不打，就悄没声地跟人跑了，跟一台商南逃去了广州；他满腹经纶，讲的又是商科，也曾试图经商，却连一颗钉子也没卖出去过；他曾经炒过股，在理论上，他对股市的判断可以和国际上的大股评家画等号，可在实践中他却屡屡败北，投入的钱血本无归；他号称"学问第一"，可两次评正高都没有通过，到如今教授还是副的；他爱上了自己的学生，巴巴地等了六年，可人家却说不爱他，从来没有爱过他，是逗他玩！

这么想着，那悲哀像潮水一样漫上来，一下子就把他给淹没了。他也试图挣扎，也试图重新爬上岸来，可是"岸"在哪里？！

读书人，你真的是很无用啊！你还跟人争执什么？你还有脸执什么教鞭？你循循善诱口吐莲花讲出的道理不过是一泡臭狗屎！你在讲台上上蹿下跳声嘶力竭不过是一场场拙劣的表演！你特立独行放荡不羁不过是为了掩饰你的低能！你大咧咧口出狂言也不过是保护自己的一种手段罢了。其实你也是一个孤儿，你是被齐家抱养的。普天之下，你也是没有一个亲人！

你看得很清楚，不久你将成为商学院的一个笑料，一个茶余饭后嚼舌头的口实。人人都知道，你平时省吃俭用苛刻吝啬却买了一张最贵的床。有了关于好床的理论，却没有人睡。你张牙舞爪地跑去跟后勤处要新房，还揪人家处长的脖领子，四处张扬着说你要结婚啦，可分房时人家问你要结婚证，你又拿不出来。到时候，你还有脸见人吗？！

齐康民迷迷瞪瞪晕晕腾腾地走回了学院，又鬼使神差腾云驾雾般地上了学院新建的十二层教学楼。进门的时候，看门的保安自然认识这位大名鼎鼎的齐教授，有点诧异地问，齐教授，都后半夜了你……他伸手一指，我上去看看。保安自然看出他喝酒了，可保安不敢拦他，这是个惹不起的人。就这样，他一步一步地上到了十二层，站在了楼顶上。

这真是个不夜城，黎明在即，眼前依然是灯火一片。那纵横交错的灯，那层层叠叠的灯，那五颜六色的灯，就像是幻化出来的带有几分神秘的流光溢彩的海洋。在灯的海洋里，又分明亮着一条条河流，河流里汪着一芒芒漩涡，那就是人们说的路和街吗？跳荡着礁石般的一坨一坨的炫目弧线的地方，那就是所谓的娱乐场吗？那就是人们趋之若鹜的饭馆歌厅酒吧吗？那就是商家的广告牌子吗？而后是匣子，一方一方、一棱一棱、一格一格的水泥做成的匣子，匣子已快垒到天上去了，匣子活在灯海里，却死在黑暗中；人，在一个个匣子里装着，所谓的生活，也不过是从一个匣子走向另一个匣子，那么，天堂在哪里?!

天就要亮了吗? 天边终于有了一线鱼肚白，那白就是赶夜的鞭子，城市的夜是不用赶的，你没看他们一直在跑吗? 可跑向哪里，谁也不知道，没人知道。他们只是在跑。

齐康民最后看了一眼那天边的鱼肚白，他知道那赶夜的鞭子并没有抽向城市，而是打在了他的身上! 此时，他的书生气在最后一刻表现得仍然极为充分，他往下看了看，脑海里突然间蹦出了书里的一句话，这句话出自《瞿秋白传》，是秋白先生说的。四十多年来，他一直活在书本里。他实在是走不出书本了，他已经淹在书里，说不出自己的话了。于是，他扶了一下眼镜，笑了笑，在临跳下去之前，又一次背诵了瞿秋白先生的话:

"——此地甚好。"

六

江雪后悔了。

在齐康民狼狈逃走之后，江雪立刻就后悔了。

正是那关门声震醒了她。那"咚"的一声，像是震裂了她那坚强无比的神经，使她顿时有了抽搐般的痛感。

是啊，六年了。六年来，还没有谁像齐康民教授那样疼爱过她。他就像父亲一样，包容着她所有的任性，所有的无情无义。她让他干什么，他就干什么; 她戏谑他，嘲笑他，支使他，甚至恶意地算计他，他从来不恼。他是学院里人人尊敬又人人害怕的教授，他的课讲得非常好，好到让人着迷的程度; 但他的脾气不好，跟人说翻脸就翻脸。也只有她，敢叫他"老康"。

就是单从个人的角度考虑，她也不该放弃他。他是她一生中唯一真心爱她的人。也只有他的爱，不附加任何条件。他甚至代她去读书！他给她做的一千六百张卡片，如今还在她书桌上的卡片柜里放着。那些卡片做得极为精致，每个字都是工工整整一笔一画的小楷；书是一本一本地看，而后在阅读中把那些精华部分挑出来，再一一抄在卡片上，编目排序。每本书的摘要都是以书的第一个拼音字母打头，而后再以 A、B、C、D、E、F……的顺序排列，供她随时查阅、引用。没有人知道他究竟花费了多少心血！

还有一件事是她不能忘的。这是一个迂腐的人，迂腐到了冥顽不化的程度。有一段时间，她的房子刚装修好，他每天跑来给她的房间通风换气。一天傍晚，当她开门进来的时候，见他没有走。他不但没走，竟然光着脊梁、黑着灯坐在厅里，当时吓了她一跳。开了灯之后，她说：“老康，你干什么？吓我一跳！”齐康民赶忙穿上衣服，还咳嗽了一声，郑重地说：“——蚊子。”她不太明白，说：“蚊子？蚊子咬你了？”他说：“跑进来两只蚊子，我打死了一只，还有一只。”她笑了：“老康，一只蚊子，就值你这样？”他说：“既然打死一只，我想再等等。”她大笑：“老康老康，你坐在这儿，就是等蚊子呢？你傻不傻呀？”可是可是可是，事后她才想起来，齐康民最怕蚊子咬。所以，他以为江雪也怕蚊子，他是在替她喂蚊子呢！

是呀，她并不爱他，可她需要他。以她的聪明，她当然知道，这是一个可靠的后方。当你在前方拼杀的时候，如果胜利了，那是没有话说的；但一旦失败了，他这里就是一个最好的养伤口的地方，是最后的退守之地。正是基于这一点，她要他等她三年。

三年。在这三年里，她也是曾经沧海难为水呀！她一直在拼搏、在较量、在争取，她又见识了多少人多少事？她爱的人，她曾经委身的人，并不爱她……说白了，那不过是一次次的交换罢了。是心计，是利益，是欲望的燃烧。当江雪面对内心的时候，她是清楚这一点的。

假如不能得到心中所爱，就找一个爱你的人垫底。这是江雪最初的计算。

现在，这个计算出了一点偏差。她的一些事情，竟然被他发现了。可是，那又怎样？

江雪是个永不言败的人。她知道，齐康民骨子里是一个老实人，迂腐的人。如果她稍微施展一点手段，仍然是可以俘虏他的。在这一点上，她是有信心的。想想，还有谁这样对你？还有谁期望你眼睛里开出花来？还有谁肯去为你喂蚊子？不要再欺负老实人了。去吧，去把他追回来。说一千道一万，他才是你最可靠的人啊！

可是，现在就去追他吗？还是再等一等？

有那么一刻，江雪有些心绪不宁。这在她，是从来没有过的。于是，她拉开窗帘，朝外看了看。已是后半夜了，小区里很静，只有一些路灯白晃晃地亮着。她想回床上躺一会儿，可她睡不着，于是，又爬起来，点上一支烟。在众人面前，她是从不吸烟的。可没人的时候，她会悄悄地点一支，以减轻心里的压力。然而，不知为什么，她仍然心绪不宁。这到底是怎么了？是什么东西挂在了心上？

于是，她把烟掐了，换了身衣服，拿上车钥匙，出门去了。

天已微微地亮了。灯红酒绿的城市，只有这时候，才会静下来。这静也是醉后的静，不久，那喧闹就又开始了。晨光里，街面上车辆不多，偶尔有早班的洒水车在路上行驶着。江雪把车开得飞快，她甚至把见齐康民后的第一句话都想好了。开门之后，她会说：老康，还生我的气吗？

然而，当江雪的车驶进中原商学院大门之后，她却发现校园里乱嚷嚷的，像炸了锅似的。只见人们一群一群地从楼里冲出来，都朝着一个方向跑！一大早，这是干什么呢？她摇下车窗，刚想问一问，却听见奔跑的学生在说："快快，齐教授自杀了，从楼上跳下来了！"

顿时，江雪像挨了一闷棍似的，一下子趴在了方向盘上。片刻，她有些慌乱地打开车门，冲上去就近抓住一个男生问：谁？你说谁?！那男生气喘吁吁地说：齐教授！齐康民教授！说完，大步跑去了。江雪下意识地跟着人们朝教学楼前跑，可是，跑着跑着，就在她快要跑到的时候，只有十几米远，她突然停了下来，就那么呆呆地站了一会儿，又扭头往回走。她听见人们乱纷纷地说，快打110！快打120！快快快！江雪重新走回车里，默默地坐了一会儿，而后果断地倒车，迅速地离开了商学院。

重新驶上大街的时候，她哭了。她知道，她把心留下了，她的心正抱着那个浑身是血的人……失声痛哭！

○　●

第二十二章　· ·

一

那是个不宜接电话的时刻。

电话铃响的时候，任秋风正在东郊一个高尔夫球场上学打高尔夫球。

这个占地一千多亩的高尔夫球场是位泰国商人出资建的，投资八千万。这也是中部省份的第一家高尔夫球场。球场主要是给富人建的，也像京城一样吃喝玩一条龙服务，实行的是会所制。所以，来这里打高尔夫不是为了打球，而是为了玩"派"。人"款"到了"亿锭"（一定）程度，不打高尔夫，你打什么呢？况且，他是被人请来的。请他来的是金色阳光的三位大股东，不管想不想打，装也要装一装的。可他刚按规定姿势举起球杆，电话就响了。

然而这个时候，任秋风不想接电话。近一个时期，金色阳光集团的资金链条出了一些问题。说白了，是一些供应商对他长期拖欠货款不满，整天在屁股后追着要账。可是，当着三个大股东的面，他当然不想让他们知道内部的情况。于是，他用调侃的语气说："不接了。我总得给自己放半天假吧。"说着，他从裤兜里掏出手机，很大气地按了一下，而后把手机调到了震动上。可是，当他把手机改成震动后，手机是不响了，却像个跳蚤似的，一直在裤兜里蹦跶。每隔三五分钟，它就震你一下，不屈不挠，震得大腿根很不舒服。

任秋风知道，这肯定是有什么急事，可当着这些人，他不能接。

之所以把任秋风约出来打高尔夫球，三位大股东也的确有想法。当初，他们对金色阳光十分看好，不然，也不会把近一亿的黄金白银投进去。可是，说话间三年过去了，从表面上看，金色阳光集团形势大好，已经从一家商场发展到了三十五家连锁店，在香港、美国都有分支机构……并号称从无形资产到固定资产加上摩天大楼（摩天大楼还在挖地基呢）足足有五十亿之多！这当然是升值了。可这仅仅是数字。说白了，这数字也大多是估算出来的，而实际情况如何，他们心里却没有底。尤其是最近，他们不断听到一些风声，说金色阳光集团的经营情况很不好，严重亏损，有可能出现雪崩。于是三位大股东私下一商量，决定把任秋风约出来，探探他的口风，摸一摸底。如果情况确实很糟糕，那得赶紧把资金撤出来。

如今，市场经济风云变幻，一时通货膨胀，一时又银根紧缩，有好多企业说垮就垮，这不能不让人担心。所以，名义上是打高尔夫，可双方打的是"心理战"，是商人之间的一次心智上的较量。

他们四个人，实际上是一对三。任秋风算是一方；郭老大，工商行的行长薛民选，交行的副行长千有余，算是一方。他们三人，是一个利益集团。私下里又唯郭老大的马首是瞻，什么事都听郭老大的。而郭老大的背景十分复杂，你看，他明明是中原人，却有一本香港护照。据说他的夫人原在香港经商，现又入了加拿大籍，如今住在多伦多的一栋阳光明媚的别墅里。有传言说，他这个夫人可是大有来头，年龄比他大得多，他就是靠着这个夫人起家的。至于真实情况，就不得而知了。郭老大今天上身穿着一件米黄色的休闲 T 恤，下身是乳白色的休闲西裤，脚上是一双耐克鞋，看上去一下子年轻了许多。他站在高尔夫球场上，随随便便地挂着球杆，看了一眼站在一旁的球童，那球童是个在校女大学生，是趁着星期天出来打工的。她穿一球童马甲，身上背着球袋，推着一辆自助球车，大约是没干多久，样子有点傻。郭老大眯着眼看了一会儿，像是想起了什么，若有所思地说："老任啊，实话对你说，二十五年前，在香港，我也是当过球童的。球童也不好当啊！"任秋风说："是吗？你还有这段经历？说说。"这时，千有余在一旁插了一句："大哥可是见过大世面的，久经沙场，什么没干过？！"郭老大溜了千有余一眼，说："你这个老千，哪壶不开你提哪壶。往事不堪回首啊！我当球童那阵，还没这姑娘大呢。"接着，他话头一转，又对任秋风说："老任，你知道选球童的第一个标准是什么？"任秋风摇摇头，说："这我是外行，不懂。"郭老大说："——眼。选球童的第一个标准是眼，眼要好。你想，球'日儿'一下打出去，谁知打到哪儿去了，球童得在第一时间里把落点找到，而后跑去捡球，所以——眼！"任秋风笑着说："听你这么一说，我明白了。郭童是鹰眼！"郭老大意味深长地说，"谈不上，年轻时候还行。不过，现在年岁大了，兴许也有看走眼的时候啊……"任秋风说："看来，我根本不是你的对手，今天是败定了。不过，如果是射击，你肯定不是对手啦。我是什么枪都打过。"郭老大淡淡地说："其实，把你约出来，也不是为了打球。你责任重大，怕你累着，不过是让你出来玩玩，散散心罢了。"任秋风笑着说："我是给你们打工的，大佬们如此体恤，谢了。"

阳光很好，草坪如画。站在球场上，举目望去，让人有到了国外的感觉。可说是打球，虽然是四个人一块儿来的，也就是郭老大和任秋风两人打几杆，另外两人陪着，几乎相当于在草坪上散步，所以，当球打到一个果岭上的时候，郭老大从兜里掏出一张百元钞票，对立在一旁的球童招招手说："姑娘，谢谢你了。我们也就是聊聊天，说说话。不打了，你去吧。"那球童很识趣地接过小费，说声谢谢，背上球袋，拉上球车走了。那姑娘走了几步，还回头看了他们一眼，心说，有这么贵的金卡（她知道，一张金卡好几十万呢），怎么就不好好打呢？

待球童走后，郭老大往远处望了一眼，漫不经心地说："老任啊，听说，这一段经营情况不太好？"

任秋风笑了笑，也望着远处，说："还行吧，还行。"

这时，薛行长插了一嘴："老任，是不是摊子铺得太大了？"

任秋风说："各位都是内行，当然知道这个道理了，规模出效益。如果不是这三十五家连锁，咱们三个亿起步，怎么能发展到现在的五十亿呢？! 你们说是不是？"

老千逼上一句："老任，我听说，上海那边，啊这个这个，出事情了，好像说，问题还不小？"

任秋风不紧不慢地说："打大仗，不能光考虑一城一地的得失。失之东隅收之桑榆嘛，你们说是不是？不错，上海那边的商场是出了一点事情，是我亲自去处理的。我把那总经理撤了！"

老千笑了，老千挤挤眼笑着说："哎，老兄，听说那总经理是一女的？很有几分姿色。老任，是不是跟你有一腿呀？"

任秋风正色说："唉，这个事，不说她了。真实情况是，她当时就给我跪下了。跪下也不行！在大的原则面前，我这人是六亲不认！"

老千说："对。这对！球，女人算什么，睡就睡了。"

郭老大慢吞吞地说："玩笑归玩笑。生意是生意。商场就是战场，大意不得呀。"说着，他似不经意地看了薛行长一眼。

这时，老薛突然说："郭大哥，有个事我还没跟你说呢。这一段，我那里头寸有点紧，我想从老任这里调一部分资金救救急，你看如何？"

郭老大显出并不在意的样子，抬了抬下巴："你自己的事，给老任说吧。"

任秋风已经听出他话里的意思了，但不知他是想抽股还是真想救急。他就知道一点，现如今，他是一分钱也拿不出来了！不过，他仍然答应得很爽快，他说："可以呀。你要多少，五百万，还是一千万？"

老薛又瞄了郭老大一眼，迟疑了一下，说："五百万吧。行里要搞大检查。我也是救救急。"

任秋风说："好啊。不过，有句话我得明说。你的股份是先退一部分呢，还是全退？薛行长，你是这方面的内行，有句话，我不得不说。如果你现在退股，损失可就大了！这有合同，我就不多说了。不过，既然各位都在，我还是把集团的大致情况给各位汇报一下。现在的规模，发展下去就不是五十亿的问题了……"往下，任秋风流水一般背出了三十五家连锁店的各种经营数字，那数字像子弹一样，一串一串地从他嘴里迸射出来，击打着三位股东的耳膜。可是，说这些话的时候，连任秋风自己都有些吃惊。他知道，他说的不是实情。可他没想到，他说假话竟然也这样流利！

任秋风现在也习惯于说假话了，并且他不认为这就是品德问题。在他的意识里，这是"工作"。为什么呢？比如在谈判桌上，你当然不会把实底告诉对方，这谁都知道。可是，在这个关口上，面对三个股东，他也是不得已而为之。在内心深处，他到底是捏了一把汗的。

听了那一串一串的数字，薛民选下意识地又看了看郭老大，赶忙对任秋风说："知道，我知道。你这里如果有困难，就算了。"

任秋风很认真地说："有困难是正常的。这么一大摊子，怎么会没有困难？这是两码事嘛。老薛，你要撤股，撤就是了，我马上就可以办。不客气说，有、人、等着呢。"

话说到这份儿上，站在一旁的老千赶忙打圆场说："算了，老任。老薛他没说撤股嘛。他只不过是，啊，手头有些紧……"

薛行长说："是啊是啊，我知道任兄劳苦功高。我也不过是想调个三五百万，临时周转一下。"

任秋风大包大揽地说："这没问题。你什么时候用，随时说话。"

薛行长说："这事回头再说，回头再说。"

此刻，郭老大话锋一转，又问："老任啊，摩天大楼建得怎么样了？怎么老不见动静啊？"

任秋风说："正建着呢。你想，一百二十八层，世界第一，本市标志性建筑。光地基就得有十层楼那么深！要穿过三层阴河。不过，也快，马上就出地面了。一出地面，三天一层，说起来就起来了。"

　　郭老大默默地点了点头，说："好。那就好。老任，咱们可是绑在一块儿了，是同打虎共吃肉的兄弟啊！"接着，他往前走了几步，像突然想起什么似的，说，"哎各位，最近，有件事你们听说了吗？"

　　老千说："啥事？"

　　郭老大说："前不久，我香港一个朋友，好好的，突然失踪了。你们知道为啥？"说到这里，郭老大沉默了一会儿，才接着说，"据说是这小子太不仗义了！当面说鬼话，坑了一圈人。结果呢，哼！让人装在麻袋里，撂进大海喂鱼了。"说完这话，他又意味深长地补了一句，"为人，诚信二字很重要啊！"

　　老薛也感叹地说："那是，那是。"

　　可任秋风接着说了一句话，他的话像是无意却也有意，那话里透着一份超常的镇定。任秋风说："这不很好嘛。就跟把骨灰撒在大海里一样，是伟人待遇。"

　　于是，他们都笑了。

二

　　还是出事了。

　　等任秋风有机会接电话的时候，手机上已经出现了一行一行的、带有红色提示意味的未接电话；其中光"021"字头的未接号码，竟有二十多个！就此，任秋风明白，上海，是上海又出事了。

　　而且是出大事了！

　　等任秋风带队赶到上海的时候，金色阳光上海商场已是一片狼藉！店面的所有玻璃都被人砸坏了，西瓜皮、鸡蛋壳、玻璃碴满地都是，金色阳光的招牌也被踩在了地上，员工们已四处逃散……好在防暴警察及时赶到，才没有出现商场被哄抢的局面！现在，警察已在商场四周拉起了一道黄色警戒线，任何人不得进入。这还不仅仅是供应商追讨货款的问题，连租赁方也跟着下手了，上海商场的业主已利用近水楼台先走一步，把金色阳光告上了法庭，并且进行了"诉讼保全"。所以，商场现已被上海的一家法院查封，钢制的大栅栏门上交叉贴着盖有法院大印的封条！

就现在，在警戒线的外边，仍然围着一群一群的供应商。这些从全国各地赶来要账的供应商，闹了一天一夜，也像是累了。他们一个个垂头丧气地或站或坐，三五成群，却仍然不走，一脸愤愤不平的样子。他们打出的横幅、举着的牌子、扯出的标语，仍散乱地竖在那里，上边写着"无耻！""赖账！""强烈要求法院追缴货款！"等一串串带有惊叹号的血红字样。

更为严重的是，金色阳光上海商场的总经理、副总经理以及中层干部有八人被打伤！他们已经被救护车拉进了医院。伤情最重的，是新任的总经理，他至今还在昏迷之中。当任秋风又匆匆赶到医院时，那些受了伤的干部看见他就哭了，眼前是一边哭声！

这时候，一片乱麻之中，任秋风站在那里，一次次地反复告诫自己：镇定，你一定要镇定。

可是，任秋风心里清楚，对于此事，他是负有责任的。可以说，他负有重大责任！这个导火索，还是由摩天大楼引起的。摩天大楼的地基打到了阴河上，不得不重新打桩。由于多次反复，基坑维护的费用大大超支了！正是他，在资金如此紧张的情况下，咬牙动用了本来就很微薄的两千万流动资金（先是一千万，后又追加一千万），拆了东墙去补西墙，使本来就不充裕的流动资金链条完全断裂，造成了无法弥补的恶劣后果！对此，他无话可说。

其实，早在半年前，江雪就警告过他，说流动资金的链条一旦断裂，后果不堪设想。可当时并没有引起他的注意。他以为，凭金色阳光这个牌子的信誉，拖个一年半载是不会有问题的。三个月前，他也曾一次次地接到各个分店经理的诉苦电话。说有的供应商因为不能及时拿到货款，已提出威胁，说不再供货了。这时，任秋风还严厉地批评他们，要他们顶住压力，拖一拖再说。结果一拖再拖，就出事了。

上海商场的这个总经理叫郝明，是财贸大学的博士。他是任秋风从招聘的人才中千挑万选选中的。可他上任仅半年时间，就被人打断了七根肋骨，至今还昏迷不醒。看来，是一步错，步步错呀！

怎么办？当务之急，是要尽快搞到一笔救急的款项。人有钱的时候，钱就像是一堆废纸；没钱的时候，钱就是命。现在去找银行贷款恐怕来不及了，时间不等人，唯一的办法还是拆东墙补西墙。当然，任秋风也知道，这几乎是饮鸩止渴，又是一步险棋！可他已顾不得那么多了。他必须尽快把这个窟窿堵上。只有堵上了这个窟窿，他才能赢得时间，而后再想办法。他相信，只要过了这道难关，资金不是问题。于是，他一边做着善后工作，一边给其他三十四家连锁商场打电话，严令他们在三天之内，各抽调五十万（至少）到上海救市！他对着电话恶狠狠地说："我不管你拿什么钱，三十六小时之内必须给我汇到！"

经过一天一夜的抢救，郝明总算醒过来了。任秋风深深吸了一口气，大步走进急救室，他站在病床前，弯下腰去，亲切地说："郝明，你终于醒了。好啊，你是一条好汉。"郝明看见他，就像看见亲人一样，流泪了，一个才毕业没多久的博士生，哪见过这阵势？他满脸都是泪，呜咽着想说点什么。任秋风轻轻地拍拍他说，"你什么也不要说，我都知道了。你安心养伤，其他的事，我来处理。"而后，他看了看表，再没说什么，扭头走出去了。

对于任秋风来说，时间就像是催命的判官。来上海之后，他已经三十六小时没合眼了，需要做的事情太多了：他马上要去跟租赁方谈判，请求人家撤诉；他要去法院跟人协商，请求解封；他得去公安局，要求严惩打人凶手，追究闹事者的法律责任（这也是为了给商场起一些保护作用）；他还要去跟那些要账的供应商分别谈判——秘密地、一家一家地谈，能拖的再拖一段，拖到年底，不能拖的，就分期分批先给一些货款。这些事，别人是做不了主的，都得他亲自去谈。

当任秋风步履匆匆就要走出医院的时候，没想到一家小报的记者盯上他了。那是一个瘦瘦的小个子，小个子快步走过来，一手拿着个小录音机，一手拿着个笔记本，神气活现地抢在任秋风面前，说："任总，你是金色阳光的任总吧？我是记者，想采访你一下。"

任秋风火急火燎地大步走着。现在，每拖一分钟，就如同割他身上的肉！所以，他边走边说："对不起，我没时间。"

不料，那小报记者紧跟着说："你对上海商场的流氓行为怎么看？"

任秋风一下子火了："什么流氓行为？你知道什么是流氓？到底谁是流氓？胡说八道！"

那小报记者仍追着说："长期欠债不还，不是流氓行为是什么？"

任秋风更火了："这是经济纠纷！我们的人被打伤了，现在还在医院里躺着。到底谁是流氓？！我告诉你，我们有的是钱！钱对我来说，就是一个数字。所以，根本不存在欠债不还的问题！行了，你不要跟着我了。"

可那小个子依旧紧追不舍："既然你们有的是钱，为什么还要长期拖欠货款？听说，你们在各地都有拖欠货款的现象，有这事吗？"说着，他竟然把小录音机举到了任秋风的脸前！

这时候，任秋风勃然大怒，他伸手用力一挡，只听"啪"的一声，那小录音机摔了出去。

当时，两人都愣住了。片刻，任秋风望着这个小个子记者，怒不可遏地说："我看，你就是个流氓！"

那小个子记者望着那摔坏的录音机，眼里冒着火，恨恨地说："——丫走着瞧！"说着，他从地上捡起那个摔坏的小录音机，悻悻地走了。

这时候，虽然气愤，任秋风摇摇头，也顾不上多想什么了，他还赶着去法院呢。

三

应该说，压垮骆驼的最后一根柴，是这个小个子记者加上去的。

在历史上，这个小个子记者是没有名字的。他留下的只是一个笔名，他的笔名叫沪生，按谐音或者什么你也可以理解为"呼声"——这也是他个人想象力的最大体现。他就是用这样一个笔名，给金色阳光集团即将出现的雪崩了最后一击。

历史也将证明，小人物是不可得罪的。尤其是在你志得意满的时候，在你坐在雪弗兰或是奔驰车上的时候，千万不要对路边的蚂蚁们示以白眼。那一眼看出去，说不定什么时候，你就会付出惨痛的代价！

其实，这笔名叫沪生的小个子记者并不是上海人。他也是刚刚大学毕业，来上海谋生的。他经过一考、二考、三考，最后应聘于上海的一家小报。报社给了他三个月的实习期，待实习期满后，经考查合格，成绩优异，才算是正式录用。你说，一个蚂蚁样的小人物，只身一人来上海，他靠什么"优异"呢？对于这个实习记者来说，那只有拼命写稿拼命发稿了。可是，他来上海已经两个月了，连一篇像样的文章都没有发出去。他能不急吗？

特别是近一些日子，他已急成了一头小狼，吃人的心都有！你想啊，他只身一人，漂泊上海滩，动不动都要花钱：要交暂住费、房租费、水电费、交通费、电话费……他还要吃饭啊。你总得让他喝一碗豆浆吃两根油条吧？假如三个月期限到了，报社不录用他，你让他怎么生活？！

什么是新闻？他一直记着老师的话：狗咬人不是新闻，人咬狗才是新闻。所以，两个月来，他一直追逐"人咬狗"的新闻。可是，写一篇通不过，再写一篇还通不过。急的时候，他甚至想制造一篇。这次供应商闹事，终于让他抓住了，他当然不会放过。上海商场出事的时候，他是在第一时间赶到的。而后，他像狗一样在人群里窜来窜去，整整采访了一天，很兴奋。本来，他已连夜赶写出一篇稿子了，可他还不满足，他还想挖一点别人不知道的东西。于是，他就在医院里堵住了任秋风。

正是任秋风的粗暴给沪生先生提供了复仇的想象力！于是他奋笔疾书（他上了四年大学都没明白这四个字的含意，现在他终于明白"奋笔疾书"是什么意思了），一边哭一边写！连夜炮制了一篇六千字的、很有分量的新闻稿件，题目就叫《一个谎言的破灭》；并在第二天早上，一鼓作气复印了八十八份，自贴信封、邮票寄向全中国八十八家大小报刊！当他把最后一份邮件塞进邮筒的时候，他朝着邮筒重重地吐了一口唾沫，大大地出了一口气，恶狠狠地骂道："操你妈，丫等着吧！"

一个星期后，当任秋风四面安抚，八方周旋，眼熬烂、腿跑断、焦头烂额、日夜奔波，终于把那窟窿堵住，使商场揭掉封条，重新开门营业的时候，还没等他喘口气呢，总部这边又出事了！

这时候，沪生先生的大作已登出来了。他寄出八十八份稿子，登出来三十四篇。虽然没一家大报，全是各地生活类的小报，可现在小报的影响并不亚于大报，小道消息传播更快。尤其是中原，有六家地方小报登出了这篇文章。也就是一天的工夫，似乎满世界都知道：金色阳光垮了！

任秋风是在机场见到这份小报的。他风尘仆仆，刚下飞机，接他的人一见面就递上了这张小报，他只是溜了一眼，看都没看，很轻蔑地说："王八蛋！——鬼话连篇，你们也信?!"可那人苦着脸说，任总，不是信不信的问题。现在是要债的堵住门，把总部给围了！任秋风听了，脑海里"嗡"的一声，眼前一黑，几乎栽倒在地上！他深深地吸了口气，顽强地站在那里。而后，他想了想，说："看来，总部是回不去了。去商场吧。"

省城的金色阳光商场，本就是任秋风的发迹之地，现在他万般无奈，不得已又重新回到了这里。即使到了这个时候，他仍没把情况想得特别严重，他甚至想召开一个新闻发布会，来澄清事实，而后马上和银行联系。可他已经来不及部署了，他的屁股刚落在椅子上，电话，一个一个又打进来了：

——天津告急！

——广州告急！

——洛阳告急！

——临丰告急！

——南河告急！

这就是雪崩，这就是连锁反应。一篇六千字的狗屁文章，立时就让他陷入了绝境！

任秋风接的最后一个电话是郭大升打进来的。郭老大在电话上很不客气，说姓任的，你也太不仗义了！任秋风回了一句说，那是谣言，你不要相信。郭老大说，我不管是不是谣言，三十六小时之内，你把钱给我撤出来。任秋风说，钱都在账上。你也就是一个亿，我这里是五十亿的盘子。郭老大说，任兄，我不要你的股份了，我也不要你的利润了，我要的是本金！这够仁义了吧？你马上给我撤出来！任秋风沉默。郭老大急了，说任兄，我给你讲的故事你还记得吗？任秋风说，记得。郭老大说那好，记得就好。但是，你听好了，我不会让你享受"伟人待遇"，那就太便宜你了。你如果不把钱给我打回来，我会让你享受另外的待遇。你吃过小炒肉吗？！

这时候，任秋风朗声大笑，他对着电话说："没吃过。我很愿意尝尝！"而后，他"啪"地一下把手机关了。接着，他突兀地扬起手，把手机重重地摔在地上，仿佛还不解气，又狠狠地跺了几脚！

一些赶来开会的人面面相觑，谁也不敢吭声。他们私下里想，任总是不是疯了？可任秋风却很和气地对他们笑了笑，笑得虽苦，但那也是笑。他说："会不开了，你们去吧。"

人们愣愣地站在那里，也不敢马上就走，就那么呆呆地望着他。

任秋风再次摆了摆手，依旧很平和地说："去吧。会不开了。我有些累。想休息一下。"

人们又看了看他，一个个默默地走出去了。

待人们走后，任秋风才彻底垮了。他身子往下一出溜，席地而坐，就坐在离那个地球仪不远的地方。当年，根据任秋风的要求，金色阳光每个连锁店的总经理室，都摆放着一个插有小红旗的地球仪，这是要他们"放眼全球"。现在，任秋风面对着这个插有小旗的地球仪，突然像孩子一样往前爬了两步，爬到地球仪跟前，用力拨拉了一下，那地球仪快速地旋转起来。

他就这样目不转睛地望着旋转中的地球仪，心想，这么大个地球，他怎么就放不下一只脚呢？

四

谣言就像洪水一样，四下漫延。

当天下午，任秋风躲进来的这个商场也被围了。包围这个商场的并不是供应商，而是百姓，是一些当年自愿入股的散户。那时候，他们听说金色阳光火了，一个个带着钱拥进来，托人托关系要求入股。现在，报纸一登文章，一传十、十传百，他们又听说金色阳光要垮了，这又急煎煎地赶过来，要求兑付他们的钱！当年，他们是在这里交的钱，自然就找到这里了。

开始也就是几十个人，慢慢地越聚越多，还来了些亲属和看热闹的，到傍晚时已聚有三四百人！这年月，人都像疯了一样，天天做着发财梦。一是眼气有钱的，二是眼气有权的，一有风吹草动，恨不得浑身披挂，满眼满手都是钉子，见一个扎一个，非扎出血不可！好在任秋风及时通知经理关门停业，并说第二天兑付，人们才没有冲进来。可是，他们仍然围在门前不走。

商场没关门的时候，他们似乎还抱有希望。商场还在营业嘛。对那谣传，他们也还半信半疑。商场一关门，他们就慌了！他们觉得那传言已经得到了证实。于是就像一窝没了头的苍蝇，骂声、埋怨声四起。人们像乌鸦似的一群一群地旋在一起，一边对天日骂，一边还相互打听着消息，商量对策，一个个焦急地等待着。

在人群中，觉得最亏的、最窝囊的，是那个下岗工人胡跃进。当年，就是他中了大奖，得了一辆轿车。可那辆崭新的轿车，他仅试坐了一次，就换成了钱。可这钱，他是一分一厘都没舍得花啊，又全部入了股了。他还梦想着靠这笔入股的钱发大财呢！他还等着大赚了之后给孩子买房子娶媳妇呢。这下可好了，说不定全打了水漂了！所以，在这群人里，胡跃进的嗓门是最高的。他喷着唾沫星子说："没有天理了吗?!没有王法了吗?!要是不退我这钱，我，我非把狗日的给做了，剥他个筒儿皮，把狗日的做成鼓，一天敲他三遍！反正我也不活了！"他知道，他已没脸回家了。回到家一圈人都会埋怨他。当年，有了这辆车，他本是可以去开出租的。家里人都说让他开出租，开出租一月三千，多挣钱呢。可是，他怎么就鬼迷心窍，信了他们呢？为此，他肠子都悔青了！他气得围着商场一圈一圈地转，转着骂着、吆喝着："骗子！骗子！都他妈骗子！"

然而，就是这个胡跃进，这个嗓门最大、曾经当过电工的下岗工人胡跃进，在第二天的要债队伍中再没出现过，他不见了。

谁也想不到，夜半时分，这个胆大包天的胡跃进，腰里缠着一圈电线、两个雷管，竟然顺着楼后的排水管道悄悄地爬上了商场的五楼！

这个时候，夜已静了。五楼刚好有一扇窗子开着，任秋风就在窗前站着。他也不知道在那儿站了多久了，他都站木了。突然，就见一黑影爬上来。他的脑袋已经僵成了一盆糨糊，就那么愣愣地望着那黑影。不料，那黑影却说话了，他说："你拉我一把呀！"于是，任秋风几乎是下意识地、机械地伸出了手，把胡跃进拉了上来。

待胡跃进跳进来之后，任秋风这才醒过神来，他淡淡地说："你真胆大呀！想偷什么？"

胡跃进拍了拍手，说："你说我胆大？操，我死的心都有，你还说我胆大？！我是来要债的。"

任秋风冷冷地说："你要什么债？你就是用这种方式来要债？"

胡跃进说："啥方式？都到这个时候了，我还讲啥球方式？！我不过是抢了个先。要是到了明天，那么多人一哄而上，像我这种没关系没啥的，你就是有钱给兑了，也不会轮到我呀。你是任总吧？我见过你。"

任秋风说："是。我是任秋风。"

胡跃进急躁地说："你有烟吗，让我吸一支。"

任秋风说："在桌上呢。自己拿吧。"

胡跃进走过去，哆嗦着手从桌上摸到烟盒，从里边掏出一支烟，又伸手摸了摸，摸到火机，啪一下点上，吸着，重重地吐了一口气，说："我的妈呀，还是好烟。"接着，他往那皮转椅上一坐，像个黑面判官似的说："姓任的，有句话我想问问你，你得给我说实话。你，是不是破产了？"

任秋风叹了口气，说："是。破产了。"

胡跃进说："你是咋日弄的？好好的，咋说破产就破产了呢？你还给我颁过奖呢。操，那我信你不是白信了？！"

任秋风说："你是……"

胡跃进说："我姓胡，胡跃进。"接着又说，"你说说你，又吃又喝又日的。还弄个球，你说说，光这球得花多少钱？我不管你破产不破产，我的钱你得给我！"

任秋风有点迷瞪："——球？"

胡跃进指了指旁边的地球仪，"这玩意，一千两千拿不下来吧？"

任秋风又苦笑了一下，什么也没有说。片刻，他拍拍头，说："噢，我想起来了，你就是那个胡跃进。你不是中了大奖，得了一辆车吗？你怎么……"

胡跃进委屈地说："嗨,我不就是信了你嘛。我不就是把得奖卖车的钱全入了你的股嘛,操!等到现在,我是竹篮打水,啥球不啥。你说我冤不冤?"接着,胡跃进口气一变,近乎哀求地说,"哥,你把钱给我吧。你要不给,我就是死路一条。"

任秋风喃喃地说："你别吓我。你也知道,破产了,我没钱给你了。"

这时候,胡跃进把衣服扣子解开,拿起桌上的打火机,"啪"地打了一下,照着亮,拍拍肚子说:"姓任的,你看好了,我腰里缠着雷管呢!我今天必须拿到钱,你要不给,我也没啥活头了,咱就同归于尽!"

任秋风抬起头来,木然地、喃喃地说:"好啊,那我也就解脱了。咱俩算是同病相怜,就一块儿走了吧。"

胡跃进愣了一下,说:"哥,你要真不给,我这俩指头一碰,咱可就玩完了!这可是真家伙,我不骗你!哥哥,你还是给了吧!你瘦死的骆驼比马大,咋也比我强啊!"

任秋风说:"我给了你,下边那么多人怎么办?"

胡跃进说:"我就知道人多了不好办,才冒死爬上来的。反正,拿不到钱,咋也是个死。哥,你救一个是一个嘛。"

任秋风像入定了似的坐在那里,半天不语。过了一会儿,他突然说:"也对。你的股权证呢?拿来我看看。"

胡跃进急忙去掏,他手抖得掏了很久才掏出来,急忙起身递上,而后"啪"一下打着火机,还给任秋风照了亮。任秋风接过来看了看,说:"噢,八万。"

胡跃进的心怦怦跳着,急忙说:"还有利息呢,利息!"

任秋风摇摇头,说:"跃进,要是按入股,生意有赔有赚。赚了,你拿股金,分利润,都是该的;赔了,那也是活该,利益共享,风险也要共担嘛。要是按高息揽储,那时候没有政策,该多少是多少,给了也就给了。现在,高息揽储是违法的,所以,高息你是拿不到了。"

胡跃进说:"那,那那那……这五六年,我不是白忙活了吗?!行,给我本金也行。你只要把本金给我,我也认了。"

任秋风长叹一声,说:"胡跃进,你运气好啊。你是这场灾难中,唯一拿到钱的人。不管怎么说,在金色阳光早期宣传中,你也做过贡献。罢了,回去以后,好好过日子吧。"说着,他从衣兜里摸出一张活期存折,"这是十万块钱。利息就按银行利率吧,六年,也就这么多了,拿去吧。"

胡跃进一脑门都是汗,他哆哆嗦嗦地接过来,又打亮火机照着看了很久,说:"谢了,我的哥。我一家老小都记你的恩德!"

任秋风说:"记住,密码是六个8,也就是888888。"

胡跃进揣上存折,往窗口走了几步,忽又折回来,说:"你是不是想带着这钱跑啊?"

任秋风吞儿笑了:"你说呢?"

胡跃进咂咂嘴说:"看来,你也不容易……要是等到明天,那些人不得撕了你呀!要不找根绳,我把你顺下去,你也跑了吧?"

任秋风摇摇头,又是长叹一声:"天网恢恢,我往哪儿跑?"

五

夜淡了,空气开始变得凉爽。

任秋风的屁股已经坐木了,坐成了一个桩子。他身上唯一活的部分是他的脑子,他的脑子就像机器一样在时间中高速运转,一次次地回放……六年了。他在想,六年来,他都做错了什么。

很多,有的是一错再错。可最关键的,只有一点:他经商,却没有商人的意识。他从来没有考虑过利润。从骨子里说,他不具备一个商人的特质。

他没想挣钱，他甚至不在乎利益。他派三十个最优秀的女营业员，坐波音737在天上飞来飞去，到处做示范，却从没计算过成本。如果他一门心思考虑钱的话，他也不会落到这个地步！商场，只是他的一块阵地。而他想征服的，却是这个世界。

胡跃进说得对，就是那个球——地球。他一味地扩大规模，就是想在这个地球上，一处一处，都布上点。他想得太大了，他雄心勃勃，一心想成为世界第一！他要把小红旗插到地球上的每一个城市。就像小时候说的话一样，他所渴望的，在模模糊糊的意识里，仍然是"解放全世界"。可这又是为了什么？是为了"世界"吗？恐怕也不好这样说。这里边似乎含着一种东西，一种很自私、很武断的东西。是啊，这么赶紧，究竟是为了什么？他没想过。真没想过。现在想，也来不及了。有一个念头，是他不敢多想的，那就是，他要改造的物质世界，是不是把他给改造了？

六年来，他只歇过三天，就是跟上官结婚那三天。即使是在丽江那三天里，他的心也没有歇。可他失败了。这是一个男人的失败。这时候，他才发现，一个顶天立地的男人，意义是大于生存的。他所追寻的，是意义。可"意义"又是个什么东西？

只是心不甘，他不甘心啊。一盘棋，走得好好的，就为那区区两千万，就把人将死了，实在是不值！可现在是全线崩溃，四面楚歌，说什么都来不及了。又有什么办法？罢了。

天就要亮了，任秋风动了一下，缓慢地站起身来，拖着两条僵硬的腿，一步一步走上了楼顶。

在踏上楼顶的那一刻，他感到了空气的清爽。在城市里，也只有这一刻，也只有人们还未醒来的时候，空气是清爽的。一旦人们从一格一格的屋子走出来，那空气就污浊不堪了。在黎明之前，突然涌上来一抹很重的黑，那黑层层叠叠地弥漫着，衬出了远处楼房的一幢幢剪影，就像是墨黑色的、水泥做成的森林，显得很恐怖。熄了灯的街道，也像是纵横交错的迷宫一样，似乎你永远也走不出。很快，天上的黑云竟飞起来了。他惊喜地望着天边，甚至有些兴奋。他从来没发现黎明之前，云是飞走的，一层一层地飞，那流动的夜气，就像是长了翅膀一样，溜溜地，烟烟地，泼出去一样地，正在四散！而后出现的光是一线一线的，天边的，黎明的光。

他很想再看一看黄河，那是他一次次烫血的地方。可黄河离得太远了，高楼林立。他看不见了。

可是，当他往楼下看的时候，一下子呆住了。他像是被击穿了一样，木呆呆地戳在那里。这一幕，太刺眼了！

楼前停车用的空地上，男男女女，老老少少，躺成乱蒙蒙、呼啦啦一片。他们一个个龟缩着身子，有顶被子的，有披毛毯的，横七竖八，勾头驼背，相互依偎，全都在地上歪着，看样子竟有几百人之多！一个老人坐在马扎上，头几乎快要扎到裤裆里了。你可以想象他是多么沮丧。一个女人，怀里竟还抱着个孩子，那孩子的哭声就像是号角！还有一个穿西装的汉子，在对着电线杆撒尿，他大约实在是没有办法了，他一边尿着一边大声哭喊着：我实在憋不住了啊。我排在前边的啊。我可是排在前边的！——他明白了，他们是在苦等，是排队来问他要债的！

他没有想到，他竟然害了这么多人——他也只有以死谢罪了！

就在这时，悄没声地，他身后出现了一个女人，这人是李尚枝。李尚枝穿着一套商场的制服，竟然显得年轻了一些。她轻轻地叫了一声："任总。"

任秋风转过身来，惊讶地说："你，怎么没走啊？"

李尚枝说："我是留下来值班的。"

任秋风无力地摆摆手，说："走吧，你也走吧。商场，破产了。要债的都堵上门了，赶快走吧。"

李尚枝轻声说："我看见了。"

接着，李尚枝说："任总，你想不想吸支烟？"

任秋风下意识地摸了摸身上，他身上的烟已经吸完了。

这时，李尚枝伸出背着的手，她手里拿着一盒烟一盒火柴，默默地递了过去。任秋风望着她，迟疑了片刻，说："好，我就再吸支烟。"说着，他伸手接了过来，划火柴的时候，他的手竟然也抖了一下。

等任秋风点上烟，李尚枝说："任总，还记得你给我说过的话吗？"

任秋风吸着烟，说："李大姐，过去，我要是有什么对不住你的地方，就在这里给你道个歉。请你，原谅吧。"

李尚枝说："你忘了吧？当年，就是在这里，我说要往下跳的时候，你说过的话，你还记得吗？"

任秋风长叹一声，说："此一时彼一时，我跟你的情况不一样。我是，完了！"

李尚枝说："任总，我问你，你贪过污吗？受过贿吗？"

任秋风说："青天在上，大姐，我没有贪污过一分钱，也没受过任何人的贿赂。"

李尚枝说："这不结了。欠了债，不管多少，慢慢还嘛。你就这么撒手走了，我们怎么办？那些要债的，找谁要去？"

任秋风苦笑了一下，说："大姐，你是不知道，我是罪孽深重，罪孽深重啊！"说着，他又叹了口气，"数目太大了，几个亿！我没有时间，也没有机会了。一句话说不清楚，总之，是我，挪用了商场的流动资金，把钱用在了建摩天大楼上，可摩天大楼又出了意想不到的问题，一下子造成了全线崩溃。不说了，我只有以死谢罪。"

李尚枝也叹了口气，说："是啊，背这么多的债，活着是苦。那，你想把这些债卸给谁呢？"

任秋风不语。

李尚枝说："说来说去，男人还是自私啊。出了事，就一死了之。可你会瞑目吗？你就这么，让人，世世代代地，一提起你的名字就骂，就吐唾沫？"

任秋风说："一失足成千古恨，那也是没有办法的事情。就让他们骂吧。"

　　李尚枝说："呸！说你不是个男人，你就不是个男人！当年，我们像神一样看你、敬你，你怎么秃噜下来就成了一堆泥了？！你活着，对你不算什么，那不就是苦嘛，谁还没苦过？可对那些人来说，就是一种希望。你只要活着，还一个是一个，还两个是两个，说不定哪一天，你还有东山再起的机会。你要是就这么往下一跳，你可真是坑人坑到家了！"

　　吸烟，吸烟，吸烟……任秋风又一连吸了五支烟。

　　李尚枝说："按说，我算个啥，也没资格说你。可我觉得，你是个好人。你大红大紫的时候，也没歧视过我。我感你的恩。"

　　任秋风踌躇着说："你是想让我，逃跑？"

　　李尚枝一愣，说："我……没想过。跑？往哪儿跑？你一跑，就更说不清了。"

　　任秋风把烟丢在地上，用脚碾了一下，笑了笑说："你穿这身制服，还挺精神的。大姐，商场，就交给你了。"

　　而后，他说："你去吧。让我想想。"

第二十三章

一

齐康民教授自杀的消息，让上官和小陶十分吃惊。

她们两人都感到奇怪，那样乐观的一个人，那样骄傲的一个人，好好的，怎么就死了呢?!

得到消息的那天晚上，两人都彻夜难眠。半夜的时候，上官用手机给小陶发了一个信息：醒着吗？小陶回道：醒着。接着又发一条：你说上帝公正吗？上官回道：上帝死了。小陶又发：我想哭。上官回道：我也是。片刻，上官又发：睡不着，走走？小陶回：走走。于是，她们相约来到了金水河畔，在河边的柳树下坐了很久很久。

河边上也有灯了，是观赏灯，有白有绿有黄，把草照得很绿，把夜照得很亮，把人照得很假。人坐在这里，恍恍惚惚的，就像是坐在梦里一样。

上官轻轻地说："挺智慧的一个人，读那么多书，道理他都懂。"

小陶喃喃说："平时，他多幽默。待人好，课上得也好！"

上官说："你还记得吗？齐教授说，朋友是一月一月的，日子是一口一口的，加起来就是个明白人了。"

小陶说："这么一个'明白人'说走就走了。这世事，真让人心灰！"

上官说："是呀，怎么会这样呢？"

两人沉默了一会儿，小陶说："那个字，你还信吗？"

上官迟疑了一下，说："当然信。"

小陶说："找不到，也信？"

上官固执地说："信。"其实，在内心里，她是很挣扎的。心里很苦。有时候，那孤独，能把人淹了！

小陶叹一声，说："是啊，不信又怎样？还是信了好。"

上官问："那边，有消息吗？"

小陶一怔："哪边？"

上官说："——国外。"

小陶摇摇头："没有。"是啊，两年多了，连个 E-mail（电子邮件）都没有。接着，她反过来问："那姓刀的，还去找你吗？"

上官淡淡地说："去。"

小陶说："那你怎么想的？"

上官闷了一会儿，说："——没想。"过了一会儿，她又不太肯定地说："这还算是个男人吧。说不定，哪一天，他缠得紧了，我就投降了，就嫁给他了。"说着，她突然想哭。

小陶笑着说："嫁吧。你嫁一老刀。赶明儿，我就去嫁一老枪。"

上官说："走在外边的时候，人家会觉得，你是很体面的。可这心里，撑着撑着，就有点撑不住了。"

小陶说："上官，你比我好，比我坚强。"

可上官却突然说："你闻闻，我身上，腥吗？"

小陶转过身来，说："怎么了？"

上官说："星期天，我回去了一趟，家人说，我身上有鱼味。"说着，突如其来地，她吭哧了一下，满脸都是泪水，一脸的泪花！她心里有多少憋屈呀！是啊，从小，那么高的心性。难道说，人活着就是为了卖鱼吗？可话又不能这样说，卖鱼又怎么了，不是有那么多人都在卖鱼吗？可又不完全是这个意思，不是的。就是想哭，就是憋屈！

就坐在河堤上，突如其来地也好像是无缘由地，两人抱头痛哭！那伤心的事，一件一件地全勾出来了。在内心深处，她们又有多少淤积？！

哭了一阵，上官拍拍她说："小陶，跟我卖鱼去吧。你总不能老窝在家里。这边生意很好，有货源，不愁销路，那些下岗的女工都高兴坏了。"

小陶却说："是啊，家里人都烦我了。可我不想卖鱼。我想，找一小店，卖花。"

上官说："你也太小资了吧？"

小陶流着泪说："我忽然明白了，齐老师，他也许是，绝望了。我也绝望过。就觉得这日子，并不是我们要的。"

上官说："是，人都有绝望的时候。你是说，我们来到这个世上，本是钓生活的，却被生活钓了。是这个意思吗？"

小陶说："不是钓。为什么要钓？反正，说不清。"

上官擦了擦眼里的泪，说："好了，别那么小资兮兮的。我想，既然活在世上，还是要找一找。你说呢？"

小陶说："找什么？"

上官沉默了很久，仍是不太肯定地说："找一找属于自己的日子。记得在一本书里，印第安人说：'别走太快，等一等灵魂。'我们，是不是也太急于赶路了？也许，所谓的意义就在过程之中。"

小陶一下子陷入了沉思。久久，她说："我怕有一天，咱们会不会把自己也卖了？"

第二天上午，上官和小陶赶到郊外的火葬场，参加了齐康民教授的告别仪式。火葬场在郊外，学院的老师和同学们都来了，有的还是从外地匆匆赶来的。整个告别大厅站满了人。齐康民教授的灵床前放满了鲜花，周围的墙上也挂满了寄托哀思的挽联。齐康民教授是在死去之后，才得到全体教师、学生的一致认同：他是一个好人。当哀乐响起的时候，人们都哭了。

在告别大厅里，给人印象最深的，却是江雪。江雪是一个人开车来的。当她跨进告别大厅时，人们不由得把目光转过来了。她是有备而来，她穿着一身孝黑：黑色的曳地长裙，黑色的真丝无领上衣。戴着黑色的墨镜，头上还扎着一条黑缎带，胸前缀着一朵白花，人一下子显得清丽凄婉。当告别时，别的人都是三鞠躬、再鞠躬，只有她扑通一下在灵床前跪下，砰砰砰，一连磕了三个头。而后谁也不理，一句话不说，扭身就走。

参加完告别仪式，临上车的时候，小陶愤愤地说："这人，早干什么去了？作秀！"

上官说："我想，她是后悔。"接着，她又说，"那个人，他该来的，可他没有来。"

小陶一时没转过弯来，"哪个人？"

上官说："姓任的。"

二

这又是一个阳光明媚的早晨。

春日的阳光照在商场大楼的玻璃幕墙上，照出了一片五彩缤纷的暖意，也照出了一片很不寻常的躁动。

早在六点多钟，围在商场前的这群人就站起来了。其实，在整个夜晚，他们也没怎么合眼。这些顶着被子、披着大衣的人，个个心里都像藏着个小咬儿似的，心焦啊！那咬心的事，只有自己知道。骂也骂了，埋怨也埋怨了，后来也只有盼着天亮了，天亮了好兑现钱啊。熬煎了这么一夜，现在天亮了，太阳也出来了。所以，他们从来也没像今天这样守规矩。一个挨一个，像羊肠子似的，在商场门前排出了九曲十八弯的长蛇阵！

这里临着十字路口，是一个很惹人注目的地方，很快就有过路人围上来了，很诧异地问：这排队，买什么呢？

长长的队列，没有人回答，没有一个人回答。怎么说？说什么呢？总不能说，上人家的当了？总不能说，急着想发财，现在掉坑里了？！

是啊，那时候，他们急煎煎地从银行里把钱取出来，一个个还托了亲戚、熟人，大包小包地提着往这里送。本想着要大赚一把，本想着一本万利。谁想到会有这一天？！所以，他们什么也不说，谁问也不说，羞于说。个个一脸晦气，心都愁烂了，跟谁说？这几百人的羊群，是掉在狼窝里了！——是一支要账的队伍。

快到八点钟的时候，不知是谁起的头，那排得好好的队列，一下就炸了！先是有几个人跑到了前边，紧接着，"哄"的一声，像起了旋风似的，人们乱纷纷地往大门口跑。排在前边的，被疯狂的人流挤到了后边；排在后边的，又不断地朝前拥，一时骂声四起。在慌乱中，喊的、嚷的、吼的，就像是天上掉了颗炸弹似的。

倏尔，又静下来了，像谁下了一道命令似的。其实也就是商场里开了一扇小门。不是大门，是小门，"吱"一声，从门里走出了一个穿商场套装的女人。这是值夜班的李尚枝，李尚枝该下班了。

一愣神的工夫，"嗡"声又起，人们一下子把她给围住了。人们乱嚷嚷地喊：头儿呢，你们头儿呢，不是说今天兑现吗？都八点了，咋还不兑呢？又有人喊道：老板呢，快叫你们老板出来！叫他滚出来！

李尚枝本来是可以走的。她又不是什么头儿，只要她说一句，说她只是个打扫卫生的，她就可以走了。可她没有这样说，她没这样说的原因，是觉得她有一份责任。况且，还有任秋风的一句话。任秋风说，商场就交给你了。就因为这句话，她当真了。她站在那里，在人们的包围中，说了一句不该说的话。她说："那啥，别乱，别乱。"

　　就是这么一句话，使整个局面更加失控。挤在前面的人，以为她下边要宣布什么重要消息；围在后边的人，以为她已经说了什么，没听清楚。于是，人们都像是红了眼的狼一样，拼命往前拥！一股人潮像水一样，嗷嗷地詈骂着，一下子把李尚枝推到了小门前。

　　这时候的李尚枝，几乎是下意识地伸出两手，一下子护在了门前！她大喊一声："你们干什么？这是公家的东西！"

　　也就喊了这么一声，只一声，她就倒下了。汹涌的人潮把她挤倒了。她的脚绊在了门槛上，身子半悬空着向后倒去，头一下子磕在了水泥地上！接着，人们像洪水一样地压过来，那些脚全踩在了她的身上！

　　一会儿工夫，突然有人炸喊：呀不好了，踩死人了！踩死人了！于是，人们"哗"一下，又潮水般地退下去了。

　　就在这个晴朗的早晨，李尚枝慢慢地爬了起来，紧接着，她嘴里喷出了一口鲜血，随着这口血，她嘴里又吐出了两个字："公家……"她大约一直渴望能给"公家"做点事情，她也终于为"公家"做了最后一件事情。所以，当她再次倒下的时候，她脸上似乎是笑着的。见了血的脸庞，像是艳艳地红了，嘴角扯出了一丝笑容。是啊，她是"公家"的人了。

　　此刻，不知谁嘟哝了一句：啥球"公家"，都股份制了，还"公家"，真是资本家的乏走狗！

　　可是，这话她已经听不到了。如果听到，她一定很伤心。不过，她也真把这些人吓住了。人们是来要账的，谁也不想惹麻烦。人们望着倒在地上的李尚枝，天啊，她的肚子被踩破了，那血汩汩地流着！一时，人们都傻眼了，一个个惶惶地向后退去。

　　片刻，警笛响了。

　　这一片混乱景象，陶小桃是半小时后路过这里才看到的。这时候，警察已经把整个商场围住了，拉起了一道黄色的警戒线。她只听见人们乱嚷嚷地说：拉走了，人已经拉走了。

于是小陶赶忙跑到对面的东方商厦，一进门就急煎煎地说："金色阳光出事了！"

上官淡淡地说："我知道了。"

小陶望着上官，心一酸，说："我心里不好受。人围得一群一群的，破口大骂。"说到这里，小陶竟哭了。

上官不语。

小陶断断续续地说："上官，咱们毕竟在金色阳光干过。任总，也不是个坏人。咱们帮帮他吧？"

上官说："怎么帮？"接着又说："我恨他。恨死他了！"说着，眼湿了。

而后，两人就那么相互看着，久久不说一句话。终于，上官说："小陶，你先摸摸情况。我去见见刀总。"

三

老刀觉得他到了购买"名声"的时候了。

他挣了那么多钱，为什么不能在这人世上制造一些"动静"呢？钱是一种声音，你老把它捂在口袋里，别人怎么会知道，你得让它响！

所以，这段时间，老刀一直往北京跑。往北京跑的原因是他想找一个写手。他听人说，北京写手多，且多是大牌，他想找人把他的经历写下来，好流传于后世。一个挖煤的，三代苦出身：他爷名刀二，他爹号刀疤，他叫刀九。大名刀金光，能走到今天，这里边当然有光宗耀祖的意思。现如今，老祖坟上也该冒冒烟了。

在北京泡了些日子，又听说这年头电视剧厉害，一写就火，写谁谁火。你看那皇帝，过去谁知道，现在连收破烂的都知道"康熙"了，于是又想一举两得，既出书又搞电视剧。怕什么，不就钱吗？北京人说，一不小心，还赚他一把呢！于是又跟影视圈的人泡了一阵子，说话间就开了大眼界。有些词儿，有些事，他还真没听过、没见过。比如老莫，比如三里屯，比如王府饭庄，后海谭家菜，地安门烤肉季……虽然有的地方一坐就是上万，但那钱花得值。很多新观念、新思维啥的，就在人家那舌头上拴着，一词儿一词儿往外蹦，还夹着些洋文，真是开了眼了。

这次从北京回来，老刀有了很显著的变化。过去就一寸头，一俩月还不理一次发呢。现在不同了，三五天就得理一次，不是剃头，是美发，他知道注意形象了。再就是不听戏了，让人弄了些西洋音乐，闲的时候也"浇灌浇灌"。"灌"了两天见灌不进去，就改听流行音乐，觉得还行。再就是无论买了多贵的西装，回来一定要把袖口上的商标剪掉，现在也该讲究讲究"品位"了。再就是喜欢穿白衬衣，穿白衬衣显得整洁，袖口是一定要扣上的，虽然还很不习惯。什么是贵族，那是靠品位来养的，养尊处优嘛。

上官来见老刀的时候，就觉得不认识他了。她说："咦，去北京一趟，怎么就变了个人呢？"

老刀笑了笑，说："跟丫北京人学的。"

上官笑了，说："真是变文明了，连骂人的北京土话都学会了。"

老刀很认真地问："这是土话吗？我见他们都'丫、丫'的，有两个还说是博士。"

上官说："毛病。"

老刀说："噢，明白了，我明白了。"

上官看了看他，说："嗯，你倒适合穿白衬衣，很雕塑。"

老刀很高兴，老刀望着她，又看看自己身上，仿佛不敢相信似的，问道："是吗？"片刻，他像是回过味来了，说："你是说我黑吧？"

上官说："我是夸你呢。你穿白衬衣人显得硬朗，有雕塑感，真的。"

老刀狡黠地说："我听懂你的意思了。你是说我黑，黑白分明。"

上官说:"你这个人,非让人夸到位不行。我是说,你穿白衬衣,脸上的线条显得硬朗,钢钢的。当然,也黑白分明,男子汉嘛。"

老刀高兴,老刀说:"你这是第一次夸我。好,我继续努力。"说着,老刀站起身来,"你喝点什么?酸奶,还是橙汁?"

上官静静地望着他,说:"老刀,你坐下。"

老刀在上官对面坐下了,说:"就是。你也硕士呢,给我上上课。"

上官开门见山,郑重地说:"老刀,咱们结婚吧。"

老刀喜出望外,老刀说:"呀,你答应了?呀呀,我的活菩萨!你让我等了这么久。终于答应了。"老刀梦寐以求的事情,他本该非常非常激动的,可他却没有蹦起来。这,连他自己都感到意外。

上官说:"经了那件事,我觉得,你还算是个男人,有骨气。咱们结婚吧。不过……"

老刀说:"你说。有啥要求,你尽管说。"

上官沉吟了片刻,说:"我有一个条件。"

一时,老刀显得豪气冲天,他一拍茶几:"——说。你要什么吧!"

上官很平静地说:"把金色阳光收过来。"

老刀一怔:"你说啥?"

上官说:"以参股的形式,收购金色阳光。"

老刀一下子哑住了。他闭上眼睛,一下一下地拍着头,久久,当他脑海里转了无数个弯子之后,终于咬着牙说:"行,我答应你。明年吧,明年咱把它收过来,全部交给你管。"

上官说:"不是明年,就现在。"

老刀的眼瞪得像铜铃一样:"现在?"

上官点点头,说:"现在。"

老刀说:"不慌,明年吧。我答应你的事情,一定办到。"

上官再次说:"不,就现在。"

老刀忽地站了起来，说："你是不是疯了？你没发烧吧？要不，你就是把我当成土老帽、冤大头了。你以为我不知道，金色阳光明明破产了，一文不值，你还让我收购！你安的什么心呢?!"

上官见他急了，忙说："你听我说，你听我把话说完，行不行？"

老刀气呼呼的，老刀一摆手，说："你别说了。看来，你跟我不一心！"

上官目光一凛，说："刀总，能不能让我把话说完？"

老刀"哼"了一声，身子往沙发上一靠，而后两眼一闭，说："好，你说你说。"

上官深深地吸了一口气，说："刀总，金色阳光暂时是遇到了一些困难，它的资金链严重断裂，一次次拖欠供应商的货款，其实是两千万，就造成了不应有的雪崩现象，这，你都看见了。可你还有没看见的。第一，金色阳光的品牌效应不容忽视，它在全国还是很有影响的。第二，现在收购金色阳光，虽然说是救它的急，但同时也把我们东方商厦提高了一个档次，你等于有了一个走向全国的机会，它有三十五家连锁店，这也符合你做大买卖的设想。第三，金色阳光建的那个摩天大楼……"

老刀突然睁开眼，拍着茶几说："什么摩天大楼？那是个'摩天大坑'！这是个笑柄。你现在出去打听打听，全市人民都知道，说皇甫副市长领着建了个'摩天大坑'，这不是个大笑话吗?!"

上官说："你让我把话说完嘛。别光捕风捉影好不好？行，就按你说的，是个'摩天大坑'。你考察过没有？我这里可是有数据的。就算建摩天大楼那十二个亿你拿不出来，可以暂时不建，可这里边仍然存在着巨大的商机。你听我说，摩天大楼之所以迟迟不出地面，是有原因的。那是它三次打桩都打到断裂带上，所以它必须穿过三层地下阴河，到达岩石层……你知道这意味着什么吗？水，那是个地下温泉！含有丰富矿物质的优质地下温泉。你知道这个地球的未来，什么最紧缺？——水！我告诉你，就是这个大楼停下不建了，光卖水，你就可以卖一辈子！"

老刀先是一下一下地拍着头，可他突然笑了："好好好，你真是口吐莲花呀！就按你说的，收购金色阳光，得多少钱？"

上官默算了一下，说："三个亿吧，不少于两个亿。如果给那些供应商做做工作，一亿五，差不多就拿下来了。我知道你这边一下子拿不出这么多钱，可以办抵押贷款。另外，收购之后，在盈利之前，我可以取消我个人的全部年薪。"

老刀叹了口气，两眼逼视着上官，说："明白了，你还是忘不了那个人。你的心，还在他那边呢。"

上官迟疑了一下，说："这跟他没关系，我是对金色阳光有感情。你也知道，我早就跟他一刀两断了。"

老刀摇摇头，像是很伤心的样子，说："我砸进去两千万，都拉不住你？看来，你跟那人这一辈子都断不了了。我就是个冤大头啊！"

上官突然泪流满面："你要这么说，我也没有办法。"

老刀俯下身来，冷不丁地，突然就改说土话了，他说："妮，你不是一直想让我露出本相吗？我今天就露给你看。日他豆，我就是个锤子。明说了，我这次在北京，一下子睡了三个'星'，可都是上过戏的，一个三十万，哪一个都比你漂亮。真的，那个浪啊！你要我拿多少？三个亿。三个亿去买一个空壳子，我有那么傻吗？三个亿，你知道三个亿是什么概念？妮啊，那是一万个女大学生，一万个处女的价呀！"

上官脸一下子白了，她几乎是傻掉了！一时，五内俱焚。久久，她万分悲痛地说："我见过无耻的，没见过像你这样无耻的！"

老刀大笑，而后说："是，我无耻。是我看透了你，我才无耻。无耻者无畏嘛。我在你面前老得装着，多累呀。我索性就不装了吧。我还告诉你，那金色阳光，我会买下的，但不是现在。谢谢你给我提供了一个商机，让我白捡了棵摇钱树，我不能捡个破烂嘛！"

上官站起身来，说："无论你多么有钱，你仍然是一个乞丐！"说完，她站起就走，再不走，她会发疯的！

四

陶小桃是在医院的停尸房里见到李尚枝的。

李尚枝已经死了，抢救无效。她是被人踩死的。惨不忍睹的是，她腰里拴的那个"福"意字，竟然被人生生踩到肚子里去了！李尚枝属羊的，她期望能有一份好日子。就在腰带上拴了一边是"福"一边是"羊"的字，本是要图一份吉祥。

现在，李尚枝静静地躺在停尸房里，她脸上已没有了苦意，像是很安详地睡去了。小陶一看见躺着的李尚枝，一看到她身上穿的那身商场的服装，泪水忍不住就下来了。她想，这年头，怎么总是好人倒霉?! 看着李尚枝，她又想起了她看车时的情景：风吹着她那花白的头发，手里捧一印有"奖"字的大茶缸子。这好不容易上班了，却又出了这样的事！一时，她的泪水就像断了线的珠子，一串一串地往下掉。她心里说，大姐，你的命怎么这么苦啊？

而后，当她擦擦眼里的泪，想去安慰一下李尚枝丈夫的时候，却见李尚枝的丈夫木呆呆地在一旁蹲着，嘴里翻来覆去的就那一句话："谁管呢? 人死了。没人管了。"

这时，陶小桃受不了了。她说："会有人管的。"撂下这么一句话，扭头就冲出去了。

出了医院，在情急之下，她去找了江雪。

她知道，江雪现在是万花的总经理了，她还是有一定实力的。再说，任总对她那么好，那么重用她，人，总还是会念着点什么吧。她想，要是东方商厦跟万花联合起来，金色阳光说不定就可以起死回生。于是，她不计前嫌，急火火地就跑去了。

江雪仍住在博雅小区，门铃响的时候，江雪正在做脸，她在脸上糊了一层用鸡蛋清拌的面膜，看上去白光光的，挺吓人。她贴在猫眼上看了一阵，似乎是迟疑了片刻，还是把门打开了。

开门之后，江雪闷闷地说了一句："你怎么来了？"

陶小桃心急，她没有说客气话，只说："我有急事找你。"

小陶跨进门，随意地看了一眼，见屋子里的家具都是很高档的，收拾得也很干净，就说："你这里不错呀，老同学。"

江雪淡淡地说："哪比得上你们啊，坐吧。"

坐下后，小陶就直奔主题，说："江雪，救救金色阳光吧。好歹，咱们都在那儿干过。你知道吧，李尚枝死了，是让人，踩死的。"说着，又掉泪了。

江雪说："听说了，我正在想办法。上官呢，她怎么想？"

小陶急切地说："上官也急了，她是嘴上恼，心里急，她也在想办法。要是东方商厦和万花联起手，就好办了。"

江雪用嘲讽的口气说："好办？光那个摩天大楼，十二个亿，谁也背不起。"

小陶赶忙说："摩天大楼可以缓建嘛。任总怎么这么倒霉？它亏就亏在桩打在阴河上了，地下有三条暗河。淹了好几次呢。不过，听说百米以下发现了温泉！水质特别好。"

江雪笑了笑，片刻，她从自己的包里拿出了一份水质化验单，说："看看吧，这是我找北京的专家化验的数据。"

小陶愣了，说："你，早就知道?!"

江雪淡淡说："我说了，我正在想办法。"而后，她抬起头来，突然改了话题，说，"我知道，你们都看不起我。"

小陶一怔，有点不好意思地说："哪有的事。咱们三个，你干得最好。"

出人意料地，当着小陶的面，江雪点上了一支摩尔烟。她吸了两口，说：

"如果不是这件事，你不会来找我，对不对？"

小陶很诚恳地说："江雪，咱们毕竟是老同学。过去的，就让它过去吧。"

江雪仍不松口，说："当然。——你是恨我的，我知道。"

小陶只有坦白了，小陶说："没有啊。我只是，只是对你做的一些事，不理解。"

江雪刺刺地说："你是蜜糖罐里泡大的，太优越了。"

小陶无话可说。

江雪说："我跟你们不一样，我是个孤儿，我吃的苦太多了。"

接着，江雪又说："好吧，我会帮忙的。不过，你告诉上官，别让她疑神疑鬼的，我跟任总没有任何关系。"

小陶急，想一下子把事办成，忙说："这样，你跟上官见个面吧，咱们一块儿商量商量。要不，我给上官打个电话？"

江雪迟疑了一下，说："算了，她不一定愿意见我。还是，分头做吧。"

小陶快人快语，说："你不是有化险报告吗？这是多好的商机呀！赶快联手做呀。"

江雪"嗯"了一声，像是并不在意，说："这样吧，你们想你们的办法，我想我的办法。如果有了消息，我再告诉你。"

小陶说："那也得抓紧时间。要是晚了，一破产，就来不及了！"

江雪却说："不是已经破产了吗？"

小陶望着她，说："那，不一样。"

江雪说："破产了也没有什么，我们再把它买回来嘛。"

小陶站起身，定定地望着她，说："江雪，你不想帮，是吗？"

江雪说："帮。我说过了，我一定会帮。我只是不想和上官合作。"

小陶说："为什么？"

江雪说："不为什么。"

小陶叹一声，说："李尚枝死了，躺在停尸房里，没人管。又听说，任总被人带走了。我心里很难受。我只是期望金色阳光能东山再起。"

江雪说："其实，我跟你心情是一样的。会的。这你放心。"

小陶要走的时候，江雪突然说，"等等，我送你个小礼物。"说着，她快步走进内室，从里边拿出了一瓶香水，"送你一瓶法国香水，克里斯蒂，毒药。"

小陶说："毒药？"

江雪一字一顿地说："你知道。我是卖过香水的。"

五

为了拯救金色阳光，上官也在四处奔走。

她先后找了五家银行，希望他们在这紧要关头扶金色阳光一把。当年，他们都是争着要与金色阳光合作的。开始，行长们都热情地接待了她，话说得也很得体，一个行长还说要请她吃饭。可一听说要给金色阳光贷款，他们的脸色马上就变了，一个个简直就像是撞见了"瘟神"一样！

情急之下，上官又跑到了市政府，她想求得皇甫副市长的支持。她想，只要皇甫副市长能出面协调，银行会贷款的。可是，当她赶到市政府的时候，却又听说皇甫副市长住院了。于是，她又匆匆忙忙赶到了市第一人民医院。到了这时候，她才彻底绝望了。

在医院里，她确实见到了皇甫副市长，可皇甫副市长已经不能说话了。皇甫副市长像是突然间老了一百岁！他躺在病床上，浑身上下插满了管子，惨不忍睹，尤其是他的眼睛，深陷在皱褶里，那眼神像惊鹿一样。皇甫副市长的家属逢人就说，皇甫副市长突发脑出血，完全是气的。是那姓任的吹着要盖摩天大楼。结果搞砸了，搞了个"摩天大坑"！这能怪他吗？老皇甫是要死不瞑目啊!

离开医院的时候,上官心里极其悲凉,她真想躲到一个没人的地方大哭一场! 走在路上,眼看着满街的行人,却无人可以诉说。那车流,那喧闹,那五光十色的橱窗,都像过眼烟云一样在她眼前消失了。她漫无目的地在大街上走着,像是游荡着的一个魂。有一阵子,她甚至觉得身子很轻,轻得像要飘起来,可她又不知道要飘向哪里。

在一个街口的转角上,上官给小陶打了一个电话。她在电话里说,小陶,我想喝酒。你陪我喝杯酒吧。小陶慌了,说我正要找你呢。你怎么了? 她说,没怎么,就想喝酒。

城市的夜是花的,是用多种颜色勾兑出来的。那颜色闪闪烁烁,斑斓而又不定,就像是一匹匹失了缰绳的马;又像是花做的雾,笼罩着迷幻色彩的雾,人的影儿仿佛在雾里泡着,你想要走出也难。你看到的人,那是人吗? 那是一种幻象,是一个个人的壳。你看到的光,那是光吗? 那是流动的空气。城市里有很多条路,有很多灯,有很多的方向,可哪一个是你的?!

上官坐在一个酒吧靠窗的位置,默默地望着这花嗒嗒的夜,心中却是一片空旷。这时候,小陶匆匆走来,她一坐下就问:"怎么样了? 有眉目吗?"

上官久久不说一句话。她只是愣愣地坐在那里,就像是一个呆掉了的傻子。小陶说:"我问你话呢,到底怎么了?"

片刻,上官没头没尾地说:"停下来吧,我们也到了该停下来的时候了。"

小陶说:"你,啥意思?"

上官淡淡地说:"我是说,不能再往前走了。再往前走一步,我们就进入了阴谋。"

小陶仍不明白,问:"你是说……见死不救?"

上官喃喃地有些激愤地说:"救? 救得了吗?! 我们谁也救不了。如果要救的话,在这样一个时代,我们拿什么去交换? 不是出卖灵魂,就得出卖肉体。你知道吗,一个行长拍着我的手说,小云(听着就让人恶心),借我三个胆，我也不敢把钱贷给他，那是个无底洞啊！不过，我可以给你出个主意。你找姜大胖子，姜总，那是咱省有名的房地产大亨，他只要给你担保，我十个亿都敢贷！那是个色狼。你，愿吗？"

小陶说："照你这么说，就这么看着让它垮？"

上官皱着眉头说："问题是，咱们要弄清楚救谁？是一个品牌，还是一个人？如果是救一个人，我想，人是救不了的，他只有自救。"

小陶很急，小陶说："你怎么这样说？就不能想想别的办法？连江雪都答应了。"

上官苦苦地笑了，说："你心太善。我知道，你又上当了。"

小陶说："上什么当？她说了，她一定会帮的。她说，她要让金色阳光这品牌重新竖起来。"

上官说："她肯定会说，她要单独想办法。"

小陶一怔，说："你怎么知道？"

上官说："我猜，水质检验，她肯定也已经做了。她还让你看了水质检验报告，对吧？"

小陶说："是，她是在北京做的。看来，她是先走了一步。她嘴上不说什么，但我看出来了，她很感兴趣。"

上官说："你想想，如果不联手，她会去背这三个亿的债吗？"

小陶沉默了。片刻，她说："那，刀总那边呢？"

上官痛不欲生，牙都快咬碎了，说："别再说他了。那是个，畜生！"

小陶迟疑了片刻，说："照你这么说，咱们是，找错人了？"

上官肯定地说："错了。是方向错了。"

小陶简直惊呆了，说："那就等于说，又给他们提供了一个商机？！"

上官轻轻地说："是啊。往下，你等着看吧，等金色阳光破产后，江雪将会跟老刀联手，用捡破烂的价格，去收购金色阳光。"

小陶喃喃地说："这，这也，太可怕了！她还送我一瓶香水。"

上官说："——毒药。"

小陶说："毒药。"

上官淡然地说："她不原谅任何人。"

小陶不解，她痛惜地说："人，总不是兽吧？她是个孤儿呀！要是没人帮她，她怎么会活到今天？"

上官叹口气，说："人，急到了一定程度，会变成兽。所以，我说，不能再往前走了。再前进一走，人就变成了野兽。"

小陶感慨万千："真是不希望这样。印第安人说得多好，等等灵魂吧。"

上官垂下头去，说："不说了，不说她了。"

往下，两人都沉默了，久久不说一句话。

久久，上官说："小陶，我觉得，我们不能再在钱的旋涡里泡了。不然，总有一天，钱会把人逼疯的！我，已经决定辞职了。我不会再给那姓刀的干了。你说得对，我也得好好想一想了。"

小陶说："我就想开一花店。地方不好找。"

上官说："好，我帮你找。"

小陶说："干了这些年，我们也算是有些积蓄，吃饭没问题。我想，还是干一点自己愿意干的事情吧。"

上官说："那好，喝酒吧。"

两人一同端起了杯子，红酒。两人互相望着，眼里都有了泪。上官说，"那个人，要是真进了监狱，我要去看看他。"——那个人，当然指的是任秋风。

小桃说："咱们一块儿去。"

第二十四章

一

金色阳光整整被围了三个月。

所有的人，各路诸侯，包括市里的领导，都在找任秋风。可是，任秋风不见了。他就像一滴水一样，突然之间，蒸发了。

现在，金色阳光已经成一个棘手的事件了。于是，在市政府的强力干预下，一再派人做说服动员工作，围着的人才慢慢散去。不过，那些散户还是隔三岔五到市政府去闹，要求兑现他们的集资款。为此，市政府成立了清产核资小组，由商业局长邹志刚任组长，对三十五家金色阳光连锁店进行了长达七个月的全面核查。核查的结果是账面亏空两亿七千万，已严重资不抵债！

在清查中，金色阳光的案子牵连到了市工行行长薛民选和交行副行长千有余，薛民选和千有余都被银行方面查出了巨额的资金挪用。可惜的是，与他二人有牵连的郭老大是香港身份，人早已不知去向。薛民选闻风而逃，据说现已逃往马来西亚。他老婆孩子早在两年前就入了马国国籍，成了马国人。而千有余，则是在深圳的一家宾馆里嫖娼时被抓的。抓他的时候，他刚刚提上裤子，很惊讶地说："这么快？"

于是，金色阳光宣布破产，就此，所有金色阳光的供应商，都没有拿到一分钱，连带着也拖垮了一些小型企业。供应商们突然发现，他们闹来闹去，其结果是一场空，喉咙哑得连骂都骂不出来了。最为惨重的，是金色阳光那些曾是国营身份的一百多名职工，一宣布破产，他们也跟着集体下岗了。仅仅下岗还不说，他们的股份，他们的集资款一夜之间全都成了负数（也连累了一圈当年参加集资的亲戚们）。这一百多名职工，那才是欲哭无泪呀！他们只好天天蹲在商业局的大门口，要求解决他们的吃饭问题。

而那些个人集资户，却在政府核查小组的具体指导下，按不同的比例分到了一些商品。有一个当年集资三万元的下岗工人分到了十二箱洗衣粉，他把那洗衣粉装在一辆三轮车上，一路走一路骂！他说，日他姐，我回去把它当发酵粉使，蒸成馒头卖蒸馍去！叫他吃了一吐一个泡，一吐一个泡！

恨，是会传染的。市面上仍流传着很多谣言。人们很一致地认为，任秋风已携款潜逃。有的说，他带着三个美女、亿万资产逃到了澳大利亚的墨尔本，如今正躺在海边的别墅里享清福呢。也有的说，有人在非洲的刚果见到了他，晒得很黑，嘴里叼一古巴雪茄，正在那里领着一帮黑人开矿挖钻石呢。还有的言之凿凿、喷着唾沫星子说，他是被黑社会的人救走了。那天晚上，天快亮的时候，来了三辆奔驰，从奔驰上下来了六个穿风衣的人，一人手里拎一微冲（微型冲锋枪），他们从后楼沿着排水管爬上去，把他从楼上救了下来。据说落地时，六人持枪站六个角，把他夹在中间，带走了。上车时，他还回头看了一眼。另有一种说法，说是上头有大人物保护，他被人藏起来了。总之，谣言的版本很多。人们不过也就说说、骂骂，日子还照常过。但所有的猜测，只有一点是真实的，那就是：他失踪了。

二

这天上午，市商业局局长、又是清查小组组长的邹志刚，带着一种极为复杂的心情，再次来到了苗青青的家门前。

很久不来了，临敲门前，他似乎是很隆重地咳嗽了一声，还正了一下脖里的领带，而后，轻轻地在门上敲了两下，又敲两下。先是听到一片狗咬，却没人应，接着他又"咚咚咚咚"连敲了四下。过了一会儿，才有脚步声响过来。

当苗青青出现在门口时，他吓了一跳，她蓬着头，大上午竟还穿着一身睡衣，立在门口，懒懒地说："怎么，是你？"说着，也不等回话，竟扭身走回去了。

邹志刚进门一看，屋里显得很凌乱。不过，在沙发的旁边，新添置了一个电脑桌，电脑正开着，亮一片闪闪烁烁。苗青青回身往电脑桌前的椅子上一坐，说："有话就说，有屁就放，我正忙着呢。"

邹志刚往沙发上一坐，说："上网呢。你也成网虫了？今天，我给你带来了个好消息。四个字：不战而胜。"

苗青青嘴一撇，说："GS（狗屎），有什么胜不胜的。"

邹志刚说："金色阳光的事，你听说了吧？"

苗青青哼了一声，说："这跟我有什么关系？"

邹志刚说："我专程来，就是给你报告一个最新消息：那姓任的，彻底垮台了。你可以揭发他了。这一次，本人——就是审查小组的组长。"

苗青青目不转睛地看着他，接着，她"吞儿"笑了。

邹志刚说："你笑什么？这是真的。市里专门下了文，我有尚方宝剑。"

苗青青说："你们这些淫（人）啊，真叫人看不上。我揭发什么？"

邹志刚说："青青，对这个人，你可千万不能手软。你好好想想，这可是个机会呀！"

苗青青说："我虽然有一点堕落，却不阴暗；虽然有一点无耻，却不下流。你听好了，姓邹的，落井下石的事，我是不会干的。"

邹志刚愣愣地站在那里，好一会儿，说："好。青青，我喜欢你的，正是这一点。不过，这个人的情况，你还不知道吧？你知道他有多少女人？你知道他把女人当成了什么，你猜猜？"

苗青青说："虾米？"

邹志刚说："啥，你猜都猜不到。他竟然把女人当'药'，治疗失眠症的'药'！天下奇闻吧！你想想，他腐败到了什么程度？！"

苗青青久久不语，过了一会儿，才说："你呢，你比他干净吗？"

邹志刚皱了一下眉头，说："算了。我看，你真是，连一点正义感都没有了。"

苗青青说："正义？谁是正义，你吗？"

邹志刚说："他那样对待你，难道说……"

苗青青说："你记住，一个女人，是不会对她爱过的男人下手的，哪怕他是一泡狗屎。你又不是小屁孩，脑袋长到屁股上了？"

邹志刚一怔，说："那，咱们之间……"

苗青青顿了一下，说："咱们？咱们——"

邹志刚站起身，很失落地说："我明白了。"

苗青青说："我这辈子，就读懂了一本书，叫——男人。"

三

江雪搬家了。

第二年夏天的时候，江雪搬进了名为"湖畔"的一个本市最为高档的别墅区。别墅区里有一人工湖，是房地产商特意为这些有钱的住户挖的，树也是从深山老林里一棵一棵移栽过来的，湖边上还堆了许多从江南运过来的灵璧石，据说每块石头光运费就上万。她在这个二十四小时都有门岗值班的小区里有了一栋五百多平方米的独栋别墅。

这栋别墅一共三层，美式风格，栋号为一一八，别名桃园。前边有车库，后边有一小游泳池。别墅内一共有大小十二个房间。三个带卫生间的主卧。六间客房。另外每层还有一单设的卫生间。一楼大厅旁的楼梯下有一杂物间，也可做保姆房。江雪买下这栋装修好的别墅一共花了三百二十一万。

江雪现在也是名人了。金色阳光宣布破产六个月后，市清产核资小组为了安排省城的那些下岗职工，专门与拍卖行联合，组织了一场"金色阳光"品牌加"摩天大坑"拍卖会，起拍价定为三千万，结果，却无人问津，流拍了。

后来，还是由市长亲自出面做工作，由市商业局长邹志刚直接担纲操作，以一千二百万元的垃圾价，卖给了现已经过股份制改造的万花商厦。据说，这件事的幕后还另有一姓刀的投资人，只是他没有露面。不过，让万花接手，私下里是有交换条件的，交换的条件是：万花总经理江雪，必须无条件地全部接收那些下岗职工。这样一来，对于市政府来说，终于卸掉了一个包袱；对于那些下岗的人来说，算是有了个饭碗。这也算是柳暗花明吧。江雪由于给政府卸了包袱，同时又吃下了那人人糟心的"摩天大坑"而一举成名，受到了方方面面的关照、表彰，同时也获得了各种荣誉，并担任了省、市政协的委员。

使人们赞叹不已的，是她的确有点石成金的能力。在她接手三个月后，市面上突然推出了一种名为"东方神水"的矿泉水。此种矿泉水最先连广告都没有做，据说只赠送省、市一些政府部门和四星级以上的宾馆品尝。一时满街人都在议论这种矿泉水的神奇之效，凡得到赠券的人，都觉得分外荣耀。待又过了一个月后，"东方神水"的广告才铺天盖地地做起来了，于是大火！

直到此时，一些商家才发现，那个人人头疼的、曾经是本市最大笑柄的"摩天大坑"，却是个聚宝盆。地下泉水源源不断，流出来的可都是钱啊！就此，小女子江雪的名头，就更响了。于是，家搬了，车换了。如今的江雪成了一个大忙人。

谁也没有想到，江雪发达后，去的头一个地方，竟是火葬场。她是一个人悄悄去的。她穿着一身孝黑，戴着一副墨镜，挺挺地走进了火葬场的骨灰寄存处。进门之后，她先是把两条烟、两瓶五粮液放在了看骨灰的一位老人面前，说："老先生，有个事，我想跟你商量。"老人看她出手不凡，说："你说你说。"江雪说："这里有个叫齐康民的，我想把他的骨灰带走。"老人看看她："你是他什么人？有证明吗？"江雪迟疑了一下，说："我是他爱人。"老人说："那这还不好说？你办手续吧。你把手续一办，我就让你带走。"江雪说："老先生，实话告诉你，我们还没有结婚，所以，我没有证明。"老人一听，摇了摇头："那不行，他家人找来了怎么办？"江雪说："他身后无人，我只是想陪陪他。"老人还是摇头，说："我可不敢答应你，我当不了这个家。"江雪说："这样吧，我把身份证复印件留下，电话号码也告诉你。如果有人来，你让他找我，我决不让你为难。"老人翻了翻眼皮，仍不答应。江雪从包里掏出了一个信封，默默地放在了桌上，说："这是五千块钱。"老人不吭。江雪又拿出一个信封，说："一共一万。"老人苦笑了一下。片刻，他站起身来，拿出钥匙，开了存放骨灰的小格。江雪从格里取出骨灰，低声温柔说：

咱回家吧。

江雪搬家不久，就雇了一个做饭带打扫卫生的保姆。这是个从甘肃来的女孩，人很老实。她进门的第一天，就惊诧不已，她怎么也想不明白，一个人怎么会住这么大的房子？！三层楼，每一处都像是在外国的电影里一样！她不知道怎么形容，这样的陈设，也的确是在电影里才见过。江总的车也是很贵的，听那个小司机说，这车叫"奔驰"，值一百多万呢！那小司机还吓唬她说，这屋里，一个瓶子的价钱，就够她干几年的了！她听了，头一嗡一嗡的，几乎要傻掉了。不过，还好，江总现在很忙，上午去公司上班，下午去做保健按摩或是理疗，一星期还要做一次"香熏"，大多时间，是不回来吃饭的。

小保姆进门后，江雪给她立三条规定：一、不准让生人进来。二、来客人时，不看不听不说。三、不准上三楼。前两条还好说，不准上三楼，那三楼的卫生谁来打扫？可她又不敢问。心说，不上就不上吧。这栋别墅平时很少有人来，自从小保姆来了以后，在一个多月的时间里，只有一个姓邹的局长来过两次，一次是在这儿吃的饭；一次却是第二天早上走的。她自然是不敢问的。可是，大多的时候，这么大的房子，只有她一个人在，很寂寞的。人一闲，心里就生出了很多好奇，越是不让看的，小保姆越想看看。开始的时候，她还尽量忍住，可忍着忍着就忍不下去了。终于有一天，小保姆光着脚悄悄地上了三楼。她在三楼的楼梯口站了一会儿，才慢慢地推开了那间主卧室的门。只见这个房间里挂满了照片，那是一个男人的照片。中间是一张大床，床上盖着一床被子，好像也没什么，只是床中间好像鼓出来一溜，像躺了个人似的。她小心翼翼地把那被子掀开，凑前看了，只见中间放着一个骨灰盒！小保姆吓了一跳，一溜烟地跑下楼来。

第二天上午，江雪把小保姆叫到跟前，只盯着她看，看着看着，小保姆吓得把头低下去了。江雪说："我说过的话，你怎么不听呢？"

小保姆低着头，一声不吭。

江雪说："你看到什么了？"

小保姆吞吞吐吐地说："什么……也没看。"

江雪厉声说："你看了你不该看的东西。"

小保姆辩解说："没有，没有。"

江雪不容她辩解，江雪冷冷地说："你走吧。我不用你了。"说着，把一沓钱放在了她的面前。

小保姆红着脸，似乎还想说一点什么，可江雪摆了摆手，很坚决地说："拿上钱，现在就走。"

就这样，小保姆收拾了一下，挎上她的小包袱，抹着泪走了。出了门，没走多远，小保姆又回身望了望这栋别墅，只见江雪在三楼的阳台上站着，嘴里叼着一支烟，在烟雾中，这女人显得很瘦很孤，就像是一张薄纸片似的，看上去鬼魅魅的。小保姆心想，她什么都有了，怎么会显得这么恓惶?!

四

也是夏天的时候，小陶在市里的一条街上，悄悄地开了一家花店。

花店的门面不大，也就两小间房，很简单的装修，总体是素而雅的格调，里边摆放着从南方进来的各种鲜花。另外，她还在郊区的邙山脚下租了两亩地，找了一些进口的花种，想着自己要试种鲜花。店里还雇了一个人，是个下岗女工。

花店挣钱不多，却是小陶想要的生活。小陶只是每天上午来，下午就不来了，下午是她的读书时间。日子是平淡的，也是充实的。这样，她可以静下心来，把那走弯了的日子，用尺子正一正。

当初，花店的门面房是上官帮着找的。开花店的时候，小陶对上官说，干脆，我开一花店，你开一书店算了。这样，我给你送些花，换你的书读。

上官当时说，好啊，太好了。可是，突然有一天，她看了一份报纸，心思一动，就到贵州的山区去了。她就是这么个人，说去就去了。她要去那里的山村小学，教两年书，那里缺教师。

上官原是一门心思要拯救金色阳光的。可是，突然之间，任秋风失踪了。这一下给她了很大的打击！开初，她是不信的。无论如何，那是一个有担当的男人，怎么说不见就不见了呢？她曾经多方托人打听，公安局、检察院、法院，都问过了，得到的回答是一致的，下落不明。一个声言要肩挑"五湖四海"的男人，就这样不明不白地失踪了，这让上官云霓心里非常难受。这显然不是她想要的结果，她无法接受。是呀，哪怕是失败了，哪怕是一贫如洗，那又如何？总还算是个堂堂的男子汉！可是，面对着那些谣言，那些泼到身上的脏水，竟然不现身。这还怎么做人？在梦里，她曾经跟任秋风见了一面。任秋风坐在监狱的铁栅栏后，低声告诉她说，我欠下的债，我会还的，你信吗？她说，我信。他笑了，说，总还有一个人信。可是，醒来的时候，却是一场梦。于是，她背上行囊，独自一人，到贵州山区去了。

这天上午，小陶刚到花店，却听手机"嘀"了一声，她拿出来一看，是上官从贵州那边发来的信息：我终于知道，什么叫原始，什么叫纯朴，什么叫简单，我像是回到了一百年前！

小陶回道：那里，是不是很苦？你吃得消吗？

上官回道：这里的日子，是手足并用的。而我们常常，太讲究姿态了！这是我们这些城里人，应该好好反省的。

小陶回道：你是说"姿态"？还是"矫情"？

上官又发一条：也许，我说的是一种活法。坚守和善良，都是要付出代价的。

小陶发：什么是最好的活法呢？

上官发：也许是，该上课了，回头再联系。

第二天傍晚时分，上官的信息突然又发过来了：今天，在山里我看到了一个奇观——两只蜻蜓，在飞行中做爱！我终于知道什么叫"比翼齐飞"了！

小陶咯咯地笑了一阵，赶忙回道：就一对吗？不是做梦？

而此时此刻，上官正坐在贵州山区的一个山坡上，远处是黛绿的青山，暮霭正在四合，一座座山头都像是戴上了草帽，显得悠远而旷达。而那飘动的云气，一雾一雾地漫过山坳中的田野，那铅灰一抹一抹，由浅而深，弥漫出一团一团的雾气。当那黑雾罩上来的时候，那飞起来的云气就像是一个巨大的、变了色的袍子，突然间那袍子一抖，亮出了一道白光，烟一样的白光。这时候，天像是动了一下，像是被惊了似的，汪出一抹羞红。接着，就在这片山坳里，就在这块叫作场的空地上，倏尔，就有蜻蜓飞来了，一对一对，一双一双，一叠一叠，就像是直升机一样。先还是一摞一摞，而后是一层一层，成千上万，旋风一般飞来。那羽翼一晶一晶细亮着，几乎可以看到一脉一脉的翼线！嗡声四起——它们，在飞行中做爱！天啊，那速度是如何控制的？那信号又是怎样传达的？怕又是千古之谜了。这真是世上少有的奇观！不亲临现场的人，是无法想象的。在静得像死了一样的山谷里，这突如其来的爱的大展演，搅动着山谷上空的气流，发出訇訇嗵嗵的声音，就像是生命的交响曲，其宏大，其密集，其诡异，如同有千面大鼓同时擂响！

一时，上官心跳加速，泪流满面。她站起身来，对着山谷大声喊着："啊——！"

而后，她连着发：成千上万！成千上万！成千上万！

小陶又回：你找到爱了？

片刻，上官回道：找到了，就爱。

2006 年